W0240947

Fantasy

Herausgegeben von Wolfgang Jeschke

Von Susan Dexter erschienen in der Reihe
HEYNE SCIENCE FICTION & FANTASY:

Der Allaire-Zyklus

Der Ring von Allaire · 06/4614
Das Schwert von Calandra · 06/4615
Die Berge von Channadran · 06/4616

SUSAN DEXTER

Die Berge von Channadran

Dritter Roman
des Allaire-Zyklus

Deutsche Erstausgabe

Fantasy

WILHELM HEYNE VERLAG
MÜNCHEN

HEYNE SCIENCE FICTION & FANTASY
Band 06/4616

Titel der amerikanischen Originalausgabe
THE MOUNTAINS OF CHANNADRAN
Deutsche Übersetzung von Irene Bonhorst
Das Umschlagbild schuf Thomas Thiemeyer
Die Karte auf Seite 8/9 zeichneten Erhard Ringer
und Johann Peterka

Redaktion: Friedel Wahren

Printed in Germany 1989
Umschlaggestaltung: Atelier Ingrid Schütz, München
Satz: Schaber, Wels
Druck und Bindung: Elsnerdruck

ISBN 3-453-03487-2

Inhalt

Dieses Buch ist für:

Jerry Zona, die mir zum erstenmal Illustrator's Annual *zeigte, wo ich zum erstenmal einen Buchumschlag von ›Ballantine Adult Fantasy‹ sah, der mich veranlaßte, solche Sachen zu lesen – was mich dazu brachte, solche Sachen zu schreiben. Und außerdem aus Dank für die vielen Sahneteilchen.*

Charles, der herrlich Haare schneiden kann und Exemplare von Der Ring von Allaire *als Weihnachtsgeschenk für alle seine Freunde kaufte.*

Patti Ramsay und John Sloat, die nicht nur so freundlich waren, das Manuskript zu diesem Buch zu lesen, sondern sich auch Gedanken darüber machten und diese äußerten.

Und für Baron.

FINSTERLOCH
WINTERÖD
AM ISLIN
GLETSCHER
CHANNADRAN
GEBIRGE
EST
RADAK
WESTIF
AMREIN
LASSAIR

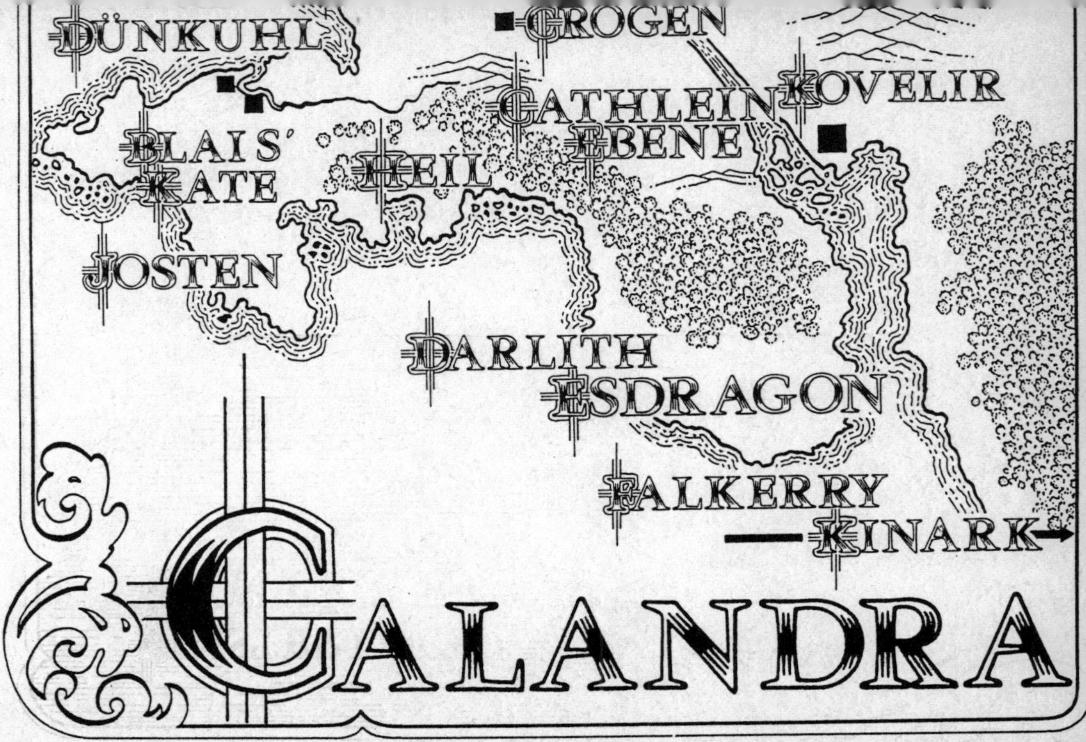
DÜNKUHL
CROGEN
KOVELIR
CATHLEIN
EBENE
BLAIS'
KATE
HEIL
JOSTEN
DARLITH
ESDRAGON
FALKERRY
KINARK
CALANDRA

Was der Sturm erzählt

DIESER TAG, dachte Tristan mißmutig, hatte doch so vielversprechend angefangen.

Die Morgendämmerung war hübsch gewesen, mit einem Himmel, dessen Farbenspiel dem von Perlen glich, und die Luft war so erfrischend wie eben gezapftes Bier. Er war früh aufgestanden, um Dickon eine versprochene Unterrichtsstunde im Fechten zu erteilen, bevor irgend jemand anders den Übungsplatz im Innenhof mit Beschlag belegen konnte oder ihn zu weniger angenehmen Pflichten abberufen würde, und Tristan war sehr zufrieden mit sich, daß all das, was ihm sein Meister an kunstvollen Spielen mit dem Schwert beigebracht hatte, ihm noch so lebhaft im Gedächtnis war. Es lag einige Zeit zurück, daß er eine Klinge auch nur probehalber geführt hatte, und er war dankbar, daß Dickon ihm einen Vorwand bot, sein Können etwas aufzupolieren.

Als sie gerade dabei waren, ihren Unterricht zu beenden, wurde Tristan von der alten Frau ehrfürchtig gegrüßt, deren Kuh er behandelt hatte, weil sie keine Milch mehr gegeben hatte. Sie war zu Fuß den ganzen weiten Weg von ihrem Zuhause gekommen, einem angebauten Schuppen auf der anderen Seite von Crogen, nur um Tristan zu berichten, daß sein Zauberbann und die Anwendung von Kräutern mehr Wirkung gezeigt hätten, als sie zu hoffen gewagt hatte, und es der Kuh entschieden besser ging. Abgesehen davon, daß sie ihm ein halbes Dutzend frischgelegte Eier schenkte, beglückte die Frau Tristan auch noch mit einem Kuß.

Wahrscheinlich hatte sie nicht die blasseste Ahnung, daß er ihr König war. Seine Alltagskleidung hatte eher etwas Praktisches als etwas Königliches – und wenn es nach ihm gegangen wäre, hätte niemand in seinem ganzen Reich besser über seine Identität Bescheid gewußt als diese Frau.

Nachdem seine Laune durch die gute Nachricht über den Zustand der Kuh etwas Auftrieb erhalten hatte, machte sich Tristan auf den Weg in die Küche, in der Hoffnung, daß er sich in Ruhe die Eier braten könnte und vielleicht auch noch ein Stückchen Schinken auftreiben würde, um sie zu verfeinern. Wahrscheinlich waren dies die letzten Augenblicke an diesem Tag, über die er eigenmächtig würde verfügen können. Doch es wurde ihm nicht einmal diese kurze Galgenfrist gewährt. Unterwegs auf einer wenig belebten Strecke zur Küche kam er durch einen schmalen Hof, dessen der Sonne zugewandte Mauer so viel von ihrem Mörtel verloren hatte, daß sie mehr einem Steinhaufen als einer ordentlichen Wand glich. Trotzdem bot sie noch einen ausreichenden Sichtschutz, nur Geräusche drangen ungehindert hindurch – vor allem Gespräche.

Tristan schenkte dem Gehörten zunächst wenig Aufmerksamkeit – jenseits der Mauer lagen nur die Stallungen, wo Kaufleute und Boten ankamen und ihre Waren und Güter anlieferten. Doch ein Wort fiel, bei dem er aufhorchte und stehenblieb.

»König – na klar isses gut, wieder 'nen König zu haben! Aber wart mal ab, bis Erntezeit is', wenn die Steuern fällig werden. Könige ham kein Maß dafür, dasse einem von nix nix wegnehmen könn'. Das wird schlimmer werden als mit den Lords – dein eigener Lord hat wenigstens gewußt, wenn 'ne Mißernte war.«

»Aber, Larkin – es war doch keine Mißernte. Es wird genug da sein für alle, wirklich reichlich ...«

Die Antwort bestand aus einem verbitterten Lachen. »Versuch mal, auf 'nem Feld Gerste zu ernten, das der Hagel in 'nen Sumpf verwandelt hat. Oder dich von 'nem totgeborenen Lamm zu ernähren, das der Blitz schon im Mutterleib erschlagen hat!«

Tristan erstarrte zwischen einem Schritt und dem nächsten, ebenso erschüttert, wie sich Larkins Gesprächspartner anhörte.

»Steht's in Westif auch so schlimm?« fragte der unsichtbare Sprecher schließlich sehr leise. »Darlith an der Küste wurde von heftigem Eisregen heimgesucht, und wir haben auch kaum besseres Wetter. Können froh sein, wenn wir wenigstens 'nen kleinen Teil der Ernte einbringen.«

»Hat denn dieser König, von dem du so viel hältst, nich' versprochen, daß ihr hier alles einbringen werdet? Hätt' das Wetter nich' angeblich besser werden sollen? Als ob man so was einfach befehlen könnte! Sei kein Narr, Trevare, wenn dich dein Lord schon hierher schickt zum Verhandeln! Canfors kann sich das nich' leisten.«

»Mein Lord unterstützt den König«, sagte Trevare vorsichtig.

»Das sagen alle – ham se alle bei der Krönung geschworen. Aber 's gibt 'n Gerücht, daß se dazu gezwungen worden seien. Und wer kann schon sagen, was uns dieser Winter beschert? Schwere Zeiten kommen auf uns zu, Mann!«

»Hofft Danac von Westif vielleicht, sie würden weniger schlimm, wenn er 'nen Aufstand anzettelt?«

»So leicht geh' ich dir nich' in die Falle, Trevare. Was braucht's überhaupt 'nen Aufstand? Was für 'ne Armee hat denn dieser König schon, außer Polassars Leuten? Das reicht nich'. Es wäre am besten, wenn er und Polassar das einsehen und uns ein Blutvergießen ersparen würden. Das wäre das mindeste!«

Tristan merkte, daß er zitterte – nicht, weil sozusagen unter seinem eigenen Dach offen über Verrat gesprochen wurde, obwohl ihn das gehörig störte, sondern beim Gedanken an Hagel und Gewitter in Westif, da er doch wußte, daß Elisena ihr möglichstes tat, um zum Wohle des reifenden Weizens auf den Feldern warme

Winde und sanften Regen herbeizubeschwören. Es hatte den Anschein gehabt, daß ihre Arbeit Wirkung zeigte, denn das Klima in Crogen war mild, und auch von den angrenzenden Gebieten wurde nichts anderes berichtet; doch vielleicht hatte niemand solche alltäglichen Schwierigkeiten des Berichtens für wert befunden – oder die Katastrophen hatten sich erst vor so kurzer Zeit ereignet, daß bisher noch keine Kunde davon in die Burg gedrungen war.

Tristan ging weiter; er hatte jetzt keine Lust mehr, ein Frühstück einzunehmen, und schon gar nicht, seine nächste Pflicht in Angriff zu nehmen, die darin bestand, sich zusammen mit Polassar hinzusetzen, sich alle möglichen lächerlichen Streitereien anzuhören, die an diesem Tag vor den König gebracht werden würden, und möglichst eine Lösung dafür zu finden. Oder vielleicht hatte Polassar für heute eine Besprechung zur Überprüfung ihrer militärischen Taktik anberaumt – wieder einmal.

Er war an der Stelle angekommen, wo die Mauer die Rückseite der Stallungen bildete und der Hof zu einer Gasse wurde. Das Mauerwerk wurde von keinen Türen und keinen Fenstern unterbrochen – mit Ausnahme eines einzigen sehr hoch angebrachten Fensters, hinter dem der Heuboden lag. Die Steine waren im Hinblick auf gute Klettermöglichkeiten aufeinandergesetzt worden, so schien es. Vorsprünge versprachen einen sicheren Halt.

Tristan dachte nach. Wenn er um den Stall herum zu dessen Vorderseite ging, war die Gefahr groß, daß er Polassar in die Arme lief. Und sein Heerführer wäre wahrscheinlich von seinem momentanen Vorhaben nicht sehr erbaut. Es wäre also besser, ihm jetzt nicht zu begegnen.

Er mußte die Fensterläden mit einem Zauber entriegeln, was sich als schwieriger erwies als die Kletterei, doch bald war Tristan auf dem Heuboden. Während er sich Spreu aus dem Haar strich, sah er sich um, um sich zu orientieren, und ging dann um die Heustapel herum ans andere Ende des Raums. Dort war eine Falltür im Boden, dafür gedacht, daß man Heu direkt in die darunterliegenden Pferdeboxen werfen konnte. Tristan hob die eingelassene Holztür vorsichtig an und pfiff leise.

Der schwarze Hengst im Stall drehte sich um und wandte ihm den Kopf zu. *Mein Lord?*

»Ich wollte dich nicht erschrecken«, sagte Tristan zu Valadan, während er sich behende durch die Falltür hinab ließ und neben dem Pferd aufkam. Er strich Valadan über die breite Stirn, dann drehte er sich um, um das Zaumzeug des Pferdes aufzuheben.

Während er die Gurte befestigte, zupfte Valadan einen Halm aus Tristans Haar, der sich dort verfangen hatte. *Haben wir heute einen schnellen Ritt vor?*

»Einen sehr schnellen.« Tristan schloß die Schnallen. »Diesmal geht es nicht darum, daß wir uns vor Polassar verstecken. Ich muß für eine Weile nach Darlith und anschließend nach Westif.«

Du planst doch nicht die Besichtigung des Reiches, oder?

Tristan ließ entgeistert die Zügel fallen, deren Mundstücke er Valadan soeben hatte anlegen wollen. Die Riemen gerieten dabei völlig durcheinander, und Tristan fluchte abwechselnd über diesen Umstand und über Thomas, während der Kater sich an seine Fußknöchel schmiegte, schnurrend vor Vergnügen darüber, daß ihm die Überraschung so gut gelungen war.

»Ich freue mich, daß ich immer noch die Gabe habe, dich zu unterhalten«, sagte Tristan mit beißender Ironie. »Du kannst dich dafür erkenntlich zeigen, indem du Elisena sagst, daß ich bald zurück sein werde und sie sich keine Sorgen zu machen braucht.«

Gibt es einen sichereren Weg, sie dazu zu bringen, sich Sorgen zu machen, als ihr zu sagen, sie soll sich keine machen? fragte Thomas.

Tristan stellte einen Fuß in den linken Steigbügel.

»Jetzt ist nicht die richtige Zeit für Spitzfindigkeiten, Thomas.« Er schwang sich in den Sattel. Die Stalltür, die für ein Pferd wie Valadan eher Zierat als Notwendigkeit war, war nicht verriegelt. Als Tristan die Worte eines kleinen Öffnungszaubers aussprach, flog sie sofort mit Schwung auf. Valadan tänzelte hindurch, und dann verließen sie die Stallungen und Burg Crogen mit solcher Geschwindigkeit, daß es die gleiche Wirkung hatte, als wenn sie mit einem Tarnumhang versehen gewesen wären.

Die Nacht senkte sich herab. Tristan war vollkommen durchnäßt und fror bis auf die Knochen; außerdem rechnete er mit einer heftigen Standpauke, sobald ihn Elisena zu Gesicht bekäme.

Als er in Darlith angekommen war, hatte er das Gebiet von Sturm und Unwetter belagert vorgefunden; die Apfelernte war vollkommen verwüstet und nur noch in der Erinnerung vorhanden. In Westif, wo weniger Obst angebaut wurde, waren die wenigen Bäume etwas besser davongekommen, doch die Gerstenfelder waren alle umgepflügt; vielleicht hatten Danacs Bauern gehofft, wenigstens den Samen zu retten. Und tatsächlich, robust wie er war, hatte er wieder angefangen zu keimen. Doch unglücklicherweise konnten die neuen Sprößlinge der Eisschicht, die sich jetzt auf sie gelegt hatte, nicht standhalten. Was nun noch an spärlicher Ernte zu erwarten war, würde vollkommen für die neue Aussaat gebraucht werden, so daß nichts zum Essen blieb.

In der Gegend von Falkerry hatten Eisschollen dazu geführt, daß der Fal über die Ufer trat und die Felder überschwemmte, so daß die Kartoffeln verfaulten, die dort angebaut wurden. Auch dort waren Bauern bei der Arbeit gewesen und hatten versucht, noch die letzten brauchbaren Reste aus dem Boden zu klauben.

Tristan wußte nicht, was ihn länger verfolgen würde – der Gestank der Felder oder das Bild einer jungen Frau, die entschlossen durch das eiskalte Wasser watete und im Schlamm wühlte, während sich das Weinen des Säuglings, den sie sich auf den Rücken gebunden hatte, mit dem Heulen des Winds mischte.

Er konnte keine dieser Erinnerungen ganz verdrängen, während er Valadan langsam trocken rieb. Ihm war kaum bewußt, daß er wieder in den Stall zurückgekehrt war.

In Crogen war es nicht kalt. Kein Graupelregen fiel. Und Valadan, der mit der Gabe magischer Geschwindigkeit ausgestattet war, brauchte nach einem Ritt weniger Pflege als ein gewöhnliches sterbliches Roß. Tristan bearbeitete ihn eine ganze Weile, bis er merkte, daß weder das Klima in Crogen noch die Nähe von Valadans Wärme die Eiseskälte vertreiben konnte, die ihm bis in die Knochen gedrungen war. Dann brachte er dem Pferd etwas zu fressen und zu trinken und beschloß, sich auf die Suche nach Elisena zu machen.

Thomas kam zu ihm, vorsichtig auf der Wand einer Pferdebox balancierend. *Es wäre ganz gut, wenn du dich ein wenig beeilen würdest. Sie wartet schon lange auf dich.*

Die Tür zur Destillierkammer war erneuert worden; sie bestand aus schlichten Holzlatten, ungestrichen und schmucklos. Im Innern waren die Wände frisch mit weißer Farbe gepinselt, und überall waren Bretter aller Größen angebracht, die aus ganz Crogen zusammengetragen worden waren. Die meisten der Regale und die Hälfte des großen Tisches waren mit einem Durcheinander von Gläsern, Flaschen und alten Büchern bedeckt. Die Gläser auf dem Tisch waren mit säuberlich beschrifteten Etiketten versehen – ihr Inhalt bestand aus verschiedenen Arzneimitteln gegen alle möglichen Krankheiten der Leute, die im Umkreis der Burg wohnten. Büschel getrockneter Kräuter hingen von der Dekke, und ein blühender Zweig stand in einer Vase vor dem bullaugenförmigen Fenster. Ein Feuer knisterte fröhlich im Ofen, und über den offenen Flammen hing ein bauchiger silberner Teekessel. Der ganze Raum war erfüllt vom Duft nach Kräutern, Gewürzen und getrockneten Blüten wie ein frischgeöffnetes Aromatöpfchen.

Elisena beugte sich über den Ofen und nahm den Teekessel vom Haken über dem Feuer. Als sie ihn in der Hand hatte, richtete sie sich auf, drehte sich um und sah Tristan.

»Möchtest du Tee? Oder wäre es dir lieber, wenn ich ihn in Branntwein verzaubere? Du machst einen vollkommen durchgefrorenen Eindruck.«

Tristan war dankbar dafür, daß er niemals vor Elisena etwas geheimhalten mußte. Offenkundig war er dafür überhaupt nicht begabt. Er durchquerte den Raum und lehnte sich an den Tisch – und fuhr schleunigst zurück, als er merkte, wie dieser sich zur Seite neigte. Zu spät fiel ihm ein, daß er ein wackeliges Bein hatte; er zog sich auf die bunten Kissen neben dem Fenster zurück. »Tee wäre sehr gut. Thomas sagte, daß du auf mich gewartet hast. Ich hatte nicht damit gerechnet, so lange weg zu bleiben. Die Dinge waren – schlimmer, als ich erwartet hatte.«

Elisena lächelte betrübt. »Nicht nur du hast diese Erfahrung gemacht.« Sie stellte zwei Becher aus Porzellan auf den Tisch und ließ in jeden davon eine Handvoll Lindenblüten fallen, dann goß sie Wasser aus dem Kessel darüber. »Ich habe heute eine Nachricht aus Radak erhalten.«

Mit den Augen deutete sie in eine Ecke des Raums. Tristans Blick folgte der Richtung. Zunächst sah er nichts, was für diesen Raum ungewöhnlich gewesen wäre. Es war das übliche unbeschreibliche Chaos, das einen Kräuterkundigen umgab. Doch dann nahm er eine schwache Flatterbewegung wahr und erkannte, wie sich das Licht des Feuers in den roten Augen einer weißen Ringeltaube spiegelte. Die Federn an ihrem Hals waren mit blauen Sprenkeln gekennzeichnet, woraus sich ihr Status als Brieftaube und ihr Standort – Radak – schließen ließen.

Elisenas Hände mit den silbernen Ringen streiften Tristans. »Dies war die Botschaft.«

Er nahm ihr die Rose aus der Hand. Sie war einst weiß gewesen, doch die Knospe war schwarz verfärbt, geküßt vom Frost. Tristan drehte sie langsam um.

Elisena nahm seinen Becher und fischte die aufgeweichten Blüten mit einem Löffel heraus. »Du magst gern Honig in deinem Tee, nicht? Ich hatte Radak einen sanften Regen geschickt, den letzten vor der Ernte. Mir wurde berichtet, daß er noch im Fallen zu Eis gefror. Und soweit ich weiß, ist Radak nicht das einzige Gebiet mit solchen Schwierigkeiten.«

»Das stimmt. Ich war in Darlith. Und in Westif. Die Unwetter waren schon vorüber, so daß ich nichts mehr tun konnte. Die Ernte ist vernichtet, zumindest der größte Teil.«

Er legte den Kopf schräg, als von der anderen Seite des Fensters her ein Flattergeräusch an sein Ohr drang. Tristan tastete nach dem Schloß und schob die Scheibe zurück.

Troubadour kam mit wirbelnden Flügeln durch die Öffnung, spreizte den Schwanz und legte eine perfekte Landung auf Tristans rechter Schulter hin. Er zirpte schrill und fing an, sich zu putzen. Tristan streichelte mit einer Fingerspitze den Schwanz des Vogels. »Wo warst du denn? Wieder mal auf Spatzenjagd?«

Troubadour zwickte ihn in den Finger und drehte sich dann um, um die Ringeltaube zu beschimpfen.

Elisena stellte das Honigglas vorsichtig zurück auf ein gefährlich überladenes Regalbrett.

»Können wir denn nicht *irgend etwas* unternehmen?« fragte Tristan, der sich von Troubadour nicht ablenken ließ.

»Doch, sicher.« Elisena drehte ihren Becher langsam

zwischen den Händen hin und her. »Für eine gewisse Zeit. Hier ein bißchen und dort ein bißchen. Ich habe erreicht, daß der Regen in Radak aufgehört hat. Es ist durchaus möglich, jedem Unwetter, das Nímir schickt, Einhalt zu gebieten.«

Sie hörte sich vollkommen sicher an. Warum konnte Tristan dann bei ihren Worten keine Hoffnung schöpfen?

»Nímir wird uns zerstören, wie das Meer im Lauf der Zeit die Küste zerstört, und wir können ihm eine Weile standhalten, wie die Küste dem Meer standhält. Wir können seine Unwetter beenden, den Schaden mildern – wie es die Wetterzauberer in dieser Gegend immer schon getan haben. Und genau wie sie werden wir alt werden und sterben. Dann wird Nímir der Sieg in den Schoß fallen, um den Preis von ein wenig Geduld.«

Tristan fragte sich, welches Gefühl es für eine Pflanze sein müsse, wenn sie der Frost genau in dem Moment berührte, da ihre ersten Knospen sprossen. Verzweiflung, die der seinen ähnelte?

»Warum läßt er uns dann nicht einfach in Ruhe? Warum greift er uns an?«

»Calandra wird jetzt von einem gekrönten König regiert; dieser Umstand und dazu noch die Ringe stellen eine Bedrohung für Nímir dar. Er weiß, daß es noch eine Lösung gibt – sofern wir tapfer genug sind, es damit aufzunehmen.«

»Noch eine Lösung?« Tristan runzelte die Stirn.

»Warte, bis Polassar kommt.«

»Er kommt hierher?« Tristan hatte das Gefühl, einen Zug im Spiel verpaßt zu haben.

Elisena schob ihren Becher weg. »Ja.« Sie goß wieder aus dem Kessel ein und machte über dem Becher heftige Bewegungen mit den Händen. Das Wasser schäumte und verwandelte sich in Bier. Nicht einmal Calandras Königin würde es wagen, Polassar von Lassair *Tee* anzubieten!

Die Latten der Tür bebten bei einem Schlag, den Polassar vermutlich für zartes Anklopfen hielt, und Polassar stand im selben Moment im Raum, als Elisena ›Herein!‹ sagte. Der Herr von Lassair war mit einer kurzen Tunika aus grasgrünem Samt bekleidet, und darunter trug er enganliegende Beinkleider aus rot und braun kariertem Stoff. Die Wirkung, die noch besonders durch den wallenden gelben Umhang, den er über das Ganze geworfen hatte, und die messingglitzernden Armreifen verstärkt wurde, war ungewöhnlich, um nicht zu sagen umwerfend.

»Lady, in der Großen Halle ist ein Tumult entstanden. Irgendein Narr, der gerade von Josten kam, schwört, daß die Hundemeute des Kalten gehört worden sei ...« Er entdeckte Tristan. »Mein Lord! Ich suche Euch seit zwei Stunden! Ich hatte schon befürchtet ...«

Tristan fiel gerade noch ein, daß es sich für gekrönte Häupter nicht ziemte, zusammenzuzucken.

Elisena bedeutete Polassar mit einer ungeduldigen Handbewegung, sich hinzusetzen. »Die Berichte aus all unseren Quellen sind übereinstimmend«, sagte sie ruhig. »Wir waren gerade dabei, das Problem Nímir zu besprechen.«

2. KAPITEL

Geheime Beratung

POLASSAR SAH VERDUTZT AUS, dann erleichtert. »Dann wißt Ihr ja bereits alles über diese Angelegenheit.« Offenbar war er der Ansicht, daß damit schon so gut wie alles gelöst sei.

Seine breite Stirn legte sich in Falten, als Elisena diese Ansicht zunichte machte, indem sie sich auf die Nachricht aus Radak und die Offenbarungen ihres Wahrsagekristalls bezog. Die Furchen wurden noch tiefer, als Tristan noch seinen Bericht über seine Beobachtungen in den anderen Gebieten hinzufügte.

»Wenn die Möglichkeit bestünde, Nímirs Unwetter und ihr Zerstörungswerk aufzuhalten, dann hätten es die Großmagier längst getan«, sagte Elisena. »Es ist eindeutig, daß dies keine Lösung ist. Für jedes Unwetter, das wir abwenden, schickt Nímir einfach ein weiteres ans andere Ende von Calandra. Auf diese Weise zermürbt er uns und treibt gleichzeitig das Land in den Untergang. Das hat er uns inzwischen klar gemacht.«

Polassars Blick wanderte langsam in die Ecke, wo Tristans Schwert aufrecht angelehnt an der Wand stand. Die Klinge schimmerte sanft im Widerschein des Glanzes der silbernen Ringe an Elisenas verschränkten Händen.

»Ja. Doch haben sich die Dinge nicht gewandelt, Lady?«

»Ein Scharmützel entscheidet noch keinen Krieg, mein Lord. Weder unter den Menschen noch im Kampf gegen Nímir. Die große Schlacht liegt noch vor uns.«

Ein Hagelschauer trommelte gegen die dunklen Fensterscheiben, und Elisena hob mit einem Ruck den Kopf. Ihre Hände vollführten gebieterische Bewegungen, wobei ihre Ringe aufblitzten, und sie verengte die

Augen. Das Geräusch hörte so plötzlich auf, wie es begonnen hatte.

Elisena hob noch einmal die Hand, um sich eine widerspenstige Haarsträhne aus dem Gesicht zu streichen. »Ich sollte mich um so etwas überhaupt nicht kümmern. Nímir treibt in diesem Moment mit uns nur seine Spielchen. Er will uns damit nur zu verstehen geben, daß er uns nicht vergessen hat.«

Troubadour bewegte sich verschlafen auf Tristans Schulter und zog einen Fuß unters Gefieder hoch, um sich auf einen kleinen Schlummer vorzubereiten. Abgesehen von dem Licht, das das Feuer spendete, lag der Raum im Dunkeln. Der Hagel hatte ihnen Nímir unbarmherzig ins Bewußtsein gebracht, mit seiner ganzen Macht, mit Kälte und Tod, und der schwache Feuerschein kam ihnen plötzlich wie das letzte Licht in der Welt vor.

»Laßt uns wissen, Lady«, flüsterte Polassar, der zum erstenmal seine Stimme der Umgebung anpaßte. »Was sollen wir tun?«

»Ihr könnt Euch nicht an die Zeit erinnern, als Nímir seine eisigen Zähne noch nicht in die Kehle Calandras gehauen hatte. Ich auch nicht so richtig – ich war damals noch ein Kind und hatte keinen Zugang zum Rat der Großen im Land. Später, als ich dazu auserwählt war, die Ringe zu erhalten, verhinderte Nímir, daß der Rat mir Anweisungen gab, wie es eigentlich vorgesehen war. Ich weiß, daß damals viele Fragen auftauchten; doch obwohl die vielen inzwischen vergangenen Jahre gereicht haben, daß die damaligen Zeiten nur noch als verschwommene Legenden überliefert sind, so haben sie doch wenige Antworten gebracht.«

Polassar lehnte sich zurück.

»Über das Wesen Nímirs wurde schon viel spekuliert. Ob er ein Element ist, ein Gott oder ein unvorstellbar mächtiger Zauberer – ich weiß nicht mehr darüber als die Großmagier in jenen vergangenen Zeiten.«

Der Kessel, der wieder über dem Feuer hing, gab ein Zischen von sich, und Elisena nahm ihn wortlos vom Haken. »Eins steht fest: Nímir hat das Herz dieses Landes in Stücke zerfetzt. Ein Drittel des Gebietes, das einst Calandra war, ist heute von Winteröd bedeckt, und jedes Jahr treiben Nímirs Stürme die Verzweiflung ein Stück weiter voran. Doch als dieses Königreich in die Knie gezwungen war und sein Sieg sicher erschien, zögerte Nímir mit seinem Angriff. Vielleicht erübrigte es sich, daß er noch irgend etwas unternahm, und er schonte seine Kräfte. Vielleicht war er jedoch auch *unfähig*, noch etwas zu unternehmen. Wir kennen die Antwort nicht. Wir wissen kaum genug, um die richtigen Fragen zu stellen – und dieses geringe Wissen ist unter großen Opfern erworben, zum Preis von vielen Leben.«

Tristan, der sich an die Chroniken der Zauberei erinnerte, die er als Lehrling in Blais' Kate gelesen hatte, wußte sehr genau, welchen Preis dieses Wissen gefordert hatte. Er wollte schlucken, mußte aber feststellen, daß sein Mund dafür zu sehr ausgetrocknet war. Der Rest Tee, der noch in seinem Becher war, war kalt und von einer Bitterkeit, die die Süße des Honigs überdeckte. Er schob den Becher weg.

»Wieviel Zeit haben wir noch, was glaubst du?« fragte er.

»Unser ganzes Leben. Die größte Gefahr liegt keineswegs unmittelbar vor uns ... Eis ist ein gnadenloses Werkzeug, aber es arbeitet langsam. Und das Land scheint sich seit deiner Krönung Nímirs Willen stärker zu widersetzen. Nímir muß sich gewaltig anstrengen, den Winter früh hereinbrechen und lange anhalten zu lassen. Er ist bestrebt, uns die Hände zu binden und uns so sehr zu beschäftigen, daß wir nicht über die Gegenwart hinausblicken.«

»Je weniger Zeit wir also ungenutzt verstreichen lassen, desto größer der Vorteil für uns«, sagte Tristan.

Elisena ließ den Kessel sanft hin und her schaukeln, so daß das Licht des Feuers darauf flackerte. »Nímirs Stärke liegt in der Kälte und im Chaos, seit eh und je. Die Dunkelheit ist sein Element, und nach dem wenigen, das ich über ihn weiß, ist nicht anzunehmen, daß er auf diese Waffen verzichten wird. Unser einziger Vorteil ist, daß wir auf einen Angriff, der sich in der zeitlichen Dimension von Jahrhunderten abspielt, mit einer vergleichsweise unglaublichen Schnelligkeit reagieren können, wie Mücken vor einem Gletscher. Und genau das müssen wir tun. Vielleicht überraschen wir ihn.«

»Angreifen?« fragte Polassar, allerdings nicht so begeistert, wie es Tristan von ihm erwartet hätte – nicht, daß er dem Mann seine Zurückhaltung übelgenommen hätte.

»Wenn wir es nicht tun, verlieren wir alles. Nímir braucht bloß abzuwarten. Wir wenigen hier sind wahrscheinlich die einzigen, die noch eine Gefahr für ihn darstellen, und unsere Tage sind wie die von Gras, das bald verwelkt. Wir müssen losschlagen, solang wir die Waffen besitzen und noch die Kraft haben, sie zu heben.«

Darin bestand also Elisenas andere Lösung. Ihre Ringe strahlten sanft an ihren Fingern, und Tristan stellte überrascht fest, daß sein Schwert das Strahlen beantwortete. Das Leuchten eines Zauberlichts drang durch die dicke Lederhülle.

Entweder hatte sich Polassar an derartige Erscheinungen gewöhnt, oder er weigerte sich, sich von der Magie erschrecken zu lassen. Ungeachtet der weltentrückten Stimmung, war er ganz beim Geschäft – einem Geschäft, in dem er sich am besten auskannte.

»Wann und wo werden wir zuschlagen, Lady? Ich hege kein allzu großes Vertrauen zu den Männern, die Danac und Kerrgis hiergelassen haben, doch meine eigenen Truppen stehen bereit.«

»Wir brauchen keine Armee, nicht dort, wohin wir gehen.«

Die Kälte biß mit scharfen Zähnen in die Spitze von Tristans langer Nase, obwohl das Feuer im Ofen noch lichterloh brannte. Er spürte genau, was jetzt folgen würde.

»Nímir wird nicht zu uns kommen – wenn er nicht muß und solang er uns hier beschäftigt hält. Wenn wir ihn in größerem Ausmaß als bisher bekämpfen wollen, müssen wir uns den Kampfplatz für diese Begegnung aussuchen. Zwangsläufig wird die Auseinandersetzung auf seinem Boden ausgetragen werden müssen – nach den ältesten Legenden liegt sein Ursprung in Channadran. Ich bin festen Glaubens, daß er sich immer noch dort aufhält; eine Spinne, die aus der Mitte ihres Netzes die Stürme steuert. Wenn wir ihm entgegentreten und ihn zum Kampf zwingen wollen, dann wird es – kann es nur dort sein.«

»Wir tragen den Krieg zu ihm hin?« Das war mehr eine Feststellung als eine Frage von Polassar.

»Nach Channadran«, sagte Elisena.

Tristan schloß fest die Augen, als ob die Berge, die er so sehr fürchtete, tatsächlich vor ihm wären. Von allen möglichen Gegenden ... Channadran hatte einen schlechteren Ruf als Finsterloch und wurde für gefährlicher als Winteröd gehalten, obwohl – oder vielleicht gerade weil – noch kein Beobachter je wieder lebend aus dem Gebirge zurückgekehrt war, um Bericht zu erstatten. Viele hatten es versucht. Er hatte ihre Namen in Blais' Büchern gelesen.

Channadran. Schon der Name ließ das Blut in den Adern gefrieren. Es wäre gesünder, weniger lähmend, nicht weiter solchen düsteren Gedanken nachzuhängen, aber Tristan kam nicht davon los. Er hatte das Gefühl, als ob sich sein Geist an den Rändern schwarz verfärbte, wie die erfrorene Rose.

Troubadour war ein warmes Federknäuel neben seinem Ohr, schlafend, sicher und zufrieden. Das war die Art von Behaglichkeit, auf die er sich konzentrieren müßte, damit könnte er die Schwärze in Schach halten. Tristan lenkte seine Aufmerksamkeit wieder auf das Gespräch.

»Ich bin nach wie vor der Meinung, daß dies die Aufgabe einer Armee ist. Zumindest einer Truppe von Pikanieren«, brummte Polassar. »Ich bitte um Verzeihung, Lady, aber bis jetzt habe ich noch keinen Zauberer getroffen, der Verstand genug besaß, ausreichend auf sich aufzupassen. Habt Ihr alle denn immer noch nichts gelernt von jenen Unzähligen, die sich nach Finsterloch aufgemacht haben und von denen man nie wieder etwas gehört hat? Und wenn Ihr wirklich entschlossen seid, Euch in diese verhexten Berge zu begeben ...«

Wie lange die beiden schon über diesen Punkt diskutierten, konnte Tristan nicht einmal annähernd raten, aber es mußte schon eine ganze Zeitlang so gegangen sein, dem erschöpften Blick nach zu urteilen, den ihm Elisena zuwarf. Er sah von ihr zu Polassar.

»Eine Armee hätte niemals Finsterloch einnehmen können«, sagte Tristan. »Und dieser Fall liegt nicht anders. Magie wird durch Magie besiegt, Stahl wird durch Stahl geschlagen. Diese alte Binsenweisheit stimmt. Wir besitzen die Ringe und das Schwert, und damit haben wir zwei mächtige Waffen in Händen. Und wie sollten wir eine Armee in den Bergen verpflegen, wenn wir uns wirklich einbilden würden, eine zu brauchen? Woher würden wir Holz für Feuer nehmen, um sie warm zu halten? Wenn wir nicht ohne Hilfe auskommen – und ich bin nicht zu stolz zu vermuten, daß das der Fall sein könnte –, dann müssen wir uns an jemanden wenden, der mit Magie umgehen kann.«

Elisena legte ihm zart die Hand auf den Arm, und Tristan erkannte, daß er sich ebenfalls geirrt hatte. »Aus Kôvelir wird uns niemand zur Hilfe kommen. Du warst dort und solltest das am besten wissen. Und ein Magier aus Calandra? Wann ist dir zum letztenmal einer über den Weg gelaufen?«

Tristan konnte sich nicht erinnern. »Selbst wenn wir einen finden würden, wäre der nicht so gut ausgebildet, wie Blais dich ausgebildet hat, Tristan. Er hat dich in der hohen Kunst der Magie unterwiesen, und er war einer der wenigen, die sie selbst noch beherrschen und dazu in der Lage sind. Seit einem Dutzend oder mehr Generationen hat Nímir Calandras Zauberer in den Tod oder zu noch Schlimmerem gelockt. Er hat seine Fallen aufgestellt, um die Besten zu fangen, so daß nur die Unwissenden und Unfähigen zurückblieben, die ihre mißverstandenen Lehren weitergaben. Der durchschnittliche Magier in Calandra ist heutzutage ein umherziehender Possenreißer, der gerade genug Magie beherrscht, um kleine Kunststückchen zu vollbringen und einen bescheidenen Beitrag zu leisten, das Land am Leben zu erhalten, doch ohne den blassesten Schimmer von jener höheren Magie, für die ihr Begriffsvermögen nicht ausreicht.« Elisena schüttelte den Kopf und ließ dadurch die Kristalle in ihrem Haar klingeln. »Ich würde mich an keinen von ihnen mit der Bitte um Unterstützung wenden. Sie würden höchstens ihr Leben opfern, ohne die geringste Hilfe zu sein.«

Tristan hatte sich nie viel Gedanken über das Ausmaß der Macht seines Meisters gemacht. War der sanfte alte Blais, der ganz vernarrt war in Vögel, Bienen und Kräuter und sich so hingebungsvoll mit seinen Büchern und einfachen Zaubertränken beschäftigte, vielleicht in Wirklichkeit ein ebenso großer Magier wie die in Kôvelir? Tristan erinnerte sich an nichts, das dem Bild, das Elisena von ihm zeichnete, widersprochen hätte, obwohl das ein neuer Aspekt war, an den er sich erst gewöhnen mußte. Aber schließlich hatte der alte Mann ganz allein Nímir bezwungen, dachte Tristan, obwohl er bestimmt nicht die Absicht dazu gehabt hatte. Tristans

Blick fiel auf die Flammen im Ofen, die sich rot und gelb, weiß und golden emporschlängelten.

»Und was ist mit Reynaud?« fragte er schließlich zögernd. »Er ist gewiß kein kleiner Possenreißer, was immer er auch sein mag – oder nicht sein mag. Wie paßt der ins Schema?«

»Reynaud stammt aus Kôvelir. Früher hat man uns zahlreiche vielversprechende Zauberer hierhergeschickt – in den alten Zeiten, als jeder Lord noch seinen persönlichen Meistermagier hatte. Kôvelir hat uns inzwischen längst vergessen – es war also wahrscheinlich Reynauds eigener Entschluß, der ihn hierhergebracht hat. Er hat etwas von einem Abenteurer an sich.«

Polassar belegte den Mann mit einem entschieden weniger glimpflichen Schimpfnamen und machte gleichzeitig schnell ein Zeichen hinterm Rücken, um eine ferngelenkte Rache des Magiers abzuwenden. Tristan zuckte mit den Schultern. Sie alle wußten nichts anderes, als daß Reynaud sich noch in Kôvelir aufhielt, wo ihn Tristan zuletzt gesehen hatte. Und dank des Est konnten selbst Reynauds Ohren nicht über eine solche Entfernung hören.

»Seid Ihr sicher, daß uns die Stadt der Zauberer keine Hilfe schicken kann? Wenn wir zugrunde gehen, wird dann der Kalte nicht als nächstes vor ihren Mauern stehen? Und wer wird dann ihnen zur Hilfe kommen?« fragte Polassar.

»Den Menschen fällt es schwer, eine Gefahr wahrzunehmen, die sie nicht ständig vor Augen haben«, erklärte Elisena entschuldigend. »Nímir hat sie heimtückischerweise mit einem falschen Frieden eingelullt, und sie werden aus diesem Dämmerzustand so schnell nicht erwachen. Ich wünschte, es wäre nicht so, doch das hilft nichts, wir müssen uns ganz allein auf uns selbst verlassen.«

Polassar nickte heftig. »Wo und wann, Lady? Und wie viele Männer soll ich mitnehmen?«

»Keinen, so leid es mir tut.« Elisena lächelte traurig, als Polassar widersprach. »Denkt doch! Das Channadran-Gebirge ist zu hoch, als daß dort Bäume wüchsen. Es ist ein Ort ohne Leben, aus nacktem Felsen. Nach den ersten Hügelketten gibt es keine Pfade mehr für Pferde. Wir haben keine andere Nahrung als das, was wir auf unseren Rücken mit uns tragen. Wie viele Mäuler glaubt Ihr füttern zu können? Ich meine, am besten ist es, wenn nur wir drei uns aufmachen. Was den Zeitpunkt betrifft – wir brauchen einige Tage für die Vorbereitungen und um hier alles ordentlich zu regeln, doch nicht allzu viele Tage. Ich hatte gehofft, wir hätten etwas mehr Zeit. Es gibt noch so viel zu tun!«

»Was werden wir den Lords sagen?«

»So wenig wie möglich. Wir haben Glück. Crogen muß seine Stellung als Radnabe des Reichs erst langsam wieder gewinnen. Und Tristan tritt bei Calandras Regierungsgeschäften wenig in Erscheinung. Nichts hindert uns zu tun, was wir müssen.«

Plötzlich hatte Tristan gar kein so schlechtes Gewissen mehr, weil er sich nur so langsam in seiner Rolle als König zurechtfand. Doch dieser Gedanke konnte die Eiseskälte nicht vertreiben, die ihn überfiel, als er etwas weiter vorausblickte als Polassar. Das Bild, das sich seinem geistigen Auge darbot, war so unerträglich, daß er nicht einmal daran denken wollte.

Es war selbstmörderisch genug, in Erwägung zu ziehen, Nímir praktisch auf dessen eigener Türschwelle entgegenzutreten; doch erst recht war es der Versuch, endlose Flächen eines gefrorenen leblosen Ödlandes zu durchqueren und dann einen Übergang über unzugängliche, unglaublich hohe Berge zu finden, der auf keiner Karte eingezeichnet war. Hatte Elisena daran gedacht, daß sie sich kein zielloses Herumwandern leisten konnten, während sie nach einem Pfad suchten, da ihnen durch das bißchen Nahrung, das sie mit sich tragen konnten, enge Grenzen gesetzt waren? Wie konnten sie schnell etwas finden, wenn sie nicht einmal genau wußten, wonach sie suchten?

Elisena hatte offenbar schon reiflich über die Sache nachgedacht, doch wieder aufgehört zu sprechen, um noch einmal alles abzuwägen.

»Es gibt einen Mann, der die Berge gut genug kennt, um uns eine Hilfe sein zu können«, sagte sie schließlich. »Ob er jedoch *willens* ist, uns zu helfen, wage ich nicht einmal zu raten. Es gibt einen Turm mit dem Namen Am Islin am Gefrorenen Meer, und dort haust Royston Ambere. Alle Vögel in der Gegend dort betrachten den Gelehrten Ambere als ihren Herrn, so wird behauptet. Vögel fliegen über die Berge von Channadran und wieder zurück – es sind die einzigen Wesen, die das können. Ich glaube, Royston Ambere kennt den Weg zu dem Ziel, das wir anstreben; ich muß ihn nur noch überreden, uns zu helfen.«

»Warum sollte er das nicht tun?« fragte Polassar verständnislos.

»Mir fällt es schwer, die Handlungsweise eines Mannes vorauszusagen, der allem Anschein nach mehr ist als ein gewöhnlicher Mensch. Ambere lebt in diesem Turm seit Anbeginn der Zeit und schreibt die Chronik dieses Landes – ganz allein in seinem hohen Turm mit seinen geliebten Vögeln. Glaubt man den Legenden, dann ist der Umgang mit ihm ebenso gefährlich wie mit Nímir selbst, obwohl er nicht von Natur aus böse ist. Vielleicht übertreiben die Legenden auch – vielleicht aber auch nicht. Wir werden es mit ihm versuchen. Den großen Turm können wir kaum übersehen; er ist ein hervorragender Anhaltspunkt, der uns den Weg weisen wird.«

Das Feuer flackerte fröhlich und schickte einen weißen Lichtbalken durch den Kamin. Er blieb eine Weile wie das Symbol eines Turms stehen, und die Flammen umspielten seinen Sockel wie Meereswellen. Durch das Nachglühen dieses Bildes sah Tristan Polassar, der ein zweitesmal ein Zeichen gegen das Böse machte. Der Mann würde noch Muskelkater in den Händen bekommen, wenn er so weitermachte. Tristan nahm seinen Becher doch noch mal auf und kippte den bitteren Sud hinunter.

»Auf nach Channadran!« sagte er.

3. KAPITEL

Unerwartete Gäste

Das Packen warf keine Schwierigkeiten auf. Tristan wählte die wärmste Kleidung, die er besaß, so viel davon, wie er sich auf den Rücken packen konnte, und seine magischen Utensilien. Polassar hatte einen Schuster in Dienst genommen und ließ ihre Stiefel mit Nägeln beschlagen, damit sie auf Eis und eisüberzogenem Felsen besseren Halt hätten. Tristans waren an diesem Morgen fertig geworden. Proviant, Kräuter und Arznei fielen in Elisenas Zuständigkeitsbereich, und Tristan hatte keinen Zweifel daran, daß sie sich mit der bei ihr üblichen Gewissenhaftigkeit darum kümmern würde.

Wenigstens hoffe ich, daß sie es besser erledigt, als du deine Aufgabe beim Anhören der Beschwerden, die an deinem Hof vorgetragen werden, meinte Thomas.

Tristan wurde schonungslos ins Hier und Jetzt zurückgeholt. Im Thronsaal war es sehr still, was aber keineswegs bedeutete, daß er leer war. Jemand hatte gerade noch einmal den Fall zusammengefaßt, den er behandelt haben wollte; Tristan hatte kaum die Hälfte davon gehört. Er unterdrückte ein Stöhnen und hoffte, daß sein vermutlich leerer Gesichtsausdruck als tiefes Nachdenken über eine gerechte Lösung gedeutet werden würde.

Vielleicht hast du dieses Glück. Aber so dunkel ist es hier drin eigentlich nicht.

Tristan schluckte, befeuchtete sich die Lippen und verkündete mit fester Stimme seinen königlichen Schiedsspruch, wonach es dem Schäferhund erlaubt sein sollte, die Frage zu klären, welches Schaf zu welcher Herde gehörte. Standen denn die Hunde schließlich nicht in engerem Kontakt zu ihren Schützlingen als die Schäfer?

Zunächst hatte er Bedenken wegen der Schlichtheit seiner Lösung, doch sie wurde wunderbarerweise akzeptiert, ja sogar bewundert als ein Beispiel für gesunden Menschenverstand und ausgeprägtes Gerechtigkeitsempfinden – eben das, wofür man zu einem König kam.

Du traust der Meinung eines Hundes? fragte Thomas entgeistert.

»Es gibt kaum Schäfer, die sich Katzen halten. Ich hatte keine Wahl.«

Tristan sah dem letzten Schaulustigen nach, der den Thronsaal verließ. Der Schreiber, der begonnen hatte, die Vorfälle des Morgens aufzuzeichnen, hatte sich entfernt unter dem Vorwand, einen neuen Federkiel holen zu müssen – das war zwei Stunden her –, und war seitdem nicht mehr aufgetaucht. »Das war dann wohl der letzte.«

»Nicht ganz.«

Tristan erstarrte und versuchte zu erkennen, welcher Schatten da sprach. Er kannte die Stimme, doch er hatte sie das letztemal weit weg von Crogen gehört. Ihr Klang hatte sich ihm tief eingeprägt, und zwar aus Gründen, die außerdem jeden Irrtum ausschlossen.

Reynaud machte einen Schritt auf ihn zu, wobei sein schwarzer Umhang mit dem eleganten Faltenwurf sich kaum bewegte.

»Wie seid Ihr denn hergekommen?« fragte Tristan flüsternd. Im selben Moment, als ihm die Worte über die Lippen kamen, wünschte er, sie zurücknehmen zu können, doch es gab keine Hoffnung, sich ungesehen oder ungehört davonzuschleichen.

»Was haltet Ihr von einem Rauchschwaden als Transportmittel?« schlug Reynaud vor, während er einen weiteren Schritt auf den Thron zu machte. »Also, ehrlich gesagt, bin ich durchs Hauptportal hereingekommen. Jetzt, da Crogen sich nicht mehr im Belagerungszustand befindet, ist das entschieden einfacher, als Ihr vielleicht annehmt.«

Eine Begegnung mit Nímir persönlich könnte kaum eine schlimmere Marter sein. Tristan hatte allerdings nicht die Möglichkeit, das genau zu beurteilen. In seiner Magengrube bildete sich ein Eisklumpen, und sein Geist zappelte verzweifelt. Er konnte sich nur an ein einziges Mal erinnern, an dem er genau wie jetzt mit Reynaud allein gewesen war, obwohl sie sich doch schon etliche Male begegnet waren. Wenn das möglich war, dann war er bei diesem zweitenmal noch entsetzter als beim ersten. Er kannte den Mann jetzt viel besser und hatte nicht nur seinen Instinkt, sondern auch Tatsachen, an die er sich halten konnte.

Tristans Finger schmerzten, so fest umklammerte er den Griff seines Dolchs, obwohl ihm sein Gehirn ruhig, aber beharrlich einzureden versuchte, daß eine so armselige Waffe nichts ausrichten könnte gegen einen Zauberer von Reynauds Format. Sein Schwert hätte ihm vielleicht einen wirkungsvolleren Schutz geboten, doch es befand sich gerade eben außerhalb seiner Reichweite, angelehnt an den Thron – nah genug, um ihm vielleicht bei der vernünftigen Einschätzung der Lage durch eine entsprechende Inspiration zu helfen, doch zu weit weg, als daß er schnell danach hätte greifen können. Crogen war sein Zuhause, es war für ihn sicherer Boden. Er hatte nicht daran gedacht, daß er sich auch hier bewaffnen müßte.

»Wann seid Ihr denn aus Kôvelir zurückgekommen?« Vielleicht fände er Mittel und Wege, die Dinge so lange hinauszuzögern, daß Thomas Zeit genug hätte, zu Elisena zu laufen. Der Kater konnte sicher aus dem Saal schlüpfen, bevor er bemerkt würde. Tristan strengte sich an, seine Stimme fest klingen zu lassen.

»Das Wetter war auf dieser Seite des Est recht unfreundlich. Ich habe mich so lange am anderen Ufer aufgehalten, bis der Sturm vorbei war.« Reynaud lächelte.

Tristan hatte das Gefühl, vor einer Falle zu stehen, die

er weder umgehen noch durchschauen konnte. Wie hoch durften seine Erwartungen an Thomas' Laufgeschwindigkeit sein? Bisher waren nur wenige Sekunden vergangen. Er mußte noch eine ganze Weile durchhalten, bevor er mit Verstärkung rechnen konnte. Er hoffte nur, daß Elisena wenigstens in ihrer Destillierkammer war und Thomas sie nicht noch lange zu suchen brauchte.

Er nahm eine kleine Bewegung neben seinen Füßen wahr. Als er hinuntersah, bemerkte Tristan mit Entsetzen, daß sich Thomas gerade dort niederließ, wobei er sich den Schwanz ordentlich um die Pfoten wickelte. Dem Kater war offensichtlich nicht klar geworden, daß alle Hoffnung auf eine Rettungsaktion auf ihm ruhte, und unter Reynauds aufmerksamem Blick gab es auch keine Möglichkeit, ihn in den Plan einzuweihen.

»Doch mein Benehmen ist ungeziemend«, sagte Reynaud.

Diese Worte und eine aus den Augenwinkeln wahrgenommene Bewegung veranlaßten Tristan, den Kopf zu heben, während sich sein Herz in der Brust aufbäumte und die Hand nach dem zwecklosen Dolch tastete. Er starrte Reynaud fassungslos an, und seine Verblüffung wuchs von Sekunde zu Sekunde.

Reynaud war auf die Knie gefallen und verharrte in einer eleganten Unterwerfungsstellung, mit gestrafftem Rücken und dem rechten Bein ehrerbietig Tristan zugewandt. Er spreizte die leeren Hände zu seinen beiden Seiten wie ein Tänzer zum Auftakt seiner Darbietung.

»Meine Zeit im Dienste Galans ist abgelaufen, mein Lord. Ich bin gekommen, um Euch zu bitten, in Euren Dienst treten zu dürfen.«

Wenn Reynaud den Wunsch zum Ausdruck gebracht hätte, in die Überbleibsel von Crogens Burgverlies geworfen zu werden, hätte Tristan nicht erstaunter sein können.

Reynauds dunkle Augen sahen ihn eindringlich an,

doch darüber hinaus verriet das Gesicht des Mannes nichts als das, was seine Worte ausdrückten.

Tristan war überzeugt davon, daß der andere einen Scherz mit ihm trieb, den er wahrscheinlich bald verstehen würde, und spürte, wie dementsprechend Zorn in ihm hochstieg. Gut! Wut kämpfte seinen Schrecken erfolgreich nieder. Er ließ nicht mit sich spielen, in welcher Gefahr er sich auch befinden mochte. Ärger vertrieb die Angst, verbrannte sie und verstreute die Asche.

»Steht auf, Reynaud! Unterwürfigkeit paßt nicht zu Euch, und ich falle nicht darauf herein.«

»Soviel Mißtrauen bei einer so einfachen Bitte? Bestimmt bin ich nicht der erste, der Euch ein solches Angebot macht. Ich habe gehört, daß sogar Baird von Amrein hier willkommen geheißen wurde.« Reynaud erhob sich geschmeidig und näherte sich dem Thron, anscheinend ohne einen Fuß vor den anderen zu setzen. Tristan widerstand dem Drang, zurückzuweichen.

»Ihr müßt wissen, daß Ihr nichts von mir zu befürchten habt. Wie könnte ich es auch wagen, Euch hier etwas anzutun, am hellichten Tag und mit Euren Freunden in Rufweite?«

Jetzt war Tristan an der Reihe zu lächeln – voller Bitterkeit. »So etwas hat Euch doch bisher noch nie gehindert. Ihr habt mich an Galan verraten. Ihr habt mich an den Rat der Neun verraten. Ich müßte doch ziemlich einfältig sein, wenn ich Euch jetzt Glauben schenken sollte, nicht wahr?«

»Hm.« Reynaud strich sich über den ordentlichen Bart. »So ist das! Nun«, – er machte eine Handbewegung, die Nachdenklichkeit andeutete –, »ich bin in gewisser Weise stolz auf meine Treue. Sie band mich an Galan, als er Euch nach dem Leben trachtete. Möglicherweise hätte ich es vorgezogen, mich anders zu verhalten, doch meine Pflicht ihm gegenüber ließ mir keine Wahl. Das werdet Ihr doch sicher einsehen.«

Tristan lachte; eher, weil seine Nerven so überreizt waren, als weil ihn Reynauds Pflichtbewußtsein so sehr belustigt hätte. »Spielt nicht den Edelmütigen! Ihr habt mich zu Eurem eigenen Vorteil an Galan verraten. Kein Mensch kann Euch an etwas binden, wenn Ihr es nicht wollt!«

»Verrat ist ein ziemlich schwerwiegender Vorwurf«, entgegnete Reynaud. »Das bedeutet, daß ich damals Euer Vertrauen genossen hätte – was gewiß nicht stimmt. Ich will mich nicht von der Schuld freisprechen, doch bin ich auch nicht bereit, mehr als meinen Teil davon auf mich zu nehmen. Wie dem auch sei, ich war zu der Zeit, als wir uns in Kôvelir begegneten, aus Galans Diensten bereits ausgetreten.«

»Und was war mit dem Rat?«

»Der Rat hatte Euch bereits fest in der Hand, als ich in die Stadt kam. Ich war genauso überrascht, Euch dort zu sehen, wie Ihr überrascht wart, mich zu sehen. Vielleicht wäre ich in der Lage gewesen, mich für Eure Freilassung zu verwenden, wenn es Cabal nicht geschafft hätte – doch durch Eure Flucht habt Ihr solche Pläne vereitelt.«

»Ich wollt also behaupten, Ihr hattet den Rat gebeten, mich freizulassen?« Das war so weit jenseits jeder möglichen Wahrheit, daß man nur darüber lachen konnte.

»Warum sollte ich mir die Mühe machen, Behauptungen zu beweisen, denen Ihr so offenkundig keinen Glauben schenkt? Doch da Ihr darauf besteht, werde ich den Versuch machen. Mein Lord, ich darf doch annehmen, daß Ihr heute schon genügend Zeit in dieser unfreundlichen Halle verbracht habt. Könnten wir uns nicht an einen etwas gemütlicheren Ort begeben, um unsere Unterhaltung fortzusetzen?«

»Nein. Ich erwarte nicht, daß es lange dauern wird.« In Tristan kam der Verdacht auf, daß es einen besonderen Grund geben mußte, warum ihn Reynaud dort, wo er jetzt stand, nicht anrühren konnte. Es war zwar nur ein unbestimmtes Gefühl, doch er war entschlossen zu bleiben, wo er war.

Reynaud hob die Schultern. »Wie Ihr wünscht, mein Lord. Ihr habt vielleicht schon erraten, daß ich bereits vor vielen Jahren von Kôvelir hierhergekommen bin. Ich glaube, Lady Elisena weiß das. Was sie *nicht* weiß, ist die Tatsache, daß mich einige der damaligen Ratsmitglieder in geheimer Mission hierher abgesandt haben. Sie waren der Ansicht, daß die Verhältnisse in Calandra einer Überprüfung an Ort und Stelle bedurften, und zwar aus verschiedenen Gründen, mit deren Einzelheiten ich Euch nicht langweilen möchte.«

»Ich danke Euch für Eure Rücksichtnahme.«

Reynaud ging nicht auf die Unterbrechung ein, sondern fuhr mit seinen Erklärungen fort. »Es war eine reine Überlebensmaßnahme, daß ich mich dem einzigen Lord anschloß, den ich fand, der genug Verstand hatte, den Wert, den ein Zauberer auch heute noch hat, richtig einzuschätzen. Das Magierhandwerk stand in jenen Tagen nicht besonders hoch in der allgemeinen Gunst, und ich hatte nicht viele Möglichkeiten zu wählen. Zu jenem Zeitpunkt sprach viel dafür, daß Galan als Sieger aus dem allgemeinen Machtkampf hervorgehen würde. Wenn das so wäre – und ich konnte einiges tun, um die Dinge in diese Richtung zu beeinflussen –, dann hätte ich einen sicheren Platz im Herzen der Ereignisse innegehabt, und das war ein Vorteil, den ich sehr anstrebte. Es war ein sehr langfristig angelegter Plan, der sich erst nach vielen Jahren auszahlen würde, doch das war es, was meine Meister in Kôvelir erwarteten und worauf sie sich vorbereiteten. Die Geschehnisse entwickelten sich dann lange Zeit so, wie sie es vorausgesehen hatten und wie ich sie gesteuert hatte. Und dann betratet Ihr den Schauplatz.«

»Das muß ein schwerer Schock für Euch gewesen sein«, meinte Tristan spitz.

Reynaud runzelte die Stirn. »Es hat meiner Mission

kaum geschadet, außer daß es mich einige Zeit kostete, mich von Galan zu befreien. Es gab einige Pakte, die berücksichtigt werden mußten. Ich kannte mich damals schon so gut in der Zauberei aus, daß ich unverbrüchliche Eide aufheben konnte. Ich sehe, daß Ihr mir immer noch nicht traut. Das wird, befürchte ich, eine größere Gefahr sein als Galan.«

»Ich werde gelegentlich eine Träne vergießen.«

»Vielleicht werdet Ihr Grund dazu haben«, erwiderte Reynaud scharf. »Ich könnte von großem Nutzen für Euch sein. Mein Lord, ich kann Euch keinen Beweis bieten, damit Ihr meine Aussagen überprüfen könnt – schon gar nicht im Zusammenhang mit dem Rat. Bei dem Klima, das dort herrscht, werden Geheimnisse auch solche bleiben.«

»Sehr praktisch. Und was führt Euch zu mir? Wie kommt es, daß Euch der Rat nicht eingesperrt hat, bevor Ihr Euer kleines Geheimnis ausplappern konntet?«

»Zur Zeit sind sie stark mit anderen Dingen beschäftigt. Vor einer Woche fegte ein entsetzlicher Sturm durch das Tal des Est. Im weiten Umkreis der Stadt wurde die ganze Ernte vernichtet. Einige glauben jetzt an die Macht Nímirs, doch deren Kampf gegen die übrigen Mitglieder des Rats erweckt in mir nur Ungeduld. Hier gibt es jetzt entschieden Sinnvolleres zu tun als in Kôvelir.«

»Und das hat Euch zu mir geführt?«

»Als ich noch Lehrling war, habe ich geschworen, mit all meiner Kraft und notfalls unter Einsatz meines Lebens gegen Nímir zu kämpfen. Ich werde mich jetzt kaum dem Gegenteil zukehren und ihn unterstützen; und auch weder Galan noch die Schwachköpfe vom derzeitigen Rat.« Er sah Tristan eindringlich ins Gesicht. »Bewegt Euch all das nicht? Wie ist es dann mit der Bruderschaft der Zauberer?«

»Wenn Ihr Brüder sucht, dann schlage ich vor, Ihr geht zurück nach Kôvelir«, sagte Tristan barsch.

»Ich bin nach *hier* versetzt worden ...« Reynaud rang mit Mühe um Selbstbeherrschung, was Tristan sowohl mit Überraschung als auch mit Genugtuung feststellte. Er fuhr etwas weniger aufgebracht fort: »Wir beide ziehen doch am gleichen Strang. Versteht Ihr das denn nicht? Wir mögen zwar einige persönliche Differenzen gehabt haben ...«

Tristan hörte nicht mehr zu. Es gab wichtigere Dinge, über die er nachdenken mußte. Anfangs hatte er gehofft, er könnte den Mann so sehr beleidigen, daß er sich von selbst entfernen würde. Was er unbedingt vermeiden wollte, war, daß Reynaud sich weiterhin in Crogen herumtrieb, nachdem er und Elisena weg waren. Jemanden wie ihn konnte er nicht im Rücken gebrauchen, und Allaire würde genügend andere Dinge zu tun haben. Doch Reynaud ging nicht darauf ein. Tristan müßte etwas anderes versuchen, da er keine Mittel hatte, ihn zum Gehen zu zwingen.

»Nun gut. Erspart mir viele Worte. Ihr könnt hier nicht bleiben.«

Was? Mit dieser Entscheidung hatte Thomas nicht gerechnet.

Reynaud sah genauso verdutzt aus wie Thomas. »Mein Lord ...«

Tristan schnitt ihm mit einer Handbewegung das Wort ab. »Ihr könnt von mir aus in Calandra bleiben – aber nicht in Crogen und nicht in meiner Nähe.«

Reynaud zog die Brauen hoch, doch Tristan schenkte seinem Gesichtsausdruck keine Beachtung. »Ich möchte Euer Gesicht nie mehr sehen«, fuhr er fort. »Ihr könnt es ja in Radak versuchen. Dort fühlt Ihr Euch bestimmt gleich zu Hause, und es ist angenehm weit weg von hier.«

»Eben. Da könnte ich gleich nach Kôvelir zurückkehren.«

»Ja. Das könntet Ihr wirklich.«

Reynauds Umhang wirbelte herum. Tristan fühlte

sich an Thomas erinnert, der genauso mit dem Schwanz wirbelte, wenn ihm irgend etwas gegen den Strich ging. »Eure Bedingungen scheren mich wenig, mein Lord.«

»Das hatte ich angenommen.«

Wieder geriet der Umhang in Wallung. »Ich betrachte mich also als von Euch entlassen. Seine Dienste anzubieten ist ein mühsames Geschäft.«

»Und es ist ein weiter Ritt bis Radak«, sagte Tristan mit Verachtung in der Stimme. Er fragte sich, ob Polassar wohl stolz auf ihn gewesen wäre.

Reynaud, der sich bereits ein paar Schritte entfernt hatte, hielt inne und drehte sich noch einmal zum Thron um. »Oh, ich habe Euch noch etwas anzubieten, außer meinen Diensten«, sagte er wie nebenbei. »Ihr werdet es in der Küche finden.«

Ich bin überrascht, daß er es so gut aufgenommen hat.

»Ich auch, Thomas.«

Und wenn er es nicht getan hätte? Du hast wirklich eine merkwürdige Art, mit Situationen fertigzuwerden – und seit Polassar an dir herumerzieht, ist es noch viel schlimmer geworden. Nur noch Kraftprotzerei und keine Kunstfertigkeit mehr!

»Vielen Dank. Wenn du losgegangen wärst, um Hilfe zu holen, dann hätte ich das nicht auf meine unnachahmliche Art zu regeln brauchen.«

Hätte ich das tun sollen? Thomas ließ die Schwanzspitze zucken und mimte den Überraschten. *Herrje, ich war so neugierig auf den Verlauf der Unterhaltung, daß ich darauf gar nicht gekommen bin. Wessen Hilfe hättest du dir gewünscht?*

»Der springende Punkt ist, daß ich *vielleicht* welche gebraucht hätte. Reynaud ist nicht der Typ, der Höflichkeitsbesuche abstattet, und ich glaube ihm nicht, daß er nicht mehr zu Galan gehört. Aber ich kann es jetzt wirklich nicht mehr mit Sicherheit sagen.«

Du hättest es erraten können. Dieser Mann gibt sich nicht

mit Verlierern ab – was dir so richtig zu Herzen gehen müßte. Was hat er mit der Sache in der Küche gemeint?

»Ich weiß nicht. Vielleicht sollten wir mal nachsehen.«

Es ist sowieso gleich Zeit zum Essen.

In der Küche brannte ein helles Feuer, und eine beträchtliche Menge von Leuten hatte sich um den auf Böcken liegenden Tisch geschart, der den größten Teil des Arbeitsbereichs vor dem Herd ausfüllte, doch es war weder die Zu- noch die Vorbereitung einer Mahlzeit im Gange. Tristan hielt verunsichert inne, seine Hand lag immer noch auf der Türklinke. Er war sich nicht ganz klar darüber, was er vor sich sah. Er hatte keine Ahnung gehabt, was er von Reynauds Worten halten sollte, und er brauchte Zeit, sich darüber Gedanken zu machen.

Bei näherem Hinsehen entpuppte sich die Gruppe als aus drei Erwachsenen und einem Kind bestehend. Es war offenbar auch noch ein rechter Grünschnabel, der Junge, den Elisena mit einer Medizin verarztete, die Tristans Nase als Salbe aus Beinwellblättern erriet.

»Das sind nur ein paar Frostbeulen«, sagte sie. »Nichts Schlimmes, sie werden nicht weh tun. Sofern Ihr sicher seid, daß Eure Füße nicht in der gleichen Verfassung sind. Hat irgend jemand ...« Während sie sprach, wischte sie sich die Hände an einem Tuch ab, und als sie aufsah, erblickte sie Tristan, der zögernd an der Tür stand.

Elisena lächelte ihn an, entweder als Begrüßung oder aus Erleichterung. Alle Köpfe bis auf den des Kindes drehten sich in die Richtung, in die sie blickte – auf eine derart verstohlene und erschreckte Art, daß Tristan noch eine ganze Weile lang niemanden von ihnen erkannte.

Dann verrutschte eine der Kapuzen und enthüllte wirres rotes Haar und ein scharfgeschnittenes, gequältes Gesicht. »Euer Wetter ist etwas wechselhaft für den Sommer«, sagte eine Stimme mit beißendem Tonfall.

»*Crewzel!*«

»Einen neuen Anfang hat er mir versprochen. In einem freundlichen Land. Und dabei wären wir fast in einem hochsommerlichen Wirbelsturm umgekommen. Nachdem wir fast verhungert und im Fluß aller Flüsse ertrunken wären! Es geschieht mir recht, weil ich so vertrauensselig war ...«

Die Gestalt, die neben ihr saß, legte Crewzel eine Hand auf den Arm, entweder um sie zu beruhigen oder um sie zum Schweigen zu bringen. »Hier sind wir jetzt sicher. Das ist das einzige, das zählt.«

»Vielleicht das einzige, das für *dich* zählt ...«

Der Mann schüttelte erschöpft den Kopf, dann blickte er von Crewzel zu Tristan. »Ihr seht überrascht aus, uns zu sehen, mein Lord. Habt Ihr vergessen, daß Ihr uns eingeladen habt, oder bereut Ihr es vielleicht?«

Endlich hatte sich Tristan so weit gefangen, daß er sich wieder bewegen konnte, und er ging quer über den Boden aus groben Steinen, um Jehan herzlich auf den muskulösen Unterarm zu klopfen. »Ich habe es nicht vergessen! Ich hätte nur nicht gedacht, daß es Euch gelingen würde, so bald herzukommen ...«

»Wir hatten kaum den Großen Fluß ganz überquert, da brach das schlimmste Unwetter los, das ich je erlebt habe, selbst in den Bergen Kinarks. Hagel wie ein dichter Vorhang, Windböen wild wie Wölfe und eine Kälte, die einem die Knochen zum Schrumpfen brachten, fielen über uns her, bevor wir richtig begriffen, was los war. Es war stockfinster, obwohl gerade erst Mittag vorbei war.« Jehan wischte ein paar Krümel von seinem Essen weg.

Tristan nickte. »Ich weiß. Nímir überfiel mich mit einem seiner Unwetter, kurz nachdem ich Euch in der Stadt zurückgelassen hatte.«

»Wir suchten nach einer geschützten Stelle, aber wir hatten die Küste noch nicht ganz erreicht, als das Unwetter begann – ich wußte nicht einmal, in welcher Richtung der Hafen lag, falls es dort überhaupt einen gab. Als nächstes wurden wir wieder auf den Est hinausgetrieben, und ich schwöre, daß er zufror. Sah aus wie schwarzes Glas. Und der Sturm war so heftig, daß er uns schließlich ans Ufer warf, während der Hagel uns durch die Kleidung hindurch die Haut aufriß. Ich war sicher, daß wir längst an der Großen Pforte vorüber waren, und ich verfluchte meinen törichten Entschluß, in dieses verrückte Land zu reisen, besonders weil ich Crewzel dabei hatte – und den Jungen und das Mädchen.«

Tristan warf einen Blick zur anderen Seite der Küche, wo Kitri die Tänzerin neben dem Feuer saß und Delmon zusah, der ein Stück Garn baumeln ließ, nach dem Thomas herablassend mit der Pfote schlug. Ihnen schienen die Strapazen des Unwetters und der Reise durchs Landesinnere nach Crogen nicht allzuviel angehabt zu haben, doch Tristan konnte sich gut vorstellen, in welche Panik Jehan als Anführer des Unternehmens und Verantwortlicher für ihr aller Leben geraten sein mußte. Ob sie jetzt in Sicherheit waren oder nicht, sie hatten sich auf jeden Fall in großer Gefahr befunden.

Crewzel war in eine Unterhaltung mit Elisena vertieft, wobei Elisena Fragen stellte und Crewzel jedesmal zögernd zu Jehan blickte, bevor sie antwortete. Tristan hatte noch nie erlebt, daß sie dem Schmied soviel Aufmerksamkeit schenkte, und er vermutete, daß zwischen den beiden so einiges vorgefallen sein mußte, seit er sie verlassen hatte – mehr als nur die Befreiung Crewzels aus ihren unverdienten Fesseln durch Jehan und das Auffinden Delmons.

»Ihr habt sie also gefunden«, sagte er zu Jehan.

»Jawohl. Und zwar genau dort, wo Ihr gesagt habt. Dann haben wir uns auf die Suche nach dem Jungen gemacht. Die kleine Tänzerin war eine große Hilfe. Es scheint kein zu hoher Preis für alles, was sie getan hat, zu sein, daß wir sie mit hierhergebracht haben.« Er sagte das aus der Unsicherheit heraus, ob sich die Einladung nach Calandra auch auf Kitri bezog.

»Ich habe noch nie erlebt, daß Ihr einen zu hohen Preis bezahlt habt«, beruhigte ihn Tristan. »Und ich nehme an, eine Tänzerin macht sich an einem Königshof ganz gut.«

»Genau das hat *sie* auch gesagt.« Jehan lachte und steckte sich die Pfeife an. »Was einen zu hohen Preis betrifft, so bin ich nicht ganz sicher, wie das im Moment aussieht. Aber es wird sich zeigen, nehme ich an.«

Tristan nickte langsam, sah wieder Crewzel an und überlegte, wie er auf die Dinge zu sprechen kommen könnte, die ihn im Augenblick am meisten drückten. »Wie habt Ihr es dann bis hierher geschafft? Was geschah während des Unwetters?«

»Wir wurden gerettet. Zunächst dachte ich, durch Euch.«

Tristan runzelte die Stirn. »Durch *mich?* «

»Nun, es war dunkel«, erklärte Jehan. »Der Fluß schwoll an, und ebenso der Sturm, wie ich schon sagte. Ich dachte, unser Ende sei gekommen. Und dann kam der Mann aus der Finsternis, mit einem dunklen Umhang und auf einem großen schwarzen Pferd. Ich sah, wie sich seine Hände durch die Luft bewegten und dabei Spuren von Licht hinterließen, als ob seine Finger Kerzen wären ... danach konnte ich den Sturm immer noch hören, aber er peitschte uns nicht mehr so heftig. Da wußte ich, daß er ein Zauberer war – und an wen hätte ich sonst denken sollen? Erst als ich Euren Namen aussprach und er nicht darauf reagierte, fing ich an, unsicher zu werden. Er schob für einen Augenblick seine Kapuze zurück, und ich sah, daß ich mich geirrt hatte.«

In der Aufregung der Wiedervereinigung hätte Tristan beinah vergessen, daß Reynaud davon gewußt hatte, daß der Schmied und sein Anhang angekommen waren. Das war ein Problem, das er nicht mehr lange verdrängen konnte. »Was sagte er?«

»In jenem Moment nicht viel. Wir waren so sehr damit beschäftigt, uns durch den Sturm zu arbeiten. Er verriet uns nicht einmal, wohin er uns führte – ich glaube, ich fühlte mich erst in dem Augenblick ganz sicher, als Ihr zur Tür hereinkamt. Obwohl uns Eure Lady ein herzliches Willkommen bereitet hat, wenn man bedenkt, wie sehr wir sie überrascht haben.«

Elisena, deren Näherkommen Jehan gewiß zu diesem Satz inspiriert hatte, drückte sich neben Tristan auf die Bank.

»Überraschungen sind nichts Unangenehmes. Herzlich willkommen, Jehan von Kinark. Es werden Zimmer für Euch hergerichtet. Ihr könnt unsere Gastfreundschaft besser beurteilen, wenn Ihr Euch ein wenig ausgeruht habt.«

Jehan stimmte dem höflich zu, und Crewzel sagte etwas zu Delmon in dem Sinne, daß Leute, auch wenn sie so müde seien, um auf dem Boden zu schlafen, das nicht unbedingt tun müßten, und wo er überhaupt glaubte zu sein. Delmons Reaktion, die darin bestand, daß er sich gemeinsam mit Thomas neben dem Herd zusammenkringelte, deutete nicht darauf hin, daß er sich die Ermahnung seiner Mutter wesentlich ernster nahm, als es der Kater getan hätte. Jehan kehrte wieder zum vorherigen Thema des Gesprächs zurück.

»Ihr kennt den Mann also, wie ich annehme?« fragte er Tristan.

»O ja«, gab Tristan zu. »Besser, als mir lieb ist. Sein Name ist Reynaud.«

»Und er gehört nicht zu Euren Freunden, Eurem Ton nach zu urteilen.«

»Nein.«

»Ich frage mich, warum er sich die Mühe gemacht hat, uns zu helfen?«

»Das frage ich mich auch. Ich hätte so etwas nicht von ihm erwartet. Habt Ihr ihm erzählt, daß Ihr auf dem Weg hierher wart?« War *das* die Erklärung für Reynauds Spiel? Wollte er sich einfach Tristans Gunst erschleichen? Aber wie konnte Reynaud wissen, auf welche Weise er das erreichen konnte, und was lag ihm überhaupt daran?

Jehan runzelte die Stirn und schüttelte den Kopf. »Jetzt, da Ihr danach fragt, fällt mir ein, daß wir ihm nichts erzählt haben. Wir haben sowieso kaum gesprochen, da wir vom Kampf gegen das Unwetter viel zu sehr in Anspruch genommen waren. Und er schien auf eine Unterhaltung auch keinen Wert zu legen. Ich muß Crewzel fragen, ob sie ihm vielleicht etwas gesagt hat.«

Tristan grinste; seine Stimmung hob sich etwas bei der Vorstellung, was Crewzel wohl zu Reynaud gesagt haben könnte. Ihre scharfe Zunge war möglicherweise eine wirkungsvolle Peitsche, die Reynaud nach Crogen getrieben haben könnte.

Und Reynauds kleines Kunststück hatte ihm nichts weiter eingebracht als schmerzende Ohren. Seine gute Tat hatte nur Mißtrauen hervorgerufen – und Tristan würde ihn nicht zurückholen.

4. KAPITEL

Aufbruch

DIE UNTERBRINGUNG der Neuankömmlinge nahm Zeit in Anspruch und warf Probleme auf – und löste gleichzeitig einige.

Die Frage, wem Crogen während der Zeit ihrer Abwesenheit anvertraut werden sollte, hatte sich auf einfache Art beantwortet. Polassar hatte der Gedanke, Allaire mit der Erledigung aller Angelegenheiten allein zu lassen, sehr mißfallen. Den Schein aufrechtzuerhalten, daß sich Tristan unverändert in Crogen aufhielt, würde ein beträchtliches Maß an Erfahrung und einige Unterstützung erfordern, auch wenn Tristan die Zügel des Reichs alles andere als straff in der Hand gehabt hatte. Die Anwesenheit des starken, zuverlässigen Jehan würde Allaire die Aufgabe sehr erleichtern.

Über Mittel und Wege war ausführlich diskutiert worden, man hatte sich über Pläne und unberechenbare Möglichkeiten geeinigt. Weitere Vorbereitungen brauchten nicht mehr getroffen zu werden, und es wäre auch keine Zeit mehr dafür gewesen. Der Morgen des Tages ihres Aufbruchs dämmerte bereits.

Tristan, dem nur wenige Stunden zum Schlafen geblieben waren, packte seine letzten Sachen zusammen, als der Himmel schon grau wurde.

Er goß Öl auf einen Stapel von weichen Stofftüchern, schob den Stöpsel wieder in die Flasche und stellte sie weg, während der Stoff das Öl aufsaugte. Schließlich faltete er die Tücher zusammen und stopfte sie in einen Lederbeutel, den er sorgfältig mit einer Schicht Wachs wasserdicht gemacht hatte. Es ging ihm nicht so sehr darum, die Tücher trocken zu halten – ölgetränkt, wie sie waren, würden sie nicht so leicht Wasser aufnehmen – doch er wollte nicht unbedingt den Rest seiner Ausrüstung auch noch voller Öl haben. Nachdem das getan war, konnte er einen weiteren Punkt auf seiner Liste streichen, die er sich ins Gedächtnis eingeprägt hatte – nämlich ölgetränkte Lappen zum Rostentfernen und Polieren seines Schwerts. Tristan ließ einen kleinen Wetzstein in den gewachsten Beutel fallen und zog die Lederriemen zu, die den Verschluß des Gepäckstücks bildeten.

Troubadour hüpfte quer über den Tisch auf das Gepäck zu und zwitscherte beharrlich.

»Nein, wirklich nicht, ich habe dich nicht vergessen. Sieh nur!« Tristan hob eine kleine schwere Tasche hoch. Sie war prall gefüllt mit Körnern, so daß der Inhalt kaum klapperte, als er sich beim Hochheben der Tasche bewegte. »Außerdem habe ich noch trockene Kekse und ein Stück Apfel für dich dabei.« Er berührte andere kleine Päckchen.

Troubadour, der damit zufrieden war, flog zur nächsten Fensterbank und stimmte bei der Landung ein Lied an.

Tristan packte mit Bedacht weiter, wobei er etwas zerbrechlichere Teile zwischen weichere Kleidungsstücke bettete. Irdene Becher mit Kräutern und Arzneimitteln wurden also in die Mitte des Gepäcks gesteckt, zusammen mit einigen Wachskerzen, die wahrscheinlich zerbrechen würden, wohin er sie auch packte. Tristan brachte noch Beutelchen mit allerlei Kleinigkeiten so gut unter, wie er konnte – ein Päckchen Nadeln, etwas Faden und dünne Lederriemen. Er mußte damit rechnen, daß einige seiner Sachen unterwegs repariert werden mußten. Blais' Zauberbuch hob er bis zuletzt auf – er wollte, daß das ganz obenauf im Rucksack lag, wo er es jederzeit zur Hand hätte, falls er einen Rat brauchte.

Sein Schwert, das er auch lieber in direkter Reichweite hatte, steckte in der Scheide und brauchte nur noch umgegurtet zu werden. Sein Kästchen mit den magischen Steinen hing schon am angestammten Platz links an seinem Gürtel. An einem Haken neben der Tür hing sein neuer Umhang, ein angenehm schlichtes Cape in Dunkelgrün und noch dunklerem Blau. Es war ein Geschenk von Elisena; obwohl es großzügig geschnitten war, um ihn warm zu halten, war es geschickt so geschneidert, daß es ihm leicht wie Distelflaum auf den Schultern lag und ihn angenehm wie die Sonne wärmte.

Thomas steckte die Nase in den Rucksack und schnupperte geringschätzig. Troubadour schalt ihn, weil er an den Beutel mit Körnern stieß, dann erhob er sich in die Luft und ließ sich majestätisch auf dem Knauf von Tristans Schwert nieder.

Wenn da nicht auch Katzenminze drin ist, dann kannst du was von meinen Krallen erleben, sobald du dir zum erstenmal einbildest, daß du dich zur ungestörten Nachtruhe hinlegst.

Tristan deutete auf einen besonders prallen und duftenden Beutel. »Hast du eine verstopfte Nase, daß du das nicht riechst? Natürlich habe ich die dabei. Warum auch nicht? Katzenminze ergibt einen wundervollen Tee.«

Thomas schnaubte. *Jemand muß sich um meine Belange kümmern. Und normalerweise bin ich das.*

»Soll ich vielleicht auch ein paar Mäuse für dich einpacken, da ich gerade dabei bin? Oder ziehst du die sportliche Übung vor, dir selbst welche zu fangen?«

Ich werde es dich wissen lassen. Hast du daran gedacht, deine Stiefel ordentlich mit Fett einzureiben?

»Thomas! Ich habe einen wasserabweisenden Zauber angewendet.«

Und hast du sie ordentlich mit Fett eingerieben?

Tristan rollte die Augen vielsagend gen Himmel. »Ja, natürlich. Glaubst du, ich hätte vollkommen den Verstand verloren und verließe mich auf *meine* Magie, um keine nassen Füße zu bekommen?«

Weißt du, wenn du diesen anderen Zauber richtig hinbekämst, könntest du damit auftreten.

Tristan erschauderte; er wollte nicht an das Fiasko des vergangenen Morgens erinnert werden. Er hatte versucht, den Sonnenschein in einige große Kristalle aus klarem Quarzstein zu bannen. Man konnte davon ausgehen, daß sich so etwas in Channadran als äußerst wertvoll erweisen würde, besonders wenn die Witterung dort dunkel und bewölkt war. Und die Zauberformel, die er im Zauberbuch gefunden hatte, klang sehr vielversprechend.

Es schien sogar zu gelingen. Die Kristalle lagen in der Sonne, während er Worte darüber sprach und in ein Stück scharlachrote Schnur kunstvolle Knoten knüpfte, um das Licht auf magische Art zu fesseln. Dann war eine Wolke in einem ausgesprochen ungünstigen Augenblick vorübergezogen, seine Zunge war über ein Wort gestolpert, und die Katastrophe nahm ihren Lauf. Wenn der Raum, in dem er gearbeitet hatte, nicht von Steinmauern umgeben und nicht so gut wie gar nicht möbliert gewesen wäre, dann wäre der angerichtete Schaden noch größer gewesen, da unaufhörlich Funken aus dem gesprungenen Kristall stoben, ohne im geringsten auf die unterschiedlichsten Bezwingungsversuche einzugehen, die Tristan startete.

Tristan war dann Thomas gefolgt, der unter dem Arbeitstisch Zuflucht gesucht hatte. Nach einigen Minuten voller Panik merkte er, daß die Knoten immer noch in der roten Schnur waren – er hatte darauf gesessen. Nachdem sie gelöst waren, sprühte die Funkenfontäne noch ein paarmal knisternd und zischend, dann war Schluß. Der Raum befand sich da jedoch bereits in einem Zustand, für den das Wort Verwüstung schmeichelhaft gewesen wäre.

Tristan beschloß, daß sie auch ohne Sonnenkristalle zurechtkommen würden. Jetzt tat er sein Mißgeschick mit einem Schulterzucken ab, so gut er es konnte, da inzwischen einige Stunden vergangen waren und er die Sache aus etwas Distanz betrachtete. Doch er mußte feststellen, daß er nicht mehr wußte, bis wohin er beim Abstreichen seiner im Geiste aufgestellten Liste gekommen war.

»Thomas? Haben wir jetzt alles?«

Man kann nie so packen, daß man wirklich alles dabei hat, was man auf einer Reise braucht. Manches mußt du bewußt zurücklassen und ohne es auskommen. Und von allem, was du eingepackt hast, brauchst du sowieso nur die Hälfte. Das ist ein Naturgesetz.

»Ich danke dir von Herzen. Laß uns jetzt gehen – wir sind schon spät dran.«

Gut. Jede Minute später bedeutet eine Minute länger hier in der Wärme. Thomas zog die Pfoten tief unter sein dikkes Fell und betrachtete das Feuer im Ofen neben ihm.

»Ich lösche das Feuer«, warnte ihn Thomas.

Mit diesem Zauberspruch bestimmt nicht, sagte Thomas ermutigend, nachdem einige mißlungene Versuche die Flammen hatten so hoch auflodern lassen, daß sie über die Ränder schlugen. Tristan fluchte und nestelte an den Schnüren des Rucksacks herum, um das Zauberbuch herauszuholen – entschieden früher, als er es für erforderlich gehalten hatte.

»Giftwurz! Ich habe so etwas seit ewigen Zeiten nicht mehr getan. Das Feuer ist normalerweise längst von selbst erloschen, auch wenn ich es noch ganz gut hätte gebrauchen können.« Tristan fand die Formel, die er gesucht hatte, und sagte sie auf; dabei machte er die Handbewegungen gemäß den Anweisungen, die in dem Buch an den Rand geschrieben waren. Die Flammen erstarben, die Kohle zerfiel zu Asche, und ein sanfter Wirbelwind trug die Asche durch den Kamin hinaus, so daß der Ofen wie frischgeputzt aussah.

»Also, das ist ja toll! Ich möchte bloß wissen, warum mich Blais niemals den Zauber von Anfang bis Ende durchführen lassen hat.«

Weil du nicht das Problem hast, die Asche loszuwerden,

sondern wo du sie schließlich herunterfallen läßt. Erinnerst du dich an den Bürgermeister von Dühnkuhl?

»Nur zu gut. Ich hoffe nur, er hat nicht auch diese Asche abbekommen. Jetzt sollten wir uns aber aufmachen.«

Valadan war direkt innen an der Pforte zum Küchenbereich angepflockt, wo normalerweise Kutschgäule mit entschieden mehr Geduld warteten, als er an den Tag legte. Wiederholtes Stampfen und Schnauben zeigten, daß er es kaum erwarten konnte, sich endlich auf den Weg zu machen. Polassars graubraune Stute war in sicherer Entfernung von ihm angebunden; sie war bereits vollständig bepackt. Das Gewicht des Gepäcks trug nicht dazu bei, daß ihr Wesen sanftmütiger wurde. Sie sah sich finster im Hof um, mit gefletschten gelben Zähnen und gespreizten Hufen, jederzeit bereit, Tritte auszuteilen. Sie war jedoch so widerstandsfähig, wie sie häßlich war, und jedes sterbliche Pferd, das Finsterloch lebend überstanden hatte, hatte sich das zweifelhafte Recht erworben, bei diesem zweiten Befreiungszug teilzunehmen – wie launisch es auch sein mochte. Doch diesmal hatte Tristan den festen Vorsatz, daß Polassar sich selbst um sein Reittier kümmern müsse. In diesem Punkt standen königliche Würde und Selbsterhaltungstrieb in vollkommenem Einklang.

Die Gurte von Valadans Sattel waren noch nicht straff gezogen, während das Pferd wartete, doch jetzt würden sie bald losreiten. Tristan befestigte die Riemen sorgfältig und band sein Gepäck an der richtigen Stelle am Zwiesel des Sattels fest. Später würde er es selbst auf dem Rücken tragen müssen. Der Hengst begrüßte ihn fröhlich und blies ihm warme Luft hinten in den Halsausschnitt, während sich Tristan über die Riemen beugte; anschließend zupfte er ihn spielerisch am Umhang.

Letzte Gelegenheit für eine warme Mahlzeit, bemerkte Thomas.

»Ich habe eigentlich keinen großen Hunger.« Tristan zog zum letztenmal an den Gurten, um ihren Sitz zu prüfen. Die Schnallen hielten. Er rettete seinen Umhang aus Valadans Zähnen. »Ich glaube, ich habe gestern abend zu viel gegessen. Ich kann mir nicht vorstellen, was Allaire zum Küchenpersonal gesagt hat, daß solch ein Festessen aufgetischt wurde.«

Thomas sah ihn skeptisch an.

»Du kannst gehen. Ich glaube, ich gehe noch ein bißchen spazieren.«

Wenn du allein sein willst, dann kannst du es auch ohne Umschweife sagen. Thomas kringelte den Schwanz in die Höhe und trottete in Richtung Küche davon, während ihm bewußt war, daß es in der Tat ein merkwürdiges Festessen gewesen war, was Tristan am Abend zuvor verspeist hatte. Wenn er mehr als ein Stück trockenes Brot gegessen hatte, dann hatten sich seine Täuschungstricks ganz erheblich entwickelt.

Tristan sah dem sich entfernenden Kater nach, dann drehte er sich um und ging durch einen Bogengang und einige Innenhöfe. Die Obstbäume, die dort im Spalier standen, hingen voller grüner Birnen. Das war ein erfreulicher Anblick – der Frost im Frühling hatte nicht alle Blüten vernichtet, genausowenig, wie der Sturm der vergangenen Tage alle halbreifen Früchte vom Baum geschüttelt hatte. Elisena behütete die Bäume mit ganz besonderer Sorgfalt, doch Tristan fragte sich trotzdem, ob es wenigstens einige von ihnen schaffen würden, ihre Ladung vollends bis zur Reife zu retten.

Seine Gedanken verwirrten ihn, während er sie aus der Nähe begutachtete. Crogen war nicht sein Zuhause, obwohl er hier seit einigen Monaten lebte. Und doch merkte Tristan, daß es ihm etwas ausmachte, diesen Ort zu verlassen – sogar sehr viel ausmachte. Irgendwie hatte er das deutliche Gefühl, daß er etwas Wichtiges noch nicht erledigt hatte.

Tristans Hand strich über das Schwert, das ihm an

der Seite hing. Und bei dieser Berührung wurde das Gefühl noch klarer.

Auf ihm ruhte jetzt die Verantwortung – und diese Tatsache erforderte eine Anpassung seines Denkens. Es war noch gar nicht so lange her, da brauchte er sich nur um sich selbst zu sorgen – oder vielmehr hatte Blais sehr gut für ihn gesorgt –, doch jetzt, als König, war er unmittelbar zuständig für das Leben und Schicksal seiner Untertanen, jedes einzelnen der vielen Tausende. Schon bei der Krönung war ihm klar geworden, was er ihnen allen schuldete, doch es war leicht, diese Tatsache aus den Augen zu verlieren, von Tag zu Tag mehr.

Es war nicht so, daß er je vollkommen unbeschwert gelebt hätte – er hatte seit frühester Kindheit die Verantwortung für Troubadour und Thomas gehabt. Und dann, als er den Befreiungszug unternommen hatte, mit dem ihn Blais beauftragt hatte, mußte er sich sowohl um Allaire als auch um die ganze Mission kümmern – und auch um Polassar und Elisena, wenn auch in weit geringerem Umfang. Es gab Zeiten, da war das Vertrauen, das seine Freunde in ihn setzten, eine große Last, aber es war nichts verglichen mit dem, was jetzt auf ihm lastete. Er hatte es nicht erkannt, als es ihm richtig gutging. Und er fragte sich, ob das überhaupt irgend jemand von sich selbst erkennen könnte.

Wie sehr sich die Wirklichkeit der königlichen Regentschaft von der Vorstellung unterschied, die sich einfache Leute davon machten! Und was würde überhaupt aus all diesen einfachen Leuten, wenn ihrer Mission Mißerfolg beschieden wäre? Es war nicht nur sein eigenes Leben, das Tristan aufs Spiel setzte.

Wenn dieser Angriff auf Channadran fehlschlug, dann konnte keiner von ihnen hoffen, lebend die Berge zu verlassen. Die Schwierigkeiten in Calandra brauchten Tristan nicht mehr zu kümmern – doch wenn sie versagen würden, dann würden sie ihr Volk führerlos und ungeschützt zurücklassen. Tristan verscheuchte krampfhaft derartige Gedanken, dann nahm er sie mit neuer Energie wieder auf. Wenn sie versagen würden, dann wäre ihm wahrscheinlich ein schneller Tod beschieden, und das wäre eine Gnade. Doch alle jene, die zurückblieben, konnten nicht auf ein so schnelles, gnädiges Ende hoffen. Und ohne daß er es erwartet hätte, bedeuteten Tristan diese Leute auf einmal sehr viel.

Er beugte sich über eine niedrige Brüstung und blickte über die freie Fläche, wo sich Crogens Mauern eigentlich befinden müßten. Ganz in der Nähe der Burg waren einige Flächen mit Pflügen und groben Harken geglättet worden, und die Bauern, die vor vielen Jahren in der verlassenen Burg Crogen Unterschlupf gesucht hatten, hatten an diesen Stellen Zwiebeln und Tomaten angebaut. Sie waren davon ausgegangen, wie sie es auch nicht anders kennen, daß der Frühling irgendwie anhalten würde, daß sich der Sommer anschließen und schließlich der Herbst und die Erntezeit kommen würden.

Es gab viele von ihrer Art in Calandra, die sich auf ihren König verließen, obwohl sie ihn gar nicht kannten und der König der wenigsten von ihnen je ansichtig wurde. Tristans Blick schweifte über den sorgfältig beackerten und gepflegten Boden, und er fühlte sich seinem ganzen Volk sehr nah und war dem Schwert dankbar, daß es ihm so eindeutige Gefühle beschert hatte.

»Wir sind gerade erst angekommen, und ihr brecht gleich darauf auf. Was ist das für eine Gastfreundschaft, mein Lord?«

Tristan wußte darauf keine Antwort, als er sich aufrichtete und zu Jehan umdrehte.

»Es ist natürlich überhaupt nicht *nötig*, daß wir uns trennen – ich könnte ziemlich nützlich sein ...« Jehan nahm ein Thema vom vergangenen Abend wieder auf. Der Schmied gab nicht so leicht auf, das stand fest.

»Jehan, es gibt niemanden, den ich lieber dabei hätte als Euch – wenn überhaupt jemand von uns gehen muß!

Aber Crewzel und Delmon brauchen Euch, und ich habe ein entschieden besseres Gefühl dabei, daß ich Allaire hier in Crogen zurück lassen muß, jetzt da jemand Zuverlässiges die Verantwortung übernommen hat.«

»Wie sahen Eure Pläne aus, bevor wir hier auftauchten?«

»Wir hatten viel mehr Sorgen. Das war das, was mir an dem ganzen Plan am allerwenigsten gefiel ...«

Ach, wirklich? Ich dachte, das Bergsteigen käme an erster Stelle.

Tristan stupste Thomas mit dem Stiefel an und hoffte, den Kater zum Schweigen zu bringen. Seine Bemerkungen brachten ihn durcheinander, obwohl er wußte, daß Jehan sie nicht hören konnte.

Komm jetzt. Elisena hat Polassar überredet, nichts mehr zu essen. Und jetzt ist er brummig wie ein eben erwachter Bär. Er sucht dich.

Tristan strich ein letztesmal mit der Hand über die Brüstung, als Abschiedsgruß an ganz Crogen. Der Stein fühlte sich warm an.

Alle waren aus der Küche gekommen. Crewzels vielfarbige Schichten von Röcken wetteiferten mit Polassars Reisegewand, um dem Innenhof einen kaleidoskopischen Effekt zu verleihen. Zum Glück war der Himmel so verhangen, daß er die grellen Farben etwas eintrübte. Delmon schlich um die Pferde herum und betastete sehnsüchtig die Sättel, doch er war klug genug, um Polassars Graubraune einen weiten Bogen zu machen. In einiger Entfernung hatte Kitri einen überwiegend einseitigen Flirt mit Dickon begonnen, der sie ohne jede Gefühlsregung ansah.

Es war kein besonders großes Abschiedskomitee, um einer königlichen Reisegesellschaft beim Aufbruch zu einer überaus hoffnungslosen Mission nachzuwinken. Doch außer ihnen hatte niemand in Crogen eine Ahnung, was sie vorhatten. Sie hatten es sich einiges an Mühe kosten lassen, dafür zu sorgen.

Allaire war an diesem Morgen in Scharlachrot gekleidet, ein kräftiger, tapferer Farbklecks gegenüber dem Grau der Steine, der ihr helles Haar wie Silber erscheinen ließ. Sie würde diesmal an ihrer Unternehmung nicht teilnehmen. Die zarte Rundung ihres Bauches unter der roten Seide kündete von einer neuen Partnerschaft, die sie eingegangen war. Es hätte sonst kaum etwas geben können, das Allaire davon abgehalten hätte, darum zu bitten, mit ihnen gehen zu dürfen, obwohl niemand von ihnen ernsthaft annahm, daß ihr das erlaubt worden wäre.

Polassar umfing die Dame seines Herzens mit dem üppigen Blau seines Umhangs, und seine Arme lagen um ihr wie ein zartes Eisenband. Für Tristan sah es aus, als ob sie vom Himmel verschluckt worden sei.

»Beschütze unseren Sohn gut, mein Liebes.« Polassar legte eine seiner breiten Hände auf ihren Bauch, als ob er sich von dem Kind genauso verabschieden wollte wie von der Mutter.

»Das werde ich, mein Gebieter, so eifersüchtig, wie ich deine Liebe beschützen werde.«

Ihre Stimme war ungebrochen und stolz wie klingende Glocken. Allaire konnte eine Rolle bis zum Höhepunkt spielen. Mit dieser Gabe war sie gesegnet.

»Und fürchte dich nicht – ohne Zweifel werden wir zurück sein, lang bevor er soweit ist, in Erscheinung zu treten.«

Allaires blumenfarbige Augen waren mit Silber eingefaßt, doch ihre Lippen zitterten nicht, als sie in ihrer Antwort eine Übereinstimmung mit dieser von Polassar geäußerten Unmöglichkeit zum Ausdruck brachte. Welche Schatten von Angst sie auch umschweben mochten, nichts davon würde ihr Gesicht umwölken – jedenfalls nicht, solange Polassar es hätte sehen können. Sie stand aufrecht, und nur mit den Augen klammerte sie sich an ihren Geliebten.

»Sie sieht nicht übermäßig stark aus, aber innerlich ist

sie aus Stahl«, sagte Jehan, der neben Tristan stand, mit sanfter Stimme. »Glänzend wie ein vollendet geschmiedetes Schwert.« Der Gebrauch von Ausdrücken aus seinem Handwerk sollte seine Bewunderung herunterspielen.

Jehan und Allaire würden gut zusammenarbeiten, dachte Tristan. Elisena hatte dafür gesorgt, daß einige Gerüchte in Umlauf gebracht wurden, wonach es den Anschein haben mußte, als ob sich Tristan noch immer in Crogen aufhielt, obwohl er sich nicht oft in der Öffentlichkeit sehen ließ. Man konnte annehmen, daß er zur Jagd ausgeritten sei oder mit Polassar die Grenzen inspizierte. Allaires Anwesenheit auf Crogen würde für sich selbst sprechen, doch alle Gerüchte, die aus weniger offiziellen Quellen stammten, würden den Vermutungen noch mehr Glaubwürdigkeit verleihen. Jehan würde diese Gerüchte noch schüren, abgesehen davon, daß er die Geschäfte auf Crogen führen würde. Und Crewzel und Dickon – und sogar Delmon und Kitri – waren jeweils sehr ausführlich in den Rollen unterwiesen worden, die sie zu spielen hatten.

Tristan war nicht allzu sicher, ob solche Versteckspiele ihren Zweck erfüllen würden, seine Einstellung war jedoch inzwischen so fatalistisch, daß es ihm fast gleichgültig war. Und wenigstens müßten sie Allaire nicht allein zurücklassen.

Polassar küßte sie, hielt sie eine Weile auf Armeslänge von sich entfernt, als ob er sich ein letztesmal ihren Anblick einprägen wollte, und ging dann quer über den Hof zu seinem Pferd, wobei er bei jedem Schritt klirrte. Der Mann hatte sich allen noch so gutgemeinten Argumenten widersetzt, die Tristan und Elisena vorgebracht hatten, um ihn zum Ablegen seiner Rüstung zu bewegen, obwohl sich das Gewicht der Rüstung in den Bergen bestimmt als grauenvolle Belastung erweisen würde.

Crewzel schnaubte geräuschvoll, während sie die

Szene beobachtete. »Etwas anderes habe ich von diesem feinen Paar auch nicht erwartet; ich lege meine Hand dafür ins Feuer, daß bei einer Schmierenkomödie Gefühle ehrlicher ausgedrückt werden. Glaubt Ihr, Ihr könntet es besser schaffen?«

Tristan sah sie stirnrunzelnd an. »Besser schaffen?«

»Ich muß zugeben, Ihr habt etwas dazugelernt. Immerhin schleicht Ihr Euch diesmal nicht mitten in der Nacht davon.«

»Vielleicht wäre es klüger gewesen.«

»Nicht, wenn ich Euch erwischt hätte.« Crewzel erstaunte ihn, indem sie die Arme um ihn warf und ihn fest an sich drückte. Tristan konnte nur gegen einen Wust von rotem Haar nicken, als sie ihn ermahnte, auf sich aufzupassen.

Elisena ging an Polassar vorbei, nachdem sie ihrer Stute zur Begrüßung einen freundschaftlichen Klaps gegeben und noch einige kleine Dinge in die Satteltasche gesteckt hatte. Sie trug einen dunkelgrauen Mantel mit einer Brosche an der Schulter, die einen Halbmond im Kreis darstellte. Ein Hemd aus schwerem Stoff, Reithosen und flache Stiefel vollendeten ihre Ausstattung. Abgesehen von ihrem langen Haar hätte sie ein halbwüchsiger Knabe sein können – sie war fast so schlank wie Kitri. Und nach Tristans Einschätzung konnte sich die Tänzerin auch nicht anmutiger bewegen. Crewzel bemerkte, wohin er blickte, und sie versetzte ihm einen Schlag auf die Schulter, der alles hätte bedeuten können. Jehan zog sie von Tristan weg und stieß kleine Laute aus, die offenbar als Äußerungen des Ärgers aufgefaßt werden sollten.

Allaire hatte einen Becher mit einem Abschiedstrunk für Polassar geholt. Während er ihn hinunterkippte, zog Elisena seine Dame zur Seite, um ihr noch einige letzte Anweisungen zu erteilen.

»Wenn wir versagen«, sagte sie sehr leise und nahm dabei Allaires Hände in die ihren, »dann werdet Ihr es bestimmt wissen. Ich brauche nicht im einzelnen zu erklären, woran Ihr es merken werdet – es wird eindeutig sein, nehme ich an.«

»Sprecht nicht davon, meine Lady!« Allaire war außer Atem, vor lauter Anstrengung, die Möglichkeit eines schlechten Verlaufs wegzureden.

»Wir müssen darüber sprechen. Falls es geschieht, bevor das Kind auf die Welt kommt, begebt Euch in die Obhut von Canfors von Darlith. Ihr könnt ihm in jeder Hinsicht vertrauen, auch was das Erbe Calandras betrifft. Jehan wird Euch helfen, und Tristan sagte, daß er Dickon gebeten hat, Euch ebenfalls zu beschützen. Wendet Euch an diese drei, wenn Ihr in Not seid.«

Allaire nickte schweigend, als ob es keiner Worte bedurfte. In diesem Punkt hatte sie recht.

Tristan sah, daß Dickon sich immer noch angelegentlich in der einen Ecke des Hofes beschäftigte. Es war erstaunlich, daß er noch nicht vor Kitris Annäherungsversuchen geflüchtet war, aber vielleicht wollte er von dem übrigen Geschehen nichts verpassen. Tristan wäre normalerweise zu dem Jungen gegangen, um sich von ihm zu verabschieden – aber er war einer weiteren Abschiedsszene einfach nicht gewachsen und ebensowenig einer weiteren Auseinandersetzung über den Wunsch des Jungen, sich der kleinen Gesellschaft anzuschließen. Wenn er hinüberging oder auch nur zu oft in Dickons Richtung blickte, würde der Junge annehmen, der König hätte seine Meinung geändert – und Tristan war sicher, daß irgendwo ganz in der Nähe ein fertig gesatteltes und bepacktes Pferd bereit stand – für alle Fälle. Dickon würde sich wieder beruhigen, wenn sie erst einmal weg wären; aber im Moment, dachte Tristan, wäre es besser, er bliebe, wo er war.

Er stand also dicht neben Elisena und wurde Zeuge einer Unterhaltung, die Polassar nicht hören konnte, weil er zu weit davon entfernt und zu sehr von anderen Dingen in Anspruch genommen war.

»Bis zu unserer Rückkehr verlassen wir uns darauf, daß Ihr hier eine Front aufrechterhaltet und so tut, als wären wir unverändert hier oder beabsichtigten, jeden Moment zurückzukommen. Welcher Lord würde schließlich auf die Idee kommen, daß wir Euch in einer solchen Zeit allein lassen würden?«

Allaire nickte tapfer, dann sagte sie: »Polassar sagt, es wird ein Sohn sein.«

»Vielleicht nur deshalb, weil er mit einer Tochter einfach nicht das geringste anfangen könnte«, lachte Elisena. »Aber zufällig hat er recht.«

»Habt Ihr es gesehen?« flüsterte Allaire. »Dann wird das Kind wenigstens zur Welt kommen; soviel Hoffnung besteht immerhin ...« Ihr Gesichtsausdruck änderte sich und wurde verzweifelt erleichtert.

»Man kann nicht von Sehen im eigentlichen Sinne sprechen«, sagte Elisena vorsichtig. »Es deuten nur alle Anzeichen darauf hin. Doch wenn das Kind ein Mädchen ist, dann wird es eine kriegerische Jungfrau werden, die nichts mit Seidenkleidern und Puppen im Sinn hat. Paß gut auf, Ariana, auf das Kind und ebenso auf dich!«

Als sie ihren wirklichen Namen hörte, erschien ein neues Strahlen in Allaires Augen, und sie fühlte plötzlich einen Zwang, es wegzuwischen. Elisena nahm ihr den Becher ab, trank einen Schluck und reichte ihn zurück.

Dann war Tristan an der Reihe, begleitet vom Stampfen der Pferdehufe und dem lauten Klirren des Pferdegeschirrs. Mit einemmal drängte ihn alles zur Eile, selbst das Flattern von Troubadours Flügeln, als der Kanarienvogel auf seiner Schulter landete. Er vergaß, daß er die Hand an Valadans Zügel gelegt hatte, und der Hengst trottete brav hinter ihm her, als er zu Allaire ging. Sie war immer fähig gewesen, seine Sinne mit einem Blick oder einem Wort anzustacheln, und das schien sich auch jetzt nicht geändert zu haben.

Das Kind, das in ihr heranwuchs, hatte seiner Mutter nichts von ihrer Schönheit genommen. Allaires Haut war höchstens einen Ton dunkler als weiße Seide, mit kleinen rosafarbenen Sprenkeln, wo sie sich über die wie von Künstlerhand geformten Wangenknochen spannte. Tristan, der versuchte, nicht in ihren Augen zu ertrinken, sah in eine andere Richtung und bemerkte ein Perlenband, fein wie gemahlene Körner, das mit ihrem Zopf, der ihr über die linke Schulter fiel, verflochten war, und eine silberne Kette um ihren Hals, die glitzerte, wenn sie atmete. Ein breiter Messingarmreif, das Gegenstück zu dem an Polassars Handgelenk, war an ihrem linken Arm weit nach oben geschoben.

Sie trug keine Ringe, würde niemals mehr welche tragen. Tristan nahm den Becher aus ihrer zarten Hand entgegen.

Der starke Wein stieg ihm vom leeren Magen fast unverzüglich in den Kopf, aber immerhin wärmte er ihn auf seinem Weg dorthin. Er verhinderte, daß seine Lippen bebten, als er Allaire seinen Abschiedsgruß entbot, und sorgte dafür, daß Tristans Hände nicht zitterten, als er ihr den Becher zurückreichte. Als er es endlich wagte, ihr in die Augen zu sehen, erblickte er darin Tränen, doch sie hielt seinem Blick tapfer stand.

»Ihr solltet hineingehen«, sagte Tristan, »sonst erkältet Ihr Euch noch.«

Die Abschiednehmerei sollte nun wirklich nicht mehr weiter ausgedehnt werden. Die wichtigen Dinge, die man aussprechen konnte, waren in den letzten paar allzu wenigen Tagen gesagt worden. Und es waren keine Barden als Zeugen zugegen, für deren Ohren man Worte voller Heldenhaftigkeit und Tapferkeit hätte äußern müssen. Die Sänger müßten diesen Teil der Geschichte selbst dazuerfinden.

Für Allaire machte das keinen Unterschied. Sie schüttelte leicht den Kopf. »Wenn Ihr die Kraft habt zu gehen, habe ich die Kraft aufzupassen.« Sie fuhr sich mit einer Hand über den Bauch. »Wahrscheinlich ist das alles, was ich tun kann. Doch wenn es anders wäre, wäre ich mit Freuden mit Euch geritten.«

Die Tore Crogens schlossen sich hinter ihnen, und sie ließen Crogens Äcker und Weiden hinter sich, ohne von jemandem bemerkt zu werden. Als nur noch die höchsten Türme der Burg am Horizont zu sehen waren, erklang plötzlich ein lautes, beharrlich näher kommendes Hufgetrappel. Jemand verfolgte sie in schnellem Ritt.

Polassar zog an den Zügeln, und seine graubraune Stute wieherte mißfällig und biß heftig auf die Trense. »Was geht in den Schwachköpfen dort vor, daß sie uns jetzt schon eine Botschaft hinterherschicken, da wir erst ein paar Meilen weit weg sind?« Wahrscheinlich machte er sich Sorgen um seine Dame und verbarg dieses Gefühl hinter Mißmut.

Tristan, der Valadan langsam herumdrehte, befürchtete eher, daß der unbekannte Reiter Dickon sein könnte. Es hatte ihn große Mühe gekostet, dem Jungen klarzumachen, daß er zurückbleiben mußte; vielleicht hatte es nicht gereicht, ihn zurückzuhalten, daß ihm Allaire anvertraut worden war.

Tristan war jetzt nicht in der Stimmung für Streitereien oder Diskussionen. Seine Nerven waren zu sehr angespannt, um sich neben allem anderen auch noch damit zu belasten.

Als sichtbar wurde, was es mit dem Hufgetrappel auf sich hatte, war auch schon klar, daß der Reiter nicht aus Crogen kam. Es war eine dunkle Gestalt auf einem noch dunkleren Pferd; aus der Entfernung, die sie noch voneinander trennte, waren keine Abzeichen erkennbar. Jeder, außer den Leuten in Crogen selbst, würde erwarten, sie noch dort anzutreffen, doch der Reiter machte keinerlei Anstalten, sein Pferd in Richtung zur Burg zu lenken, sondern kam auf direktem Weg auf sie zu. Stahl gab ein schabendes Geräusch von sich, als Polassar sein Schwert in der Scheide löste.

Elisenas braune Stute wieherte laut, als der Reiter immer näher kam, doch sein Reittier, ebenfalls eine Stute, nahm die Herausforderung nicht an. Valadan schnaubte leise und scharrte mit einem Huf über den Boden. Seine Nervosität war eigenartig. Tristan beugte sich vor, um dem Hengst sanft auf den Hals zu klopfen; auch er war verstört.

»Wer ist das?« fragte er.

Valadan warf den Kopf von einer zur anderen Seite, versuchte, das Gebißstück des Zaumzeugs abzuschütteln, trampelte mit den Hufen und blieb dann still stehen. Thomas, der auf dem verzierten ledernen Sattelbaum kauerte, klammerte sich fest daran, hob jedoch interessiert den Kopf. Selbst Troubadour saß still, um zu beobachten.

Der Fremde hielt in einer Entfernung eines halben Bogenschusses vor ihnen an und setzte dann seinen Weg auf sie zu langsamer fort. Es hatte den Anschein, daß er sie sehr aufmerksam im Auge behielt, aber da er sich die Kapuze tief ins Gesicht gezogen hatte, war das schwer zu beurteilen. Unter dem schwarzen Umhang war er ebenfalls vollkommen in Schwarz gekleidet, und seine Stute war schwarz und silbern ausstaffiert, ohne auch nur die geringste Spur Farbe. Er trug kein Wappen irgendeines der bekannten Lords – und die Kleidung des Fremden sah nicht aus wie die eines Boten.

»Wenn Ihr eine Nachricht zu überbringen habt, heraus mit der Sprache!« schnauzte Polassar ihn an, lauter, als die geringe Entfernung es erfordert hätte. Wahrscheinlich konnte man ihn bis nach Crogen hören.

»Keine Nachricht.« Die Hand des Mannes hob sich, und Rot und Gold blitzte an der Innenseite seines Ärmels auf, als er die Kapuze zurückwarf. »Keine Nachricht«, wiederholte Reynaud. »Ich komme mit Euch.«

Er kommt mit uns? Wie ist er denn dahintergekommen, daß wir verreisen?

Das fragte sich Tristan auch.

Polassar fluchte und nahm seine Graubraune so hart an die Kandare, daß sie schrie und nach hinten austrat. Reynaud hielt sein Pferd still und saß unbeweglich darauf, obwohl ihn die Hufe des anderen Tieres um Haaresbreite verfehlten. Die schwarze Stute zuckte mit keinem Muskel, sondern stand still wie eine Eisenstatue; ihre struppige Mähne lockte sich um ihren stämmigen Hals und wurde nur leicht vom Wind bewegt. Ihre Augen waren grau wie Asche, vom gleichen Farbton wie ihre eleganten Hufe.

»Ich ernenne mich zum Repräsentanten Kôvelirs bei dieser Unternehmung«, fuhr Reynaud unbeirrt fort. »Das ergibt sich als natürliche Erweiterung meines Aufgabenbereichs, da sich mein Betätigungsfeld verlagert hat. Nachdem Ihr alle nach Channadran aufgebrochen seid, gibt es hier nichts Bedeutendes mehr, dem ich meine Aufmerksamkeit widmen könnte.«

Tristan griff nach seinem Schwert. Er hatte recht gehabt mit seinen Bedenken, als er merkte, daß sich Reynaud nicht aus ihrer Umgebung vertreiben ließ. Nun, er würde dem Mann etwas geben, dem er seine Aufmerksamkeit widmen konnte, wenn es das war, was er wollte.

Als sich seine Hand um den Schwertgriff schloß und er schon die Kraft spürte, die von ihm ausging, *biß* ihn das Schwert.

Anders konnte das, was er spürte, nicht beschrieben werden, und Tristan war auch zu sehr beschäftigt, um über eine treffende Beschreibung nachzudenken. Der Schmerz war scharf und unmittelbar, als ob er den noch vom Schmiedefeuer rotglühenden Stahl berührt hätte. Nur die vollkommene Überraschung hinderte ihn daran, laut aufzuschreien. Sein Mund war von einer Sekunde zur anderen ausgetrocknet, und er brachte keinen Laut mehr hervor.

Tristan zog die Hand vom Schwert zurück, allerdings nicht halb so schnell, wie er es gewollt hätte, und erwartete, verschmortes Fleisch zu sehen. Zu seiner immer größer werdenden Überraschung war an seiner Hand nichts zu sehen, doch der Schmerz blieb.

Er konnte die Hand nicht schließen, und genausowenig konnte er es ertragen, sie zu öffnen. Eine Welle des Schmerzes schoß ihm stechend bis zum Ellbogen und ließ dann nach, als er die Botschaft deutlich empfangen hatte. Sein Vorhaben – hinter dem nur die Absicht stand, Reynaud zu vertreiben, wie sich Tristan wiederholt selbst beteuerte, da er nicht glauben konnte, daß er so weit gegangen wäre, den Mann zu töten – war falsch gewesen, und das Schwert konnte es nicht zulassen.

»Kôvelirs? Oder Galans? Wie auch immer, wir brauchen keinen Wachhund, Hexenmeister!« donnerte Polassar ungehalten.

»Und Ihr werdet auch keinen bekommen. Meine Verbindung zu Galan ist aufgelöst. Ich bezweifle, daß er überhaupt noch am Leben ist, aber das hat auch keine Bedeutung. Ich habe den Verdacht, daß er mich auf jeden Fall nicht mehr zu sehen wünscht.«

»Das heißt wohl, daß Ihr ihn ebenso verraten habt, wie Ihr andere an ihn verrietet!« Polassar nahm die Zügel seiner Stute noch straffer, doch ihr Benehmen diente dazu, seine eigene Wut zu unterstreichen, mehr als daß er sich selbst wirklich darüber ärgerte. »Kein Mann würde Euch jetzt mehr trauen!«

»Vielleicht kein Mann. Aber eine Frau?« Reynaud sah Elisena nachdenklich an. »Ihr habt bis jetzt wenig gesagt, Lady. Bedeutet das, daß Ihr mit Lord Polassar übereinstimmt – und ist es lediglich ein Zeichen Eurer Weisheit, daß Ihr nur sprecht, wenn Ihr wirklich etwas Sinnvolles zu sagen habt? Habt Ihr erkannt, daß Ihr mich braucht?«

»Ja«, antwortete Elisena leise.

Polassar starrte sie entgeistert an, genau wie Tristan,

und er las genug in ihrem Gesicht, um den Streit zu beenden – wenigstens so lange, bis er einen neuen vom Zaun brechen könnte, um sich darin zu verbeißen.

»Lady, zumindest soll er schwören ...«

Elisena bedachte Polassar überraschenderweise mit einem Lächeln. »Ihr traut ihm nicht. Welchen Schwur könnte Reynaud also leisten, den Ihr anerkennt? Meiner Meinung nach kann er uns wenig Schaden zufügen, der schlimmer ist, als das, worauf wir uns ohnehin eingelassen haben. Seid uns willkommen, Reynaud!«

5. KAPITEL

Kampf oder Flucht

»NOCH EIN HUNGRIGER MUND«, brummte Polassar. »Und dahinter ein leerer Bauch.«

»Ich habe meinen eigenen Proviant mitgebracht«, sagte Reynaud beruhigend. »Und unsere Zahl ist jetzt glatt. Wir werden fest auf vier Beinen stehen, wie ein Tisch.«

»Ein Dreifuß steht genauso sicher«, entgegnete Polassar.

»Rein geometrisch schon. Aber in diesem Fall hilft uns Mathematik nicht weiter, mein Lord. Ihr werdet es bestimmt nicht bereuen, mich aufgenommen zu haben.« Reynaud lächelte und gab seiner schwarzen Stute die Sporen, so daß sie nach vorn schoß und ihr feiner grauer Schwanz wie ein seidenes Banner hinter ihr wehte.

Tristan wechselte mit Polassar einen Blick, worauf dieser mit der Schulter zuckte.

»Man muß es einfach so sehen, Zauberer, daß er uns hier, direkt unter unseren Augen, weit weniger gefährlich werden kann, als wenn wir ihn im Rücken haben – da wir ihm nun mal nicht entgehen können.« Endlich ließ er die Zügel seiner Graubraunen locker und lenkte sie hinter Reynaud her.

Elisena blieb an Tristans Seite; sie ritten Knie an Knie nebeneinander her. Sie ließ ihr Pferd in leichtem Galopp laufen, und Valadan verfiel in die gleiche Gangart. Sie hätten noch Zeit genug, die anderen einzuholen, es würde ein langer Tagesritt. Im Moment erlaubte ihnen die gemäßigte Geschwindigkeit, daß sie sich unterhalten konnten.

»Wir werden ihn brauchen. Es warst du selbst, der vorgeschlagen hat, daß wir andere Zauberer hinzuziehen sollten, und er ist der beste, den wir finden können.«

»Wenn es schon ein anderer Zauberer sein muß, warum willst du dann ausgerechnet *ihn?*« Tristan versuchte – ohne den geringsten Erfolg – den Mißklang von Eifersucht aus seiner Stimme zu verbannen. Er fragte sich, ob er wohl so komisch aussah, wie er sich fühlte. Die Hand tat ihm immer noch weh. »Ist er Teil einer weiteren Prophezeiung?«

»Alle Prophezeiungen haben wir längst ausgeschöpft«, sagte Elisena ungerührt.

»Du traust ihm also?« Tristan wagte nicht zu fragen, ob sie vorzugsweise mit einem Zauberer von anerkanntem Ruf zu tun hatte als mit einem, der – an seinen überaus häufig vorkommenden schlechten Tagen – mit seinen magischen Kräften kaum ein Feuer entzünden konnte. Sie hätte ihm womöglich wahrheitsgemäß geantwortet.

»Nicht ganz und gar.« Elisena schüttelte den Kopf. »Doch Reynaud hätte die Möglichkeit gehabt, uns allen großen Schaden zuzufügen, und er hat es nicht getan. Denk doch daran, daß er Jehan und Crewzel gerettet hat. Wenn er auch nicht gerade ein Freund ist, so ist er doch eindeutig kein Feind. Ich muß abwarten, bis er noch einige Züge mehr gemacht hat, um zu erkennen, welches Spiel er spielt – sofern es ein Spiel ist.«

»Werden wir in Channadran nicht genug andere Sorgen haben?« Tristans Stimme klang scharf. Seine Hand war nicht das einzige, das ihm Schmerzen bereitete.

»Dort oben ...« Elisena sah nach vorn, als ob sie die ganze Strecke weit bis Channadran blicken könnte – und wenn auch nur mit dem geistigen Auge. »Dort oben, wo es noch niemals Frühling gab oder so warme Tage, daß auch noch die Nächte lau bleiben ... dort oben, wo die Saat der Gletscher aufgeht, wird unsere Art von Magie sehr schwer zu verwirklichen sein. Ich werde mich jedes Mittels bedienen, das sich mir zur

Bewältigung dieser Aufgabe anbietet. Wir werden Reynaud brauchen.«

Tristan ließ das Thema fallen. Er war immer noch verwirrt über das Vorkommnis mit seinem Schwert und die Fragen, die es aufwarf. Seine Hand schmerzte bis tief in die Knochen, und er konnte sie bewegen, wie er wollte, der Schmerz ließ nicht nach. Er hätte nachdenken müssen und war kaum dazu in der Lage. Wenn die Klinge die Macht hatte, selbst zu verhindern, daß sie falsch eingesetzt wurde – wie waren dann all die verheerenden Kriege Calandras zu erklären? Oder die tödliche Auseinandersetzung zwischen dem letzten König und dem Herzog von Esdragon?

Es wäre interessant zu wissen, ob jener letzte König Handschuhe getragen hat, sagte Thomas, während er sich etwas fester an den Sattel klammerte, da sich ihre Gangart beschleunigte.

Sie kamen schnell voran, obwohl sie nicht im entferntesten die Geschwindigkeit erreichten, zu der Valadan fähig gewesen wäre, wenn er allein gelaufen wäre. Meile um Meile spulte sich unter ihnen ab. Als die Sonne an ihrem höchsten Punkt stand und sie Rast für ein Mittagsmahl machten, befanden sie sich ein Stück hinter Lassair, obwohl von der Stelle aus, wo sie sich zum Essen niedergelassen hatten, die Burg hinter Hügeln zu ihrer Linken außerhalb ihrer Sicht lag. Polassar deutete voller Stolz auf seine heimatlichen Ländereien.

Es überraschte Tristan nicht, als er feststellte, daß Elisena Reynaud nur sehr oberflächlich in ihre Pläne einzuweihen brauchte. Natürlich wußte der Mann alle Einzelheiten im voraus, und zwar mit seiner üblichen absoluten Unfehlbarkeit. Die Frage, die sich allerdings stellte, war folgende: Auf welche Weise hatte er sie ausspioniert? Tristan kaute mit düsteren Gedanken auf einem Stück gekochten Huhn herum, dann gab er es auf und überließ Thomas den Rest. Nicht lange danach waren sie wieder unterwegs, doch er war immer noch tief in seine Gedanken versunken, die sich erst noch als nutzbringend erweisen mußten.

Ihr Tempo ließ etwas nach, als der Nachmittag sich neigte. Die Landschaft wurde hügelig mit einem stetigen Wechsel von langgezogenen, flachen Bergrücken und den dazugehörigen Tälern, die sich bis zum Meer erstreckten, so daß sie ihr Weg mit lästiger Regelmäßigkeit hangaufwärts und hangabwärts führte. Straßen und Wege, die sich häufig kreuzten, führten nie in eine für sie sinnvolle Richtung. Außerdem waren die Straßen in schlechtem Zustand; eigentlich waren sie nur eine Aneinanderreihung von Schlammlöchern und Furchen in der Oberfläche, wo Unkraut gedieh und im Begriff war, die Oberhand zu gewinnen. Tristan überlegte, ob bessere Straßenverhältnisse vielleicht den schleppenden Handel des Landes in Gang bringen könnten oder ob ein regerer Verkehr zur Ausbesserung der Straßen ermutigen würde. Diese Frage war der eingehenden Betrachtung wert, doch es würde noch eine lange Zeit dauern, bis er mehr würde tun können, als nur darüber nachzudenken.

Vor ihnen waren die Hügel wahrscheinlich mit Wäldern aus Buchen und Pappeln bewachsen, doch Nímirs Unwetter hatten die Blätter und viele Äste weggerissen, und der Anblick war öd und freudlos. Wenigstens würden sie bei ihrer derzeitigen Geschwindigkeit diese Hügel nicht vor dem kommenden Tag erreichen und könnten sie vielleicht mit ein wenig Glück ganz umgehen. Sie sahen jedenfalls nicht nach einem angenehmen Platz aus, der zum Aufschlagen des Nachtlagers einlud.

Polassar, der sich nach den Landmarkierungen orientierte, verkündete, daß sie die äußeren Grenzen von Westif erreicht hätten. Valadan gab schnaubend seiner Zustimmung Ausdruck, und Tristan wußte, daß sie erst vor kurzem dieses Land durchquert hatten.

Ihr gegenwärtiger Kurs war so berechnet, daß er sie

südlich an der Burg Westif vorbeiführte. Danac war zwar seiner Beteuerung nach loyal, und er hatte ein entsprechendes Gelübde abgelegt, aber es hatte wenig Sinn, Zeit damit zu verschwenden, Danacs Wort oder die friedenserhaltende Kraft des Schwertes auf die Probe zu stellen. Sie ritten schweigend und so schnell, wie sie es nach einer anstrengenden Tagesreise noch konnten, und hofften, kein Aufsehen zu erregen. Sie befanden sich nicht in landwirtschaftlichem Gebiet, was die Sache etwas erleichterte. Nach einigen weiteren Meilen müßten sie eigentlich eine Stelle finden, wo sie sicher ihr Lager aufschlagen konnten.

Wie sich herausstellte, hätten sie sich darüber keine Sorgen zu machen brauchen.

Troubadour hatte die Angewohnheit, den Pferden vorauszufliegen; von Zeit zu Zeit kam er zurück, wenn es ihm zu einsam oder er müde wurde oder einfach weil er Lust hatte, ein Stück zu Pferde zu reisen. Er kam mit aufgeplustertem Gefieder zurück, so atemlos und aufgeregt, daß er einige Minuten lang zu keiner verständlichen Äußerung fähig war.

Der Kanarienvogel kauerte japsend zwischen Valadans Ohren, mit seitlich hängenden Flügeln, und brachte endlich piepsend eine Geschichte heraus von ›einer Horde Männer mit Metallhaut, die auf einem Pfad ritten, der sich in Kürze mit ihrem kreuzen würde‹. Wenigstens glaubte Thomas, den Vogel in diesem Sinne verstanden zu haben. Der belustigte Ausdruck war aus seinem Gesicht gewichen.

Tristan wollte gerade Polassar die Neuigkeit zurufen, doch er besann sich eines anderen. Er trieb Valadan, voran, und die Hufe des Hengstes gruben sich geräuschlos in den mit Heidekraut bewachsenen Boden. Elisena folgte ihm mit fast der gleichen Geschwindigkeit.

Sie holten Polassar und Reynaud genau auf dem höchsten Punkt einer der flachen Erhebungen ein. Tristan verfluchte sich, weil er es zugelassen hatte, daß ihre kleine Gruppe mit so großem Abstand ritt. Selbst hier, wo vermutlich keine Gefahr drohte, war das äußerst unklug und bedeutete eine Schlamperei, die sie sich auf keinen Fall angewöhnen durften. Es würde ihnen keine großen Schwierigkeiten machen, zusammen zu bleiben.

Er berichtete Polassar, was Troubadour ihm erzählt hatte, und fügte dann mißmutig hinzu: »Das hat uns gerade gefehlt, daß wir hier gesehen werden, wo wir doch angeblich immer noch in Crogen sind. Wir müssen versuchen, ihnen ungesehen zu entwischen.«

»Ich bezweifle, daß uns das gelingt. Seht nur, Zauberer!« Polassar streckte den Arm mit deutendem Finger aus.

Tristan blickte in die gezeigte Richtung und fluchte erneut, diesmal etwas leiser. Ein halbes Dutzend bewaffneter und gepanzerter Reiter galoppierten in ihr Blickfeld. Selbst wenn bei den Männern Danacs Falkensymbol nicht zu sehen war, so konnten sie ihrerseits vier Reiter auf einem ansonsten kahlen Hügel nicht übersehen. Während Tristan sie beobachtete, rief der Anführer den anderen irgend etwas zu, und der ganze Trupp schwenkte auf sie zu. Tristan seufzte, da ihm keine Flüche mehr einfielen.

»Nun, soviel zu dieser hervorragenden Idee. Jetzt bleibt uns nichts anderes übrig, als stehenzubleiben und ein Täuschungsmanöver zu versuchen. Wenn sie uns nicht erkennen, dann werden sie uns zu Danac schleppen, damit wir erklären, warum wir dieses Land durchqueren – und wenn sie uns erkennen, dann werden wir genauso sicher zurückgeschleppt und verhört. In jedem Fall wird Danac zwangsläufig etliche Fragen stellen, für deren Beantwortung ich lieber keine Zeit verschwenden möchte.«

»Wenn du sie dazu bringst, daß sie nah genug an uns herankommen, dann kann ich veranlassen, daß sie vergessen, uns gesehen zu haben«, sagte Elisena.

»Kannst du das?« Tristan sah sie glücklich an. »Das ist sehr praktisch. Und es dürfte uns keine Mühe bereiten, in ihre Nähe zu kommen ...«

Während er sprach, zerstreute sich die Gruppe der Reiter. Drei davon brachten dort, wo sie waren, ihre Pferde zum Stehen, während ihre Kameraden aus einer Richtung heranritten, die wirkungsvoll den Weg abschnitt, dem sie nach Polassars Plan hatten folgen wollen – einen Einschnitt zwischen zwei steilen Hügelketten. Nun hielten auch diese Reiter an und warteten.

»Das ist für eine Patrouille eine ungewöhnliche Art, sich zu benehmen«, sagte Tristan. Valadan scharrte ungeduldig mit den Füßen und spannte die Sehnen in seinem Hals. Sie befanden sich noch nicht ganz in der Falle, aber viel fehlte nicht.

»Zauberer, ich kann keine Wappenzeichen an ihnen erkennen«, sagte Polassar gereizt.

»Wir befinden uns auf dem Gebiet von Westif. Es werden also Danacs Männer sein, oder nicht? Ich reite mal eben zu ihnen hin und frage, was sie wollen.« Tristan stieß Valadan sanft eine Ferse in die Seite, und der Hengst setzte sich geschmeidig in Trab. Sie waren an Polassar vorbei, bevor dieser einen Einwand erheben konnte.

Du reitest mal eben zu ihnen hin und fragst, was sie wollen? wiederholte Thomas ungläubig.

Das Unternehmen erschien in der Tat kühn und gefährlich, doch Tristan nahm an, daß es das nicht sein konnte, sonst hätte Valadan es nicht zugelassen. Und es war nur logisch, daß Tristan diese Aufgabe zufiel – Polassars ungebändigte Zunge hätte sie tiefer in Schwierigkeiten gebracht, als sie ohne ihn kommen konnten.

Dieses war kein zufälliges Zusammentreffen. Die Pferde der Männer sahen aus, als ob sie eine ganze Zeit scharf geritten worden wären, um genau zu dieser Stelle zu kommen. Aber wie hatte irgend jemand damit rechnen können, genau hier ihren Weg zu kreuzen? Danac von Westif erwartete sie bestimmt nicht. Selbst wenn irgend jemand der wenigen Eingeweihten in Crogen die Nachricht von ihrem Aufbruch hatte durchsikkern lassen, dann hätte sie nicht früher zu Danac gelangen können als sie selbst.

Tristan hatte sich den Reitern fast auf Rufweite genähert. Er ließ Valadan im Schritt weitergehen. So versteckt, wie er nur konnte, führte er eine Hand zum Schwert und löste es in der Scheide. Wenn er es mit Schwung gezogen hätte, wäre die Wirkung sicher eindrucksvoller gewesen, doch das hätte leicht mißverstanden werden können. Es war ein bedeckter Tag, doch die alte Klinge glitzerte wie neuer Stahl und schien erheblich mehr Licht zurückzuwerfen, als auf sie fiel. Tristan öffnete den Mund, um Worte des Grußes und ihrer friedlichen Absichten zu übermitteln.

Gleichzeitig bäumte sich Valadan auf und machte einen Satz zur Seite, wobei Tristan fast aus dem Sattel gefallen wäre, und Thomas hieb die Krallen anstatt in das Leder in Valadans Hals. Der Hengst bäumte sich erneut auf, jedoch nicht aus Schmerz wegen der Kratzer.

Der Pfeil verfehlte sein Ziel um Haaresbreite, zischte vor Tristans Gesicht vorbei und über den Hals des Hengstes und Thomas' Kopf. Er war dicht genug, daß Tristan mit aufgerissenen Augen das Streifenmuster aus Rot und Ocker auf einem Schaft sowie die schwarzen Federn sehen konnte. Er war so verdutzt, daß er das Schwert wieder in die Scheide zurücksinken ließ, anstatt es ganz zu ziehen und den Angriff abzuwenden. Dann drehte sich Valadan blitzartig um, lang bevor Polassar seinen Warnschrei ausstieß, und jagte weg von den Reitern. Tristan hatte keine Einwände.

Weitere Pfeile zischten an ihm vorbei. Tristan bemühte sich, das Gleichgewicht zu halten; er klammerte sich fest an Valadans Hals und versuchte verzweifelt, nicht noch tiefer oder seitwärts vom Sattel abzurutschen, und er war klug genug, sich nicht aufzurichten. Er spürte einen dumpfen Druck gegen sein Steißbein, doch außer einem ersten kräftigen Schlag keinen Schmerz. Er vermutete richtig, daß ein Pfeil in den hinteren Zwiesel des Sattels gedrungen und dort im Holz steckengeblieben war. Einer seiner Stiefel rutschte aus dem Steigbügel, wodurch seine Lage noch mißlicher wurde, während sie dahinjagten. Er überlegte, daß es das beste wäre, auch aus dem anderen zu schlüpfen, damit er beim Fallen nicht mitgeschleift würde, doch es gelang ihm nicht.

Sie erreichten Polassar, der in schnellem Ritt auf sie zukam. Er hatte sein Langschwert gezogen, doch gegen Pfeile konnte er damit wenig ausrichten. Polassar zögerte, als sich Tristan mit einiger Erleichterung aufrichtete. Valadan war endlich außerhalb der Reichweite der Bogenschützen.

Die Bogenschützen ritten weiter und verschwendeten keine Pfeile mehr – offensichtlich waren sie nicht willens, Pfeile bei Schüssen von einem laufenden Pferd zum anderen zu verlieren. Doch das würde nicht so bleiben. Polassar fluchte und wendete seine Stute. Er und Tristan flohen, immer bemüht, außerhalb der Reichweite der Pfeile zu bleiben. Es bestand keine Notwendigkeit einer strategischen Besprechung. Um welchen Preis auch immer, sie mußten der grundsätzlichen Bedrohung durch diese Bogenschützen entkommen.

Reynaud preschte an ihnen vorbei, tief in den Sattel gebeugt und mit gezücktem Schwert. Er ließ dessen Spitze über den Boden schleifen, legte etwa hundert Schritte auf diese Weise zurück, richtete sich dann auf und ritt zurück. Das Schwert hatte er wieder in die Scheide gesteckt, und mit den Händen vollführte er beim Näherkommen magische Bewegungen. Seine Stute ließ sich allein mit den Knien ganz leicht dirigieren.

Tristan hörte das letzte Wort der Formel, die er aufsagte. Dann tat sich unter den Hufen des Pferdes ihres ersten Verfolgers ein tiefer Graben auf. Es war eine gekonnte Illusion, doch die Wirkung reichte nicht aus, obwohl Reynaud noch eine Handvoll Erde darüberwarf, um das Ganze in Dunst zu hüllen. Ein Pferd stürzte, doch die nächsten beiden konnten nicht mehr anhalten und sprangen unbeschadet darüber, wobei ihre eisenbeschlagenen Hufe die Illusion zerrissen. Die anderen folgten ihnen schnell über die aufgewühlte Grasnarbe.

Tristan war immer noch sehr verstört wegen der Tatsache, daß sein Schwert den Angriff nicht verhindert und ihn nicht einmal davor gewarnt hatte. Hatte der Fehler, den er zuvor begangen hatte, es irgendwie beschädigt oder vielleicht das Vertrauen zwischen ihm und dem Schwert zerstört? Die Waffe hatte doch damals im Thronsaal mitten unter den streitsüchtigen Lords des Reiches so hervorragende Arbeit geleistet. Warum hatte es jetzt versagt? Eine derartige Unzuverlässigkeit könnte sich für ihre Pläne als katastrophal erweisen, ganz zu schweigen von seinem Leben. War er einfach zu weit von Crogen und dem Thron entfernt, mit dem das Schwert verbunden war, genauso, wie es mit ihm selbst verbunden war? Tristan hatte keine Zeit, solchen müßigen Gedanken nachzuhängen, doch Bruchstücke davon kamen ihm immer wieder quälend in den Sinn, wie Alpträume.

Das Gelände an sich war schon gegen sie. Der Hang war zu steil und zwang sie, nach links auszuweichen und damit zurück zu den Reitern. Die Bogenschützen hatten sich wieder für kurze Zeit zusammengefunden, dann fächerten sie wieder aus und warteten, bis Elisena und die anderen zwangsweise wieder zu ihnen herunterkämen.

Tristans Gruppe konnte nicht entkommen, also mußte sie sich dem Kampf stellen. Wie auf ein Stichwort hielten sie alle gleichzeitig an, während sie noch den Vorteil der Höhe hatten, wie immer sich dieser auswirken mochte. Elisena bewegte die Hände vor sich und formte etwas, das sie anschließend auf ihre Verfolger hinunterschleuderte. Etwas knisterndes Grelles zuckte an ihnen vorbei, und die Pferde schaubten und scheuten. Am Fuße des Hangs explodierte es rauchend und feuerspeiend.

Die Pferde im Tal wieherten und versuchten zu fliehen, wurden jedoch festgehalten. Pfeile wurden angelegt. Bogensehnen sangen. Elisena streckte den Arm weit nach vorn aus, mit flachen Händen und gespreizten Fingern. Der hastig errichtete Schutzschild erfüllte seinen Zweck. Hölzerne Pfeilschafte brachen durch, und stählerne Spitzen fielen ziellos zu Boden. Mehr konnte sie jedoch nicht erreichen. Danacs Ritter waren zu sehr gepanzert und stahlgerüstet, so daß sie nirgends mit ihrer Magie ansetzen konnte. Wenn die Männer auf die Idee kamen, jeweils einzeln zu schießen, konnte sie sich nicht speziell mit jedem Pfeil befassen.

Reynaud wendete die schwarze Stute und zog etwas aus der Tiefe seines Ärmels heraus. Er schleuderte es von sich und sprach gleichzeitig einige beißende Worte.

Sein Silberdolch flog auf die Reiter zu wie ein Vogel, der sich auf seine Beute stürzte, doch nicht, um auf Stahl zu treffen. Es gab ein lautes Sirren, als die Klinge straffe Bogensehnen durchtrennte. Er flog weiter, prallte von einer Stahlplatte ab und trudelte zu Boden, da seine magische Kraft erlosch, bevor er in die Hand seines Meisters zurückkehren konnte. Reynaud zuckte grimmig mit den Schultern und zog erneut sein Schwert.

Im gleichen Moment, als ihre Bogen nutzlos wurden, hatten die Reiter ihre Klingen gezogen. Ihre Schnelligkeit und Geschicklichkeit waren beunruhigend. Wenigstens herrschte jetzt zwischen den gegnerischen Seiten Ausgewogenheit, was die Bewaffnung betraf, wenn auch nicht hinsichtlich der Zahl. Polassar trieb seine Graubraune den Hang hinunter, wobei er seinen Schlachtruf ausstieß und sein Langschwert über dem Kopf schwenkte. Dieses Schauspiel war eindrucksvoll und sollte gleichzeitig den Gegner verwirren. Polassar senkte das Schwert und hielt es wie eine Lanze vor sich, als er seinen ersten Gegner erreichte, und der unglückselige Reitersmann war in zwei Hälften geteilt wie ein Hähnchen, bevor er den Mund schließen oder zum Parieren ansetzen konnte.

Inzwischen hatte auch Tristan einen Gegner vor sich, und er sah nicht mehr, was um ihn herum geschah. Sein Schwert klang wie eine Glocke, als er es hob, und sauste singend durch die Luft, als er seinen ersten Schlag erteilte. Als Friedensstifter hatte es zwar diesmal aus unerfindlichen Gründen versagt, als Waffe tat es das jedoch nicht, wie er erleichtert feststellte. Thomas ritt auf dem Sattelsteg wie eine verrückte Galionsfigur, das Fell eindrucksvoll gesträubt.

Der Ritt hangabwärts verschaffte ihnen einen gewaltigen Schwung. Valadan machte einen Satz zur Seite und flitzte in Schräglage an dem ersten Reiter vorbei, um ihn Reynaud zu überlassen. Es war besser, die zweite Linie gleich außer Gefecht zu setzen, bevor sie als Ersatz oder Unterstützung eingreifen konnte. Selbst nachdem ein Mann gestürzt und einer tot war, war noch immer pro Kopf ein Gegner übrig sowie ein zusätzlicher, der durchschlüpfen und zu Elisena gelangen könnte. Tristan suchte verzweifelt nach einem Mittel, das zu verhindern. Das bedeutete, daß er mit dem einen Mann sehr schnell fertig werden mußte, wenn er sich noch rechtzeitig mit dem anderen auseinandersetzen wollte.

Sie wird bestimmt selbst mit einem fertig, informierte ihn Valadan kaltblütig. *Sie hat in Esdragon eine gute Ausbildung genossen. Eine Prinzessin muß viele Dinge beherrschen.*

Die Reiter waren bis an die Zähne bewaffnet und noch höher gepanzert. Selbst Polassar hatte jetzt Schwierigkeiten, und Tristan hätte wahrscheinlich noch mehr gehabt, wenn Valadan nicht seinem Ruf als sagenhaftes Schlachtroß gerecht geworden wäre. Tristans Gegner konnte ihm kaum auf Schlagweite nahe kommen aus lauter Angst vor den blitzenden Hufen und Zähnen. Das Pferd bewegte sich und kämpfte wie eine intelligenzbegabte Waffe, indem es Tristan abwechselnd in Angriffnähe und sicher wieder heraus brachte.

Und das war auch gut so. Denn der Reiter hatte einen Schild, und das machte einen entscheidenden Unterschied, besonders im Kampf gegen einen Zauberer, der keinerlei Rüstung tragen konnte. Tristan mußte mit seiner Klinge sowohl angreifen als auch Angriffe abwehren, während der Reiter einen Schlag mit seinem Schild abfangen und gleichzeitig einen Hieb austeilen konnte. Mit Stahl in der Hand und ringsum davon umgeben, wagte Tristan nicht, Magie anzuwenden, auch wenn er ein begabterer Zauberer gewesen wäre, als er nun mal war. In solchen Augenblicken hing sein ganzes Leben von seinem rechten Arm und Valadans Beinen ab.

Tristan wehrte einen auf seinen Kopf gezielten Hieb ab und erwischte einen zweiten Schlag – zum Glück nur mit der Breitseite der Klinge – quer über die Rippen. Der hohe Zwiesel verhinderte, daß er aus dem Sattel gestoßen wurde, doch die Wucht des Hiebs ließ ihn zusammenknicken, und die Luft blieb ihm weg. Thomas stieß ein unirdisches Geheul aus. Wahrscheinlich vor Schreck – das Schwert war dicht über seinen Kopf gesaust.

Das Geheul bewirkte, was alle bisherige Magie nicht vermocht hatte: Das Pferd des Reiters scheute und machte einen erschreckten Satz, so daß der nächste Schlag seines Meisters in die Leere ging. Tristans Gegenschlag jedoch nicht. Die Waffe drang ziemlich weit unten ein, und die Klinge fand einen Spalt in der Rüstung, in die sie so leicht hineinglitt wie in ihre Scheide. Da Valadans Gewicht dem Stoß noch mehr Wucht verlieh, ging er sehr tief.

Der tote Reiter blieb noch so lang im Sattel, bis Tristan sein Gleichgewicht dadurch zerstörte, daß er sein Schwert zurückzog. Dann rutschte der Tote ab und wurde von dem Pferd mitgeschleift, das in seinem Schrecken vor dem Geruch seines Blutes davonlaufen wollte. Tristan richtete sich im Sattel auf und gewann seine Haltung wieder, während ihn Valadan zurück zum Ort des Hauptgeschehens trug.

Er sah Polassars Schwert glitzernd herumwirbeln und etwas anderes frei durch die Luft fliegen. Ein abgeschlagenes Stück von einer Rüstung – vielleicht ein Helm. Kurz bevor es gegen ihn prallte, erkannte Tristan, daß noch ein Kopf in dem Helm steckte und Blut daraus troff. Es bespritzte ihn von oben bis unten, als er eine Hand ausstreckte – gerade noch rechtzeitig, um dieses unheimliche Geschoß abzuwenden. Er konnte die Zähne des Mannes in dem vor Kampfeswut verzerrten Gesicht sehen. Der Aufprall von Stahl und schweren Knochen lähmte Tristans Hand an den Zügeln, und er ließ die Riemen los.

Zum Glück hatte er keine Zeit, daß er weiter über den Anblick nachdachte oder daß ihm schlecht wurde, obwohl Tristan das Gefühl hatte, daß das in der ersten Sekunde passieren würde, in der er zur Besinnung kam. Ein weiteres Schwert hieb heftig auf ihn ein. Tristan konnte ihm einmal ausweichen, indem er sich duckte, dann schnappte er sich mit der verletzten Hand die Zügel und hielt sich krampfhaft fest, während Valadan mit voller Wucht das andere Pferd rammte. Das Tier stürzte schreiend zu Boden; Valadan gelang es irgendwie, auf den Beinen zu bleiben und sich aus dem Durcheinander freizustrampeln. Polassar erledigte soeben seinen zweiten Gegner mit einer unvergleichlichen Attacke, die die Spitze seines Schwerts mit verwirrender Geschwindigkeit von unten nach oben und rundherum um die Schwertspitze des anderen führte und dann durch einen ungeschützten Spalt in der Rüstung. Er trieb die Graubraune zurück, heraus aus der Blutlache; überall war viel Blut, auf ihm und auf der Stute.

Tristan saß auf einem jetzt ruhigen Valadan und war dankbar, daß der Hengst fest wie ein Felsen stand. Er zitterte vor Erregung. Er wußte nicht, ob der Mann, der mitsamt seinem Pferd gestürzt war, tot war oder nicht, und es war ihm egal. Selbst wenn er noch lebte, würde ihnen der Mann vorläufig keine Scherereien machen. Es war jetzt kein Kampfgeräusch mehr zu vernehmen, so daß angenommen werden konnte, daß Reynaud seine Auseinandersetzung ebenfalls siegreich beendet hatte, falls er nicht tot war. Auch das war Tristan ziemlich egal. Ihm erschien es wichtiger, daß er die Augen eine Zeitlang fest zudrückte, damit er den Anblick des abgetrennten Kopfes vergessen konnte, der hüpfend wie ein Kinderball neben Valadans Füßen vom Boden abgeprallt war, bis er schließlich ausrollte und liegen blieb. Seine Rippengegend schmerzte, und ebenso seine beiden verletzten Hände.

»Zauberer?« Polassar wischte seine Klinge mit schnellen Bewegungen sauber. »Ihr habt auch zwei von ihnen erledigt, wie? Gute Arbeit.«

»War das gut?« fragte Tristan zweifelnd. Er stieg ab, hielt sich jedoch noch vorsorglich mit einer Hand am Sattel fest, bis er die Zuverlässigkeit seiner Knie geprüft hatte. Als er stand, befand sich sein Gesicht auf gleicher Höhe mit Thomas' Gesicht. Der Kater zog langsam die Krallen ein, indem er eine nach der anderen unter dem Lederrahmen des Sattels hervorzog. Seine Pupillen waren nur noch Schlitze, und es schien, als verzichtete er auf alle bissigen Bemerkungen.

Tristan sah, daß Reynaud ebenfalls abstieg, doch der Mann sagte nichts. Elisena kam zu ihnen herangeritten, immer noch mit dem Dolch in der Hand, obwohl sie ihr

Schwert weggesteckt hatte. Ihre Stute schleuderte bei dem Geruch von Blut den Kopf hin und her, und Valadan wieherte sie schimpfend an.

Tristan beugte sich langsam über den ihm am nächsten liegenden Reiter und überwand sich, den Gesichtsschutz an seinem Helm zurückzuschieben. Das Gesicht hinter dem Stahlnetz war im Tod erschlafft, die Augen waren noch offen. Sie waren weiß wie zwei Stücke Eis – frostig-weiß und leer. Tristan wandte den Kopf ab, ihm war noch schwindeliger als zuvor. Es war also nicht sein Fehler und lag auch nicht am Versagen des Schwertes, daß diese Angreifer nicht ohne dieses Gemetzel unschädlich gemacht werden konnten. Sie besaßen keine Seele, auf die das Schwert hätte einwirken können.

Blut war auf den Lippen des Kämpfers. Während Tristan ihn betrachtete, bildeten sich auf seiner Oberfläche Eiskristalle, als ob der Mann innerlich aus einem Gletscher bestünde. Polassar brummte einen Eid gegen Hexerei.

»Für sie ist es eine Gnade, daß wir sie getötet haben«, sagte Reynaud dicht neben ihm. Er hatte seinen Silberdolch zurückgeholt und warf ihn jetzt spielerisch von einer in die andere Hand. »Wer von Nímir besessen ist, findet im Tod Befreiung.«

Tristan stand auf und wischte ebenfalls das halbangetrocknete Blut von seiner Klinge, wozu er sich nacheinander einige Grasbüschel herausriß. Sein Kopf war immer noch nicht klar, und ihm wurde jedesmal, wenn er sich nach Gras bückte, noch ein wenig mehr schlecht. Er hatte den Eindruck, als ob das Schwert unruhig unter seiner Berührung summte, aber er war nicht sicher, was es ihm sagen wollte. Sein Magen stülpte sich um, und er biß sich fest auf die Lippe in der Hoffnung, daß sich Reynaud entfernen und mit einem der anderen sprechen würde, bevor er den Kampf gegen seine Übelkeit verlöre.

Reynaud tat ihm jedoch nicht den Gefallen. Er durchwühlte weiterhin die toten Körper der Reiter, auch nachdem sich Tristan zweimal übergeben hatte, obwohl er kein Sterbenswörtchen sagte, was er suchte oder was er vielleicht gefunden hatte.

6. KAPITEL

Unterwegs zum Meer

OHNE EIN WORT darüber zu verlieren, ritten sie weiter in die herabsinkende Nacht. Nach Valadans Empfinden waren keine weiteren Menschen mehr in der Nähe, von deren Geist Nímir Besitz ergriffen hatte – die nächsten größeren Geschöpfe irgendwelcher Art war grasendes Rotwild in einigen Meilen Entfernung. Doch obwohl sie sich vorläufig in Sicherheit befanden, hatte keiner von ihnen das Verlangen, länger in dieser Gegend zu bleiben und hier das Nachtlager aufzuschlagen. Keiner von ihnen hätte sich ruhig niederlassen können, ohne bei jedem Schatten, den das Lagerfeuer werfen würde, erschreckt aufzuspringen. Sie ließen die erschöpften Pferde ihre Gangart selbst wählen, und achteten nur darauf, daß sie sich beständig voranbewegten.

Die Sterne standen längst am Himmel. Einige waren sogar schon wieder untergegangen, und immer noch ritten sie weiter.

Haben wir uns verlaufen? Thomas, der zwischendurch aufwachte, sah sich um und erblickte nichts als grasbedeckte Hügel im düsteren Sternenlicht, was ungefähr das gleiche Bild war, das er bei seinem letzten Aufwachen gesehen hatte.

Tristan bezweifelte, daß die Vermutung des Katers irgendwie der Wahrheit nahekommen könnte. Sie hatten den Kurs seit ihrem Zusammentreffen mit den Reitern geändert – vielleicht umgingen sie eine dichter bevölkerte Gegend oder einen Grenzstützpunkt von Danacs Territorium –, doch er war sicher, daß Elisena und Polassar ganz genau wußten, wo sie waren, ebenso wie Valadan. Sie hatten sich also nicht alle verlaufen, obwohl Tristan eingestehen mußte, daß man es von ihm hätte behaupten können. Er hatte nicht die blasseste

Ahnung, wo er war, und es war ihm auch völlig gleichgültig.

Valadan hatte eine ruhige Gangart gewählt, eine Rücksicht, für die ihm Tristan sehr dankbar war. Er war an einem Punkt angelangt, da nicht viel gefehlt hätte, daß er aus dem Sattel und in die Umnachtung gerutscht wäre. Nur die Befürchtung, daß der Boden sehr hart sein könnte, hielt ihn davon ab. Er dachte auch, daß er eigentlich wegdämmern könnte. In der Dunkelheit würde er wahrscheinlich die schweren Lider nicht lange genug offen halten können, um wach zu bleiben.

Sie hielten an. In der plötzlichen Stille, nachdem das Hufgetrappel verklungen war, hörte Tristan das Rauschen von Wasser.

»Ich kann diesen Platz unangreifbar machen«, sagte Reynaud mit fester Stimme. »Für den Rest der Nacht sind wir sicher.«

Tristan schwang sich von Valadans Rücken. Obwohl er immer noch benommen war, gelang es ihm doch schnell genug, Elisena beim Absteigen zu helfen, bevor Reynaud zu ihr kommen konnte. Zum Glück war sie wacher als er und verhinderte, daß sie beide umfielen, als er ins Schwanken geriet. Tristan grinste sie bekümmert an und sah sich um, nachdem er sie losgelassen hatte.

Die Stelle sah ziemlich sicher aus. Eine Kette von Felsgestein umgab schützend eine Quelle und einige Baumstümpfe. Wenn sie ihre Feuerstelle in der Nähe der Felsen anlegten, dann wären sie einerseits durch die Steine im Rücken geschützt und andererseits würde die Hitze davon reflektiert. Das Wasser war eine angenehme Zugabe, und vielleicht gäbe es auch noch weiches Gras, auf dem sie schlafen könnten.

Der leichte nächtliche Wind war lediglich kühl, doch über ihnen allen lag eine Eiseskälte, die nichts mit dem Wetter zu tun hatte. Niemand sprach lauter als im Flüsterton. Tristan half Polassar beim Versorgen der Pferde; sie rieben sie gründlich trocken, bevor sie sie frei herumlaufen ließen, um unter Valadans Aufsicht sich etwas zum Fressen zu suchen. Elisena sammelte die unter den Bäumen liegenden abgestorbenen Zweige auf, und Thomas rollte sich unverzüglich auf dem Stapel Holz zusammen, den sie für ein Feuer aufgebaut hatte.

In der Zwischenzeit war Reynaud emsig dabei, einen Schutzbann rings um ihr Lager zu errichten. Er zeichnete komplizierte Muster in die Luft und auf den Boden und murmelte dabei die ganze Zeit vor sich hin. Die Muster strahlten kurz auf und erloschen gleich darauf wie vom Wind ausgepustete Funken. An den Stellen, wo die Funken zu Boden fielen, entstand ein magischer Ring, allerdings ein unsichtbarer. Reynaud kreiste nur den Platz um das Feuer herum ein – die Pferde waren durch Valadan ausreichend geschützt – und hörte unvermittelt auf, als er mit seinem Werk zufrieden war.

Trotz des Schutzbanns und obwohl das Feuer, das Elisena entzündet hatte, nicht sehr groß war, hatten sie alle ein ungutes Gefühl, weil es so verräterisch hell leuchtete. Sie packten etwas zu Essen aus und aßen es kalt, ohne zu reden. Sobald ihr Hunger gestillt war, legten sie sich zum Schlafen hin.

Polassar schnarchte bald darauf, und die anderen waren wenigstens still; doch Tristan, obwohl er schon zuvor so erschöpft gewesen war, daß er kaum noch sein Essen hinunterbrachte, war jetzt zu seinem großen Leidwesen hellwach. Die flache, mit Gras bewachsene Stelle, die ihm so einladend erschienen war, erwies sich als steinig unter der grünen Oberfläche, und jeder Kiesel drückte sich in irgendeine Stelle seines Körpers, wo er während des Kampfes Prellungen davongetragen hatte. Und ihn fror, trotz der Nähe des Feuers und des dicken Umhangs, mit dem er sich zugedeckt hatte. Tristan wälzte sich unruhig hin und her, ohne eine angenehmere Lage zu finden. Und als er gerade hoffte, doch endlich einzuschlummern, bekam er einen heftigen Krampf im linken Bein.

Er setzte sich auf und unterdrückte einen Aufschrei; er rieb sich das Bein und stieß Thomas an. Der Kater zischte ihn zornig an und stellte sich den geflüsterten Entschuldigungen und Erklärungen gegenüber taub.

Steh auf und lauf herum! befahl Thomas erbarmungslos. *Dann kann wenigstens einer von uns ein wenig schlafen.*

Tristan stand auf, stolperte über sein Gepäck und wäre beinah auf die Nase gefallen.

Und mach nicht soviel Krach dabei!

Tristan warf dem Kater einen vielsagenden Blick zu, doch da es dunkel war, war seine Mimik für die Katz. Der Schmerz war wie ein Knoten in seinem Wadenmuskel, und als er sein Bein bewegte, wurde er schlimmer statt besser. Er konnte kaum auftreten, und schon gar nicht konnte er dabei so leise sein, daß Thomas nichts zu meckern hätte. Er biß die Zähne zusammen, ging ein paar Schritte weit und hielt dann wieder inne.

Was würde passieren, wenn er aus Versehen gegen den Wall von Reynauds Schutzbann prallen würde? Bei seinem Glück würde er wahrscheinlich alle anderen aufwecken. Tristan spähte um sich, da er sicher war, daß er nicht mehr weit von dem Wall entfernt sein konnte, falls er sich nicht schon längst jenseits davon befand. Er konnte nichts Magisches sehen, aber das bedeutete nichts. Der Krampf hatte jetzt etwas nachgelassen, nachdem er sich nicht mehr so sehr darauf konzentrierte. Er humpelte nur noch ganz leicht, als er weiterging, um die Sache zu untersuchen.

Die Schutzeinrichtung war so angelegt, daß sie einen Alarm auslösen sollte, falls ein Fremder sie überquerte, auf alles andere sollte sie nicht reagieren. Das wäre der einfachste, am wenigstens aufwendige und logischste Bann, den ein müder Zauberer errichten könnte. Und Reynaud war doch sicher ebenso müde wie alle anderen?

Aber hatte einer von ihnen dem Mann wirklich bei der Arbeit zugesehen? Verrat wäre eine Kleinigkeit für jemanden, der darin so geübt ist, und Tristan traute Reynaud zu wenig, als daß er Fäden gefunden hätte, die den Schutzwall bildeten, und bevor er sich selbst davon überzeugen könnte, daß der Bann das Böse wirklich abwendete und es nicht anzog. Darüber hätte er sich gleich am Anfang Gedanken machen sollen.

Er sah hinüber zu dem eingedämmten Feuer. Niemand hatte sich bewegt, soweit Tristan das beurteilen konnte. Das hieß aber gar nichts, Reynaud könnte ebensogut Schlaf vortäuschen. Wenn es jedoch so wäre und wenn er einschreiten würde, um Tristan an einer genaueren Überprüfung zu hindern – nun, was wäre damit erwiesen? Es wäre so gut wie ein Eingeständnis von Schuld!

Tristan machte sich verstohlen ans Werk. Seine Hände vollführten Bewegungen, die die Gegenstücke zu denen waren, die Reynaud vor kurzer Zeit gemacht hatte; er beobachtete aufmerksam, was dabei herauskam. Er lauschte außerdem angespannt, in der Hoffnung, irgendwo noch ein hängengebliebenes Flüstern des Banns aufzuschnappen. Die Aufgabe nahm ihn weitgehend in Anspruch, doch er vergaß nicht, weiterhin Reynaud genau im Auge zu behalten.

Doch am Schluß war er gezwungen einzugestehen, daß sein Verdacht vollkommen unbegründet war, obwohl es eine ganze Zeit dauerte, bis er bereit war, das zuzugeben. Die Schutzwälle waren genau, wie man normalerweise erwartet hätte, dazu geeignet, Menschen und gefährliche große Tiere fernzuhalten. Es gab keinen Grund, warum er nicht aus dem schützenden Kreis treten oder ihn beim Zurückkommen wieder überschreiten sollte.

Tristan schämte sich zwar ein wenig, daß er diese Untersuchung angestellt hatte, doch es tat ihm eigentlich nicht leid. Und ganz nebenbei hatte die damit verbundene körperliche Betätigung seinem Bein geholfen, das jetzt nur noch ganz dumpf schmerzte.

Die dunklen Schatten der Pferde verschmolzen in der Nacht, und der aufsteigende Nebel dämpfte die Geräusche ihrer Bewegungen. Tristan sah, daß Valadan etwas abseits von den Stuten stand, und er trat vorsichtig über den Schutzwall und ging zu ihm hin.

Die Stuten hatten sich für den Rest der Nacht zur Ruhe niedergelegt, nachdem sie sich sattgegessen hatten, doch Valadan schien genauso ruhelos zu sein wie Tristan. Sein Blick durchdrang unaufhörlich die Nacht in alle Richtungen, obwohl er nichts zu berichten hatte, als Tristan ihn danach fragte. Eine Kohle knallte im Feuer, und der Hengst zuckte zusammen. Tristan legte eine Hand auf das glänzende Fell des Pferdehalses und spürte, daß die Muskeln unter der seidigen Haut straff wie eine neue Trommelbespannung waren.

Er hatte Valadan schon vorher sorgfältig untersucht, um festzustellen, ob er im Kampf irgendwelche Verletzungen davongetragen hatte, und er hatte die Kratzer, die Thomas auf dem Rücken des Pferdes hinterlassen hatte, mit Salbe behandelt.

»Irgendwie bin ich keineswegs erleichtert durch die Erkenntnis, daß es nicht Danacs Leute waren, die versucht haben, uns an unserem Vorhaben zu hindern.«

Valadan schnaubte ihm direkt ins Ohr.

»Du kannst nichts dafür, bestimmt nicht. Es liegt an diesem Schwert – es hat eine seltsame Wirkung auf meinen gesunden Menschenverstand. Es macht ritterliche Gesten ein wenig zu leicht. Wahrscheinlich hätte ich damit rechnen müssen – es ist schließlich eine Königsklinge und hat nun mal andere Vorstellungen vom Leben als ein Zauberer, der von der Hand in den Mund lebt. Daran muß ich denken, wenn es mich das nächstemal dazu verleiten will, mich blindlings auf ein Abenteuer einzulassen.«

Valadan warf den Kopf hin und her und lehnte eine

Streichung seiner Schuld ab, wie sehr ihm auch die Absolution angeboten wurde. Tristan verstand das nur zu gut – es war eine Art von Sturheit, die sie beide gemein hatten.

Er streichelte noch ein paarmal über Valadans Hals, betrachtete noch eine Weile mit ihm zusammen die dunklen Hügel und ging dann zurück zum Feuer. Vielleicht könnte er jetzt doch endlich schlafen, obwohl er es bezweifelte. Im schlimmsten Fall, so hoffte er, würde er wenigstens still daliegen können, ohne Thomas zu stören.

Der Kater maunzte wieder mürrisch, als sich Tristan niederließ, doch es war nicht Thomas' Stimme, die das Schweigen brach. »Weit ist der Weg.«

Tristan drehte verwirrt den Kopf um. Polassar schnarchte immer noch, und Reynaud lag zu weit weg auf der anderen Seite des Feuers, als daß die Worte von ihm so gut hörbar hätten sein können. Nein, die Worte kamen von Elisena.

»Weit, weiter als irgendeiner von uns gedacht hat, und jeder Schritt führt durch Eiseskälte. Und jeder dieser Schritte ist verbunden mit Gefahr, mit einer Verheißung und – mit einem Preis.«

Tristan erschauderte. Natürlich träumte sie, und ihren Worten durfte man nicht mehr Bedeutung zumessen als den Schlachtrufen, die Polassar manchmal im Schlaf ausstieß und sie alle damit aus dem Schlummer riß. Es gab keinen Grund, das, was sie sagte, für eine Prophezeiung zu halten – ihre Stimme hatte sich einen Augenblick wie die eines Fremden angehört, und er war müde genug, um sich alles mögliche vorzustellen – fast müde genug um zu schlafen.

Das Scharren von Stiefeln auf Stein weckte Tristan auf. Er wünschte sich, er wäre einfach die ganze Nacht wach geblieben; als er sich vorsichtig bewegte, schickte die Hälfte der Muskeln in seinem Körper bitterböse Beschwerden an sein Gehirn. Der Frühnebel war sehr dicht und schimmerte an manchen Stellen silbern, wo die Sonne durchbrach. Aus weiter Ferne schnitt der Ruf eines Schwans durch die Luft. Elisena kauerte neben dem Feuer und buk Pfannkuchen in einer kleinen Pfanne.

Tristan fiel wieder ein, daß er sie ja fragen wollte, ob sie sich an ihren Traum erinnerte.

»Guten Morgen, Herr Kollege.«

Reynaud sah unverschämt gut ausgeruht aus, stellte Tristan mit Abscheu fest. *Seinen* Kleidern sah man nicht an, daß er darin die Nacht auf dem Boden schlafend verbracht hatte. Kein Grashalm oder Zweiglein hing an dem pechschwarzen Umhang oder den leuchtend bestickten Kleidern darunter. Tristan war nicht erbaut, als er bei Tageslicht feststellte, daß der Zauber, mit dem er am Abend zuvor die Blutflecken von seiner Kleidung hatte entfernen wollen, statt dessen die meisten darin verewigt hatte. Nach und nach würde noch genügend Schmutz dazukommen, daß die braunen Stellen auf dem groben grauen Stoff nicht mehr auffallen würden, aber sie waren und blieben eine Erinnerung an den Kampf, an den Tristan absolut nicht erinnert werden wollte.

»Habt Ihr gut geschlafen? Was mich angeht, so scheint mir dies ein Platz zu sein, der unangenehme Träume fördert.«

Tristan wog die Notwendigkeit ab, Reynaud auf seinen spöttischen Ton mit Höflichkeit und Scheinheiligkeit zu antworten. Dies mochte in der Tat eine sehr lange Reise werden. Es wäre sicher besser, Reynaud gegenüber gleich von Anfang an energisch entgegenzutreten als sich wochenlang von ihm reizen zu lassen, bis er letztendlich doch die Beherrschung verlieren würde. Eine Auseinandersetzung war unvermeidlich – dann konnte sie genausogut jetzt stattfinden wie später. Polassar war anscheinend losgegangen, um die Pferde zu holen, so daß er nicht zu befürchten brauchte, daß durch ihn die Angelegenheit ausuferte.

»Macht, daß Ihr wegkommt, Reynaud! Ich möchte weder diesen noch überhaupt irgendeinen Morgen damit verbringen, mit Euch nichtssagende Höflichkeitsfloskeln auszutauschen.«

Reynaud ließ sich keinen Ärger über diese Beleidigung anmerken, wie Tristan überrascht feststellte, nicht einmal durch eine hochgezogene Augenbraue oder ein elegantes Aufblasen der Nasenflügel. Aus irgendeinem Grund war der Mann fest entschlossen, nachsichtig zu sein – oder sich zumindest den Anschein zu geben –; vielleicht lag es daran, daß Elisena sich in Hörweite befand. Seine Zähne strahlten zwischen seinem Bart hervor, als er sprach.

»Euer Zorn darüber, daß ich hier bei Euch bin, ist verständlich, doch Ihr seid aus einem wichtigen Grund überstimmt worden. Ich verspreche Euch, mein Lord, es wird die Zeit kommen, da Ihr nicht mehr bereuen werdet, mich aufgenommen zu haben. Bis dahin werde ich nach Mitteln und Wegen suchen, Euer Vertrauen zu gewinnen.«

»Macht Euch meinetwegen keine Umstände.«

Reynauds Mundwinkel verzogen sich nach oben in vergnügter Anerkennung der zwischen ihnen abgesteckten Fronten. Er streckte eine Hand nach unten aus, und zu Tristans ungläubigem Staunen streichelte er Thomas' Rücken. Tristan war noch verdutzter, als der Kater einen runden Rücken machte und den Schwanz unter der streichelnden Hand emporreckte, was unmißverständliche Zeichen für das Wohlbefinden und die Zuneigung des Katers waren. Er hätte vielleicht noch erwartet, daß er Reynauds Berührung duldete, aber daß er sie sogar genoß ...

Thomas rieb sich an Reynauds Stiefel und drückte sich an ihn, während die Finger des Mannes tastend die Lieblingsstreichelstellen erforschten. Tristan hoffte, daß sich Reynaud zu viel zutrauen und einen unverzeihlichen Fehler begehen würde, so daß er gekratzt würde, doch der Mann kraulte Thomas kein einziges Mal unterm Kinn, klopfte ihm nicht auf den Kopf wie einem Hund und berührte auch nicht seine Füße. Die Hände des Zauberers begingen keine derartigen Irrtümer, und Thomas ermutigte ihn schamlos, mit seinem guten Werk fortzufahren.

Tristan klappte den Mund zu und sah den Kater fassungslos an, doch der schloß die Augen voller schläfriger Verzückung, dieser Verräter!

Idiot! schalt ihn Thomas barsch.

Tristan starrte ihn weiter an.

Und eifersüchtig noch dazu. Ein zufriedenes Schnurren entrang sich Thomas' Brust. *Alle Zauberer haben geschickte Hände; das bringt der Beruf so mit sich.*

Angewidert stand Tristan auf und ging weg. Er wäre gern stolz von dannen geschritten, doch seine steifen Beine waren dafür nicht zuverlässig genug. Im besten Fall würde er es schaffen, nicht allzu deutlich sichtbar zu stolpern. Er brauchte sich nicht mitanzusehen, wie sich Thomas seinem Vergnügen hingab, und er hatte auch nicht die Absicht, das zu tun. Er kuschelte sich enger in seinen Umhang, einerseits, um die kühle Morgenluft abzuhalten, und andererseits, um die Flecken auf seiner Kleidung zu verbergen, bis er Zeit fände, sich darum zu kümmern.

Er mümmelte an einem warmen Pfannkuchen herum, fühlte sich gründlich fehl am Platz und hatte große Mühe, Elisenas Blick standzuhalten. Schließlich wandte sie sich von ihm ab, um weitere Pfannkuchen zu backen, doch irgendwie fühlte sich Tristan dann auch nicht wohler.

Polassar tauchte aus dem Nebel auf; er führte seine graubraune Stute am Zügel und beachtete den Aufstand nicht, den sie machte. Die anderen Pferde folgten, Valadan als letzter. Tristan sattelte Elisenas Stute und dann Valadan. Nachdem sein Anteil an der alltäglichen Arbeit getan war – und wahrscheinlich schneller getan, als wenn er die Magie dazu bemüht hätte –, machte sich Tristan daran, Valadan mit zusätzlicher Ausstattung zu versehen. Er nahm einen Ledersack aus seinem Gepäck und stopfte die Kräuterbeutel, die er enthalten hatte, ziemlich wahl- und lieblos mit anderen Sachen zusammen, und dann betrachtete er ihn eine Weile lang aus nächster Nähe. Dann zog er seine Öffnung weit auf und führte die Schnüre des Sacks fein verschlungen durch die Ösen des Sattels; er überprüfte sein Werk, schloß die Schnallen und zurrte das Ganze noch fester.

Was soll das denn? fragte Thomas. *Hast du vor, daß es dir heute wieder schlecht wird?*

»Nein«, sagte Tristan kurzangebunden. »Du kommst da hinein – ich möchte nicht, daß du herunterfällst, wenn wir wieder galoppieren müssen. Vorausgesetzt, du hast die Absicht, heute mit mir zu reisen. Aber vielleicht hast du auch schon anders disponiert.«

Thomas gähnte.

Deine Sorge um mein Wohlbefinden rührt mich zutiefst.

Tristan klopfte noch einmal die Riemen ab und schenkte dem Kater keine Beachtung mehr.

Thomas rieb sich zaghaft an seinen Fußknöcheln. *Es tut mir leid. Du bist heute morgen so brummig, da hätte ich dich nicht auch noch reizen dürfen. Aber selbst du solltest wissen, daß es verschiedene Wege gibt, jemanden im Auge zu behalten, der beobachtet werden muß. Zugegebenermaßen ist mein Weg der weniger direkte, aber vielleicht führt er dennoch zum Ziel.*

Tristan schämte sich, wirklich. Er hatte jedoch keine Zeit, noch viel dazu zu sagen – das Lager war abgebrochen und das Feuer ausgetreten worden. Polassar saß bereits zu Pferde. Elisena stand neben einem seiner Steigbügel, und die beiden diskutierten über ihre weitere Route.

»Wir müssen auch weiterhin in Richtung Küste reiten

– wir müssen ihr folgen, bis wir nach Am Islin kommen. Doch ich denke, wir sollten es nicht wagen, direkt den Weg zum Meer einzuschlagen, wie wir es geplant hatten. Danac unterhält ganz in der Nähe Stützpunkte, von denen bestimmt Patrouillen ausgeschickt werden, und Nímir könnte es leicht gelingen, noch einige schwache Geister in seinen Bann zu schlagen, um uns damit das Leben schwerzumachen«, sagte sie.

»Es wäre also besser, durch freies Land zu reiten?«

»Solange wir es nicht übertreiben – es besteht keine Notwendigkeit, daß wir uns wieder durch Winteröd quälen. Auf jeden Fall wäre es sicherer für uns. Nímir hat uns gezeigt, daß er immer noch mit Vorliebe eine seiner ältesten Taktiken anwendet, und wir sind gut beraten, wenn wir davor auf der Hut sind.«

»Wir haben uns gestern abend recht tapfer geschlagen«, sagte Polassar etwas trotzig. Er hatte den Kampf genossen – kein Wunder, von allen Gefahren, mit denen sie rechnen mußten, war das der einzige Bereich, in dem er Meister war. Während der meisten Zeit ihrer gefahrvollen Reise mußte man ihn eher als Klotz am Bein betrachten, jemand, den man aus reiner Freundschaft mitgenommen hatte und weil er sich geweigert hatte zurückzubleiben, und nicht etwa weil er sich als nützlich erweisen könnte. Wahrscheinlich wollte er seine Nützlichkeit beweisen, solang es noch ging und auf eine Weise, die ihm am nächsten lag.

Elisena wußte das, doch sie schüttelte traurig den Kopf. »Selbst wenn wir so waghalsig wären, uns jeden Tag der Gefahr eines solchen Kampfes auszusetzen, dürfen wir nicht nur an uns selbst denken. Wir sind eine Gefahr für die Leute, durch deren Gegenden uns unsere Reise führt, Polassar. Es kann für sie auch nicht angenehm sein, zu Nímirs Werkzeugen gemacht zu werden – und bedenkt auch, es müssen nicht immer Soldaten sein, die er sich für seine Zwecke aussucht.«

Polassar senkte den Blick und nickte. »Wie Ihr meint, Lady.«

»Die Reise durchs Landesinnere wird uns mehr Zeit kosten. Doch die Verzögerung fällt nicht so sehr ins Gewicht, solange wir die Pferde haben. Trotzdem glaube ich, daß wir aufbrechen sollten.«

Tristan, der ganz ihrer Meinung war, hob Thomas in sein neues Transportbehältnis.

Während sie ritten, schien der bedeckte Himmel direkt über ihren Köpfen zu hängen. Tristan erwartete dauernd, daß Polassars Kopf samt Helm in den Wolken verschwinden würde, so daß er aussähe wie einer der kopflosen Reiter aus der Legende. Sie hatten schon seit langem alles Straßenähnliche verlassen; gelegentlich trafen sie auf einen Wildpfad, das war alles. Es gab kein Anzeichen menschlicher Bewohner.

Das Gras unter ihren Füßen war zu verschiedenen Farbtönen zwischen gelbbraun und knochenweiß verblaßt, und keiner war eine besondere Augenweide. Der Sturm hatte die einzelnen Grasbüschel miteinander verfilzt, wodurch manchmal regelrechte Fußangeln entstanden waren. Zum Glück gerieten sie in kein Sumpfgebiet, doch hin und wieder mußten sie dichtes Dornengestrüpp durchdringen. Wenn sich irgendwo der Felsen durch die schwere Erde schob, nahmen sie das fast mit Erleichterung und froh über die Abwechslung zur Kenntnis. Wenn ihrem Gefühl nach die Sonne im Zenit stand, aßen sie Brot und Trockenfleisch, wobei sie in den Sätteln sitzen blieben, da der Boden wenig einladend aussah, gleichgültig, ob Gras oder Stein.

Sie konzentrierten sich darauf, soviel Strecke wie möglich zurückzulegen, und unterhielten sich deshalb während des Reitens kaum. Am Abend war es anders – das beschwerliche Reiten und das freudlose Land schienen Reynauds guter Laune nichts anhaben zu können. Er fing an, mit Elisena in Erinnerungen zu schwelgen an die Jahre, die sie gleichzeitig in Radak verbracht hatten, und dann ging er dazu über, Geschichten über seine Studentenzeit in Kôvelir zum besten zu geben. Das Interesse, das ihm Elisena entgegenbrachte, schien nicht gespielt zu sein.

Als das den zweiten Abend so weiter ging, konnte sich Tristan nicht mehr einreden, daß sie sich nur höflich zeigen wollte. Da ihn die Unterhaltung, für die ihm der nötige Hintergrund fehlte, langweilte und er keine Lust verspürte, daran teilzunehmen, gab Tristan vor, nach Elisenas Stute sehen zu wollen, die sich am Dorngestrüpp einen schlimmen Kratzer zugezogen hatte. Er war nicht sehr überrascht, als sich Polassar zu ihm gesellte.

»Ich hätte darauf setzen können, daß es nicht lange dauern würde, bis Ihr die Gesellschaft des krähengesichtigen Aasgräbers nicht mehr ertragen könntet«, sagte er verschwörerisch. Die verächtliche Bezeichnung bezog sich auf die meist rabenschwarze Kleidung Reynauds.

»Bei dieser Wette hättet Ihr keinen Heller verloren«, stimmte ihm Tristan zu und warf dabei einen mißmutigen Blick über die Schulter zurück. Elisena lachte gerade herzhaft über irgend etwas, das ihr Reynaud erzählt hatte. Nichts von all dem, das ihr Tristan den ganzen Tag über gesagt hatte, hatte mehr als den Anflug eines Lächelns auf ihr Gesicht gebracht. Er drehte sich um und beugte sich über das Bein der braunen Stute. Die Verletzung war, wie er bereits gewußt hatte, nicht der Rede wert und schon fast verheilt.

»Zauberer, ich wollte schon die ganze Zeit seit unseres Aufbruchs aus Crogen mit Euch sprechen«, erklärte Polassar unvermittelt.

Tristans verdutzter Gesichtsausdruck verlor sich in der Dunkelheit, da er das Licht seines Kristalls gelöscht hatte, nachdem er mit dem Bein der Stute fertig war. »Was hat Euch daran gehindert? Ihr könnt nicht behaupten, daß ich dauernd davonlaufe – ich wüßte gar nicht, wohin.«

»Nein. Es geht um etwas sehr Persönliches.«

Polassars üblicherweise polternde Stimme machte seine Unterhaltungen im allgemeinen alles andere als persönlich. Aber um ihm nicht unrecht zu tun, muß gesagt werden, daß er sich in diesem Moment sehr bemühte, seine Stimme im Zaum zu halten.

»Schießt los!« forderte ihn Tristan auf.

»Nun, ähm ... also, ich will gleich zur Sache kommen. Ihr verbergt es zwar ganz gut, aber ich liege doch sicher nicht falsch, wenn ich sage, daß Euch die Angelegenheit, in der wir zur Zeit unterwegs sind, nicht so richtig gefällt, oder?«

Tristan überlegte, wie er der Wahrheit am nächsten kommen könnte, ohne sich als vollkommenen Feigling bloßzustellen. Polassar hatte keine Ahnung, welchen Gefahren sie entgegenritten – er war noch nie in Schwierigkeiten geraten, die sich nicht mit Faust oder Klinge hätten bereinigen lassen. Selbst Finsterloch schien keinen bleibenden Eindruck in ihm hinterlassen zu haben, und Tristan war sich nicht sicher, ob er den Mann wirklich aufklären sollte, selbst wenn er die richtigen Worte gefunden hätte. Warum sollten alle anderen ebenso empfindlich sein wie er selbst?

»Wir haben keine Wahl«, antwortete er schließlich. »Wenn wir sie hätten – ich bin nicht mutig, Polassar. Ich wäre liebend gern zu Hause geblieben.«

»So scheint es.« Polassar sah ihn offenbar eine Weile lang forschend an, obwohl Tristan keine Ahnung hatte, was er in der Dunkelheit zu sehen hoffte. »Wenn Ihr Euch vor etwas dermaßen fürchtet und es dennoch auf Euch nehmt, dann ist das meiner Meinung nach keine Feigheit, Zauberer. Aber besonders vernünftig ist es auch nicht.«

Er durchschaut die Situation vollkommen.

Tristan schüttelte den Kopf, entschlossen, seine düstere Stimmung abzustreifen, obwohl Thomas zum erstenmal bereit zu sein schien, sich von ihr anstecken zu lassen.

»Ich glaube, ich habe mich vor Schatten gefürchtet, wie ein Kind. Es wird noch früh genug sein, wenn ich beim Anblick der Berge Angst bekomme. Ich hoffe, heute nacht werde ich besser schlafen.«

Gelächter drang wieder zu ihnen herüber, silberhell das von Elisena, tiefer im Ton das von Reynaud, eher wie klingender Schwertstahl.

»Der dort ist kein Schatten, auch wenn er sich anzieht, daß er wie einer aussieht.« Polassar deutete mit dem Daumen in Reynauds Richtung.

»Grenzt es nicht an ein Wunder, Zauberer, wie uns die bewaffneten Reiter gefunden haben, direkt und schnell, obwohl sie mehr als einen halben Tagesritt von ihrem Stützpunkt entfernt waren?«

»Nímir ...« Tristan sprach es nicht gern aus. Schon allein beim Nennen dieses Namens schien der kalte Wind einen Hauch von Eis mit sich zu tragen, und die Stute neben ihm machte einen Satz zur Seite und schnaubte.

»Ja? Oder vielleicht auch nicht – das will ich damit sagen. Vielleicht will uns das auch nur jemand glauben machen. Ihn bei uns zu haben ist genauso, als ob wir uns mit einer Giftschlange zu Bett legten.«

»Aber wie Ihr schon sagtet, es ist immer noch besser, wir haben ihn im Blick als im Rücken. Und er hat ja auf unserer Seite gegen jene Reiter gekämpft.«

»Vielleicht hatte er das Gefühl, daß er das tun müßte.« Polassar zappelte nervös hin und her. »Glaubt Ihr, daß die Lady ihm traut?«

»Ich bezweifle es.« Zumindest wollte er es bezweifeln. »Wenn sie es tut, bedeutet das, daß wir uns beide gründlich täuschen.«

»Das würde ich als erstes bezweifeln. Und ich verspreche Euch eins, Zauberer – beim ersten eindeutigen

Zeichen von Verrat werde ich ihn erledigen. Oder glaubt Ihr, er wird mich in eine Kröte verwandeln?«

Tristan grinste. »Könnte sein. Es wäre ein eindrucksvoller Beweis seines Könnens, und so etwas genießt Reynaud stets.«

Die Nacht brachte weder Sterne noch den Mond mit sich, sondern nur eine beklemmende Dunkelheit und wieder mal einen trostlosen Lagerplatz. Als Tristan am nächsten Morgen feststellte, daß er und alles andere im Lager mit einer dünnen Schneeschicht bedeckt war, wunderte es ihn nicht. Als ob sie es nicht ohnehin gewußt hätten, sollte ihnen wohl deutlich klar gemacht werden, daß Nímir sie nicht aus den Augen ließ und daß sie sich an der Grenze zu Winteröd befanden.

Falls der Sommer wirklich oberflächlich das Land gestreift haben sollte, dann hatte sein Vorbeiziehen keinerlei Spuren hinterlassen. Natürlich schluckte der wolkenverhangene Himmel viel von den Farben, doch selbst die mit Kieselstränden gesäumten Flüsse waren schmal und kalt und hatten es sehr eilig, ihre Reise fortzusetzen und das kahle Land zu verlassen, das sie geboren hatte. Oft weigerten sich die Pferde, daraus zu trinken, was ein deutliches Zeichen dafür war, daß sie aus dem tiefsten Innern von Winteröd gespeist waren.

Tristan roch das Meer lang bevor das Geräusch der Brandung oder der Möwen an sein Ohr drang. Zunächst erkannte er nicht, was es war – ihm kam nur ein verschwommenes Unwohlsein zu Bewußtsein und eine flüchtige Erinnerung, die etwas mit diesem Salzgeruch zu tun hatte. Dieses Gefühl quälte ihn eine ganze Weile lang, und sie konnten das Meer schon fast sehen, als es ihm endlich gelang, sich darüber klar zu werden.

Er war mit dem Meer vertraut. Blais hatte ihn häufig mit irgendwelchen Besorgungsaufträgen nach Dünkuhl-Hinterm-Deich geschickt, als er groß genug war, eine so weite Strecke allein zu gehen. Die Besorgungen, die er damals zu machen hatte, gehörten zu seiner Lehre. Tristan mußte den Leuten in dem Küstenort Liebestränke und Heilkräuter bringen, Gelder eintreiben und Anzahlungen entgegennehmen, wenn ein Handel perfekt war, und dafür wiederum Mehl und frischen Fisch kaufen. In Dünkuhl war nichts weit weg vom Meer, und sein Weg hatte ihn oft zu den Docks geführt.

Sein Meister hatte bestimmt niemals den geringsten Verdacht, wie beliebt der Sport war, ›die Zaubererbrut‹ zu reizen. Tristan war allem Ärger immer so gut es ging aus dem Weg gegangen und hatte sich eine weitere Demütigung erspart, indem er seinem Meister nichts davon sagte, daß er zum unwiderstehlichen Ziel der Launen und Boshaftigkeit der Schiffsjungen geworden war.

Wenn er erst wieder sicher in ihre Kate zurückgekehrt war, verloren die Scherereien jede Bedeutung. Doch in Dünkuhl war Tristan der Außenseiter, Opfer jedes Streichs oder jeder Laune, und er war nie mißtrauisch genug – seine Einsamkeit machte ihn zu empfänglich für alles, was wie der Beginn einer Freundschaft aussah, so daß er manchmal eine Falle nicht früh genug erkannte.

Eines Nachmittags war es einer Bande von Jungen gelungen, ihn in einen kleinen Kahn zu locken, dessen Vertäuung sie danach schnell lösten. Es war eine bekannte Tatsache, daß Zauberer nur unter größten Schwierigkeiten fließendes Wasser überqueren konnten, und der Tag versprach recht unterhaltsam zu werden.

Tristan nahm an, daß er ihre Erwartungen nicht enttäuscht hatte. Seine Akrobatik bei dem Versuch, ohne Stab, Ruder oder wenigstens Fischhaken zurück an Land zu kommen, muß die reinste Clownnummer gewesen sein. Und sie wäre fast tödlich geendet, als er versuchte, die Strickleiter zu fassen zu bekommen, die gerade außerhalb seiner Reichweite hing, und dabei aus dem Kahn fiel. Ein alter Segelflicker hatte ihn gerade noch rechtzeitig aus dem Wasser gefischt – mit einem Bootshaken –, aber Tristan hatte geglaubt, er müsse wie ein Stein auf den Boden des Hafens sinken, bevor er gerettet würde, und es dauerte Monate, bevor er den Geschmack von Fisch wieder ertragen konnte. Einige Tage lang reichte sogar das Platschen, wenn sie am Brunnen Wasser schöpften, damit er grün im Gesicht wurde.

Und an jenem Tag war es auch, als er sich auf dem Heimweg befand, tieftraurig und zitternd und von Selbstmitleid gequält wie noch nie in seinem Leben und grübelnd, wie er Blais erklären sollte, daß sie zum Abendessen keinen Fisch haben würden, daß er Thomas traf.

Und der Rest, wie man so sagt, ist Geschichte. Thomas streckte den Kopf aus dem Ledersack, aus seinem letzten Schläfchen gerissen, und zuckte mit den Schnurrhaaren.

»Hast du es je bereut?«

Häufig. Thomas spähte hinaus in die kahle Landschaft, durch die sie trabten, und sah dann nach vorn, wo die wechselnden Farben der Wolken vom Meer kündeten. *Aber irgend jemand muß sich um dich kümmern, und ich habe nun mal ein weiches Herz. Und klopf mir bitte nicht so auf den Kopf. Dieser Ritt ist auch so schon eine Zumutung.*

Valadan gab ein beleidigtes Schnauben von sich.

»Ich kann mich nicht erinnern, daß ich dich gebeten habe mitzukommen. *Warum* bist du mir eigentlich an jenem Tag gefolgt?«

Aus reiner Neugier. Du hattest dich offensichtlich erkältet, und ich wollte wissen, ob es dir, wenn du mit dieser langen Nase niesen müßtest, den Kopf wegreißen würde. Natürlich war ich damals noch ein kleines Kätzchen.

»Ich kann mich gut erinnern, daß Blais nicht wollte, daß ich dich behalte. Er sagte, du würdest Vögel jagen, und ich versprach ihm, ich würde dich bitten, es nicht zu tun. Und dann ließ er dich bleiben, ohne noch einmal auf das Thema zurückzukommen. Ich habe damals nicht darüber nachgedacht, aber das muß das erste Anzeichen einer echten Zauberbegabung gewesen sein, das ich ihm gegeben habe.«

Unsinn. Ich war einfach ein bezauberndes Kätzchen. Ganz unwiderstehlich.

In diesem Moment war das Tosen des Meeres für aller Ohren deutlich hörbar. Das Gelände stieg etwas an, bis die Pferde auf einem steilen Felsen über einem schmalen Strand standen. Es herrschte gerade Flut, und das bißchen, was an Strand da war, wurde immer schmaler genagt.

Die Pferde traten unruhig von einem Bein aufs andere, als ob sie weiterlaufen wollten, obwohl sich der Tag seinem Ende zuneigte und sie sicher müde waren. Der Wind war immer noch kalt, doch nicht mehr so beißend, wie er während des Ritts gewesen war. Tristan zog sich froh die Handschuhe aus und stopfte sie unter seinen Gürtel. Wie allen Zauberern mißfiel es ihm sogar beim kältesten Wetter, diese Dinger zu tragen. Die Hände eines Zauberers waren seine wertvollsten Werkzeuge, sie mußten warm und geschmeidig gehalten werden. Doch Handschuhe engten dermaßen ein, daß sie ebenfalls unerträglich erschienen. Tristan konnte sich niemals überwinden, sie über eine längere Zeit zu tragen.

Sie blickten aufs Meer, und Tristan hatte den Eindruck, daß er mit seinem unguten Gefühl nicht allein dastand. In den Sagen wurde die Farbe des Meeres vielleicht mit Saphiren oder dunklem Wein verglichen, und Dichter besangen die See in endlosen Balladen, beschrieben ihr Wesen, ihre Geschöpfe und Farben und Launen. Doch hier, am äußersten Rand von Calandra, hatte das Wasser die wenig aufregende Farbe von Blechtöpfen, nicht wert, daß man ein Wort darüber verlor und schon gar nicht, daß man ein Gedicht darüber verfaßte. Die heranrollenden Wellen waren von weißem Schaum gekrönt, doch es war das Weiß gebleichter

Knochen, nicht das von Perlen. Die Wogen, die gegen die Felsen klatschten, erzeugten Krach, nicht Musik.

Tristan hörte ein schwaches Knurren neben seinem Ohr. Nicht von Thomas, sondern von Troubadour, der das Meer herausforderte. Tristan sah dem Kanarienvogel zu, wie sich sein kleiner Körper straffte, seine Haltung aufrechter wurde und die zaghaften, verhaltenen Töne an Lautstärke und Kühnheit zunahmen, bis er ein perfektes Lied schmetterte. Tristan grinste und zischte leise durch die Zähne, weil der Gesang gar so schrill war, doch er freute sich, daß der Vogel noch die Nerven hatte zu singen. Dadurch schöpfte auch er selbst wieder etwas Hoffnung, wider jede Vernunft.

Die Wolken hingen tiefer denn je. Die Sonne war nur noch ein kaum wahrnehmbares rotes Glühen, das wie eine Kerze im Luftzug flackerte.

Elisena schüttelte sich, als wollte sie düstere Gedanken vertreiben. »Wir wollen unser Lager aufschlagen«, übertönte sie den Wind. »Natürlich nicht hier. Eine Landzunge wie diese ist zu exponiert. Wir sollten irgendwo dort Schutz suchen, und zwar bald.« Sie deutete nach rechts.

Die Klippen ragten ein ganzes Stück ins Meer. An anderen Stellen, wo es nicht so sehr vom Land herausgefordert wurde, war das Meer vielleicht nicht so abweisend. Tristan hoffte das wenigstens. Die Dinge waren schon schlimm genug, auch ohne daß sie gezwungen waren, die ganze Strecke über mit diesem Toben an ihrer Seite zu reiten. Ganz abgesehen von seinen persönlichen Erinnerungen, war dieses wilde Wasser sicher dazu angetan, jeden normalen Menschen abzustoßen, nicht nur Zauberer mit ihrer Abneigung gegen sich bewegendes Wasser. Tristan warf Reynaud einen verstohlenen Blick zu, konnte jedoch nicht erkennen, welche Wirkung die Küste auf den Mann hatte – Reynaud hatte sich wegen der Kälte die Kapuze aufgesetzt.

Die Pferde begannen, sich vorsichtig einen Weg von

der ins Meer ragenden Klippe hinunter zum Strand zu suchen. Niedriges Gestrüpp umgab sie, vom salzigen Wind zerzauste Pflanzen. Die Büsche wurden höher, sobald das Land mehr Schutz bot, und bald reichten sie den Pferden bis zur Brust. Heckenrosen und Brombeerbüsche streiften Tristans Umhang und zerkratzten seine ungeschützten Hände, als er versuchte, sich von den Dornen zu befreien. Als er es endlich satt hatte, dagegen anzukämpfen, warf er den Umhang hoch und klemmte sich den unteren Rand zwischen die Beine und den Sattel.

Sie kamen erst aus dem Dickicht, als der Boden so steinig wurde, daß keine größeren Pflanzen mehr dort wachsen konnten. Elisena begann, nach frischem Wasser Ausschau zu halten, in der Annahme, daß von der Spitze der Klippe Wasser nach unten sickern müßte und in den Felsen darunter als Quellen wieder zum Vorschein kommen würde. Ihre Ringe schimmerten schwach, als sie suchend die Hände ausstreckte.

»Ah, gut, es ist nicht weit.« Sie gab ihrer Stute sanft die Sporen, und das Tier bewegte sich elegant in Richtung Abenddämmerung. Valadan folgte ihr.

Das Wasser plätscherte zwischen den Felsen hervor und bildete einen kleinen Teich; Tristan hatte eine ganze Weile damit zu tun, den Pferden zu trinken zu geben, aber jedenfalls war das Wasser wohlschmekkend. So nahe am Meer hätte es genausogut brackig sein können, und dann wären sie gezwungen gewesen, sich Pfützen von Regenwasser zu suchen, um etwas zum Trinken zu bekommen. Tristan versorgte die Pferde, während Polassar und Reynaud hinunter zum Strand kletterten, um angetriebenes Holz für ein Feuer zu suchen. Der Sturm hatte große Stapel von Holzbalken aufgetürmt, doch das Entwirren und Freizerren von passenden Stücken aus Stapeln, die über Polassars behelmten Kopf reichten, war nicht ungefährlich, wenn man dabei unvorsichtig vorging.

Die Geschwindigkeit, mit der die Vorbereitungen für das Feuer getroffen wurden, stellte Thomas keineswegs zufrieden. Er hockte mißmutig neben einem Haufen von Stöcken, während Reynaud losging, um eine zweite Ladung heranzuschaffen. Der Wind spielte eigenwillig mit dem dichten Fell des Katers, und Thomas stöhnte schlechtgelaunt.

Tristan riß Grasbüschel als Anzünder heraus und baute das Feuer an einem Platz auf, der ihm am geeignetsten erschien. Er erwog sehr sorgfältig, was er tat. Ein hohes Feuer gäbe zwar viel Wärme ab, aber wenn der Wind von Thomas' Fell abließ und statt dessen mit dem Feuer spielte, hätten sie unter Funkenflug und unerwartet auflodernden Flammen zu leiden, gar nicht zu reden vom Rauch.

Er entschied sich also für eine flachere Anordnung. Jener große Stamm dort könnte eine gute, solide Basis bilden. Und darauf vielleicht jener Balken ...

Mach nicht so ein Theater um jedes einzelne Stück Holz, sondern zünd das Feuer an, bevor ich mir den Kältetod hole. Thomas hatte sich so viel Schutz wie möglich hinter einer Matte aus Strandnelken gesucht.

»*So* kalt ist es auch wieder nicht, Thomas!« Doch auch seine eigenen Finger waren vor Kälte ganz gefühllos; beim Tränken der Pferde war jede Menge Wasser darübergelaufen, und der Wind machte die Sache noch schlimmer. Tristan beugte sich dicht über das Holz und sprach seine Feuerentzündungsformel, die er mit den passenden Bewegungen mit seiner freien Hand begleitete.

Das Holz geriet leider nicht in Brand, obwohl der Zauber bestens funktionierte. Tristans Kleidung war vom Regen und anschließend von der Gischt des Meeres vollkommen durchnäßt, doch sie war offenbar immer noch trocken genug, um zu verschmoren. Der beißende Gestank von brennender Wolle verbreitete sich. Gleichzeitig kam ihm ein heftiger Schmerz an der Seite seines rechten Schenkels zu Bewußtsein. Tristan taumelte zurück und schlug auf die sich schnell ausbreitenden Flammen.

Sein Gleichgewicht war nicht das sicherste, als er über das Holz stolperte, und er geriet ins Wanken und fiel zur Seite. Glücklicherweise erloschen bei dem Sturz die Flammen. Tristan kam wieder auf die Beine, abwechselnd fluchend und an seinem verbrannten Finger lutschend. Er konnte keine Blasen sehen, doch die Brandwunden schmerzten. Und Thomas Reaktion, der sich zu spät abwandte, um ein schadenfrohes Grinsen zu verbergen, das er sich nicht hatte verkneifen können, schmerzte noch mehr.

Elisena blickte von der Satteltasche auf, die sie geöffnet hatte, mit einem Stück getrocknetem Fleisch in der einen Hand und einem Bund Zwiebeln in der anderen.

»Was ist passiert?«

»Nichts.« Tristan hatte seinen Feuerstein bereits wieder gefunden – zum Glück hatte er ihn einfach nur fallenlassen, obwohl es ebenso leicht hätte sein können, daß er ihn weit weg ins Gebüsch geschleudert hätte. Er wartete, bis sich Elisena mit seiner Antwort zufriedengegeben hatte und sich wieder ihrer Arbeit zuwandte, bevor er sich den Holzstapel aus der Nähe ansah. Sein Zauber war schon tausendmal schiefgegangen, doch noch nie war etwas so Abwegiges passiert wie soeben.

Ein Funkeln erregte seine Aufmerksamkeit, ein Glitzern, das nicht vom Holz herrührte. Er streckte die Hand danach aus und war erstaunt und entsetzt, als er einen kleinen Eisennagel fand, der in einem der Holzbalken steckte. Kein Wunder, daß er sich verbrannt hatte – das Eisen hatte seinen eigenen Zauber auf ihn zurückgeworfen, wie ein Spiegel das eigene Bild wiedergibt.

Er war unvorsichtig gewesen – oder vielleicht auch nicht. Das Holz war wahrscheinlich ein Stück eines Schiffsbalken, das von irgendeinem Wrack an Land gespült worden war. Angenommen, es war absichtlich zum Brennholz geraten? Genaugenommen hatte nur Reynaud Holz angeschleppt – Polassar war immer noch unten am Strand. Das sah dem Mann ähnlich, ihm einen derartigen Streich zu spielen, und wenn nur, um nicht aus der Übung zu kommen.

Tristan war wütend, aber leider hatte er keinerlei Beweise für seinen Verdacht. Da er nicht die Absicht hatte, sich lächerlich zu machen, indem er Reynaud deswegen ansprach, müßte er die Sache auf sich beruhen lassen. Er würde den Vorfall nicht einmal Elisena gegenüber erwähnen. Was immer sie davon beobachtet haben mochte, war schon peinlich genug. Er machte sich grimmig wieder ans Werk, das Feuer zu entzünden – diesmal mit Erfolg.

Den ganzen Abend über sah er Reynaud mit verstohlenen Blicken an, während sie magiegeweihtes Brot und einen ganz gewöhnlichen Eintopf verspeisten; außerdem war ihr Mahl noch durch einige Muscheln verfeinert, die Polassar gefunden hatte. Vielleicht bekam ihm die Abwechslung im Speiseplan nicht, oder vielleicht hätte er einen Schluck weniger aus dem Weinschlauch nehmen sollen, als er herumgereicht wurde. Was auch immer der Grund gewesen sein mochte, jedenfalls erwachte Tristan einige Stunden später frierend und zitternd mit dem Gefühl, soeben einen abscheulichen Traum gehabt zu haben, ohne sich jedoch an die geringste Kleinigkeit zu erinnern. Er schlotterte vor Kälte und war sicher, daß er auch nicht warm geworden wäre, wenn er sich mitten in die Glut des erlöschenden Feuers gelegt hätte.

Sehr vorsichtig, um Thomas nicht aufzuwecken, stand er auf und legte noch etwas frisches Holz auf die Kohlen, doch weder Licht noch Wärme beruhigten seine Nerven. Ruhelos wanderte er an den schlafenden Pferden vorbei und tätschelte Valadan leicht, bevor er in Richtung Strand spazierte. Er hielt an, kurz bevor er den

Sand betrat, da ihm die Vorstellung von diesem ungeschützten Streifen bei Nacht nicht gefiel und da er wußte, daß der Wind dort noch kälter blasen würde. Er mußte seinen gesunden Menschenverstand gebrauchen.

Tristans Gefühl des Unbehagens wuchs. Die Nacht war sehr dunkel, und es war töricht von ihm gewesen, sich allein auf den Weg zu machen, auch wenn er sich nicht weit von den anderen entfernt hatte. Er hatte die Umgebung noch nicht bei Tageslicht gesehen, wie konnte er also beurteilen, wie es dort wirklich aussah und was hierhergehörte und was nicht? Und der Wind würde das Geräusch jeder sich ankündigenden Gefahr verschlucken.

Wahrscheinlich fürchtete er sich nur wieder mal vor Schatten, und es gab hier überhaupt keine Gefahr. Er hatte einen Alptraum gehabt; jetzt sollte er schleunigst zurück zum Feuer gehen, einige Kräuter in ein Glas Wein rühren, es austrinken und alles andere vergessen. Er erinnerte sich an den Anblick der heranrollenden Wellen, gleichmäßig wie der Herzschlag, silbern in der Nacht. Dieses Bild würde ihn einschlummern lassen.

Der Wind ließ nach, und gleichzeitig hörte er hinter sich Schritte. Deshalb zuckte Tristan nicht zusammen, als Polassar zu sprechen anfing. Das machte ihn merkwürdigerweise stolz.

»Zauberer, Ihr solltet versuchen, nachts zu schlafen. Das wirkt Wunder für die Verfassung eines Mannes.«

»Ich wollte gerade kommen«, antwortete Tristan.

Polassar gähnte und kratzte sich im Nacken. »Gut.« Er hörte sich nicht so an, als ob er die Geschichte glaubte.

Tristan hatte sich umgedreht und starrte wieder in die Nacht, angespannt und offensichtlich lauschend.

»Zauberer? Was ...«

Tristan schüttelte den Kopf, als ob er mit dieser Bewegung gleichzeitig einen Gedanken abschütteln wollte. »Nichts. Etwas. Ich weiß nicht ...« Das Geräsch, das er zu hören geglaubt hatte, war verklungen, und er wäre sich albern vorgekommen, davon zu sprechen.

»Was ist das, das zugleich nichts und etwas ist?« fragte Polassar gereizt. »Zauberer, es ist entsetzlich spät für Ratespiele.«

Tristan hatte gewiß kein Rätsel aufgeben wollen. Doch ganz hinten in seinem Bewußtsein nagte etwas an ihm und beharrte darauf, daß er wirklich etwas wußte, das gleichzeitig nichts war. Auf welche andere Weise hätte ein Mensch den Wind beschreiben können, den man fühlt, jedoch niemals sieht? Und genauso, welche treffendere Bezeichnung hätte es für Nímirs Hunde gegeben?

7. KAPITEL

Ein Fluß aus Eis

Tristan wanderte mit Thomas am Strand entlang, wobei der Kater immer weiter hinter ihm zurückblieb, weil er sich mit wachsender Begeisterung an den Bewohnern der Pfützen, die die Ebbe hinterließ, ergötzte. Er war überrascht, daß sein Kopf klar genug war, um noch etwas anderes zuwege zu bringen, als trübsinnig in die Luft zu starren – aber vielleicht hatte er das auch einfach satt. Er hatte den größten Teil der Nacht mit offenen Augen wach dagelegen, während ihm alle möglichen Gedanken durch den Kopf gingen, und war vollkommen unfähig gewesen zu schlafen.

Er hätte eigentlich etwas essen müssen, bevor sie zu ihrem Tagesritt aufbrachen, doch Tristans Magen rebellierte heftig bei dieser Vorstellung. Mit etwas Glück würde ihm dieser kleine Ausflug am Wasser entlang vielleicht einige eßbare Geschöpfe des Meeres bescheren, ganz abgesehen von der Zerstreuung, wegen derer er in erster Linie hergekommen war. Etwas zu essen wäre stets willkommen, auch wenn er selbst kein Verlangen hatte, irgend etwas zu sich zu nehmen. Es gab noch genügend durch die Ebbe entstandene kleine Teiche außer denen, auf die Thomas Anspruch erhob. Vielleicht waren in einigen davon Fische zurückgeblieben, ebenso wie Muscheln. Und wenn er etwas ganz besonders Ungewöhnliches mit zurückbrächte, würde vielleicht niemand merken, daß er selbst nichts aß. Tristan konnte es nicht leiden, wenn an ihm herumgenörgelt wurde, und keine noch so gutgemeinten Reden konnten seinen Magen oder seine Nerven in Ordnung bringen.

In einiger Entfernung vor ihm lag etwas hinter großen, flachen Felsen am Strand, das wie ein Wrack aussah. Tristans Neugier wurde dadurch angeregt, und er bewegte sich ganz bewußt auf das Gebilde zu. Es ist wichtig, alles zu sehen, hatte ihm Blais immer wieder eingeschärft. Die ausgefallensten Dinge können für einen Zauberer von Bedeutung sein. Zum Glück hatten sich solche Belehrungen genau mit Tristans eigenen Neigungen gedeckt. Welche Eigenarten er auch mit dem Ende seines Jungendaseins abgelegt haben mochte, die Neugier war ihm geblieben, oder zumindest die Lust am Herumstöbern.

Es dauerte einige Minuten, bis er das Wrack erreicht hatte, denn es lag eine Menge angespülten Strandguts auf dem Sand herum, und ob er nun darüber kletterte oder einen Umweg darum herum machte, das Zeug hielt ihn auf. Eigentlich hätte er sich auf den Rückweg machen müssen, da Polassar sicher bald bereit wäre loszureiten und ihn jede Verzögerung ärgern würde, aber da war Tristan der Sache schon so nah, daß er fand, er könnte ihr auch noch auf den Grund gehen.

Aus Unachtsamkeit rutschte Tristan am Rand eines der kleinen Teiche ab und versank bis zu den Knien im nassen Sand. Er versuchte einen Trockenzauber, verpfuschte ihn und fluchte geistesabwesend, während er versuchte, das Salzwasser aus dem Saum seines Umhangs zu wringen.

Mitten in dieser Tätigkeit sah er auf und vergaß auf der Stelle seinen feuchten Zustand. Was Tristan aus der Ferne für ein Schiffswrack gehalten hatte, entpuppte sich aus der Nähe als gebleichte Knochen eines riesigen Meeresungeheuers. Die Bogen seiner Rippen, halb im Sand vergraben, ragten immer noch über Tristans Kopfhöhe hinaus. Es war ein furchterregender Anblick.

Die Wellen und der Wind hatten die Knochen geglättet wie poliertes Elfenbein. Tristan fuhr mit der Hand zögernd über einen, der ihm am nächsten war. Wie konnte selbst das gewaltige Meer etwas so Großes wie dieses Tier beherbergen? Und welche Kraft war so unbändig, es dorthin zu schleudern, wo es jetzt lag? Seiner Einschätzung nach mußte es sogar noch größer gewesen sein als der Wächter von Finsterloch, obwohl er jenes Ungeheuer damals nicht in seiner ganzen Größe zu Gesicht bekommen hatte und deshalb seine Ausmaße nur raten konnte. Tristan hoffte, daß das Tier bereits tot gewesen war, als es die Wellen an Land warfen, und daß es keine Stürme geben möge, die so gewaltig waren, daß sie einem solchen Koloß zu schaffen machen und ihn an der Küste festhalten konnten wie einen der Fische, die in einer der vom Meer abgeschnittenen Pfützen gefangen waren.

Lange grüne Ranken von Seetang hingen vom hintersten Knochen in die schwappenden Wellen. Einige davon waren noch ganz frisch, angeschwemmt von der morgendlichen Flut. Kleine Bläschen platzten noch auf den Blättern, wenn sie von der Luft und den unterbrochenen Sonnenstrahlen getrocknet wurden. Krebse huschten geisterhaft durch den Sand, während Tristan das Skelett untersuchte. Meeresschnepfen forderten kühn die Wellen heraus und wichen im letzten Moment erschreckt zurück, wenn sie heranrollten.

Etwas im Sand zu seinen Füßen glitzerte im Licht. Tristan bückte sich und entdeckte eine Kette aus durchsichtigen grünlichen Perlen – Glas oder Smaragd, er konnte es nicht unterscheiden. Er wollte sie Elisena mitbringen, doch als er mit der Hand darunterfuhr, löste sich das verfaulte Band bei der Berührung auf, und die Perlen vermittelten nun nicht mehr die Illusion einer Kette. Die meisten versanken im weißen Sand. Eine blieb zwischen Tristans Daumen und Zeigefinger haften. Er wollte sie hinaus in die Wellen schleudern, doch dann überlegte er es sich anders und ließ sie mit einem Schulterzucken in den Beutel an seinem Gürtel gleiten.

Er drehte sich um, um sich auf den Rückweg zu machen, aber er hatte erst wenige Schritte zurückgelegt, als er in einiger Entfernung am Strand eine weitere Gestalt ausmachte, die ihn offensichtlich beobachtete. Tristans Gesicht verfinsterte sich, als auch bei geringer werdendem Abstand zwischen ihnen beiden die dunkle Kleidung der Gestalt nicht farbiger wurde. Welches Recht hatte Reynaud, ihm nachzuschleichen und ihn auszuspionieren?

Tristan hoffte halb, der Mann würde sich damit begnügen, ihn nur zu beobachten, und nicht warten, bis Tristan sich ihm näherte. Es war jedoch müßig, das zu hoffen, denn Thomas stand neben Reynaud, zunächst nur als Fleck erkennbar, doch beim Näherkommen schnell zu seiner wirklichen Größe anwachsend.

»Es ist stets weise, den Weg zu erforschen, bevor man eine Reise unternimmt«, sagte Reynaud freundlich. »Allerdings, wir reiten natürlich in die andere Richtung ...«

Tristan erwiderte diese verdächtige Liebenswürdigkeit mit einem kalten Blick. Ihm lagen einige geistreiche, ätzende Boshaftigkeiten auf der Zunge, aber es hätte wenig Sinn gehab, sie zu äußern. Es war offensichtlich, daß er mit Worten Reynaud in diesem Moment nicht beikäme. Worte hatten schon bei früheren Versuchen versagt, und der Mann hatte ihm auch bei anderem befremdlichen Verhalten keine Erklärung geliefert oder um Entschuldigung gebeten – wahrscheinlich in der Annahme, daß Tristan sowohl von Elisena als auch von seinem Schwert zu besonnenem Handeln angehalten würde. Wie zwei lauernde Schachfiguren umkreisten sich er und Reynaud eine Weile und suchten nach Vorteilen und Siegeschancen im Rahmen der Spielregeln. Tristan hielt die Hand bewußt weit entfernt von seinem Schwertgriff, um kein Risiko einzugehen.

»Ich habe nichts dagegen, zurückzublicken«, sagte Tristan mit einem Lächeln, das so unecht war, daß sich seine Wangen dafür schämten. »Wenn man nicht weiß, wo man war, könnte es sich als schwierig erweisen zu erkennen, wann man dort angekommen ist, wohin man wollte.«

»Und jetzt wißt Ihr, wo Ihr seid, mein Lord?«

»O ja«, versicherte ihm Tristan. Er beugte sich hinunter und hob Thomas hoch, der ihm reichlich schwer vorkam. Der Kater hatte sich wahrscheinlich mit Unmengen von Krustentieren vollgestopft. »Und wenn wir früh genug aufbrechen wollen, um nicht Polassars Unmut zu erregen, dann täten wir gut daran, jetzt zu gehen.« Er setzte sich in Bewegung und ging den Strand weiter entlang, ohne abzuwarten, ob Reynaud ihm folgte.

Eine eindrucksvolle Darstellung, bemerkte Thomas. *Die Seeluft macht aus dir noch einen Philosophen, wenn nicht gar einen Diplomaten.*

Wenn ihm sein mogendlicher Spaziergang auch sonst nicht viel gebracht hatte, so unterstützte Tristan danach doch Polassars Empfehlung, daß sie nicht versuchen sollten, am Strand entlangzureiten. Der Sandstreifen war einfach zu schmal, und es lag dort zu viel angespültes Strandgut herum; sie würden nur sehr langsam vorankommen. Etwas weiter durchs Landesinnere zu reiten, schien entschieden sinnvoller, also kletterten sie wieder hinauf auf die Höhe der Klippen und machten sich auf den Weg.

Auch hier war es ein sehr mühsames Vorankommen. Regenwasser, das aus dem Hochland herunterströmte, hatte größere und kleinere Furchen gegraben, bis es sich über die Klippen ins Meer ergoß. Die breiten Schluchten waren ein ständiges Ärgernis, aber gefährlicher waren die schmalen, da sie oft völlig zugewuchert und unter dichtem Gebüsch verborgen waren und erst zu erkennen waren, wenn das Pferd schon fast hineingestürzt wäre. Auch schon bei der geringsten Geschwindigkeit war das Risiko eines verhängnisvollen Sturzes groß. Valadan führte die Gruppe an und machte seine Sache sehr gut; doch als sich der Tag neigte, war Tristan so erschöpft, als hätte er mit eigenen Beinen über die Furchen springen müssen.

Ihr Nachtlager schlugen sie wieder am Meer auf, da sie hofften, wieder den Vorteil zu haben, dort etwas zu essen zu finden. In diesem Punkt erlebten sie eine Enttäuschung – die Küste war rauher und karger geworden. An den Felsen hafteten keine Muscheln. Das Meer, von einem trüben Grün, das so kompakt wie Speckstein aussah, erweckte auch mit keinem Anzeichen die Hoffnung, daß sie von der Küste aus dort auch nur einen einzigen Fisch würden fangen können.

Ihre Versorgungslage war jedoch bis jetzt alles in allem zufriedenstellend, und sicher durften sie erwarten, daß Royston Ambere sie mit neuem Proviant versorgen würde, wenn sie ihn darum bäten. Die Pferde konnten einiges an Last verkraften, und es war ziemlich sicher, daß sie nach Am Islin gelangen konnten, ohne die eiserne Reserve an Nahrungsmitteln anzugreifen, die Elisena mit Bedacht für ihre eigentliche Reise in die Berge zusammengestellt hatte. Tristan hatte zum Teil gesehen, was sie in diese Extrabeutel gepackt hatte. Das meiste war getrocknet, damit es leichter und angenehmer zu transportieren war, und einiges davon waren echte Leckereien und einfallsreiche Köstlichkeiten.

Sie hatten also genügend zu essen, doch Tristan war nicht hungrig. Er saß da, starrte in die merkwürdig gefärbten Flammen des Feuers aus Treibholz, lauschte auf den Wind und ließ sein Abendessen unangetastet neben sich stehen. Thomas konnte soviel er wollte davon abbekommen, ohne sich überhaupt die Mühe machen zu müssen, zu betteln oder sich einen Plan zum Stehlen auszuhecken. Als Elisena Tristan deswegen schalt, erreichte sie nichts.

Tristan hatte eigentlich keinen Grund, so beunruhigt zu sein, und er wußte das. Sie waren zwei Tage lang an der Küste entlanggeritten, ohne die geringsten Schwierigkeiten zu haben. Weder wilde Wassermänner noch Seeungeheuer waren aus dem Meer aufgetaucht. Valadan spürte keine Verfolgung – und das Pferd war gebeten worden, besonders auf die Hunde zu achten, als ob er eine solche Anweisung nötig gehabt hätte. Reynaud hatte keine weiteren nennenswerten Streiche mehr gespielt und sich die meiste Zeit über sehr zurückgehalten.

Tristan dachte, daß ihm irgendein Vorfall oder eine Zerstreuung sogar ganz willkommen wäre. Er hatte das Gefühl, daß seit ihres Aufbruchs von Crogen ein Monat vergangen wäre – als ob sich diese Reise ebenso außerhalb von Zeit und Raum abspielte, wie es bei einer Expedition nach Finsterloch der Fall gewesen wäre. Sein Gefühl einer bösen Vorahnung wurde von Stunde zu Stunde schlimmer.

Elisena, die das spürte – was nicht schwer war –, blieb immer in seiner Nähe und spielte alles herunter, was sie selbst an Ängsten und Sorgen quälen mochte. Tristan hatte allerdings nicht den Eindruck, daß sie sich um irgendwelche Gesichte bemühte. Entweder hielt sie es nicht für nötig, oder sie fand in der Nähe des Lagerplatzes keine dafür geeignete Stelle. Tristan konnte gut verstehen, daß sie es womöglich vorzog, gar nicht in die Zukunft zu blicken, besonders, wenn sie in ihren Geschichten immer nur einen Teil dessen sah, was vor ihnen lag, ohne gleichzeitig eine Lösung zu erkennen.

Schließlich waren die Klippen oben mit zerzaustem, struppigem Gras bewachsen, und sie befanden sich zu hoch für weitere Wasserfurchen. Die Gruppe konnte wieder etwas an Geschwindigkeit zulegen und die Pferde galoppieren lassen. Sie ritten hintereinander her, als Polassar, der an der Spitze führte, den Gipfel eines kleinen Hügels erreichte und sein Pferd so abrupt zum Stehen brachte, daß alle anderen auf ihren Tieren hin- und hergeschleudert wurden, als diese mit aller Mühe versuchten, nicht aufeinanderzuprallen.

Tristan, der vermutete, daß wieder einmal ein schmaler Spalt oder vielleicht ein steiler, ausgewaschener

Hang der Anlaß für dieses unvermittelte Anhalten war, war überhaupt nicht vorbereitet auf den Anblick, der sich ihm neben Polassar bot. Das breite Tal unter ihnen war von einem Hang zum anderen ausgefüllt von einem Fluß aus Eis, der sich vom fernen Horizont – und den Bergen – bis zum Meer erstreckte.

Selbst Polassar schwieg, wenigstens eine Zeitlang. Auf den ersten Blick hätte man das Eis für eine Nebelbank halten können, die über einem Seitenarm des Meeres lag. Und tatsächlich hing etwas Nebel im Tal, denn die Sonne hatte angefangen, hell zu strahlen; sie erlaubte ihnen eine gute Sicht auf das Eis und ließ Wasserdampf davon aufsteigen. Von einer Hügelkette zur gegenüberliegenden betrug die Breite des Eisstroms mindestens eine Meile. Er füllte das Tal bei weitem mehr aus, als es der Fluß getan hatte, der sich diesen Durchbruch ursprünglich gegraben hatte, obwohl sich das Eis den gleichen Weg gesucht hatte, um zum Meer zu gelangen. Ein eiskalter Hauch wehte von dem Gletscher her und ließ sie frösteln.

Stellenweise war das Eis schmutzig, als ob es von verunreinigten Flüssen gespeist worden wäre, die seine Oberfläche eingetrübt hatten. Er glich einer dreckigen, bleichen Zunge, die die Berge ausgestreckt hatten, um am Meer zu lecken. Tristan zitterte; seine Hände umklammerten die Lederriemen der Zügel. Soweit seine Augen sehen konnten, bedeckte das Eis ihren Weg.

Sie ritten zögernd weiter und erkundeten die Lage. Das Schlimmste daran wurde nur allzubald deutlich – es gab keinen Weg, wie sie über die Höhe des Gletschers reiten konnten. Schmelzwasser an der Oberfläche hatte gewundende Kanäle hineingegraben; die waren jedoch nicht schlimmer als die bisherigen Furchen, und sie hätten es geschafft, sie zu überwinden, doch überall glitzerten blaue Spalten, wo das Eis bei seinem erzwungenen Weg bergabwärts gebrochen war und nachschiebende Eismassen die Spalten vertieft hatten. Die obere Schicht war chaotisches Ödland mit Rissen und großen Eisblökken und spitzen Zacken. Tristan sah keine zehn Meter Fläche, über die ein Mensch sicher hätte gehen können, und schon gar nicht vier Pferde.

Der Wind pfiff vergnügt durch die Türme aus Eis. Er spielte elegant mit Polassars blauem Umhang, als er vom Pferd stieg und zu Elisena ging.

»Von hier aus geht kein Weg weiter, Lady. Haben wir noch eine weite Strecke vor uns?«

»Noch einige Meilen. Mindestens noch einen Tag zu Pferde.« Troubadour hatte sich schon den ganzen Morgen mit einigen Möwen unterhalten, und sie hatten ihm etwas über einen Turm erzählt, doch er war noch zu weit entfernt, als daß man ihn hätte sehen können, selbst wenn der Himmel klarer gewesen wäre.

Es konnte keinen Zweifel geben, welchen Kurs sie einschlagen müßten. Reynaud hatte seine Stute schon so gelenkt, daß sie sich einen Weg zum Strand hinunter suchte. Vielleicht reichte der Gletscher nicht ganz bis ans Meer, dann könnten sie bei Ebbe um seine vordere Spitze herumkommen. Tristan, der Eisbrocken auf den Wellen schaukeln gesehen hatte, und zwar einige davon weit weg vom Strand, hielt diese Hoffnung nicht für sehr berechtigt. Das Eis roch für ihn wie Finsterloch. Er zitterte noch mehr, als es der Kälte nach angemessen gewesen wäre, als Valadan den anderen Pferden in Richtung Strand folgte.

Von dem schmalen Kiesstreifen aus, den die Flut trocken gelassen hatte, war die Aussicht schlechter als hoffnungslos. Das Eis erhob sich bis zu einer Höhe, die die eines Mannes zu Pferde noch um vieles übertraf, und ragte schroff aus dem Wasser auf, mit Ausnahme an der Stelle am Rand, wo sie standen. Tristan stieg ab und gesellte sich zu Polassar, um mit ihm gemeinsam vom Rand des Wassers aus die Eisklippe in Augenschein zu nehmen.

»Zauberer, Ihr seid in der Nähe des Meeres aufgewachsen – habt Ihr den Eindruck, daß die Flut ihren höchsten Stand erreicht hat?«

Tristan strengte seine Augen an. Er konnte kein Anzeichen dafür entdecken, daß die Wellen jemals höher schwappten, als sie es im Moment taten. Zauberer waren jedoch nicht dafür bekannt, daß sie mit besonderem Interesse die Eigenarten des Meeres erforschten. Tristans Beobachtung ging nur so weit, zu erkennen, daß Flut herrschte. Wie lange das schon so war, davon hatte er keine Ahnung. Und genausowenig hätte er zu sagen vermocht, wann die Ebbe einsetzen würde. Polassar, dessen Heimat Lassair nicht am Meer lag, hätte das ebensogut selbst beurteilen können.

Während sie noch dastanden und sich besprachen, stieß Valadan ein schrilles, warnendes Wiehern aus. Reynaud schrie etwas Unverständliches und zerrte Elisena ohne lange Umstände vom Strand weg den Hang hinauf. Sie widersetzte sich ihm nur eine Sekunde lang.

Tristan trat empört auf sie zu, doch ein gewaltiges Krachen in der Eisschicht ließ ihn innehalten, und er vergaß seine Besorgnis – jedenfalls was das schlechte Benehmen Reynauds betraf. Vor seinen entsetzten Augen brach ein Block von der Größe eines Wachturms von dem Eismassiv und stürzte langsam in die wartenden Wellen. Er und Polassar erkannten die Gefährlichkeit des daraufhin nachdrängenden Wassers im selben Moment, und sie liefen los, doch Tristan hatte noch kein Dutzend Schritte zurückgelegt, da erwischte ihn eine Welle und riß ihn von den Füßen.

Blind vom Salzwasser und gelähmt von einer so eisigen Kälte, daß er nicht mehr atmen konnte und nicht wußte, ob sein Kopf über oder unter Wasser war, spürte Tristan einen Moment lang Felsgestein und Kiesel unter seinen Händen – und dann nichts mehr, als die Welle ihn mit zurück ins Meer zog. Er versuchte aufzustehen, rutschte aus und geriet wieder unter Wasser. Eine Sekunde lang erlebte er wieder die schreckliche Angst, die er an jenem Tag in Dünkuhl kennengelernt hatte.

Etwas riß an seinem Gürtel. Was immer es sein mochte, es klammerte sich mit Gewalt fest, und Tristans Schnalle mit dem Einhorn bohrte sich tief in seinen Bauch. Dann wurde er unsanft auf die Füße gezogen und herumgedreht.

»Ich vergesse immer wieder, daß Ihr nicht schwimmen könnt, Zauberer«, sagte Polassar leutselig. Schaum tropfte ihm aus den roten Bartspitzen, und er war fast ebenso naß wie Tristan, doch seine Augen strahlten voller Vergnügen. »So, jetzt ist alles in Ordnung. Habt Ihr Eure Füße wieder richtig unter Euch? Gut. Wir sollten uns abtrocknen, bevor meine Rüstung rostet und Ihr Schimmel ansetzt – oder was immer mit nassen Zauberern geschehen mag.«

Eigentlich dampften nasse Zauberer – oder wenigstens taten sie das, wenn man sie nahe an ein sehr großes Feuer setzte, bis ihre Kleidung trocken war. Tristan zitterte trotz der Wärme. Das Verhängnis war zu schnell über ihn hereingebrochen – er hatte einige Zeit gebraucht, bis ihm klar wurde, daß er fast ertrunken wäre, und bis jetzt war er noch nicht dazu gekommen, sich an den Gedanken zu gewöhnen, daß er es nicht war. Er wischte sein Schwert trocken und versuchte, die Klinge mit geölten Tüchern einzureiben, doch seine Hände zitterten so, daß er sich dauernd schnitt. Tristan nieste heftig; bei seinem Zittern war das ein unerfreuliches Erlebnis.

»Also gut«, sagte Elisena entschlossen. »Glaubst du jetzt endlich, daß deine Kleider *nicht* trocken werden, solang du sie am Leibe trägst? Zieh dich aus!«

Tristan warf ihr durch seine hängenden, tropfenden Haare einen entsetzten Blick zu. Der Wind war bitter kalt, ganz besonders für ihn. Er würde sich ihm nicht so gern nackt aussetzen. Er sagte etwas in diesem Sinne, doch seine Zähne klapperten so laut, daß er nicht hoffen konnte, einen würdevollen Eindruck zu machen.

»Ausziehen, habe ich gesagt.«

»Hier.« Reynaud öffnete die silberne Halsspange seines Umhangs und warf Tristan das Kleidungsstück zu. »Ich kann mich durch Bewegung warm halten.« Er schlenderte davon und gesellte sich zu Polassar, der das Meerwasser aus seinem Umhang gewrungen hatte und sich jetzt wieder mit ganzer Aufmerksamkeit der Beobachtung der Flut widmete. Nachdem Polassar seine Rüstung in Ordnung gebracht hatte, brauchte er sich nicht weiter trocknen zu lassen, da er mehr an der Oberfläche naß als vollkommen durchgeweicht und schließlich auch nicht ins Meer gefallen war.

Tristan fühlte sich noch unbehaglicher als zuvor, eingewickelt in Reynauds schwarzen Umhang, während er mit finsterem Gesicht Elisena dabei zusah, wie sie seine Kleider um das Feuer herum verteilte. Er hatte das Gefühl, daß ihm der glatte Stoff über die Haut kroch, und er traute dem Umhang nicht mehr als seinem Besitzer. Er hatte sich wohler gefühlt, als er naß bis auf die Haut gewesen war und gezittert hatte. Plötzlich zuckte er zusammen, überzeugt, daß wirklich etwas an ihn herangekrochen war.

Ich bin's nur, sagte Thomas angewidert. *Und rühr mich ja nicht an! Deine Hände sind kalt. Übrigens, der Wasserabstoßbann an deinen Stiefeln hat sich sehr bewährt. Nur schade, daß das Wasser von oben hineingelaufen ist.*

Tristan schenkte dem Kater keine Beachtung und nahm einen Becher Tee von Elisena entgegen. Er nippte daran und hätte sich fast verschluckt. In dem Becher war kein Tee, sondern heißer Grog.

»Laß dir nichts anmerken«, sagte Elisena. »Wenn Polassar dahinterkommt, daß ich dir so etwas gegeben habe und ihm nicht, wird er dir das Fell über die Ohren ziehen. Nicht, daß er einen Grog brauchte. Der Mann ist heißblütig genug, daß er noch eine Weile kocht.«

Tristan wußte genau, was Elisena meinte. Polassar genoß nichts mehr, als einen ordentlichen Kampf, und der Gletscher war ihm wahrscheinlich als ebenbürtiger Gegner in einer Auseinandersetzung erschienen. Tristan nahm einen zweiten Schluck aus dem Becher, diesmal besser auf den Inhalt vorbereitet. Viel besser! Nach dem ersten Schluck hatte er nicht mehr das Gefühl, daß seine Lunge verbrannt würde, und der heiße Sud floß langsam in seinen Bauch, wo er eine angenehme Wärme verbreitete.

»Meinst du, daß er recht hat?« fragte er. »Daß wir daran vorbeikommen, wenn die Flut zurückgeht?«

Elisena stocherte im Feuer herum. »Das hängt davon ab, wie weit der Gletscher hinausragt. Valadan hat kein gutes Gefühl bei der Sache.«

»Das kann ich gut verstehen. Ich bin auch nicht allzu zuversichtlich. Sind meine Sachen jetzt trocken?« Er streckte voller Hoffnung den Arm aus.

»Nein. Stell dich nicht so an. Die Möwen haben Troubadour erzählt, daß die Flut frühestens in einer Stunde anfängt zurückzugehen. Du brauchst dich jetzt noch nicht anzuziehen, es sei denn, es gefällt dir zu frieren.«

»Mich friert es jetzt auch.« Tristan berührte mit einem Finger den warmen Hals Elisenas an einer unbedeckten Stelle, um das zu beweisen. »Spürst du's?« Sie schrie erschreckt auf und klopfte ihm auf die Hand. »In einer Stunde, sagst du? Bis dann vollständig Ebbe ist, wird es stockdunkel sein. Die Hügel verdecken die Sonne bald.«

»Ich weiß.« Elisena setzte sich neben ihn.

»Wie wäre es, wenn wir weiter ins Landesinnere gingen?« drängte Tristan. »Vielleicht bricht das Eis nur ab, wenn es ins Meer stürzt.«

»Nein.« Elisena seufzte. »Valadan hat Erkundigungen angestellt. Er sagt, daß sich das Eis sehr schnell bewegt, zumindest für Eis. Deswegen bricht es so wie vorhin auseinander, und es ist meilenweit im Landesinneren genauso schlimm. Er hat keine einzige Stelle gefunden, wo er sich zugetraut hätte, das Eis zu überqueren.«

»Dann sollten wir also hoffen, daß das Wasser heute nacht bei Ebbe sehr weit zurückweicht.«

Im Innern wußte Tristan, daß ihnen die Ebbe nicht gehorchen würde. Der Zyklus der Gezeiten gehorchte dem Mond. Vollmond bedeutete im allgemeinen ausgeprägte Ebbe und Flut und einen großen Unterschied zwischen dem höchsten und dem niedrigsten Wasserstand eines Tages. Und der Mond, der jetzt kaum sichtbar über ihnen lag, war neu, eine schmale Silbersichel.

Hintereinander ritten sie hinaus ins flache Wasser. Für Tristan, der die Führung hatte, war das Unternehmen schlimmer als ein Drahtseilakt. Das Wasser hatte seinen Tiefststand erreicht, und immer noch waren der Sand und der Felsen vor der Spitze des Gletschers von Meerwasser bedeckt. Sie hofften, daß es nirgends höher als bis zu den Hufen der Pferde reichte, oder im schlimmsten Fall bis zu ihren Knien, doch Valadan mußte vorangehen, um die Gefährlichkeit des Untergrundes zu prüfen. Als erster vornweg zu reiten, allein und nur Valadans aufgerichtete Ohren und das wogende Meer vor sich, war schlimm für Tristan. Er hätte viel lieber Polassar die Führung anvertraut, denn das Ganze war ja schließlich sein Plan, doch er hatte keine Wahl.

Tristan redete sich immer wieder ein, daß es bei weitem nicht so unangenehm würde wie damals, als sie das erstemal den Est durchquerten – ohne Boot und gezwungen, die Pferde durch den tobenden Fluß schwimmen zu lassen. Das Wasser hier floß nicht unter Valadans Hufen, ja, es klatschte nicht einmal besonders heftig dagegen. Fließendes Wasser bereitete Zauberern Schwierigkeiten, doch hier handelte es sich nur um feuchten Boden. Tristans Magen flatterte und beharrte auf einer anderen Meinung. Und das Eis, das sich rechts von ihm schroff erhob, so nah, daß er es hätte berühren können, wenn er Lust dazu gehabt hätte, leistete seinen speziellen Beitrag zu seiner Nervosität.

Der Ritt verlief alles andere als still. Das Eis knirschte andauernd, ebenso wie die Wellen glucksend und klatschend an den Strand rollten. Die Schritte der Pferde klangen dumpf und abgeschwächt. Tristan befürchtete, daß sein Herzschlag lauter war; jedenfalls war er schneller.

Hier war eine Bucht, erklärte Valadan beiläufig, *bevor das Eis kam. Vielleicht ist noch eine Vertiefung, wo früher das Flußbett war. Mach dir keine Sorgen, wenn wir schwimmen müssen.*

Tristan nickte, sein Mund war völlig ausgetrocknet. Er blickte zu den anderen zurück. Elisena ritt direkt hinter ihm, danach Polassar, und mit einigem Abstand folgte Reynaud, der sich aus irgendeinem Grund dafür entschieden hatte, seine Stute an den Zügeln zu führen. Das Tageslicht ließ schnell nach; schon jetzt war die schwarze Stute nur noch als Schatten zu erkennen, obwohl Tristan die Pferde in seiner Nähe und auch Reynaud noch ziemlich genau sah. Es war überraschend, daß Reynaud sich mit einem so unzuverlässigen Pferd abgab.

Tristan wäre gern schneller vorangekommen, doch sie wagten es nicht. Sie hatten ein knappes Viertel der Strecke über den Gletscher zurückgelegt, und das Ächzen des Eises wurde lauter. Irgendwo vor ihnen ertönte ein lautes Krachen, und dann herrschte kurze Zeit Stille, bis ein gewaltiger Eisbrocken in die Tiefe stürzte. Valadan hielt inne, wohl wissend, was er zu erwarten hatte.

»Bleibt, wo Ihr seid!« rief Tristan. Dunkles Wasser gurgelte um Valdans Füße und wich zurück. Das Eis war ein ganzes Stück vor ihnen abgebrochen. Sie konn-

ten nur hoffen, daß die losen Teile abgetrieben waren, bevor sie an die Stelle kamen und versuchen mußten, darum herum oder darüber zu kommen. Dies ist der reine Wahnsinn, sagte Tristans innere Stimme beharrlich und äußerst unglücklich, obwohl er zugeben mußte, daß sie keine andere Wahl hatten, als diesen Versuch zu unternehmen. Doch diese Einsicht war ihm an Land leichter gefallen. Jetzt sah die Sache anders aus, und Reue stellte sich ein.

Es stand nun einmal fest, daß es nicht sicher war, sich einem kalbenden Gletscher zu nähern. Das ganze Eismassiv war bei Flut von den Wellen unterspült worden. Jetzt, bei Ebbe, fehlte den Eisrändern das tragende Wasser, und das eigene Gewicht konnte sie an jeder Stelle und in jedem Moment zum Abbrechen bringen. Trotzdem bewegten sie sich weiter vorwärts. Polassar brummte etwas von Wassergeistern, doch Tristan wußte, daß es gar nicht solcher übernatürlichen Hilfe bedurfte, um die Katastrophe über sie zu bringen. Er prüfte die Strecke, die sie zurückgelegt hatten.

Sie schienen schon einiges geschafft zu haben, und bis jetzt war alles gutgegangen. Tristan hielt weiter die Luft an und mußte seine Lunge regelrecht zwingen, sie auszulassen. Seine Finger verkrampften sich um die Zügel, denn er hielt das Leder so fest umklammert.

Schmelzwasser, das ungesehen durch das Eis tröpfelte, schoß plötzlich irgendwo unerwartet heraus und machte ihn naß, als ob ein Eimer über ihm ausgeschüttet worden wäre. Tristan, der kaum richtig trocken gewesen war, als sie aufgebrochen waren, fluchte leise vor sich hin, doch er hatte nicht die Muße, sich originelle Flüche auszudenken. Etwas anderes ging auf ihn nieder. Es fühlte sich an wie Steine oder ein Sprühregen aus Kies. Er zog den Kopf ein, warf einen Arm hoch und hielt ihn sich schützend vors Gesicht.

Eins der Stücke rutschte ihm unter der Kapuze in den Halsausschnitt und war beißend kalt. *Eis!* Eiskörner.

Tristan drehte sich im Sattel um, wobei er eine Hand auf Valadans Rumpf legte, um nicht das Gleichgewicht zu verlieren. Elisena folgte ihm mit einem Abstand von einigen Fuß, als ob sie klugerweise zuerst das Versiegen des aufspritzenden Wassers abwarten wollte, bevor sie weiterritt. Vor ihr, hinter Tristan, bebte die ganze Oberfläche des Eises. Sie würde niemals über die Stelle kommen, bevor sie abbräche, erkannte Tristan.

»*Zurück!*« schrie Tristan und fuchtelte mit den Armen, um die Stute zurückzuscheuchen. Wind fegte über die Eisklippe, als ob er seine Worte stehlen wollte, und wirbelte die Eiskörner noch wilder durch die Luft. Valadan rutschte aus und tapste unsicher herum, als er nach einem festen Halt für seine Füße suchte. Tristan wäre fast aus dem Sattel gefallen, wenn er sich nicht dadurch gerettet hätte, daß er mit grausamer Wucht an den Zügeln zerrte. Er hatte keine Gelegenheit mehr, weitere Warnungen abzugeben.

Doch Elisena hatte die Gefahr bereits selbst gesehen oder gehört. Ihre Stute tänzelte verwirrt herum, wobei ihre Hufe die Brandung zu Schaum aufwirbelten und Klumpen nassen Sands hochschleuderten.

Bestimmt erwartete sie, daß er ihr folgte, doch Tristan wußte, daß er es niemals schaffen würde, und er brauchte Valadan gar nicht zu fragen, ob er mit ihm einer Meinung war. Tristan schob seine Stiefel so weit in die Steigbügel wie möglich, duckte sich tief und umklammerte mit den Armen den Hals des Hengstes. Valadan spreizte die Beine weit, drückte die Hufe fest gegen den Boden und blieb stehen, wo er war.

Der Eisbrocken kippte – langsam und anmutig. Er schien eine endlos lange Zeit über ihnen zu hängen, bevor er krachend auf dem Kies aufschlug und ins flache Wasser rollte. Tristan vergrub sein Gesicht während des Aufpralls in Valadans Mähne. Kaltes Meerwasser schwappte über ihn.

Als der Eisbrocken am Grund liegenblieb, machte Va-

ladan einen Satz nach vorn. Tristan sah das tosende Wasser unter sich und das Glitzern des abgespaltenen Eises. Valadans Hufe fanden darauf mit Mühe und Not Halt. Das Pferd kletterte unter größter Anstrengung über den heruntergefallenen Eisbrocken und landete strampelnd in der Gischt, wobei so viel Wasser aufspritzte, daß Tristan wieder bis zu den Augenbrauen naß wurde. Weitere Eisstücke polterten auf sie herab, als ob sie gezielt von oben herabgestoßen würden.

Tristan duckte sich und wurde gleich darauf beinah aus dem Sattel geworfen, als ihn ein kleiner Brocken an der Schulter traf. Gleichzeitig stürzte ein anderes, größeres Stück vor ihnen herunter, und Valadan mußte wieder darüberklettern, angetrieben von weiteren Eislawinen, die hinter seinem Schwanz niedergingen.

Inzwischen war es klar, daß ihnen das Eis niemals erlauben würde, die Küste zu erreichen. Denn nach jedem Block, den sie überwinden konnten, bevor er abtrieb, stürzten zwei neue in ihren Weg. Es konnte sich höchstens noch um wenige Minuten handeln, bis einer davon sie mit voller Wucht traf, während sie sich mühsam voranarbeiteten. Valadan schnaubte und wandte sich dem offenen Meer zu und damit der einzigen Rettung, die ihm Bewegungsfreiheit versprach.

Das Wasser wurde schnell tiefer, und die Wellen schlugen hoch, doch der Hengst zögerte weder, noch war er besonders nervös. Das Meer war bedeckt mit Brocken von Treibeis, doch die Stücke waren nicht so groß, daß sie sie nicht hätten wegstoßen und sich freie Bahn schaffen können, so daß sie unverletzt hindurch gelangten – wenn auch nicht ohne Prellungen. Valadans strampelnde Hufe trieben viele Stücke aus dem Weg. Er schwamm mit kräftigen Zügen und blies dabei schnaubend die Luft aus, um seine Nüstern von dem Schaum der Gischt zu befreien.

Allem Anschein nach hatte sich Polassar bei der Einschätzung der Ebbe gründlich geirrt. Das Wasser wich immer noch zurück, und der Sog an dieser Stelle war gewaltig. Tristan hatte Angst, daß selbst Valadan gegen diese Kraft nicht ankäme, um die Küste zu erreichen. Er merkte, daß sie immer mehr ins offene Meer hinaustrieben, auch dann noch, als Valadan den letzten Eisbrokken umrundet hatte und sich wieder dem Land zuwandte.

Tristan kämpfte gegen die Übelkeit in seinem Magen an, die bei dieser Erkenntnis in ihm aufstieg.

Die tobenden Wellen, der Wind, der immer wilder wurde, und die sich verdichtende Dunkelheit schienen sich todbringend gegen sie verschworen zu haben. Sie waren jetzt schon fast außer Sichtweite von der Küste abgetrieben, und Tristan hörte, wie Polassar seinen Namen rief, als man an Land erkannt hatte, was vorging. Valadan strengte sich mit aller Kraft an, ein wenig näher an die Küste zu kommen, während Tristans Antwortrufe vom Wind an seine eigenen Ohren zurückgetragen wurden.

Ihm wurde klar, wie sehr sein Gewicht das kämpfende Pferd behinderte. Wasser war nicht Valadans eigentliches Element, wenn er auch hervorragend schwimmen konnte; sie lagen so tief im Wasser, daß ständig Wellen über dem Kopf des Hengstes zusammenschlugen. Das durfte so nicht weitergehen, sonst würde Valadan schließlich ertrinken. Tristan wußte, daß er Last abwerfen mußte, aber unter seinem Gepäck war nichts, von dem er sich leicht hätte trennen können, und nichts war auch wirklich so schwer, daß es einen entscheidenden Unterschied gemacht hätte – ausgenommen er selbst. Wenn er sich von Valadan ziehen lassen würde, anstatt sich von ihm über den Wellen dahintragen zu lassen ...

Tristan zog die Stiefel aus den Steigbügeln und glitt aus dem nassen Sattel ins kalte Wasser. Fast wäre er ertrunken, wenn er nicht gerade noch einen der Steigbügel zu fassen bekommen hätte. Seine durchnäßte Kleidung war schwer; selbst wenn er das Schwimmen beherrscht hätte, wäre es ihm jetzt nicht möglich gewesen. Valadan stieß ein Schnauben zu ihm nach hinten aus, und Troubadour kreiste besorgt über ihm so niedrig in der Luft, daß er selbst in Gefahr war, von den Wellen verschluckt zu werden.

»Keine Angst, ich halte mich fest.« Indem er den rechten Steigbügel über den Sattel zog, um einen sicheren Halt für seine rechte Hand zu naben, und sich mit der linken am Sattelknauf festhielt, versuchte Tristan, an der Seite des Hengstes mitzutreiben. Er mußte versuchen, aus der Reichweite von Valadans Hufen zu kommen, da er nicht wollte, daß sich das Pferd beim Schwimmen behindert fühlte durch die Sorge, es könnte ihn treten.

Ich hätte nie gedacht, daß Wasser so kalt sein könnte, ohne zu gefrieren. Die Kälte war so schlimm, daß sich sein Herz zusammenkrampfte. Jetzt, nachdem er so tief ins Wasser getaucht war und ihm das Salz in den Augen brannte, konnte Tristan nichts mehr sehen außer dem schwarzen Meer um ihn herum und Valadans schwarze Flanke über ihm. Er wußte nicht, ob sie überhaupt vorankamen. Seine Zähne klapperten. Thomas sah aus der Satteltasche zu ihm herunter, starr vor Angst, doch von Troubadour war nichts mehr zu sehen. Tristan hoffte, daß der Vogel vernünftig genug gewesen war, an Land zu fliegen, bevor seine Federn von den Wellen durchnäßt wurden. Vielleicht konnte Thomas den Strand sehen. Seine Augen durchdrangen Dunkelheit besser, und er war höher über dem Wasser. Tristan versuchte, ihn zu fragen, doch seine Zähne klapperten so sehr, daß er keine Worte herausbrachte. Er hatte das Gefühl, schon stundenlang im Wasser zu sein und mit erfrorenen Händen am Steigbügel zu hängen. Wo ihn der Wind berührte, wurde ihm noch kälter, und sein Gesicht wurde langsam steif.

Nach einer Ewigkeit kam Tristan ein weiteres Unbehagen ins Bewußtsein. Sein rechter Arm schmerzte, als ob er aus der Kugel gedreht würde, und etwas schlug ständig an sein Knie. Es fühlte sich an wie ein Felsen, doch Tristans Empfindungen waren so abgestumpft, daß es alles mögliche hätte sein können. Nach und nach wurde ihm klar, daß er immer noch gezogen wurde und daß dieser Vorgang ihm jetzt Schmerzen bereitete, weil er nicht mehr im Meer schwamm. Ihn fror immer noch, doch ihn trug und umgab kein Wasser mehr.

Valadan wandte ihm den Kopf zu. *Ich hätte noch viel weiter schwimmen können. Du hättest dir keine Sorgen zu machen brauchen.* Er richtete sich taumelnd auf und stellte sich auf den Kies des Strandes; seine Flanken pochten vom schweren Atmen. Gleichzeitig versuchte Tristan auf die Füße zu kommen, da das Pferd ihn mit hochzog. Es gelang ihm nicht. Er stolperte, seine Knie sackten durch, und seine Füße glitten hilflos auf den Steinen aus.

Schließlich, als er es endgültig leid war, gezogen zu werden, ließ Tristan ganz einfach den Steigbügel los und fiel mit dem Gesicht nach unten auf die nassen Steine. In diesem Moment kam Polassar gerannt.

8. KAPITEL

Das Eisbergschiff

»DU HÄTTEST DICH NICHT ertränken müssen, um noch einen Grog zu bekommen«, sagte Elisena. Sie hielt Tristan den Becher an die Lippen und neigte ihn für ihn, während Troubadour von seinem Ausguck auf ihrer Schulter zusah.

»Zweimal an einem Tag«, flüsterte Tristan jämmerlich. Das Metall des Bechers war so heiß, daß er das Gefühl hatte, es würde ihm die Haut von den Lippen brennen, obwohl Elisena das Silber in der Hand hielt, ohne zu klagen. »Man sollte meinen, ich würde irgendwann gescheit werden, nicht? Valadan ...«

»Alles in Ordnung. Er ist gründlich abgerieben worden, und Reynaud hat ihm aus Seegras eine Decke gezaubert. Er ist warm wie frisches Brot aus dem Ofen und in besserer Verfassung als du. Trink das hier jetzt aus.«

Der Grog zog eine heiße Spur von seiner Kehle bis hinunter in seinen Bauch. Die Wärme war angenehm, was er von der Neuigkeit über Reynauds Hilfsbereitschaft nicht behaupten konnte. Tristan wollte nicht, daß der Mann Valadan berührte, aber er war nicht in der Lage, auch nur den kläglichsten Protest vorzubringen. Er mußte seine ganze Kraft aufwenden, um die Augenlider oben zu halten, und bald gelang ihm auch das nicht einmal mehr.

Tristan verbrachte den ganzen folgenden Tag mit den anderen und beobachtete Reynauds zahlreiche Versuche, ein Boot aus Treibholz und Zauberei zusammenzubasteln. Die gekonnt vorgebrachten Zauberformeln waren jedoch von vornherein zum Versagen verurteilt, denn keine Magie hatte auf fließendem Wasser Bestand.

Jedes Boot löste sich im selben Moment auf, da es Reynaud zu Wasser ließ und es die erste Welle berührte.

Tristan fragte sich im stillen, welche Beweggründe Reynaud wohl haben mochte. Wenn Reynaud versuchte, sie aufzuhalten, dann gelang ihm das bestens, nur konnte sich Tristan nicht vorstellen, welchen Nutzen er davon haben könnte oder was ihm die vergeudete Zeit bringen mochte. Tristan fiel immer wieder ein, wie Reynaud Abstand zu ihnen gehalten hatte, als sie versuchten, vor dem Gletscher vorbeizukommen. Wie konnte man wissen, welche üblen Tricks er angewandt hatte, während sie ihn nicht im Blickfeld hatten? Es hätte nicht viel dazugehört, das brüchige Eis zum Spalten zu bringen. Aber wieder einmal hatte Tristan keine Beweise, um seinen Verdacht zu erhärten, und er konnte auch keinen einleuchtenden Beweggrund für einen solchen Verrat anführen; also war er gezwungen, den Mund zu halten.

Reynaud gelang es bis zuletzt nicht, ein brauchbares Boot herzustellen. Doch wahrscheinlich mußte der Versuch unternommen werden. Sie besaßen weder das Geschick noch die nötigen Voraussetzungen, um ein vernünftiges Boot zu konstruieren, und keiner von ihnen war in der Lage, einen Kahn gefahrlos durch ein so wildes Gewässer mit den herumwirbelnden Eisbrocken zu steuern. Tristan konnte nicht umhin, sich über Reynauds Versagen zu freuen.

Was aber dann? Sie hatten die Oberfläche des Gletschers noch nicht eingehender untersucht, da das zu offensichtlich wahnsinnig war. Tristan überlegte, ob es nicht irgendeinen magischen Weg gäbe, um die Spalten zu überbrücken, aber es gab einfach zu viele davon. Selbst wenn sie zunächst Erfolg hätten, könnten sie ihn nicht bis zuletzt durchhalten.

Vielleicht, so schlug Polassar vor, könnten sie etwas Ähnliches wie Leitern aus dem Treibholz bauen, die leicht genug wären, um ohne weiteres getragen werden zu können, und lang genug, um von einem Rand einer Spalte zur anderen zu reichen, so daß sie darüberkrabbeln könnten. Bergsteiger überwanden auf diese Art Gletscherspalten. Doch diese Methode würde bedeuten, daß sie alle Pferde und das meiste ihrer Ausrüstung zurücklassen müßten, und das war keine gute Idee.

»Auf die Pferde könnten wir zur Not verzichten«, sagte Elisena nachdenklich. »Valadan würde sie sicher nach Crogen zurückführen, und weiter als bis Am Islin können wir sie sowieso nicht mitnehmen. Aber uns mitten auf dieses Eis zu begeben – das gefällt mir gar nicht. Nímir könnte uns dort zu leicht mit einem Unwetter überraschen, so daß wir uns überhaupt nicht mehr zu bewegen wagten. Trotzdem ist unsere Lage nicht so mißlich, daß wir nicht auch Grund zur Hoffnung hätten.«

Tristan hob die Augenbrauen. Elisena lächelte über seine offensichtliche Überraschung.

»Er hindert uns daran, in sein Gebirge zu gelangen, und lockt uns nicht etwa dorthin. Das ist ein wichtiger Unterschied, denn es bedeutet, daß Nímir so viel Angst vor uns hat, daß er uns nicht in seine Nähe kommen lassen will.«

»Das ist eine merkwürdige Hoffnung«, entgegnete Tristan.

»Nur ein schwacher Hoffnungsschimmer, das gebe ich zu, aber es steht geschrieben, daß jede Knospe, die in Calandra zur Blüte aufgeht, ein Pfeil in Nímirs Herz ist.«

»Blumen?« brummte Polassar. »Zauberer sprechen immer in Rätseln. Und wenn man sie auf eine Sache festlegen will, dann winden sie sich wie Schlangen.«

»Für eine Pflanze wäre es sicherer, nicht zu blühen«, sagte Reynaud, der sich mit verbindlichem Ton ins Gespräch einmischte. »Doch sie hat keine Wahl, wenn sie leben will. Genauso ist es mit uns. Wir müssen das Eis überqueren, wenn wir zu Ambere gelangen wollen. Wir müssen dieses Spiel nach den Regeln spielen, die uns aufgezwungen sind. Doch immerhin erkennen wir im voraus, wenn uns ein Unwetter droht, und wir können uns darauf vorbereiten.«

Tristan wurde den düsteren Verdacht nicht los, daß der Mann einen tieferen Grund haben könnte, daß er sie hinaus auf das gefährliche Eis treiben wollte. Wenn es Reynaud war, der verhindert hatte, daß sie durchs Meer gehen konnten, und ihnen damit keine andere Wahl als der Landweg blieb ...

Bleib ganz ruhig! warnte ihn Thomas. *Er ist nicht der einzige, der Spielchen spielen kann. Geh auf seine Vorschläge ein – spiel das Spiel nach den Regeln, die dir aufgezwungen sind.*

Nach langem Hin und Her aus ausgiebigen Diskussionen kamen sie überein, daß sie am nächsten Morgen Leitern und Klettervorrichtungen bauen wollten, so gut es ging. Dann wollten sie die Beschaffenheit des Gletschers von einem nahen Hügel aus genau erforschen und die beste Route festlegen. Je weniger Zeit sie tatsächlich auf dem Eis verbrachten, desto besser stünden die Chancen für sie. Gletscher waren beinah wie lebendige Wesen in Nímirs eiskalten Händen.

Die Morgenröte hatte die Farbe von frischvergossenem Blut, als Tristan aufwachte. Diese Farbe, so wußte er, konnte das erste Anzeichen dafür sein, daß sich ein Unwetter zusammenbraute, und zwar die Art, vor der sich Elisena am meisten fürchtete. Tristan stand auf, ging vorsichtig durch Umhänge mit darin eingewickelten Schläfern hindurch, schnappte sich einen Brotkanten, der am Vorabend übriggeblieben war, und machte sich auf den Weg zum Strand. Thomas streckte sich und trottete hinter ihm her.

Der Pfad hinunter war sehr steil – sie mußten am Abend zuvor mit den Pferden einen anderen Weg heraufgekommen sein, dachte Tristan, dem von der Reise nichts anderes in der Erinnerung haften geblieben war, als daß ihn fürchterlich gefroren hatte, obwohl er in Polassars pelzgefütterten Umhang gekuschelt war. Er war zwar steil, doch für einen Menschen zu Fuß war er zu bewältigen. Tristan fiel nur zweimal hin, wobei nicht mehr Schaden entstand als verstauchte Knöchel und beschmutzte Kleidung. Kleine Steine – und manche auch nicht so kleine – kullerten vor ihm den Hang hinunter. Thomas folgte mit geschmeidigeren Bewegungen und weniger Unbekümmertheit.

Der größte Teil des abgebröckelten Eises war davongetrieben, so daß die Eisklippe ungefähr das gleiche Bild bot wie zu dem Zeitpunkt, als Tristan sie zum erstenmal gesehen hatte. Er wandte den Blick davon ab und begann statt dessen, den Strand abzusuchen, wobei er seine Gedanken frei umherschweifen ließ. Spiele wurden nach Regeln gespielt. Man konnte besser spielen, wenn man die Regeln kannte.

Unter den allerbesten Voraussetzungen würde die Überquerung des Eises über die Oberfläche des Gletschers mehr als einen Tag in Anspruch nehmen, während sie für den Weg durchs Meer nur ein paar Stunden brauchten, wie unerfreulich diese Stunden auch sein mochten. Der düstere Himmel ließ Eile angeraten erscheinen.

Um jedoch übers Meer zu kommen, brauchten sie ein Boot, und sie hatten keins. Ein durch Magie erzeugtes Boot, das allenfalls der Fingerübung dienen konnte, war nicht nur unbrauchbar, sondern eine Unmöglichkeit. Ein Boot, das nicht mit Wasser in Berührung kommen dürfte, war in seiner Einsatzfähigkeit naturgemäß beschränkt.

Ich habe ja gesagt, daß du noch zum Philosophen wirst.

Tristan warf einen Zweig ins Wasser und sah ihm nach, wie er davontrieb, wobei er angestrengt nachdachte. Holz – selbst Holz, das von einem ehemaligen Schiff stammte – war vom Land hervorgebracht. Er brauchte etwas, das das Meer hervorgebracht hatte, um einen geeigneten Zauber zu bewerkstelligen – einen Zauber, dem fließendes Wasser nichts anhaben konnte, wenn so etwas überhaupt möglich war. Doch was könnte er dafür verwenden? Er fragte sich, ob ihm sein Abenteuer zur See vollends den Verstand geraubt hatte, daß er jetzt erwog, sich an einem Zauber zu versuchen, bei dem selbst Reynaud versagt hatte.

Muscheln würden nicht schwimmen. Seetang kam als Material nicht in Frage, es sei denn, man würde die Luftkapseln zu Schwimmflossen verarbeiten – doch seine Erfahrung der vergangenen Nacht hatte ihm gezeigt, daß das Wasser zu kalt war, um es mit Schwimmflossen zu durchqueren, selbst mit Hilfe von Magie. Sie wären erfroren, bevor sie die andere Seite der Küste erreichen würden. Und bei einem Unwetter wäre die Kälte noch schlimmer. Auf welche Weise auch immer sie das Wasser überqueren würden, sie müßten so trokken wie möglich bleiben.

Gab es irgendein Tier, das sie ähnlich wie die Pferde zu Lande übers Wasser tragen könnte? Tristan ging im Geiste Blais' Bestiaria durch. Nach den Berichten der Seeleute gab es in allen Ozeanen Wale und Meeresungeheuer. Und vielleicht gab es Zauberformeln, um sich solche Tiere dienstbar zu machen. Reynaud kannte sogar vielleicht einen. Doch Seeleute neigten dazu zu übertreiben ...

Wenn ich ein Meeresungeheuer wäre, dann würde ich bestimmt nicht ausgerechnet an diese Küste kommen, es sei denn, ich wäre so tot wie dasjenige, dessen Skelett du gefunden hast, sagte Thomas. *Hier gibt es ja noch nicht einmal Möwen.*

Das stimmte. Tristan war es noch nicht aufgefallen, weil er so sehr mit anderen Dingen beschäftigt war, doch es gab wirklich keine. Troubadour, der gerade über ihm herumflatterte, war der einzige Vogel, der zu sehen war.

Das war ein weiteres Anzeichen für das heraufziehende Unwetter. Und er hatte bis jetzt noch keinen einzigen Fisch gesehen. An den Felsen hingen keine Muscheln. Dies war alles andere als ein lieblicher Küstenstreifen. Er sah genau nach dem aus, was er war – eine sturmgepeitschte, zerklüftete Landzunge, fortwährend geschlagen von der See und feindlich gegenüber allem Leben.

Während dieser Feststellung bemerkte Tristan noch etwas anderes. Die Landschaft war *nicht* mehr genau so, wie sie am Vortag gewesen war. Ganz in der Nähe am Rand der Wand aus Eis war ein spitzes Stück halb abgebrochen, doch nicht genug, um herunterzufallen, wie eine Waffe in Bereitschaft für den Fall, daß sie noch einmal versuchen sollten, vor dem Gletscher herumzukommen. Die morgendliche Flut war hinter das spitze Stück geschwappt und hatte den Spalt zwischen ihm und der Wand vertieft. Jetzt ging das Wasser wieder zurück und hinterließ eine Brücke aus rutschigem Eis zwischen der Wand und dem sich selbständig machenden Eisberg.

Tristan schob sich den Rest des Brotes, auf dem er herumgekaut hatte, vorne in sein Wams und betrachtete die Brücke mit zusammengekniffenen Augen. Thomas bemerkte, wohin er blickte, und miaute besorgt.

Du bist doch nicht schon wieder neugierig, oder? Ich hätte wirklich gedacht, daß dich die Erfahrung eines Besseren belehrt hätte.

Tristan hörte kaum zu. Er ging über den schmutzigen Sand und starrte unentwegt das Eis an. Bevor er richtig wußte, was er tat, war er mitten unter den abgestürzten Brocken und dem Geröll unter der Brücke.

Naseweis, sagte Thomas und folgte ihm zögernd.

»Du kannst es ja auch nicht lassen«, erinnerte ihn Tristan geistesabwesend.

Aus der Nähe betrachtet, war das Eis keineswegs weiß. Die Stellen, die im Schatten lagen, waren von einem tiefen unwirklichen Blau, blauer als der Himmel in

Calandra je war, seit Tristan denken konnte, manchmal mit einer Tönung von Smaragd- oder Olivgrün. Diese Wirkung war besonders ein paar Meter vor ihm zu beobachten, wo Schmelzwasser etwas, das aussah wie ein tiefes Loch, zwischen aufgetürmten Eisbrocken geschaffen hatte. Große Kristalle aus Rauhreif rahmten es ein. Tristan hatte in seinem ganzen Leben noch nie eine solche Farbe gesehen, nicht mal bei den Edelsteinen von Finsterloch oder in einem Alchimistenfeuer. Es war einfach unglaublich. Er mußte näher hingehen. Er tastete sich vorsichtig weiter und stützte sich mit einer Hand an der Eiswand ab.

Komm, paß auf! Etwas könnte dort drin wohnen.

Das schien unwahrscheinlich. Die Wände des Loches waren glatt und rund, als ob sie von einer Drachenzunge ausgeleckt worden wären. Kein Lebewesen könnte ...

Paß auf!

Zu spät! Tristan trat auf eine Stelle, wo immer noch Schmelzwasser über das glitschige Eis floß, und seine beiden Stiefel schossen gleichzeitig unter ihm weg. Er schlug hart auf, sein Kopf prallte zweimal aufs Eis; er sah Sterne und hatte das Gefühl, endlos zu fallen.

Als die Lichter aus seinem Kopf verschwunden und die schwindelerregende Empfindung, daß er sich drehte, nachließ, versuchte Tristan, sich aufzusetzen. Alles um und über ihm war blau – jedoch nicht in dem wohlvertrauten graublauen Farbton des Himmels. Das überraschte ihn sehr, doch außer Prellungen und Schürfwunden hatte er sich keine Verletzungen zugezogen; er war einfach nur überrascht. Langsam wurde ihm klar, daß er bis tief unten in das Loch gerutscht sein mußte, nachdem er gestürzt war, und damit dem gleichen Weg gefolgt sein mußte, das es gegraben hatte.

»Thomas?« Es gab ein schwaches Echo. In weiter Ferne glaubte er Troubadour zu hören, der einen fragenden Ruf ausstieß.

Warte ein Weilchen. Das hier ist gar nicht so einfach, wie es bei dir aussah. Der Kater kam rückwärts an der Wand des Loches heruntergekrochen; sämtliche Krallen hatte er angespannt, um sich zu halten, doch Thomas machte nicht den Eindruck, als ob er allzuviel Vertrauen zu ihnen hätte. Doch einige Sekunden später war er sicher unten angekommen und sprang mit einem letzten Satz neben Tristan.

Tristan, der jetzt erst entdeckte, daß er Platz genug hatte, um sich hinzustellen, tat das. Er rieb sich den Hinterkopf und biß sich auf die Lippen, bis der Schmerz etwas nachließ.

Eines Tages wirst du mal auf mich hören, und dann werde ich vor Schreck umkommen. Ich nehme an, du bist nicht verletzt?

Tristan beachtete den Kater nicht. »Diese Farben ... es ist ... noch nie habe ich so etwas gesehen.« Er drehte sich langsam um sich selbst und ließ sie auf sich wirken.

Wie hübsch! Finsterloch im Taschenformat! Du willst doch wohl nicht weitergehen? Hör mal, es kommt wahrscheinlich mitten im Meer raus.

»Nur noch einen Schritt.«

Es war auch nur ein Schritt, der dich hierhergebracht habt.

»Und er hat mir die Möglichkeit eröffnet, etwas zu sehen, was ich meiner Lebtag wahrscheinlich sonst nie zu sehen bekommen hätte.«

Thomas jaulte auf, als er die bewundernde Sanftmut in Tristans Stimme hörte. *Dort draußen auf dem Gletscher kannst du soviel Eis sehen, wie du magst – und noch ein bißchen mehr. Und übrigens, es spricht nichts dagegen, daß dieses Stück gleich vom Rest abbricht. Das Meer hast du doch auch schon einige Male gesehen, oder?* Thomas legte die Ohren an und sah unglücklich aus.

Das Tageslicht fiel in gefilterten Strahlen gespenstisch durch das Eis. An keiner Stelle waren die Wände so dünn oder so klar, daß man hindurchsehen konnte, doch sie saugten das Licht auf, wie Brot Milch aufsaugt.

Tristan brauchte nicht einmal seinen Kristall leuchten zu lassen, um zu sehen, wohin er ging. Das Licht war von einer überwältigenden Dramatik, die ihn immer weiter zog, obwohl er wußte, daß er etwas Unvernünftiges tat. Er war sogar so kühn zu klettern, als der holprige Boden das erforderlich machte. Er rutschte beim Weitergehen ständig aus, doch irgendwie kam er voran.

Weiter vorn war das Licht heller, vielversprechend und einladend. An Tristans Seite summte und kribbelte sein Schwert.

Thomas zitterte und miaute erneut warnend. Man konnte das Meer sehr deutlich hören, wie es klatschend und glucksend gegen das Eis schlug. Zumindest Thomas konnte es hören. Tristan drängte weiter, sein Gesicht drückte Besessenheit von der Lust des Erforschens aus, und er zwängte sich ohne zu zögern durch eine enge Stelle, von der Thomas geschworen hätte, daß sie ihn aufhalten würde.

Endlich hielt er inne, und Thomas war hin- und hergerissen zwischen Erleichterung und der Sorge, wie er Tristan dazu veranlassen könnte, so schnell, wie es lebenswichtig erschien, umzukehren. Sie befanden sich in einem großen Raum – wenn man bedachte, daß er nur durch die Kraft des Wassers aus dem Eis gehackt worden war. Seine Decke war um eine gute Armeslänge außerhalb Tristans Reichweite, und er war so breit, daß er mit ausgestreckten Armen nicht beide Seiten gleichzeitig berühren konnte. Eine solche Höhle untergrub natürlich in erheblichem Maße die Stabilität des Eisbergs. Thomas ließ seine Schnurrhaare zucken und stellte Berechnungen an über die Spannung und die Unfähigkeit von Eis, viel davon auszuhalten.

Das Eis war hier allerdings dünner. Thomas fragte sich, ob es vielleicht eine Öffnung nach draußen gäbe, die ihnen bald die schreckliche Notwendigkeit enthüllen würde, den Weg zurückzugehen. Er sah nichts Derartiges, doch er wedelte weiter mit den Schnurrhaaren.

Wenn Wind aufkäme, würde er eine Öffnung am Luftzug, der hereinkam, erkennen.

Tristan spähte noch immer glücklich überall herum. Er hatte sich auf die Knie niedergelassen und untersuchte die Frostkristalle, die sich am Boden gebildet hatten. Einige hatte er bereits zertrampelt, aber danach war er behutsam weitergegangen. Einige davon waren dunkel – es konnten also keine Eiskristalle sein, erkannte Tristan, sondern es mußte sich um Stein handeln, den das Eis mitgeführt hatte.

Das Geräusch des Meeres war jetzt lauter zu hören, als ob die Flut zurückgekommen wäre, aber Tristan nahm es noch immer nicht richtig wahr. Und wahrscheinlich würde das auch noch eine Weile so bleiben, nachdem er nun einmal ganz und gar vertieft in die Erforschung von etwas war, das seine Neugier geweckt hatte..

Ein einziger guter Rat von Blais ist bei dir haften geblieben, und es mußte ausgerechnet dieser sein! Es gibt Zeiten, die eignen sich zum Erforschen, andere weniger, weißt du. Und es gibt Zeiten, da ist es ratsam, sich so schnell wie möglich von Orten wie diesem zu entfernen.

»Ich möchte bloß wissen, warum Katzen im Ruf stehen, neugierig zu sein!« bemerkte Tristan gedankenverloren. Er hatte noch etwas behalten, was Blais ihm beigebracht hatte, dachte er. Er konnte nämlich immer noch einen Stein erkennen, der magische Fähigkeiten besaß.

Jetzt komm doch! Mich friert's.

Tristan fror überhaupt nicht, obwohl er vor Aufregung zitterte. Er hob einen der Kiesel vom Boden auf und wog ihn in der Hand. Eiskristalle füllten die Lücke auf, die er in der Rauhreiffläche hinterlassen hatte. Er merkte, daß er seinen Atem sehen konnte und daß weitere Eiskristalle aus dem wolkigen Hauch fielen, den er hinterließ.

Könntest du damit nicht draußen spielen? Es wäre dem

Kater wärmer gewesen, wenn er sich die Pfoten unters Fell gesteckt hätte, aber er war zu angespannt, um sich hinzulegen, und deshalb bewegte er sich unruhig hin und her und hob die Beine einzeln nacheinander vom Eis hoch, so oft es ging.

Der Stein sah fast wie behauen aus; seine Kanten waren scharf und regelmäßig. Und doch machte er nicht den Eindruck, als ob ihn je eine Menschenhand berührt hätte, also mußte seine Form entgegen allem Anschein natürlich sein. Er glich einer kleinen Pyramide in einem schmutzigen Grau mit kleinen weißen Flecken. Tristan hatte keine Ahnung, für welche Art Magie er geschaffen sein mochte. Vielleicht konnte ihm Elisena dabei behilflich sein, das herauszufinden. Auf jeden Fall war er ein wertvoller Fund. Es war lange her, seit er eine derart starke Magie in einem Stein gefühlt hatte.

Tristan blinzelte. Seine Knie waren steif, als er wieder aufstand, ebenso wie sein Rücken. Er mußte ihn sich beim Hinfallen angeschlagen haben. Er drehte sich zu Thomas um, immer noch blinzelnd.

»Na gut, komm! Trödel hier nicht so rum!«

Thomas zischte ihn an und drehte sich blitzartig um.

Meerwasser tröpfelte inzwischen über die Eisbrücke. Tristan ging mit vorsichtigen Schritten darüber, wobei er Thomas über einen Arm hängend trug. Er geriet ein- oder zweimal ins Rutschen, erreichte jedoch im großen und ganzen trocken – mit Ausnahme seiner Füße – den Strand. Er atmete heftig von der Anstrengung, das Loch im Eis hinaufzuklettern, da er dabei auch noch Thomas getragen hatte; deshalb hielt er inne, um wieder Luft zu schöpfen und seine Kleidung einigermaßen in Ordnung zu bringen. Besonders sein Umhang hatte sich auf unangenehme Weise verdreht, und seine Schnalle drückte sich ihm in den Hals.

Er war keinen Augenblick zu früh über die Brücke gegangen. Eine hohe Woge schwappte über sie, deren Ausläufer sogar seinen rechten Stiefel untertauchten.

Der Wind frischte auf und trug graue Wolken heran, und er peitschte die See in alle Richtungen. Er sollte sich schleunigst zum Lager zurückbegeben und hören, ob die Pläne angesichts des heraufziehenden Wetters geändert worden waren oder ob lediglich beschleunigtes Handeln angesagt war.

Der Kiesel, den er immer noch in der Hand hielt, drückte gegen seine Handfläche. Tristan öffnete die Finger und sah auf den Stein hinab. Im gleichen Moment fiel ihm zu seiner großen Verblüffung die Ähnlichkeit mit dem fast abgebrochenen spitzen Eiszacken auf, die er aus diesem Blickwinkel hatte. Die Form war haargenau die gleiche, als ob der Stein das Modell oder der Samen des Eisbergs wäre. Die Neigungswinkel der Seiten waren nicht nur ähnlich – sie waren genau gleich.

Tristans Gedanken wirbelten wild durcheinander, aufgescheucht wie Blätter im Wind. Graue Kiesel und schwarze ergaben Regenwolken, und regenklare Kristalle ergaben Licht. Weiße Steine ergaben Schnee, alles auf Geheiß eines Zauberers, als ob sie gar nicht anders könnten, als auf diese Weise zu reagieren. Warum also nicht ...

Die Wellen hatten den Eisberg jetzt beinahe von dem Gletscher abgespalten. Er ächzte und zitterte bereits, als ob er es kaum erwarten könnte loszukommen. Tristan wußte, daß er sich schnellstens an eine höhergelegene Stelle in Sicherheit bringen müßte; da, wo er im Moment stand, würde in Kürze alles überflutet sein, wenn das viele Eis ins Meer stürzte, und es war gefährlich, wenn er blieb. Und doch blieb er; seine Hände beschrieben das Zeichen einer Aneinanderbindung in die Luft, und er war gespannt, ob sie halten würde – könnte. Er zog die grüne Glasperle, die er ganz vergessen gehabt hatte, aus seinem Beutel, machte einige Zauberbewegungen damit und steckte sie wieder weg. Verbunden mit ihren Artgenossen, die in der Grenzfläche zwischen

Meer und Land vergraben waren, stellte sie eine Macht dar. Tristan vollbrachte eine Jongleurnummer mit einem Geschick, von dem er selbst auch gar nichts merkte.

Als er den Zauber vollendet hatte, hielt er die Luft an, als ob er ihn auf keinen Fall zerstören wollte. Die Wellen brachen sich leise klatschend, als wäre auch ihnen ein Schweigebann auferlegt. Das Eis spaltete sich nicht weiter. Der Eisberg erschien unerschütterlich wie Felsgestein, so unbewegt wie der Stein in Tristans flacher Hand. Er mußte der Sache auf den Grund gehen.

Tristan stieß den Stein sanft mit einer Fingerspitze an und sprach ein zungenbrecherisches Wort. Der Eisblock bebte, und kleine Stücke bröselten ab und fielen in die Ritzen. Tristan trat schnell einen Schritt zurück für den Fall, daß er der Sache zu gründlich auf den Grund gegangen war und dem lockeren Halt, der den Eisberg noch mit dem Gletscher verband, zuviel zugetraut hatte; doch als er aufhörte, den Kiesel zu berühren, hörte auch das Beben des Eisbergs auf. Hatte die magische Aneinanderbindung geklappt?

Tristans Gesicht verzog sich zu einem breiten Grinsen. Das konnte doch fast nicht möglich sein! Und wenn das möglich war, dann waren noch ganz andere Dinge möglich.

»Thomas, ich glaube, mir ist jetzt die Idee gekommen, derentwegen ich hier heruntergekommen bin.«

Erwartest du, daß ich darüber froh bin?

Tristan machte sich unverzüglich auf den Weg, um die anderen von seinem Plan in Kenntnis zu setzen – oder wenigstens Elisena. Der Kiesel war sicher in dem Beutel an seinem Gürtel verstaut, mit doppelt verknoteten Bändern. Thomas blickte einen Moment lang verdutzt drein, dann folgte er ihm, um einen Sprung der Flut voraus.

Der Himmel war bedrückend dunkel. Polassar, dessen bunte Kleidung in dem fahlen Licht besonders grell wirkte, stand mit zurückgeworfenem Kopf da und versuchte, Wetterzeichen zu deuten. Eigentlich war es überflüssig, daß er so angestrengt spähte, denn der Wind brachte eine Ahnung von Schnee, die so unverkennbar war wie Ammoniak. Polassar sah Tristan in dem Moment, als er am höchsten Punkt des Pfades angekommen war, der vom Strand heraufführte.

»Zauberer! Ich wollte mich gerade auf den Weg zu Euch machen. Was haltet Ihr davon?« Er deutete mit vorgerecktem Kinn in Richtung der tiefhängenden Wolken.

Tristan blickte pflichtschuldigst gen Himmel, obwohl das überflüssig war.

»Ein Unwetter zieht herauf, und es wird Sturm geben. Die Anzeichen deuten schon länger darauf hin. Kommt, ich habe Euch allen etwas zu sagen.«

»Wir haben keine Zeit, zu palavern, Zauberer.« Polassar runzelte die Stirn. »Wenn uns das Unwetter auf dem Eis erwischt ...«

»Das geschieht auf jeden Fall«, sagte Tristan, der das Gespräch beenden wollte, damit er zu Elisena gehen könnte. »Dafür wird Nímir schon sorgen. Wir können einem Sturm nicht zu Fuß davonlaufen. Und darüber möchte ich mit Euch sprechen.«

Seine Erregung war schließlich ansteckend. Polassar gab endlich klein bei und hörte ihm zu.

»Aha, Geheimnisse!« Er machte eine ausholende Handbewegung. »Also heraus mit der Sprache, doch hurtig!«

Elisena hatte die Riemen der Satteltaschen anders gebunden, so daß sie sie als Rucksäcke tragen konnten. »Unser Gepäck wird schwer sein, zumindest so lange, bis einiges von dem Proviant verzehrt ist«, warnte sie Reynaud. »Wir werden noch einige Tage bis Am Islin brauchen, selbst wenn wir das Eis überquert haben. Zu Fuß wird es noch länger dauern.«

»Könnten wir nicht einen Schlitten ziehen?« fragte sie

Reynaud. »Wenn wir es schaffen, damit über das Eis zu kommen, könnten wir eine ganze Menge damit transportieren. Ich werde Holz suchen ...«

»Noch nicht ...« unterbrach ihn Tristan.

Reynaud hielt im Gehen inne, umwallt von seinem Umhang. »Wir dürfen keinen Augenblick Zeit verlieren«, sagte er aufgebracht. »Es dürfte ohnehin schwierig sein, daß ich ihn rechtzeitig bis zu unserem Aufbruch fertigbringe.«

»Wir gehen nicht über das Eis«, sagte Tristan ungerührt.

Elisena blinzelte ihn fassungslos an. »Der heftige Wind wird das Wasser bei Ebbe auch nicht weiter hinaustreiben als letzte Nacht, wenn du das meinst. Wir hätten immer noch nicht genügend Platz, um an dem Gletscher vorbeizureiten.«

»Nicht auf den Pferden, nein. Ich bin auch der Meinung, daß wir sie zurücklassen müssen.« Tristan ließ sich neben Elisena nieder und zuckte zusammen; seine Sitzfläche tat immer noch weh, und es war ganz in seinem Sinn, fürs erste nicht reiten zu müssen. Er öffnete seinen Beutel, zog das geschnitzte Holzkästchen heraus und hielt es zwischen beiden Händen, während er weitersprach. »Ich brauche dir nicht auszumalen, was mit uns passiert, wenn wir oben auf dem Gletscher in das Unwetter geraten. Wir müßten schon mehr als nur Glück haben, wenn wir lebend hinüber gelangen, auch bei gutem Wetter. Und in einem von Nímirs Schneegestöbern, wenn wir nicht mehr die Hände vor Augen sehen können, würde selbst der leichtsinnigste Spieler keinen roten Heller mehr auf uns setzen. Es wird sich als unmöglich erweisen, das Eis zu überqueren. Wir können jedoch trotz allem noch um es herum kommen. Das wird schneller gehen – jedenfalls schnell genug, wenn wir uns etwas zunutze machen, wodurch der Sturm zu unserem Partner wird, wenn auch gegen seinen Willen, anstatt unser Feind zu sein. In einem Schiff könnten wir genau das erreichen und den Sturm als Antriebskraft benutzen.«

Er öffnete das Kästchen und nahm den scharfkantigen Stein heraus, während alle zusahen. Er hielt ihn hoch und deutete gleichzeitig auf den Eisberg, der über die Küste hing. »Das ist unser Schiff.«

Es herrschte allgemeine Fassungslosigkeit, vor allem bei Polassar, der den Verdacht hegte – und ihn auch zum Ausdruck brachte –, daß Tristans Verstand durch das viele Meerwasser eingerostet sei.

»Ich habe beides mit einem Zauberbann aneinander gebunden«, fuhr Tristan fort, hauptsächlich an Elisena gewandt, da sie die einzige war, bei der ihm daran lag, sie zu überzeugen. »Ich kann nicht behaupten, daß ich den Eisberg vollkommen beherrsche, aber er wird sich nicht lösen, bevor ich ihn freigebe. Wenn du den Wind magisch etwas beeinflussen kannst, solang wir dort draußen sind, wird er reichen, um das Eis aus dem Weg zu räumen. Es braucht nicht viel zu sein – ein Ding von dieser Größe kann nicht untergehen.«

»Doch, es kann, wenn der Bann der Aneinanderbindung auf fließendes Wasser seine Wirkung verliert«, sagte Reynaud.

»Es befindet sich bereits jetzt über fließendem Wasser, und der Bann hält wunderbar an.« Tristan deutete zu dem Eiszacken. Er hatte keine Zeit, um sie in Fachsimpeleien mit Reynaud über technische Voraussetzungen zu vergeuden, und in diesem Moment auch wenig Lust dazu. »Ich kann den Eisberg loslösen, sobald wir auf ihm sind, und ich kann ihn an Land bringen, wenn wir das Wasser überquert haben. Mehr kann ich nicht versprechen, aber mehr brauchen wir auch nicht.«

»Magie funktioniert nicht über fließendem Wasser«, beharrte Reynaud stur. »Ich bezweifle, daß Ihr diesen Einfluß habt, den Ihr glaubt zu haben. Doch leider wird es dann, wenn Euch der Beweis zur Einsicht zwingt, zu spät sein, noch einen anderen Versuch zu unternehmen.«

»Ihr braucht nicht mitzukommen«, bemerkte Tristan. »Ihr seid Herr Eurer eigenen Entscheidungen.«

Reynaud lächelte. »So leicht werdet Ihr mich nicht los. Eure Absicht ist einfach zu durchschauen, mein Lord. Ich hätte etwas Raffinierteres von Euch erwartet. Was ich anfange, das führe ich auch zu Ende. Jedenfalls wird es kein langweiliger Tag.«

Wie erfreulich für uns.

»Ihr plant, dieses Eis mit einem *Stein* zu bezwingen?« erkundigte sich Polassar ungläubig, als ob er die Auseinandersetzung zwischen den beiden Zauberern und Reynauds Kapitulation nicht gehört hätte.

»Er ist nur Teil eines Zauberbanns«, antwortete Tristan, der wußte, daß der große Mann nichts von magischen Zusammenhängen verstand und es auch vorzog, in dieser Hinsicht unwissend zu bleiben. »Ich habe den Stein in einem Loch unter dem Eisberg gefunden. Er besitzt eine gewisse Macht, und gleich und gleich gesellt sich gern. Er ...«

»Irgendwie riecht das nach einer Falle«, sagte Elisena. »Mir gefällt das Ganze nicht. Es bot sich genau im richtigen Moment an.«

»Das Unwetter wird uns nicht besser gefallen«, entgegnete Tristan beharrlich. »Wir können das Wasser durchqueren, ehe es über uns hereinbricht. So schnell würden wir niemals übers Eis kommen.«

»Zauberer, keiner von uns ist Seemann«, hielt ihm Polassar entgegen.

»Das brauchen wir auch nicht zu sein. Dieser Eisberg ist größer als jedes Schiff, und wir werden lediglich Passagiere sein. Wir haben nicht mehr viel Zeit, auch wenn wir uns für diesen Weg entscheiden. Wir müssen so bald wie möglich aufbrechen.«

»*Eine Gefahr, eine Verheißung und ein Preis*«, flüsterte Elisena neben ihm. »Du versuchst, ein Werkzeug Nímirs deinem Willen zu beugen, und der Preis dafür wird in der Tat sehr hoch sein. Selbst wenn es sich hierbei nicht um eine bewußt angelegte Falle handelt, ist die Sache keineswegs sicher.«

Tristan ergriff ihre Hand und fühlte, wie die Ringe kalt gegen seine Finger drückten. »Genausowenig, wie das Eis oder dieser Ort hier bei einem derartigen Unwetter sicher ist. Wir müssen weg von hier, welcher Weg sich uns dafür auch bietet. Wenn wir uns für eine trügerische Sicherheit entschieden hätten, dann wären wir nicht hier. Wir befänden uns dann immer noch in Crogen und würden darauf warten zu sterben.«

»Ich weiß.« Elisenas Augen funkelten, dann kullerte ihr eine Träne über die Wange. »Ich weiß.«

Sie waren auf einen raschen Aufbruch vorbereitet gewesen, und es wäre nicht einmal die halbe Menge Sand durch ein Stundenglas gelaufen, da hatten sie schon ihr Lager abgebrochen, doch selbst in dieser kurzen Zeit hatte sich das Wetter schon erheblich verschlechtert. Welche Mittel Nímir auch anwenden mochte, um seine Stürme anzutreiben, sie waren sehr wirkungsvoll, und diese Stürme trugen das Unwetter heran.

Tristan verknotete die letzten Bänder, die sein Schwert sicher in seiner Scheide hielten, und sah zu Valadan hinauf, der dastand und unruhig in den Sand stampfte. Der Blick des Hengstes aus den Augen mit dem Sternengefunkel traf Tristans, schwarf wie ein Armbrustgeschoß.

Es ist nicht richtig, daß du dieser Gefahr ohne mich entgegentreten willst, König von Calandra.

Tristan streichelte Valadans Hals. »Ich weiß, ich würde dich gern mitnehmen, aber es geht nicht. Mag sein, daß der bevorstehende Kampf auch dein Kampf sein sollte, aber es gibt keinen Weg, dich dorthin zu bringen.« Er löste das Zaumzeug, ließ Valadans Sattel in den Sand fallen und warf die Decke, die daruntergelegen hatte, hinterher. Valadan zuckte als Antwort darauf mit der Haut, glücklich darüber, endlich vom Geschirr befreit zu sein, obwohl er innerlich alles andere als ruhig war. Direkt hinter seinem Widerrist wuchs sein Haar in einem kreisförmigen Muster, auf einem Fleck so groß wie Tristans Hand. Tristan, der wußte, warum das so war, erschauderte bei dem berührbaren Erinnerungsmal, das von Valadans Kämpfen gegen Nímirs Macht zeugte. Er fuhr verlegen mit einem Finger über die Stelle.

»Bring die anderen Pferde sicher zurück nach Crogen. Und sei bereit, wenn ich dich bitte zu kommen.«

Der Hengst neigte zum Zeichen seines Einverständnisses den Kopf. *Wir werden uns also wiedersehen?*

»Ich bin hier nicht der Prophet. Aber ich hoffe es – ich würde ungern den ganzen Weg zurück nach Crogen zu Fuß gehen.« Tristan versuchte, über seinen Scherz zu lächeln, doch bei seinen steifen Lippen und dem schmerzenden Hals war das ein vergebliches Bemühen.

Elisena stand neben ihm. Eine ihrer Hände mit den Ringen legte sich auf Valadans Stirn. Das Pferd schloß bei dieser Berührung vor Wohlbehagen die Augen. »Du bist das letzte, was Calandra von der Alten Magie geblieben ist, Schlachtroß. Bewahre es gut für uns.« Tristan ließ die Traurigkeit und Güte in ihrer Stimme erzittern.

Wieder senkte Valadan den Kopf und hob ihn wieder, wobei ihm die Mähne um den Hals flatterte. Er bäumte sich hoch auf und wieherte laut – ein Schrei, mit dem er den Sturm, Nímirs Winter und den Tod herausforderte. Dann drehte er sich um und galoppierte, so ohne Sattel wie er war, zu den drei Stuten. Er umrundete sie einmal, um befriedigt festzustellen, daß ihre Aufmerksamkeit voll und ganz ihm gewidmet war.

Reynaud trat zu den Pferden, wobei er nebenher sein Gepäck schulterte. Die schwarze Stute stand da und beobachtete ihn; die rauchfarbene Mähne fiel ihr fein wie Asche übers Gesicht. »*Dich* braucht man, glaube ich, nicht nach Crogen zurückzuführen.« Seine linke

Hand sauste schnell, einem Ball gleich, nach unten, und gleichzeitig drehte er sie in einer Geste des Wegschikkens.

Ein Knistern, ein Krachen wie von Kohle im Feuer – dann war die Stute verschwunden. Eine Rauchschwade hing in der Luft. Keiner von ihnen hatte einen Verdacht gehabt, auch nicht, als Reynaud beim Durchqueren von Wasser hinter ihnen zurückgeblieben war oder so getan hatte, als führte er sie durch die weniger nassen Stellen, um sie zu schonen; nicht einmal, wenn die Augen der Stute vor Aufregung rot wie Kohlen glühten oder wenn sie sich ohne jedes Geräusch von den Hufen voranbewegte, leise wie Rauch. Tristan war zutiefst beeindruckt und auf der Stelle entschlossen, sich nichts davon anmerken zu lassen. Wie auch Valadan derartig getäuscht werden konnte, war ihm ein Rätsel. Der Hengst, der jetzt in den zurückgebliebenen Ruß schnaubte, bot ihm keinen Anhaltspunkt, aber vielleicht waren seine Gedanken auch von schwererwiegenden Problemen in Anspruch genommen.

Polassar war der erste auf dem Eis; er verschaffte sich festen Halt mit Hilfe eines Stabes, den er sich aus einem angetriebenen Holzbalken geschnitzt und mit einer bronzenen Speerspitze versehen hatte. Reynaud reichte ihm als nächstes Elisena hinüber, indem er sie mit Schwung über die gekrümmten Finger des Meeres hob, bevor Tristan nah genug war, um helfen zu können.

Valadan stand auf dem höchsten Punkt der Klippe und sah hinunter, um ihnen beim Aufbruch zuzusehen. Troubadour saß auf Tristans Schulter und hatte seine Federn so aufgeplustert, daß er groß wie eine Faust war, und zwitscherte für seinen Freund ein wehmütiges Abschiedslied. Tristan berührte seine weichen Federn zärtlich mit einem Finger.

»Du solltest mit den anderen zurückkehren, mein Kleiner.«

Troubadour gab ein schrilles Zirpen von sich und biß

ihn in den Finger. *Soviel zu den Wünschen von Zauberern,* sollte die Geste wohl sagen. Er hob einen Fuß, umklammerte damit kurz Tristans Finger und folgte dann mit einem resoluten Flügelschlag Elisena.

Jetzt war Tristan an der Reihe. Er sprang, ohne auf Polassars führende Hand zu warten, rutschte aus und mußte am Halsausschnitt seines Umhangs geschnappt werden. Thomas, der unter seinem Pullover saß, schimpfte laut.

Spar dir deine Heldenhaftigkeit auf, bis du allein bist, wenn ich bitten darf.

Tristan suchte sich pflichtbewußt mit den Füßen einen festen Halt. Dann untersuchte er das Eis gründlich.

»Geht so weit wie möglich nach oben«, wies er die anderen an. »Bleibt auf dieser Seite. Das Wasser wird über die andere Seite des Gipfels schwappen, wenn wir wegtreiben. Auf dieser Seite haben wir eine größere Chance, trocken zu bleiben.« Der Eisberg stieg zunächst in einem gemäßigten Hang an, bevor er sich schroff bis zum höchsten Gipfel zuspitzte. Doch auch der Hang war schon steiler, als Tristan lieb war, wenn auch viele Kerben und Einbuchtungen Schutz und Halt boten. Darüber war er sehr froh, denn sie würden das noch bitter nötig haben.

Die anderen Eisbrocken waren ins Wasser gestürzt, als sie sich von dem Massiv lösten; sie tauchten völlig im Wasser unter, bevor sie wieder an die Oberfläche stiegen. Das durfte mit ihrem Eisberg nicht passieren. Dieses Stück mußte ungehindert und sanft auf den Wellen schwimmen. Tristan bewegte sich vorsichtig zu einer Stelle, wo er sich davon überzeugen konnte. Ja. Die Flut hatte bereits wieder eingesetzt, und die Wellen kamen weit genug an die Küste.

Ein schneebedeckter Seitenkamm führte auf etwa einem Drittel der Gesamthöhe an dem Eisberg entlang. Polassar und Reynaud hatten sich dort eine Vertiefung gegraben und duckten sich hinein, während Elisena in einiger Entfernung neben ihnen stand. Troubadour hockte auf einem Stück Treibholz, das im Eis steckengeblieben war. Die Stelle war nicht ideal – wenn der Berg frei im Meer schwämme, wären sie nur noch einige Fuß über dem Wasser, aber es war der beste Halt, den der Berg bot.

Tristan blickte hinüber zu Elisena. »Fertig?«

Sie hob das Kinn – eine eindeutigere Bestätigung als ein Nicken.

Tristan nahm den Kiesel in die linke Hand und schloß die Finger darum. Er brauchte ihn nicht mehr zu sehen, und er wollte nicht Gefahr laufen, ihn womöglich fallenzulassen, wenn sich der Eisberg in Bewegung setzte. Er überprüfte die Stellung seiner Finger der rechten Hand, stützte die Füße ab, holte tief Luft und sprach den ersten Teil des Zaubers über seiner geschlossenen Hand. Er brauchte nicht lang auf ein Ergebnis zu warten. Mit einem Beben löste sich der Berg von dem großen Eisblock und stürzte in die gierigen Wellen.

Er fiel nicht sehr tief, doch das Wasser, daß er aufspritzte, reichte bis über ihre Köpfe, sogar bis über Polassars. Dann kam der Berg wieder hoch, und das Wasser sank zurück. Der Wind sprühte etwas von der Gischt über sie, aber ansonsten blieben sie davon unberührt. Und sie schwammen. Das wurde ihnen sofort klar, als der Berg beim ersten Auftreffen der Wellen schaukelte.

Sie befanden sich über fließendem Wasser. Diese Erkenntnis traf Tristan wie ein Axthieb zwischen den Augen. Er wurde so weiß wie Milch und taumelte. Seine Knie waren wie Pudding, und seine Augen rollten sich tief in den Kopf zurück. Einen Moment lang – als er noch eines einigermaßen klaren Gedankens fähig war –, durchfuhr es ihn, daß Reynaud seine Einwände durchaus ernst gemeint haben könnte – und womöglich damit recht hatte.

Elisena sah ihm kurz ins Gesicht und stieß einen entsetzten Schrei aus, wobei sie ganz vergaß, sich weiter um den Wind zu kümmern, über den sie mit ihren Ringen einen gewissen Einfluß erzielt hatte. Inzwischen waren sie schon zu weit abgetrieben, um noch über eine sichere Umkehr nachzudenken, und die Windstöße peitschten die Wellen hoch. Das Wasser krachte gegen den Berg und trieb ihn dabei immer weiter weg von der Küste und drehte ihn um die eigene Achse, so daß Elisena nicht zu Tristan gelangen konnte, um ihm beizustehen. Jeden Augenblick konnten sie alle ins Meer gespült werden.

Tristan, der das Gefühl hatte, daß sich die Welt rings um ihn immer dichter zusammenschloß und seine Sinne einer nach dem anderen versagten, kämpfte mit aller Macht gegen die Benommenheit und das Schwindelgefühl an – wider jede Vernunft und alle Regeln der Magie. Die Probleme, die Zauberer mit fließendem Wasser hatten, bestanden zur Hälfte in der Angst, die damit verbunden war – das Gefühl absoluter Hilflosigkeit. An so etwas waren Zauberer nicht gewöhnt. Für Tristan jedoch, der auf eine jahrelange Erfahrung mit fehlgeschlagenen Zauberversuchen zurückblicken konnte, war diese Empfindung nicht so unvertraut. Er befand sich zwar in einer ausgesprochen mißlichen Lage, doch sein Gehirn arbeitete noch, wenn auch träge.

Er konnte zurückschlagen. Er war nicht hilflos, wie er versuchte, sich beständig einzureden. Der Zauber zur Aneinanderbindung hatte auch über fließendem Wasser gewirkt. Und wenn er gewirkt hatte, dann könnte es auch mit anderer Magie klappen, wenn auch in sehr bescheidenem Maße. Er konnte den Kopf heben. Er konnte die Augen öffnen. Er konnte auf das Meer blikken, wie er auf den Est hatte blicken können. Er konnte es überqueren, und er konnte überleben.

Tristan kämpfte gegen die Furcht in seinem Geist und gegen die Übelkeit in seinem Bauch. Und er kämpfte gegen seine allerschlimmste Angst, daß er daran schuld sein würde, wenn sie alle ertrinken würden, weil er sie zu seinem verrückten Plan überredet hatte. Er wog seine Gedanken gegeneinander ab. *War* dies vielleicht wirklich eine Falle, in der die anderen alle mitgefangen waren, dank seiner? Er blickte dieser Tatsache ins Auge, und schließlich verwarf er die Frage, da sie in diesem Moment ohnehin nichts änderte.

Ihm wurde bewußt, daß der Stein in seiner Hand lag, ein Stein wie der, aus dem Crogens Thron gehauen war und aus dem sich die Macht seines Schwerts herleitete und sein Recht und die Notwendigkeit, dort zu sein, wo er sich in diesem Augenblick befand. Tristans Hand umklammerte den Stein so fest, daß sich seine Kanten in ihr Fleisch bohrten. Er empfand den Schmerz als hilfreich. Langsam konnte er auch wieder atmen, wieder sehen und wieder hören. Ihm behagte weder der Anblick noch die Geräusche, mit denen er konfrontiert war, aber er beherrschte sie.

Der Berg hüpfte wie ein verängstigtes Pferd. Er war im Wasser gleich auf seinen normalen Tiefgang gesunken, doch die Wellen drohten ihn noch tiefer einzutauchen. Hinter dem schmalen schneebedeckten Seitenkamm klammerten sich Polassar und Reynaud verzweifelt an das Eis und an ihre Ausrüstung. Elisena konnte auch nicht mehr aufrecht stehen bleiben und dabei ihren Füßen festen Halt verschaffen – sie kauerte halb, und ihre linke Hand kämpfte gegen den Wind an, während ihre rechte ständig in Bereitschaft war, sich irgendwo festzuhalten. Das behinderte ihren Wetterzauber erheblich, und die Windböen rissen heftig an ihnen aus allen Richtungen. Sie fegten brüllend über den Eisberg, wahnsinnig vor Vergnügen.

Ein Wasserschwall, buchstäblich eine Wand aus Wasser, brach über den Berg, kalt und fast so hart wie Eis. Tristan prustete, schluckte Salzwasser, rutschte aus, konnte sich mit größter Anstrengung wieder aufrichten und zog auch Elisena wieder auf die Füße.

Die Bewegung war für Tristan ein Erfolg und brachte Sicherheit. Sie schien ihm die Sprache zurückgegeben zu haben, und Tristan fing an, Worte zu sprechen, die die Aneinanderbindung verstärkten. Seine Hände formten erneut die entsprechenden Muster, ohne zu zittern. Der Berg bebte, dann wurde er ruhig. Die nächste Welle reichte nicht mehr so hoch und schaukelte ihn weniger stark. Als es Elisena gelang, den Wind wieder in ihrem Netz aus Silber einzufangen, machten sie endlich normale Fahrt voran.

Sie kamen nur schaukelnd und rollend voran, aber immerhin bewegten sie sich auf die entfernte Küste zu. Sie sah so aus, als ähnelte sie so ziemlich der, die sie soeben hinter sich gelassen hatten, mit schroff vom Strand aufragenden Klippen. Doch konnten diese dunklen Formen dort aus dem Wasser herausragende Felsbrocken sein? Das war eine Gefahr, an die Tristan überhaupt nicht gedacht hatte. Er beherrschte den Eisberg nicht so vollständig, daß er hoffen durfte, ihn durch enge Stellen manövrieren zu können. Er mußte also mit Bedacht eine Stelle aussuchen, wo er sie an Land bringen würde, und einen sicheren Platz dafür finden.

Tristan spähte nach vorn; seine Sicht war durch den übers Meer gepeitschten Schnee behindert. Doch zwischen den einzelnen Böen und dem sich Heben und Senken des Bergs konnte Tristan klar sehen, und ihm wurde schnell bewußt, daß sie es nicht wagen durften, gleich an der dem Gletscher am nächsten gelegenen Stelle zu landen. Sie müßten noch weiter fahren. Er rief Elisena etwas Entsprechendes zu und deutete zu den Felsen, an denen sich die Wellen brachen.

Sie war der gleichen Ansicht wie er. Es könnte durchaus sein, daß ihre Fahrt angenehmer würde, wenn sie erst einmal an der Landzunge vorbei wären. Diese Klippen würden viel Wind abhalten und ihnen die Sache leichter machen, wenn sie dann schließlich irgendwo an Land gehen würden. Der einzige Weg, wie sie den Eisberg verlassen könnten, wäre, ihn auf einen breiten Strand zu setzen, dachte Elisena, und es wäre am vernünftigsten, eine geeignete Stelle zu suchen. Sie bewegte die Hände, der Wind drehte sich, und der Berg drehte von der gefährlichen Küste ab.

Reynaud stöhnte leise vor sich hin. Inzwischen hatte sich der Himmel verdunkelt und sah jetzt ebenso finster aus wie die See, die Tinte glich. Die beiden, die mit dem Steuern des Berges beschäftigt waren, nahmen keine Notiz davon, doch Reynaud, der nichts anderes zu tun hatte als achtzugeben, daß er nicht den Verstand verlor, konnte es nicht übersehen. Er hatte sich bereits die Lippen aufgebissen in dem Versuch, seiner Übelkeit und Angst Herr zu werden, und der metallische Geschmack des eigenen Bluts in seinem Mund verstärkte die Übelkeit nur noch. Den herannahenden Sturm hätte er nicht unbedingt auch noch zu sehen brauchen.

Seine Ausläufer waren schon dicht bei ihnen, ungestüm wie eine Wildkatze. Graupelschauer prasselten herab, und Hagel wurde vom Wind mit tödlicher Kraft in alle Richtungen gepeitscht. Polassar versuchte aufzustehen, um besser sehen zu können, wie sie vorankamen, doch er war gezwungen, sich dieses Vorhaben noch einmal zu überlegen und schließlich davon abzusehen, als er fast kopfüber vom Eis geweht worden wäre. Er schlug die Spitze seines Stockes fest in den Eisberg.

Was führte der Zauberer jetzt wieder im Schilde, während er die Lady bei der Schulter gefaßt hielt, sie umdrehte und ihr etwas mit seiner zur Faust geballten Hand zeigte? Polassar strengte seine Augen bis zum äußersten an, um durch die unechte Nacht, die das Unwetter hervorgerufen hatte, das zu entdecken, was immer die beiden sehen mochten.

Zunächst war das einzige, das er erkennen konnte – und das mit Mühe und Not – die dunklere Linie von

Land über dem schwarzen Wasser. Sie waren weiter davon entfernt, als er erwartet hatte, viel weiter, als er es für sicher hielt. Sie hatten Felsen umfahren, das wußte er, aber jetzt befanden sie sich in tieferem Gewässer und hatten in dieser Hinsicht nichts mehr zu befürchten. Sie hätten nicht so weit ins offene Meer hinauszufahren brauchen.

Doch da! War das ein weißer Finger, der in den vom Sturm zerzausten Himmel zeigte? Oder ein Turm, eine optische Täuschung durch die merkwürdigen Lichtverhältnisse? Neben ihm gab der andere Zauberer ein seekrankes Gestöhne von sich, konnte ihm also auch nicht weiterhelfen.

Es konnte gar keinen Irrtum geben, dachte Tristan, obwohl er sowieso in seiner Meinung von Elisena bestärkt worden war. Was sie gesehen hatten, konnte gar nichts anderes sein als Am Islin, einsam an der verlassenen Küste gelegen. Sollten in seine Mauern irgendwelche Fenster gearbeitet sein, so waren sie unbeleuchtet, und trotzdem hob sich der Turm hell gegen die Dunkelheit ringsum ab. Er war noch weit entfernt – zu Fuß bei diesem Wetter viele Tagesmärsche weit. Doch wenn er den Berg dorthin steuern könnte ...

Sie hatten schon eine ganz beträchtliche Strecke zurückgelegt, und zwar schneller, als Tristan es erwartet oder zu hoffen gewagt hatte. Von hier aus könnten sie den Turm fast in der gleichen Zeit erreichen wie jeden anderen Punkt an der Küste. Nachdem er seinen Plan schnell überdacht und den neuen Verhältnissen angepaßt hatte, beschloß Tristan, den Versuch zu wagen.

Wilde Schaumkronen hoben den Eisberg und ließen ihn gleich darauf wieder in die tiefsten Wellentäler sakken. Fast hätte es sich Tristan doch noch anders überlegt, aber er kam zu dem Schluß, daß es dafür zu spät sei. Das Land bot ihm jetzt ohnehin keinen Anhaltspunkt mehr. Das einzige, das noch groß genug war, daß er es über dem tobenden Meer sehen konnte, war der Turm. Sie steuerten darauf zu, so gut sie es vermochten.

Tristans Knie schmerzten von der Anstrengung, im Stehen das Gleichgewicht auf dem Berg zu halten, dabei jede Auf- und Abwärtsbewegung mitzumachen und sich nicht umwerfen zu lassen, wenn die Wellen über seine Füße schwappten. Graupelkörner peinigten sein Gesicht und bedrohten seine Augen. Stimmen raunten im Wind und verhießen ihm den bevorstehenden Weltuntergang. Es war ebenso schwer, die Magie aufrechtzuerhalten, wie einen sicheren Stand zu behalten. Die Anspannung war fast nicht mehr zu ertragen, und er hatte Angst, daß er bald die Beherrschung über seine Hände verlieren würde, wenn die unterkühlten, verkrampften Muskeln zu zucken anfangen würden.

Elisena sah erschöpft, bis auf die Haut durchnäßt aus und schien kaum noch in der Lage, sich auf den Beinen zu halten. Tristan hatte ein starkes Verlangen, sie zu halten, doch er konnte keine Stütze sein, und seine ganze Kraft wurde dadurch in Anspruch genommen, daß er dem Berg half, den Angriffen des Meeres standzuhalten. Das Äußerste, das er erreichen konnte, war, sie und die anderen so schnell sie die Wellen vorantragen konnten an Land zu bringen. Ich muß sie zum Turm bringen. Seine ganze Konzentration verengte sich dankbar auf dieses Ziel.

Auf dem Weg dorthin hätten sie fast Reynaud verloren. Der Mann rutschte plötzlich auf den Rand des Eisbergs zu und unternahm wenig, um sich irgendwie festzuhalten; Polassar konnte in letzter Sekunde einen Arm um ihn werfen und so verhindern, daß er in dem schwarzen Wasser landete. Reynaud lächelte in verhaltener Dankbarkeit, doch er sah so aus, als ob er wahrscheinlich das Spielchen wiederholen würde, sobald er losgelassen würde. Er hatte kaum noch die Kraft, sich aufzusetzen, und mit seinen kalten Händen konnte er sich an der glitschigen Oberfläche des Eises nicht festhalten.

Polassar warf sich mit ganzer Wucht auf ihn. Er hatte keine Hand frei, um den Mann lange zu halten, wenn er nicht das Risiko eingehen wollte, daß sie einen großen Teil ihrer Ausrüstung verlören. Seiner Einschätzung nach war das kein guter Tausch – doch von den anderen war auch niemand in der Lage, den Zauberer zu halten. Schließlich zog er seinen Dolch und spießte Reynauds Umhang damit am Eisberg auf, indem er die Klinge bis zum Griff ins Eis stieß und den Mann solcherart wie ein Zelt mit einem Hering befestigte. Polassar schmunzelte vor sich hin.

Durch diese Maßnahme würde Reynaud nicht allzulange gehalten werden, aber bei einer neuerlichen Rettungsaktion, für den Fall, daß er wieder abrutschte, hätte er etwas Zeit gewonnen, wahrscheinlich gerade eben ausreichend. Und wenn nicht, was machte es schon aus? Polassar zweifelte langsam daran, daß auch nur einer von ihnen je wieder lebend den Fuß an Land setzen würde. Nun denn, eine so glanzvolle Unternehmung verdiente einen so glanzvollen Untergang. Das war angemessen. Polassar berührte kurz den Messingring an seinem Arm – die einzige Sentimentalität, die er sich gestattete – und hob das Gesicht ergeben dem Sturm entgegen.

Blitze zuckten jetzt zwischen den Wolken hindurch. Hin und wieder fuhr ein Strahl bis ins Meer hinunter und erhellte die sprühende Gischt, die ihn anfiel wie ein Rudel Wölfe. Troubadour flog zu Elisena, indem er todesmutig den einen Flügelschlag wagte, den es brauchte, damit er zu ihr gelangte. Thomas streckte den Kopf aus Tristans Pullover und versank schleunigst wieder im Halsausschnitt, als ein Donnerschlag fast direkt über ihnen losging. Reflexartig spreizte er die Krallen, doch Tristan gab mit keinem Anzeichen zu erkennen, daß er sie auf der Haut spürte.

Sie waren dem Turm jetzt näher gekommen. Schlank wie eine Nadel erhob er sich aus den Wellen, als ob er aus dem weißen Schaum erwachsen wäre. Vielleicht hatte ihn die Sturmflut ringsum mit Wasser umspült, so daß er vollkommen vom Land abgeschnitten war. Tristan konnte es nicht sagen. Er hatte genug damit zu tun, sich immer wieder einzureden, daß es keineswegs Nacht war, sondern erst kurz nach Mittag. Die tiefe Dunkelheit war nur eine Folge des Unwetters ...

Blitze spiegelten sich in den schwarzen Klippen hinter und neben dem Turm. Tristan hatte in der Düsternis die Felsen für den wolkigen Himmel gehalten. Jetzt waren sie schon viel näher herangekommen, als er vermutet hatte, und Rückenwind schob sie rasch weiter. Sie waren so nah, daß er sich ganz und gar auf ihren Kurs konzentrieren mußte.

Tristan machte Elisena ein Zeichen, den Wind zu mäßigen, damit sich ihre Geschwindigkeit verlangsamte. Mit Schrecken, der sein Herz wie die Kälte zusammendrückte, sah er, daß vor ihnen immer noch Felsen waren – und zwar große Brocken. Ein beträchtlicher Teil der Klippe war irgendwann einmal ins Meer gestürzt, und die Brandung klatschte wild gegen die Überbleibsel. Donner krachte in Tristans Ohren, allerdings kaum lauter als das Meer, wenn Wellen gegen Stein prallten. Er sah keine einzige freie Stelle, und sie mußten jetzt irgendwo stranden, ob er eine fand oder nicht. Sie waren zu dicht an Land, um umzukehren.

Der Himmel wurde aufgerissen, als ein Strahl den obersten Gipfel des Eisbergs traf. Blitz und Donner kamen gleichzeitig, und die Spitze des Bergs war verschwunden. Eissplitter flogen überall herum, und Polassar brüllte irgend etwas, das Tristan nicht verstehen konnte. Der Eisberg stieß gegen einen der Felsen und prallte davon ab, knirschend und sich drehend. Tristan packte Elisena, die taumelte, und schob sie hinunter zu Reynaud. Troubadour krallte sich an ihren Haaren fest.

»Duck dich, und halte dich gut fest! Ich werde jetzt anlegen!« Er mußte ihr die Worte ins Ohr brüllen; er selbst konnte sie nicht hören. Tristan glaubte nicht, daß es nur der Donnerknall war, der ihn taub gemacht hatte, denn der Wind heulte schrecklich laut, und das Tosen der Brandung war noch schlimmer. Ein weiterer Blitzstrahl schoß ins Wasser, ganz in der Nähe. Als sein Licht verblaßte, war das Meer dunkler als vorher, und Tristan konnte kaum noch etwas sehen.

Falls es wirklich eine Durchfahrt zwischen den Felsen gab, dann war sie weder breit noch sicher. Tristan steuerte den Eisberg, so gut er konnte, in die Richtung, in der er sie vermutete, wobei er darauf vertraute, daß die Wucht der Wellen sie vorantreiben würde. Er mußte von den Klippen fern bleiben oder wenigstens die Breitseite des Bergs in diese Richtung drehen, damit sie als eine Art Prellbock dienen könnte, sonst würden sie alle zwischen Eis und Felsen zerquetscht. Ein erfahrener Seemann mit einem wendigen Boot hätte auch am Tage schwer damit zu tun gehabt, das zu schaffen. Für einen seekranken Zauberer an Bord eines willkürlich getriebenen, schlingernden, steuerlosen Eisbrocken in einem Sturm war es eine hoffnungslos erscheinende Aufgabe.

Eine Welle warf den Berg gegen einen Felsen und hielt ihn dort fest. Als eine Reihe von Brechern vorbei war, glitten sie wieder frei, geschoben von der nächsten Welle. Das funktionierte. Es gelang sogar so gut, daß Tristan die gleiche Taktik noch zweimal ganz bewußt anwandte, doch er hatte Mühe, sich während der Durchführung auf den Beinen zu halten. Er wurde auf die Knie geworfen, was ihm solche Schmerzen bereitete, als ob ihm die Knochen gebrochen worden wären. Mit größter Anstrengung stand er taumelnd auf, nur um gleich wieder umgeworfen zu werden. Reynaud war hilflos auf das Eis gesackt, schlaff wie eine Puppe. Polassar hielt ihn so gut fest, wie er es wagte

Thomas jammerte erbärmlich über den Anteil an

Schlägen, den er ohne eigenes Verschulden abbekam. Doch unvermittelt hörte der Kater mit seinem Wimmern auf, einerseits, weil er erkannte, daß es nutzlos war, und andererseits weil er vorübergehend so erschreckt war, daß er keinen Laut mehr herausbekam. Sein Schweigen dauerte allerdings nicht lange.

Paß auf!

Die Klippen erhoben sich direkt vor ihnen, keine zehn Meter entfernt. Selbst aus der Nähe konnte man ihre wahre Höhe nicht ermessen – sie verschwanden an einem Punkt in der Dunkelheit des Sturms, der etwa dreimal so hoch lag wie die Spitze des Eisbergs gereicht hatte, bevor der Blitz den obersten Zacken abgeschlagen hatte. Tristans Mund stand immer noch vor Verblüffung offen, während er verzweifelt den Berg hin und her schwenkte. Irgendwie wischten sie hindurch, kratzten an Felsen entlang und schabten dann über etwas, von dem er hoffte, daß es Sand war.

Sie waren jetzt so nah am Ufer, wie es überhaupt ging. Wahrscheinlich würden sie etwas klettern müssen, um ganz hinzugelangen, aber wenn sie schnell machten, würde es gehen. Der Berg lag nicht fest auf Grund, und das Wasser zerrte mit wachsender Heftigkeit an ihm, als ob es ahnte, daß es um seine Beute betrogen werden sollte.

Tristan drehte sich zu Elisena um, half ihr auf die Beine und hielt sie so lange fest, bis sie einen festen Stand hatte. Ihr Gesicht war ausdruckslos und leblos, als ob sie jeden Augenblick in Ohnmacht zu fallen drohte. Troubadour hüpfte ihr auf die Schulter, doch Tristan hob den Vogel vorsichtig wieder an einen geschützten Platz in Elisenas Kapuze.

»Ich werde eine hinausgeschobene Ent-Bindung versuchen«, ulkte er und hoffte, daß sie ihn verstehen würde. Er lächelte angespannt in die Dunkelheit. »Ich war in den beiden vergangenen Tagen zweimal im Wasser. Ich möchte heute nicht schon wieder ein Bad nehmen.« Das sollte ein Scherzchen sein, aber nicht mal er selbst konnte darüber lachen. »Ich bleibe dicht hinter dir. Geh jetzt an Land.«

Er übergab sie zärtlich der Obhut Polassars. Elisena ließ sich ohne Widerstand führen, wie eine Traumwandlerin. Doch dann, im letzten Moment, drehte sie sich um und öffnete die Lippen. Tristan sah es nicht, und Polassar zog sie drängend weiter. Es war höchste Eile geboten.

Polassar hatte alle Hände voll zu tun, im wahrsten Sinn des Wortes. Er mußte sich um ihre ganze Ausrüstung kümmern, und Reynaud machte nicht den Eindruck, als ob er in der Lage wäre, ohne Hilfe zu stehen. Elisena stützte den Zauberer, während Polassar den Rest verfrachtete. Tristan beobachtete das dem Anschein nach unheimlich langsam vonstatten gehende Ausladen und Von-Bord-Gehen, und bemühte sich krampfhaft, die Wirkung der Aneinanderbindung noch möglichst lange aufrechtzuerhalten. Der Sturm wurde schlimmer, die Wellen schlugen höher, und Stücke des Eisbergs fielen in die tosenden Fluten und wurden gegen die Felsen geschleudert, wo sie in kleinere Stücke zerbrachen. Tristan hielt weiter durch, und sein ganzes Bewußtsein war davon erfüllt, alles andere um ihn herum hatte er vergessen.

Schwärze machte sich in seinem Denken breit und verhüllte alles wie ein Trauerschleier. Tristan konnte nichts mehr sehen, deshalb schloß er erschöpft die brennenden Augen und konzentrierte sich auf die anderen Sinne, um sie zu ersetzen. Sie kamen ihm schärfer vor, als er sie in Erinnerung hatte. Er konnte jede Rille und jeden Buckel an dem Stein in seiner Hand spüren. Er konnte sogar den Unterschied in der Beschaffenheit des Materials zwischen der weißen Krone und dem dunklen Fuß feststellen und die Grenze zwischen beidem so klar erkennen, als ob er den Stein vor Augen hätte. Sein Gehör war wieder geschärft; die Wellen erzeugten einen unterschiedlichen Klang, je nachdem, ob sie gegen den Eisberg oder gegen die Felsen klatschten. Er konnte das Schaukeln des Berges, wenn sie sich an ihm brachen, voraussehen und sich so darauf einstellen, daß er mehr oder weniger das Gleichgewicht behielt.

Der Berg mußte noch eine kurze Zeit aufrecht und ganz bleiben, bis er ihn verlassen hätte. Die anderen waren jetzt bestimmt mit Sack und Pack von Bord gegangen, davon war er überzeugt. Sie hatten genügend Zeit dafür gehabt. Tristan wünschte, er hätte daran gedacht, seine Herzschläge zu zählen, doch er war eigentlich ganz sicher, daß er ihnen soviel Zeit gelassen hatte, wie sie brauchten. Er öffnete die Augen.

Der Berg hatte sich bewegt und trieb jetzt im Wasser. Er hatte zu lang gewartet. Fünf Meter brodelnen Wassers trennten ihn vom Ufer. Das war sehr schlecht. Er müßte es mit einem Sprung versuchen, und zwar schnell, da der Abstand jede Sekunde größer wurde. Tristan machte die nötigen Zauberbewegungen zur Lösung der Bindung, so schnell seine erstarrten Finger es schafften. Er hatte den Verdacht, daß der Berg keinen Herzschlag länger zusammenhalten würde, nachdem seine Füße ihn verlassen hatten. Das wäre ihm recht. Länger brauchte er auch nicht zu halten.

Der Abstand war jetzt noch größer geworden, und das Meer bewegte sich wild zwischen den Klippen aus Stein und der Klippe aus Eis. Tristan befahl sich, abzuspringen, doch genausogut hätte er versuchen können zu fliegen. Er konnte sich nicht rühren. Er hatte sich, ohne es bisher gemerkt zu haben, mit der gleichen Gründlichkeit an den Berg gebunden, mit der er den Berg an seinen Willen gebunden hatte, und jetzt saß er in dieser Falle, zappelnd am Rand des Eises und unfähig, es zu verlassen, obwohl es rings um ihn immer mehr abbröckelte. Die Aneinanderbindung löste sich in langsamen Schritten auf, genau wie er es vorgesehen hatte, er hatte jedoch nicht erwartet, daß auch er an den Berg gebunden wäre! Er würde ihn nicht freigeben – jedenfalls nicht mehr rechtzeitig. Er sah seinen Fehler ein und erkannte jetzt, wie er ihn hätte verhindern können, aber wieder mal zu spät.

Die Wellen warfen den Berg erneut gegen einen Fels, und Tristan konnte ihn nicht freibekommen. Er betastete vergebens den Stein in seiner Hand. Er war so kalt, daß Tristan spürte, wie sich seine Kanten in seine ohnehin schon schmerzende Hand bohrten. Der Berg schaukelte. Er fiel hin, rutschte übers Eis und ging noch zweimal zu Boden, bevor er wieder auf die Beine kam und an den Rand des Bergs wankte.

Abgebrochene Stücke des Eisbergs gluckerten im Wasser. Er war zu weit weg, um zu springen, selbst wenn er in der Lage gewesen wäre, es zu versuchen. Der Berg bebte unter seinen Stiefeln, als er über eine Untiefe scharrte. Es hörte sich an, als ob der Stein diesmal tief ins Eis geschnitten hätte. Es würde also nicht mehr lange dauern, dachte Tristan. Er versuchte sich zu erinnern, in welcher Richtung das Ufer war, damit er sich nach dorthin abstoßen konnte, wenn er ins Wasser geworfen würde. Dann würde der Bann der Aneinanderbindung sicher von ihm abfallen. In der Schwärze, die rings um ihn herrschte, sah er nichts, das ihm irgendwie als Anhaltspunkt hätte dienen können.

Er bezweifelte sowieso, daß es viel Sinn gehabt hätte. Wahrscheinlich würde er gar nicht mehr an die Oberfläche auftauchen. Zauberer durften nicht zweimal ein Ertrinken riskieren und hoffen davonzukommen. Er hatte seinen Anteil an Glück längst aufgebraucht und wahrscheinlich den von jemand anderem noch dazu.

Alles in allem war das ein törichter, überflüssiger Tod, doch das kümmerte Tristan nun auch nicht mehr besonders. Er war naß bis auf die Haut, und der Wind war laut und kalt.

Tristan hörte ein undeutliches Rufen und erkannte

seinen eigenen Namen, doch gleichzeitig durchfuhr eine heftige Erschütterung den Berg, und er war zu benommen, um zu antworten. Er wurde von Angst und Schmerz gepackt. Warum sollte er bis zum bitteren Ende durchhalten und sich ans Eis klammern? Es war sowieso unmöglich. Da wäre es doch einfacher, er ließe einfach los. Das Eis neigte sich zuvorkommend für ihn zur Seite.

Er spürte, wie er in Bewegung geriet und endlich langsam abrutschte, während der Stein aus seiner blutenden Hand in die tosenden Fluten glitt.

9. KAPITEL

Willkommen bei Ambere

POLASSAR TAUCHTE MIT langen Zügen durch die ersten heranrollenden Wellen, noch bevor Elisenas warnender Schrei ihn erreicht haben konnte, also war er ebenso achtsam wie sie selbst. Dieses Zeichen genügte Elisena als Beweis, daß er für sich allein zurechtkam. Danach hatte sie nur noch Augen für Tristans weißes Gesicht, während er zappelte und taumelte und schließlich stürzte. Er fiel wie ein vom Sturm getriebenes Blatt zwischen die Reste des untergehenden Eisbergs und verschwand aus ihrer Sicht. Elisena achtete nicht auf Reynaud, der neben ihr ausgestreckt auf dem Sand lag, und auch nicht auf die Wellen, die über ihn und über ihre Füße schwappten. Ihr Geist leerte sich, alles wich daraus zurück wie das Wasser im Meer bei Ebbe.

Sie sah einmal kurz Polassars Kopf, als sich die Wellen vorübergehend in flacheren Schaum auflösten, und erkannte seinen schweren Helm, den er nicht abgenommen hatte und in dem sich jetzt die Blitze spiegelten, die immer noch niederzuckten. Dann verschwand auch dieses Bild, und das Meer war wieder ein dunkelgraues Gebrodel mit weißen Schaumkronen und Eisstücken.

Tränen trübten ihre Sicht. Der Wind kicherte ihr ins Ohr und machte sich über ihren Kummer lustig; er ahmte den Abschied nach, den zu nehmen ihr das Schicksal verwehrt hatte. Der Wind hätte ihr Herz gefrieren lassen können, sie hätte es kaum bemerkt. Eigentlich hätte sie keine Zeit gehabt, sich ihrem Kummer hinzugeben oder über ihren Verlust zu grübeln, denn durch den Sand um sie herum verliefen so viele Rinnsale, daß man ihn kaum als festen Boden bezeichnen konnte. Doch sie hatte nicht den Eindruck, daß ihr ihr verwirrter Verstand jemals wieder gehorchen würde.

Sie hatte sich noch nicht so weit wieder erholt, um ein Bewußtsein für Sicherheit zu haben. Mit brennenden Augen starrte sie aufs Meer hinaus und vergaß, warum sie das tat.

Sie verschränkte die Finger, um zu verhindern, daß ihre Hände weiterhin zitterten, und schluckte die Übelkeit, die ihr in der Kehle hochstieg, hinunter. Ihre zehn Ringe waren fest aneinandergedrückt; sie quetschten ihre Finger und riefen ihr die quälende Erinnerung an ihre Bestimmung ins Bewußtsein.

Konnte sie wieder Einfluß über den Wind erlangen, nachdem sie das bißchen, das sie gewonnen hatte, aufgegeben hatte? Es mußte ihr gelingen; die Wellen durften unter keinen Umständen höher gepeitscht werden, als es jetzt schon der Fall war, wenn Polassar finden sollte, was er suchte, oder damit er überhaupt nur wieder das Ufer erreichen konnte. Elisenas Finger verwoben sich zu Mustern, und ihre Lippen formten Befehle.

Der Wind brüllte verächtlich und tat, was er wollte. Elisena weinte vor Verzweiflung, ließ jedoch in ihrer Anstrengung nicht nach, während sich die salzigen Tränen auf ihrer Wange mit der salzigen Gischt des Meeres vermischten.

Reynaud richtete sich neben ihr schwankend auf, verwirrt und überrascht, als er die Ringe an ihrer Hand strahlen sah. Auch er wandte sich jetzt dem Meer zu und blickte hinaus, und sein Kopf brummte von der Menge an Bannsprüchen, die gleichzeitig auf ihn einstürmten.

Das Leuchten der Ringe könnte wie ein Signalfeuer in der Dunkelheit wirken, wenn der Mann sie rechtzeitig vor dem Ertrinken sehen würde. Elisenas Lippen bewegten sich, und sie sprach eine Zauberformel, doch alles, was sie hörte, war ein wildes Wirbeln in ihrem Kopf, immer wieder rundherum bis zum Wahnsinnigwerden: *Er wird ihn nicht finden. Er wird ihn nicht finden. Er wird ihn nicht finden.* Die Dunkelheit um sie herum wurde undurchdringlicher, und sie wußte, was das bedeutete. *Zu spät. Zu spät. Zu spät,* flüsterten ihr ihre Gedanken ein. Oder war das das Raunen des Windes?

Jemand klopfte ihr leicht auf die Schulter – und dann heftiger, als sie es ignorierte. Reynaud deutete mit aufgeregten Gesten aufs Meer hinaus. Zögernd ließ sich Elisena umdrehen und blinzelte, um die Tränen aus ihren Augen zu vertreiben.

Polassar war an die Oberfläche gekommen und näherte sich dem Ufer; er versuchte strampelnd an einer Stelle zu stehen, die noch zu tief dafür war, bis das Wasser schließlich so flach wurde, daß seine Füße Grund fanden. Neben ihm im Wasser war etwas Dunkles, das er unterstützte und dem Anschein nach sehr behutsam weiterzog.

Elisena stand bis zu den Knien in der schäumenden Gischt, als Polassar endlich bis zu einer Stelle gekommen war, wo er mühelos stehen konnte. Ihr durchnäßter Umhang drückte sie mit seinem Gewicht nach unten, und sie hätte ihn weggeschleudert, wenn das nicht die Vergeudung eines wertvollen Augenblicks bedeutet hätte. Sie kämpfte sich durch die gekräuselten Wellen und über den nachgiebigen Sand bis an Polassars Seite, und dort fiel sie auf die Knie, als er Tristan niederlegte. Sie ließ Polassar keine Gelegenheit, ihn weiter an Land zu ziehen, obwohl er kaum aus der Reichweite der Wellen war. Sie barg sein Gesicht in ihren silberglitzernden Händen und rief ihm verzweifelt etwas zu, irgendeine flehentliche Bitte, doch so undeutlich ausgesprochen, daß sie der heranwankende Reynaud nicht verstehen konnte. Es kam keine Antwort. Die Brandung schob sie zurück und zog sie wieder mit, am meisten Tristan, da er sich nicht widersetzte. Elisena umklammerte ihn fest, dann ließ sie sich mit einem verzweifelten Stöhnen zurücksinken.

»Lady, er ist nicht ...« Reynaud kniete sich schnell nieder und berührte Tristans Hals und seine Brust. Er sah überrascht auf, und seine Besorgnis galt nun ganz Elisena.

»Er ist ohnmächtig, aber sein Herz schlägt noch«, sagte er. Dann fügte er hinzu, als ob er glaubte, sie könnte ihn nicht richtig verstehen: »Er lebt.«

»Nicht mehr lange. Er ist zu weit weg. Ich kann ihn nicht erreichen ...« Elisena biß sich auf die Lippen, bemühte sich verzweifelt, ruhiger zu werden und die Finsternis abzuwerfen, die von ihr Besitz ergriffen hatte. Aus ihrem Haar und ihrer Kleidung tropfte Wasser, und in ihren Wimpern hingen Perlen aus Regen und Tränen. Das Meer und der Sand um sie herum waren so kalt wie Finsterloch – so kalt wie ihre eigene Prophezeiung, und so leer –, doch sie mußte die Kraft finden, das alles zu ignorieren.

»Ein Preis«, flüsterte sie. Dann hob sie den Kopf und sprach Polassar an. »Jetzt werden wir erfahren, ob uns Royston Ambere hilft oder nicht. Und wenn nicht ...«

Polassar beugte sich zu Tristan hinunter und hob ihn aus ihren Armen. »Ich glaube, es wird ihm schnell besser gehen, wenn wir ihn erst aus diesem Wetter herausbringen, Lady.« Nach ein paar Schritten befanden sie sich alle auf etwas trockenerem Sand. »Vielleicht hat er sich den Kopf angehauen – es gibt hier unter der Wasseroberfläche genügend Felsen, um daraus eine Wand von hier bis nach Radak zu bauen. Die Pest möge sie holen! Ich bin selbst überall voller blauer Flecken.« Er rieb sich die Schulter, während er mit Tristan im Arm niederkniete.

»Es ist mehr als eine Beule am Kopf.« Elisenas Finger betasteten Tristans Schädel und fanden schnell eine Schwellung, die unter seinem Haar versteckt war. Doch der Knochen darunter war unverletzt; die Verletzung war nicht so ernst, daß sie die Ursache für seinen Zustand sein konnte. Selbst ein Sprung im Schädel hätte wohl kaum dazu geführt, daß die Gischt dermaßen schnell in Tristans weißem Gesicht gefror.

»Nun, und er hat etwa den halben Ozean geschluckt«, sprach Polassar beharrlich weiter. »Er war schon untergegangen, als ich zu ihm gelangte. Er hat keinen einzigen Schwimmzug gemacht, dieser Narr.« Er rollte Tristan vorsichtig auf die andere Seite und versetzte ihm zwei reichlich feste Schläge auf den Rücken. Er wurde durch ein schwaches Husten und ein kleines Rinnsal aus Tristans Mundwinkel belohnt. Damit nicht zufrieden, wiederholte Polassar die Behandlung.

Tristans Brustkorb hob sich krampfartig, und Polassar richtete ihn in Sitzhaltung auf, wobei er erleichtert lächelte. Das Lächeln wich einem ungläubigen Starren, als sich Thomas aus Tristans triefendnasser Kleidung herauswand und auftaumelnd auf dem Sand landete.

»Wenn der Kater nicht ertrunken ist, dann wird es der Zauberer auch nicht sein, oder? Egal, was er geschluckt haben mag ...« Polassar runzelte die Stirn, daß sich seine Augenbrauen berührten, als er zusah, wie Thomas herumtorkelte. Tristan lag immer noch an seine Brust gelehnt und atmete flach, ohne jedoch auf weitere Wiederbelebungsversuche zu reagieren. »Was hat er denn? Das ist mehr als ein Ohnmachtsanfall.«

»Es hat nichts mit dem Wasser zu tun.« Tristan hatte, so vermutete Elisena, schon das Bewußtsein verloren, bevor er zwischen die Felsen oder ins Wasser gefallen war; die Macht, die er selbst gerufen hatte, hatte seine Sinne zum Schwinden gebracht. Er war ausgebrannt wie ein Kerzenstumpf. Das gleiche war damals passiert, als er gegen den Drachen von Finsterloch gekämpft hatte, nur daß er jetzt durch eine vorangegangene Erfahrung klüger geworden war. Aus diesem Grund hatte er viel länger ausgehalten und war viel schlimmer in Mitleidenschaft gezogen worden. Elisenas Hände streichelten Tristans kalte Wange mit einer Zärtlichkeit, die er nicht spüren konnte. Er mußte gewußt haben, was er aufs Spiel setzte. Es konnte kaum seiner Aufmerksamkeit entgangen sein. Er hatte es gewußt und es trotzdem getan. Wahrhaftig ein Narr!

Polassar verfluchte leise Zauberer, die nicht schwimmen konnten und auch nicht so viel Verstand besaßen, sinkende Schiffe rechtzeitig zu verlassen. Elisena schüttelte den Kopf, sich der Tatsache bewußt, daß sie sich zur Gelassenheit zwingen mußte.

»Es hätte keinen Unterschied gemacht, glaubt mir. Kommt jetzt. Wir wollen im Turm Schutz suchen.«

»Wir könnten ihn in unseren Umhängen tragen«, schlug Reynaud vor und machte sich daran, seinen zu lösen.

»Nein, es geht schneller, wenn ich ihn einfach so trage. Er wiegt nicht viel, auch wenn er groß ist.« Polassar hob Tristan mühelos auf den Armen hoch. Tatsächlich sah Tristan nicht so aus, als ob er viel wiegen würde; sein Kopf baumelte schlaff gegen Polassars Brust. Wasser tropfte aus seinen Stiefeln. »Führt uns an, Lady.«

Sie gingen über den Sand. Sturmböen rissen wieder heftig an ihnen, als sie nur noch einige Schritte vom Turm entfernt waren, ungestüm wie hungrige Wölfe. Als sie rufend um Einlaß baten, prasselten Hagelkörner in der Größe von Katzenaugen auf sie herab, und sie konnten den Donner nicht übertönen, der unaufhörlich grollte. Blitze ließen die runden Mauern vor ihnen aufleuchten wie endlos wiederholte Beschwörungen.

Doch keine Tür wurde im Licht der Blitze sichtbar. Elisena entdeckte ein kleines Fenster, ohne Fensterläden und ziemlich hoch gelegen, doch es war dunkel, und es schien keine weiteren, tiefer gelegenen Öffnungen zu geben. Die weißen Mauern des Turms waren so nichtssagend wie die Felsen dahinter. Polassar suchte wütend und brummte vor sich hin.

»Hier, nehmt ihn.« Er legte Tristan Reynaud in die Arme; gemeinsam legten sie ihn so behutsam wie nur möglich zu Boden. Solche Vorsicht war allerdings kaum nötig, denn es war offensichtlich, daß Tristan nichts von all dem spürte, was mit ihm geschah. Thomas miaute klagend und kuschelte sich an ihn.

Elisena kniete nieder und breitete ihren Umhang über den beiden aus, als Polassar sein Langschwert zog. Reynaud sagte etwas in fragendem Ton. Er hatte nach einer Öffnungsformel gesucht, dann aber resigniert aufgegeben. Das Gewitter und seine anhaltende Schwäche hatten die Seiten seines Buches mit den Zaubersprüchen weitgehend unlesbar gemacht, und sein Gedächtnis allein reichte nicht aus.

»Genug der Worte, Hexenmeister«, fuhr ihn Polassar ärgerlich an. »Es muß hier eine Tür geben, auch wenn sie der Herr des Turmes vor uns verbirgt. Ich werde ihn dazu bringen, uns zu öffnen, anderenfalls breche ich mit Gewalt in seinen Turm ein!«

»Durch dicke Steinmauern?« fragte Reynaud spöttisch, jedoch nicht übermäßig schlechtgelaunt.

»Wenn mich der Umgang mit Euresgleichen etwas gelehrt hat, Hexenmeister, dann ist es, daß man nicht seinen Augen trauen soll, wenn es drauf ankommt. Ich vertraue auf meinen Arm. Und gehe ich fehl in der Annahme, daß Eisen stärker ist als Eure Magie?«

»Nicht so, wie Ihr denkt!« schrie Reynaud und duckte sich blitzartig, als Polassar erster, mit beiden Händen ausgeführter Hieb ohne jede Warnung dicht über seinen Kopf sauste und ein Regen aus Steinbrösel auf sie beide niederging. »Paßt doch auf, Tölpel! Laßt mich wenigstens zuerst das Tor *finden,* damit wir wissen, an welcher Stelle Ihr zuschlagen müßt.«

Unbeobachtet breitete Tourbadour seine nassen Flügel aus und flog zu dem hochgelegenen Fenster empor. Eine Windbö packte ihn und versuchte, ihn vom Kurs abzubringen; es war eine ziemlich weite Strecke bis zu dem Fenster, aber er ließ nicht locker.

Polassar, der Reynauds immer zorniger werdende Einwände nicht beachtete, fuhr fort, auf die Mauer einzuhacken, jedesmal an einer anderen Stelle. Seine

Klinge trug Kerben und Schrammen davon, doch auch darauf achtete er nicht.

Während er so herumhackte, wichen die Steine des Turmes mit einemmal vor ihm zurück. Eine hohe, schmale Tür erschien an ihrer Stelle, sie bestand aus wettergebleichten Treibholzplanken, die dicht zusammengefügt und mit einem Bogen aus den großen Rippen eines Wals eingerahmt waren. Das Portal schwang auf, und Polassars Langschwert stieß in die Erde am Boden zu seinen Füßen anstatt in das Holz der Tür. Ein Strahl gelblichen Lichts fiel durch das Portal und bildete einen Kreis um ihn, während er sich bemühte, sein Schwert aus der Erde zu ziehen.

»Lästiger Mensch, steckt Eure Waffe weg, bevor Ihr sie zerbrecht. Am Islin ist kein Ort für Haudegen. Es gibt hier keinen Schatz zu plündern. Entfernt Euch.« Es war nur eine Stimme, die aus dem Licht sprach.

»Wir suchen nichts weiter als Schutz, Pförtner.« Polassar schob sein Schwert schwungvoll und mit großem Geklappere in die Scheide zurück, zufrieden mit sich, weil er das Tor geöffnet hatte. Er deutete mit einer ausholenden Armbewegung zu der Stelle, wo sich Elisena über Tristan beugte. »Wir haben einen Mann bei uns, der im Sterben liegt. Er muß ins Trockene gebracht werden.«

»Nein«, sagte die Stimme ungerührt. Die Tür glitt langsam wieder zu.

Polassar schob seine Schulter dazwischen und hielt die beiden Türflügel auseinander.

»Ist es Eure Art, Pilger von der Tür Eures Herrn zu weisen? Ihr werdet es Euch noch einmal überlegen, bevor Ihr ...«

Polassar machte einen Satz zurück, wobei er fast gefallen wäre, und stieß ein überraschtes und verängstigtes Krächzen aus. Das Portal schwang weit auf, und darin erschien ein hochgewachsener Mann, der eine helle Laterne in die Höhe hielt.

Ein Seeadler hockte auf seiner rechten Schulter und schlug mit den Flügeln.

Etwas Weißes und Blaues flatterte aufgeregt durch die Tür und ins Licht der Laterne und zwitscherte wütend. Troubadour ließ sich auf der linken Schulter des Mannes nieder, blickte hinüber zu dem Seeadler und zwitscherte noch ein paarmal laut, wobei er zur Untermalung den Schwanz auf und ab wippen ließ.

Elisena deckte Tristan mit ihrem Umhang zu, dann richtete sie sich auf und ging, nur mit Hemd und Reithose bekleidet, auf den Mann und die Vögel zu.

»Mein Lord Ambere!«

»Ich grüße Euch, Lady. Ich habe Eure Ankunft schon von weitem beobachtet. Ich hätte nicht gedacht, daß Ihr so töricht wärt, hierherzukommen.« Der Seeadler hatte die stechenden Augen starr auf sie gerichtet. Elisena hob das Kinn.

»Nichts ist töricht, wenn es die Not befiehlt. Wir erbitten Schutz bei Euch.«

»Das hat dieser Kleine hier schon gesagt.« Ambere bot Troubadour einen Finger an, der aus Vorsichtsgründen davon Abstand nahm, sich darauf niederzulassen. Schwarz wie Tropfen aus Obsidian glitzerten die Augen des Vogels. Ambere schmunzelte. »Um seinetwillen heiße ich Euch also willkommen. Tretet ein.«

Ambere trat zurück, wobei er immer noch die Laterne in die Höhe hielt, und ließ sie durch die Tür gehen. Der Seeadler legte die Flügel an, doch der boshafte Blick seiner gelben Augen war weiterhin auf sie gerichtet. Polassar nahm erneut Tristan auf die Arme und ging wachsam an dem Vogel vorbei.

Im Inneren des Turmes erhellte das Licht der Laterne nicht mehr als außen, wo es der Sturm zum Teil verschluckt hatte. Über ihren Köpfen war keine Decke zu sehen, sondern verlor sich die Sicht in samtener Schwärze. Ambere war von der Laterne besser beleuchtet; sie strahlte ihn so hell an, daß er von dem Schein völlig eingehüllt war und keine Einzelheiten seiner weißen Gewandung zu erkennen waren. Hinter ihm und rings um sie herum spiegelte sich das Licht in glitzernden Augen, und ein ausgedehntes leises Flügelschlagen und das Rascheln von Federn waren zu hören.

Polassar erstarrte. Die Mauern des Turms waren mit Reihen über Reihen von brütenden Vögeln bedeckt, soweit seine Augen sehen konnten – und noch weiter, vermutete er. Nischen und Simse führten rings um die Mauern. Jedes Fleckchen darauf war besetzt, und jeder einzelne Vogel lauerte aufmerksam; immer noch mehr wurden erkennbar, wenn sie die Augen öffneten und sich das Licht darin spiegelte. Jeder einzelne beobachtete sie auf eine äußerst feindselige Art.

Es gab Möwen aller Sorten, und Enten – Eiderenten und Trauerenten und majestätische Schellenten, die auf ihren Nestern hockten. Schwalbensturmvögel, Seeschwalben, riesige Eissturmvögel und Kormorane mit Schnäbeln wie schwarze Dolche lauerten über ihnen. Es gab Stelzvögel, Haubentaucher, plumpe Alke und clownhafte Papageientaucher – die in diesem Moment allerdings nicht zu Scherzen aufgelegt schienen, dem Haß in ihren Augen nach zu urteilen, den sie mit den anderen Bewohnern gemein hatten.

Über den Seevögeln hausten die Falken, Merline und andere Raubvögel aller Arten, boshaft und todbringend. In der freien Natur waren sie gefürchtet bei den kleineren Vögeln, die sie zu ihrer Beute machten, doch innerhalb des Turmes schienen alle Vögel einem höheren Gesetz zu gehorchen, einer gemeinsamen Sache zuzugehören. Es war also kein Wunder, daß die Gruppe während der letzten Tage ihrer Reise keine Möwen oder andere Strandvögel mehr gesehen hatten. Man hätte fast meinen können, jeder Vogel der Welt hätte in Am Islin Zuflucht gesucht und sich in den Dienst Amberes und seines Friedens gestellt.

Polassar widerstrebte es, seine Last abzulegen und

den Zauberer hilflos mitten zwischen so feindseligen Geschöpfen liegenzulassen, doch Elisena machte ihm wortlos ein Zeichen, das zu tun, und er gehorchte. Der Boden bestand aus Stein, glatt aber kalt. Wieder zögerte Polassar, wußte jedoch nicht, wie er Abhilfe hätte schaffen können. Er wünschte, er hätte an irgendeinem Anzeichen gemerkt, daß Tristan noch atmete. Der Zauberer war reglos, als ob er tot wäre, und er war noch immer so eiskalt, wie er aus dem Wasser gezogen worden war. Der Kater, der sich in den Schatten der Stiefel seiner Lady verkrochen hatte, kroch zu seinem Herrn und schlängelte sich an seine Seite. Das Tier war sehr verängstigt, was seiner Treue jedoch keinen Abbruch tat.

Elisena nahm ihren Verstand zusammen und legte sich eine Rede zurecht. Es wäre ihr lieber gewesen, daß diese erste, entscheidende Begegnung zu einem Zeitpunkt stattgefunden hätte, an dem sie nicht alle erschöpft und halb ertrunken waren. Dann hätte sie sich ganz auf ihre Worte konzentrieren können und hätte nicht unvorbereitet zu sprechen brauchen; in der Eile würde sie womöglich irgendwelche Höflichkeitsfloskeln vergessen, da sie ständig daran denken mußte, daß Tristans Leben an einem seidenen Faden hing und daß die Zeit gegen ihn arbeitete.

Ambere wartete, daß sie anfing zu sprechen. Elisena sah ihn lange an und versuchte, den Mann über die Legende hinaus, zu der er geworden war, einzuschätzen. Er war groß genug, um in seiner Jugend ein Held gewesen zu sein, wenn es nicht vielleicht so war, daß er bereits in seinem jetzigen unbestimmbaren Alter auf die Welt gekommen war. Amberes Haltung war so majestätisch wie die eines Königs, doch sein Gesicht war unergründlich und so fremdartig wie das des Seeadlers auf seiner Schulter. Während jedoch die Augen des Vogels golden waren, waren die Amberes blau, von einem Blau so kalt wie das Meer im Winter.

Elisena benetzte sich die Lippen und schmeckte dabei das Salz des Meeres und ihrer Tränen; dann begann sie.

»Mein Lord Ambere, wir sind nicht zufällig vor Eure Pforte gekommen. Wir haben eine lange und beschwerliche Reise hinter uns, um mit Euch zu sprechen und um Euch um Rat und Hilfe zu bitten in einer Angelegenheit, die für Calandra und für Euch von größter Wichtigkeit ist.« Sie machte eine Pause. In Amberes Augen zeigte sich nicht die geringste Spur von menschlichem Interesse oder Ermutigung. Elisena wollte auf keinen Fall ins Stottern geraten.

»Ihr kennt mich, wie es den Anschein hat, obwohl Ihr mich vor dem heutigen Tage noch nie gesehen habt. Erlaubt mir, daß ich Euch die anderen Mitglieder unserer Gruppe vorstelle. Es sind Reynaud von Kôvelir, Polassar von Lassair und Tristan von Calandra, der auf der Reise hierher die schlimmsten Verletzungen erlitten hat. Mein Lord, ich muß Euch bitten, mich jetzt zu entschuldigen, damit ich mich um ihn kümmern kann, und wäre Euch dankbar für Euer Entgegenkommen, wenn wir uns zu einem anderen Zeitpunkt unterhalten könnten, sobald er außer Gefahr ist.«

Irgendwo in der Höhe kreischte ein Vogel anklagend. Amberes Augen verengten sich, und ihre Farbe veränderte sich von Blau zu Grün. Ansonsten hatte sich sein Gesichtsausdruck nicht gewandelt, doch es war, als ob ein eisiger Wind durch den Raum wehte und sie alle streifte.

»Dann war er es also, der mit dem Eisberg fast gegen die Klippe geprallt wäre, auf der meine Dreizehenmöwen ihre Brutstätte haben? Um ein Haar wären Tausende von ihnen umgebracht worden!«

Elisena riß vor Schreck die Augen weit auf, als sie den Zorn in seiner Stimme vernahm, und unwillkürlich strahlten die Ringe an ihren Händen auf. Der Seeadler stieß einen Schrei aus und schlug mit den Flügeln, und da hatte sie ihre Fassung schon wiedererlangt und war in der Lage, ruhig und versöhnlich weiterzusprechen.

»Magister Ambere, wir wußten nichts von den Vögeln. Und wir waren hilflos dem Sturm ausgeliefert. Wir hatten keinen Einfluß darauf, wo wir an Land getrieben wurden.«

»Ihr kamt willentlich und absichtlich hierher. Darauf hattet Ihr Einfluß«, sagte Ambere mit eisiger Stimme. »Das Ziel einer Reise steht von Anfang an fest.«

Elisenas Zurückhaltung fiel von ihr ab wie ein nasser Umhang, und sie reckte das Kinn wieder in die Höhe. »Ich werde keine philosophischen Streitgespräche mit Euch führen, während Tristan im Sterben liegt. Ich bin nicht verantwortlich dafür, welchen Brutplatz sich die Dreizehenmöwen aussuchen, und auch nicht dafür, wohin uns Nímirs Sturm zu treiben beliebt. Doch ich *bin* verantwortlich für das Leben dieses Mannes, und ich trage keine Wortgefechte mit Euch aus, während dieses Leben erlischt. Gewährt uns Hilfe, oder gestattet uns, daß wir uns selbst helfen!«

»Ach!« Ambere blinzelte zu Tristan hinüber, der schlaff auf dem Steinboden lag und um den herum sich eine immer größer werdende Pfütze bildete. Der Blick drückte wenig Mitleid aus. »Laßt von ihm ab, Lady. Er ist bereits tot.«

»Nein«, sagte Elisena so ruhig, daß sie diese Behauptung nicht zu beweisen brauchte und auch nicht die Absicht hatte, das zu tun. »Noch nicht ganz, und er wird auch nicht sterben. Nicht, wenn mir meine bescheidene Bitte erfüllt wird – ich benötige nicht mehr, als einen warmen Platz, wo ich ihn betten kann, und ein Feuer, um meine Arzneimittel zu erwärmen. Das werdet Ihr mir doch sicher nicht abschlagen.«

Troubadour war während ihres Gesprächs unablässig in höchster Aufregung hin und her geschossen. Er hatte einen Platz gesucht, an dem er sich hätte niederlassen können, jedoch keinen gefunden, weil jeder Fleck von einem seltsamen, feindseligen Vogel besetzt war. Schließlich flatterte er zu Boden und ließ sich wie eine Henne auf ihrem Nest in Tristans Halskuhle nieder. Er plusterte die Federn auf und spreizte die Flügel, um seinem Herrn einen größeren Wärmeschutz zu geben. Unter seinen immer noch patschnassen Kopffedern hervor blickten seine schwarzen Augen Ambere vorwurfsvoll an.

Ambere wechselte einen Blick mit dem Kanarienvogel und strich sich mit einer seiner starken Hände über den Bart. »Nun, wohlan denn. Um deinetwillen, mein Kleiner, zum zweitenmal. Ich nehme an, sonst würdest du seine Eiseskälte übernehmen und mit ihm zusammen sterben. Kommt! Dort ist ein geeignetes Gemach und ein Feuer ...«

In dem Raum war genau das vorhanden, um das Elisena gebeten hatte – ein Kamin und ein Bett, das in eine Wandnische eingelassen und mit einem Vorhang gegen Zugluft geschützt war. Das Bett war bereits mit mehreren Felldecken der unterschiedlichsten Art vorbereitet, doch zwei schneeweiße Eulen brachten weitere Decken, die sie mit ihrem geräuschlosen Flügelschlag herantrugen, während ihnen Elisena zusah. Es hatte nicht den Anschein, als wäre der Raum gerade erst eilends hergerichtet worden. Reynaud runzelte die Stirn bei dieser Feststellung und überlegte, was das zu bedeuten haben könnte.

Polassar streifte die salzwassergetränkten und zerfetzten Kleider von Tristans Körper und legte ihn nackt auf die Felle, damit die Wärme so schnell wie möglich auf ihn einwirken konnte. Er hielt ein wachsames Auge auf die beiden Eulen gerichtet, während er diese Dinge erledigte, und entging einige Male knapp einem Zusammenstoß mit ihnen, allerdings mehr dank der Umsicht der Vögel als dank seiner.

Nun, die Wellen und Felsen hatten den Zauberer ziemlich schlimm zugerichtet, das stand fest. Am ganzen Körper hatte er Prellungen und blutunterlaufene Stellen sowie einige Schnitte. Polassar achtete auf die Verletzungen, während er ihn auszog – obwohl der Zauberer von dieser Rücksichtnahme bestimmt nichts merkte. Er lag so still! Polassar warf Elisena einen zweifelnden Blick zu.

»Ihr solltet jetzt gehen und Euch etwas ausruhen«, sagte sie düster und baute neben Tristan Wälle aus den Fellen auf, wobei ihre Hände automatisch, aber genau arbeiteten. Schließlich lag Tristan eingerahmt von Bergen aus Decken, die ihn im Rücken in eine fast sitzende Haltung abstützten, so daß ihm die Medizin besser verabreicht werden konnte. Polassar überließ zögernd seinen Platz Reynaud, der eine Messingschale mit Kohle gefüllt hatte.

»Ja, das ist gut.« Elisena stellte die Schale neben Tristans Füße und gab dabei acht, daß sie ihn nicht berührte. Sie brauchte nicht zu befürchten, daß er versehentlich dagegenrollte, dachte sie mit grimmiger Nüchternheit. Die hohen Anforderungen, die der bevorstehende Kampf an sie stellen würde, bereiteten ihr Angst, und sie schloß die Augen. Die Kühnheit, die sie vor Ambere an den Tag gelegt hatte, war ebenso unecht wie die Troubadours und war genauso schnell gewichen.

Reynaud hob einige der Felle im Rücken leicht an, und seine Hände begannen geschickt und sanft zu tasten. »Ich glaube, Polassar hatte recht. Er wurde wirklich auf den Kopf geschlagen, und zwar mehr als einmal, so wie es sich anfühlt.« Seine Hände bewegten sich weiter, während er sprach, strichen über Tristans Arme, befühlten seine Beine. »Wenigstens hat er sich keinen Knochen gebrochen, es sei denn, die Rippen sind nicht nur geprellt, sondern gebrochen. Das meiste ist oberflächlich und leicht zu behandeln.«

Während der nächsten paar Minuten hantierte er geschäftig mit Salben und Verbandszeug herum und sprach Heilungsformeln dazu. Elisena nahm kaum Notiz von ihm. Sie befaßte sich nicht mehr mit den Verletzungen des Körpers.

Sie richtete ihren Geist wieder in die Dunkelheit und versuchte, eine Spur des Pfades zu finden, den Tristan eingeschlagen hatte. Wie konnte er sich in so kurzer Zeit so weit entfernt haben? Sie konnte ihn nicht erreichen, so verzweifelt sie auch suchte und riskierte, sich selbst in dem dunklen Gewirr, das schlimmer war als jeder finstere Wald, zu verlieren. Er hatte einfach einen zu großen Vorsprung, seit des Untergangs des Eisbergs, und das hatte sie vom ersten Moment an gewußt, als Polassar ihn aus dem Wasser zog.

»So, das wäre geschafft. Ein paar Schnitte und einige Kratzer. Seine Kleider sind schwer in Mitleidenschaft gezogen worden, aber sie haben seine Haut vor dem Schlimmsten bewahrt. Es gibt jetzt keinen Grund mehr, warum er nicht wieder zu sich kommen sollte«, fügte Reynaud tröstend hinzu.

Elisena öffnete die Augen, und Reynaud verschlug es die Sprache vor Schreck über ihr Aussehen. Ihr Gesicht war fast so weiß wie das Tristans, als sie seinen Kopf anhob, um einen Breiumschlag mit heilenden Kräutern darunterzuschieben. Nachdem Reynaud noch eine Weile überlegt hatte, ob ihm nicht noch weitere ermutigende Worte einfielen, die sie wahrscheinlich sowieso nicht gehört hätte, schlüpfte Reynaud zwischen den Vorhängen hindurch hinaus und machte sich daran, das Feuer zu schüren.

Polassar hatte mengenweise Holz aufgelegt, wahrscheinlich mehr, als nötig war, und der Raum wurde schon langsam warm. Reynaud fand neben der Tür einen Bronzekessel, der mit Wasser gefüllt war. Er war zu erschöpft, um ihn zu heben; er schaffte es weder mit den Armen noch mit einem Zauberspruch. Polassar war ein offensichtlich schlummernder Haufen unter seinem immer noch nassen Umhang, erschöpft von der Anstrengung, der eine Bitte um Hilfe bestimmt nicht hören würde. Aber das machte auch nicht viel. Reynaud begann, den Kessel zu ziehen. Dazu reichte seine Kraft.

Als er ihn bis zum Feuer geschafft hatte, beschloß er, einen winzigen Zauber anzuwenden, soweit es sein derzeitiger Zustand zuließ. Eine angenehme kleine Bewegung, die, wenn ihre Auswirkung streng begrenzt war, wenigstens wirtschaftlich war. Damit würde er den schweren Kessel auf den Feuerhaken und damit übers Feuer hängen können. Er hatte jedoch nicht einkalkuliert, daß er damit Thomas aufschrecken würde. Der Kater hatte sich mit der Breitseite dem Feuer zugewandt, so dicht, daß sein Fell zu verkohlen drohte und er selbst fast gebraten wurde.

Reynaud versuchte ohne Erfolg, ihn mit dem Fuß sanft zur Seite zu schieben, während er sich immer noch bemühte, den Kessel das letzte Stückchen zu heben, das noch nötig war, um ihn an den richtigen Platz zu bringen. Wasser schwappte heraus auf seine Füße und den Boden.

»*Bitte ...*«, flehte er, wobei die Gereiztheit in seinem Tonfall den Eindruck von Höflichkeit, den er mit dem Wort hatte vermitteln wollen, zerstörte.

Thomas zischte ihn mürrisch an, dann sprang er in zwei langen Sätzen vom Kamin aufs Bett. Um der Wahrheit die Ehre zu geben, muß gesagt werden, daß ihn Reynaud keineswegs zur Unzeit vertrieben hatte. Japsend drückte der Kater sein aufgeheiztes Fell dicht an Tristan, ohne auf sein eigenes Unbehagen und sein Verlangen nach kühlender Luft zu achten. Vielleicht war er doch eine Idee zu nah am Feuer gewesen; diese Vermutung hatte sich während der letzten paar unbehaglichen Minuten ständig verdichtet. Er kühlte jedoch schnell ab, sogar zwischen all den anderen Fellen, mit denen das Bett vollgestopft war. Trotz der Felle, der wärmenden Schale und seiner eigenen heldenhaften Bemühungen schien Tristan nichts von der Wärme anzunehmen.

Als die auflodernden Flammen an dem Kessel leckten, holte Reynaud die Arzneimittel herbei, und zwar sowohl Elisenas als auch jene, die er für seinen eigenen Bedarf mitgebracht hatte. Hinter dem Vorhang betastete Elisena vorsichtig Tristan und beschloß, daß selbst wenn er einige Rippen gebrochen hätte, das nicht so schlimm wäre, solange er sich nicht bewegte. Sie könnte sie später verbinden. Wahrscheinlich hatte Reynaud recht, und die Knochen waren sowieso nur gestaucht. Keine von Tristans Verletzungen war so schwerwiegend, wie sie auf den ersten Blick ausgesehen hatte – da er so entsetzlich bleich war, hob sich die geringste Prellung ab, als ob ein Fleck mit schwarzer Tinte aufgemalt worden wäre. Wenn er nur an den Folgen des Fastertrinkens und den Wellenschlägen allein zu leiden hätte, hätte er in der Tat bald aufwachen müssen, wie es Reynaud vorausgesagt hatte; doch Elisena rechnete nicht damit, und sie war nicht überrascht, daß sich Tristans Zustand nicht besserte, selbst nachdem er schon eine ganze Weile in der Wärme des Bettes und des Raumes war. Seine unsichtbaren Verletzungen gingen so tief, wie sie befürchtet hatte; vielleicht tiefer, als sie mit ihrer Heilkraft reichen konnte.

Reynaud kehrte zurück, diesmal mit einer Auswahl an Kräutern.

»Es gibt kochendes Wasser. Sagt mir, aus welchen Mitteln Ihr einen Sud herstellen wollt, damit Ihr ihn nicht zu verlassen braucht.«

Seine Besorgnis hätte Tristan bestimmt sehr überrascht, dachte Elisena. Auch sie war etwas überrascht. Sie berührte einen der Beutel, schnupperte daran, um sich von seinem Inhalt zu überzeugen, und griff dann nach einer Dose mit feingemahlenen Blättern. »Aus diesem und diesem. Drei Teile vom ersten, zwei vom anderen. Und etwas Hirtentäschel, sofern Ihr welches zur Hand habt, falls um die Rippen herum Blutungen aufgetreten sind.«

»Ich habe einen Blutstein.«

»Ich würde das Kraut vorziehen. Bringt den Sud, so schnell Ihr könnt, aber er muß mindestens eine Viertelstunde simmern.« Das wußte er natürlich selbst.

»Die Ars Magica sollte treffender Ars Periculosa genannt werden«, bemerkte Reynaud nüchtern. »Glaubt Ihr, er wußte, was er aufs Spiel setzte?«

Elisena blickte in Tristans regloses Gesicht, bevor sie antwortete, und dann war ihre Stimme nur ein Flüstern. »Ganz bestimmt wußte er das.«

Bald darauf brachte Reynaud einen Becher mit dampfendem Inhalt und einen Hornlöffel. Die Viertelstunde war schnell vergangen. Elisena probierte den Sud, nickte anerkennend und schickte Reynaud zurück ans warme Feuer.

Er entfernte sich ohne Widerrede. Der Mann sah krank vor Erschöpfung aus; ein Anflug von Grün unterstrich die Blässe seiner Haut über seinem ordentlichen dunklen Bart. Ihre Reise hatte Reynaud sehr mitgenommen, das stand fest. Er hatte sich bemerkenswert tapfer gehalten, aber er hatte seine letzten Kraftreserven mobilisiert, und lange würde er sich nicht mehr auf den Beinen halten können. Wenigstens könnte er sitzen, solange er sich ums Feuer kümmerte. Und der Mann war wahrscheinlich erfahren genug, im Schlaf Medizin aufzubrühen, wenn sie ihn darum bäte.

Die Arzneimittel würden wahrscheinlich unmittelbarer wirken, dachte Elisena, wenn der Zustand des Patienten es zuließe, daß er sie schluckte, und in diesem Fall wäre wiederum der Bedarf daran nicht so dringend gewesen. Sie flößte Tristan den Kräutertee und andere, stärkere Mittel Tropfen für Tropfen ein, wozu sie eine Feder benutzte, die ihr Troubadour bereitwillig geopfert hatte, doch nichts von dem, was sie anwandte, bewirkte die geringste Veränderung. Tristans Gesicht blieb so blaß und kalt wie Kerzenwachs, und seine Hände fühlten sich immer noch eiskalt an, als sie sie berührte, trotz der warmen Felle ringsum. Sein Atem war so flach, daß Elisena einige Male nicht sicher war, ob er nicht ganz ausgesetzt hatte, und sie besorgt das Ohr an seine Lippen legte. Sie säuberte sein Gesicht mit warmem Wasser und füllte die Kohlen in der Wärmewanne wieder auf. Thomas heizte sich noch zweimal am Feuer auf und kam beim letztenmal taumelnd und schwindelig vor Hitze zurück, ohne bei Tristan eine Veränderung zu bewirken.

Reynaud döste neben dem Kessel; er hatte es abgelehnt, Polassar um Unterstützung bei seiner Aufgabe zu bitten. Macht nichts, dachte Elisena. Schleime und Kräutersude hatten nichts erreicht, wie sie es erwartet hatte, und Reynaud brauchte davon nichts mehr zu bereiten. Sie hielt einsam Wache, benommen und darauf wartend, daß es eine Totenwache werden würde.

Trotz seiner Erschöpfung schlief Reynaud den leichten Schlaf eines Heilers auf Abruf. Irgendein Geräusch oder vielleicht auch nur das Gefühl, daß eine gewisse Zeit verstrichen war, weckte ihn, und gleich darauf war er wieder an ihrer Seite. Elisena hob den Kopf. Reynaud konnte ihr nicht mehr helfen, und es wäre das beste, sie schickte ihn weg, damit er sich ausruhte, so gut es ging. Sie drehte sich um, um ihm etwas Entsprechendes zu sagen.

»Er stirbt, gute Frau.« Das war nicht Reynaud, sondern Ambere, mit einer der weißen Eulen auf der Schulter. »Er hat die Seele aus seinem Geist vertrieben, und jetzt hat sie Angst, zurückzukehren. Wenn ich den Anlaß bedenke, der Euch hierhergebracht hat, dann wundert mich das nicht. Es wäre eine Gnade, ihn dahinscheiden zu lassen.«

»Wenn Ihr dieser Meinung seid, warum seid Ihr dann hier?« fragte Elisena düster und erwartete keine Antwort. Ambere konnte sie aller möglichen Fehler beschuldigen, ohne daß das ihre Qualen verstärkt hätte. Er konnte ihr nichts geben, um das sie höflich bitten mußte. Es bestand überhaupt keine Veranlassung für ein Gespräch, das sie nur von ihrer Wache abgelenkt hätte.

Wenn es nötig war, konnte sie gut warten, doch wenn diese schwarze Nacht vorüber wäre, gäbe es kaum noch etwas, das ihre Fähigkeiten beanspruchen würde, das wußte Elisena. Sie dachte über zunichtegemachte Pläne und zerstörte Hoffnungen nach, grausamer, als sie es je erfahren hatte, und sie erschauderte bei dem Gedanken an die Entscheidungen, die sie am kommenden Morgen würde treffen müssen, ohne daran zu zweifeln, daß sie sie treffen würde. Kein Unglück hatte je die Bürde erleichtert, die ihr auferlegt war, und auch nicht ihre Ringe so nutzlos gemacht, daß sie ihren Kampf aufgeben würde. Wenn sie Tristan verlören, würden sie auch sein Schwert verlieren und damit seine Macht, die sie so dringend benötigten, doch sie hatten nicht den Auftrag verloren, zu dessen Erledigung sie ausgesandt waren.

»O ja, Ihr seid stark, Lady! Doch welchen Preis habt Ihr für diese Stärke bezahlt? Habt Ihr Euch jedes menschliche Gefühl untersagt, habt Euch so sehr mit einer eisernen Rüstung umgeben, daß ihr jetzt den Mangel gar nicht mehr bemerkt oder nicht erkennt, wenn Euch Gefühl begegnet?«

Elisena hob mit einem Ruck den Kopf und hoffte fast im selben Moment, sie hätte es nicht getan, denn bei dieser Bewegung war ihr Blick von dem Amberes gebannt, und sie konnte diesen Bann nicht schnell genug brechen, um sich dagegen zu schützen. Sie hatte noch nie ein Grün gesehen, das so kalt und unpersönlich wie das in Amberes Augen war. Wenn sie seinen Blick nicht brechen könnte, würden ihr diese Augen die Haut abziehen, bis die schändliche Leere darunter sich Amberes Augen und ihren eigenen enthüllte, in einem Spiegel, dem sie nicht ausweichen konnte.

Das ist nicht wahr! brauste sie auf und empfand

gleichzeitig den Geschmack der Lüge im Geist, so bitter, daß es kaum zu ertragen war. *Wie könnte ich leben, wenn es so wäre?*

Als Ambere sie wieder freigab, sackte sie gebrochen zusammen. Nach einiger Zeit merkte sie, daß sie ihre Hände anstarrte. Die Ringe wirkten so fesselnd wie Stahl und gleichzeitig so körperlos wie Spinnweben – widersprüchlicherweise. Was nutzte ihr die Kraft, Tristans Tod zu ertragen, wenn sie nicht die Kraft hatte, das Risiko einzugehen, ihn am Leben zu erhalten? In ihren Ohren summte es, und ihr Herz hämmerte wild.

»Also«, sagte Ambere mit einer Stimme, die tief war wie aus dem Land des Schlafs. »Es besteht also noch Hoffnung, wenn Ihr noch in der Lage seid, eine Stärke als Schwäche zu erkennen. Das ist gut so und mehr, als ich erwartet hatte. Bewahrt Euch diese Stärke noch eine Weile, gute Frau. Ihr werdet sie brauchen.«

Ambere lächelte, als Elisena versuchte, seinem Blick standzuhalten, und dann die Augen abwandte. »Nutzt die Macht des Schwertes, das er bei sich trug! Kaltes Eisen mag Gift für Zauberer sein, doch aus manchen Giften entstehen die besten Heilmittel, wenn sie mit Geschick angewandt werden. Dieses Schwert könnte seine Rettung bedeuten ...«

Elisena hob wieder schnell den Kopf, Hoffnung flakkerte in ihr auf, eine Frage oder auch Tausende lagen ihr auf der Zunge, doch der Mann war so leise verschwunden wie seine Eule oder wie ein Traum. Die Tür des Raums war fest geschlossen, und der Raum selbst war leer, abgesehen von den beiden Männern, die neben dem Kamin schliefen, und die Stapel von nassen Sachen, die überall herumlagen.

Der Eindruck, daß es sich um einen Traum gehandelt haben könnte, war so stark, daß sich Elisena fragte, ob sie vielleicht auch eingenickt war, und sie blickte schnell zu Tristan, voller Angst, was sie nach einer solchen

Schwäche zu sehen bekommen würde. Doch sein Zustand war unverändert.

Die Worte, die Ambere beim Hinausgehen gesprochen hatte, tobten in ihrem Kopf wie Mäuse. Wie konnte man ein Schwert in Medizin verwandeln? Es war ein königliches, verzaubertes Schwert, keineswegs eine gewöhnliche Klinge, und doch war es nichts anderes als totes Metall und, wie Ambere richtig gesagt hatte, außerdem tödliches Metall. War hier vielleicht ein magisches Paradoxon im Spiel, ein Prinzip, nachdem etwas, das einen gesunden Menschen tötete, einen kranken rettete?

Sie wußte nicht einmal, wo sie das Schwert jetzt suchen sollte, und sie erschauderte, wenn sie daran dachte, wieviel Zeit eine solche Suche in Anspruch nehmen würde. Soweit sie wußte, befanden sich ihre Waffen in der vorderen Eingangshalle; entweder hatten sie sie dort abgelegt, oder die Eulen hatten sie dorthin getragen. Sie alle waren bei ihrer Ankunft sehr durcheinander gewesen und hatten ihre Ausrüstung fallenlassen, wo es sich gerade ergab. Doch Ambere hatte sicher kein Mittel empfohlen, das nicht zur Hand war. Elisena rutschte vom Bett.

Sie fand das Schwert gleich an der ersten Stelle, an der sie danach suchte. Polassar hatte es zusammen mit den anderen Resten von Tristans ruinierter Ausrüstung in einer Ecke abgeladen. Auf dem trockenen Leder der Scheide waren weiße Salzkrusten, und die Klinge war matt, als sie sie herauszog, und mit Meerwasser benetzt. Es lag ihr ausgewogen in der Hand, wirkte jedoch so leblos wie sein Herr.

War *das* eine Art von Schlüssel? Ihrer Meinung nach konnte totes Metall nicht viel für Tristan tun. Elisenas Geist war so abgestumpft wie das Schwert. Was könnte Ambere gemeint haben, was sollte sie mit der Waffe machen? Welche Macht das Schwert auch besitzen mochte, es konnte sie nur in Tristans Hand entfalten, und zwar erst seit seiner Krönung. Wenn sie es neben ihn legte, geschähe vielleicht etwas, doch Elisena erwartete keine Wunder.

Trotzdem trug sie das Schwert zum Bett, setzte sich auf die Kante und legte sich das Schwert quer über die Knie. Nachdenklich blickte sie auf die kalte Klinge.

Ein Schwert war eine Waffe, zur Verteidigung gedacht und benutzt; und genau das war dieses Schwert – Calandras letzte Verteidigung. Doch war es nicht ihre Hand, für die es geschaffen war, und es war nicht die Art Waffe, mit der sie umgehen konnte. Sie trug die Ringe, und damit waren ihre Hände ausgelastet.

Sie hatte keinen Bedarf an einer Waffe, schon gar nicht an einer, die nicht für sie gedacht war, und deswegen konnte sie sie auch nicht aufnehmen und Tristan in den dunklen Wald folgen, in dem er sich verfangen hatte. Außerdem war er sowieso schon viel zu weit gegangen, als daß sie ihm noch hätte fragen können. Das hatte sie von Anfang an gewußt. Eine Verfolgung würde ihn höchstens so sehr erschrecken, daß er noch weiter weglief; in der Dunkelheit würde er sie vielleicht nicht erkennen und das Ganze mißverstehen.

Sie wagte nicht, ihm zu folgen, doch es bestand immer noch die Hoffnung, daß Tristan zurückkehren würde, wenn er den Rückweg fände. Er hatte sein Schwert zurückgelassen, die Waffe, mit der er enger verbunden war als mit seinem Skelett. Es würde ihn zurückziehen oder konnte dazu gebracht werden, daß es ihn zurückzog.

Vielleicht gelänge es. Elisena spürte, daß Tristan immer noch herumwanderte, verloren und verwirrt und weit entfernt von irgendeinem endgültigen Ziel. Wenn er mit der anfänglichen Geschwindigkeit und Entschlossenheit weitergeschritten wäre, dann wäre er schon längst aus dem Licht getreten – hätte sich so weit in die Schatten begeben, daß ihn nichts mehr erreichen könnte. Und wenn er bereits so weit weg wäre, dann würde er nicht mehr atmen, nicht einmal mehr so schwach wie jetzt. Sie fühlte den kaum noch spürbaren Puls an Tristans Hals, und es dauerte einige Zeit, bevor einer seiner Herzschläge mehreren der ihren antwortete.

Nun, was die Form anging ... Elisena betrachtete erneut das Schwert. Keine Stimme, ganz sicher nicht das Klirren von Stahl. Tristan würde bestimmt nicht auf Schlachtgeräusch reagieren. Das würde ihm eher Angst machen. Geruchs- und Tastsinn waren starke Sinne und konnten einiges bewirken, doch keiner von beiden hatte die nötige Reichweite. Es mußte also die Sicht sein, der Sinn mit der größten Reichweite und damit die beste Wahl.

Und in der Dunkelheit könnte es nichts Besseres geben als Licht; Licht, um Tristans Heimweg zu beleuchten. Die Art von Licht, wie sie Blais für ihn angelassen hatte, wenn ihn irgendeine Erledigung dazu zwang, bis nach Sonnenuntergang auszubleiben. Ein solches Licht war jetzt dringend nötig, da Tristan durch eine tiefere, dunklere Nacht wandelte, jenseits von Mond und Sternen.

Die kleine Kerze, die Elisena ansteckte, flackerte und schwankte in einer Zugluft, die ansonsten nicht wahrnehmbar war, deshalb zog sie die Vorhänge vor dem Bett zu. Sie stellte den Wachsstock vorsichtig ans Kopfende des Bettes, in eine kleine Nische, die sie dort entdeckt hatte. Der warme Duft nach Honig füllte bereits den kleinen, abgeschlossenen Raum. Das Licht, das die Kerze spendete, war gleichermaßen warm und behaglich, doch es war noch nicht ganz das Licht, das sie brauchte.

Die kleine Flamme war wichtig für ihre Zwecke. Eine hoch loderne Fackel würde erschrecken, anstatt mit dem Versprechen von einem Zuhause und Sicherheit zu locken, und eher von Feuersbrunst als von Wärme künden. Eine einzige Kerze leuchtete in der Nacht strahlender als Dutzende von Lampen, die mit parfümiertem Öl gefüllt waren. Elisenas Aufgabe bestand jetzt darin, diese kleine Flamme strahlender brennen zu lassen, reiner, so daß ihr anheimelndes, leitendes Licht aus größter Entfernung zu sehen war.

Einst hatten ihre Ringe hell genug geleuchtet, ihr freundliches, beständiges Licht hatte Tristan als Leitstern gedient. Jetzt konnte ihn ihr Licht nicht erreichen. Sie hatte es mit ihnen probiert, trotz ihrer Erschöpfung nach der grauenvolle Seefahrt, und war nicht der Ansicht, daß ihre Müdigkeit der Grund für ihr Versagen war. Die Macht der Ringe war einfach nicht groß genug. Die Dunkelheit dazwischen war zu undurchdringlich, und Tristan schien ihr den Rücken zuzukehren.

Sie hob das Schwert langsam an, drehte die Klinge so, daß sie das Licht der Kerzenflamme auffing und widerspiegelte – genau wie es jede andere Klinge getan hätte, und mit dem gleichen Erfolg. Elisena blickte in die Flamme, damit sie sich auch in ihren Augen spiegelte, und wußte bereits, daß sie auch diesmal wieder versagen würde.

Selbst verdreifacht, war das Licht lediglich ein Glühen in der Nacht, das nicht einmal durch die Vorhänge drang, hinter denen Tristan auf dem Bett lag. Das Licht, das sie brauchte, würde nicht von einer Flamme erzeugt. Ihre Liebe zu Tristan, ihr Wunsch, ihn bei sich zu haben, reichte nicht aus. Oder war ihr Wunsch nicht stark genug? Elisenas Geist wand sich unter der Erkenntnis, daß sich das bewahrheitete, was Ambere gesagt hatte.

Nímir hatte mit peinlicher Genauigkeit alles zerstört, das ihr etwas bedeutete. Diese Lektion hatte sie früh gelernt, und sie hatte Wurzeln geschlagen. Wenn sie jetzt nicht auf der Hut war, würde sie wieder einen Schmerz erleiden, den zu fühlen sie sich mühsam abgewöhnt hatte; sie hatte sich geschworen, ihn nie mehr zu empfinden, und hatte sich in mehreren Leben beigebracht, ihn zu verdrängen. *Es wäre eine Gnade, ihn dahinscheiden zu lassen,* hatte Ambere gesagt, und sie wußte, daß er recht hatte. Gütiger wäre es, und auch leichter. Leichter als das, was sie soeben zu tun versucht hatte, bis sie sich wieder auf sich selbst besann.

Warum dann die Tränen, die ihr auf die Hände tropften, so daß das Schwert zitterte? Der Königstein an ihrer rechten Hand streifte die Klinge und erzeugte ein Glitzern und sinnloses Aufblitzen. Hell zwar, aber natürlich nicht hell genug. Ohne jeden Zusammenhang erinnerte sich Elisena in diesem Moment an Tristans ständige Befangenheit wegen des Königsmals auf seiner Hand. Dieses Zeichen seines königlichen Erbes hatte ihm wenig Gutes gebracht, dachte sie. Er hatte seit ihrer Begegnung in Radak fast ausschließlich Schmerzen, Leid und Verantwortung, die er nicht auf sich nehmen wollte, ertragen müssen.

Elisena schloß die Augen, so sehr bereute sie alles, und kämpfte gegen die Tränen an. Es hatte so viele Gelegenheiten gegeben, bei denen sie Tristan den Weg hätte ebnen können, anstatt sich durch Voreingenommenheit von ihm wegtreiben zu lassen. Er hatte einen Schaden nach dem anderen erlitten, und immer wieder hatte er ihn allein auf sich gestellt durchgestanden, einsam, wie er sich vorkommen mußte. Nie hatte sie erkannt, wie grausam das alles war. Er hatte sich keiner Sache sicher sein können, weder sich selbst noch ihrer Liebe, und er war tapfer genug gewesen, sie das erkennen zu lassen. Und nun hatte er diese Leistung vollbracht, hatte sie übers Meer gebracht, wohl wissend, welchen Preis er dafür zu zahlen hätte; er war für die Beförderungsgebühr aufgekommen. Tränen drängten sich zwischen ihren Wimpern hindurch. Dieses törichte, unsinnige, ritterliche Unternehmen ...

Thomas gab ein tiefes Miauen von sich, und Elisena öffnete beunruhigt die Augen. Sie versuchte, Tristan anzusehen, doch sie konnte ihn kaum wahrnehmen, so hell leuchtete das Schwert in ihren Händen, und eine Wärme ging von ihm aus, die der im Kamin nicht nachstand. Irgendwo weit oben im Bettvorhang zwitscherte ein gerade erwachter Troubadour schläfrig und begann zu singen.

Die gemischten Strahlen, die von dem Schwert, der Kerze und ihren Ringen ausging, ergaben ein äußerst eigenartiges Licht. Es schmerzte keineswegs in den Augen oder verursachte mit seiner Helligkeit ein Schwindelgefühl, sondern verbreitete in Körper und Seele ein unbeschreibliches Wohlbehagen, eine Hoffnung, funkelnder als jede Morgenröte, und ein Willkommen. Es war wärmer als die Sonne in Sommerblumen. Elisena konnte fast den Duft nach Klee und Gänseblümchen riechen. Sie hätte bis in alle Ewigkeit in dieses Licht blicken können; es nährte sie besser als Speisen oder Wein.

Endlich zwang sie sich dazu, den Blick abzuwenden, sonst würde sie sich vollends in diesem Licht verlieren. Diese Gefahr bestand. Und sie wollte zusehen, wenn Tristan nach Hause kam.

Tristans Augen öffneten sich genau in dem Moment, als Elisena damit gerechnet hatte, kurz nachdem die erste schwache Farbe in sein Gesicht zurückgekehrt war. Er schien sie nicht zu sehen, als sie sich zu ihm hinabbeugte und ihm übers Haar strich; doch kurze Zeit darauf merkte Elisena, wie sich die Felle bewegten, als er sich rührte. Tristan rieb sich mit den Händen über die Augen – sehr langsam, als ob die Kraft, die diese Bewegung erforderte, über alle Maße groß sei.

»Hinausgeschobene Ent-Bindungen taugen nichts«, sagte er schwach.

»Ich habe versucht, dir das klarzumachen.« Elisena hielt ihm einen Becher mit kaltem Wasser an die Lippen und stützte seinen Kopf, während er trank. Er mußte einen gewaltigen Durst haben, nachdem er all das viele

Salzwasser geschluckt hatte, und der Nachgeschmack der Arzneimittel war bestimmt auch nicht angenehm. Tristan stürzte den Inhalt des Bechers in einem Zug hinunter.

»Befinden wir uns tatsächlich in Amberes Turm?« Er gähnte ausgiebig und hilflos.

Es ist dir nicht ganz geglückt, uns alle zu ertränken. Thomas kam über die Felle zu ihnen herangestakst, schaukelnd und schwankend wie ein Schiff auf dem Ozean. *Meine Mutter hat mir eingeschärft, mich vor dem Meer zu hüten. Sie hätte mir sagen sollen, daß ich mich vor Zauberern hüten muß.* Der Kater leckte Tristan hingebungsvoll die Hände, bis ihn seine Zunge davon unterrichtete, daß sie sicher mit Elisenas verschlungen waren.

10. KAPITEL

Am Islin

Die weissen Eulen brachten knuspriges frisches Brot, das noch dampfte, und eine kleine Schale voll Maisbrei mit Honig. Tristan saß angelehnt an die aufgetürmten Felle, naschte hier und knabberte dort, während Thomas rücksichtslos darauf bestand – und auch nicht den geringsten Hehl daraus machte –, den ganzen Honig zu essen, ohne den Maisbrei zu berühren. Er war immer noch damit beschäftigt, als Polassar die Vorhänge aufriß.

Der Schlaf war ein wundervolles Allheilmittel, jedenfalls für Polassar. Der Mann sah gesund wie eine Eiche aus, strotzend vor Lebenskraft. Polassars Verständnis für das Verhalten am Bett eines Kranken war mehr von Herzlichkeit bestimmt als von der Berücksichtigung der Trommelfelle des Patienten, und seine ungestüme Art hatte etwas Einschüchterndes.

»Zauberer, ich habe noch nie etwas gesehen, das die Absicht hatte, weiterzuleben, und das dabei auch nur halb so schlecht ausgesehen hätte wie Ihr. Geht es Euch wirklich besser?«

Tristan hatte gehofft, daß er wenigstens etwas besser aussähe, als er sich fühlte, und brachte ein Lächeln zustande. »Ich werde es Euch wissen lassen, wenn ich mich erinnern kann, wie man sich fühlt, wenn es einem besser geht. Es muß Euch doch inzwischen ziemlich langweilig sein, mich immer wieder aus dem Meer zu fischen, oder?«

»Nun ja, Ihr seid kein besonders guter Fang. Ihr könntet vielleicht einmal erwägen, schwimmen zu lernen. Das wäre für alle Beteiligte ein Vorteil.«

»Vielleicht später einmal. Ich glaube nicht, daß ich in nächster Zeit wieder Boot fahren werde – die Gewässer sind in dieser Gegend etwas wild.« Tristan schob den Maisbrei zur Seite. Selbst in geleertem Zustand erschien ihm die Schale schwer.

»So ist es. Mit Felsen so dicht wie Gänseblümchen in einer Wiese. Und Ihr müßt mitten hinein fallen! Ihr habt ganze Arbeit geleistet, Euch bewußtlos zu schlagen. Eine Zeitlang habe ich mir richtig Sorgen gemacht.«

Polassar drückte Tristan freundschaftlich-kräftig die Schulter und erwischte dabei eine der Prellungen, so daß Tristan ein gequältes Japsen unterdrücken mußte und schnell zurückwich, bevor er noch mehr unmännliches Verhalten zeigen würde. Polassars Hand streifte etwas Hartes zwischen den Fellen – es war hart, scharf und so ungewöhnlich, daß es ihm ein unmelodisches Pfeifen entlockte.

»Was ist das denn, Zauberer? Es entspricht zwar einem echten Krieger, neben seinem Schwert zu schlafen, aber Ihr werdet Euch daran schneiden.«

»Wie? Oh, das ist schon in Ordnung. Das könnt Ihr hierlassen.«

Tristan mußte zu seinem größten, wenn auch nur kurzen Mißfallen erkennen, daß er keinen Augenblick länger die Kraft hatte, gegen den Schlaf anzukämpfen. Eben war er noch hellwach gewesen, jetzt konnte er kaum noch den Kopf hoch halten. Der klebrige Breilöffel fiel ihm aus der Hand und landete irgendwo zwischen den Fellen – er erschien ihm unglaublich schwer, noch schwerer als die Schale. »Bitte«, konnte er noch abschließend sagen, dann bekam er nichts mehr von dem mit, was Polassar sagte oder tat.

Tristan schlief friedlich den ganzen Tag hindurch; er wurde nur kurz wach, als sich Elisena in die Felle neben ihm sinken ließ und statt des Schwerts den Platz an seiner Seite einnahm. Im Halbschlaf hörte er Troubadour fröhlich singen und erkannte, daß sich dieser Gesang wie ein silberner Faden durch seine Träume gesponnen und verhindert hatte, daß daraus Alpträume wurden.

Gegen Abend erschienen zwei Adler und brachten jede Menge Kleidung, aber nichts zu essen, wie Polassar lautstark bemängelte. Die Vögel waren ihrerseits von ihm auch nicht sehr angetan und zischten zurück.

Durch den Trubel aufgeweckt, setzte sich Tristan auf die Bettkante und sah verschlafen blinzelnd Elisena zu, die die Kleiderbügel prüfte.

»Nun, wenn wir sonst keine Unterstützung von Magister Ambere bekommen, so doch wenigstens saubere Kleidung«, sagte sie fröhlich. Sie hob ein langes Hemd aus naturfarbener Wolle hoch, dessen unterer Rand und die Ärmel kunstvoll mit dunkelblauen Stickereien verziert waren. »Dies könnte dir passen; es muß hier jemanden geben, der ein gutes Augenmaß hat. Zum Glück, denn deine Sachen waren so voller Salz, daß Polassar sie heute morgen verbrannt hat.«

Tristan sah sie überrascht an, als der Sinn ihrer Worte langsam in sein Gehirn sickerte. Danach blickte er zu Polassar, doch der Mann schien seinem Blick auszuweichen.

»Ich bin erstaunt, daß dich der Rauch nicht aufgeweckt hat«, fügte Elisena mit spitzbübischer Boshaftigkeit hinzu. »Dann hat ihn Reynaud doch noch rechtzeitig vertrieben.«

»Ihr habt meine Kleidung verbrannt?« stöhnte Tristan. Ausgerechnet einen Pullover, bei dem die Ärmel nicht so kurz waren, daß seine Handgelenke in die Kälte herausragten – und die Hose war erst ein einziges Mal geflickt ...

Polassar rutschte unbehaglich auf seinem Schemel beim Feuer hin und her. »Das Zeug taugte nichts mehr, Zauberer. Es bestand nur noch aus Fetzen. Und seht, ich habe Eure angelaufene Schnalle wieder auf Hochglanz gebracht.« Er hielt Tristans Gürtel hoch, dessen silberne Einhorn-Schnalle so poliert war, daß sie im Licht des Feuers wie Funken blitzte.

»Besser als neu«, sagte Polassar hoffnungsvoll. »Es gibt nichts Besseres als Salzwasser, um solchen Glanz zu erreichen.«

Tristan dankte ihm überaus höflich und verbarg sein Lächeln, so gut er konnte.

Mach dir nichts draus. Er mußte sich mit irgend etwas beschäftigen, sagte Thomas verächtlich. *Das hat seine Nerven während der Warterei beruhigt.*

Tristan zog sich langsam an. Er mußte aufpassen. Er war immer noch wackelig auf den Beinen, und nachdem einmal fast eine Katastrophe passiert wäre, beugte er sich nur noch ganz behutsam nach unten. Sein Kopf und sein Brustkorb schmerzten, trotz Elisenas Arbeit. Er wußte, daß er froh sein konnte, daß es ihm nicht noch schlechter ging, trotzdem hoffte er, daß sein Gleichgewichtssinn besser wiederhergestellt wäre, wenn er den Rest seiner neuen Kleider anzog.

Es gab eine Hose, die genau zum Blau im Hemd paßte, und sie saß wie angegossen. Ebenso war die Länge der Ärmel genau richtig. Irgend jemand mußte wirklich ein gutes Augenmaß haben, doch Tristan war zu aufgeregt, um wirklich dankbar zu sein.

»Hat Ambere also abgelehnt, uns zu helfen?« fragte er Elisena leise und erinnerte sich an die Frage, die er zuvor schon halb gestellt und auf die Polassar offensichtlich mit Unbehagen reagiert hatte.

Elisena schlüpfte in den Überwurf, der die Hülle des zweiten Kleiderbügels gewesen war, und befühlte anerkennend das weiche Material. Die Farbe, ein Silbergrün, stand ihr ausgezeichnet.

»Nein. Ich bin sicher, er weiß, warum wir hier sind, und er hält gar nichts davon, aber er hat es noch nicht ausdrücklich abgelehnt, uns zu helfen.« Sie seufzte. »Jedenfalls noch nicht. Gestern abend war nicht die Zeit für ausführliche Gespräche, und seither habe ich Ambere nicht mehr gesehen. Ich habe ihn gesucht, doch er ist nirgends zu finden.«

»Ich bitte um Vergebung, Lady, doch meine Pflichten sind sehr zahlreich und erlauben mir nicht, den guten Gastgeber zu spielen. Ich dachte, Ihr ruhtet Euch noch aus.«

Die Tür zu ihrem Gemach war geräuschlos aufgegangen, als ob sie aus Federn bestünde, und Royston Ambere stand in ihrem Rahmen und auf der Schwelle. Die Reisenden erstarrten an ihren Plätzen, wie Kinder, die beim Schwatzen ertappt worden waren. Ambere brachte einen Geruch nach Meer mit sich in den Raum, der sich kräftig abhob von dem Duft der Lampe mit dem parfümierten Öl, die er in der Hand hielt, und feuchter Sand klebte am Saum seines langen Gewandes. Magister Ambere war also außerhalb seines Turms gewesen, wahrscheinlich eine ganze Weile lang, wenn nicht gar den ganzen Tag. Tristan betrachtete ihn ziemlich ungeniert. Dies war immerhin das erstemal, daß er ihres Gastgebers ansichtig wurde. Er wollte mehr von ihm aufnehmen als feuchten Sand.

»Ich hoffe, Ihr habt Euch alle von den Strapazen der Reise einigermaßen erholt, so daß Ihr jetzt mit mir speisen könnt und ich es wiedergutmachen darf, daß ich Euch dermaßen vernachlässigt habe.«

Die Worte waren an sie alle gerichtet, doch die grünblauen Augen ruhten einzig auf Tristan, der neben dem Bett stand, die Hand immer noch an seiner Einhorn-Gürtelschnalle, die er gerade schließen wollte, als Ambere sie überraschte. Es war so, dachte Tristan, als ob er allein im Zimmer gewesen wäre, oder auch allein auf der Welt. Amberes Augen musterten ihn und erforschten ihn auf der Suche nach Antworten auf Fragen, die Tristan selbst kaum verstand. Das Prasseln der Flammen im Kamin schien auf einmal so laut, daß es seinen Herzschlag übertönte. Ein Seeadler saß auf Amberes breiter Schulter, mit halb ausgebreiteten Flügeln, die großen gelben Augen voller Haß. Tristan hätte sich gern dieser Musterung durch die beiden entzogen, war sich aber nicht sicher, ob er es wagen konnte.

Mit einem eleganten, sparsamen Flügelschlag verließ Troubadour seinen Platz auf der Stange, an der der Vorhang vor dem Bett angebracht war, schwebte auf Tristans Schulter und ließ sich dort in einer Pose nieder, die der des Seeadlers an Kühnheit nicht nachstand; die kleinen Flügel hatte er weit gespreizt. Bei diesem Anblick wich das Grün aus Amberes Augen, und einige Härchen seines Bartes zuckten, als ob sich seine Mundwinkel leicht verzogen, ohne daß man es sah. Die gespannte Stimmung wurde durch einen Wirbel von Kanarienvogelfedern gebrochen. Amberes rechte Hand deutete mit einer weitläufigen Bewegung auf die Tür hinter ihm.

»Kommt!«

Die Speisen wurden von Raben aufgetragen, zuvorkommend und aufmerksam wie man es vom besten menschlichen Bediensteten erwartet hätte, gekleidet in makelloses, unaufdringliches Schwarz. Der erste Gang bestand aus Austern, dann folgte Fisch, gedünstet in einer Umhüllung aus Seetang, der sogar noch besser schmeckte als der Fisch, als Tristan sich erst einmal dazu durchgerungen hatte, Elisenas Beispiel zu folgen und davon zu kosten. Es gab gebratenen Rehrücken und kleine süße Kuchen, die mit Meerespflaumenmus serviert wurden. Das Essen verlief in Schweigen, und man hörte nur das Geräusch, das Hornbesteck auf Holztellern verursachte, und das geschäftige Rascheln der Rabenflügel.

Elisena hatte einmal angesetzt zu sprechen, ganz zu Anfang des Mahls, wurde jedoch von Ambere mit einer gebieterischen Handbewegung angewiesen zu schweigen. Polassar machte die ganze Zeit über einen mißvergnügten Eindruck und war kaum in der Lage, das Essen in seiner üblichen Art zu würdigen; Reynaud rührte kaum etwas von allem an, obwohl er den Raben bei ihrem emsigen Hin- und Herfliegen mit unverhohlener Anerkennung zusah.

Tristan hatte am Anfang großen Appetit, doch als sein erster Heißhunger gestillt war, wurde auch er von der bedrückten Stimmung angesteckt. Mit den Kuchen spielte er nur und verfütterte Stückchen davon an den dankbaren Troubadour; das nach Meer schmeckende Pflaumenmus blieb unberührt. Auf seinem Schoß saß Thomas und probierte mit wenig Begeisterung eine Auster; er war zu angespannt, um diese seltene Köstlichkeit genießen zu können.

Schließlich wurde Wein herumgereicht, ein alter Jahrgang, der wie Honig die Kehle hinunterfloß und auf der Zunge einen Geschmack von Rauch und eine Flamme im Herzen hinterließ. Tristan nahm vorsichtig einen Schluck davon und schob dann seinen Pokal zur Seite. Sein Kopf war immer noch benommen, auch ohne Wein, und er wollte seine Sinne beisammenhalten. Er würde sie vielleicht schnell mobilisieren müssen. Er hätte gern gewußt, was sich zwischen Elisena und Ambere am Abend zuvor abgespielt hatte. Es bot sich keine Gelegenheit, daß er hätte fragen können, aber es lag immer noch etwas davon in der Luft.

Ambere musterte ihn erneut. Tristan spürte, wie die ungewöhnlichen Augen auf ihm ruhten, blickte auf und sah sie durch die weißen Flammenspitzen der Kerzen, die in Kerzenhaltern aus knorrigem Treibholz in der Mitte des Tisches standen. An dem veränderten Blickwinkel erkannte er, daß er aufgestanden war; den Stuhl mit der hohen Rückenlehne hatte er zurückgeschoben. Dann bewegte er sich mit größter Langsamkeit auf das andere Ende des Tisches zu. Als er dort angekommen war, fiel er auf ein Knie. Thomas, der offensichtlich hin- und hergerissen war, ob er ihm folgen sollte oder nicht, blieb neben dem Stuhl hocken, den Tristan verlassen hatte.

»Mein Lord Ambere ...« Es war nicht das geringste Aufflackern eines Entgegenkommens in den Augen zu erkennen, wie Tristan verwirrt bemerkte. Die Farben wechselten darin wie die Farben auf der Meeresoberfläche. »Mein Lord, gestern abend war ich nicht in der Lage, Euch dafür zu danken, daß Ihr uns Schutz und Unterkunft geboten habt, und auch nicht für Eure Hilfe. Laßt mich das jetzt nachholen.«

»Darf ich daraus schließen, daß Ihr Euch mit dieser Hilfe zufriedengebt?« fragte Ambere, während Tristan ungelenk aufstand. »Und daß Ihr jetzt umkehren werdet?«

Tristan blinzelte überrascht. Damit hatte er überhaupt nicht gerechnet. Hatten sich seine Worte so angehört, daß sie diese Vermutung nahelegten? Jedenfalls hatte er es keinesfalls beabsichtigt. »O nein, mein Lord. Wir müssen unseren Weg fortsetzen.«

Er verstand jetzt, warum Elisena das Gefühl hatte, Ambere wisse genau über ihr Vorhaben Bescheid, so sehr er sich auch einen gegenteiligen Anschein geben mochte. Tristan hatte den Eindruck, daß der Mann sehr genau durchschaute, welches ihr Ziel war und warum sie als erstes zu ihm gekommen waren, obwohl es Ambere offenbar vorzog, so zu tun, als hätte er von beidem keine Ahnung.

»Er ist genauso hartnäckig wie Ihr, Lady«, sagte Ambere. »Es war sicher nicht leicht, einen solchen Narren zu finden.«

Ein ärgerliches Brummen ertönte aus Polassars Richtung; die Gewohnheit siegte über die guten Manieren, doch er beherrschte sich schnell, wenn es ihm auch nicht leicht fiel. Der Seeadler hatte Amberes Schulter verlassen; offenbar war er zu irgendeiner Besorgung ausgeschickt worden, doch die beiden großen Adler auf der Rückenlehne seines Stuhls, die Tristan für geschnitzt gehalten hatte, plusterten bedrohlich die Federn auf, und ihre dunklen Augen funkelten wie alte Rubine.

Elisena antwortete leise und gleichmütig. »Ich habe ihn mir nicht ausgesucht, mein Lord. Genausowenig, wie sich Tristan sein Los ausgesucht hat. Was geschehen wird, muß geschehen. Und wenn die Narrheit der richtige Weg für uns ist, dann ist es um so wichtiger, daß wir auf diesem Weg gut geführt werden.«

»Aha, jetzt kommen wir also zur Sache, Lady ... was wollt Ihr von mir?« Amberes Blick war scharf wie ein Wurfdolch.

»Ich hatte Euch für einen Mann gehalten, der ein offenes Wort schätzt, mein Lord«, sagte Elisena herausfordernd.

Tristan merkte, daß er irgendwie zu seinem Platz zurücktaumelte, als das Gespräch ernst zu werden begann. Die Kante seines Stuhls schlug ihm in die Kniekehlen, und er ließ sich schlaff niedersinken. Troubadour hüpfte ihm auf die Schulter und postierte sich neben seinem linken Ohr als Wache.

»Das kommt ganz auf die Worte an, meine Lady.«

»Muß ich also so tun, als wüßtet Ihr nicht, warum wir hier sind, trotz der vielen Beweise, die Ihr uns gegeben habt und die vom Gegenteil zeugen?« fragte Elisena und hob die Augenbrauen. »Das sind Spielchen für Kinder. Aber wie Ihr wünscht, ich werde mich danach richten.«

»Ich wollte über das, was hier vorgeht, vor den Ohren aller sprechen, damit es keine Mißverständnisse gibt, Lady.« Tristan war überrascht, daß Ambere immerhin soviel an Erklärung abgab. Das entsprach wahrscheinlich nicht seiner Gewohnheit. »Ja, ich weiß, warum Ihr gekommen seid. Aber ich möchte es aus Eurem eigenen Mund hören, und wenn es auch nur zu dem Zweck ist, daß auch Euren Begleitern Eure Absichten ganz klar werden.«

»Es sind unsere gemeinsamen Absichten«, fuhr Polassar aufgebracht dazwischen. »Und Ihr werdet uns nicht davon abbringen, Meister, so sehr Ihr Euch auch mit Euren klugen Worten darum bemüht.« Polassars Rede, zu der er so kühn angesetzt hatte, wurde unter Amberes Blick stotternd.

Ambere lächelte kühl, als er schwieg. »Ihr werdet Eure Überzeugung noch bitter nötig haben, Lord von Lassair.« Er wandte sich wieder an Elisena. »Der da ist ein treuer Gefolgsmann, Lady. Setzt ihn geschickt ein – solche Getreuen bürden denen, die sie anführen, eine schwere Verantwortung auf.«

Elisenas Stuhl schoß zurück, als sie aufstand, ohne daß ihn jemand berührt hätte. Ihre eigenen Hände waren einerseits beleuchtet und andererseits verborgen durch den Schein ihrer Ringe, die jetzt im höchsten Glanz erstrahlten. Sie stand aufrecht wie eine Schwertklinge in dem Überwurf, den ihr Ambere geschenkt hatte, und mit hocherhobenem Haupt da.

»Magister Ambere, laßt mich jetzt so sprechen, wie ich gestern abend gesprochen hätte, wenn wir nicht beide von anderen Angelegenheiten in Anspruch genommen gewesen wären. Wir sind als Pilger zu Euch gekommen, nicht als Bettler. Die Aufgabe, die wir übernommen haben, die Gefahren, auf die wir uns einlassen, – all das geschieht nicht zu unserem eigenen Nutzen oder in der Hoffnung auf Ruhm und Ehre, sondern für dieses Land; und die Hilfe, die wir von Euch erbitten, ist nichts anderes als Euer gesetzmäßiger Beitrag zur Erfüllung dieser Aufgabe, ein Beitrag, auf den zwischen zwei befreundeten Mächten ein Recht besteht.«

»Ich dachte, Ihr hättet gesagt, Ihr wärt gekommen, um um etwas zu bitten, Lady. Was Ihr jetzt vorbringt, hört sich merkwürdig wie ein Verlangen an.«

»Die Zeit für behutsame Formulierungen ist längst vorbei, mein Lord. Es ist schon spät, und Nímirs Macht ist groß. Wenn wir umkehren, wie Ihr uns geraten habt, dann wird seine Stärke wachsen, während unsere nachläßt. Nímir wird einen so auffallenden Aspekt nicht übersehen, und es besteht keine Hoffnung, daß er sich auf eine Endschlacht auf unserem Grund einlassen wird, wo er in der Vergangenheit schon einmal geschlagen wurde. Deshalb müssen wir zu ihm gehen, und das sind wir im Begriff zu tun.«

»Ist das also Euer Ziel, wollt Ihr Euch nach Channadran begeben, nur Ihr vier? Keiner von Euch ist geübt, etwas Höheres als eine Treppe zu besteigen. Wie hofft Ihr die Berge aus nacktem Felsgestein erklimmen zu können, die vor Euch liegen?«

»Wir werden einen Schritt nach dem anderen machen«, sagte Tristan mit fester Stimme, bevor Elisena antworten konnte. Er hätte den Mund halten sollen, das wußte er, aber er konnte es einfach nicht ertragen, daß sie ganz allein kämpfte.

»Ich hoffe, König von Calandra, daß keiner dieser ›Schritte‹ so geartet ist, daß Ihr Eure Worte bereuen müßt. Seid Ihr je im Gebirge gewesen?«

Tristan wünschte, er hätte geschwiegen. Von Ambere aufs Korn genommen zu werden, war so angenehm, wie durch die Brust aufgespießt zu werden. Doch er nahm all seinen Verstand zusammen und erinnerte sich an die Spitzfindigkeiten, mit denen ihn Blais einerseits drangsaliert und die er ihm andererseits beigebracht hatte.

»Nein, mein Lord. Doch wir beabsichtigen, durchs Gebirge zu gehen, und nicht darüber, wie Ihr vielleicht meint.« Sein Verstand funktionierte wieder; er hoffte nur, daß er nicht so gut funktionierte, daß er sich um Kopf und Kragen redete. »Deshalb sind wir schließlich zu Euch gekommen, um zu erfahren, wie man am besten zwischen den Bergen hindurchkommt.«

Ambere antwortete mit einem Kopfschütteln, das besagte, daß für ihn dieses Thema erledigt sei, und wandte sich wieder an Elisena. »Ihr seid in feiner Gesellschaft, Lady, mit einem Halbertrunkenen, einem, der über keinerlei magische Fähigkeiten verfügt, um sich zu schützen, und einem, dem außer Euch keiner vertraut.« Reynaud lächelte über diese Charakterisierung. »Ihr sagt, Ihr verfolgt alle einmütig die gleichen Absichten, doch die Beweise sprechen eindeutig dagegen.«

Polassar war zornig, daß Ambere ihn nur im Hinblick auf die Magie einschätzte, obwohl keiner in seinem Urteil gut weggekommen war. Kampferprobt wie er war, betrachtete Polassar die Magie immer noch als den Höhepunkt allen Leichtsinns, obwohl er widerstrebend einräumen mußte, daß sie hin und wieder ganz nützlich sein konnte. Er spielte mit seinem Dolch, da der Stachel der Beleidigung ziemlich tief saß, doch offenbar wollte er es nicht wagen, noch einmal zum Opfer von Amberes Zungenfertigkeit zu werden. Tristan war über seine Zurückhaltung einigermaßen erleichtert.

»Was diese Gruppe angeht, so will ich darauf etwas erwidern«, sagte Elisena. »Ich würde kein einziges Mitglied davon gegen irgend jemand anderen auf der Welt eintauschen. Und selbst wenn es nicht so wäre, dann wäre das ganz allein unsere Sache.«

»Nicht, wenn Ihr von mir erwartet, daß ich Euch helfe, Lady«, antwortete Ambere streng. »Ihr braucht mehr als das, was Ihr zu bieten habt, um in Richtung Eures Erfolgs weiterzukommen. Ihr werdet mir jetzt erklären, welche anderen Erwägungen Euch noch hierher geführt haben. Warum geht Ihr nicht einfach nach Hause und führt Euer Volk in wärmere Gefilde, wo Ihr in Frieden leben könntet? Nímir bewegt sich langsam. Ihr würdet Euer Leben und das Eurer Kinder und Kindeskinder schützen. Was verlangt Ihr mehr?«

Elisena hielt die gewölbten Hände vor sich; sie waren angefüllt mit Licht, als ob sie einen Stern hielten. In dem warmen, weichen Schimmer flackerten kleine Bilder von Calandra auf. Tristan sah Frühlingslämmer, weiße Rosen, Kinder und Schmetterlinge. Er hätte sie die ganze Nacht betrachten können, obwohl ihr Anblick und der der folgenden Bilder einen Schmerz in seiner Kehle verursachte vor Sehnsucht, von der er geglaubt hatte, daß er sie längst hinter sich gelassen hätte. Als Elisena die Hände sinken ließ, stellte Tristan überrascht fest, daß er sich weit über den Tisch gebeugt hatte, um sie zu sehen, und er konnte gerade noch rechtzeitig sein Gleichgewicht halten, um nicht nach vorn zu taumeln.

»Mein Lord, meine Ringe sind dazu bestimmt, Nímir zu bekämpfen«, sagte Elisena leise. »Und ich habe mich durch einen Schwur verpflichtet, sie zu gebrauchen, wie immer ich kann oder muß. Ich werde diese Bürde nicht ablegen.«

»Aha. Jetzt kommen wir also zum Thema Prophezeiungen, wie, Lady?«

»Es ist an der Zeit, sich von Prophezeiungen zu lösen, mein Lord.« Elisenas Erwiderung kam überzeugt und schnell, und sie ging nicht auf den Anflug einer Beleidigung ein, die in Amberes Frage enthalten war. »Wir haben diese Dinge schon seit langem abgestreift. Diese Voraussagen sind vor langer Zeit gemacht worden, und Pläne, die einst zweckmäßig erschienen sein mußten, sind es längst nicht mehr. Und Erwartungen können übertroffen werden.« Sie sah Tristan vielsagend in die Augen und lächelte. »Ist es nicht so, mein Lord?«

Tristan kam der Gedanke an die unerwartete Königswürde, die ihm plötzlich zuteil geworden war, und erwiderte das Lächeln etwas einfältig, da ihm gleichzeitig einfiel, wie er gegen die etwas zweifelhafte Ehre angekämpft hatte.

Elisena wandte sich wieder Ambere zu.

»Es gibt keine Weissagungen mehr. Aber ich versichere Euch, Lord, daß diese Ringe und das Schwert, das Tristan trägt, nicht ohne einen bestimmten Zweck existieren.«

»Vielleicht nicht. Aber auch ich kann hübsche Bildchen im Feuer entstehen lassen, Lady. Ich will es Euch zeigen.«

Bei Amberes Worten loderten die Kerzenflammen auf

dem Tisch so hoch auf, daß Wachs und Holz gleichermaßen verzehrt wurden. Danach erstarben die Flammen nicht etwa, sondern verblieben knisternd in einer unregelmäßigen Kugel von der Größe eines Kampfschildes, grünweiß wie das phosphoreszierende Licht von verfaultem Holz, die an der Stelle schwebte, wo die Kerzen gewesen waren. Oben im Turm entstand ein lautes Rascheln, als dort die Vögel erwachten. Tristan blickte bei dem Geräusch nach oben und war überwältigt, als er zum erstenmal die Mittelsäule von Am Islin richtig zu Gesicht bekam. Bei dem Kerzenlicht zuvor hatte er keinen Anhaltspunkt gehabt, seine wahre Höhe zu beurteilen, und er hatte die stillen Vögel außerhalb des Lichtscheins um den Tisch herum nicht gesehen. Zahllose Augenpaare reflektierten das Licht nach unten, so dicht wie die Sterne an einem klaren Winterhimmel. Tristan war von diesem Bild so fasziniert, wie es Ambere mit keinem anderen, das er ihm zeigen mochte, erreichen konnte.

»Ihr kennt keine Berge, also seid Ihr nicht in der Lage, die Ausmaße Channadrans im Vergleich zu anderen Gebirgen zu beurteilen, doch dieser Anblick reicht vielleicht schon aus, um Euer heißes Blut abzukühlen«, sagte Ambere.

In dem Feuer zeigten sich Bilder, und Tristan wußte inzwischen, daß die Flammen den Tisch nicht beschädigen würden, weil sie nicht heiß, sondern eiskalt waren und das widerspiegelten, was Ambere mit ihnen zeigen wollte. Er sah riesige Felszacken, die sich schroff aus Schneefeldern erhoben, die meilenweit unter ihnen lagen; die Hänge waren so steil, daß nicht einmal der Schnee an ihnen haften blieb. Selbst das Felsgestein konnte diesen spitzen Winkel nicht lange aushalten – während sie zusahen, brach eine ganze Seite eines Berges ab und rutschte hinunter in das Geröll, das ein Gletscher an seinem Fuß aufgetürmt hatte.

Das Bild veränderte, bewegte sich. Jenseits eines

Gletschers wurden Schneewirbel vom Wind getrieben; sie wurden so schnell vorangepeitscht, daß sie nicht in die Spalten fallen konnten, über die sie hinwegfegten. Die Landschaft war öd, nichts anderes war zu sehen als ewig bewegter Schnee. Keine Grashalme lugten durch die Oberfläche, und es gab auch nicht die geringsten Anzeichen von Tieren, wie primitiv auch immer. Wo der Schnee nicht weitergetrieben wurde, türmte er sich zu hohen Verwehungen auf, Flocke um Flocke, so daß immer mehr Gewicht auf den unteren Schichten lastete und sie nach und nach zu Eis zusammendrückten. Als die Last immer schwerer wurde, rutschte das Eis in die einzige Richtung ab, die möglich war, nämlich hangabwärts. Und alles, was ihm im Weg war, Schnee und Geröll oder Fels, riß es mit sich, schob es vor sich her oder begrub es unter sich.

Der Vollmond schien am Himmel, und die Nachtluft war so kalt, daß sogar die Felsen zu Staub zerfielen ... Tristan schloß die Augen, vom Schwindel gepackt. Er hatte Angst, doch gleichzeitig war er schläfrig. Seine Schwäche war noch nicht so weit überwunden, daß sie ihn nicht jederzeit mit einem Lidschlag wieder übermannen konnte, was sie auch drohte zu tun. Beschämt kämpfte er dagegen an und vergaß Eis und Kälte.

»Dies ist also das Schicksal, das Ihr Euch freiwillig ausgesucht habt. Durch ein unerforschtes Land zu ziehen, wo der einzige Schutz, den Ihr finden mögt, aus einem Felsen besteht, den der Wind ohne Anstrengung wegpusten kann, um etwas zu vernichten, das vielleicht nicht einmal so lebendig ist, wie Ihr glaubt, und zwischen tausend bedrohlichen Bergen Euren Tod zu suchen. Und für dieses Unternehmen bittet Ihr um meine Hilfe?«

»Ja«, flüsterte Elisena. »Ja, denn auch wenn wir daran zugrunde gehen, ist das Schicksal Calandras nicht mehr dasselbe wie zuvor. Solange wir Waffen haben, werden wir kämpfen. Ja, wir bitten Euch um Eure Hilfe, Magister Ambere. Ich glaube, Ihr seid unsere einzige Hoffnung.«

»Und wenn ich mich weigere? Was dann?«

Keiner von ihnen hatte mit allen Konsequenzen erwogen, daß er das tun könnte. Sie waren sicher gewesen, daß jeder gegen Nímir eingestellt sein mußte; darauf hatten sie mehr vertraut als auf ihre Überzeugungskraft. Es dauerte eine Weile, bis in ihr Bewußtsein drang, welche Katastrophe seine Weigerung bedeuten würde.

Doch für Tristan bedeutete diese Ablehnung keine Katastrophe. Er erinnerte sich an einen Obsthain, durch den er einmal geritten war und wo die Früchte gefroren und die Zweige eisüberkrustet waren. Er dachte an die Felder, die Crogen umgaben, und die vertrauenerwekkende Art, wie dort die Halme in den Feldern gesprossen waren, gepflanzt von Leuten, die kaum zu hoffen wagen konnten, je eine Ernte zu erhalten, und die doch, so gut es ging, ihr Leben fristeten – sie lebten in der Hoffnung auf bessere Zeiten und erkannten diese Zeiten in einem einzigen Sonnenstrahl, der auf die Bemühungen eines Zauberers hin sich durch die Wolken stahl. Mit solchen winzigen Wundern waren sie ganz zufrieden.

»Wir werden weitermachen«, sagte Tristan, der zu müde war, um zu streiten, und keine Lust mehr hatte, zu reden oder zuzuhören. Das Ankämpfen gegen den Schlaf hatte ihm wieder Kopfschmerzen bereitet, und die Sitzfläche seines Stuhls kam ihm inzwischen unerträglich hart vor. Es bestand keine Hoffnung, sich die Lage etwas bequemer zu machen, ohne auf unziemliche Weise hin und her zu rutschen; außerdem tat ihm der Rücken weh, genau wie alle seine Prellungen und Schürfwunden. Er hatte das verzweifelte Verlangen, zu Bett zu gehen und still dazuliegen, ohne streitende Stimmen um sich herum, die seine Aufmerksamkeit erforderten; ohne plötzlich aufflackerndes Licht, das ihm in den Augen schmerzte, und ohne bedrückende Bilder, die ihm Alpträume brachten. Er hatte den Verdacht, daß Ambere sich längst entschieden hatte, was ihre Mission anbetraf, vielleicht schon bevor sie Calandra verlassen hatten. Wie diese Entscheidung aussehen mochte, wußte Tristan nicht so genau, aber er war sicher, daß nichts von all dem, was sie sagten oder taten, daran etwas ändern würde. Das Abendessen und die scheinbaren Diskussionen waren nichts anderes als ein grausamer Zeitvertreib, bei dem Worte wie die eisenbestückten Enden von Peitschenriemen zuschlugen. Es war Zeit, daß jemand dem Abend ein Ende bereitete.

»Und nichts von dem, das ich sage, kann Euch abhalten?«

Tristan schüttelte den Kopf. Er war ausgelaugt, nicht mehr in der Lage, Worte zu bilden, weder höfliche noch andere.

»Dann, Tristan von Calandra, habt Ihr Euch als des Schwertes, das Ihr tragt, als würdig erwiesen. Ich hatte nicht geglaubt, daß das möglich wäre. Ich möchte Euch nicht beleidigen, aber Männer wie Euch habe ich erst wenige getroffen. Narren, mag sein, aber Narren, die seltener sind als Helden, und von denen viel mehr gebraucht würden, als man sie trifft. Welche Hilfe ich Euch geben kann, ich werde sie Euch geben.«

11. KAPITEL

Die weiße Lady

TRISTAN STAND AUF, schob seinen Stuhl zurück und hielt sich krampfhaft daran fest, während er darauf wartete, daß der Turm aufhörte zu schwanken. *Muß der Wind sein,* dachte er. Amberes Stimme klang nur noch wie ein dumpfes Echo in seinem Kopf. Komisch, er hätte gedacht, daß Am Islin solider gebaut wäre und sich nicht so leicht vom Sturm beeinflussen ließe.

Das Schwanken hatte immer noch nicht aufgehört, als er spürte, wie ihn eine Hand am Ellbogen faßte. Reynaud hatte auf dieser Seite am nächsten bei ihm gestanden, daraus konnte gefolgert werden, daß die Hand seine sein mußte. Verärgert darüber, daß ihm nicht einmal in Ruhe schlecht sein durfte, wollte Tristan die Hand abschütteln. »Mir geht's gut«, sagte er trotzig und versuchte, seinen Ärmel wegzuziehen.

»Demnächst schon«, antwortete Elisena. »Es war keine kluge Entscheidung, dich so früh so lange aufbleiben zu lassen. Es tut mir leid.«

Tristan fühlte einen Webstoff an seinem Kinn und an seiner einen Schläfe und dann die Weichheit eines Kissens unter seinem Kopf, als er darauf niedersank. Und dann, weicher als alles andere, so daß es seine Sinne nur ganz schwach wahrnahmen, streiften Elisenas Lippen seine andere Wange. Eigentlich hätte er auch ihre Tränen spüren müssen, doch da war er schon zu weit ins Land des Schlafes hinübergeglitten.

Irgendwann erwachte Tristan nach und nach, schweißgebadet, weil er von einem Berg Fellen eingehüllt war, mit verstopfter Nase und trockenem Mund. Es war ihm entschieden zu unbehaglich, um noch weiter an Schlaf zu denken. Er setzte sich auf und rieb sich zuerst die

Augen und dann den Nacken. Thomas rollte sich an ihn, streckte sich und knurrte.

Elisena sagte, es wäre eine Schande, dich aufzuwecken, nur um ein paar alte Landkarten zu betrachten, und Ambere war zum erstenmal ihrer Meinung. Du solltest dich ausruhen, so gut du kannst. Wir brechen bald auf.

Thomas schob die Bettvorhänge zurück und sah sich in dem verlassenen Raum vor sich um. »Thomas, wo sind die anderen alle – ach ja, sie studieren Landkarten, sagtest du?«

Sehr gut. Das hast du schnell begriffen. Mit akrobatisch verdrehtem Kopf leckte sich Thomas emsig das Fell auf dem Rücken.

Eine Waschschüssel war bereitgestellt, und ein Rasiermesser lag daneben. Das verzauberte Wasser in der Schüssel war noch warm. Tristan wusch sich den Schlaf aus dem Gesicht und rasierte sich, dann zog er sich an. Er fühlte sich jetzt besser, zumindest wacher, und hatte das Gefühl, daß er es eine Weile bleiben könnte. Genau in dem Moment, als sich ein Hungergefühl bei ihm bemerkbar machte, entdeckte er eine Schale mit Obst und einige Scheiben Brot. Er machte sich darüber her und über einige Nüsse und Käsestücke, die er nicht gleich gesehen hatte, weil sie hinter dem Brot lagen.

Als er sich Gedanken darüber machte, welche Tageszeit wohl sein mochte, merkte er, daß er ziemlich durcheinandergekommen war, und die Mahlzeit ließ keine Rückschlüsse zu. Das Zimmer hatte auch keine Fenster. Seinem Gefühl nach zu urteilen hätte es gut sein können, daß er den ganzen Tag und die ganze Nacht verschlafen hatte. Es schien unvernünftig, sich deswegen Sorgen zu machen, doch er hätte wirklich gern gewußt, ob es so war oder nicht.

Denn schließlich gab es ja die Legende von den hohlen Bergen, in denen Schläfer angeblich tausend Jahre verbrachten, die ihnen wie eine einzige Nacht vorkamen. Es gab keinen Anlaß, solche Märchen mit Ambere oder mit der Wirklichkeit in Verbindung zu bringen, doch Tristans Nerven waren noch nicht wieder so stark, wie sie hätten sein sollen, und er grübelte über diese Dinge nach. Eigentlich hätte jemand kommen müssen, um ihn abzuholen, nachdem er gegessen hatte. Was erwartete Elisena denn, wie lang er schlafen könnte? Doch niemand von seinen Freunden erschien.

Tristan wusch sich noch einmal die Hände und wischte sich Brotkrumen von der Kleidung. Normalerweise hätte sich Troubadour wie ein Falke daraufgestürzt, doch auch der Vogel war nirgends zu sehen. Studierte auch er Landkarten? fragte sich Tristan. Er rollte eine dicke Orange über den Boden und beobachtete, wie Thomas hinterherjagte. Es war eine ziemlich eintönige Zerstreuung, doch Thomas schien sie zu genießen.

Und immer noch kam niemand. Tristan wäre inzwischen schon froh gewesen, wenn er wenigstens Reynaud gesehen hätte. Er fragte sich, was wohl von ihm erwartet wurde, das er tun sollte – schlafen wahrscheinlich. Doch er hatte nicht das geringste Verlangen nach noch mehr Ruhe, und er glaubte auch nicht, daß er sich auf Blais' Zauberbuch konzentrieren könnte. Er hatte keine Lust, stillzusitzen.

»Thomas, hast du eine Ahnung, wieviel Uhr es ist?«

Nein. Thomas hatte endlich die Orange erwischt und versetzte ihr den tödlichen Biß; gleich darauf zog er die Lippen zurück und mußte nießen, als die Bitterstoffe der Schale seine Zähne berührten.

»Vor wie langer Zeit ist Elisena weggegangen?«

Das ist schon eine ganze Weile her. Ich habe es wirklich nicht mitbekommen. Ich habe auch geschlafen. Die Nacht war anstrengend, weißt du.

Tristan schüttelte den Kopf. »Ich denke, ich sollte mal nachsehen, ob ich sie irgendwo finden kann. Hast du eine Ahnung, wo sie sein könnte?«

Nein. In diesem Bau gibt es viele Zimmer, und ich kenne bis jetzt nur dieses und dasjenige, in dem wir gestern abend waren. Über uns sind noch jede Menge Zimmer. Thomas leckte sich die Pfoten.

»Also, ich finde, wir sollten mal nachsehen.«

Sie wühlen sich durch einen Stapel alter Karten und Skizzen, und du weißt doch, wie sehr dich solche Dinge langweilen. Wenn sie dich dabei gebraucht hätten, hätten sie dich aufgeweckt. Warum setzt du dich nicht einfach hin und machst ein paar Fingerübungen. Elisena ist bestimmt bald zurück. Diese Kerze wirft hübsche Schatten, es würde dir bestimmt guttun, wenn du etwas üben würdest.

Tristan blickte den Kater mißtrauisch an. »Gibt es einen Grund, warum du unbedingt verhindern willst, daß ich dort hinausgehe, Thomas?«

Nein, warum sollte es einen geben? Es gehört sich einfach nicht, durch ein fremdes Haus oder vielmehr einen fremden Turm zu wandern.

Tristan runzelte die Stirn. »Es hat nicht zufällig etwas mit diesen Vögeln zu tun, oder?«

Der Kater begann sich hingebungsvoll zu waschen, mit einem übertrieben zur Schau gestellten Desinteresse.

»Ich glaube nicht, daß sie dir etwas tun würden. Besonders jetzt nicht mehr, da wir Amberes Versprechen haben ...«

Ist mir gleichgültig, was du *glaubst. Mich interessiert, was* sie *denken.*

Als er es sich überlegte, konnte Tristan nicht umhin zuzugeben, daß die zahllosen Vögel, die an den Mauern des Turmes hausten, auch ihm ein gewisses Unbehagen bereiteten, und er hatte nicht die Absicht, sich über Thomas lustig zu machen. Die Vögel bewachten natürlich nur die Nester mit ihrer Brut, und doch waren ihre feindseligen Blicke beunruhigend. Er konnte sich an das Gefühl, das er am vergangenen Abend gehabt hatte, gut erinnern; bei Tag – falls es wirklich Tag war – konnte er höchstens noch mehr von den Vögeln und ihren Augen sehen. Und sie wären aufgeweckter.

Aber trotz allem war er ruhelos, und seine Verletzungen waren so weit verheilt, daß er ohne Mühe herumlaufen konnte. Er mußte sich bewegen, und wenn auch nur aus dem Grund, um sich davon zu überzeugen, daß er nicht völlig steif geworden war. Er war ausgeschlafen, und die Aussicht, mehrere langweilige Stunden mit Warten zu verbringen, bis sich jemand an ihn erinnerte, war nicht sehr verlockend.

»Wir bekommen vielleicht nicht so bald wieder die Gelegenheit, diesen Bau zu erforschen, wenn wir in Kürze aufbrechen, Thomas. Kommst du mit? Ich verspreche dir, daß ich aufpasse, daß kein gefiedertes Wesen ein Stück aus dir herausbeißt.«

Wenn ich daran denke, in welche Schwierigkeiten du dich normalerweise bringst, komme ich zu der Überzeugung, daß du es bedauern wirst. Ich bleibe lieber hier beim Feuer. Thomas sprang aufs Bett und rollte sich gemütlich zusammen.

»Wenn ich daran denke, ich welche Schwierigkeiten ich mich normalerweise bringe, dann meine ich, es ist deine heilige Pflicht, mit mir zu kommen und mich davor zu bewahren. Und übrigens, vielleicht mache ich etwas Lustiges. Man kann nie wissen.« Tristan hockte sich neben das Bett und begab sich auf die gleiche Augenhöhe wie Thomas. »Hmmm?«

Über der Holztür des Raumes war ein Spalt im Mauerwerk, eine Art von hochgelegener Durchreiche, durch die die dienstbaren Vögel ein und aus flogen. Troubadour kam durch diese Öffnung hereingeflogen und legte eine verwegene Landung auf Tristans linker Schulter hin, wobei er abbremste, indem er sich an seinem Kragen festkrallte. Das blumenweiche Köpfchen des Vogels strich einmal zur Begrüßung an seinem Hals entlang.

Tristan streichelte zärtlich Troubadours weiße Brustfedern.

»So, und wo kommst du her? Wenn es irgend jemand

von uns hier gefällt, dann müßtest du das sein. Das Reich der Vögel, und du bist als einziger von uns Mitbürger.«

Troubadour brachte sich unbeeindruckt auf einem Bein ins Gleichgewicht, um das andere zum Putzen seines Flügels freizubekommen, was er zweimal machte, bevor er zu einem ernsthaften Zwitschern ansetzte.

»*Wer* will mich sehen?« fragte Tristan, der abwechselnd verwirrt und gequält durch den schrillen Ton von Troubadours Gezirpe so dicht an seinem Ohr die Stirn runzelte. »Die weiße Lady? Wenn du Elisena meinst, warum nennst du sie auf einmal so?«

Thomas hatte ebenfalls zugehört. *Ich glaube nicht, daß er Elisena meint, aber auf jeden Fall will er, daß du ihm folgst.*

»Ja, soviel habe ich auch verstanden. Sieht so aus, als ob wir doch noch auf Erkundung gingen, Thomas.«

Schnüffelei, naseweise!

»*Jemand* wartet also doch auf mich. Und es ist sehr unwahrscheinlich, daß uns innerhalb Am Islins etwas zustößt, meinst du nicht?« Tristan straffte sich. »Komm jetzt! Versuch, deinen Sinn für Abenteuer zu schärfen!«

Muß ich das? Thomas ließ sich resigniert zu Boden plumpsen, seine Ohren hingen traurig herab.

Treppen führten spiralförmig ringsherum an der Innenwand des Turmes nach oben, wie bei einem umgestülpten Horn eines Einhorns. Tristan hatte befürchtet, daß er ziemlich außer Übung wäre, aber er schaffte es entschieden besser, als er sich zugetraut hatte. Troubadour schien ihn bis in die höchste Spitze des Turmes führen zu wollen, mindestens tausend von ermüdenden Stufen hinauf.

Am Islin war sehr hoch, viel höher, als Tristan gedacht hatte, obwohl er die Erfahrung gemacht hatte, daß es bis weit übers Meer sichtbar war. Einmal sah er nach oben, ein wenig später nach unten und wiederholte beides nicht, da es ihn gefährlich schwindelig machte. Die weißen Stufen der Treppe waren breit genug, doch die Vögel hatten auch hier ihre Nester gebaut, und er mußte aufpassen, daß er nicht eine brütende und angriffslustige Mutter aufschreckte. Außerdem gab es kein Geländer zum Festhalten, nicht einmal ein Seil.

Am Anfang waren es nur Enten, an denen er vorbeistieg, doch als Tristan höher kam, waren es Möwen, Dreizehenmöwen und Eissturmvögel, die wie Möwen aussahen, nur daß sie größer waren. Troubadour klärte ihn über die Arten auf, die er nicht erkannte. Sie kamen an vielen Türen vorbei, doch der Kanarienvogel hielt an keiner von ihnen an. Tristan sehnte sich nach einer Pause. Er hätte überall angehalten.

Es gab keine Fenster. Tristan stellte das mit Überraschung fest, denn der ganze Innenraum des Turmes war von einem klaren, weißen Licht durchflutet, so hell, wie man es sich nur wünschen konnte. Konnte es sein, daß es durch die dem Anschein nach undurchdringlichen Wände fiel? Tristan berührte die nächstgelegene Stelle, die nicht mit einem Nest bedeckt war, und mußte sich davon überzeugen, daß die Mauer wirklich von handfester Stabilität war. Eine Sekunde lang hatte er dem beunruhigenden Gedanken nachgehangen, daß Am Islin in Wirklichkeit vielleicht gar nicht existierte, sondern nur eine magische Konstruktion war. Sie befanden sich in zu großer Höhe, als daß er sich gern solchen Spekulationen hingegeben hätte.

Wenn das Licht nicht durch die Mauern drang, dann mußte es von irgendwoher weiter oben hereinfallen. Um dem aber auf die Spur zu kommen, hätte Tristan wieder nach oben sehen müssen, und er zog es vor, darauf zu verzichten. Dabei hätte sich wieder in seinem Kopf alles gedreht. Er stellte das Licht nicht weiter in Frage. Immerhin bekundete es, daß sie am Tage aufgewacht waren und nicht bei Nacht.

Jetzt waren die Nester aus fein säuberlich zusammengefügten Stöckchen gebaut, in Winkeln des vorspringenden Simses oder Vertiefungen, die mit Daunen gefüllt waren. Die meisten der Nester waren leer, doch auf einem saß ein Turmfalke und beobachtete sie mit vornehmen, besorgten Augen. Und immer noch höher kletterten sie, bis sie die Nester der größeren Falken oder vielleicht sogar die von Adlern erreichten. Tristans Fußknöchel schmerzten, und er hatte das Gefühl, daß seine Knie geschwollen waren. Er konnte kaum noch die Füße anheben, um die nächste Stufe zu erklimmen. Er könnte allenfalls noch eine Runde der Treppe schaffen, dachte er, dann müßte er ausruhen und vielleicht sogar umkehren, wenn er wieder atmen konnte. Troubadour hatte schon öfter eine Botschaft verfälscht wiedergegeben, und dieser ganze Aufstieg könnte sich als fruchtlos erweisen. Auch seine Seite tat weh, dumpf, aber unablässig und mit der Tendenz zur Verschlimmerung.

Nach der nächsten Biegung der Treppe hörten die Stufen plötzlich auf, und sie hielten vor der letzten Tür an, die leicht angelehnt war.

Er war, so schien es Tristan, so hoch wie die Wolken, und er hörte, wie der Wind rings um ihn seufzte. Der Ton war schwächer als ein Atemhauch, doch es gab auch noch ein klackendes Geräusch; und obwohl es ebenfalls sehr schwach war, verwirrte es ihn. Irgendwie erschien es ihm vertraut, aber er konnte es nicht zuordnen. Auf jeden Fall war es nichts, das er auf der Spitze eines Turms zu hören erwartet hatte. Und auch das, was er sah, entsprach nicht seinen Erwartungen.

Beim Eintreten durch die Tür hatte er das Gefühl, als wandere er durch eine Wand aus dichtem Nebel, undurchsichtig wie Sahne und ebenso weiß. Die Tür, durch die er trat, war der letzte einigermaßen körperhafte Gegenstand, den er sah. Es gab keine Decke über seinem Kopf; er sah keine Wände, nicht einmal einen Fußboden. Nur eine schimmernde Weiße in allen Richtungen, wie Dunst, durch den langsam die ersten Sonnenstrahlen fielen. Gedämpft, so daß sie von weiter her zu kommen schienen als es wirklich der Fall sein konnte, drangen die klagenden Schreie der Seevögel an sein Ohr.

Tristan wagte sich zögernd durch die Tür, ohne angeklopft zu haben, da er sie offen vorgefunden hatte. Nach dem ersten Schritt über die Schwelle hielt er inne und beobachtete, wie sich der Nebel hob und das Bild änderte. Die Wände des Raumes blieben weiterhin unbestimmt, und die Möblierung blieb weitgehend gleich, doch in der Mitte des Raumes stand ein großer Webrahmen, und eine Frau arbeitete daran. *Magie,* verkündete Tristans geübte Nase, und er machte sich keine Sorgen mehr wegen der verwirrenden Wahrnehmungen, die ihm seine Sinne meldeten. Er verwarf jede Logik und fühlte sich sofort wohler.

Er hatte schon früher Weberinnen gesehen – jetzt erkannte er das Klacken des Schiffchens als das, was es war –, jedoch noch nie eine wie diese Frau. Ihr Webschiffchen schoß durch die Fäden wie ein Fisch durch Wildwasser, und in Windeseile entstand ein Bild.

Seine Augen erkannten an dem Faden im Schiffchen keine Farbe. Er schien keine zu haben, bis er sich in das Gewebe fügte, wo die Töne glänzend wie Juwelen strahlten, heller und echter als jede Färbung, die Tristan je gesehen hatte. Der schnell wachsende Wandteppich zeigte das Bild einer Burg inmitten fruchtbarer Felder, und die Sonne ging hinter einem Hain mit Apfelbäumen auf. Das Gras vor der Burg glitzerte vor Tau, als ob die Frau mit Licht als Faden gewebt hätte. Wolken in Gold und Rosa schwebten am Himmel, und davor flatterte ein Banner über den uralten Steinmauern – ein Banner, das als Wahrzeichen ein hüpfendes silbernes Einhorn trug. Friede wie von einem Becher Wein ging von dem Bild aus.

Das Schiffchen gelangte ans Ende des Webstuhls und hörte auf, hin und her zu schießen. Tauben und weiße Spatzen ließen sich auf dem Rahmen nieder und schnappten mit ihren Schnäbeln lose Fäden, um sie zu verknüpfen, und dann hoben sie alle gemeinsam den Teppich aus dem Webrahmen. Was sie danach damit taten, konnte Tristan nicht sehen, denn genau in diesem Moment drehte sich die Weberin zu ihm um, und ihr Blick fesselte seinen.

Ihre Augen waren grün, und sie und ihr rotes Haar waren die einzigen Farbtupfer im ganzen Raum, nachdem der Teppich daraus verschwunden war. Ihr Kleid bestand aus weißer Seide und fiel von der hohen Taille lang hinunter, bevor es den Boden erreichte, denn sie war fast so groß wie Tristan. Ihre Haut war eine Spur dunkler als Sahne. Sie trug ein Gehänge aus Silber um den Hals und ein Diadem aus dem gleichen Material in dem hoch aufgetürmten Haar.

In dessen prachtvolle Farbe, die an Eichenblätter, die sich soeben gerötet hatten, erinnerte, waren Ornamente gewoben und geflochten. Dinge aus dem Meer, doch nicht nur die üblichen Perlen und weißen Muscheln. Tristan entdeckte Sandkörner in reinstem Weiß, Stücke aus Treibholz, die schneeweißen Daunen des Silberreihers, Bruchstücke von Glas, die das Meer und der Sand so glattgeschliffen hatten, daß sie so geheimnisvoll weiß waren wie der morgendliche Himmel über dem Istel-See. Sie hätte dem Meer entstiegen sein können, keine Ertrunkene, sondern eine Erleuchtete. Tristan sah ihre Füße nicht und hatte auch keine Veranlassung, nach ihnen Ausschau zu halten, da er sich auch nicht erinnern konnte, den Fußboden gesehen zu haben. Er hatte den Verdacht – auch wenn ihm nicht unbedingt daran gelegen war, ihn bestätigt zu bekommen –, daß sie in dem hellen weißen Licht schwebte, genau wie er selbst es zu tun schien.

»Ihr seid gekommen«, sagte die Frau. »Endlich.«

Tristan vermutete, daß der überraschte Ausdruck schon seit einiger Zeit nicht mehr aus seinem Gesicht gewichen war. Er war verwirrt und benommen von dem hellen Licht und schwindelig vom Treppensteigen. Er war doch sofort auf ihre Anweisung hin erschienen, oder nicht? Warum dann ›endlich‹? Wer war sie, und warum hatte sie ihn zu sich gerufen?

Troubadour verließ seine Schulter und flog zu der Frau, wobei er in der Luft eine Art von Hofknicks vollführte, etwa wie ein Kurier, der einen Auftrag erfolgreich ausgeführt hatte.

»Du bist fast so weiß wie meine Vögel«, sagte die Frau zu Troubadour. Sie reichte Tristan die Hand, während der Vogel zu ihm zurückkehrte. »Kommt! Setzt Euch zu mir!«

Sie zog ihn, ohne daß er Widerstand geleistet hätte, zu einem weich gepolsterten Sessel vor etwas, das man für ein Fenster hätte halten können. Ja, ganz sicher war es ein Fenster, obwohl Tristan weder eine Fensterbank noch einen Rahmen erkennen konnte. Er hatte eine eigenartige Ahnung, daß das Fenster gleichzeitig aufs Land und aufs Meer hinausging, obwohl das Land hinter dem Turm lag und die weite Fläche des Meeres sich davor erstreckte. Doch irgendwie wußte er, daß diese beiden widersprüchlichen Ausblicke trotzdem wahrhaftig waren.

Tristan rieb sich die Augen, dann die Stirn. Diese vielen Treppen! Giftwurz! Er war in schlechterer Verfassung, als er gedacht hatte. Wahrscheinlich hatte er Halluzinationen.

»Der Blick aus meinen Fenstern ist in der Tat sehr umfassend«, sagte die Frau, als ob seine Gedanken auch die ihren wären. Vielleicht hatte sie ihren Inhalt ihm vom Gesicht abgelesen. »Jene, die die richtige Art zu sehen haben, können bis ans Ende der Welt blicken.« Sie sprach in einem besänftigenden Tonfall. Tristan stellte fest, daß er alles akzeptierte, was sie sagte, ohne etwas in Frage zu stellen oder darüber nachzudenken.

Die Vögel ließen sich wie Schneeflocken zu ihren Füßen nieder; jeder machte den anderen den besten Platz streitig. Thomas Schwanz zuckte krampfhaft, und er versteckte sich hinter Tristans Stiefeln, obwohl die Tauben wirklich keinen aggressiven Eindruck machten und die Spatzen winzig waren.

»Eines Tages blickte ich aus meinem Fenster, und mein Herz wurde Eurer ansichtig.«

Sie legte ihm die schmalen, weißen Hände auf die Arme, um ihn vor sich festzuhalten, und sah Tristan lang und eindringlich an, als wollte sie seine Seele trinken. Tristan wich ihrem Blick nicht aus und hatte das Gefühl, daß die Zeit, oder wenigstens sein Herz stillstand.

»Ja, Ihr wart es. Ich würde Euch erkennen, auch ohne Euer Gesicht zu sehen. Mein Herz ist ruhig, zufrieden darüber, in Eurer Nähe zu sein.«

Tristan, der sie jetzt nicht mehr an-, sondern an ihr vorbei sah, und zwar aus dem Fenster, da ihm das in dieser äußerst verwirrenden Situation als das Sicherste erschien, sah nur den weißen Himmel über einer silbernen See mit einzelnen Nebelschwaden und die weißen Möwen, die durch die weiße Luft schwebten, dick wie die Fische in den glitzernden Wellen weit unten. Er war immer noch atemlos – von der langen Kletterei, wie er sich einredete.

»Ich bin Welslin Amberestochter«, sprach eine silberne Stimme in sein Ohr. »Und Ihr seid die Sehnsucht meines Herzens.«

Tristan befürchtete, daß er gleichzeitig gehüpft, erstarrt, errötet und erbleicht war. Ganz bestimmt hatte er nicht stur wie ein Stein dagesessen, ungerührt durch ihre Worte. Er war nicht sicher, ob sein Herz noch schlug. Das Rauschen in seinen Ohren mußte nicht unbedingt von seinem Blut, sondern konnte auch vom Klatschen der Wellen gegen die Felsen dort unten kommen, das bis zur Spitze des Turms heraufdrang.

»Lady ...« Seine Stimme war ein fisteliges Flüstern,

und er glaubte nicht, daß sie ihn gehört hatte. Er brauchte eine Weile, bis er zu einem erneuten Versuch ansetzen konnte.

Jetzt, da er es gewollt hätte, sah er ihr Gesicht nicht mehr. Wie sich Tristan auch drehte, stets fiel das Licht von hinten auf die Frau, ohne erkennbare Quelle und gefiltert, doch immer noch hell genug, daß die Umrisse der Dinge verschwammen und ihre Züge vor ihm verborgen blieben. Es war das weiße Licht, wie bei Nebel üblich, ohne den Goldton der Sonne, und dennoch strahlend. Er mußte sich mit dem Eindruck von Weiß begnügen, einem Weiß, das sich so sehr von Allaires elfenbeinfarbener Schönheit unterschied, wie sich etwa die Sonne von einem Glühwürmchen unterschied. Und er hatte einst geglaubt, Allaire sei das Nonplusultra aller Schönheit, unübertrefflich.

Sie betrachtete ihn wieder – oder immer noch. Er wußte es, obwohl er ihre Augen nicht sehen konnte.

Die ganze Zeit über flogen Vögel durch das Fenster ein und aus, mit leise rauschenden Flügelschlägen. Ein Haufen von etwas Undefinierbarem wuchs am Boden zu Welslins Füßen, und ein leichter Lufthauch bewegte es mit zarten Fingern. Tristan konnte den Haufen einigermaßen klar sehen – Wollebausche, erkannte er, und er war sich noch sicherer, als sich Welslin bückte, eine Spindel aufnahm und sie in Drehung versetzte. Ihre Bewegung unterbrach den körperlichen Kontakt zwischen ihnen, aber nicht ihre Unterhaltung – wenn man es als solche bezeichnen konnte. Tristan erinnerte sich, nur ein einziges Wort gesagt zu haben, bevor seine Kehle versiegelt zu sein schien.

»Ich habe nach Euch schicken lassen«, sagte Welslin, »um Euch ein Geschenk anzubieten. Das heißt, anbieten ist nicht das richtige Wort, da Ihr es nicht abschlagen könnt.« Sie sah Tristan wieder tief in die Augen, ohne auf den Faden zu achten, den sie in makelloser Gleichmäßigkeit spann.

»Mein Herz.«

Tristan war sicher, daß sich der Raum herum drehte wie die Spindel und daß der Turm im Meer schwankte. Er fragte sich, ob er vielleicht immer noch in seinem Bett lag und im Fieber träumte und ob er, wenn es so wäre, sich so etwas überhaupt würde fragen können. Diese Frage, die sich irgendwie in den Schwanz biß, war zuviel für seinen strapazierten Verstand, und er ging ihr ohne großes Bedauern nicht weiter nach. Doch auch, wenn er die Situation als Wirklichkeit akzeptierte und darin keine Halluzination vermutete, löste das noch nicht das Rätsel. Welslin benahm sich, als hätte er eine große Rede vom Stapel gelassen – voller Liebesschwüre noch dazu. Und das einzige, was er seit Betreten des Raumes gesagt hatte – hatte er überhaupt irgend etwas gesagt? Wann und wo hatte sie ihn gesehen, wie sie behauptete, da er doch erst am Tag zuvor in dieses Land gekommen war und sich noch nie zuvor so weit von seiner Heimat entfernt hatte?

Das helle Licht schien von hinten auf sie, und doch warf sie keinen Schatten. Doch der Widerschein der sich drehenden Spindel flackerte über die runden Wände des Turms und über den leeren Rahmen des großen Webstuhls. Der Schatten huschte auch über Tristans Gesicht, und er zuckte zusammen, als ob ihn plötzlich etwas Eisiges berührt hatte.

Leise, als ob sie eine Zauberformel aufsagte, fuhr Welslin zu sprechen fort, ohne von der Bewegung oder der in ihren Augen sicher übertrieben erscheinenden Panik Tristans Notiz zu nehmen. »Mein Herz gehört Euch von Anbeginn der Zeit an. Es ist nur recht und billig, daß Ihr jetzt davon Besitz ergreift, nachdem Ihr zu mir gekommen seid.«

Welslin griff in den Halsausschnitt ihres Gewandes und zog einen kleinen weißen Beutel heraus. Sie entnahm ihm einen winzigen Gegenstand und drückte ihn Tristan in die Hand, wo er seine Finger wie Sonnenstrahlen erwärmte. Er wußte nicht, wann sie seine Hand wieder ergriffen hatte, doch war sie jetzt in ihrer gefangen.

Er blickte auf seine Hand hinab und war gespannt, was er darin sehen würde. Er sah nur einen rosa- und honigfarben getönten Stein in seiner Handfläche, der sie wie Sonnenstrahlen erwärmte. Er war kleiner als der Nagel seines kleinen Fingers, schwach rotbraun geädert. Noch nie hatte er einen Schmuckstein wie diesen gesehen, doch seine Magie offenbarte sich ihm klar und deutlich.

Tristan wußte, daß er sich jetzt einige passende Worte einfallen lassen mußte, doch sein Geist war wie ausgehöhlt. Er hatte das Gefühl, mit offenen Augen in tiefsten Schlaf gesunken zu sein; er verstand zwar noch alles, konnte aber nicht darauf reagieren. Wieder kam ihm der Gedanke ans Träumen, doch im Traum wäre ihm bestimmt etwas eingefallen, das er zu ihr hätte sagen können.

»Lady, ein solches ... ein solches Geschenk erfordert eine Gegengabe, und Ihr müßt wissen, daß ich Euch eine solche nicht bieten kann.« Ihm war so, als müßte er sich vor ihr niederknien, er konnte sich jedoch nicht bewegen. Seine Beine gehorchten ihm nicht. »Es ist nicht ... Ihr seid über alle Maßen schön. Es wäre eine große Ehre, von Euch geliebt zu werden, doch ich kann Eure Liebe unmöglich annehmen. Ich bin mit Elisena verbunden.«

Er hätte eigentlich gedacht, daß ihr das bekannt wäre, obwohl er auch nicht wußte, warum. Mit steifen Fingern versuchte er, ihr den Stein zurückzugeben, doch er klebte daran fest, und Welslins Hände waren wieder emsig mit der Spindel beschäftigt.

»Ich liebe sie«, sagte Tristan verzweifelt.

»Das weiß ich. Regt Euch nicht auf. Ich erbitte nicht von Euch, dieses Gelöbnis zu brechen.« Welslins Augen waren wie ihre Stimme, ernst, leidenschaftslos.

»Dann müßt Ihr dieses hier zurücknehmen.« Er versuchte wieder, ihr den Stein aufzudrängen. Warum konnte er ihn nicht loswerden, ihn zum Beispiel einfach in ihren Schoß fallen lassen? Er fing an zu weinen vor Wut und Enttäuschung und schämte sich seiner Schwäche.

»Nein! Das Schicksal hat mich mit dem Herzen einer Frau ausgestattet. Doch es kann mich nicht zwingen, daß ich dieses Herz ständig bei mir tragen muß, damit es mich bis in alle Ewigkeit quält. Nein!«

Bei dieser entschiedenen Ablehnung stand Welslin auf und ging, umgeben von einem hellen Schein, zu ihrem Webstuhl, wo die Vögel anfingen, neue Fäden zu spannen, während sie das, was sie gesponnen hatte, auf das Schiffchen wickelte. »Ich werde bis ans Ende aller Tage allein mit meinem Webstuhl hier in dem in Nebel gehüllten Turm bleiben und damit ganz zufrieden sein. Das ist mein Schicksal, meine Ehre und meine Pflicht. Doch mein Herz sehnt sich nach der Welt und nach Euch. Erlaubt ihm, diesem Verlangen nachzugeben, und nehmt es mit Euch. Seine Macht wird Euch bei Bedarf dienlich sein. Und es ist auf jeden Fall besser, es geht mit Euch, als daß es hier verkümmert.«

Als sie den Blick vom Webstuhl hob und ihn ansah. strahlten ihre Augen in einem tiefen Gefühl, das Tristan nicht zu deuten wußte. War es Freude, Erleichterung? Waren das Freudentränen? Seine Kehle schmerzte, weil er selbst die Tränen zurückhielt.

»Ich werde jetzt nicht mehr von meinem Turm aus Ausschau halten, gequält von einer Sehnsucht, die ich nicht benennen kann, dem Verlangen nach dem Gesicht eines Fremden, nach dem Gesicht, das ich jetzt vor mir sehe und das ich doch schon so gut kannte, bevor Ihr kamt. Endlich werde ich Frieden haben! Ihr werdet Euren Weg machen und Euren Kampf in der Welt ausfechten, und mein eigenwilliges Herz wird Euch begleiten. Auf diese Weise kann jeder von uns zufrieden sein. Es kann keinen gerechteren Handel geben.«

Ihm stand immer noch der Sinn nach Widerspruch, doch langsam wuchs in Tristan das Gefühl, daß Welslin ihm auf einer Ebene entgegentrat, die jenseits aller Worte lag. Sie flehte ihn auf eine Weise an, die ihn kaum erreichte und vor der er dennoch klein beigeben mußte.

»Nehmt es. Ich habe keinen Bedarf und keine Verwendung dafür, doch Ihr werdet beides haben. Und wenn Ihr einen Blick darauf werft, bedenkt, daß es etwas auf der Welt gibt, das sich niemals ändern wird – dieser Turm wird bis in alle Ewigkeit zwischen Luft und Land und Meer stehen, und ich werde bis in alle Ewigkeit an seinem Fenster sitzen und hinaussehen.«

Welslin sah Tristan an, der sich langsam entfernte. Sie war im Nebel verschwunden, noch bevor er erreicht hatte, was er für die Tür des Raumes hielt. Ihr Gesichtsausdruck war wehmütig, wie auch das Lächeln, das ihre Lippen umspielte. »Vögel müssen fliegen«, waren Welslins letzte Worte, mit denen sie ihn entließ. Sie beschäftigte sich wieder mit ihrem Webschiffchen.

12. KAPITEL

Amberes Hilfe

TRISTAN SASS WIEDER EINMAL auf der Kante seines Bettes hinter dem Vorhang und betrachtete das im Kamin flackernde Feuer, gold- und aprikosenfarben mit dem gelgentlichen seltsamen Aufflammen eines Saphirtons infolge des Treibholzes, das darin aufgeschichtet war. Er wußte nicht genau, wie er wieder hierhergekommen war. Er mußte wohl zu Fuß gekommen sein, nahm er an, hatte aber keine Erinnerung daran, daß er die gewundene Treppe heruntergestiegen war, und wenn es sich so abgespielt hatte, hatte er unterwegs nichts wahrgenommen. Er war ziemlich erleichtert, daß er das Ganze als zwar merkwürdigen, aber keinesfalls unangenehmen Traum abtun konnte, als er zufällig die rechte Hand öffnete, von der er gar nicht gemerkt hatte, daß er sie noch zur Faust geballt hatte. Und dort lag, direkt neben dem Königsmal in seiner Handfläche, der Stein, der Welslins Herz war.

Tristan hob den Blick von dem Stein und sah direkt in die rätselhafte Tiefe von Thomas' grünen Augen.

»Thomas? Was hältst du von ihr?«

Was immer Thomas auch von Welslin gehalten haben mochte, er bekam keine Gelegenheit, es zu sagen. Die Tür öffnete sich, und Elisena trat ein; sie machte ein zufriedenes Gesicht, als sie Tristan wach sah und den Eindruck gewinnen mußte, daß er auch vorhatte, es eine Weile zu bleiben. Offenbar fiel ihr an seinem eilends angepaßten Gesichtsausdruck nichts auf.

»Hast du ausgeschlafen?« fragte sie vergnügt und küßte ihn auf die Wange. »Du siehst erholt aus. Dann komm mit. Polassar behauptet zwar steif und fest, daß du nicht das geringste von Karten verstehst, doch ich habe ihm erklärt, daß der Orientierungssinn eines Zauberers so schlecht gar nicht sein kann. Komm, schau dir an, was wir den ganzen Morgen getan haben.«

In seinem tiefsten Inneren gestand sich Tristan, daß er gerne gewußt hätte, was *er* den ganzen Morgen getan hatte.

Auf dem Tisch in dem großen Saal, wo sie am Abend zuvor gegessen hatten, war eine große, flache Kiste aufgestellt, die mit feuchtem, weißem Sand vom Strand gefüllt war. Den Sand durchzogen viele Rillen, an einigen Stellen war er weggeschaufelt und an anderen aufgehäuft, so daß auch dem größten Einfaltspinsel aufgehen mußte, was damit bezweckt wurde. Es war das Relief einer Landschaft, und zwar einer Gebirgskette mit dem Namen Channadran. Tristan fand es sehr eindrucksvoll.

Am einen Rand, rechts von Ambere, war eine halb abgebrannte Kerze in den Sand gesteckt, offenbar als Anhaltspunkt. Sie war nicht angezündet. Ambere blickte auf, als sie sich dem Tisch näherten, und begrüßte Tristan mit einem geistesabwesenden Nicken. Dann wandte er sich wieder seiner Arbeit zu.

Ein Adler hockte auf seiner Faust; die Kappe war ihm abgenommen worden, so daß man seine Augen sah – gelb wie feinstes Gold. Sein großer, hakenförmiger Schnabel war leicht geöffnet, und er gab merkwürdig gekrächzte Antworten auf die Fragen, die Ambere ihm stellte. Nach den Anweisungen des Vogels formte er den Sand im mittleren Bereich des Reliefs, fügte hier ein wenig an, um ein Schneefeld zu vergrößern, kratzte dort etwas vom Hang eines Berges ab, wo vor kurzem eine Lawine abgegangen war. Er arbeitete noch eine Weile konzentriert weiter, dann hörte er auf und entließ den Vogel.

»So, das ist alles, was er uns sagen kann. Meine Vögel fliegen nicht freiwillig über einen gewissen Punkt in Channadran hinaus, und wenn, dann nur ein kleines

Stück; selbst ich kann sie nicht dazu bringen, weiter vorzudringen. Kommt jetzt alle ein wenig näher, und laßt uns gemeinsam ansehen, was wir hieraus entnehmen können.« Ambere schob sich die Ärmel zurück, um die Gefahr auszuschließen, daß er das sorgsam geformte Sandgebilde zerstörte.

Polassar beugte sich vor und hielt mit einer Hand sein Schwert aus dem Weg. Tristan mußte darüber wehmütig lächeln. Man trug im Haus eines Freundes keine Waffen, es war also offensichtlich, daß Polassar Ambere immer noch nicht ganz traute. Nun, man konnte es dem Mann nicht übelnehmen, dachte Tristan. Thomas hatte ihm von den Schwierigkeiten berichtet, die sie gehabt hatten, um in Am Islin eingelassen zu werden.

»Also, wie Ihr seht, ist Euer Weg nach Channadran kaum zu verfehlen. Ihr müßt diese Ausläufer von Winteröd durchqueren, um in diese Hochebene zu gelangen, die auch nicht gerade freundlicher ist. Das ist zwar nicht der direkte Weg, aber es wird der schnellste sein. Ihr werdet zu diesen Bergen kommen – Channadrans Hinterpforte könnte man sagen. Die Erhebungen dort sind nicht besonders hoch, verglichen mit dem Haupthöhenzug. Dort werdet Ihr Euch zum erstenmal im Bergsteigen üben, also seid aufmerksam und lernt die Lektionen, die Euch dort erteilt werden, gut.

Es führen drei Pässe hindurch. Ich empfehle den mittleren, da er um einiges kürzer ist, aber es könnte sich herausstellen, daß Euch der Weg durch Gletscher verwehrt ist, bevor Ihr überhaupt dorthin gelangt.« Ambere deutete mit der Hand die Eismassen an, berührte den Sand jedoch nicht. Seine Zurückhaltung schien ihren Grund zu haben. »Ich würde es nicht wagen, dieses Eis zu betreten.«

Reynaud hielt ein Tintenhorn in der Hand und eine zierliche Schreibfeder; er machte sich Notizen in ein kleines, in Haifischleder gebundenes Büchlein. Die Feder huschte geschwind über die Seiten – entweder hatte

Reynaud eine extrem flinke Handschrift oder er machte sich topografische Skizzen, während Ambere seine Erklärungen abgab. Tristan war bekümmert, daß nicht er als erster auf diese Idee gekommen war.

»Je weiter Ihr in die Berge eindringt, desto wilder werden sie sein«, fuhr Ambere fort. »Wie jene Gebiete, in die sich nicht einmal meine Adler wagen, aussehen mögen, könnt Ihr Euch sicher vorstellen. Diese Berge sind wie ein aufrechtgestelltes, zerklüftetes Winteröd. Ihr müßt stets die Richtung mit der erschreckendsten Landschaft einschlagen, sonst geratet Ihr in eine Falle. Nur so könnt Ihr sicher sein, daß Ihr auf dem richtigen Weg zu Nímir seid. Obwohl ich den Verdacht habe, Lady, daß Ihr Eure eigenen Mittel habt, ihn ausfindig zu machen.«

Elisena nickte ernst, sagte jedoch nichts. Ambere schien das auch nicht von ihr erwartet zu haben.

»Ihr könnt natürlich nicht davon ausgehen, daß Euch das Land dort ernähren wird. Zu sagen, daß Channadran kahl sei, wäre eine Untertreibung. Es wächst dort nur Schnee. Euer Nachschub ist jedoch sichergestellt, und Ihr braucht Euch darum nicht zu kümmern.«

»Er will damit sagen, daß er uns seine Adler mit Nahrungsmitteln nachschickt, wie es im Fall des Lord Barrick von Comten geschehen ist, als er sich ein Jahr und einen Tag lang auf einem Befreiungszug durch die Wildnis von Assid Hist befand«, sagte Polassar in einer Lautstärke, die er nach Tristans Vermutung für ein verschwörerisches Flüstern hielt.

Ambere machte ein gequältes Gesicht. »Ich habe noch andere Vögel außer Adlern, Lord Polassar, und Ihr werdet sie bitter nötig haben. Und vergeßt um Himmels willen nicht, daß Barrick von Comten sein Abenteuer kaum lang genug überlebte, um die Geschichte den Barden zu erzählen, die ihn dann berühmt gemacht haben. Ihr seid nicht die ersten, die hierherkommen und mich um Hilfe bitten, wenn auch die ersten seit vielen

Jahren. Die meisten von ihnen habe ich weggeschickt – die Zeit war noch nicht reif für ein solches Unternehmen. Tatsächlich bin ich auch noch nicht davon überzeugt, daß die Voraussetzungen im Moment günstiger sind oder daß die Zeit inzwischen reif ist. Ihr mögt vom Schicksal für eine bestimmte Aufgabe ausersehen sein, die Ihr nicht ablehnen könnt, Ihr mögt meiner Hilfe sicher sein. Ihr mögt diese Ringe und jenes Schwert besitzen – und doch solltet Ihr dieses Unterfangen keinesfalls zu leicht nehmen.«

Tristan konzentrierte sich weiterhin darauf, sich die landschaftlichen Gegebenheiten genau einzuprägen, und hielt sich aus dem Gezänk heraus. Ambere hatte die Berichte seiner Vögel mit großer Kunstfertigkeit umgesetzt – obwohl der Maßstab des Reliefs klein war, schien die Holzkiste eine Kälte auszustrahlen. Diese Berge, die nicht größer waren als Tristans Hand, schienen viele Meilen hoch zu sein. Er hatte keine Möglichkeit zu beurteilen, welche seiner widersprüchlichen Gefühle zutrafen, doch er hatte keinerlei Bedenken, sich auf seine Gefühle in der Hinsicht zu verlassen, daß er die Zauberei bedingungslos anerkannte.

Am nächsten Morgen, als überall die Vorbereitungen im Gange waren, gelang es Tristan, sich für einige Minuten abzusondern, und er nutzte die Zeit, um die Treppen im Turm hinaufzusteigen und die Tür in seiner höchsten Spitze zu suchen. Er kam schneller dort an, als er erwartet hatte, auf jeden Fall schneller als am vorausgegangenen Tag. War er da noch so schwach gewesen? Er war froh, daß er sich in so kurzer Zeit erholt hatte. Die Tür gab bei seinem zaghaften Klopfen nach; sie war nur angelehnt gewesen.

Die Tür öffnete sich auf einen Austritt mit einer hohen Brüstung, ungeschützt dem Wind, der vom Meer her wehte, ausgesetzt, und verlassen. Kein Anzeichen deutete darauf hin, daß es je anders gewesen sein könnte. Verdutzt machte sich Tristan wieder auf den Weg nach unten, ohne auf die Meeresvögel zu achten, die er bei jedem Schritt störte.

Da er Welslin nicht finden konnte und aus irgendeinem Grund wußte, daß sie es nicht wollte, suchte Tristan statt dessen Ambere. Was er Welslin hatte fragen wollen, konnte er genausogut von ihrem Vater erfahren – jedenfalls einiges davon. Er traf Ambere beim Verbinden des gebrochenen Flügels eines Falken an und sah schweigend zu, wie der Herr von Am Islin die gebrochenen Flugfedern abschnitt und über die Stümpfe den hohlen Teil der Federn eines anderen Falken schob und sie mit einem Faden festband, den er mit Bienenwachs gegen Wasser schützte. Der Falke beobachtete die Prozedur nervös, leistete jedoch den sicheren Handgriffen nicht den geringsten Widerstand.

»So, sehr hübsch.« Ambere strich die Federn des anderen, unversehrten Flügels ordentlich zurück. »Die Lüfte sind wieder dein. Bis zur nächsten Mauser wirst du zwar nicht wie ein Weltmeister fliegen, aber du wirst fliegen. Du kannst deinem Männchen ausrichten, daß er bis dahin die Jagd für dich mit übernehmen muß.«

Die Falkin stieß einen leisen Schrei aus und versuchte einen Flügelschlag in der Luft. Ambere sammelte die verstreuten Stückchen des Fadens und der Federn zusammen und ließ sie mit einem kompliziert aussehenden Fingerschnippen verschwinden. Inzwischen hatte die Falkin schon Höhe gewonnen und war verschwunden.

»Nun, Tristan von Calandra, bist du gekommen, um von mir die Kunst des Falkners zu erlernen?«

»Nein, mein Lord.« Tristan lächelte. Er hatte verstohlen in Amberes Gesicht nach Anzeichen einer Ähnlichkeit mit Welslin gesucht und keine gefunden. »Ich glaube, ein Vogel wie jener wäre bei mir niemals so zutraulich wie bei Euch, und ich brauche meine Finger noch für die Magie. Ich danke Euch, daß ich zusehen durfte –

doch ich bin gekommen, um eine andere Gunst von Euch zu erbitten.«

Tristan sah hinüber ans andere Ende des Tisches, wo Troubadour das Skelett eines Tintenfisches entdeckt hatte. Der Kanarienvogel führte einen wilden Tanz auf und rieb sich den Schnabel voller Inbrunst an der weißen Masse. Es wäre leichter, Ambere beim Sprechen nicht ins Gesicht sehen zu müssen, obwohl es noch leichter gewesen wäre, auch Troubadour nicht ansehen zu müssen.

»Ich kann den Kleinen nicht mit in die Berge nehmen, mein Lord. Das wäre nicht richtig. Er würde die Kälte nicht überleben, er ist einfach zu zart und empfindlich. Er müßte sterben.«

»Besteht diese Gefahr nicht für Euch alle?«

Tristan schüttelte den Kopf. »Es wäre ein gutes Gefühl zu wissen, das wir etwas zurückgelassen haben, das in Sicherheit ist. Das würde den Abschied leichter machen.«

»Nichts kann Euch diesen schweren Gang erleichtern«, entgegnete Ambere.

Dieser Gedanke war nicht neu. »Nein. Zu wissen, daß es äußerst unwahrscheinlich ist, daß einer von uns zurückkehren wird, und trotzdem zu gehen, ist nicht einfach.« Und es war noch weniger einfach, so offen darüber zu sprechen, und es hatte auch nichts mit dem eigentlichen Thema zu tun, das er anschneiden wollte. »Ich denke, Ihr könntet ihn dazu bringen, daß er hierbliebe. Er wäre bei Euch besser aufgehoben.«

Troubadour ließ den Tintenfischknochen im Stich und flog mit aufgeregtem Flügelschlagen auf Tristans Schulter, fast so schnell wie ein Gedanke. Tristan, dessen Aufmerksamkeit voll und ganz in Anspruch genommen war, merkte erst etwas davon, als Troubadour ihn ins Ohrläppchen biß.

»Wenn ich es richtig sehe, zieht er es vor, mit Euch zu kommen«, sagte Ambere lächelnd.

Troubadour gab mit lautem Trillern seiner Zustimmung Ausdruck und ließ dann einige andere Töne folgen, die gleichzeitig wütend und flehentlich waren. Ambere lächelte erneut.

»Habt Ihr die Botschaft verstanden?« fragte er Tristan.

»Einigermaßen. Er will mit mir kommen. Das wußte ich.« Tristan bot Troubadour einen Finger dar, in der Hoffnung, den Kanarienvogel von seinen Angriffen abzulenken, wenn schon nicht von seinem Protest. Troubadour hackte auf seinem Nagel herum und knabberte leidenschaftlich an dem Fleisch darunter.

»Er ist wütend«, übersetzte Ambere, »weil es überhaupt keine Frage ist, daß der Kater mitkommen darf, während Ihr alle möglichen Verschwörungen ausheckt, um *ihn* dazulassen. Er findet das nicht gerecht. Er sagt, er wird Euch hinterherfliegen, wenn Ihr ihn zurückläßt.«

Tristan staunte über die Ausdrucksvielfalt des Vogels. »Mein Lord, er ist sehr tapfer. Daran besteht kein Zweifel.« Ein Bild tauchte vor Tristans geistigem Auge auf, die Erinnerung daran, wie Troubadours furchtloser Gesang einst den Drachen von Finsterloch in Schach gehalten hatte. »Er hat mir einmal das Leben gerettet. Ich möchte versuchen, das gleiche für ihn zu tun.«

Sein Hals schmerzte. Er hätte sich fast an den Worten verschluckt. Troubadour rieb sich den Kopf an Tristans Kinn und machte jedes weitere Sprechen unmöglich. Tristan mußte das Gesicht abwenden. Troubadour gab ein Krächzen von sich und streckte sich, um ihn wieder zu erreichen. Da ihm das nicht gelang, zog er einen Faden aus Tristans Kragen.

»Solltet Ihr seine Wünsche nicht berücksichtigen?«

Tristan konnte nicht sprechen. Er konnte nicht einmal den Kopf schütteln, ohne den Kanarienvogel zu schupsen. Das Herumzupfen an seinem Kragen, das sich Reiben an seinem Hals, sanfte Krallen, die sich beruhigend irgendwo ins Fleisch gruben ... das waren die kleinen

Dinge, die der Vogel jeden Tag machte und ohne die auszukommen Tristan lernen mußte. Ganz zu schweigen von dem Gesang ...

»Sorgt dafür, daß er mich vergißt!« brachte er schließlich keuchend hervor, und seine Stimme klang rauh. Er wünschte, auch bei ihm hätte jemand dafür sorgen können. Troubadours Federn waren naß von Tränen. Der Vogel schüttelte sie ab und putzte sich das Gefieder, als ob ihn das alles nichts anginge.

»Ihr habt die Macht, das zu tun«, fuhr Tristan fort, als er dazu in der Lage war. »Wenn es nicht anders geht, dann sorgt dafür, daß er mich vergißt.« Er hob Troubadour von seiner Schulter und setzte ihn auf Amberes Finger. Troubadour legte fragend den Kopf schief, blieb aber, wo er hingesetzt worden war.

Ambere konnte die Besorgnis in seinem Gesichtsausdruck nicht verhehlen.

»Mein Sohn, seid Ihr sicher ...«

»Ja!« Wenn er sich irgendwelche Argumente anhörte, würde er es nicht mehr sein, das wußte Tristan. »Ich würde mich auf der Stelle aufmachen, ganz allein, wenn es möglich wäre. Ich kann die anderen nicht dazu bringen zu bleiben, aber Troubadour ...« Tristan befürchtete, die krampfhaft unterdrückten Schluchzer würden ihn entzwei reißen. »Ich möchte, daß er in Sicherheit ist. Sperrt ihn in einen Käfig, wenn es sein muß. Er ist daran gewöhnt. Er wurde in einem Käfig ausgebrütet. Aber er darf nicht hinter mir herfliegen!«

»Mein Lord Polassar, Eisen wiegt schwer auf dem Weg durchs Gebirge. Euer Schwert mag ein Gewicht sein, das unabdingbar ist, doch Ihr werdet feststellen, daß Euch Eure Rüstung nicht viel nützen wird. Ihr wärt gut beraten, sogar Euren Helm zurückzulassen.«

Polassar sah Ambere zweifelnd an, wenn nicht gar mit einer gewissen Verachtung im Blick. Es war schlimm genug, das einzig normale, unmagische Mitglied der Expedition zu sein, doch seiner Rüstung beraubt zu sein, war für Polassar schlimmer, als aller Ländereien beraubt zu sein, denn Lassair war oft bedroht und in Gefahr, verlorenzugehen, aber Polassar hatte seit frühester Kindheit Waffen und Rüstung getragen.

»Polassar, er hat recht«, warf Tristan versöhnlich ein. »Sie würde Euch nichts nützen. Ihr werdet sie ja wiederbekommen – wir können auf dem gleichen Weg zurückkommen und sie abholen.« Sie hielten immer noch an der Vorstellung fest, daß sie es bis nach Channadran schaffen und lebend aus dem Unternehmen hervorgehen würden; darauf hatten sie sich in einer unausgesprochenen, doch einstimmigen Übereinkunft geeinigt.

»Wenigstens das Kettenhemd?« fragte Polassar fast flehentlich, wobei sich seine großen Finger in den Stahlschlaufen verkrallten und sie fast zerdrückt hätten.

Es schien ein vertretbares Zugeständnis, ihm das durchgehen zu lassen. Es hatte keinen Sinn, den Mann seiner Würde zu berauben, nur um ihm ein paar Pfund Gewicht zu ersparen. Tristan ließ sich erweichen, und Ambere gab seine Bemühungen auf. Diese paar zusätzlichen Pfunde würden bei jemandem von Polassars Größe ohnehin nicht viel ausmachen.

Tristan warf einen Blick auf die andere Kleidung, die Ambere ihnen zurechtgelegt hatte. Alle Sachen bestanden aus zwei Schichten eines Wollstoffs und einer Daunenfüllung dazwischen. Da bei ihrer Herstellung nur der Gesichtspunkt der Nützlichkeit eine Rolle gespielt hatte, entbehrten sie jeglicher Eleganz, doch sie waren erstaunlich leicht trotz ihres wuchtigen Aussehens. Es gab für jeden ein Paar Fausthandschuhe und hohe Stiefel, jeweils mit Bändern versehen, die in Schlaufen an den Ärmelenden und am Hosensaum paßten, damit alles dicht zugebunden werden konnte und keinen Schnee und keine Kälte einließ. Es waren auch Innenschuhe für die Stiefel da, vielversprechend weich und warm und ein guter Schutz, wenn sie über spitze Steine gehen mußten.

Alle Kleidung bestand aus dunkelgrauem Wollstoff, naturbelassen gesponnen und gewebt, wie das Material vom Schaf kam, sogar noch mit dem Fett darin als Schutz gegen Nässe. Ambere erklärte, daß auch die Farbe einen bestimmten Zweck erfüllte, abgesehen davon, daß sie vor dem grauen Felsgestein der Berge nicht auffiel. Da sie so dunkel war, würde sie die Wärme der Sonne aufsaugen und speichern. Sie würden für diese Eigenschaft noch dankbar sein, fuhr er fort, denn die Gebirgsluft war dünn und hielt die Wärme nicht gut, selbst wenn die Sonne wirklich einmal schiene. Die innere Wollschicht war locker gewebt, weich für die Haut. Die Außenschicht war so dicht gewebt, daß Tristan selbst aus nächster Nähe Quer- und Längsfaden nicht erkennen konnte. Er sah jedoch winzige silberne Runen, die um den Halsausschnitt und die Ränder der pelzgefütterten Kapuze gestickt waren, jedoch so klein, daß man auch sie kaum erkennen konnte. Er konnte sich nicht vorstellen, daß sie das Werk einer Nadel sein konnten. Da sie außerdem zu klein waren, um als Verzierung zu dienen, mußten sie wohl einen magischen Zweck erfüllen.

Er fragte sich, ob der Stoff wohl auf Welslins Webstuhl aus der Wolle, die ihre weißen Tauben herangetragen hatten, gewebt worden war. Er weigerte sich hartnäckig zu glauben, er habe seinen Aufstieg bis zur Spitze des Turms nur geträumt oder sich eingebildet – und immer, wenn er doch zu dieser Ansicht neigte, brauchte er sich nur an den aprikosenfarbenen Stein zu erinnern, den er zu seinen anderen Steinen und Federn in das Zauberkästchen gepackt hatte, das an seinem Gürtel hing. Nein. Welslin war Wirklichkeit, wenn auch ein Rätsel. Und auf ihrem verzauberten Webstuhl konnte der Stoff so schnell hergestellt werden, wie er in diesem Fall hergestellt werden mußte.

»Umhänge würden Euch nicht gegen die Gebirgswinde schützen, sondern höchstens behindern. Wenn Ihr diese Kleidung tragt, werdet Ihr beim Wandern bestimmt nicht die Wärme eines Umhangs vermissen. Es ist besser, die Umhänge einzupacken und sie als Decken für die Nacht zu benutzen und sie tagsüber in der Wärme der Wollbeutel zu belassen«, riet Ambere.

Tristan stellte mit Zufriedenheit fest, daß sein Umhang das Freudenfeuer überlebt hatte, das Polassar aus seinen anderen Kleidern veranstaltet hatte. Er hatte sein Aussehen entschieden geändert, seit er ihn das erstemal getragen hatte, aber damals war er funkelnagelneu und ein Geschenk gewesen, und er hätte sich ungern von ihm getrennt. Das Meerwasser hatte die Farbe etwas verwaschen, aber das störte Tristan nicht. Seine Kleidung hatte immer schon sehr schnell an Eleganz eingebüßt. Elisena hatte die von Salzwasser durchtränkte Wolle so bearbeitet, daß sie wieder weich geworden war; an diesem Morgen brachte sie ihm den Umhang mit einem leichten Erröten, und Tristan dachte, daß das vielleicht daher rührte, daß sie seine Freude so sehr überraschte.

Ambere machte sich daran, eine Art Inventur ihrer sonstigen Ausstattung zu erstellen, als ob er sich davon überzeugen wollte, daß er auch ja nichts vergessen hatte. Es gab dicke Wollschlafsäcke, in die sie sich zum Schlafen kuscheln konnten, außerdem ihre Kleidung und die Bergsteigerausrüstung. Er gab ihnen noch lange Seile mit, denn sie würden bestimmt in so rauhes Gelände kommen, daß sie ohne diese nicht klettern könnten.

Außer den Seilen gab es Metallhaken, zu denen Ambere erklärte, daß sie ebenfalls als Kletterhilfe dienen könnten. Er beschrieb Polassar genau, wie sie als Anker für die Seile dienen konnten, indem sie fest in den Fels oder in stabiles Eis gehauen wurden. Zu diesem Zweck waren auch Hämmer bereitgelegt, und zwar so viele, daß jeder von ihnen einen zu tragen hätte. Tristan paßte bei der Belehrung gut auf, obwohl er die ganze Zeit über hoffte, daß sie all das Zeug niemals brauchen würden. Es freute ihn, Polassars geschmeichelten Gesichtsausdruck zu sehen, als dieser zum erstenmal vor den anderen ausgezeichnet wurde. Der Mann dachte bestimmt, daß Ambere ihm als einzigem in der Gruppe so viel praktischen Verstand zutraute, daß er Nutzen aus den Anweisungen ziehen konnte, und Tristan stimmte mit dieser Beurteilung voll und ganz überein.

Was die Verpflegung anging, so würden sie beim Aufbruch nur wenig mitnehmen – gerade soviel, wie sie tragen konnten, bis sie sich ans Klettern mit Gepäck gewöhnt hätten. Die Vögel würden täglich Nachschub bringen und gleichzeitig Ambere über den Fortschritt des Unternehmens ständig auf dem laufenden halten. Wenn sie zu guter Letzt an einen Punkt kämen, bis zu dem selbst die größten Adler nicht mehr vordringen konnten, würden sie mit einem ausgiebigen Vorrat ausgestattet sein. Bis dahin könnten sie froh sein, wenn sie sich nicht mit allzuviel Gepäck belasten müßten.

Die Nahrungsmittel, die sie als eiserne Ration für den Notfall oder den Fall eines so starken Unwetters, daß die Vögel nicht zu ihnen gelangen könnten, in ihrem Gepäck dabei hatten, waren weitgehend getrocknet, um sie möglichst leicht zu machen. Zum größten Teil bestand dieser Notproviant aus getrockneten Fleischstreifen, aber es gab auch jede Menge Quadrate eines bestimmten Kuchens. Ambere bestand darauf, daß im Gepäck eines jeden von ihnen diese ausgewogene Mischung aus Körnern, Nüssen und Trockenfrüchten enthalten sein mußte. Er wies zufrieden darauf hin, daß ein einziges von diesen Quadraten einen Mann für einen ganzen Tag mit dem Nötigen versorgen würde.

Polassar hatte in jeder anderen Hinsicht Amberes Worte willig akzeptiert, in diesem einen Punkt jedoch wurde seine Bereitwilligkeit schwer auf die Probe gestellt. Er betrachtete die Quadrate mißtrauisch, während sich Ambere ausführlich über ihre Vorteile ausließ. Wenn sie, was nicht zu erwarten wäre, durch irgendeinen dummen Zufall getrennt würden ...

Bei diesem Gedanken fuhr ein Schaudern über Tristans Rückgrat. Ganz allein im Channadran-Gebirge umherzuirren ... Um sein allzu lebhaftes Phantasiebild zu verdrängen, beugte er sich vor und befühlte etwas, das aussah wie ein Stück verkohltes Ebereschenholz. Der Stock war ungefähr so lang wie sein Arm vom Handgelenk bis zum Ellbogen und nicht viel dicker. Als er mit den Fingern darüberfuhr, färbte die Holzkohle sie schwarz. Thomas, dessen Augen immer noch aufmerksam nach tieffliegenden Vögeln Ausschau hielten, sprang auf den Tisch und schnüffelte mit gleicher Neugier an dem Holzklotz.

»Nehmt das ebenfalls mit«, sagte Ambere hinter ihm.

»Was ist das?« fragte Tristan, dem weder seine noch Thomas' Erkundung Aufschluß darüber gegeben hatte.

»Wärme, um zu verhindern, daß Euer Blut gefriert, wenn die Sonne nicht scheint, und Ihr zu erschöpft seid zum Laufen. Ihr werdet an den Hängen der Channadran-Berge auch kein Holz finden.« Ambere sagte eine Formel auf, und der Holzklotz ging auf der Stelle in Flammen auf und brachte ein Stück Seil in höchste Gefahr. Thomas machte aufgeschreckt einen Satz zurück, verfehlte die Kante des Tisches und landete, nachdem er von Tristans Brust abgeprallt war, am Boden.

Ambere sprach eine weitere Zauberformel und machte eine Bewegung, um den Bann aufzuheben. Die Flammen erstarben, und von der Holzkohle war nichts verbrannt; das Stück war genauso, wie es vor seinen Worten gewesen war. Thomas stieß zischend die Luft aus und schlich sich davon, um sein aufgerichtetes Fell und seine Nerven zur Ruhe kommen zu lassen.

»Ihr werdet die Formeln für diesen Bann üben, bis Ihr

sie auswendig könnt. Und nehmt diese Sache nicht zu leicht, es ist alles andere als ein leichter Zauber.«

Tristan übte mit Polassar in der Nacht diesen Zauber; immer wieder erleuchteten sie den dunklen Raum – sehr zu Thomas' Mißfallen. Es war ein schwieriges Unterfangen, denn Polassars große Finger bereiteten unüberwindlich erscheinende Probleme, die dazu erforderlichen Bewegungen zu vollführen, und noch schwerer fiel es ihm, sie zu behalten. Tristan, der aus eigener Erfahrung nur zu gut wußte, wie schwierig manche Zauber zu beherrschen waren, hatte weniger Mühe, mit Polassar Geduld zu haben, als dieser selbst.

»Die Pest möge diesen Unfug beenden! Können wir nicht ganz gewöhnliche Kohle mitnehmen?«

»Nein.« Tristan wußte genau, daß er nicht nachgeben konnte, auch nicht zum Spaß, und er unterdrückte sein Lächeln. Amberes Anweisung war eindeutig und vernünftig. »Dies ist besser, und *so* schwierig ist es auch wieder nicht. Versucht es noch einmal. Streckt den Daumen diesmal noch weiter nach hinten.«

»Versucht Ihr, meine Schwerthand zu ruinieren, Zauberer? Weiter geht es nicht!«

»O doch, es geht.« Tristan verkniff sich erneut ein Grinsen. »Glaubt mir. Und was den Reim angeht – weniger Betonung auf der zweiten Silbe.« Tristan sprach das Wort, auf das es ankam, einmal auf die eine, einmal auf die andere Weise, und zwar ganz langsam. »Hört Ihr den Unterschied?«

»Ja«, sagte Polassar unsicher.

Wenn bei dieser Nacht sonst schon nichts herauskam, so würde Polassar zumindest mit einem gewissen Respekt für die Zauberkunst daraus hervorgehen. Schade, daß das nicht schon längst einmal geschehen war. Er hätte bei seiner ersten Begegnung mit Polassar ein wenig von diesem Respekt gebrauchen können, damals, als sie sich auf dem Befreiungszug zu Allaire und ihren

Ringen befanden. Nur ein klein wenig davon hätte ihm das Leben wesentlich erleichtert.

»Kann schon sein, daß es nicht ganz so leicht ist, wie es aussieht«, gestand er voller Mitgefühl zu. »Man braucht immer eine Zeitlang, bis man etwas Neues völlig beherrscht.«

Polassar schnaubte. »Ich habe es ja schon immer gesagt, Zauberer, der Umgang mit dem Schwert ist eine sauberere Arbeit als dieser Hokuspokus im Dunkeln.«

Tristan gestattete sich endlich ein Lächeln und wies den Mann mit einer Handbewegung an, es noch einmal zu versuchen.

Als sie sich schließlich alle zu Bett legten, gelang es Polassar ungefähr jedes zweite Mal, den Zauber erfolgreich durchzuführen. Tristan war zu der Überzeugung gelangt, daß er mit diesem Erfolg für den Augenblick zufrieden sein mußte. Sie würden am nächsten Morgen früh aufstehen müssen, und wenn sie noch länger aufblieben, würde ihnen das sehr schwerfallen. Tristan ließ sich auf das Lager mit den Felldecken sinken und war gespannt, ob er wohl gut würde schlafen können oder ob er in der Nacht von Phantasien großer sich bewegender Finger und dem Gestammel verdrehter Worte heimgesucht würde.

Er hörte sie wirklich, wie ihm Augenblicke später klar wurde, obwohl die einzelnen Worte durch begleitende Schnarchgeräusche verfremdet waren. Diese Erkenntnis riß ihn wieder aus den Randbezirken des Schlummers. Tristan setzte sich auf.

Die Töne wurden schwächer, doch als er weiter lauschte, auch wieder stärker. Er konnte ausmachen, aus welcher Richtung sie kamen – von der Stelle, wo Polassar seine Decken ausgebreitet hatte. Tristan rieb sich die Augen, um besser sehen zu können und seine Sehfähigkeit seinem Gehör anzupassen.

Polassar lag auf dem Rücken, genau in der Stellung, in die er niedergesunken war, während er sich noch in der Genugtuung über seinen letzten Triumph sonnte; seine Gliedmaßen waren in alle Richtungen ausgestreckt. Seine Lippen bewegten sich, und die Worte drangen wieder daraus hervor, klar wie Glockengeläut. Sie wurden von einem weiteren kurzen Aufschnarchen erstickt, doch war das besser gewesen als alles, was er geschafft hatte, solange er wach war.

Tristan riß die Augen auf. Glücklicherweise bewegten sich die Hände des Mannes nicht gleichzeitig mit dem Aufsagen der Formel – jedenfalls glaubte Tristan, daß sie es nicht taten. Bei dem düsteren Licht des Feuers konnte man das nicht genau sagen, und außerdem schlief er selbst auch noch mehr, als daß er wach war. Aber warum war er darüber so erleichtert? Tristan hätte seinen ganzen guten Ruf – soweit er so etwas besaß – dafür verwettet, daß niemand einen Zauber ausführen konnte, wenn er nicht bewußt die Absicht hatte. Und schon gar nicht jemand wie Polassar.

Nach einer Minute voller Angst – eine Zeitspanne, die er ungern über die ganze Nacht ausgedehnt hätte –, schlüpfte Tristan unter den Fellen hervor. Er humpelte über die kalten Bodensteine und fluchte mit angehaltenem Atem; er wühlte herum, bis er den Beutel gefunden hatte, den er suchte. Er holte das magische Holz heraus und legte es an einer sicheren Stelle, weit weg von allem Brennbaren, auf den Boden. Es war zwar einfältig von ihm, doch irgendwie war er danach beruhigter, und er kletterte zurück ins Bett.

Elisena bewegte sich und rollte sich herum, um dicht neben ihm zu liegen. Tristan sah sie eine lange Weile an und dachte darüber nach, wie selten es geschah, daß sie nicht die erste auf den Beinen und die letzte war, die sich schlafen legte, und sich um die Belange aller anderen kümmerte, nur nicht um ihre eigenen. Auch er täte gut daran zu schlafen, solang er die Möglichkeit hatte, doch Tristan genoß seine Beschützerrolle zu sehr, um sich nach solchen vernünftigen Überlegungen zu richten. Obwohl es paradox war, empfand er eine gewisse Dankbarkeit gegenüber Polassar, weil er ihn geweckt hatte. Und wenn er versuchte, diesen Moment möglichst lange dauern zu lassen, um nicht nach vorn in die Dunkelheit blicken zu müssen – dann wußte ein Teil seines Geistes natürlich, daß dieses Gefühl trügerisch war, und das reichte.

Am Morgen zogen alle ihre neuen Sachen an, banden sich Gürtel und alle möglichen Dinge, die zur Ausstattung gehörten, um, wobei sie jeweils probierten, was ihnen am besten paßte und wie sie sämtliche Gurte und Riemen so bequem wie möglich anlegen konnten, bis alles richtig eingetragen wäre. Polassar übersah einen wollenen Unterzieher und brummte mürrisch, weil er noch einmal alles ausziehen und mit der Prozedur von vorn anfangen mußte, während Tristan besonders dankbar war für die Stricksachen, die unter der anderen Kleidung getragen wurde. Die Unterzieher lagen eng an, während die Überkleidung lose fiel. Es waren vor allem bequeme Hosen und Pullover, bei deren Anblick einem schon warm wurde. In den kalten Bergen würden sie darüber ganz besonders froh sein, doch Am Islin war bei Tagesanbruch auch nicht gerade warm.

Während sie sich anzogen, knabberten sie mundgerechte Stückchen von honiggetränkten Haferkuchen und Fischhäppchen, die in Bröseln gewendet, mit feinen Kräutern gewürzt und knusprig braun gebraten waren. Es gab eine Art Bier, ein Getränk mit vollem, nussigem Aroma, das in Trinkschalen aus großen Muscheln serviert wurde. Polassars Laune besserte sich merklich, und er gab es auf, an dem Verschluß seiner Tunika herumzufummeln, um sich angemessen seinem Trinkgefäß zu widmen.

Während er ihm zusah, warf Tristan auch einen Blick auf Reynauds Platz und stellte fest, daß dessen Kleiderbügel immer noch ordentlich zusammengefaltet auf dem Schemel neben dem Feuer lag, genau wie es am Abend zuvor schon gelegen hatte. Reynaud machte nicht den Eindruck, als ob er es besonders eilig hätte, die Sachen anzuziehen. Er trug immer noch sein gewohntes Schwarz mit den vielen gold- und purpurfarbenen Stickereien auf dem Untergewand. Tristan war bis jetzt zu sehr damit beschäftigt gewesen, sich selbst einzukleiden, um zu bemerken, daß Reynaud ihrem Beispiel nicht gefolgt war. Jetzt hatte dieser Umstand seine Aufmerksamkeit auf sich gezogen. Konnte es sein – durfte er wagen zu hoffen?

»Demnach habt Ihr also beschlossen, in Am Islin zu bleiben?« fragte er, wobei in seiner Stimme ein so hoffnungsfroher Ton mitschwang, daß er vernünftigerweise nicht annehmen konnte, Reynaud hätte ihn überhört.

Reynaud runzelte über diese Unbefangenheit die Stirn. »Wohl kaum. Wie kommt Ihr auf diesen Gedanken?« Er bemerkte, daß Tristan vielsagend auf den unberührten Stapel Kleidung blickte. »Ach so. Nun, diese Sachen interessieren mich nicht übermäßig. Ich bin an meine eigene Kleidung gewöhnt und werde sie anlassen.«

»Ich hoffe, Ihr seid ebenso an Kälte gewöhnt«, bemerkte Tristan boshaft und enttäuscht.

Reynaud arrangierte seinen Umhang voller Hingabe, wobei er seinem kunstvollen Faltenwurf äußerste Aufmerksamkeit schenkte. »Zerbrecht Euch nicht den Kopf über meine Angelegenheiten, mein Lord. Dieser Umhang wird mir reichen. Er ist außerordentlich ... anpassungsfähig.«

Er schnipste mit den Fingern; es war eine so unauffällige Bewegung, daß nur ein anderer Zauberer erraten konnte, daß es sich dabei um Magie handelte. Sofort ordneten sich die Falten des Stoffes neu; Reynaud war ganz darin eingewickelt, und nur seine Arme blieben frei und konnten sich unbehindert bewegen. Wieder ein Fingerschnipsen, und der Umhang nahm seine vorherige elegante Drapierung wieder an, indem er sich wie das Gefieder eines exotischen Vogels in seine ursprüngliche Form legte.

»Ein kleiner Akt der Magie«, erklärte Reynaud gleichgültig in die entstandene angespannte Stille.

Wenn noch jemand außer Tristan es als unklug empfand, daß Reynaud die Geschenke von Magister Ambere verachtete, so sprach es niemand aus. Genausowenig, wie Ambere ein Wort darüber verlor, als er kam, um sich von ihnen zu verabschieden, was Tristan sehr verblüffte. Ambere schien ungewöhnlich nachsichtig, und Reynaud hätte trotz all seiner Kunstfertigkeit Grund genug gehabt, ihm dankbar zu sein.

Der Zauberer würde seine Einstellung noch früh genug bereuen. Tristan freute sich schon auf diesen Augenblick der Genugtuung. Sie packten das unberührte Bündel als Ersatz mit ein, so daß keine echte Gefahr für Reynaud bestand – außer für seinen überheblichen Stolz, wenn der Mann vor Kälte schlotternd und um warme Sachen winselnd angekrochen kommen müßte.

13. KAPITEL

Der erste Schritt

DER HIMMEL ÜBER DEM TURM hatte die stumpfe Farbe von Blei, und der Seefalke auf Amberes Schulter stach dagegen ab, weiß wie der Turm selbst.

Irgendwo innerhalb von Am Islin schlug Troubadour wild mit den Flügeln gegen die Stäbe eines Käfigs – des ersten Käfigs, den es je auf Am Islin gab. Tristan hörte den jämmerlichen Kampf im Geiste, wenn auch nicht mit den Ohren, und sein Herz war so schwer wie sein Entschluß unabänderlich. Er hatte den Käfig eigenhändig angefertigt, und Ambere hatte nichts dagegen einzuwenden gehabt.

Ambere war kaum gesprächiger als der Seeadler, der ihm Gesellschaft leistete, während er ihnen bei ihrem Aufbruch zusah. Sie warteten vergeblich auf guten Rat und aufbauende Worte, auf die sie so sehr gehofft hatten. Royston Ambere schleppte einen großen Klotz herbei, der wie Treibholz aussah, der jedoch nicht vom Meer allein bearbeitet worden sein konnte. Er sprach Worte darüber, doch so leise, daß sie niemand verstehen konnte. Tristan wünschte sich, er hätte den Mut, den Holzklotz etwas eingehender zu untersuchen. Er wußte, daß dies eine Gelegenheit für ihn gewesen wäre, einiges zu lernen, so flüchtig sie auch sein mochte. Seinen Geist beschäftigten mehr Fragen zu Ambere als je zuvor; er wäre über einige Antworten, die ihm weitergeholfen hätten, sehr dankbar gewesen.

Er bekam keine Antworten. Er wandte den Kopf, wie alle anderen auch, mit einemmal in Richtung der Berge, und Tristan vergaß seine Fragen fürs erste. So war es am besten – und er würde leichter reisen.

Der Ausläufer von Winteröd, den sie durchqueren mußten, war schmal, und Nímirs Macht war dort etwas schwächer, wo sein Bereich an Amberes Domäne angrenzte. Vielleicht war dieser Ausläufer von Winteröd aber auch erst vor kurzem entstanden und noch nicht alt genug, damit sich darin die übliche Anzahl unerfreulicher Bewohner ansiedeln konnte. Die Luft war trocken und kalt, der Wind blies unaufhörlich und heimtükkisch, doch es fiel nur gelegentlich Schnee und niemals so dicht, daß sie die Orientierung verloren hätten. Auch traf die kleine Reisegesellschaft auf keinerlei andere Gefahren. Nach zwei Tagen hatten sie das Ödland durchquert, genau wie Ambere vorausgesagt hatte; doch sah die Landschaft danach auch nicht viel anders aus. Die Grenzen waren eher kartographisch als wirklich. Sie wanderten bis zum nächsten Sonnenuntergang weiter.

Die Gegend änderte sich erst, als sie in hügeliges Gebiet kamen, an dem sich der Wind brach, so daß etwas struppiges Gebüsch wachsen konnte. Sie fanden verhältnismäßig geschützte Stellen, wo sie ihr Nachtlager aufbauen konnten; Tristan war sehr dankbar dafür. Sie hatten während der Durchquerung des Ödlandes eine Nacht Rast gemacht, da sie es zu unsicher fanden, in der Dunkelheit weiterzuwandern, doch Tristan bezweifelte, daß von den anderen jemand besser oder mehr geschlafen hatte als er selbst. Ihre wollenen Schlafhüllen waren zwar sehr warm und konnten fest zugebunden werden, so daß nur eben so viel Luft hereinkam, wie sie zum Atmen brauchten, doch das flüsternde Raunen des Windes hatte den Schlaf entweder ganz unmöglich oder zumindest wenig erholsam gemacht. Tristan lief am nächsten Tag stundenlang in einem Dunst von Benommenheit herum; er war sich nicht sicher, ob er bedrückt oder einfach nur halb im Schlaf war.

In der Nacht glichen die vier Gestalten grauen Felsbrocken zwischen dem spärlichen Gras, das unter den von Wind zerzausten Büschen wuchs. Es wäre eine gute Tarnung gewesen, wenn sie eine solche beabsichtigt hätten, doch Tristan hatte den Verdacht, daß sie eher ignoriert als übersehen würden. Er hatte das deutliche Gefühl, daß sie irgend etwas erwartete, etwas, das durchaus noch eine ganze Weile auf sie warten würde. Diese Gedanken ließen ihn auch in dieser Nacht nicht gut schlafen.

Falken kreisten bei Tag über ihren Köpfen und wiesen ihnen den Weg, sofern sie im Zweifel waren, und suchten für die Nacht geeignete Lagerplätze aus. Später erschienen dann Eulen wie Gespenster, so geräuschlos flogen sie, und ihre Augen glühten im Licht von Amberes magischem Holz. Sie brachten etwas zu essen mit; manchmal einen Hasen, oder vielleicht ein Murmeltier und einmal gesalzenen Fisch mit einem leichten Rauchgeschmack, den Thomas besonders schätzte. Tristan hatte ebenso Probleme mit dem Appetit wie mit dem guten Schlafen, trotz der vielen Bewegung, so daß Thomas immer etwas mehr als seinen rechtmäßigen Anteil an diesen Leckerbissen erhielt.

Wenn er sah, wie die Vögel herangeflogen kamen und wieder davonflatterten, erwartete Tristan stets, das vertraute Flügelschlagen dicht an seinem Ohr zu hören, und da es nie kam, vermißte er es schmerzlich. Sein Herz hüpfte jedesmal voller Hoffnung, wenn irgendwo in der Nähe ein Vogel anfing zu singen. Wenn er dann wieder einmal enttäuscht wurde, sank seine Stimmung wie Blei, obwohl er es nicht eine Sekunde lang wirklich bereute, Troubadour zurückgelassen zu haben. Der Kanarienvogel hätte nicht besser untergebracht sein können, auch wenn das für sein einsames Herrchen nur ein geringer Trost war. Wenigstens würde sein Leben nicht Nímir geopfert werden.

Das Wandern war, zumindest bis sich der Tag neigte und sie alle müde wurden, einer Unterhaltung entschieden förderlicher als es das Reiten gewesen war. Sie blieben nah beieinander, vor allem nach der ersten gespenstischen Nacht, und die Landschaft war so langweilig und eintönig, daß sie sich mit irgend etwas die

Zeit vertreiben mußten. Bald entwickelten sie ein gleichförmiges Muster dafür.

Das Gespräch begann meistens damit, daß Reynaud oder Elisena ein Kraut entdeckte, das zaghaft am Wegesrand wuchs, und die beiden sich begeistert über dessen Seltenheit ausließen, die Stellen aufzählten, wo es nicht so selten war, und über seine Verwendungsmöglichkeiten diskutierten. Nachdem die Dinge mit diesem Auftakt ins Rollen gekommen waren, konnte Reynaud sich in weitschweifigen Erzählungen über seine Studententage oder seine ausgedehnten Reisen verlieren, und es schien ihn überhaupt nicht zu scheren, ob sich irgend jemand außer Elisena für seine Anekdoten interessierte.

Am Anfang war Polassar immer so gelangweilt, daß er Zuflucht dazu nahm, von seinen Vorfahren übernommene Marschgesänge mit zurückgenommenem Atem zu summen, bis er sie alle zum Überdruß oft heruntergeleiert hatte – was einen manchmal verrückt machen konnte. Bald entdeckte Reynaud jedoch Polassars Schwäche für Geschichten voller Wunder und Heldentaten, und mit großem Geschick wandte er sich fürderhin solchen Themen zu. Das Gesumme wurde immer spärlicher und verebbte schließlich ganz.

Tristan hatte den Verdacht, daß die meisten Legenden im Moment des Erzählens erfunden worden waren, wobei ein Wort zum anderen und ein Satz zum nächsten führte, doch er zweifelte nie eine Geschichte laut an, da er kein Spielverderber sein wollte. Polassar stellte niemals etwas in Frage, wie abwegig es auch sein mochte, und Tristan gelangte zu der Ansicht, daß die Erziehung des Mannes ausschließlich auf Legenden aus Märchenbüchern beruhen mußte. Er dachte über Polassars Ausdrucksweise und Denkungsart nach, die einerseits simpel und andererseits altmodisch waren, und kam zu dem Schluß, daß seine beiläufig entstandene Einschätzung sehr wahrscheinlich den Tatsachen entsprach.

Am Abend, wenn es nicht zu bewölkt war, saß er mit

dem Rücken zum Feuer und seinem Licht und lauschte den Erzählungen, die man sich in Kôvelir über die Sterne überlieferte – zum Beispiel über den großen schwarzen Wolf Valint, dessen Auge der grüne Wolfsstern war; und über Cirilyn, die eine Tiara voller Juwelen besaß, von der eine irdische Königin nur träumen konnte. Adares, ihr Geliebter, suchte ohn' Unterlaß die Sternenfelder nach ihr ab, doch die Gesetze der Gestirne verhinderten ihr Zusammenkommen – sie konnten niemals zur gleichen Zeit am Himmel sein.

Es wurden Geschichten über die Großen Könige zum besten gegeben und über die Zeit davor – vage, wie die Informationen über diese Epochen notwendigerweise sein mußten. Da er viel über sein eigenes Königreich gelesen hatte, konnte Tristan hin und wieder etwas ergänzen, wenn er es für nötig hielt – was nicht oft der Fall war. Er hatte immer noch seine Vorbehalte gegen Reynaud, und ihm lag nichts an seiner Freundschaft.

Trotzdem unterhielten sich die beiden häufig über Magie. Das ständige Beisammensein trug nichts zum Abbau der Spannung zwischen Reynaud und Tristan bei – sie rieben sich aneinander wie Flint und Feuerstahl, und genauso stoben die Funken –, doch sie sprachen immerhin miteinander. Die Schuld an ihrer ewigen Zwietracht lag bei ihnen beiden; sie verschob sich mit ausgewogener Gleichmäßigkeit von einem zum anderen; und sie waren beide wankelmütig genug, daß sie sich nicht beherrschen konnten, wieder das Wort zu ergreifen, nachdem sie sich gerade geschworen hatten, nie wieder mit dem anderen zu sprechen. Entschlüsse wie derartige hatten die Eigenschaft, allzuleicht über Bord geworfen zu werden.

Tristan war äußerst empfindlich, was Spott und Beleidigung in Reynauds Anwürfen betraf, und Reynaud tat nichts lieber, als solche Köder auszulegen. Tag für Tag war es das gleiche Spiel – eine Weile Frieden, dann giftige Worte und betont ruhige, doch bissige Dialoge und schließlich ein so ätzendes Schweigen, daß es Metall angegriffen hätte. Elisena beobachtete sie mit traurigem Blick und manchmal mit zusammengekniffenen Lippen.

»Magie ist eine Kunst und unterliegt als solche weniger unbeugsamen Regeln als Ihr annehmen mögt oder als Euch beigebracht worden zu sein scheint«, sprach Reynaud belehrend, während er auf einem Stück Kaninchen herumkaute. »Vieles ist reine Übungssache. In einigen Landstrichen gibt es Magier, die von sich behaupten, daß sie dämonenähnlichen Wesen ihren Willen aufzwingen könnten.«

»Und stimmt das?« Tristan konnte seine Skepsis kaum verhehlen.

»Ich bezweifle es.« Reynaud zuckte mit den Schultern, und der Widerschein des Feuers blitzte rot und golden auf seinem Gewand auf. Bis jetzt hatte er sich noch nicht einmal über einen erfrorenen Zeh oder etwas Ähnliches beklagt, was Tristan sehr ärgerte. »Sie bilden sich ein, ohne Übung gäbe es keine Zauberei, aber natürlich irren sie sich. Die Regeln, wie vielschichtig sie auch sein mögen, sollten überall die gleichen sein, ohne Berücksichtigung des lokalen Aberglaubens. Ich habe sagen hören, daß es mehr auf den Willen eines Zauberers ankommt als auf seine Geschicklichkeit. Seht her – mit dieser Bewegung entfache ich ein Feuer.«

Flammen knisterten zwischen Reynauds Füßen, als Antwort auf das Fuchteln seiner Finger, bis ein kleines Büschel trockenen Grases verzehrt war.

»Doch wie oft vollführen die Hände eines Menschen genau diese Bewegung, ohne daß Flammen auflodern? Die Absicht ist der Antrieb für einen Zauber. Um die Dinge noch verwirrender zu machen: Die Hälfte der üblichen Magie ist überhaupt keine Magie, sondern ein einmaliges Nutznießen der zufälligen Umstände eines bestimmten Augenblicks. Doch Geschicklichkeit spielt eine große Rolle, und natürlich Macht, und beides geht nicht notwendigerweise miteinander einher. Geschicklichkeit läßt sich mit Ausdauer und Beharrlichkeit erwerben, doch Macht entzieht sich unserem Verständnis, wenn auch nicht unserem Gebrauch. Wir lernen also nie aus, solange wir leben nicht.« Er trat schließlich mit dem Stiefel das Feuer aus, und zwar mit einer Bewegung, die noch beiläufiger war als die, mit der er die Flammen entfacht hatte.

Tristan sagte nichts. Blais war hinsichtlich der theoretischen Magie immer ein wenig ungeduldig gewesen, und deshalb fühlte sich sein Schüler nicht fit genug, um darüber mit Reynaud, Absolvent der berühmten Akademie von Kôvelir, zu streiten. Tristan hielt sich immerhin zugute, daß er kein Dummkopf war. Thomas seufzte und zuckte mit den Schnurrhaaren.

»Mich hat die Macht immer schon fasziniert«, fuhr Reynaud fort. Er machte den Eindruck, als könnte er die ganze Nacht weitermachen. »Als ich mich auf die Suche nach der Magie begab, wurde ich zu ihr hingeleitet. Ich dachte, wenn ich ein paar einfache Kunststücke beherrschte, hätte ich es geschafft, zumindest in den Augen der schlichten Leute, die sich von so etwas gern blenden lassen. Doch zu meiner Überraschung mußte ich feststellen, daß die Macht tief *in* der Magie verborgen war, daß die Magie an sich darin bestand, und ab diesem Augenblick änderte sich mein Leben. Ich möchte gern annehmen, daß ich ein treuer Liebender war, der sowohl gab als auch nahm.«

Er schwieg eine Weile, dann befreite er sich aus seiner nachdenklichen Stimmung, da sie ihm vermutlich unangebracht vorkam.

»Doch wie war die Lehre bei Blais? Ihr habt uns nie erzählt, wie Ihr auf diese Idee gekommen seid.«

Tristan blickte von seiner Beschäftigung auf – er trieb Körperpflege bei Thomas, indem er vorsichtig verklebte Knäuel und Eisknoten in dem dichten Fell am Bauch des Katers auflöste. Die Hände eines Zauberes waren beweglich und feinfühlig und konnten für mehr als die Magie gut sein. Thomas war inzwischen nach einem überschwenglichen Ausbruch von Ekstase eingeschlafen. Tristan zuckte auf die Frage hin mit den Schultern.

»Ich bin von einem Zauberer großgezogen worden«, sagte er. Einem unbefangenen Zuhörer hätte diese Antwort die Dinge schlüssig genug erklärt und zumindest signalisiert, daß er keine Lust hatte, weiter auf dieses Thema einzugehen.

»Das ist alles? Kommt, mein Herr, das ist zu simpel!« Reynaud ließ sich nicht abwimmeln. »Hat er Euch nur zum Spaß unterrichtet, oder habt Ihr Euch selbst für diese Laufbahn entschieden?«

Tristan legte den Kopf nach hinten, um seinen angespannten Muskeln Erleichterung zu schaffen. Er hatte aus dem Augenwinkel Elisenas flehentlichen Blick erhascht, mit dem sie ihm etwas zu erkennen geben wollte. Einen Moment lang saß er still da, dachte nach und versuchte zu verstehen.

»Ich habe mich dafür entschieden«, sagte er schließlich sehr leise. »Ich wollte das werden, was er war. Das war nur natürlich. Ich hatte nie etwas anderes kennengelernt. Er war alles, was ich an Familie hatte, alles, was ich von der Welt kannte. Blais konnte wundervolle, faszinierende Dinge. Welches Kind hätte sich nicht gewünscht, bei einem Zauberer zu leben?«

Polassar prustete durch die Nase, doch Tristan hörte es nicht.

»Ich habe einmal gesehen, wie er einen Stein in eine Kröte verwandelt hat. Das war so ziemlich das erste, an das ich mich erinnere. Ich bin dieser Kröte einen ganzen Tag lang hinterhergelaufen, um herauszufinden, wie er es gemacht hatte. Schließlich versuchte sie, fließendes Wasser zu überqueren, und verwandelte sich wieder in einen Stein.« Er lächelte wehmütig, als er sich erinnerte, wie gebrochen das Herzchen des kleinen Jungen an jenem Tag gewesen war; an jenem Tag, als Blais schließlich voller Verzweiflung eingewilligt hatte, ihm die Zauberei beizubringen. »Ihr müßt wissen, daß ich diesen speziellen Zauberbann auch heute noch nicht nachvollziehen kann«, fügte er versonnen hinzu.

»Da habt Ihr Euch aber eine lange Zeit von einer Illusion täuschen lassen«, sagte Reynaud.

»Es war eine herrliche Illusion. Blais war ein wirklicher Könner.«

Reynaud gab ein verächtliches Geräusch von sich. Es wirkte ernüchternd wie kalter Regen.

Tristan richtete sich so plötzlich und heftig auf, daß Thomas aufwachte und einen Satz machte. Er beherrschte sich sofort wieder, doch die Muskeln an seinem Kiefer und seiner Schwerthand hüpften ganz unwillkürlich.

»Ich wollte Blais nicht schlechtmachen«, sagte Reynaud versöhnlich, dem nicht entgangen war, wie gereizt Tristan reagiert hatte.

Wenn er irgendwohin hätte gehen können, wäre Tristan aufgestanden und hätte den anderen sitzenlassen. Das redete er sich selbst ein, während er anfing, in die Stille zu sprechen, die sich wie ein schweres Gewicht auf sie gelegt hatte.

»Dann habt Ihr vielleicht die Güte mir zu erklären, was Ihr tatsächlich gemeint habt.« Seine Stimme klang beängstigend formell.

»Selbstverständlich.«

Paß auf! warnte ihn Thomas. *Wie ist es dir nur gelungen, so schnell wieder einen Streit vom Zaun zu brechen? Kann ich nicht einmal ein paar Minuten friedlich schlafen?*

»Fühlt Euch doch nicht gleich beleidigt«, sagte Reynaud, und seine Stimme war eine einzige Schmeichelei. »Ich sprach von etwas ganz anderem als Blais' Fähigkeiten. Ich würde es mir niemals anmaßen, schlecht von jemandem zu sprechen, den Meister Cabal so hoch einschätzte, und schon gar nicht einen Mann, den ich nie persönlich kennengelernt habe.«

»*Ihr* habt bei Meister Cabal studiert?« fragte Tristan und vergaß vor lauter Erstaunen fast seine Wut und seinen verletzten Stolz.

»Ja«, sagte Reynaud belustigt. »Auch ich.«

Tristan sah ihn nicht an. Seine Erinnerung an seine eigene Studienzeit bei Cabal und sein ziemlich aufsehenerregendes Versagen war noch zu frisch, als daß er sie hätte ertragen können. Er wußte, daß er sie längst hätte aufarbeiten sollen. Er war nicht nach Kôvelir gekommen, um zu studieren; er war in eine Falle geraten, weil er gezögert hatte, Cabal wehzutun, und weil er nicht die Zeit aufgebracht hatte, sich ganz einer Kunst zu widmen, die alles von einem Menschen forderte oder gar nichts. Doch es ließ sich nicht beschönigen – er hatte kläglich versagt. Eine weitere Schreckensvision tauchte in seinem Geist auf. Wußte Reynaud vielleicht soviel darüber, wie sein Lächeln andeutete?

Es gab niemanden in Kôvelir, der davon etwas wissen konnte, außer Cabal und möglicherweise Bleyvr, aber Reynaud hatte eine ganz spezielle Art, Dinge herauszufinden. Tristan begann, unruhig mit den Händen herumzuspielen; er konnte sie einfach nicht stillhalten.

Zum Glück hatte er sie bereits von Thomas' Fell weggezogen; zum Glück deshalb, weil er nicht mehr wußte, was er tat, und weil er nicht mehr mitbekam, was um ihn herum geschah, bis das kleine Knäuel ausgekämmten Katzenhaars neben seinem rechten Stiefel lichterloh brannte.

Tristan verfluchte sein Erinnerungsvermögen, das ihn immer dann im Stich ließ, wenn es darauf ankam, während er in diesem Moment sehr wohl den Faden des Banns aufnehmen konnte, von dem er kaum gemerkt hatte, daß ihn Reynaud auslöste – das heißt, er konnte ihn nicht nur aufnehmen, sondern ohne den geringsten Fehler wiederholen. Polassar dachte natürlich, er fluchte nur deshalb, weil er angesengt wurde, doch alle anderen Anwesenden kannten die Wahrheit ganz genau, was seine Demütigung nur noch vervielfachte. Tristan versuchte, die Flammen auszutreten, doch sie züngelten lediglich um seine Stiefel und bedrohten seine Hose. Der Löschzauber, an den er sich natürlich wieder mal nur zum Teil erinnern konnte, funktionierte bei den ersten beiden von drei Versuchen nicht.

Tristan setzte sich wieder hin. Niemand sagte etwas – das Schweigen war so quälend wie der Gestank von verbranntem Haar. Tristan versuchte sich immer wieder einzureden, daß er an so etwas doch gewöhnt sein müßte. Inzwischen war es ihm egal, ob Reynaud seine Kôvelir-Vergangenheit kannte. Er wollte einfach nur noch im kalten Boden versinken.

Dieser qualvolle Augenblick wäre vorübergegangen, so unangenehm er auch sein mochte, wenn Reynaud es zugelassen hätte. Er ließ es nicht zu.

»Ich denke häufig über Eure sympathische Bescheidenheit im Hinblick auf Eure magischen Leistungen nach«, sagte er gütig. »Sie ist kaum angemessen, trotz der offensichtlichen Überwindung, die Euch eine andere Einstellung kostet. Eure Schüchternheit überschattet Eure wahren Leistungen. Eure Fähigkeiten übersteigen die Erwartungen, die Ihr selbst an Euch stellt. In Radak ...«

»Ach ja«, fiel ihm Tristan ins Wort, da er jetzt Lust auf einen Streit bekommen hatte. »Vielen Dank, daß Ihr mich daran erinnert. Darauf habe ich schon die ganze Zeit gewartet. Also, *warum* habt Ihr mich laufen lassen?«

»Glaubt Ihr vielleicht, ich hätte Euch aufhalten können?«

Tristan deutete auf den schwarzen Fleck zu seinen Füßen. »Ich kann mir nicht vorstellen, daß es Euch große Schwierigkeiten bereitet hätte. Damals sogar noch weniger. Ich will nicht so tun, als hegte ich irgendwelche edlen Gefühle Euch gegenüber, nur weil Ihr ein Zauberkollege seid. Kurze Zeit darauf versuchtet Ihr, mich umzubringen.«

»Das gehört in die Vergangenheit«, sagte Reynaud aufgebracht.

»Ja. Kann sein. Und trotzdem verlange ich eine Antwort von Euch. Sie wirft vielleicht einiges Licht auf Fragen, die die Zukunft betreffen.« Seine Scham war zu Wut aufgestachelt worden.

Polassar rutschte unbehaglich hin und her; der Widerschein des Feuers glitzerte golden in seinem Armreif, wenn er sich bewegte. Die beiden machten deutlich den Eindruck, als ob sie gleich aufeinander losgehen wollten, und es wäre an ihm gewesen, eine solche Katastrophe zu verhindern, um ihrer aller willen, doch er war sich zutiefst unsicher darüber, bei welchem von beiden es am wenigsten empfehlenswert wäre, Hand anzulegen.

»Wollt Ihr damit andeuten, daß ich endlich Euer Vertrauen gewinne, wenn ich eine zufriedenstellende Antwort gebe?«

»Das bezweifle ich, aber es ist Euch anheim gestellt, es zu versuchen.« Tristan machte eine ausholende Bewegung mit einer Hand, um Reynaud Redefreiheit zu gewähren.

Reynaud zuckte mit den Schultern. »Ihr würdet die Wahrheit nicht glauben. Das habe ich Euch schon einmal gesagt. Warum sollte ich Euch wohl gehen lassen, wenn ich Euch mehr oder weniger in der Gewalt hatte? Ich hatte gar keine Wahl! Ich konnte Euch nicht aufhalten. Und ich wollte nicht dazu beitragen, daß die Kraft ausgelöst würde, die ich in jener Nacht in Euch spürte. Eure Verzweiflung war von einer gefährlichen Wucht, vor der ich Angst hatte. Ich hatte Angst, Euch zu weit zu treiben. Ich habe vorhin von der Macht des Willens eines Zauberers gesprochen. Solltet Ihr jemals alle Hoffnung verlieren, dann seid Ihr sicher in der Lage, die Welt aus den Angeln zu heben.«

Tristan lachte. Etwas anderes fiel ihm als Antwort nicht ein.

»Das war nicht als Witz gedacht«, sagte Reynaud ernst. »Ihr versteht eben nicht. Ich sagte Euch doch, daß Ihr es nicht würdet.«

»Nein. Und als nächstes werdet Ihr mir eröffnen, daß Ihr Euch vor der Dunkelheit fürchtet; ich vermute, dann werde ich genauso reagieren. Für wie blöd haltet Ihr mich eigentlich?«

Reynaud schüttelte ärgerlich den Kopf. »Ihr habt eine Antwort von mir verlangt. Ich habe Sie Euch gegeben. Akezptiert sie oder nicht, wie Ihr wollt. Mir ist es gleichgültig.«

»Das bezweifle ich.«

Polassar warf Elisena einen verzweifelten Blick zu. Er begriff nun überhaupt nicht mehr, worum der Streit eigentlich ging; sein Verständnis war schon vor einiger Zeit auf der Strecke geblieben, doch die Wut, die in der Luft hing, war so dick, daß er sie deutlicher als das verbrannte Fell riechen konnte. Er hatte schon erlebt, daß Männer in gemäßigterer Stimmung getötet wurden.

»Ihr bezweifelt alles.« Reynauds Stimme war glatt wie die Haut einer Schlange. »Wenn ich mich nicht sehr täusche, werdet Ihr Euch ganz gut erinnern.«

»Es wird Euch einige Zeit gekostet haben, Euch vor Galan zu rechtfertigen«, sagte Tristan düster.

»In der Tat, nein. Ich habe es einfach gar nicht erst versucht – damals war ich klüger. Ich habe ihn in dem Glauben gelassen, daß ich so viel damit zu tun habe, sein Leben zu retten, daß ich Euch nicht auch noch aufhalten kann. Natürlich hätte ich beides können. Diese Verwundung war *so* gefährlich auch wieder nicht für ihn – doch das wußte er nicht. Ich überließ es ihm, den Becher der Rache zur Neige auszutrinken; er genoß den Geschmack mehr als ich. Und nach all meinen weiteren Erfahrungen habe ich diese Entscheidung nicht bereut.«

»Für einen Mann, der Vertrauen beansprucht, bildet Ihr Euch ziemlich viel auf Euer Doppelspiel ein.«

»Man tut, was man ...« Reynaud unterbrach den Satz

wie einen Messerschnitt, bei dem die Klinge zu weit abschweift. »Ihr tragt Wortgefechte mit mir aus, weil Ihr Angst habt und weil Ihr glaubt, daß Eure magischen Talente nichts taugen.« Seine Augen funkelten. »Ihr, mit Euren Fähigkeiten, von denen Ihr keine Ahnung habt, Ihr könnt nicht einmal richtig *sehen!* Die kleinen magischen Kunstgriffe mögen Euch mitunter mißraten, doch was ist das im Vergleich zu dem, was Ihr tatsächlich erreicht! Ihr erfindet Zauberformeln aus dem Stegreif, improvisiert und dem Augenblick angepaßt – so einfach und direkt, daß man sie normalerweise für unmöglich halten würde. Diese Art von Magie kann man nicht auswendig lernen, sondern sich allenfalls durch die Ausbildung und den letzten Schliff erwerben, auf die sich Kôvelir soviel zugute hält. Ihr seid begnadet, Narr der Ihr seid, mit einer Gabe begnadet, für die die meisten Magier in Kôvelir gern ein Auge und eine Hand hergeben würden. Und Ihr benehmt Euch, als ob das gar nichts wäre!«

Tristan saß eine Weile sprachlos da, dann sagte er mit tiefstem Mißtrauen, da das der beste Weg war, um Zuversicht zu verdecken – und diese Blöße wollte er sich vor Reynaud auf keinen Fall geben: »Wenn es so ist, wie Ihr sagt, dann erklärt mir doch, warum ich mit dieser großen Begabung jedes zweite Mal nicht einmal die einfachsten Zauber zustande bringe! Also, wer gibt hier wem Rätsel auf?«

Reynaud hob eine seiner dunklen, schmalen Augenbrauen.

»*Ich* weiß nicht, warum das so ist. Vielleicht wißt Ihr es selbst. Ihr grämt Euch tagelang darüber, daß ihr irgendein Scheinbild nicht richtig geschafft habt oder Euch ein Kindertrick nicht gelungen ist. Scheinbilder, Tarnspiele, simple Reime – Tricks aus dem Zauberkasten! Ich begreife nicht, warum Ihr Euch mit solchen Nichtigkeiten überhaupt abgebt! Ist ein Adler vielleicht bestrebt, ein Nest zu bauen wie ein Zaunkönig?«

Welch ein Snob! sagte Thomas und rollte sich auf die Füße. Das erschien ihm sicherer. Die Lust, zu kämpfen, hatte Tristan verlassen, doch sie war einem Gefühl gewichen, das wahrscheinlich gefährlicher war, wenn auch nicht so laut. Die Bemerkung vom Nicht-Taugen seiner Talente hatte tief gesessen, erst recht nach den folgenden anschaulichen Beispielen. Thomas bezweifelte, daß Tristan irgend etwas von dem gehört hatte, was sonst noch gesagt worden war, obwohl es ihm durchaus ähnlich sah, daß er trotzdem weiter gestritten hätte mit Worten, die schon in sich einen Mißklang bargen.

Reynauds Stimme hatte einen Moment lang einen sehr merkwürdigen Beiklang gehabt. Thomas war erstaunt, als er ihn schließlich als Freundlichkeit einstufte.

»Was auch immer diese Selbstzweifel bei Euch ausgelöst haben mag, es muß sehr tief sitzen«, sagte der Zauberer in diesem Moment zu Tristan. »Ihr habt Angst, und das hemmt Euch, auch wenn Ihr es nicht merkt. Es funktioniert ganz einfach – die Angst wird zur Gewohnheit, und schon habt Ihr Euch Eure eigenen Schranken errichtet. Inzwischen bestehen sie schon so lange, daß Ihr sie gar nicht mehr seht. Manchmal dauert es ein Leben lang, bis jemand entdeckt, daß sie da sind und warum sie bestehen. Ich weiß nicht, ob Ihr je ernsthaft den Versuch gemacht habt. Bisher ist es Euch stets gelungen, sie zu umgehen, wenn es dringend nötig war. Starke Gefühle helfen dabei, wie Ihr sicher schon selbst festgestellt habt. Wut, Angst, Verzweiflung.«

Tristan sagte nichts. Er fürchtete sich – fürchtete sich vor der Zuversicht, vor einer Falle, vor einer vernichtenden Demütigung, die Reynaud noch für ihn bereit hielt.

Elisena holte Luft und setzte zum Sprechen an, doch dann hielt sie inne. Das Gespräch war von Anfang an in einem bösartigen Ton geführt worden, aber es hatte auch etwas Zuversichtliches. Vielleicht würden Tristan und Reynaud entgegen aller Wahrscheinlichkeit den tiefen Spalt zwischen sich überwinden. Das könnte von einer Sekunde zur anderen geschehen – wenn vorher nicht der große Knall einsetzte.

Es bereitete ihr Unbehagen, Tristan ins Gesicht zu sehen. Trotz seiner Wut und seiner Wachsamkeit war er den Tränen nahe. Vielleicht war er es endgültig leid, auf Zehenspitzen um Reynaud herumzuschleichen, und erschöpft von seinem nun nicht mehr ganz persönlich ausgefochtenen Kampf – Symptome, die sie irrtümlich auf den Schlafmangel zurückgeführt hatte, unter dem sie alle bis zu einem gewissen Maß litten. Seine Hände zitterten, und einmal sah er sie mit einem wilden Blick an, als ob er erwartete, daß von ihnen erneut irgendeine Katastrophe ausginge. Elisena hätte gern genauer gewußt, was in ihm vorging. Man mußte Mauern zum Einstürzen bringen, damit sie fielen, und hier war eine, der sie gern einen kräftigen Stoß versetzt hätte, doch nicht um den Preis, dabei auch Tristan zu zerbrechen.

»Es mag vielleicht daran liegen, daß ein Teil von Euch erkennt, wie grundsätzlich unerheblich die kleinen magischen Kunststückchen sind«, fuhr Reynaud nachdenklich fort. »Ihr wollt keine Zeit damit vergeuden. Das wäre sinnvoll. Warum Kopfstände machen, um das Gold, das Ihr bereits besitzt, einzutauschen gegen irgendwelchen billigen Flitterkram, den Euch irgend jemand anbietet?«

»Gibt es unter all dem Flitterkram, den man Euch in Kôvelir gegeben hat, vielleicht ein Heilmittel dafür? Eine Antwort?«

Sein Ton war ironisch, doch es klang eine Verlorenheit und Hilflosigkeit mit an und eine Sehnsucht, bei der sich Elisenas Herz zusammenkrampfte. Sie hatte sich mit ihren Hoffnungen getäuscht, und das schon viel zu lange. Sie streckte ihm die Hand entgegen, doch Tristan bemerkte es nicht. Seine hohlen Augen sahen nur Reynaud.

»Antworten? Was wollt Ihr von mir – daß ich Euch

Lektionen im Grundwissen erteile und Euch behindere? Nein. Die Antwort, nach der Ihr sucht, müßt Ihr selbst finden. Ich kann sie Euch nicht geben.« Reynaud sah besorgt aus. Er war im Begriff, noch etwas zu sagen, so hatte es wenigstens den Anschein, doch die Brücke über den Spalt brach zusammen, noch bevor sie ganz errichtet war, und stürzte in die tobende Tiefe.

»Ich hatte auch nicht erwartet, daß ich von Euch etwas erführe«, sagte Tristan verbittert und wandte sich ab, um in der Nacht zu verschwinden.

14. KAPITEL

Die Paßüberquerung

ÜBER EINE SACHE wurde niemals gesprochen, und das war auch nicht nötig. In einer solchen Gegend war es nicht leicht zu vergessen, wohin sie unterwegs waren. Eine Woche lang wanderten sie durch unwirtliches Gelände, ohne jedoch im eigentlichen Sinne bergsteigen zu müssen; anschließend wurde der Weg jedoch immer steiler, die Hänge immer schroffer und der Bewuchs immer karger. Sie hatten stets Channadrans hoch aufragende Gipfel vor Augen, die sie ständig an ihr Ziel erinnerten. Die Luft war eisig, kälter als die Jahreszeit oder die Höhe gerechtfertigt hätte.

Elisena ging an Tristans Seite. Nach einiger Zeit fiel ihm auf, daß sie sich nur selten an ihren Gesprächen beteiligte, und er bemerkte einen seltsam in die Ferne gerichteten Blick in ihren Augen. Er hatte keinen Anhaltspunkt dafür, daß sie sich mit ähnlichen Gedanken beschäftigte wie er selbst, also wanderte er nur schweigend neben ihr her und hoffte, ihr damit einen Gefallen zu tun.

Amberes Adler brachten schlechte Nachrichten – Berichte aus Calandra, die mit einiger Verzögerung von weniger robusten Vögeln, die aus dieser Gegend geflohen waren, überbracht worden waren. Demnach strömten gewaltige Massen kalter Luft von Winteröd her übers Land, und fast täglich fiel ein eisiger Niederschlag. Die Felder waren verwüstet, die Frucht vor der Erntezeit vernichtet. Bis jetzt war noch kein Schnee auf die trostlosen Reste gefallen, doch es wurde täglich damit gerechnet. In Esdragon, das etwas weiter von dem Ödland entfernt lag, konnte noch ein Teil des Getreides geerntet werden, doch auch hier hatten heftige Stürme vom Meer her erhebliche Verwüstung angerichtet. Eine Hungerkatastrophe schien zwar noch nicht ganz unausweichlich, doch viel fehlte nicht dazu.

Solche Nachrichten machten ihnen die Herzen schwer. Selbst wenn sie einigermaßen gut vorankommen würden, konnten sie Channadran nicht erreichen, bevor der Winter seine tödlichen Zähne in Calandras Kehle hauen würde. Weder durch Eile noch durch Geschick konnten sie die dem Land in der kommenden Jahreszeit bevorstehende Vernichtung ersparen. Es war töricht gewesen anzunehmen, daß sie es könnten, doch jeder von ihnen hatte diesem Traum insgeheim nachgehangen. Selbst Reynauds sonst so spöttischer Gesichtsausdruck war überschattet von der Traurigkeit, die er mit ihnen teilte, und er legte die gleiche verzweifelte Entschlossenheit an den Tag, von der sie alle ergriffen waren, obwohl Tristan den Verdacht hatte, daß sie bei ihm zum größten Teil gespielt oder zum Selbstschutz aufgesetzt war.

Tristan holte eine Rute aus seinem Gepäck. Sie war kein magisches Werkzeug, sondern ein ganz gewöhnlicher geschälter Weidenzweig, und dennoch war er wertvoll. Er ließ ihn durch die Finger seiner rechten Hand gleiten und bog und drehte ihn langsam, wobei er nur vier Finger benutzte, ohne den Daumen zur Hilfe zu nehmen. Nach einer Weile beschränkte er sich noch weiter.

Er wirbelte ihn vor und zurück und wiederholte beides, indem er als Variation nur drei Finger benutzte; bei einem Durchgang knickte er einen Finger ab, beim nächsten brachte er ihn wieder ins Spiel. Langsam taten ihm die Muskeln am Unterarm weh. Offenbar war diese Übung sehr nötig. Er hatte zu lange nichts für seine Fingerfertigkeit getan, da er einerseits zu faul und andererseits zu sehr mit anderen Dingen beschäftigt war. Er hörte förmlich, wie Blais ihm deswegen Vorhaltungen machte.

Nach einer Weile machte er die gleichen Übungen mit der linken Hand. Er war mit seinen Fortschritten zufrieden – seine Muskeln mochten zwar träge sein, aber bis jetzt hatte er die Rute noch nicht einmal fallen lassen, und er konnte sie unaufhörlich bewegen. Blais hätte das widerstrebend anerkennen müssen. Man konnte nicht behaupten, daß sein Fingerspiel nicht geschmeidig war. Keine Hemmungen blockierten sie.

Warum dachte er bloß an Hemmungen? Das Grübeln darüber machte sie nur noch schlimmer. Er verfluchte Reynaud, daß er dieses Thema überhaupt zur Sprache gebracht hatte! Tristan saß da und starrte ins Feuer, und obwohl die gelben Flammen vor seinen Augen flackerten, blinzelte er nicht oder reagierte auch sonst in keiner Weise auf das unstete Licht.

Reynaud, der ihn beobachtete, rief leise seinen Namen. Er bekam keine Antwort. *Selbstauferlegte Trance.* Reynaud kräuselte zufrieden die Lippen. Er hatte nicht erwartet, daß die Dinge so schnell in Gang kommen würden, und vor allem nicht nach seinen harschen Worten vom vergangenen Abrend, doch man hatte schon hin und wieder von einer so unmittelbaren Reaktion gehört. Wenn man einen Menschen dazu brachte, über das Problem seines Wesens nachzudenken, dann konnte es passieren, daß der Geist ganz unbewußt die Rätsel löste, vor denen das Bewußtsein zurückschreckte. Etwas Derartiges mußte wohl in Tristans Unterbewußtsein vor sich gehen.

Doch ein so tief verwurzeltes Problem konnte andererseits durch Trance allein nicht gelöst werden, sonst wäre das schon längst geschehen. Wie ein Mensch, der in einen Sumpf geraten war, brauchte Tristan eine helfende Hand, die ihn wieder auf festen Boden führte. Reynaud streckte den Arm aus. Schon bei der zartesten Berührung zwischen ihnen, nur Haut auf Haut, wäre er in der Lage, die Trance zu lesen wie ein fein säuberlich geschriebenes Schriftstück. Und mit dem, was er daraus erfahren würde, könnte er vielleicht eine Therapie zur Heilung ausarbeiten. Er strich mit der Hand über Tristans Wange.

Für Tristan war das Empfinden dieser Berührung wie ein Erwachen – oder jedenfalls wie der Anfang davon, ohne daß er die Strecke bis zu Ende zurücklegte –, und er war wie aus einer Zeit ohne Anfang und Ende herausgerissen. Ein blendender Lichtstrahl durchzuckte seinen Geist, mit einer Spur von Grün darin, die ihn erschreckte. Etwas bewegte sich wie der Wind, und etwas anderes *hüpfte.*

Er schlug wild um sich; er mußte unbedingt die Hände freibekommen, um sich das Gesicht zu bedekken, bevor dieses entsetzliche grelle Licht in seine Erinnerung eindringen konnte – eine seiner Hände prallte gegen etwas, und das Licht erlosch.

Nein, es war vielmehr so, daß sein Blick einfach wieder klar wurde. Tristan stellte fest, daß er genau Reynaud in die Augen sah, als ob der Zauberer und er tief in einer Unterhaltung versunken gewesen wären, er konnte sich jedoch an nichts erinnern, über das sie möglicherweise gesprochen haben könnten. Er hatte eher das Gefühl, daß er gerade laut aufgeschrien hatte, doch die Berge warfen kein Echo zurück, und von den anderen reagierte keiner so, als ob er etwas so Merkwürdiges getan hätte, wie laut aufzuschreien. Reynaud sah verdutzt aus, doch das nahm er mit Vergnügen nicht zur Kenntnis.

Ich muß wohl eingeschlummert sein, dachte Tristan und fragte sich, wie das geschehen konnte, obwohl Reynaud so dicht in seiner Nähe war. Er fühlte sich steif von seinen Übungen und vom langen Stillsitzen auf einem kalten Stein. Tristan streckte sich und kam langsam wieder zu sich. Ganz bestimmt, er war eingeschlummert und hatte geträumt. Der Traum war weg, bis auf einige Bruchstücke, die ihm in angenehmer Erinnerung waren. Den Ablauf hatte er vergessen, doch die Empfindungen waren noch da. Wahrscheinlich fühlte er sich deshalb so komisch.

Warum sollte ihn ein Traum so sehr durcheinanderbringen? Nichts von dem, an das er sich erinnerte, war unangenehm – nur Helligkeit, wogende Wiesen und glitzerndes Wasser. Eigentlich sehr erfreuliche Dinge. Es war sinnlos, weiter darüber nachzugrübeln. Am besten wäre, er vergäße das Ganze so schnell wie möglich. Er merkte, daß er die Rute noch in der Hand hielt, und legte sie weg.

An diesem Abend, nachdem die Adler die traurigen Nachrichten gebracht hatten, schienen sie alle in Gedanken versunken zu sein, die ebenso eiskalt waren wie die Gletscher von Winteröd. Doch am nächsten Morgen taten sie das einzige, das ihnen überigblieb. Sie wanderten weiter.

Seit einigen Tagen schon führte sie ihr Weg in Richtung Süden, auf den Paß zu, den ihnen Ambere empfohlen hatte. Jetzt drängten sie mit noch größerer Eile voran. Die Strecke führte beständig bergaufwärts. Die steilen Hänge bremsten ihre verbissene Entschlossenheit ein wenig, da sie die scharfe Klinge der Erschöpfung spürten. Inzwischen taumelten und wankten sie mehr, als daß sie wanderten.

Es mußte einen Einschnitt zwischen den Bergrücken vor ihnen geben – Amberes Vögel konnten sich in dieser Hinsicht nicht getäuscht haben –, doch es dauerte Tage, bis sich dieser Einschnitt vor ihren Augen auftat, und noch weitere Tage, bis sie ihn erreicht hatten.

Der Paß war mit Eis gefüllt, es war jedoch nicht so hoch, wie sie befürchtet hatten. Es schien möglich, zwischen den Ausläufern der Berge hindurch über den Gletscher zu gelangen, ohne wesentlich höher als jetzt steigen zu müssen. Sie fanden Wege genug, die zwischen den Felsen hindurchführten, und die meisten davon hatte genau jener Wind vom Schnee freigeräumt, der die katastrophale Verwüstung nach Calandra brachte. Es würde kein leichter Weg sein, aber er war begehbar, auch wenn er nicht unbedingt den Eindruck erweckte.

Steinschlag blockierte häufig ihren Weg, oder verdächtige Bodenwellen führten über ihre Strecke. Da sie dem Eis darunter mißtrauten, in dem tiefe Spalten sein konnten, lernten sie den Umgang mit Pickel und Seil. Wie Ambere vorausgesagt hatte, lehrte sie das Gebirge das Bergsteigen. Auf diese Weise erreichten sie schließlich den Hintereingang von Channadran; falls irgendein Wachtposten, der dort aufgestellt war, Alarm schlug, hörten sie nichts davon. Die Falken flogen wie immer vor ihnen her und hielten wachsam Ausschau.

Sie befanden sich immer noch an dem Hang neben dem mit Eis gefüllten Tal und wandten sich jetzt noch weiter nach Süden, um den nächsten Gipfel seitlich zu umgehen. Die höchsten Gipfel lagen in dieser Richtung, und das diente ihnen in diesem Moment als ausreichend zuverlässiger Kompaß. Die dunklen Flügel eines Geierfalken deuteten ihnen am Himmel über ihnen den Weg.

Schnee rieselte in dichten Flocken, glitzerte flüchtig im Licht des Feuers auf, fiel an dem Felsvorsprung, auf dem sie sich befanden, vorbei und verschwand dann in der Tiefe. Es war schwierig geworden, Lagerplätze zu finden, die mehr waren als ein schmaler Sims am Felsen. Tagelang glichen sich ihre Lagerstätten in diesem Ödland voller Eis und Schnee mit trister Eintönigkeit, nur daß jeder noch mehr Geröll aufwies und noch weniger angenehm als der vorige war. Die Schneeflocken blieben jetzt ebenso auf Ihrer Kleidung und Ausrüstung liegen wie auf den Felsen. Sie bedeckten Elisenas ungeschützten Kopf, während sie sprach, und glitzerten wie die Sterne auf Cirilyns Krone.

»Früher einmal war der Winter die Jahreszeit für

sportliche Betätigung und fröhliches Treiben. Die Menschen schnallten sich Schlittschuhe aus Knochen unter die Stiefel und glitten über zugefrorene Gewässer. Und es gab Schlittenfahrten, bei denen Glöcklein in den Mähnen der Pferde klingelten. Viele Muster, die beim Weben und Sticken benutzt wurden, hatten einst Schneeflocken zur Vorlage. Man fand sie schön, hielt sie für etwas Wundervolles, wie Blumen, eine Pracht, die nur einen kurzen Moment andauerte und dann verschwunden war, so daß man sie im Gedächtnis behalten mußte.« Elisena seufzte und legte den Kopf an Tristans Schulter. Er strich ihr die Flocken aus dem Haar.

»In jenen Zeiten war der Winter nichts anderes als eine der natürlichen Jahreszeiten. Man konnte sich darauf verlassen, daß er zur vorgesehenen Zeit kam und ging. Nie bestand Zweifel daran, daß sich ihm der Frühling anschließen und das Leben neu erwachen würde. Ich frage mich, ob unser Volk den Anblick von Schnee jemals wieder fröhlich genießen können wird.«

Niemand wußte eine Antwort auf diese wehmütige Frage. Tristan betrachtete Polassar, der sich vor Kälte zusammengekrümmt hatte. Er hatte seinen Armreif abgenommen und drehte ihn immer wieder zwischen seinen großen Händen herum; wahrscheinlich war ihm diese sinnlose Bewegung ein gewisser Trost, während er sich an die Berührung von Allaires weißen Händen erinnerte.

Nachdem sie den Berg am Eingang des Passes umrundet hatten, war es zwecklos zurückzublicken – in dieser Richtung sahen sie nur noch Gebirge. Man hätte meinen können, so etwas wie Ebenen hätten nie existiert. Vielleicht, dachte Tristan, dem die Gletscher einfielen, die sich immer weiter ins Tal schoben, und die schlechten Nachrichten, die die Vögel aus Calandra gebracht hatten, existierten sie tatsächlich nicht mehr, sondern waren zermalmt und in eine gefrorene Schlammlandschaft verwandelt worden. Vielleicht war es besser, daß sie nicht sahen, was hinter ihnen lag.

Tristan sah aufmerksam nach vorn, wo sich noch höhere Gipfel als die zu ihren Seiten erhoben; Gipfel, die sich in den Wolken verloren. Als der Schnee noch dichter fiel, waren die Berge in einiger Entfernung nicht mehr zu sehen, und selbst die nächsten Hänge erschienen nur noch wie aschfarbene Schmutzflächen vor dem Himmel. Das war alles andere als beruhigend. Er brauchte die Berge nicht zu sehen, um zu wissen, daß sie da waren und auf sie warteten.

Der Wind fegte unaufhörlich zwischen den Höhenzügen von Channadran hindurch. Sie konnten ihn ständig hören, doch nur gelegentlich spüren, und dann nicht in seiner ganzen Stärke, denn er brach sich an den Berghängen und Felswänden und wurde dadurch abgeschwächt. Das war ein Glück, denn es bot der Gruppe eine kleine Erleichterung, während gleichzeitig die Wege, die sie benutzen mußten, mehr oder weniger von Schnee freigehalten wurden.

An dem Tag, als sie den Paß erreichten, fiel kein Schnee, obwohl sich Massen von Wolken auftürmten. Die nächsten der hohen Gipfel waren zu sehen; ihre schroffen Felsen glichen dunklen Reißzähnen, von denen der Schnee wie weißes Gift troff. Tristan wickelte die Seile auf, die sie benutzt hatten, um einen steilen Hang voller Geröll zu erklimmen, während Polassar und Reynaud vorausgingen, um die nächste Strecke ihres Weges zu erkunden. Tristan erledigte seine Aufgabe nicht besonders schnell, und das lag nicht nur daran, daß Thomas darauf bestand, mit dem Seil zu spielen, sondern weil seine Augen ständig abschweiften zu der Kette hoher Gipfel, die sich quer über ihren Weg erstreckte.

»Das gefällt mir gar nicht«, vertraute er Elisena leise an, die ihm beim Aufwickeln der Seile half. Ihr fragendes Schweigen ermunterte ihn zum Weitersprechen.

»Ich glaube, ich gestatte mir jetzt zum erstenmal, darüber nachzudenken, was wir hier eigentlich machen, und jetzt bekomme ich Angst. Ich kann mich des Eindrucks nicht erwehren, daß wir alle Siege, die wir bis jetzt errungen haben mögen, dem Umstand verdanken, daß uns Nímir noch nicht seine volle Aufmerksamkeit geschenkt hat. Das meiste war Glück oder Zufall. Doch mit unserem Eindringen in Channadran begeben wir uns direkt auf seine Schwelle – Nímir kann uns nicht mehr ignorieren. Er wird uns von jetzt ab ernst nehmen; es bleibt ihm keine andere Wahl.«

Tristan hob den Blick erneut zu den Gipfeln in der Ferne. Die schroffen Felszacken waren mit Wellen gerifelt wie grobgemasertes Holz. Sogar in diesem Moment, unter seinen Augen, löste sich ein großes Schneefeld von einem Bergrücken und glitt in die Tiefe – es mußte wirklich eine sehr große Lawine sein, wenn er sie aus dieser Entfernung sehen konnte. »Woher nehmen wir nur den Mut? Wie können wir überhaupt zu hoffen wagen, mit ihm fertigzuwerden? Warum ausgerechnet wir, und warum ausgerechnet auf diese Weise?« Er wußte, daß es nicht fair war, solche Fragen zu stellen. Eigentlich kam ihm gar nicht richtig zu Bewußtsein, daß er sie tatsächlich ausgesprochen hatte. Er hatte sie schon so lange im Kopf mit sich herumgetragen.

»Angenommen, du möchtest ein Schwert erwerben«, sagte Elisena leise, als wollte sie ihn nicht aus seinen Gedanken aufschrecken. »Dann weißt du, was damit verbunden ist; es reicht nicht, daß du einfach losgehst und dir eine Klinge kaufst. Metall muß gefunden werden, Holz muß verbrannt werden, um das Metall zu verfeinern und es zu schmieden, damit es stark wird. Und selbst wenn die Klinge ausgewogen, strahlend und vollkommen ist, muß sie immer noch gehärtet und geschärft und mit einem Griff versehen werden, bevor sie in Gebrauch genommen werden kann. Und während der ganzen Zeit dieser Herstellung weiß das Metall, das aus der Erde abgebaut worden ist, nichts davon, welches seine Bestimmung ist, oder? Und auch nicht, wem es dienen wird. Eine Waffe, die stark genug ist, um gegen Nímir eingesetzt zu werden, muß noch mit viel mehr Geschick und Können gefertigt werden, und ihre Herstellung dauert noch viel länger. Metall taugt nicht als Material für eine solche Waffe, sondern nur Menschenherzen – nichts Geringeres.« Sie legte ihm eine Hand auf den Arm.

Reynaud hatte gesagt, daß jeder nur für sich selbst Antworten finden konnte. Tristan mußte seine Antworten selbst suchen und durfte sich nicht wie ein Kind benehmen, das um Trost bittet, wo es nur wenig Trost geben kann. Ob es ihm gefiel oder nicht. Er verstaute Thomas in seinem Gepäck, warf sich das aufgewickelte Seil über die Schulter und machte Elisena ein Zeichen zum Aufbruch. Sie folgten Polassar.

»Beachtet jene Sturmwolken, Zauberer.« Polassar warf den Kopf zur Seite, obwohl es kaum erforderlich war, daß er auf die Wolken deutete. Am ganzen Himmel brodelten schwarze Massen, und es war fast so dunkel wie bei Nacht, obwohl gerade Mittag vorbei war. »Voller Schnee, jawohl, und der ganze Segen wird auf uns niedergehen, wenn wir uns nicht schnell wie Quecksilber bewegen. Wir müssen über diesen Bergrücken und durch diesen Einschnitt sein, bevor es losgeht, sonst gelangen wir niemals dorthin, jedenfalls nicht in diesem Leben. Es wird ein beschwerlicher Weg sein.«

»Glaubt Ihr, wir schaffen es?«

Polassar zuckte mit den Schultern, betrachtete erneut die Wolken und warf eine imaginäre Münze in die kalte Luft, um dann so zu tun, als ob er sie auffinge. »Wer weiß, Zauberer. Laßt es uns angehen!«

Amberes Vögel berichteten, daß der Paß selbst nicht lang und ohne nennenswerte Hindernisse sei. Wenn sie ihn erst hinter sich gebracht hätten, könnten sie sich im

Schutz der tieferen Hänge einigermaßen unbehindert weiterbewegen. Wenn sie nur erst den Paß erreicht hätten ...

Der Wind frischte auf. Die Falken machten sich eilends davon, damit sie nicht von unberechenbaren Böen gegen die Felsen geschleudert würden. Sobald der Sturm nachließ, würden sie zurückkommen, um wieder den Weg zu weisen, sofern sich die Notwendigkeit ergab.

Die Strecke, die vor ihnen lag, bestand überwiegend aus grobem Geröll; sie führte beständig bergan über kahle, felsige Hänge, die mit Steingebrösel übersät waren. Wie dieses Gebrösel zustande gekommen war, wagte sich Tristan nicht vorzustellen. Am besten hörte er auf, darüber nachzudenken. Sie kamen so schnell voran, wie es nur ging, und versuchten, keine Zeit damit zu vergeuden, den Himmel zu beobachten, doch mit einem Auge blickten sie ständig hinauf. Es wurden immer neue Wolken herangetrieben, endlos und schnell.

Polassar kam als erster auf dem Bergkamm an und hielt taumelnd inne. Tristan, der einen so unvermittelten Halt nicht erwartet hatte, prallte auf ihn, verlor das Gleichgewicht und rutschte das letzte Stück Hang wieder hinunter, bis seine Füße endlich einen Halt fanden. Er war mit den Stiefeln bis zu den Knöcheln in losem Geröll versunken.

»Wie bitte?« fragte er, als Polassars Fluchen – keineswegs schwach – zu ihm herunter drang. Polassar antwortete ihm nicht, also kämpfte sich Tristan wieder den Hang hinauf, gefolgt von Elisena, bis er sich wieder bei Polassar befand – diesmal seitlich von ihm und dummen Zufällen ausweichend.

An Polassars anderer Seite stand bereits Reynaud. Sein Umhang schlug ihm einmal gegen die Fußknöchel, als hätte auch er nicht mit dem plötzlichen Halt gerechnet, doch dann hing er wieder schlaff herunter.

»Dort hinauf werden wir es niemals schaffen«, sagte

das Glück doch noch nicht ganz im Stich gelassen hat.«

Der Schnee fiel jetzt dichter. Tristan mußte die Flokken wegblinzeln, um zu erkennen, wohin Polassar deutete. Nach seiner Einschätzung handelte es sich lediglich um einen Schattenfleck auf dem Fels – und dann erkannte er, daß der Himmel nicht hell genug war, als daß irgend etwas einen solchen Schatten hätte werfen können. Er ging näher zu dem Felsen, Polassar dicht an den Fersen.

Was Polassars schärfere Augen ausgemacht hatten, stellte sich als breiter Riß heraus, der senkrecht durch den Fels lief; er mußte um einiges breiter als ihre Schultern sein. Er zog sich bis hinauf zur höchsten Spitze des Felsen; das erkannte Tristan daran, wie das Schmelzwasser des Schnees hineingelaufen und an den Seiten wieder angefroren war. Polassar ging noch näher hin und verrenkte sich den Hals, um sich vollends zu vergewissern. Ja, der Spalt war nach oben zum Himmel hin offen, abgesehen von einigen dicken Steinbrocken, die darin festklemmten. Doch um die konnte man herumkommen.

»Wir werden hinaufklettern wie die Schornsteinfeger, Zauberer. Mit dem Rücken an der einen Seite, mit den Stiefeln an der anderen Seite abgestützt. Und mit angelegtem Seil, für alle Fälle.«

Polassar trat in die untere Öffnung des Spalts, den Kopf immer noch zurückgelegt. »Sieht aus, als ob er nach oben hin etwas breiter würde. Das könnte sich als unerfreulich erweisen. Auf jeden Fall Seile anlegen.«

»Das ist schon nötig, um an den Steinbrocken vorbeizukommen.« Tristan nahm mit Schwung das Seil von seiner Schulter und reichte es Polassar. Der Mann knüpfte sorgfältig einen Knoten mit einer Schlaufe und wählte eine Stelle, wo er mit seinem ersten Wurfversuch ansetzte. Elisena und Reynaud kamen genau in dem Moment zu ihnen, als Polassar seinen dritten Versuch startete, zum drittenmal daneben warf und das Seil wieder aufrollte, um es ein weiteres Mal zu versuchen.

Er versuchte es wieder und wieder, ohne zu verzagen, und jedesmal kam die Seilschlaufe dem Ziel ein wenig näher, doch sie weigerte sich widerspenstig, sich um die eisigen Felsen über ihnen zu schlingen. Ein Anker wäre das Richtige gewesen, aber sie hatten nichts, das sie in einen hätten verwandeln können. Sie besaßen zwar Amberes Pickel, doch sie waren für diesen Zweck nicht passend geformt, und keine Magie würde bei kaltem Eisen wirken, um sie zu verändern. Polassar, der unablässig fluchte – seine persönliche Version einer Inkantation, dachte Tristan –, versuchte, das Seil weiter nach innen zu schleudern, in der Hoffnung, es möge sich um etwas schlingen, das er nicht sehen konnte, doch das einzige, was er damit erzielte, war ein etwas längerer Zeitabstand, bis das Seil wieder herunterkam und ihm ins Gesicht schlug.

»Wenn Ihr erlaubt, mein Lord ...« Reynaud trat heran und ergriff das Seilende.

Er flüsterte eine Zauberformel darüber und legte es vor der Felswand ab. Das Seil schlängelte sich langsam und vorsichtig höher; immer mehr Windungen entrollten sich und folgten dem Ende, wie eine Schlange, die sich emporwand, um zuzubeißen. Polassar riß die Augen weit auf, und Tristan kämpfte gegen den bitteren Geschmack der Eifersucht an.

Er hätte sich nicht die Mühe zu machen brauchen, dagegen anzukämpfen. Der Wind war zu heftig, und das verzauberte Seil konnte sich nicht gleichzeitig erheben und sich dagegen wehren. Es zitterte, gewann ein paar Handbreit und büßte sie wieder ein. Schließlich ließ die Kraft des Zaubers nach, versiegte schließlich ganz, und das Seil fiel genauso neben Reynauds Füßen nieder, wie es das neben Polassar gemacht hatte.

Reynaud schien sich nicht entmutigen zu lassen. Er

zog seinen silbernen Dolch und drückte das Seilende an dessen Knauf. Das Silber wickelte sich gehorsam mit dem Seil.

Doch wieder gelang der Durchbruch nicht. Reynaud schleuderte den Dolch gekonnt, und er nahm das Seil mit; nachdem er jedoch die Hand seines Herrn verlassen hatte, fehlte ihm die Kraft, bis hinauf zum Gipfel der Felswand zu schweben. Die Klinge kratzte leicht an dem Stein vorbei, als sie herunterfiel, und Reynauds lange Finger fingen sie auf, bevor sie ganz bis zu seinen Füßen trudeln konnte. Er betrachtete sie eine Weile eingehend, als wollte er nach Kratzspuren im Metall suchen, ohne welche zu finden.

»Dann nicht«, sagte er gleichgültig. Er bückte sich, um das Seil noch einmal aufzunehmen. Während er sich das Ende durch den Gürtel schob, zwängte er sich seitlich an Polassar vorbei in den Kamin.

»Versucht Ihr jetzt, selbst mit ihm hinaufzufliegen, Hexenmeister?« fragte Polassar spöttisch. Die Widerspenstigkeit des Seiles hatte seine Laune nicht verbessert und seine Selbstbeherrschung nicht gesteigert.

Reynaud drehte sich um und lächelte ihn kalt an. »Ich wollte, ich könnte es. Versucht zu verhindern, daß das Seil locker durchhängt.«

Tristan sah fasziniert und verblüfft zu.

Reynaud schob den silbernen Dolch tief hinein in eine Felsspalte, und zwar so hoch über seinem Kopf, wie er mit dem Arm reichen konnte. Er sprach in scharfem Ton zu der Klinge; seine Worte zischten wie Hagel, der in Feuer fiel. Die roten und gelben Fäden, mit denen sein Gewand bestickt war, funkelten unheimlich. Nachdem er sich mit beiden Händen einen sicheren Halt an dem Dolch verschafft hatte, zog sich Reynaud hoch und verklemmte sich zwischen den Felswänden, indem er sich kräftig mit den Stiefeln abstieß und so den Rücken fest an die Wand hinter sich drückte. Nachdem er sich auf diese Weise einigermaßen sicher abgestützt hatte, sprach er wieder zu dem Dolch, zog ihn heraus und hieb ihn in eine andere, höhergelegene Spalte.

So arbeitete er sich immer höher, jeweils bis zur nächsten Ankerstelle des Dolches. Die schlanke silberne Klinge war eigentlich nicht kräftig genug, sein Gewicht zu tragen, doch sie schaffte es leicht. Immer, wenn Reynaud wieder einen Stützpunkt für seine Hände und Fußspitzen gefunden hatte, sprach er Worte zu dem Dolch, worauf dieser noch höher schwebte und sich an einer neuen Stelle festhakte, wo anschließend wiederum Reynauds Hände Halt fanden. Er kam zu den eingeklemmten Gesteinsbrocken.

Tristan hielt den Atem an. Jeder von ihnen hätte bis dahin kommen können, auch ohne Hilfe der Magie. Über ihm blitzte etwas Silbernes auf, und Reynaud bewegte sich noch geschmeidiger als sonst. Polassar ließ gleichmäßig Seil nach. Nach einiger Zeit konnten sie von unten nur noch die Sohlen von Reynauds Stiefel sehen, und als nächstes verschwanden auch die, als Reynaud den oberen Rand erreichte und sich darüberhievte. Das Seil bebte bis unten hin, als er es oben festband.

Reynaud erschien auf dem Gipfel des Felsen und winkte mit einer theatralischen Geste nach unten; mit einer weit ausgeholten Handbewegung bot er ihnen das gesicherte Seil zur Benutzung an, als wollte er sagen: ›Die Pforte zur Glückseligkeit ist geöffnet.‹

»Immer eine große Schau aus allem machen!« murmelte Tristan vor sich hin. Er hätte doch genausogut darauf kommen können, das gleiche zu tun. Und warum war er nicht darauf gekommen? Er kannte sogar einen Seilzauber auswendig, einen wandlungsfähigen noch dazu. Er redete sich ein, daß es nur noch einen Augenblick gedauert hätte, bis er kühn genug gewesen wäre, ihn auszuüben, und wußte dabei ganz genau, daß er sich selbst anlog.

Polassar legte das Seilende zur Schlaufe, verknotete es sorgfältig und streifte die Schlinge über Elisenas Kopf bis unter ihre Arme. »Ihr seid die nächste, die hinaufklettert, Lady. Paßt gut auf, daß Ihr Euch immer einen sicheren Halt verschafft.«

So, wie sie in dem Seil hing, konnte sie nicht richtig klettern, doch es war offensichtlich, daß Polassar auch gar nicht wollte, daß sie das tat. Reynaud zog das Seil von oben hoch, und Elisena stützte sich, so gut es ging, mit den Füßen von der Wand ab, und versuchte, in dem Kamin sozusagen hochzulaufen, während sie am Seil hochgezogen wurde. Es gab weniger Stellen, die ihren Füßen sicheren Halt boten, als es bei Reynauds Kletterakt den Anschein gehabt hatte. Ihre Sohlen rutschten ständig auf eisigen Flecken ab. Tristan hielt immer wieder den Atem an, jedesmal so lange, bis sie sich nach einem Ausrutscher wieder gefangen hatte.

Das Seil verzwirnte sich immer mehr, je höher sie hinaufkam und Reynaud es einholte, so daß Elisena mal in die eine Richtung und mal in die andere gedreht wurde. Bald war der Schacht so breit, daß sie mit den Füßen nicht mehr an die Wände kam, da sie nicht so groß war wie Reynaud. Bald hatte sie auch mit dem Rücken keine Berührung mehr damit. Als sie fast oben angekommen war, mußte Elisena den größten Teil ihrer Anstrengung darauf verwenden, sich von der Felswand abzuhalten, da sie das sich drehende und ausschwingende Seil mit immer mehr Schwung dagegenschleuderte. Die Schwünge wurden zwar, je kürzer das verbleibende Seil über ihr wurde, immer weniger weit, folgten dafür jedoch schneller hintereinander, und Tristan stöhnte jedesmal auf, wenn sie wieder gegen die Schachtwand zu prallen drohte. Wenn sie zu einer schmaleren Stelle käme und sich mit den Stiefeln abstieß, würde sie mit dem Rücken an die gegenüberliegende Wand schlagen. Ihre dick gefütterte Kleidung war gut geeignet, um die Stöße abzumildern, dachte Tristan dankbar; doch trotzdem war sein Mund immer noch so trocken, wie seine hilflosen Hände feucht waren.

Noch ein mühsames Hochhieven, noch ein Tasten nach einem sicheren Halt für die Füße, dann verschwand Elisena genauso, wie es bei Reynaud der Fall gewesen war, um gleich darauf auf dem Gipfel des Felsens zwei Schritte vom Schacht entfernt aufzutauchen. Sie winkte fröhlich, und Tristan stieß einen langen Erleichterungsseufzer aus. Nun waren also nur noch er und Polassar übrig.

Polassar nahm für sich eine andere Methode in Anspruch. Er wollte klettern. Reynaud hätte ihn wahrscheinlich sowieso nicht hochziehen können, selbst wenn Polassar es geduldet oder ihm ausreichend vertraut hätte. Er zwängte sich in den Schacht und sah voller Zweifel nach oben; wahrscheinlich überlegte er, wie sie beide am besten hinaufgelangen könnten. Nach allem, was er soeben beobachtet hatte, waren die Wände an den breiten Stellen zu weit auseinander, als daß sich diese Strecken ohne Seil hätten überwinden lassen, und andererseits war in den schmalen Abschnitten die Handhabung des Seils schwierig. Tristan konnte Polassar förmlich ansehen, wie er die engen Stellen im Vergleich zu seinem eigenen Umfang abschätzte. Das war eine weitere Komplikation, jedoch eine, die ihm selbst kein Kopfzerbrechen zu bereiten brauchte.

»Wenn wir das Seil hier unten befestigen, wird es sich nicht drehen und nicht hin und her schwingen«, schlug Tristan vor. »Das würde die Sache etwas erleichtern.«

»Das stimmt. Aber wir können es anschließend nicht entbehren, da wir nicht wissen, was uns noch alles bevorsteht. Wenn Ihr es hier unten befestigt oder auch nur mit einem Gewicht beschwert, wie sollen wir es dann hochziehen?«

Tristan griff nach dem Seil. »*Ich* werde als Gewicht dienen. Ich halte es für Euch fest. Nur zu, hinauf mit Euch!«

Polassar war offensichtlich davon ausgegangen, daß Tristan als nächster klettern würde. Seine Stirn furchte sich bei der geistigen Anstrengung, diese Vorstellung zu revidieren. »Und wie wollt Ihr dann hinaufkommen?«

Tristan sah ihn scharf an. »Wenn es sein muß, kann ich genauso hinaufgelangen wie Reynaud. Er ist nämlich nicht der einzige hier, der Magie anwenden kann, müßt Ihr wissen!«

Eifersüchtig? fragte Thomas in überraschtem Ton. *Ich hoffe, du läßt dich nicht auf irgendeine Dummheit ein, nur um zu beweisen, was du alles kannst.*

Tristan umfaßte das Seilende mit festerem Griff und zog es straff. »Fangt an, bevor der Wind noch stärker wird. Weiter oben wird er noch kräftiger blasen.«

Polassar sah ihn immer noch mit zweifelndem Blick an.

»Seid Ihr sicher ...«

»Ja!« schnauzte Tristan ihn an. »Giftwurz aber auch! Ich habe ja immer noch das Seil. Wenn ich in Schwierigkeiten gerate, könnt Ihr mich ja hinauf*ziehen*. Ich bin schmaler als Ihr und werde nicht an den engen Stellen steckenbleiben. Los jetzt!«

Das Seil zuckte in Tristans Händen wie etwas Lebendiges, das gegen ihn kämpfte, doch wenigstens war Polassar schnell oben, so daß der Kampf nicht lange dauerte. Fast wäre der Mann mit seinen breiten Schultern an einem Engpaß eingeklemmt gewesen, doch mit einigem Gebrumme und Gezerre kam er wieder frei, wobei sein Kettenhemd an der Felswand entlangscharrte. Nach kurzer Zeit kündete ein weiteres Grunzen von seinem Triumph.

Polassar war kaum oben angekommen, als er Tristan mit lautem Geschrei drängte, ihm schnell zu folgen. Von seinem hohen Aussichtspunkt aus konnte er wahrscheinlich das Ausmaß des herannahenden Unwetters entschieden besser ermessen. Der Wind, vor dem Tristan Polassar gewarnt hatte, tobte nun mit voller Wucht. Das Seil summte und zitterte in seinen Händen.

Tristan benutzte die Zähne, um sich die Fausthandschuhe auszuziehen, und probte im Geiste den Zauberspruch, den er anzuwenden gedachte – nur eine kleine Inkantation, mit der er die Reibung und Haftung seiner Stiefel an der rutschigen Felswand an einigen Abschnitten ihrer Strecke angewandt – mit mäßigen bis mittelmäßigen Erfolg. Dieser Zauber war genau das, was hier in Frage kam, wenn er ihn leicht abwandelte, damit seine Wirkung sich außerdem auf einen sicheren Griff um das Seil erstreckte. Er unternahm die erforderlichen Schritte, sprach die entsprechenden Worte und machte sich voller Zufriedenheit ans Klettern.

Er hätte sich allerdings vorher das Seil um die Taille binden sollen, fiel Tristan ein. Doch zunächst hatte er es vergessen, und dann erschien es ihm auf einmal von höchster Wichtigkeit zu sein, daß er aus eigener Kraft hinaufkletterte und nicht den Anschein erweckte, als wollte er gezogen werden, sobald sich die geringste Schwierigkeit abzeichnete. Und außerdem würde sich zwangsweise eine Schlaufe unter ihm bilden, wenn er sich das Seil um die Taille schlänge, und vielleicht würde er sich beim Klettern darin mit den Füßen verfangen. Bei diesem Wind konnte das leicht passieren. Es hatte wenig Sinn, das Ende des Seils mit hinaufzunehmen; er könnte es leichter nachziehen, wenn er erst oben wäre.

Also, wer macht denn jetzt hier die große Schau? fragte Thomas besorgt. Seine zuckenden Schnurrhaare streiften beinahe an der Felswand entlang.

Tristan nahm keine Notiz von dem Kater. Er war beschäftigt. Hände am Seil, Füße am Felsen. Nichts leichter als das! Und am Anfang war es auch sehr leicht, bis er an Felsenabschnitte kam, die vom Frost angegriffen waren und bei der leichtesten Berührung mit seinen Stiefeln abbröselten und von denen ganze Brocken abbrachen, auf denen er gerade noch glaubte, Halt gefunden zu haben. Jedesmal, wenn das geschah, zappelte er so, daß er weit nach außen schwang und frei in der Luft baumelte, ohne auf der einen oder der anderen Seite den Fels berühren zu können.

Eine Weile mußte er sich also ganz auf das Seil verlassen. Und wenn schon, Tristan war nicht übermäßig besorgt deswegen. Dafür war das Seil schließlich da! Die Stelle, die Polassar die größten Schwierigkeiten bereitet hatte, war nicht mehr weit über ihm. Wenn er sie erst einmal erreicht hätte, hätte er das Schlimmste geschafft, da er dann wieder beide Seiten der Wand berühren könnte. Bis dahin würde er eben nur mit Hilfe der Hände klettern. Tristan beschloß, den Haftungs- und Reibungszauber von den Stiefeln zu nehmen und ihn mit doppelter Wirkung auf die Hände zu konzentrieren, nur sicherheitshalber.

Ein Windstoß packte ihn und wirbelte ihn herum, was ihn von seiner Arbeit ablenkte. Er mußte mit dem Zauber noch einmal von vorn anfangen, und dazu nahm er kurz eine Hand vom Seil, um die Bewegung auszuführen, die die Formel begleiten mußte. Das war schwieriger, als er gedacht hatte. Das Schwingen des Seils bereitete ihm Übelkeit.

Denk weniger darüber nach, wie du ein eindrucksvolles Bild als Zauberer abgibst, sondern lieber darüber, wie du am besten da rauf kletterst, riet ihm Thomas.

Wieder schenkte Tristan dem Kater keine Beachtung, sondern fuhr mit seinem Fingerspiel fort und sprach die kurze Formel. Jedenfalls war sie ihm kurz vorgekommen, als er sie unten am Boden gesprochen hatte. Jetzt war es etwas anderes. Seine Hände wurden müde und froren im Wind, aber er war immer noch nicht in Gefahr. Sein Griff um das Seil würde sofort wieder an Kraft zunehmen, wenn der Zauber anfing zu wirken und er sich wieder mit beiden Händen festhalten konnte.

Doch eine kräftige Windbö, die ihm eisigen Schnee in die Augen wehte und ihn mit Wucht gegen eine Seite des Schachts prallen ließ, unterbrach ihn wieder. Er wurde beim Aufsagen der Formel mitten im Wort unterbrochen. Selbst durch die Daunenfüllung seiner Jacke drang die eiskalte Luft und nahm ihm den Atem. Thomas, den es nicht so hart erwischt hatte, der aber dennoch einen Schrecken bekam, maunzte jämmerlich.

Tristan machte voller Ingrimm weiter. Sein ganzes Gewicht wurde jetzt nur noch von seinen immer gefühlloser werdenden Händen gehalten, und jedesmal, wenn er wieder voller Hoffnung meinte, mit den Füßen einen Halt gefunden zu haben, bröselte die Stelle unter ihm weg oder der Wind trieb ihn wieder davon ab. Sein Schwert baumelte ihm um die Beine. Er wünschte, er hätte daran gedacht, es sich auf den Rücken zu binden, obwohl es ihn bisher noch nie belästigt hatte. Falls er sich tatsächlich nach oben bewegte, dann kam er höchstens zentimeterweise voran.

Vom Wind gepeitschter Schnee trübte die Sicht auf alles ringsum, Tristan konnte nicht erkennen, wie weit er noch zu klettern hatte. Er war sich nicht einmal klar darüber, wie nah er dem Fels war, bis er erneut mit Wucht dagegenprallte und sich die eine Seite des Gesichts und die Schulter aufschlug. Vor Schmerzen traten ihm Tränen in die Augen und ließen sie zufrieren, bevor er blinzeln konnte. Seine Hände glitten am Seil tiefer.

Verzweifelt versuchte er es noch einmal mit dem Zauber, doch er mußte die Zauberhand schnell um das Seil legen, um nicht vollends abzurutschen. Jetzt endlich merkte oben jemand, daß er sich in Not befand, und versuchte, seinen Aufstieg durch Hochziehen des Seils zu beschleunigen. Das Seil wand sich wie eine Schlange in seiner Hand, und zwar genau in dem Augenblick, als Tristan versuchte, es besser zu fassen zu bekommen. Und inzwischen war es vollkommen mit einer Eisschicht überzogen ...

Seine Hände glitten jetzt unaufhaltsam ab, und obwohl sich Tristan bemühte, seinen Griff zu verstärken, gehorchten seine gefrorenen Hände seinem Willen nicht, und genausowenig gelang es ihm, mit den Beinen das Seil zu umschlingen. Fast hätte er es zwischen den Knien erwischt, doch er verfehlte es um Haaresbreite. Im nächsten Moment war Tristan am Ende des Seils und spürte einen heißen Schmerz, als ob seine Handflächen verbrannt wären. Dann stürzte er am Seil vorbei in die Tiefe des Schachts.

Er stürzte nicht weit. Die Zeit war zu knapp, als daß er sich mit einem Zauberspruch zum Anhalten hätte bringen können – so schnell fiel ihm auch keiner ein. Die Zeit war auch zu knapp, um ihn zu tragen; sie war sogar so knapp, daß sich Tristan nicht einmal überlegen konnte, ob sie zu so etwas überhaupt fähig wäre. Die Zeit reichte nur zum Fallen, zum Anschlagen am Fels und zu dem Versuch, an der Wand entlangzurutschen in dem vergeblichen Bemühen, seinen Fall abzubremsen.

Tristan schlug heftig am Boden auf, zuerst mit den Füßen, und landete schließlich halb auf dem Rücken liegend oder vielmehr auf seinem Rucksack, der ihn gegen den Fels hin abpolsterte. Die Runenzeichen auf seiner Kleidung, die bis dahin so gut wie unsichtbar gewesen waren, strahlten weißglühend, doch Tristan merkte nichts davon. Einen Moment lang herrschte Stille, bis das Echo der Gesteinsbrocken, die mit ihm zusammen gefallen waren, an sein Ohr drangen.

Ich bin tatsächlich auf den Füßen gelandet, dachte Tristan fassungslos. *Genau wie Thomas.* Das war der schlimmste Schock seines Lebens gewesen, doch er war unverletzt, obwohl er geglaubt hatte, daß kein Knochen an ihm unzertrümmert bleiben könnte. Tristans Augen wurden vor Staunen groß. Vielleicht war er nicht so tief gefallen, wie er gedacht hatte ...

»Tristan!«

»Zauberer, seid Ihr verletzt?«

»Nein ...« Er hatte beabsichtigt, diese Antwort fröhlich klingen zu lassen, doch sie kam als gequältes Japsen heraus und klang keineswegs glaubwürdig. Tristan stellte fest, daß ihm tiefes Luftholen entsetzliche Schmerzen bereitete. Trotzdem zwang er sich aufzustehen und machte einen Schritt, der ihm ein Wimmern entlockte. Das sah ihm Glückspilz ähnlich, daß er sich einen Knöchel verstaucht hatte! Und die ganze Kletterei mußte er noch einmal unternehmen. Tristan machte einen zweiten Schritt zum Seilende, das vor ihm baumelte.

Schmerz durchzuckte ihn vom Knöchel bis in die Hüfte; in seiner Brust brannte es licherloh, und Nacht senkte sich mit erstaunlicher Schnelligkeit über ihn.

»Er hat das Seil nicht einmal festgebunden! Lady, ich weiß nicht, von welchem Wahnsinn ich befallen gewesen sein muß, daß ich ihn als letzten heraufklettern lassen habe, so daß ich nicht mehr auf ihn aufpassen konnte ...«

»Vielleicht wart Ihr vom Bösen besessen«, sagte Elisena, ohne ihn zu tadeln. »Eine falsche Entscheidung kann ein einfacher Fehler sein, ein Unfall kann schlichtweg Pech sein; doch in diesem Fall müssen wir annehmen, daß Nímir seine Hand im Spiel hatte. Ich habe auch nicht nachgedacht, Polassar, sonst hätte ich so etwas niemals zugelassen.«

Die Stimmen drangen an Tristans Ohren wie Rauch, genauso flüchtig und körperlos. Er versuchte, die Augen zu öffnen, als er die Berührung von Händen auf sich spürte, doch er mußte feststellen, daß es nicht ging. Seine Lider waren schwer wie massiver Stein.

»Zwei Rippen sind angebrochen, außer dem Fußknöchel.« Das klang wieder nach Elisena. Es waren auch ihre Hände, die ihn berührten und versuchten, ihm dabei nicht weh zu tun. Ganz gelang es ihr nicht. Tristan schwanden wieder die Sinne, was er gerade noch als Wohltat wahrnahm.

»Könnten wir nicht irgendeine Art von Transportvorrichtung basteln, um ihn zu tragen, Lady? Ich weiß, daß Ihr dagegen seid, ihn zu bewegen, aber wir können es nicht wagen, uns noch länger hier aufzuhalten. Wenn der Schnee den Paß unpassierbar macht, bevor wir ihn überquert haben ...«

Reynaud beugte sich gefährlich weit über den Felsüberhang und fragte, ob er hinunterkommen sollte.

»Bleibt, wo Ihr seid. Vielleicht brauchen wir Eure Hilfe, um ihn hinaufzuschaffen.« Elisenas Brauen waren hochgezogen, als sie an seiner Kehle nach dem Puls fühlte und feststellte, daß er beruhigend kräftig war. »Polassar, ich glaube, ich kann sein Bein so weit wiederherstellen, daß er eine kurze Strecke laufen kann. Ihr müßt ihn ruhighalten, während ich den Knochen einrichte – *nein,* nicht an den Schultern. Ich muß ihn strekken, und dabei würden seine Rippen noch schlimmer verletzt. Versucht es in der Hüftgegend.« Sie führte seine Hände an die richtige Stelle. »Ja. Genau hier.«

»Lady, wir haben Schwerter, die wir als Schienen benutzen könnten«, schlug Polassar vor. Er reagierte souverän, da er an Verletzungen aus diversen Schlachten gewöhnt war, doch er brauchte die Anleitung eines Heilkundigen.

Elisena antwortete nicht. Tristan stöhnte, als sie anfing, vorsichtig seinen Fuß geradezubiegen. Sie spürte bereits, wie er im Stiefel anschwoll, selbst durch das Leder hindurch. Tristans Augenlider zuckten. Elisena legte ihm eine Hand auf die Stirn und sprach leise Worte – voller Magie und Güte.

»Es ist besser, du bleibst bewußtlos, bis das hier erledigt ist«, fügte sie hinzu. »Ich möchte dir nicht unnötig weh tun.« Tristan gehorchte und rührte sich nicht mehr.

»Er hat Glück gehabt, daß es nur dieser eine Knöchel ist. So, jetzt haltet ihn bitte ganz still.«

Der kräftige Ruck, mit dem sie Tristans Fuß in die

richtige Stellung brachte, löste bei ihm keinerlei Reaktion aus, während Polassars Gesicht ein Weiß annahm, das einen merkwürdigen Gegensatz zum Feuerrot seines Barts bildete. Elisenas Finger tasteten noch einmal vorsichtig über das Leder von Tristans Stiefeln, um das zu erfassen, was darunter los war. Alles schien wieder in der richtigen Lage zu sein; die herausgesprungenen Knochenenden fügten sich unter dem geschwollenen Fleisch wieder ordentlich ineinander, und die verdreht gewesenen Gelenke machten wieder einen normalen Eindruck.

Polassar machte Anstalten, sein Schwert aus der Scheide zu ziehen, doch Elisena schenkte ihm keine Beachtung. Statt dessen drehte sie die Hand um und zog mit dem Ring, der am kleinen Finger ihrer linken Hand steckte, eine Linie um Tristans Knöchel. Viele kleine Silberspiralen stiegen davon auf; die einzelnen Windungen waren verflochten und miteinander verbunden wie die Wurzeln einer wuchernden Pflanze oder die Ranken eines rosablühenden Schlinggewächses. Das Tageslicht verdüsterte sich rasch, als sich das Unwetter näherte, doch der Ring strahlte immer noch hell.

Elisena bewegte den Finger samt Ring langsam und fuhr genau der gezackten Linie des Bruchs im Knochen nach. Als sie damit fertig war, wiederholte sie den Vorgang mit dem gleichen Finger der rechten Hand, und zwar in umgekehrter Richtung. Der Ring an diesem Finger war eine Kette aus verbundenen Herzen; sein Silber war so warm wie die Liebe selbst, sogar in der kalten Luft. Elisena sprach die ganze Zeit über, in einem unglaublich leisen Flüsterton, fast so unhörbar, wie junge Pflanzen im Frühjahr aus dem Samen schlüpften, durch die feste Erdkrume stießen und sich der Sonne entgegenschoben. Anschließend ließ sie von Tristans Knöchel ab und wandte sich seinen Rippen zu, wobei sie alles bis auf das Einrichten der Knochen wiederholte, da dies hier nicht nötig war. Zum Glück hatte er sich in diesem Bereich die Knochen nur angeknackst und sie nicht durchgebrochen. Polassar schob schweigend sein Schwert wieder in die Scheide.

Der Ring am rechten Daumen war mit einem Stück Perlmutter, das das Meer glattgeschliffen hatte, verziert; die silberne Einfassung war so geformt, daß sie sich den fließenden Linien des Perlmutts anpaßte. Elisena legte erneut eine Hand auf Tristans Stirn und fuhr ihm mit dem Ring sanft über die Augenlider, erst über das eine, dann über das andere, so leicht wie ein zarter Windhauch. Tristans Augen öffneten sich gleich darauf, und sein Blick verharrte eine Weile auf ihr. Sein Gesicht drückte Verwirrung aus.

»Es tut nicht mehr weh.« Er hob den Kopf und versuchte zu sehen, was sie gemacht hatte.

»Es hätte überhaupt nicht weh getan, wenn du nicht versucht hättest, damit zu laufen«, sagte Elisena schroff. »Bleib jetzt ruhig liegen, damit der Zauber seine Wirkung voll entfalten kann.« Sie kniete sich wieder neben seinen Fuß und prüfte den Fortgang der Heilung. Wo sich die Silberringe bewegt hatten, hatten sie eine Spur aus weißem Licht hinterlassen. Die Spiralen um seinen Fuß glätteten sich langsam und wurden immer blasser, während sie in ihn eindrangen. Sie wußte, ohne den Fuß zu befühlen, daß damit auch die Schwellung zurückging.

»Das ist eine sehr praktische Methode«, sagte Tristan und hob wieder den Kopf. »Es fühlt sich wirklich schon entschieden besser an.«

»Du wirst gleich wieder darauf stehen können«, versicherte ihm Elisena und machte sich daran, die Hilfsmittel, die sie bei der Heilung verwendet hatte, zusammenzupacken.

Ein leises *Plumps* erklang, als Thomas von irgendwoher heruntersprang und neben Tristans Ohr landete. Der Kater war verstört, doch unverletzt. Im Rucksack war genügend weiches Zeug gewesen, das ihn gut abgepolstert hatte, obwohl selbst Tristan begriff, was für ein großes Wunder es war, daß er beim Aufprall nicht den ganzen Rucksack samt Katze am Felsen zerdrückt hatte – ganz abgesehen davon, was ihm selbst noch alles hätte passieren können.

Menschen landen nun mal normalerweise nicht auf den Füßen, sagte Thomas in empörtem Ton. *Es wäre dir recht geschehen, wenn du dir beide Beine gebrochen hättest.*

Tristan versuchte mit der Schulter zu zucken, was nicht sehr klug war, wie sich herausstellte. Elisena hatte sich noch nicht um seine kleineren Prellungen und Verstauchungen gekümmert, und von beidem hatte er reichlich. »Ich habe im entscheidenden Moment nicht daran gedacht. Entschuldige bitte, daß ich mir etwas angemaßt habe, was dir vorbehalten ist.« Dieses Scherzchen war so schwach wie er selbst.

Er wurde wieder schläfrig, während Elisenas Hände erneut über ihn fuhren und nach den anderen, weniger schlimmen Verletzungen tasteten. Ihre Berührung war beruhigend und angenehm, selbst wenn sie an empfindliche Stellen kam. Tristan schloß die Augen und ließ die Magie auf sich einwirken; während die verschiedenen Schmerzen immer mehr nachließen, entspannte er sich ganz und gar. Er fühlte sich warm und behaglich, als ob er in einem weichen Bett läge.

Plötzlich riß ihn Elisenas Stimme aus diesem wonnigen Zustand.

»Tristan, ich ließe dich ja gern schlafen, aber wir können nicht bleiben. Wir haben immer noch den Paß vor uns und müssen ihn überqueren, bevor das Unwetter kommt. Verstehst du?«

Tristan blinzelte sie an und versuchte, sich aufzurichten. Polassars starker Arm unterstützte im entscheidenden Moment seine Schultern und hielt ihn, bis er sein Gleichgewicht gewonnen hatte.

»Zauberer, ich gönne Euch wirklich eine Ruhepause, aber in diesem Moment heißt es für uns weitergehen oder erfrieren. Keine echte Wahl, würde ich sagen. Seid Ihr bereit, es zu versuchen?«

Tristan nickte und sortierte tolpatschig seine Füße.

Polassar war etwas skeptisch, was dabei herauskommen würde, und hielt sich in Bereitschaft. Er hatte *gesehen,* wie verdreht der Fuß des Zauberers gewesen war. Tristan wäre niemals in der Lage, darauf zu stehen, mit wieviel Kunstfertigkeit die Lady auch den Schmerz vertrieben oder gelindert haben mochte – doch ohne Schiene würde es nicht gehen. Nun ja, vielleicht wollte sie nicht, daß er mit dem Schwert aus Stahl verbunden war, und wenn das für ihn wirklich wie Gift wäre – Zauberer waren eben ein Völkchen für sich. Doch Polassar hatte nun mal Zweifel, daß statt dessen der Zauber, den die Lady angewandt hatte, das Bein so sehr stützen würde, daß es das Gewicht des Zauberers würde tragen können. Der Mann wäre bestimmt kaum in der Lage, allein zu stehen. Wenn sie nicht seine Schmerzen berücksichtigen müßten, wäre es überhaupt kein Problem, ihn zu transportieren, aber was das Laufen aus eigener Kraft anging – eher könnte man einer Kuh das Tangotanzen beibringen.

Tristan beseelt von absolutem Vertrauen – so viel, daß Polassar den Verdacht hatte, daß er sich beim Fallen den Kopf ernsthaft angeschlagen haben mußte –, machte im gleichen Moment, als er auf die Füße gehoben worden war, den ersten Schritt. Polassar packte ihn unwillkürlich fester, ungeachtet seiner angeknacksten Rippen, da er voraussah, daß das verletzte Bein unter ihm wegsakken würde.

Nichts dergleichen geschah. Tristan machte noch zwei Schritte, und das Bein hielt ihn immer noch aus.

Es war keine große Affäre, Tristan auf den Gipfel des Felsen hinaufzuziehen. Polassar wickelte das Seil sowohl um Tristan als auch um Elisena und kletterte hinauf zu Reynaud. Als er oben angekommen war, machte er sich daran, das Seil hochzuziehen und damit die beiden dort unten, als ob es sich um einen Korb mit Eiern handelte. Seine Muskeln waren so angespannt, daß sie selbst in Amberes magischer Kleidung kaum noch Platz hatten, doch mit dem Gewicht am unteren Ende schwang das Seil kaum noch aus, obwohl es ächzte und knirschte. Die Sache war rasch erledigt. Thomas machte eine bissige Bemerkung in dem Sinne, daß Polassar endlich das getan hätte, was er gleich am Anfang hätte tun sollen. Warum sollten diese durchtrainierten Muskeln ungenutzt bleiben?

Körperlich war Tristan inzwischen vollends wiederhergestellt, da der Heilungszauber seine Wirkung voll entfaltet hatte, doch er war immer noch so moralisch zerrüttet, benommen und verhext, daß er kaum seine Beine unter Kontrolle halten konnte, obwohl ihnen eigentlich nichts mehr fehlte. Er wäre beinah noch einmal hingefallen – wenn auch nur auf die Knie –, wenn Polassar ihn nicht im letzten Moment aufgefangen hätte, als er das Seil von seiner Taille löste. Er war so blaß, daß Reynaud aufgeregt sein Gepäck durchwühlte auf der Suche nach geeigneten Kräutern, die eine Ohnmacht verhindern könnten.

Elisena gab Reynaud mit einem Zeichen zu verstehen, daß er es aufgeben sollte. Ihrer Meinung nach war Tristan inzwischen so stark, daß er sich bewegen konnte, ohne daß ihn an jeder Seite jemand stützte. In seinem Zustand konnten ihm Kräuterheilmittel nicht helfen. Er brauchte Ruhe und Schlaf, und beides würde er noch einige Stunden lang nicht bekommen können; es wäre also besser, sie setzten ihren Weg möglichst bald fort, damit er sich um so eher ausruhen könne. Sie wußte sehr wohl, wie dringend nötig Tristan Schlaf hatte. Doch wenn sie den Himmel betrachtete, dann wußte sie ebenso, daß dieses Bedürfnis noch eine ganze Weile zurückgestellt werden müßte.

Sie zog zärtlich Tristans Kapuze hoch. Sie hatte lediglich die Absicht gehabt, den Schnee einigermaßen aus seinem Gesicht zu halten, doch es erwies sich auch als gutes Mittel, Tristans abschweifende Aufmerksamkeit etwas zu beeinflussen, da er nun nichts mehr sehen konnte als ihr Gesicht direkt vor ihm.

»Folge mir einfach«, wies ihn Elisena an. »Nur über eine kurze Strecke, das verspreche ich dir. Sobald es sich irgendwie machen läßt, halte ich an.«

Sie glaubte zu erkennen, daß Tristan zum Zeichen seines Einverständnisses nickte, aber sicher war sie nicht. Das Licht wurde sehr schnell immer düsterer, und er sagte nichts.

Elisena ließ ihre Ringe leuchten und ging vor Polassar her, denn die Schneewolken hatten einen frühen Einbruch der Nacht bewirkt. Das wenige, das sie normalerweise vielleicht zu sehen gehofft hätten, war in grauem Schneegestöber verborgen, und der Sturm beanspruchte den Paß ganz für sich allein. Der Wind tobte hindurch und zerrte heftig an den Reisenden. Oft, wenn sie um einen aufragenden Felsbrocken kamen, war nicht einmal der kräftige Polassar mehr in der Lage, weiterzugehen, denn sie prallten an der Luft ab wie an einer massiven Mauer. Inzwischen hätten sie auch keine Möglichkeit mehr gehabt, ins Flachland zurückzukehren.

Der Weg war uneben und gewunden, denn der Paß war in Wirklichkeit nicht mehr als ein schmaler Einschnitt zwischen zwei Gipfeln. Es hatte hier noch nie einen ausgetretenen Pfad gegeben und auch keine Reisenden, die einen hätten austreten können. Große Gesteinsbrocken versperrten ihnen den Weg, die sie mühsam umgehen mußten, und tiefe Gräben taten sich auf, wo das Eis den Fels gespalten hatte. Sie gingen langsam voran, für den Fall, daß Elisenas Ringe sie nicht rechtzeitig vor drohenden Gefahren warnen würden.

Polassar und Reynaud hatten jeweils eine Hand unter Tristans Ellbogen gelegt. Er stolperte häufig, jedoch nicht ein einziges Mal wegen seines verletzten Beins. Tristan hielt den Blick starr auf das Licht, das Elisenas Ringe aussandten, gerichtet – das einzige Licht, das es auf der Welt noch gab, so schien es ihm. Er wagte nicht, irgendwo anders hinzusehen als auf dieses Licht, das ihm als Leuchtfeuer diente, nicht einmal auf die trügerischen Stellen, auf die er die Füße setzte. Sonst hätte er vielleicht Elisena aus den Augen verloren und sie nie wieder gefunden, wie einen winzigen Stern, den er durch ein starkes Fernglas betrachtete.

Der Boden hätte seine Augen ohnehin viel zu sehr verwirrt und ihn noch schwindeliger gemacht, als er sowieso schon war. Ein Gedanke nagte beharrlich an Tristans Unterbewußtsein: Es gab *irgendeinen* Grund, warum es nicht richtig war, daß er so daherwanderte, wie er es tat. Er konnte ihn nicht so fassen, daß er irgendeinen Sinn ergab, genauso, wie die ermutigenden Worte, mit denen Polassar unaufhörlich seine Ohren bombardierte, für ihn keinen Sinn ergaben. Er hielt den Blick auf Elisena gerichtet, dann war die Welt etwas einfacher.

Dunkelheit, Schneegestöber und Wandern, endloses Wandern! Der Wind heulte laut in Tristans Ohren, dämpfte Polassars Stimme und übertönte sogar seinen eigenen Herzschlag. Ein- oder zweimal gab es eine kleine Erleichterung, oder zumindest eine Veränderung, wenn sie steile Hänge hinabgeklettert waren und ihnen der Fels so etwas wie Schutz bot. Die Hände an seinen Armen griffen dann fester zu, und weitere Hände führten Tristans Füße von einem Fleck zum nächsten und lenkten ihn, bis er wieder auf ebenem Grund war. Jemand paßte sehr gut auf ihn auf. Tristan fragte sich warum. Er hätte leicht auch allein laufen können. Bewies er das denn nicht mit jedem Schritt?

»Das ist Wahnsinn!« rief Reynaud verzweifelt aus, als ob er die Worte lange zurückgehalten hätte. »Die Dunkelheit ist undurchdringlich wie in einem Grab! Wir

wissen nicht, ob wir nicht beim nächsten Schritt in die Tiefe stürzen!«

»Wenn wir uns nicht mehr bewegen, erfrieren wir. Würdet Ihr das vorziehen?« Polassars kräftige Hand drückte Tristans Arm, daß es schmerzte. Tristan versuchte zu protestieren, doch niemand hörte ihn, wie es ihm schien. Die eisige Luft tat ihm im Hals weh, und er schwieg. Reynaud diskutierte weiter mit Elisena, und Polassar zog Tristan weiter wie zuvor.

»Lady, können Eure Ringe nicht bewirken, daß dieser Wind für eine Weile nachläßt? Wenigstens so lange, bis es wieder ein wenig heller wird; wenn wir wenigstens etwas sehen könnten ...«

Tristan konnte nicht hören, welche Antwort er erhielt. Der Wind trug sogar die letzten Worte der Frage davon, und Elisenas Antwort flog so schnell an seinen Ohren vorbei, daß er ihren Sinn nicht begriff. Er vermutete jedoch, daß Elisenas Ringe gegen diesen tobenden Sturm nichts würden ausrichten können, jedenfalls nicht ganz allein, und wenn Elisena ihr ganzes Leben damit zubrächte, es zu versuchen ... nicht, daß sie das tun würde. In diesem Fall ging es nicht mehr um eine spielerische Herausforderung, sondern um Sein oder Nichtsein, und jeder Versuch wäre reine Zeitverschwendung. Elisena dachte zu nüchtern für solche sinnlose Kraftproben, und nie wäre sie so töricht, sich darauf einzulassen. Tristan war stolz auf sich, daß er so klar denken konnte, und es überraschte ihn ein wenig. Er hätte gern seine Gedanken mit Worten ausgedrückt.

Während der ganzen Zeit drängte ihn Polassar zum Weitergehen. Nach einer Weile, als der Wind nicht mehr ganz so heftig an ihm zerrte, wußte Tristan, daß Reynaud sich ihm wieder auf der anderen Seite zugesellt haben mußte. Wenn auch Tristans Blick immer noch ausschließlich auf Elisenas Ringe gerichtet war, so verrieten ihm seine anderen Sinne doch sehr deutlich, wo sich seine anderen Begleiter befanden, zumindest in den seltenen Augenblicken, in denen ihm daran lag, etwas darüber zu erfahren.

Schneeverwehungen hatten sich zu steinharten Gebilden zwischen den Felsen aufgetürmt. Das machte es für die drei mitunter unmöglich, nebeneinander herzulaufen. Sie marschierten dann im Gänsemarsch, wobei sie Tristan sicher in die Mitte nahmen; doch er wurde dort unruhig, weil Polassars breite Schultern ihm die Sicht auf Elisena versperrten und er immer wieder auf ihn prallte, wenn er versuchte, an ihm vorbeizukommen. Elisenas Ringe zogen Tristan weiter wie ein Magnet, und das war gut so, weil er sich auf diese Weise wenigstens voranbewegte, doch seine Halsstarrigkeit war zermürbend. Mit größter Geduld sorgte Polassar dafür, daß Tristan auf den Beinen und an seinem Platz blieb.

Was Elisena antrieb, immer weiterzugehen, als erste in diesem knochenzerschneidenden Wind, war ein Rätsel. Auf ihr lastete die schwerste Pflicht, denn sie mußte jede Klippe und jede Spalte erkennen, die ihnen gefährlich werden konnte, und jede Stelle ausmachen, wo der feste Felsen nachgeben und sie in eine schneegefüllte Ritze fallen könnten. Einen ganz besonders gefährlichen Hang mußten sie überwinden, der übersät war mit dicken Steinen und mit hohem Schnee bedeckt, so daß er vollkommen und leicht zu begehen aussah. Sie stolperten und stürzten, als sie die Wahrheit erkannten, und fügten sich schlimme Prellungen zu. Sie konnten den Zusammenstößen nicht ausweichen; sie taumelten wie über Stolperdrähte und waren wie geblendet. Manchmal reichte ihnen der Schnee bis zur Brust und manchmal sogar über Elisenas Kopf, und sie schwammen mehr durch die Massen, als daß sie wanderten. Auf diesem Stück hatte Polassar die Führung übernommen; keiner der anderen war kräftig genug, sich durch diese Massen einen Weg zu bahnen. Er zog sie alle mit sich, und ihre Antriebskraft konnte nichts anderes mehr sein als die pure Sturheit. Endlich kamen sie in weniger hohen Schnee und schließlich auf nackten Felsen. Elisena übernahm nun wieder die Führung, erschöpft, doch ohne zu zagen.

Der Weg führte sie auf einen Felsvorsprung, der nach ein paar Schritten im Nichts endete. Reynaud machte Anstalten umzukehren, doch Elisena bedeutete ihnen, sich mit dem Gesicht dem Felsen zuzudrehen und sich langsam daran vorbeizuzwängen, die Wangen an den kalten Stein gedrückt und die Hände gespreizt, um sich soviel Halt wie möglich zu verschaffen. Der Wind peitschte sie und zerrte an ihnen, mit gierigen Schreien, die sich in enttäuschtes Jammern verwandelten, als sie eine Stelle erreichten, wo der Vorsprung breiter wurde und ihnen die bösartigen Windstöße nicht mehr gefährlich werden konnten. Sie taumelten weiter.

Reynaud stolperte über einen gefrorenen Schneehügel und fiel flach aufs Gesicht. Er war inzwischen so durchgefroren, so daß er den Aufprall nur noch als willkommene Beendigung des Weitergehens empfand. Schon seit Stunden bildete er sich ein, Gesichter im Wind zu sehen und Stimmen zu hören – hübsche Gesichter und Stimmen, die ihm einflüsterten, mit ihnen gemeinsam zurückzubleiben. Er hätte gern gehorcht und wäre dort liegen geblieben, wo er ausgestreckt lag, doch aus irgendeinem Grund wollte er nicht mit ihnen allein bleiben, so hübsch sie auch waren. Reynaud stand mühsam auf und sprach einen Zauberspruch, durch den sich sein Umhang wieder fest um ihn wickelte und den Schnee aus seinen schwarzen Falten schüttelte. Taumelnd holte er schließlich Tristan ein.

Tristans Kapuze war zurückgefallen oder vielleicht hatte er sie auch zurückgeschoben, ohne zu wissen, was er tat, und ohne an die Kälte zu denken. Eis war in seinem Haar, in seinen Brauen und sogar auf seinen Wimpern, und wenn er zwei Schritte nach vorn gemacht hatte, taumelte er einen zur Seite. Selbst in der Dunkelheit konnte Reynaud sehen, wie seine Knie nachgaben, wenn er einen Fuß in den Schnee setzte. Vereiste Stellen machten ihm schwer zu schaffen, denn er verlor sein mühsam beibehaltenes Gleichgewicht sehr schnell, selbst auf sicheren Abschnitten. Reynaud, der sich selbst kaum in einem besseren Zustand befand, ergriff Tristans linken Arm und warf ihn sich über die Schulter. Tristan unternahm keinen Versuch, sich ihm zu entziehen.

Das war kein gutes Zeichen, dachte sich Reynaud, obwohl diese Unterordnung Scherereien ersparte. Oben aus Tristans Rucksack funkelten ihn zwei grüne Augen auf gleicher Höhe mit seinen Augen an, doch Thomas erhob genausowenig Einwände gegen seine Vertraulichkeit wie sein Herr.

Plötzlich hörte der Wind auf. Oder, um es genauer zu sagen, er brüllte weiter, doch einige Fuß über ihren Köpfen. Ein Felsüberhang schützte sie, wenn auch nur für kurze Zeit. Polassar wäre fast auf Elisena geprallt, die dicht an den Fels gedrückt dastand und vor Erschöpfung zitterte.

»Nur einen Augenblick«, sagte sie schwach. »Ich kann diesen vermaledeiten Wind nicht sofort wieder ertragen.«

Reynaud, der endlich wieder atmen konnte, sprach drängend auf sie ein, während er Gelegenheit dazu hatte, und wiederholte seine Bedenken. »Elisena, ich glaube, es wäre besser, wir würden anhalten. Tristan kann sich kaum noch auf den Beinen halten, und ich bin auch nicht sicher, ob ich noch lange durchhalten kann. Morgen früh ...« Er unterbrach sein Bitten, als Tristan, der nicht gleichzeitig unbeweglich und aufrecht stehen konnte, schlaff gegen ihn sackte.

»Gebt ihn mir, Hexenmeister«, brummte Polassar, während er Eisstückchen aus seinem Bart puhlte. »Ich trage Euch beide, wenn es nötig ist, doch Ihr sollt selbst laufen, so lange Ihr könnt, und das wird noch eine ganze Weile sein, darauf möchte ich wetten. Ihr habt doch hoffentlich nicht vor, einen Mann mit einem gebrochenen Bein im Stich zu lassen, wie?«

Ich glaube, es ist dir endlich geglückt, Polassar zu beeindrucken, raunte Thomas ironisch in Tristans Ohr. *Wer hätte gedacht, daß das so leicht wäre?*

Tristan antwortete nicht. Thomas beugte sich vor und strich mit den Schnurrhaaren über Tristans Ohr, doch er löste mit seinem Kitzeln genausowenig eine Reaktion aus wie mit seinem provozierenden Reden. Der Kater miaute besorgt. Das war etwas Ernstes. Was Tristan brauchte, waren die Leute, die sich darum stritten, wer ihn tragen sollte. Er brauchte nicht getragen zu werden. Er mußte irgendwo an einem Ort, wo kein Wind wehte, ruhig liegen können und sich zumindest so lange ausruhen, bis sein Verstand wieder so gut arbeitete, daß er ein Späßchen verstand. *Komm, wach auf! Wenigstens ein bißchen. Wenn du das nicht schaffst, wird hier morgen früh nichts anderes mehr übrig sein als eine zaubererförmige Schneeverwehung.*

Immer noch keine Reaktion.

Es war an der Zeit, daß ein Paar scharfe Augen in Aktion traten, dachte sich Thomas. Er sah besser als jeder Mensch in dieser Dunkelheit und dem Schneetreiben, obwohl er bei all dem Zeug, das durch die Luft wirbelte, auch nicht viel mehr als Schnee sah. Wenn er nur irgendwo ein ganz kleines Felsplateau entdecken würde, irgend etwas, das ihnen Schutz böte ... Dieses Fleckchen, wo sie jetzt angehalten hatten, war gar nicht so schlecht, doch es war zu schmal, und einem kräftigen Windstoß wären sie auf Gedeih und Verderb ausgeliefert, ohne eine Ausweichmöglichkeit. Sie brauchten etwas Gemütlicheres. Wenn sie einen Winkel hätten, in den sie sich verkriechen könnten, würden sie ihre wollenen Schlafhüllen schon warm genug halten. Das wußte er, da er sich ausgiebig in Tristans aufgehalten hatte.

Tristan mußte schrecklich frieren, abgesehen davon, daß er am Ende seiner Kräfte war. Eine Träne stahl sich zwischen seinen Wimpern hindurch, doch sie kullerte nur halb seine Wange hinunter, bevor sie anfror. Er würde bestimmt nicht mehr lange durchhalten können. Thomas zappelte in seinem Rucksack herum, um einen höheren Podest für seine Füße zu finden, und gewann schließlich ein paar Zentimeter; nun war er hoch genug, daß er über Reynauds Schultern blicken konnte. Es hatte den Anschein, als ob sie sich noch eine Weile hier verschnaufen wollten, also sollte er sich am besten jetzt gründlich umsehen, solang die Gelegenheit günstig war.

Viel Zeit würde ihm nicht bleiben – sie alle lehnten sich mit dem Rücken gegen den Fels, außerhalb der Reichweite der schneebeladenen Böen, zu erschöpft, als daß sie es wagen konnten, sich hinzusetzen. Bald würden sie ihren Weg fortsetzen, bevor einer von ihnen steif würde. Thomas wagte nicht, seinen Aussichtsplatz im Rucksack zu verlassen. Tristan war in einer Verfassung, in der er sein Verschwinden vielleicht gar nicht bemerkt hätte, und bestimmt würde man ihn einfach hier vergessen, wenn er ausstiege.

Diese Ansammlung von Felsbrocken dort! Ob sich dazwischen wohl ein Hohlraum befand? Diese Steine sahen nicht so aus, als ob sie ganz dicht an der Felswand niedergegangen wären. Wenn sie in den Raum dazwischen gelangen und ihre Umhänge wie Zeltplanen über sich ausbreiten könnten ... kein schlechter Gedanke, lobte sich Thomas selbst. Jetzt käme es nur noch darauf an, daß ihm irgend jemand zuhörte ... Normalerweise hätte er in dieser Hinsicht am ehesten auf Tristan gesetzt, doch der Mann war zur Zeit nicht sehr zugänglich ...

Genau in diesem Moment hob Elisena eine vor Ringen glitzernde Hand, um sich einige schneenasse Haarsträhnen aus dem Gesicht zu wischen, und einer der

Brocken verschwand. Die Extralider, mit denen Katzen ausgestattet sind, flackerten vor Thomas' Augen, was ein eindeutigeres Zeichen für Überraschung war als totales Blinzeln. Er bemühte sich, mehr zu sehen, und streckte sich zu einer unglaublichen Länge, während er gleichzeitig in dem Rucksack noch höher krabbelte. Schließlich übertrieb er und bekam das Übergewicht, so daß er auf Tristan und Reynaud stürzte, der einen Schrei losließ, als hätte ihn ein Dolch durchbohrt, und nicht, als ob er von weichem Fell gestreift worden wäre.

Thomas beachtete ihn nicht. Er setzte schnurstracks seinen Weg fort zu etwas, das nur er allein zwischen den Schatten der Felsen gesehen hatte.

Die Öffnung im Gestein war etwa so hoch, wie Elisena groß war, und an einer Stelle so breit wie Polassars Schultern, obwohl das Loch in etwa dreieckig und somit an anderen Stellen wesentlich schmaler war. Elisenas Licht hatte sich darin nicht widergespiegelt, sondern war davon geschluckt oder aufgesaugt worden, was bedeutete, daß es sehr tief hineinreichte.

Thomas hielt kaum an, um die Öffnung mit den Schnurrhaaren zu ertasten. Einem geschenkten Gaul sah man nicht ins Maul, oder man maß nicht den Schwanz einer geschenkten Maus, und er hatte einfach das Gefühl, Glück gehabt zu haben. Schon bevor er hineinspazierte, um die Höhle zu erforschen, wußte Thomas, daß sie groß genug war, um ihnen allen Schutz zu bieten.

15. KAPITEL

Einc sichere Zuflucht

POLASSAR TASTETE DEN WEG vor ihnen sacht mit seinem Schwert ab, bis ihn Elisena am Ärmel zupfte und seinen Arm zurückzog.

»Hier droht uns keine Gefahr. Thomas hätte etwas davon gemerkt. Kommt!«

Polassar runzelte die Stirn, was ihm wegen seines gefrorenen Gesichts Schmerzen bereitete. »Lady, ich kann mich erinnern, wie Euer Kater durch Winteröd spazierte, als wäre er dort zu Hause. Es macht mich stutzig, daß er plötzlich soviel Glück hat.«

»Ja. Das ist mir auch aufgefallen.« Weiter ging sie nicht auf seine Befürchtungen ein, sondern streifte an ihm vorbei und trat seitlich in die schmale Öffnung, wobei all ihre Ringe leuchteten. Polassar, einen verzweifelten Fluch auf den Lippen, der sich gegen das weibliche Geschlecht im allgemeinen richtete, folgte ihr und zog Tristan hinter sich her.

Die Höhle im Fels war winzig, kaum groß genug, daß sie alle vier darin dicht aneinandergedrängt stehen konnten. Reynaud, der die Wände mit einem Leuchtkristall absuchte und Thomas dicht auf den Fersen folgte, war Mitentdecker eines scharfkantigen Spalts an einer Stelle der Wand. Er war noch schmaler als der Eingang zu der Höhle, doch der Raum, in den man durch ihn gelangte, war größer als der erste und außerdem noch um zwei Biegungen sicherer gegen den Wind geschützt. Polassar mußte sich bücken und winden und schließlich sowohl seinen Rucksack als auch sein Langschwert ablegen, doch kurz darauf hatte sogar er es geschafft, durch den Spalt zu kommen.

Der Steinboden war kalt, wie es das Skelett eines Berges von Natur aus ist. Polassar warf einen der wollenen

Schlafsäcke darauf, bevor er Tristan zu Boden gleiten ließ und ihn an die Wand lehnte. Der Zauberer ähnelte einem Gespenst, dachte Polassar, so weiß war er von Kälte und Schnee, doch es gelang ihm zu nicken, was sicherlich ein Ausdruck des Dankes sein sollte. Polassar nahm es als solchen an.

Thomas eilte zu Tristan, benutzte seinen Schwanz als Besen, um den Schnee von ihm abzukehren, und kuschelte sich zufrieden in seinen Schoß. Einen Moment später schnurrte er und lobte sich selbst aus voller Brust, weil er diese Zuflucht für sie entdeckt hatte. Tristan versuchte zu lächeln.

Reynaud steckte das Zauberholz in Brand, indem er die entsprechende Inkantation schneller herunterrasselte, als es jeder andere aus der Gruppe gekonnt hätte, und mit geschmeidigen Fingern die begleitenden Bewegungen dazu machte. Mit heldenhafter Anstrengung schaffte er es, seine Zähne am Klappern zu hindern, bis er den Zaubervorgang beendet hatte, und auch das spornte ihn zur Eile an. Als das Feuer aufloderte, schienen die Wände der Höhle zurückzuweichen und wieder zusammenzurücken, jedoch nicht mehr so eng wie zuvor. Reynaud blieb nur gerade eben so lange beim Feuer, bis er sicher sein konnte, daß der Zauber anhielt, dann nahm er ihr Kupfergeschirr und ging damit hinaus, um es mit Schnee zu füllen, damit sie Wasser hätten. Es hatte wenig Sinn, darauf zu warten, daß ihm wärmer würde – um so schlimmer würde er dann die Kälte empfinden, wenn er anschließend hinausging. Er mußte sich an Polassar vorbeidrücken, der nervös die Rucksäcke hin und her schob, die sie an die Wand gelehnt hatten, und den Boden, so gut es ging, freiräumte, während er immer wieder zur Decke hinaufsah, als erwartete er, daß sie auf sie herabstürzen würde, sobald er anfing, ihr zu trauen.

Nachdem das Feuer brannte, wurde es in dem kleinen Raum schnell warm, obwohl die Felswände immer noch eiskalt waren. Schnee tropfte zischelnd von Reynaud, als er das Geschirr an den Rand des Feuers stellte, um den Schnee zum Schmelzen zu bringen. Das Prasseln des Hagels draußen wurde vom Prasseln des Feuers übertönt.

»Glaubt Ihr, daß es ungefährlich ist, dieses Wasser zu trinken?« fragte Polassar unsicher. Er hatte sich schließlich entschlossen, die Rucksäcke am Eingang aufzustapeln, damit nichts eindringen konnte – etwas, das so töricht wäre, an den Schranken vorbeizukommen, die Elisena emsig errichtete. Er mußte auf Reynauds Rückkehr warten, bevor er sein Werk vollenden konnte, und das paßte ihm gar nicht.

Reynaud schüttelte nur den Kopf über den Mann und ging nicht weiter auf ihn ein. Sie hatten entgegen allen Erwartungen ein Dach über dem Kopf, und Wände schützten sie gegen den Wind. Wieso sollten sie noch Kraft dafür vergeuden, sich durch Vorsichtsmaßnahmen oder Magie zu schützen? Sie waren der Gefahr entgangen, an einem Hang, über den eiskalter Wind fegte, den Erfrierungstod zu sterben. Polassar durfte nicht erwarten, auch noch eine Quelle mit wohlschmekkendem frischen Wasser zu finden, oder? Was verlangte der Mann denn eigentlich? Reynaud holte getrocknetes Fleisch und Gerstenbrot aus einem der Rucksäcke, was ihm einen mißbilligenden Blick von Polassar eintrug. Er ging dicht ans Feuer, um sich aufzuwärmen, und zog seinen Umhang aus, um ihn zum Trocknen auszubreiten. Dann hatte er noch die Idee, einen Zauberspruch über einem der Kupferkessel zu sprechen, worauf der Schnee zu Wasser schmolz, das sofort zu kochen anfing.

Tristan war es endlich gelungen, sich die gefrorenen Fausthandschuhe abzustreifen, und er hatte so lange unermüdlich an den Riemen seines Rucksacks gezerrt, bis er die Schnallen schließlich öffnen konnte. Der Rucksack war zur Seite gerutscht, bevor er auch die

Schnallen der anderen Seite lösen konnte, aber irgendwie schaffte er es schließlich, sich von dem Gepäck zu befreien. Jetzt versuchte er, den wollenen Schlafsack aus der oberen Öffnung des Rucksacks zu ziehen, aber er hatte wenig Kraft in den Händen, und der Rucksack war prall vollgestopft. Er bekam ihn nicht heraus.

Er ließ nicht locker, wild entschlossen und angetrieben von der tiefverwurzelten Gewohnheit, wie der Vorgang des Lagereinrichtens vor sich zu gehen hatte. Es wäre entschieden einfacher gewesen, wenn er aufgestanden wäre, doch er konnte seinen Beinen nicht trauen.

Tristan war vermutlich gar nicht richtig bewußt, was er tat, dachte Elisena, die den leeren Ausdruck der Erschöpfung in seinem Gesicht sah, als sie zu ihm ging. Er hatte seinen Händen eine Aufgabe gestellt, und sie versuchten nun mechanisch, sie zu erfüllen, bis sie sich neben ihn hinkniete und den Rucksack aus seiner Reichweite schob.

»Laß das im Moment noch! Sieh mich an!«

Seine Augen sahen gespenstisch aus, das Schwarz der Pupillen verdeckte fast vollkommen das Grün, und sie waren von dunklen Schatten eingerahmt, die fast so dunkel waren wie die häßlichen blauen Flecken an seinem Kinn. Tristans Blässe unterstrich seine Verunstaltung.

»Tchch, hier habe ich offensichtlich etwas übersehen.« Elisena stellte eine Schale mit heißem Wasser neben sich und legte ein sauberes Tuch dazu. Tristans Augen folgten langsam ihren Bewegungen.

»Mein Fehler«, preßte er zwischen aufgeplatzten Lippen hervor. »Meine Angeberei ... Giftwurz, langsam sollte ich doch schlauer werden ...« Ein Blutstropfen quoll aus der Mitte seiner Unterlippe, aber Tristan machte nicht den Eindruck, als ob er etwas davon spürte.

Elisena wusch ihm vorsichtig das Gesicht, wobei ihre

Finger jeweils die Bewegungen eines kleinen Heilzaubers über den Stellen ausführten, die sie anschließend mit dem Tuch bearbeitete. Auf diese Weise blieben ihm Schmerzen erspart. Sein Zustand der Benommenheit trug außerdem dazu bei, daß er nicht allzuviel spürte.

»Dein einziger Fehler ist der, daß du in eine Falle getappt bist«, sagte sie. »Du hast sie dir nicht selbst gestellt.«

»Nímir?« Tristan zitterte und sah noch eine Spur elender aus, als ihm ein Gedanke kam. »Er hat sich also mich ausgesucht, weil ich das schwächste Glied der Kette bin!«

»Das würde ich entschieden bezweifeln, wenn ich den Eindruck hätte, daß du in der Verfassung wärst, auf mich zu hören.« Elisena paßte ihren Heilzauber entsprechend an, als sie eine weiße Stelle an Tristans Wange fand, die erfroren war. »Begreifst du denn nicht, was das bedeutet? Wenn Nímir ausgerechnet dich so beharrlich verfolgt und uns anderen in Ruhe läßt, dann doch nur, weil *du* eine Gefahr für ihn darstellst. Das heißt, daß wir Erfolg haben *können.* Er hat Angst vor dir.«

Tristan machte ein skeptisches Gesicht. Ein Wasserrinnsal lief ihm den Hals hinunter. »Ich weiß nicht so recht. Ich habe das Gefühl, daß er mich inzwischen durchschaut. Es fällt ihm immer weniger schwer, mich zu überrumpeln.«

»Dann sei auf der Hut.« Elisena legte ein Stück Mull auf seine Wange und flüsterte einige Worte darüber. Die Erfrierung verschwand.

»Ich dachte, das war ich die ganze Zeit«, antwortete Tristan. Er schloß die Augen. Nicht aus Erschöpfung, dachte Elisena, sondern zum Selbstschutz. Er konnte ihrem Blick nicht mehr standhalten. Sie streckte die Hand aus, um ihn zu beruhigen.

Draußen brüllte der Wind wie eine tollwütige Wildkatze, enttäuscht darüber, daß ihm die Beute durch die

Lappen gegangen war. Thomas hob abwehrbereit den Kopf. Seine lauernden Augen funkelten; die Pupillen waren zu so schmalen Schlitzen verengt, daß man meinen mußte, er könnte nichts sehen – zumindest nichts in der Höhle. Der Wind verstummte, und Thomas legte sich entspannt und zufrieden zurück in Tristans Schoß.

Elisena hatte das starke Verlangen, Tristan kräftig an sich zu drücken, ob ihm eine solche Umarmung weh täte oder nicht, einfach nur, weil sie so dankbar war, daß er noch lebte. Sie beherrschte sich jedoch in der berechtigten Annahme, daß ein solcher Gefühlsausbruch in diesem Moment Tristan so sehr erschrecken würde, daß er das letzte bißchen Denkvermögen, das ihm nach seiner harten Prüfung noch geblieben war, auch noch einbüßen würde. Statt dessen zog sie ihm sanft den Stiefel aus und begutachtete ihr Heilungswerk.

Der Knöchel war so blau angelaufen wie Tristans Gesicht, doch immerhin war er eingerenkt und nicht mehr geschwollen.

»Du mußt mir sagen, wo dir sonst noch etwas weh tut«, forderte Elisena ihn auf, während sie ihm den Stiefel wieder anzog und locker zuband. »Ich mußte so schnell arbeiten, daß ich bestimmt noch mehr als die blauen Flecken in deinem Gesicht übersehen habe.«

Tristan sagte nichts.

Reynaud brachte einen Becher mit Tee, gebrüht aus Wasserdost und Ehrenpreis, worum sie gebeten hatte. Er hatte keinen Honig hineingetan, der den bitteren Geschmack der Kräuter gemildert hätte, doch Tristan trank das Gebräu trotzdem ohne zu murren. Die Schlafsachen waren ausgepackt worden, und bald war er in fast alle Umhänge, die sie dabei hatten, gewickelt und steckte außerdem in seinem Schlafsack.

Er hatte seit einer ganzen Weile nichts mehr gesagt, und Elisena fragte sich, ob sie dem Tee vielleicht noch ein Mittel gegen Kopfschmerzen hätte hinzufügen sollen. Sie selbst spürte ebenfalls einen Anflug davon, verursacht durch Erschöpfung und Kälte. Tristan litt bestimmt noch viel schlimmer darunter.

Während sie noch diese Möglichkeit erwog, kauerte sich plötzlich Polassar neben sie, wobei er auf einem Brotkanten herumkaute. Eine Seite davon war schwarz, weil er damit zu nah ans Fenster geraten war. Polassar biß versehentlich ein Stück davon ab und verzog das Gesicht.

»Zauberer, ich habe noch nie einen Menschen mit soviel Pech kennengelernt.« Es war schwer zu unterscheiden, ob Polassar betrübt oder ärgerlich war. »Beim nächstenmal versucht Euch daran zu erinnern, warum wir Seile mitgenommen haben. Oder ist es in Zaubererkreisen nicht üblich zu lernen, wie man Knoten knüpft, da sich die großen Geister mit erhabeneren Angelegenheiten beschäftigen? Versprecht mir, daß Ihr in Zukunft vorsichtiger sein werdet!«

»Versprochen.« Tristan hob die rechte Hand hoch. Polassar spuckte sich in die Handfläche, bevor er einschlug. Nachdem diese Vereinbarung zu seiner Zufriedenheit besiegelt worden war, stampfte er brummend davon, um noch einmal einen Blick hinaus zu werfen.

Elisena klopfte und rückte den Stapel der Umhänge zurecht, damit kein großes Gewicht auf Tristans verletztem Bein lastete und ihm womöglich Schmerzen bereitete. Es mochte zwar geheilt sein, trotzdem würde er noch eine ganze Weile darunter zu leiden haben. Es gab kein Mittel, alle Folgen, die ein solcher Sturz wie der seine nach sich zog, abzuwenden, auch kein magisches.

Tristan betrachtete sie wieder aufmerksam, als sie aufblickte. Seine Augen waren eine Spur klarer, was sie als Zeichen für seine Besserung begrüßte.

»Ich werde nicht vielleicht irgendwann aus einem Traum erwachen und feststellen, daß es immer noch gebrochen ist, oder?«

Elisena lächelte; dieser kleine Scherz erleichterte sie

noch mehr. »Nein. Es handelt sich hier um eine echte Heilung, nicht um eine Illusion. Und es wird geheilt bleiben, wenn du nichts dagegen unternimmst.«

»Du müßtest eigentlich ein As im Kitten von Töpferwaren sein!« Scherz oder nicht, er lallte die Worte fast vor Erschöpfung.

Elisena legte Tristan einen Finger auf die Lippen. »Pst! Dieses Kitten hat mich beinah genausoviel Kraft gekostet wie dich. Schlaf jetzt, damit ich das gleiche tun kann.«

Polassar und Reynaud hatten sich bereits hingelegt. Polassars Schnarchen hatte sogar schon vor einer ganzen Weile eingesetzt, während sie sich immer noch mit Tristan beschäftigte. Elisena runzelte bei dem Krach die Stirn.

Es wäre wirklich das beste, wir würden schlafen, solang es noch geht, sagte Thomas, wobei sich seine Augen bedrohlich verengten, *bevor das Dach einstürzt.* Er drängte sich zwischen die wärmsten Falten der Umhänge und murrte immer noch leise vor sich hin, als er wegdämmerte. *Kein Wort des Dankes, das muß man sich mal vorstellen. Als ob so eine Höhle immer gerade praktisch zur Hand wäre, wenn man eine braucht.*

Tristan lächelte und versuchte, den Arm nach unten zu strecken, um den Kater sanft in die Schwanzspitze zu zwicken, aber er war schon zu tief eingeschlummert, um noch weiterzukommen als daran zu denken.

Elisena schlüpfte ebenfalls in ihren Schlafsack und richtete einen befehlenden Spruch an das Zauberholz. Seine Flammen erstarben zu einer sanften Glut, die immer noch genügend Hitze abstrahlte, die Höhle jedoch nur noch so schwach beleuchtete, daß es zum Schlafen angenehm war. In dem dämmerigen Licht wirkte die Felskuppel um sie herum so warm und sicher wie die Wände eines gemütlichen Häuschens. Tristan blinzelte; seine Vision überraschte ihn so, daß er fast wieder aufgewacht wäre. Er hatte nicht damit gerechnet, daß Amberes Zauber so wandlungsfähig sein könnte.

Elisena schlief schlecht. Das Zauberholz brannte leise vor sich hin, doch sie hörte das leiseste Knistern, das es von sich gab. Der unermüdliche Wind draußen sang eine Melodie, als ob die Berggipfel Harfensaiten wären, und die ganze Höhle vibrierte wie der Klangkörper dieser Riesenharfe. Die Geräusche hielten sie eine lange Zeit so weit wach, daß sie nicht unter die Oberfläche des Schlafs tauchen konnte. Immer wieder öffnete Elisena die Augen, als ob sie sich auf die Wahrnehmung ihrer Ohren allein nicht verlassen könnte, um sich zu überzeugen, daß Tristan noch atmete.

Sein Gesicht war blaß und eingefallen, selbst im warmen Licht des Feuers. Er sah schlechter aus, als es sein Sturz und die beschwerliche Wanderung verursacht haben konnten. Der Heilungsprozeß war anstrengender gewesen, als Elisena erwartet hatte. Doch sie wußte, daß sie keine Wahl gehabt hatte. Man konnte Tristan kaum als idealen Patienten bezeichnen – er besaß keinerlei Kraftreserven, auf die er zurückgreifen konnte. Jede Faser von ihm war durch die Herausforderung Channadrans übermäßig beansprucht. Und es war nicht genug damit, daß er erschöpft und verletzt war, er hatte sich zu allem Überfluß auch noch in den Kopf gesetzt, daß Nímir sich mit seinen Angriffen auf ihn ganz persönlich konzentrierte.

Wahrscheinlich hatte er sogar recht damit. Dieser Gedanke hielt Elisena noch länger wach als die Sorge um Tristans Gesundheitszustand. Sie überlegte, wie sie Tristan am besten sein ungerechtfertigtes Schuldgefühl ausreden könnte, ohne ihn direkt anzulügen – und ihn auch nicht leichtsinnig zu machen.

Jemand berührte sie an der Schulter, mit einem Griff, der Dringlichkeit oder zumindest Bestimmtheit ausdrückte. Verdutzt erkannte Elisena, daß sie doch eingeschlafen war. Sie wandte den Kopf und spürte, wie steif ihr Hals war; dann hob sie die schweren Augenlider.

Das Licht des Feuers flackerte über die niedrige Decke der Höhle, zu schwach, als daß es Elisena geblendet hätte, doch immerhin hell genug, daß sie Reynauds kauernde Gestalt deutlich erkennen konnte.

»Lady? Es widerstrebt mir, Euch aufzuwecken, doch ...« Reynaud deutete auf Tristan oder machte vielmehr eine Handbewegung in seine Richtung.

Elisena richtete sich schnell auf und blickte an Reynaud vorbei, als ob er mit einemmal nicht mehr existierte. Tristan hatte sich unter den Decken und Umhängen herausgewühlt und seinen wollenen Schlafsack soweit zurückgeschoben, wie es ging, ohne daß er herauskrabbeln mußte. Er warf sich ruhelos von einer Seite auf die andere, als ob er von heftigem Fieber oder einem Alptraum geschüttelt würde. Elisena befühlte erschreckt seine Stirn. Die Haut war warm, aber nicht gefährlich heiß.

Tristan wachte bei ihrer Berührung nicht auf, obwohl er den Kopf abwandte, als ob sie ihn störte. Seine Hände bewegten sich, fuchtelten über dem Schlafsack in der Luft herum. Auch seine aufgeplatzten Lippen arbeiteten, fast – doch nicht ganz – still. Etwa bei jedem dritten Wort loderten die Flammen von dem Zauberholz auf und schlugen bis zur Decke hoch.

»Jedesmal, wenn er das macht, wird es hier drin ein wenig heißer«, erklärte Reynaud und kniete sich neben sie. »Ganz abgesehen davon, daß es immer heller wird. Ich kann nicht sagen, wie lange das schon so geht. Ich bin erst vor etwa einer Viertelstunde davon aufgewacht, aber solange ich ihn jetzt beobachtete, steigert er sich immer mehr. Ich befürchtete, daß er als nächstes etwas in Brand setzen würde.«

»Dieser Schlaf bringt ihm keine Erholung.« Elisena war zutiefst besorgt. »Ihr habt gut daran getan, mich aufzuwecken.«

Bilder flackerten in den Flammen auf. Elisena sah gepflegte Pflanzen, uralte Bäume und ein strohgedecktes Gebäude. Tristan sprach wieder. Eine Flamme loderte empor. Es gab einen lauten Knall wie das Krachen einer Kohle im Feuer, und ein Regen aus Apfelblüten rieselte langsam nieder. Thomas schnüffelte überrascht in die Luft, dann streckte er sich wohlig und genoß die behagliche Wärme.

Reynaud hob ein duftendes Blütenblatt hoch und runzelte die Stirn.

»Fieber?«

»Nein. Träume, glaube ich.« Tristan gelang es erneut, die Finger zu bewegen, gerade so schnell, daß Elisena sie nicht festhalten konnte. Das Feuer zuckte wieder auf, und eine Woge von Hitze schwappte über sie, unangenehm heiß.

Elisena schmunzelte, als sie schließlich Tristans Hände zu fassen bekam. »Eigentlich sollte es mich nicht überraschen. Du hast den ganzen Tag fürchterlich gefroren. Du möchtest jetzt endlich warm werden, und die Wünsche von Zauberern erfüllen sich immer. Doch jetzt ist es hier drin wirklich warm genug, und als nächstes wirst du Polassar aufwecken. Das können wir nicht gebrauchen!«

Sie legte die linke Hand an Tristans Gesicht, und, wie vorauszusehen war, rollte er den Kopf sofort weg von ihr. Seine linke Wange traf auf Elisenas rechte Hand, die schon darauf wartete. Elisena fuhr mit dem rechten Daumen, dessen Ring mit Perlmutt geschmückt war, über Tristans Augenlider und dann über seine Stirn und streichelte ihn so zart, wie sie Troubadour zu streicheln pflegte.

Tristan fügte sich nicht gleich, sondern wehrte sich gegen ihre Einwirkung unter Aufwendung all der geringen Kraft, die er noch besaß. Er kämpfte ohne Erfolg dagegen an; plötzlich sackte das Feuer zu einem Häufchen glühender Kohlen zusammen. In der Höhle wurde es dunkel. Tristan legte sich entspannt zurück auf seinen halbleeren Rucksack, der ihm als Kopfkissen diente, immer noch mit geschlossenen Augen. Elisena fuhr fort, ihn zu beruhigen. Thomas seufzte und vergrub sich wieder in den Bergen aus Stoff, um weiterzuschlafen.

»Ich kenne mindestens ein Dutzend Zauberer in Kôvelir, die ihre rechte Hand opfern würden, wenn sie in wachem Zustand das vollbringen könnten, was er gerade im Schlaf gemacht hat«, flüsterte Reynaud.

»Wahrscheinlich gelingt es ihm in wachem Zustand auch nicht«, antwortete Elisena geistesabwesend, während sie ihm den Puls am Hals fühlte, der langsam und gleichmäßig ging.

»Das finde ich so faszinierend an dieser Blockade, die ihn hemmt, worin immer sie bestehen mag. Er hat nie irgendeine Art von Examen abgelegt, oder?« Reynaud erwartete wohl keine Antwort von ihr. »Ich glaube nicht, obwohl er zum Zeitpunkt von Blais' Tod das Alter dafür fast erreicht haben mußte. Schade. Er hat keinerlei objektive Beurteilung seines Könnens erfahren. Aus Tristans Sicht ist er auf dem Stand des Zauberlehrlings stehengeblieben. Er hat keine Ahnung, wie begabt er ist, und wertet die Tatsache, daß er keinen Rang hat, als Versagen, eine Prophezeiung, die sich selbst erfüllt. Blais hat sich eine ungünstige Zeit ausgesucht, um umgebracht zu werden – nicht, daß er eine Wahl gehabt hätte.«

Reynaud sah zu Tristans Gesicht hinunter. Tristan wäre sehr erstaunt gewesen, wenn er den Ausdruck ernster Besorgnis in diesem Blick gesehen hätte. »Ich frage mich, ob wir ...«

»Fangt nicht an, an ihm herumzuformen, Reynaud«, wies ihn Elisena scharf zurecht, in einem Ton, der keine Widerrede duldete. »Worin sein Problem auch bestehen mag, es ist tief in ihm begraben, und er lernt, damit umzugehen, so wie Ihr selbst es ihm geraten habt. Würdet Ihr eine Perle soweit abschleifen, daß ihr auf das Sandkorn stößt, aus dem sie entstanden ist?« Sie verstand vielleicht nicht Reynauds Besessenheit und wußte nicht, ob sie stärker war als Tristans, doch Elisena erkannte sie und die Gefahren, die sie barg.

»Es würde ihm dadurch kein Schaden zugefügt, Lady. *Ihr* müßtet das eigentlich wissen, auch wenn er selbst es nicht glauben würde. Und es könnte ihm vielleicht helfen.« Reynaud sah sie flehentlich an.

»Voraussetzung dafür wäre, daß er Euch traut«, sagte sie unnachgiebig. »Und wie Ihr zugeben müßt, ist das nicht der Fall. Ihr würdet ihn nur erschrecken, und ich möchte nicht, daß Tristan diese Last auferlegt wird. Er hat ohnehin schon genug zu tragen.« Und möglicherweise war es letzten Endes klug von Tristan, Reynaud nicht über den Weg zu trauen, dachte sie bei sich.

Reynaud neigte den Kopf und gab widerwillig nach. »Es ist eher so, daß *er mir* etwas Angst einjagt, wenn Ihr zu dieser nächtlichen Stunde die Wahrheit hören wollt. Einige der Dinge, die er tut, sind für Zauberer einfach unüblich – die Sache mit dem Eisberg zum Beispiel. Ihr wißt so gut wie ich, daß sie niemals hätte gelingen können, und doch gelang sie erschreckenderweise.« Er schüttelte den Kopf. »Oh, Ihr braucht Euch keine Sorgen zu machen, ich würde das niemals *ihm* gegenüber äußern. Ich weiß, daß Tristan das betrüben würde, vor allem wenn es von mir käme. Er würde es bestimmt nicht als Kompliment auffassen! Aber eines möchte ich Euch noch sagen – er hat mich einmal gefragt, warum ich ihn damals in Radak verschont habe, und ich habe ihn angelogen, indem ich ihm erklärte, daß ich ihn damals einfach nicht für wert befunden hätte, mich mit ihm abzugeben. Nichts könnte von der Wahrheit weiter entfernt sein. Schon damals hatte ich Angst vor ihm, schon vor so langer Zeit, als er selbst noch viel weniger ahnte, wer er war. Inzwischen habe ich ihn besser kennengelernt, und ich habe immer noch Angst.«

Reynaud machte Anstalten, sich abzuwenden, doch

dann drehte er sich noch einmal um und blieb still stehen, um auf Tristans geschlossene Augen hinabzusehen.

»Was ist es, das Ihr in Euch verschließt? Was legt Eurer Magie Bande an, bringt Eure Finger durcheinander und läßt Eure Zunge stolpern? Je mehr Muße Ihr habt, um einen Zauberspruch zu formulieren, je mehr Mühe Ihr darauf verwendet, desto mißratener ist er am Ende. Und doch ... es gibt Zeiten, da zittere ich vor Angst, wenn ich Euch beobachte. Es ist ein Wunder und ein Glück, daß Ihr bis jetzt noch nicht all Euer Selbstvertrauen verloren habt, sondern nur das meiste davon.«

Thomas' Kopf fuhr hoch, um diesen erstaunlichen Monolog besser verfolgen zu können.

»Ihr seid wie ein Mann in einem gläsernen Labyrinth. Ihr wißt nicht, was Ihr tut; Ihr seht nicht die Hindernisse in Eurem Weg, und doch umgeht Ihr sie; Ihr könnt niemals den gleichen Weg zweimal gehen. Was ist geschehen? Seid Ihr durch irgend etwas zu der Überzeugung gelangt, daß die Magie etwas Unnatürliches sei, so daß Ihr Eurer Begabung mißtraut? Oder hat irgend etwas, für das Ihr noch nicht bereit wart, die Saat dieses Schmerzes, der so tief in Euch Wurzeln geschlagen hat, gelegt? Ihr sucht nach Antworten, und ihr braucht sie, auch wenn die Suche danach Euch umbringen wird. Eine vergiftete Wunde heilt niemals, wenn sie nicht gesäubert wird, und Ihr müßt geheilt werden. Trotz meines nicht geringen Könnens ist es mir nicht möglich, etwas für Euch zu tun, weil Ihr mich nicht an Euch herankommen laßt. Sehr bedauerlich!«

Er hatte diese Rede keineswegs für sie gehalten, erkannte Elisena, und es war ihm gleichgültig, ob sie ihm zugehört hatte oder nicht, also sagte sie nichts. Es wäre aufdringlich von ihr gewesen, jetzt zu sprechen. Und genausowenig würde sie diese geheimen, gefühlvollen Worte an Tristan weitergeben, so liebend gern sie es getan hätte.

Nach einer Weile ging Reynaud zurück zu seiner eigenen Lagerstatt, auf der der schwarze Umhang achtlos hingeworfen lag. Er war feinfühlig genug gewesen, ihn nicht zusammen mit den anderen Tristan anzubieten. Es hatte wenig Sinn, Mißtrauen weiter zu schüren oder eine unerfreuliche Szene heraufzubeschwören. Jetzt legten sich die Falten des Umhangs um Reynaud und hüllten ihn ein wie die Nacht, angenehm und schützend, obwohl er ihre Wärme nicht unbedingt gebraucht hätte. Nach einer kaum merklichen magischen Bewegung, die sich vermutlich gegen Polassars immer noch lautstarkes Atmen richtete, drehte er sich um.

»Schlaf tiefer!« flüsterte Elisena in Tristans Ohr. Sie stellte fest, daß ihre Kehle schmerzte, und sie wußte warum. Diese Empfindung überraschte sie. Es wäre ihr nicht im Traum eingefallen, wegen Reynaud traurig zu sein, und was Tristan betraf – Tränen waren sicher nicht das, womit ihm gedient war. Ihre Hände bewegten sich langsam über seiner Stirn. »Schlaf tiefer, als die Träume reichen, dann kann ich sicher sein, daß du nicht belästigt wirst.«

Ihre linke Hand beschrieb einförmige Muster in die Luft, während sie immer wieder die gleichen Worte wiederholte. »Tiefer als der Ozean mit seiner stürmischen Oberfläche. Tiefer als der Schlaf, den die Alraune herbeiführt, ohne den Makel ihres Gifts. Tief wie ein Samen schläft, der auf den Frühling wartet. Behütet und warm, so behütet wie ein Samen im Schutz der Erde. Schlaf.«

Thomas gähnte mit weitaufgerissenem Mund, wobei er sämtliche Zähne zeigte und die Zunge nach der Art von Hunden rollte. Seine Schnurrhaare legten sich langsam zurück in Ruhestellung. In der anderen Ecke der Höhle, einige Fuß entfernt, war Polassars Schnarchen zu einem gewaltigen Crescendo angeschwollen; dann erstarb es und setzte kurze Zeit darauf wieder gurgelnd ein. *Wie kann man erwarten, daß jemand bei die-*

sem Krach schlafen kann. Kein Wunder, daß er sich dauernd vergewisserte, ob das Dach in gutem Zustand ist.

Irgendwann war der Schlaf dann doch stärker als der Radau, und zwar allem Anschein nach viele Stunden lang. Es erwies sich als schwierig, die Zeit nach dem Himmel draußen zu beurteilen. Reynaud, der sich streckte und dann zitterte wie ein nervöses Pferd, als er sich wieder in die Höhle hereingezwängt hatte, berichtete, daß außer Schnee nichts zu sehen sei; die weißen Massen stoben entweder wild durch die Luft oder türmten sich auf dem schmalen Sims vor dem Höhleneingang hoch auf. Polassar wachte auf, vernahm die düstere Botschaft und versank sofort wieder in Schlaf, aus dem Tristan gar nicht erst aufgetaucht war.

Sie alle taten mehr oder weniger das gleiche wie Tiere, die sich in eine Höhle zurückzogen und eine schlechte Zeit dadurch zu überstehen suchten, daß sie sie einfach verschliefen, wodurch sie ihre Kräfte schonten und sich keine Gedanken oder Sorgen zu machen brauchten. Bis das Unwetter nachlassen würde, war ihr Handlungsspielraum sehr beschränkt; es hatte keinen Sinn, mehr erzwingen zu wollen. Als sie keine Lust mehr zum Schlafen hatten, blieben ihre Gespräche dennoch spärlich. Polassar reparierte einiges von ihrer Ausrüstung, ölte Stiefel, prüfte alle Seile und untersuchte sie auf brüchige Stellen und schärfte Haken, die am Fels stumpf geworden waren. Reynaud holte die Karte heraus, die er nach Amberes Sandrelief angefertigt hatte, und begann, eine neue in sein schwarzes Buch zu zeichnen, wobei er von seiner Vorlage ausging und die Beobachtungen, die er unterwegs selbst gemacht hatte, hinzufügte. Tristan schlief in seiner Ecke fast ununterbrochen.

Elisena machte eine Bestandsaufnahme ihrer Vorräte und kochte eine warme Mahlzeit, die besser war als alles, was sie bisher in ihren Lagern auf dem Weg durch die eisigen Felsen zusammengekratzt hatten. Sie hatte allen Grund, mit ihren Kräutern raffiniert zu würzen, denn mit den Nahrungsmitteln an sich durfte sie keineswegs verschwenderisch umgehen und mußte noch aus dem kleinsten Brösel etwas machen. Bevor der Sturm nachließ, wagten sie nicht, den Schutz der Höhle zu verlassen, und bis dahin konnten sie auch Amberes Vögel nicht finden, selbst wenn es einigen gelänge, lebend durch das Unwetter zu kommen. Was sie hatten, mußte also ausreichen, obwohl sie noch längst nicht in Gefahr waren – und doch ...

Sie bereitete einen Eintopf, dann hätte sie noch den Kochsud als Brühe, die eine wenn auch klägliche Ergänzung zu Fleisch und Gemüse darstellte. Dann kochte sie getrocknete Kirschen stundenlang auf kleiner Flamme, bis die Früchte so weich und so saftig und fast noch süßer als frisch gepflückt waren. Tristan, der Süßschnabel, sollte wenigstens einmal etwas ganz nach seinem Geschmack bekommen, dachte Elisena. Die Kirschen würden ihm schmecken, und eine warme Mahlzeit wäre für ihn wichtiger als für jeden anderen von ihnen – sie würde ihm bestimmt guttun, wie ihnen allen natürlich.

Elisena hatte erwartet, daß der Duft der kochenden Kirschen ihn aufwecken würde, doch er regte sich nicht, ja, nicht einmal seine Nasenflügel zuckten. Er hatte sich in der Nacht auf die Seite gedreht und sich mit der Wange gegen den rauhen Stoff seines Rucksacks gedrückt, und so war er liegengeblieben, ohne sich noch einmal zu rühren. Elisena ließ ihn nicht aus den Augen, denn selbst ein Mensch im tiefsten Schlaf bewegte sich dann und wann. Tristans Atem war tief und ging beruhigend gleichmäßig – offenbar war die Heilung seiner Rippen voll und ganz gelungen, was eine Sorge weniger bedeutete. Elisena betrachtete ihn noch eine Weile, dann rührte sie die Kirschen weiter um. Sie waren schon fast zu Marmelade verkocht.

Sie ließ ein Stückchen Zucker hineinplumpsen. Vielleicht bewirkte das etwas. Ein würziges Aroma erfüllte die Höhle, ein Duft nach Feiertagen und Festen. Reynaud sah zu ihr herüber und lächelte ihr anerkennend zu, und Polassars Magen gab ein Knurren von sich, das als Zustimmung gewertet werden konnte. Zu ihrer Enttäuschung waren das die einzigen Reaktionen.

Warum hältst du ihm nicht einfach einen Löffelvoll unter die Nase? schlug Thomas vor, während er sich in alle Richtungen streckte. *Das wird ihn bestimmt aufwecken. Bei der Größe seiner Nase brauchst du nur ein bißchen.* Er beschnüffelte Tristans Ohr und legte eine Pfote auf die oberste Lage der Decken.

Elisena holte einen Streifen getrocknetes Fleisch hervor und hielt es dem Kater hin.

»Hier. Beschäftige dich damit und laß Tristan in Ruhe. Er wird schon aufwachen, wenn er soweit ist, ohne daß du auf ihm herumtappst.«

Polassar stellte einen weiteren Topf mit Schnee zum Schmelzen neben das Feuer und ließ überall halbgeschmolzene Flocken auf den Boden tropfen. Thomas, der auf dem getrockneten Wildfleisch herumkaute, zischte ihn ungehalten an und verzog sich in die entfernte, trockene Ecke der Höhle.

»Schneit es immer noch?«

»Jawohl, und wie. Als ob es niemals aufhören wollte.« Polassar öffnete seine Jacke, damit die Hitze des Feuers ihn schneller erwärmen konnte, und schleuderte seine nassen Handschuhe in die Ecke. Thomas duckte sich und kam mit einem Blick voller Mordlust wieder hoch. Polassar sah zu Tristan hinunter, oder zumindest auf seinen Rücken. »Lady, die Heilkunst ist nicht meine Angelegenheit, doch sollte er nicht so langsam aufwachen? Er schläft schon seit mindestens zwei Tagen, auch wenn wir etwas den Überblick über die Zeitrechnung verloren haben. Vielleicht sollten wir versuchen, ihn aufzuwecken.«

»Ach was, laßt den Mann doch in Ruhe.« Reynaud

blickte von seiner Kartenzeichnung auf und klopfte mit einem Finger auf eine Seite seines Skizzenbuchs. »Der Weg von hier an weiter wird keineswegs besser, sondern im Gegenteil schlechter. Er soll jetzt, solang es noch geht, soviel Kraft wie möglich sammeln. Und so lang wir hier zur Untätigkeit verdammt sind, ist es doch einerlei, ob einer schläft oder wach ist.« Nachdem er seine Meinung gesagt hatte, tauchte er seinen Federhalter wieder ein und fuhr mit seiner Arbeit fort, ohne Polassars eines Blickes zu würdigen.

Polassars Miene verfinsterte sich bei dieser Einmischung, doch dann beschloß er großherzig, sie durchgehen zu lassen. Er sah wieder Elisena an.

»Mir wäre es auch lieber, Tristan wäre mittlerweile aufgewacht, um etwas zu essen«, gab sie zu. »Aber andererseits hat Reynaud wahrscheinlich recht. Der Weg bis hierher hat Tristans letzte Kraftreserven aufgebraucht, und Schlaf schadet ihm nicht. Es besteht noch kein Anlaß, ihn zu stören.«

»Aber Lady, er hat sich bisher noch nicht einmal bewegt!« Polassar machte seiner Besorgnis mit mehr Nachdruck Luft, trotz Elisenas beschwichtigender Worte.

Reynaud lachte. »Donner und Blitz, Polassar, hat er sich noch nicht genügend bewegt, um Euch zufriedenzustellen?«

Während sich die beiden Männer weiter stritten, betrachtete Elisena Tristan aufmerksam. Die Lautstärke der Auseinandersetzung nahm zu, doch kein Anzeichen deutete darauf hin, daß ihn der Streit, bei dem es um seine Person ging, im geringsten störte. Sie ging zu ihm und berührte leicht seine Wange; sie hoffte, sie war behutsam genug vorgegangen, als sie ihn in jener Nacht zum Schlafen brachte, und hatte ihn nicht in einen so tiefen Schlummer versenkt, daß er nun keinen Weg heraus fand. Seine Körpertemperatur schien normal zu sein, und seine Gesichtsfarbe wurde endlich besser.

Tristan schlief einen gesunden Schlaf, nichts anderes oder Schlimmeres. Elisena beschloß, davon überzeugt zu sein. Sie rollte ihn auf den Rücken, und er ließ sich widerstandslos drehen, wachte jedoch nicht auf.

Die Töne, die Tristans Träume begleiteten, hatten nichts mit Polassars Brummen und nichts mit Reynauds bissigen Bemerkungen zu tun, und es war auch nicht das Jagdgebrüll des Gebirgswindes. Die Töne, die Tristan hörte, waren so gleichmäßig wie das Rauschen des Meeres und so vertraut wie der eigene Herzschlag.

In weiter Ferne, am Rand der von Ozeanen gesäumten Welt, erhob sich ein Turm aus den Sturmwolken. In seinen perlmuttweißen Wänden saß eine einsame Frau und lauschte, als ob ihr ein Märchen voller Wunder erzählt würde. Sie lächelte, ihre Lippen entspannten sich glücklich, und sie führte mit geschmeidigen Fingern ihr Webschiffchen durch die gespannten Fäden, wobei sie mit den zarten Kettfäden sehr vorsichtig umging, bis ihre Webarbeit ein Stück weiter gediehen war und die Schußfäden ihnen Halt gaben.

Als der Morgen graute, hatte Tristan fast drei volle Tage lang geschlafen, und er zeigte immer noch nicht das geringste Anzeichen des Aufwachens. Beunruhigt kam Thomas zu dem Schluß, daß es so nicht weitergehen konnte. Auch er selbst war durchaus ein Freund des Müßiggangs, aber er wußte sehr gut, daß man nicht die ganze Zeit mit Schlafen zubringen durfte, wenn man nicht den Verlust mühevoll erworbener Muskelkraft riskieren wollte. Nicht daß er Tristan in dieser Hinsicht mit sich selbst vergleichen wollte, doch wenn der Mann noch einige Zeit länger reglos blieb und wenn man an die Verletzungen dachte, die er sich bei seinem Sturz zugezogen hatte, dann würde er sich wahrscheinlich kaum noch bewegen können, wenn er es irgendwann versuchen würde. Und ein so beschränktes Quartier mit einem steifen Zauberer teilen zu müssen, wozu sie gezwungen wären, solange der Sturm anhielt, war lästig.

Polassar und Reynaud hatten angefangen zu würfeln, um sich die Zeit zu vertreiben; je ausgeruhter sie waren, desto mehr wuchs ihre Ruhelosigkeit. Polassar war wütend, daß Reynaud jedes Spiel gewann, und er war sicher, daß der Mann den Würfel verzauberte. Um ein Blutvergießen zu vermeiden, hatten sie sich aufs Damespielen verlegt, da hierbei weniger das Glück ausschlaggebend war und demzufolge Hexerei nicht soviel bewirken konnte. Reynaud hatte bereitwillig ein Spielbrett auf den Boden gezeichnet, und Polassar saß grübelnd über die Felder gebeugt und versuchte dahinterzukommen, mit welchen Mitteln es Reynaud gelungen war, seinen Plan für einen schnellen Sieg zu vereiteln und statt dessen den Sieg an sich zu reißen, zusammen mit dem Kieselstein, der als Polassars König diente. Es geschah jetzt schon zum drittenmal nacheinander, daß dieses unerklärliche Ereignis eintrat. Thomas dachte voller Verachtung, daß sich Polassar inzwischen an dieses Ergebnis gewöhnt haben müßte und nicht so überrascht zu sein brauchte, doch offenbar gehörte er nicht zu den Leuten, die aus Erfahrung klug wurden.

Begeistertes Siegesgeschrei und Geschimpfe über Verluste hatten ebensowenig dazu geführt, daß Tristan aufwachte, wie Elisenas vorangegangene Bemühungen. Sie holte sich jetzt Rat in Blais' Zauberbuch, sowohl besorgt darüber, daß bisher all ihre Mittel versagt hatten, als auch über den Umstand, daß Tristan nicht einmal aufgewacht war, als sie das Buch aus dem Rucksack unter seinem Kopf herausgeholt hatte. Die Seiten raschelten unter ihren ungeduldigen Fingern.

Thomas legte tapsig eine Pfote auf Tristans Nase. *Jetzt wach doch mal endlich auf! Weißt du nicht, daß sie sich deinetwegen fast zu Tode grämt? Sie denkt, sie hat dir Schaden zugefügt.* Thomas war nicht ganz überzeugt davon, daß es klug wäre, Tristan in diesem Moment noch weiteren magischen Einflüssen auszusetzen, nicht mal den Zaubersprüchen aus Blais' Buch. Er hatte in der letzten Zeit genügend durchmachen müssen. Vielleicht war Elisena der gleichen Ansicht, oder vielleicht war es auch einfach so, daß sie in dem Buch keinen geeigneten Zauber fand. Sonst hätte sie bestimmt noch irgend etwas versucht, anstatt nur düster vor sich hinzustarren. Tristan verlagerte seine Position auf Tristans Brust, um ihn besser mit den Pfoten bearbeiten zu können.

Du warst so stolz, daß du auf den Füßen gelandet bist – aber jeder, der dich sieht, würde meinen, du seist auf dem Kopf gelandet. Mußt du denn immer so stur sein? Thomas tapste weiter in Tristans Gesicht herum, und inzwischen setzte er die Pfoten schon etwas fester auf. Früher oder später würde er eine Reaktion erreichen.

»Thomas! Hör sofort auf damit!« Elisena blickte von dem Zauberbuch auf. Das war eigentlich nicht die Reaktion, die Thomas erhofft hatte. Er hätte erwartet, daß sie ihm noch ein wenig länger keine Beachtung schenken würde. Und er könnte jetzt ein noch so unschuldiges Gesicht machen, sie würde ihn nicht aus den Augen lassen. So ein Pech! Er schätzte die Entfernung zwischen ihnen ab und versuchte zu ermessen, wie lange Elisena brauchen würde, um bei ihm zu sein. Er ging das Risiko ein. Thomas Pfote traf wieder auf Tristans Wange, und diesmal waren die Krallen leicht ausgefahren. Tristan erwachte mit einem von Decken erstickten Schmerzenschrei, oder vielleicht war es auch ein Überraschungsruf.

»Thomas!« Elisena hatte Thomas fast im selben Moment am Nackenfell gepackt. Sie hatte sich entschieden schneller bewegt, als er in seinen Kalkulationen zugrunde gelegt hatte. Miserables Urteilsvermögen war das! Er wurde nachlässig. Thomas wand sich hilflos in ihrem Griff.

»Ich habe dir gesagt, du sollst ihn *in Ruhe* lassen ...«

Tristan richtete sich auf, blinzelte und rieb sich zunächst die Wange, dann die Augen. »Ist schon in Ordnung«, sagte er geschlagen. »Im allgemeinen *beißt* er mich, wenn ich verschlafe und ihm sein Frühstück nicht rechtzeitig richte.« Er drehte den Kopf in Elisenas Richtung und stöhnte auf, als seine Glieder gegen diese Bewegung protestierten. »Giftwurz! Warum hast du mich so lange schlafen lassen?«

Elisena und Thomas tauschten vielsagende Blicke. Sie setzte den Kater bedeutend sanfter ab, als sie ihn hochgehoben hatte, und Thomas machte sich sofort daran, sein zerzaustes Fell zu glätten.

Tristan gähnte und zuckte zusammen, weil sein Kinn dabei schmerzte. Er rutschte hin und her und versuchte, eine einigermaßen bequeme Sitzstellung zu finden. Nach dem Ausdruck in seinem Gesicht zu urteilen, gab es keine. Er sah aus, als ob er sich strecken wollte, es jedoch nicht wagte.

»Ich habe Hunger«, sagte er unvermittelt, als hätte er diesen Umstand gerade entdeckt und wäre sehr überrascht darüber.

»Das kann ich mir denken«, sagte Elisena. »Du warst seit drei Tagen nicht wach genug, um etwas zu essen.«

Tristan hob die Augenbrauen. Er hob auch den Kopf, woraufhin er wieder zusammenzuckte und sich mit der Hand ins Genick fuhr. Durch das Reiben hatte er die Steifheit nicht vertreiben können, wie seine gequälte Miene zeigte. »Drei Tage? So lange habe ich geschlafen?«

»Jawohl, Zauberer. Ich dachte schon, du hältst Winterschlaf, wie ein Bär.« In seiner Erleichterung hatte Polassar vergessen, daß er beim Damespiel ständig verlor, oder hatte seinem Gegner vergeben. Reynaud verzog die Lippen, was man als Lächeln hätte deuten können, und stellte die Figuren für ein neues Spiel aufs Brett.

»In diesem Klima hier müßte ein Bär sehr lange schlafen«, sagte Tristan. Er strich mit dem Finger über Thomas' Rücken, und der Kater hob den Schwanz als auffordernde Geste, daß dieses gefühlvolle Vergnügen auch auf ihn ausgedehnt werden sollte. Er nahm das Streicheln als Zeichen der Dankbarkeit und Wiedergutmachung gern an.

Die Tiefe des Schnees vor der Höhle erschreckte Tristan, der angenommen hatte, daß sie ihren Weg fortsetzen würden, sobald er gegessen hatte – oder spätestens am nächsten Morgen, berichtigte er sich, da er zu diesem Zeitpunkt noch nicht wußte, ob es Tag oder Nacht war. Er teilte nicht Polassars Vertrauen, daß der Wind ihren Weg freiräumen würde. Es hatten sich in den drei Tagen mit erbarmungslosem Sturm unglaubliche Massen aufgehäuft. Kein Wunder, daß Polassar auf seine Frage, wann sie aufbrechen würden, vor sich hingeschmunzelt hatte.

Er hatte kaum etwas gesehen, als der heulende Wind ihn an der äußeren Öffnung der Höhle zurückwarf. Es schien Tag zu sein, obwohl keine Sonne zu sehen war, sondern ringsum nur ein trübes Grau. Die Luft war voller Schnee, genau wie der Boden. Tristan verfluchte seine Tolpatschigkeit, die dazu geführt hatte, daß sie jetzt hier festsaßen – bis er erkannte, daß es eigentlich besser für sie war, hier im Schutz der Felsen vor dem Unwetter sicher zu sein. Wenn man es recht überlegte, hatten sie Glück gehabt, daß sie noch nicht weiter gekommen waren.

Gut. Endlich läßt du einen Anflug von Verstand erkennen. Thomas lag dicht beim Feuer und ließ die Hitze in sich eindringen.

Mit zusammengebissenen Zähnen machte Tristan eine Reihe von Fechtschritten, um sich so weit zu lokkern, daß er sich bewegen konnte, ohne daß jedes Glied an ihm weh tat. Es war eine harte Probe für seinen verletzten Knöchel, obwohl er bereits damit aufgetreten war und wußte, daß er geheilt war; doch überall sonst verspürte er so heftige Schmerzen, daß er daran kaum noch dachte. Tristan streckte sich, beugte sich und reckte sich nach beiden Seiten, drehte sich in alle Richtungen und hatte Muskelkater und Gliederreißen wie seit seinem ersten Fechtunterricht bei Blais nicht mehr. Als er seine Übungen beendet hatte, war er schweißgebadet; vielleicht war er gelockert, doch nun war er zu erschöpft, um sich zu bewegen.

Das ganze Strecken und Recken und Drehen wurde ein paar Stunden später wiederholt, und zwar unter Polassars kritischem Blick. Tristan fand die Übungen beim zweitenmal etwas leichter, wenn auch nicht viel. Er hörte auf, als ihn Elisena mit der letzten Portion der gedünsteten Kirschen lockte, und sagte sich, daß es sowieso nicht klug wäre, die Sache zu übertreiben. Inzwischen traute er sich wieder zu, sich frei zu bewegen, aber die Anstrengung, dieses Ziel zu erreichen, hatte ihn so mitgenommen, daß er jetzt zu nichts anderem mehr in der Lage war, als still dazusitzen und in Blais' Zauberbuch zu blättern. Elisena massierte ihm den Rücken, und diese wohltuende Behandlung ließ ihn schneller wieder einschlafen, als irgendeiner von den anderen erwartet hätte.

Der nächste Tag und der übernächste verliefen mehr oder weniger genauso. Tristan spürte, wie seine Kraft beständig zunahm, doch ebenso beständig fiel der Schnee vor der Höhle. Er verbrachte viel Zeit mit Lesen. Er hatte seit seiner Krönung nicht mehr so viel Muße zum Studieren gehabt, und er hätte sich eigentlich darüber freuen müssen. Tristan erinnerte sich immer wieder daran, wenn ihn das Heulen des Windes draußen ruhelos machte.

Über das Verwandeln von Blei in Gold las er ohne großes Interesse und fragte sich wohl zum zehnten Mal, warum Blais und er, wenn dieser Zauber wirklich funktionierte, ständig arm wie die Kirchenmäuse waren. Vielleicht waren die notwendigen Wettervoraussetzungen – siebenundsiebzig aufeinanderfolgende Sonnentage – während Blais' Lebenszeit in Calandra niemals gegeben gewesen. Eine solche Folge von Schönwettertagen wäre im übrigen mehr wert gewesen als alles Gold der Welt. Was den anderen Teil des Zaubers – Löwenzahn und Butterblumen, gepflückt bei Vollmond – betraf, so konnte darin das Problem bestimmt nicht liegen.

Es war ein törichter, alberner Zauber, ob er nun funktionierte oder nicht. Wahrscheinlich sollte er nicht ernst genommen werden. Jedes Buch enthielt einige faule Zauber und einige oberfaule Zauber und schlichte Finten. Manche Zauberer sorgten sich mehr um den Schutz ihres Wissens als andere, doch alle wandten diese Taktik bis zu einem gewissen Grad an. Es erforderte ein bestimmtes Maß an Magiererfahrung, um die Tricks und Fallen herauszusieben, und Unerfahrene taten gut daran, die Finger von den Büchern anderer Zauberer zu lassen – was sich im allgemeinen ohnehin von selbst verstand.

Tristan überblätterte einen Abschnitt mit Liebesbannsprüchen – die meisten davon waren ebenfalls außerordentlich albern, doch eine überraschende Anzahl davon funktionierte –, und kam zu Blais' Rezept für Fruchtstollen. Dieser Abschnitt gehörte nicht hierher, doch es war eine Wanderseite, die zu den unmöglichsten Zeiten an den unmöglichsten Stellen auftauchte, als ob der Kuchen manchmal Lust hätte, gebacken zu werden. Tristan leckte sich die Lippen, als er an den Geschmack dachte, dann schüttelte er traurig den Kopf. »Gibt keine Butter.« Er blätterte um.

Ein Pfeifen lenkte ihn ab, und als Tristan aufblickte, sah er eine weiße Ranke von Schnee, die der Wind wild tanzend in die Höhle getrieben hatte, vorbei an dem Stapel mit dem Seil und anderen Gegenständen ihrer Ausrüstung. Elisena schickte sie mit einem strengen Befehl hinaus, und der Sturm erdreistete sich nicht noch einmal zu solcher Kühnheit.

Eine ganze Menge von Blais' Zaubersprüchen befaßten sich mit Wetterhexerei, wie es für Calandra typisch war. Es gab Inkantationen für mildes Wetter, für Regen, für Blitz und Donner. Tristan kannte die meisten davon auswendig, sogar eine für Schnee, die kein Zauberer in Calandra, der bei Verstand war, je benutzen würde. Oder war der Zauber als Ulk gedacht? Wenn es jedoch möglich wäre, eine Umkehrung dieses Zaubers zu erarbeiten, könnte er unglaublich mächtig sein. Tristan wußte, daß er nicht hoffen konnte, von Elisena die Erlaubnis zu bekommen, ein Unwetter zu vertreiben, doch er könnte ihr vielleicht eine Hilfe sein. Der Gedanke war ermutigend.

Er würde jedoch die Hände von dem Sturm da draußen lassen. Der Wind tobte immer noch, und seine Vorstellungskraft und die Erinnerung lieferten ihm ein Bild, wie die Welt nach einem solchen Unwetter aussehen würde. Tristan suchte schnell nach einem wärmenden Zauberspruch, um dieses Bild aus seinem Geist zu vertreiben.

Das Zähmen von Drachen. Das mußte eine falsche Spur sein, denn kein Zauberer, der so einfältig war, sich mit Zähmungsabsichten in die Nähe eines feuerspeienden Drachen zu begeben, wäre andererseits gewitzt genug, diese Begegnung zu überleben und den Zaubervorgang niederzuschreiben. Aber es könnte eine unterhaltsame Lektüre sein.

Ein anderer Zauber war überschrieben: *Das Leben mit Geiern.* Tristan bezweifelte stark, daß Blais je einen Geier zu Gesicht bekommen hatte. Sie waren in Calandra nicht heimisch, selbst in der Magie nicht. Die Seite war wahrscheinlich abgeschrieben, vielleicht auf Anweisung von Blais' Lehrmeister, und stammte aus einer älteren Quelle. Er hätte es wieder genauso gemacht, wenn Blais ein paar Monate länger gelebt und Tristans Ausbildung so weit abgeschlossen hätte, daß er das Stadium erreicht hätte, in dem sich Zauberer ein eigenes Buch anlegen.

Tristan blätterte schnell durch die Seiten mit den Tierfabeln bis zu einer Stelle, die ihm vertrauter war, und las leise vor sich hin, während er nebenher auf das Brodeln des Abendessens im Kessel lauschte und auf das Summen Reynauds, der ein Seil drehte. Als er auf einige Anleitungen zum Fingerspiel stieß, machte er die Übungen nach, obwohl er weder so gelangweilt noch so töricht war, die eigentlichen Zauber durchzuführen, während ihm Reynaud sozusagen auf der Pelle saß.

Irgendwo in seinem Gepäck mußte ein beinerner Griffel sein und eine kleine wachsbeschichtete Tafel, die dazugehörte, soweit sich Tristan erinnerte. Wenn er Lust hätte, könnte er also auch ein wenig Runenzeichen üben. Auch das hätte er lieber allein gemacht, aber das war nun einmal nicht möglich. Tristan erwog, für eine Weile hinaus in den Vorraum der Höhle zu gehen und die Kälte dort auszuhalten, doch er wußte, was Elisena davon halten würde. Was immer sie mit ihren Ringen vorhaben mochte, er würde sie mit seinen Spielereien stören. Er hatte ihr schon genügend Scherereien mit seiner Tolpatschigkeit eingebracht und ihr Sorgen bereitet, als sie bereits genug um die Ohren hatte.

Du bist launisch wie ein Falke in der Mauser, ließ ihn Thomas hilfreicherweise wissen.

Tristan seufzte und mußte sich diesem Vorwurf anschließen, obwohl er kaum etwas tun konnte, um seinen Gemütszustand zu ändern.

Tristan nahm das kunstvoll geschnitzte Holzkästchen zur Hand, in dem seine Steine und Federn sicher verwahrt waren, kippte den Inhalt aus und begann gleichgültig, ihn neu einzusortieren. Er bezweifelte, daß er einen dringenden Grund finden würde, seine Utensilien zum Regenmachen in Channadran zu gebrauchen, also konnte er diese grauen Steine fürs erste nach ganz unten in das Kästchen packen. Seinen Feuerstein wollte er jedoch auf jeden Fall zuoberst legen, auch wenn er ihn nicht brauchen würde, solang sie Amberes Zauberholz benutzten. Und auch sein Kristall sollte griffbereit liegen. Tristan hatte die Erfahrung gemacht, daß man, wenn man magisches Licht brauchte, man es möglichst schnell brauchte, und selbst ein Magier konnte es nicht zuverlässig aus der hohlen Hand zaubern. Der Kristall war eine greifbare Lichtquelle und arbeitete zuverlässig, selbst bei ihm. Nun, im großen und ganzen jedenfalls.

Tristan ordnete die Steine im Kästchen und legte die Federn an die Ränder, wo sie das Holz schützen würde, damit sie nicht knickten und brachen. Eine Feder blieb widerspenstig an seiner Hand kleben. Sie war klein und weiß – Tristan sah auch einen blaugrauen Tupfer am einen Rand und erkannte mit einem Stich im Herz, daß es eine von Troubadours Federn war, die unbemerkt ausgegangen und in das Kästchen gefallen war.

In wehmütiger Erinnerung hörte er noch einmal, wie Troubadour in Finsterloch gesungen hatte, und wußte, daß der Vogel auch diese Höhle mit Gesang und Frühling erfüllt und Hoffnung in ihre Herzen gebracht hätte, während ihr Leben jetzt nur aus Warten, Langeweile und verbissener Entschlossenheit zur Erfüllung dieser trostlosen Aufgabe bestand. Er hätte besser daran getan, Troubadour mitzunehmen, aber sein Bedauern deswegen, wie wegen so vieler anderer Dinge auch, kam zu spät.

Er konnte es nicht mehr ertragen, die Feder noch länger anzusehen. Der Anblick verursachte einen unbeschreiblichen Schmerz in seiner Kehle. Er hatte Ambere gebeten, dafür zu sorgen, daß Troubadour *ihn* vergessen würde – er hätte darauf drängen sollen, daß der Zauber in beide Richtungen wirkte. Tristan verstaute die Feder wieder in einer Ecke des Kästchens, sicher und außerhalb seiner Sichtweite, und fragte sich, wie lange es wohl dauern würde, bis er endlich vergäße, während er wieder auf das leise, vertraute Geräusch des Flügelschlagens neben seinem Ohr lauschte.

Alle Steine waren wieder weggepackt bis auf den rosa- und elfenbeinfarbenen Kiesel, den Welslin ihm aufgedrängt hatte. Tristan hielt den Stein nachdenklich in der Hand und hörte dabei förmlich das Klatschen der Meereswellen am Strand und das Schreien der Möwen. Er schüttelte den Kopf. Es war nur der Wind. Thomas hatte ganz recht, was seinen derzeitigen Geisteszustand anging.

»Wo habt Ihr den denn aufgelesen?«

Er hatte nicht gemerkt, daß Reynaud ihn beobachtete, doch er war so tief in seine Gedanken versunken, daß Tristan gar nicht in den Sinn kam, die Frage zurückzuweisen.

»Amberes Tochter hat ihn mir geschenkt.« Tristan legte den Kiesel in das Kästchen zu den anderen Steinen. Er suchte sich selbst einen Platz, an den er genau paßte.

Reynaud hatte die Hand schon halbwegs danach ausgestreckt, als ob er vorgehabt hätte, den Stein genau zu untersuchen. Er zuckte jedoch zurück, und seine langen Finger zeichneten ein Muster in die Luft, ein uraltes Zeichen zur Abwehr des Bösen, während seine Gesichtsfarbe um einige Grade blasser wurde. Er hatte den Federkiel fallenlassen, der einen häßlichen Klecks mitten in seine Landkarte machte, was er überhaupt nicht merkte.

»Was ist denn los?« fragte Tristan widerwillig, den es störte, daß er nun Reynauds Aufdringlichkeit nicht mehr ignorieren konnte. Welches unerfreuliche Spielchen stand ihm hier bevor?

»Ihr kennt die Legende nicht?« Reynauds Ausdruck schwankte zwischen überraschtem Brauenheben und zweifelndem Stirnrunzeln. »Ihr tragt dieses Ding die ganze Zeit mit Euch herum, ohne zu wissen, was es damit auf sich hat?«

»*Welche* Legende?« Jetzt sah ihn auch Polassar an, der durch Reynauds ungewöhnlichen Tonfall in der Stimme aufmerksam geworden war. Vielleicht war das auch ganz gut so, denn Polassar war drauf und dran, sein großes Schwert zu Silber zu polieren, wenn er nicht bald damit aufhörte.

»Die Legende von Welslin, der Schicksalsweberin.« Reynauds Finger waren zur Ruhe gekommen, und seine Stimme zitterte nicht mehr, doch die Beherrschung über seine Augen hatte er noch nicht wiedergewonnen. Damit hatte er Tristans uneingeschränkte Aufmerksamkeit erweckt, was ihm mit allem anderen nicht gelungen war. Reynaud verlor die Fassung? Und gleich so schlimm? Tristan hatte den Mann während aller Widrigkeiten, die ihnen bis jetzt widerfahren waren, noch nicht so erschüttert gesehen.

»Niemand hat sie je gesehen«, sagte Reynaud. »Nicht einmal die wenigen, die nach Am Islin gereist waren und dort eingelassen wurden. Manchmal hat jemand unten im Turm das Klacken ihres Webschiffchens gehört oder auch das Flüstern des Fadens, den sie spann. Das wurde als Zeichen des Schicksals gewertet. Doch niemand hat sie je *gesehen*.«

Polassar war äußerst fasziniert. Er sah genauso aus, als ob er bei sich zu Hause am Kamin säße und an einem Winterabend seinem Barden zuhörte, der ihm Geschichten voller Wunder vorsang, und Tristan mußte sich sehr beherrschen, daß er nicht die Lippen zu einem Pfeifen spitzte. Was fiel Reynaud ein, sie beide zum Narren zu halten!

Aus Reynauds Augen sprach jedoch tiefster Ernst. In ihrem strengen Blick lag nicht die Spur von Spott.

»Wenn Ihr sie gesehen habt, wenn sie Euch das geschenkt hat – nun, das ist ein eindeutiges Zeichen. Das Schicksal unserer Reise ist besiegelt.«

»Das war ohnehin der Fall«, warf Elisena unerschüttert ein. Sie kniete vor dem Feuer, um sich die Hände zu wärmen, und an ihren Fingern funkelte der Widerschein der Flammen in roten, goldenen und saphirhellen Juwelen. Ihr Gesicht war vor Kälte starr und ihre Nase gerötet.

»Das bedeutet, daß dies eine Unternehmung von umfassender Tragweite ist«, fuhr Reynaud beharrlich fort, »die nicht nur Calandra betrifft.«

»Habt Ihr je daran gezweifelt?« fragte Elisena seelenruhig, als könnte sie Reynauds Aufregung überhaupt nicht verstehen.

»Die Art von Unternehmung, über die Heldengesänge geschrieben werden?« fragte Polassar erregt.

»Die Art, über die niemals gesprochen wird«, sagte Reynaud mit einer Stimme, die finster wie die Nacht klang. »Es gibt Dinge, die nicht einmal die Magier von Kôvelir niederzuschreiben wagen. Man hört sie nur, immer nur ein wenig, niemals alles im Zusammenhang. Und in manchen späten Nächten erinnert man sich, und die Teile fügen sich zusammen. Einige dieser Dinge betreffen den Einfluß von Welslin, der Schicksalsweberin, auf das Leben der Sterblichen.«

Tristan konnte ein völlig unpassendes Auflachen nicht unterdrücken. Soviel Theater um ein schüchternes Mädchen, das in einem Turm sitzt und webt? Er hätte nie für möglich gehalten, daß Reynaud so sehr außer sich geraten könnte – und schon gar nicht wegen einer solchen Belanglosigkeit.

Zugegeben, Welslin hatte auch auf ihn einen nachhaltigen Eindruck gemacht, damals, doch er war krank und leicht zu verwirren gewesen. Tristan hatte damals nicht die Hälfte von dem verstanden, was sie zu ihm gesagt hatte – und das meiste hatte er inzwischen vergessen. So wichtig es auch für sie gewesen war, ihm den Stein zu schenken, er war doch nichts weiter als ein Kiesel, der vielleicht eine gewisse Macht besitzen mochte, die ihm jedoch nicht so stark vorkam, als daß er sich veranlaßt gesehen hätte, mit Hilfe eines Zauberbanns hinter sein Geheimnis zu kommen. Ein Mädchen, das kaum mehr als ein Traum zu sein schien, und ein glatter Stein, der zwar eine schöne Färbung hatte – welche Bedeutung konnte dem einen oder anderen zukommen, selbst wenn sie Bestandteil von Geschichten waren, die man sich in der dunklen, fernen Stadt erzählte? Weniger als gar keine, dachte Tristan.

Er betrachtete den Stein, der in seiner Hand lag und auf dem das Licht des Feuers rhythmisch flackerte, und flüchtig kam ihm der Gedanke, ob er so ganz und gar sicher sein konnte. Er konnte sich nicht erinnern, daß er ihn wieder aus dem Kästchen genommen hatte; wie kam er also in seine Hand? Er mußte schrecklich geistesabwesend sein. Vielleicht sollte er Elisena die Sache mit Welslin erklären, damit kein Mißverständnis aufkäme, doch das hätte auch später noch Zeit.

Reynaud war aufgebracht und machte sich nicht die Mühe, das zu verbergen. Im nächsten Moment würde er laut aussprechen, was er dachte, befürchtete Thomas. Sie waren alle gelangweilt und gereizt. Ein Streit würde ihre unerfreuliche Lage nur noch schlimmer machen, und der Kater war überzeugt davon, daß es ihm diesmal nicht gelingen würde, Tristan herauszuhalten. Tristans Abneigung gegen Reynaud, so grundlos sie auch war, brodelte schon lange kurz vor dem Überkochen, und wahrscheinlich würde das nächste Wort, das Reynaud ausspräche, den Ausschlag geben. Thomas spürte, daß Tristans Laune sich weiter verschlechtert hatte. Schließlich waren der Stein und das Erlebnis, das damit verbunden war, sehr privater Natur. Reynauds Neugier mußte ihm also gehörig auf die Nerven gehen.

Es bestand andererseits auch keine Hoffnung, daß Reynaud schweigen würde. Thomas überlegte sich krampfhaft, wie er ihn ablenken könnte. Außer einem kühnen Sprung ins Feuer fiel ihm nichts ein, doch das Schicksal kam ihm zu Hilfe. Im letzten Augenblick wurde ihm ein Anlaß geboten, die allgemeine Aufmerksamkeit zu erregen, so daß er das Schlimmste gerade noch verhindern konnte.

Wir haben Besuch bekommen! Tristan hob den Kopf, und Reynaud riß seinen mit einem Ruck herum. Thomas hockte neben der Öffnung zur vorderen Höhle und betrachtete lauernd einen großen und ziemlich windzerzausten Geierfalken. Der Vogel hatte die kräftigen Flügel halb ausgebreitet und schlug damit gegen den Felsen, dann ließ er sich wieder nieder und stieß einige schrille Schreie aus, so wild wie der rauhe Gebirgswind, der ihn hergetragen hatte.

»Die Sturmwolken verziehen sich nach Süden«, übersetzte Elisena. »Der Wind, der sie treibt, räumt auch einen großen Teil des Berges frei. Morgen früh werden wir unseren Weg fortsetzen können.«

Der Geierfalke ließ den Blick seiner dunklen Augen über einen nach dem anderen von ihnen schweifen, und drehte dabei den Kopf in zornigen kleinen Rucken, um jeden von ihnen genau in der Sicht zu haben. Es sah aus, als ob er sie zählte. Dann stieß er wieder einen Schrei aus und spreizte die Flügel; er bewegte sich überraschend geschickt zwischen den Felswänden. Thomas machte einen Satz zurück. Der Falke war aus der Höhle und in der Luft, bevor Tristan die äußere Öffnung erreicht hatte; er verlor sich im weißen Schneegestöber.

»Er wird Royston Ambere Bericht erstatten, wo wir uns befinden und daß es uns gutgeht«, sagte Elisena.

16. KAPITEL

Trügerisches Licht

Es war ein angenehmes Gefühl, sich wieder etwas weiter zu bewegen als die drei Schritte, die er gebraucht hatte, um die Höhle zu durchqueren. Tristans Beine freuten sich über die Gelegenheit, sich ausstrecken zu können, und er war froh, wieder einmal draußen an der frischen Luft zu sein, so kalt sie auch war.

Warte ab, wie du darüber in einer Stunde denkst, wenn du deine Nasenspitze nicht mehr fühlst. Seit dem Unwetter ist es hier oben noch kälter geworden, bemerkte Thomas. Tristan fühlte, wie sich der Kater tiefer in den Rucksack wühlte und das wärmste Fleckchen suchte, wobei seine Pfoten gelegentlich gegen Tristans Rücken stießen.

Thomas hatte recht. Die Luft war eisig, und der Wind war immer noch so schneidend wie eine Schwertklinge. Tristan hatte jeden Haken, jeden Knopf und jede Spange an seiner Kleidung geschlossen, und trotzdem fand der Wind Wege, bis an seine Haut zu gelangen. Mit keinem Zauberbann hätte er es geschafft, ihn abzuhalten. Sein Atem hing ihm als unvergängliche Wolke vor dem Mund – sofern sie nicht der Wind zusammen mit aller Wärme in seinem Gesicht wegblies.

Es waren keine Wolken zu sehen außer denen vor den Gesichtern seiner Begleiter. Jeder einzelne von Channadrans zahllosen Gipfeln war deutlich erkennbar, mit scharf abgegrenzten Umrissen. Es war schwer, die Entfernung zwischen ihnen zu ermessen, da die Luft so klar war, daß selbst in der weitesten Ferne noch alles nah erschien. Die Reisenden waren in zweierlei Hinsicht dankbar für Amberes Vögel; einerseits wiesen sie ihnen den Weg, andererseits versorgten sie sie mit Nahrung. Tristan hätte nicht zu sagen vermocht, aus welcher Richtung sie gekommen waren, geschweige denn, in welche Richtung ihr Weg weiterführte.

Bei jeder Rast, die sie einlegten, beschäftigte sich Reynaud emsig mit seiner Landkarte, um die klare Sicht auszunützen, wie erschöpft er auch sein mochte. Der Tintenfleck war fein säuberlich weggekratzt worden, wie Tristan feststellte, doch Reynaud mußte unablässig Bannsprüche vor sich hinmurmeln, um zu verhindern, daß seine Tinte einfror. Seine Stimmung lud nicht dazu ein, ihn mit Fragen nach der Strecke zu belästigen.

Obwohl Reynaud an einer bestimmten Stelle unbedingt seine Karte ergänzen wollte, hatten sie dort nur eine kurze Ruhepause eingelegt, bevor sie sich an den Abstieg an einem steilen Hang machten, der noch unzugänglicher aussah als alle bisherigen. Sie mußten sich der Seile bedienen und mit Füßen, die sie trotz der wärmenden Stiefel von Ambere kaum noch fühlten, Stellen ertasten, wo sie Halt finden konnten.

Ständiges Aufstampfen, um die Blutzirkulation in Füßen und Zehen aufrechtzuerhalten, hatte wenig Erfolg gebracht. Eigentlich war Tristan auch gar nicht so sicher, ob es angenehm wäre, wenn sie dort wieder Gefühle hätten. Seine Füße wurden nur wieder von Kälte geplagt, so wie der Rest seines Körpers. Trotzdem hüpfte er im Schnee herum und schlug sich mit den Händen in den Fausthandschuhen vor die Brust, wobei er die bescheidene Hoffnung hegte, daß seine Finger nicht abbrechen würden, während er die Seile vorbereitete. Als die Bewegungen anfingen ihm Schmerzen zu bereiten, nahm er all seine Kraft zusammen und stampfte noch fester auf.

Auch sein Gesicht fühlte sich erfroren an, aber dagegen konnte er nichts tun. Wenn er versucht hätte, durch Schläge wieder Gefühl in seine Wangen zu bringen, hätte er sich wahrscheinlich selbst k.o. geschlagen. Seine Hände in den klobigen Fausthandschuhen waren so fein zu steuern wie die Flossen eines Seehundes.

Die Kletterei war alptraumhaft, und die Ebene, auf der sie unten ankamen, war tückisch. Die dicke Schneeschicht – keineswegs vom Wind weggepustet – sah weiß und einladend aus, weich wie ein Federbett, in das man sich mit Wonne werfen könnte. Es war eine große Verlockung, rein und unberührt, und Tristan mußte sich mit Gewalt die Schwärze der Felsen darunter ins Gedächtnis rufen und sich zwingen zu erkennen, daß dieses Design nach den farblichen Akzenten einiger purpurroter Blutflecken verlangte. Seine Knie waren weich, als ob ein Zauberbann auf ihnen läge, und die der Kälte ausgesetzte Haut seines Gesichts prickelte; die scharfen Kanten dieser Felsen könnten sie leicht verletzen, was er fast schon spürte.

Bei jedem Schritt schien er gerade noch einmal einer Katastrophe zu entgehen; schicksalsergeben verzichtete er fürs erste auf eine Ruhepause. Erst nach einigen Augenblicken wurde Tristans Kopf vollkommen klar, als er anscheinend aus dem Einflußbereich eines Zauberbanns gekommen war. Er empfand ein dumpfes Gefühl der Dankbarkeit, ohne genau zu wissen, wie ihm geschehen war. Welche Art von Zauberbann mochte das gewesen sein – eine Täuschung oder etwas Schlimmeres? Elisena oder Reynaud wußten es wahrscheinlich, ja bestimmt.

Aber ob einer von den anderen ebenso unter seiner Wirkung gestanden hatte, konnte Tristan nicht beurteilen. Er nahm an, daß sein Wahrnehmungsvermögen immer noch irgendwie gestört war, davon mußte er ausgehen. Er wäre bestimmt zu der Überzeugung gelangt, daß das Problem ausschließlich auf seinem eigenen Geisteszustand beruhte, wenn nicht auch noch andere Dinge mehr als gewöhnlich nicht gestimmt hätten.

Polassar und Reynaud fauchten einander hemmungslos an; zunächst stritten sie wegen des Zustands der Seile, und dann beschuldigte jeder den anderen irgendeinen Gegenstand ihrer Ausrüstung am letzten Lagerplatz zurückgelassen zu haben. Elisena sagte nichts dazu, was ganz untypisch für sie war, und Tristan bekam einen großen Schrecken, als er ihnen genauer zuhörte und ihm nichts einfiel, wie er diese verfahrene Situation retten könnte.

Schließlich fand er die gesuchten Gegenstände – ein Teil davon war in seinem Gepäck gewesen, die anderen in Polassars –, doch nur die Zeit und eine sorgsam aufrechterhaltene Distanz hielt die beiden Kampfhähne davon ab, aufeinander loszugehen.

Es war höchste Zeit, daß sie alle diese mit einem Zauberbann belegte Paßgegend verließen und aus der Reichweite seiner Winde mit den bösartigen Einflüsterungen kamen. Tristan hoffte, daß sie diesem Einfluß entronnen waren und daß er die Ursache für ihre Schwierigkeiten richtig eingeschätzt hatte, da sich keiner der anderen darum zu bemühen schien. Gegen Abend waren sie in einer Verfassung, wie sie es immer am Ende eines Tages zu sein pflegten, zu erschöpft und durchgefroren, um zu streiten; doch es waren Worte gefallen, von denen Tristan nicht hoffen konnte, daß sie vollkommen vergessen würden.

Seine eigenen überstrapazierten Nerven machten die Dinge auch nicht besser. Als Elisena ihn bat, das Zauberholz anzuzünden, reagierte er viel schroffer, als er beabsichtigt hatte, und er hatte das Gefühl, daß jedes weitere Wort, mit dem er sein Verhalten wiedergutzumachen versucht hätte, nur seine Schuld und ihre Verletztheit noch vertieft hätte. Thomas' Fell war die ganze Nacht über aufgerichtet und knisterte bei der kleinsten Berührung, die der Kater nur ein einziges Mal zuließ unter Androhung des schmerzhaften Einsatzes seiner Krallen.

Es wäre die geeignete Nacht für Alpträume gewesen, wenn Tristan überhaupt hätte schlafen können. Er war müde, ihn fror, er fühlte sich insgesamt unwohl und war voller Unruhe. Mußte das, was immer es war, das ihnen heute widerfahren war, noch einmal erwartet werden? Und warum kam es offenbar keinem von den anderen ins Bewußtsein?

Schließlich sprach er mit Elisena deswegen und erkannte an ihrem besorgten Gesicht, daß ihr nicht entgangen war, in welche Falle sie geraten waren, doch vielleicht hatte sie gehofft, daß es außer ihr niemandem aufgefallen war. Empfindungen dieser Art seien immer eine vage Sache, erklärte sie.

Die Sterne leuchteten so nah, daß man glaubte, sie leicht berühren zu können, und es gab mehr davon, als Tristan ohne weiteres glauben wollte. Die bekannten Konstellationen waren so dicht durchsetzt mit neuen Lichtpünktchen wie in einem Schwarm kleiner Fische Flossen schlugen.

Das Glitzern der Sterne war nicht freundlich. Es erzählte nichts von den Überlieferungen über die verschiedenen Konstellationen. Stimmen schwangen in der unbewegten Luft mit, und es schien jetzt sicherer, wenn sie nicht unnötig oder zu oft sprächen. Neuerwachte Ängste bewogen sie zu schweigen.

Sie verließen den Rücken der äußeren Berge und kamen in ein Tal, das einst breit gewesen sein mußte. Tristan dachte, daß es vielleicht einmal so groß wie ganz Calandra gewesen sein könnte, wenn nicht sogar größer. Jetzt war die breite Ebene von einem Rand zum anderen mit einem weißen Gletscher angefüllt. Er sah gefährlich aus, wenn auch immer noch sicherer als die steilen Felsen. Sie würden waghalsiges Klettern verlangen, ohne dafür ein Vorankommen zu gewährleisten.

Tage und Nächte blieben weiterhin klar, und langsam entwickelte sich das zu einer Bedrohung. Es stand nicht die kleinste Wolke am Himmel, und das Glitzern der Sonne auf dem weißen Schnee und Eis war beängstigend. Mit zu schmalen Schlitzen verengten oder manchmal auch ganz geschlossenen Augen war es schwer, Gefahren rechtzeitig zu erkennen, um ihnen aus dem Weg gehen zu können, und es lauerten genügend.

Eine Eismasse, die so dick war, konnte sich nur langsam voranbewegen, vermutete Tristan. Wenn Nímir nicht locker ließ und das Eis beharrlich aus den Bergen von Channadran ins Tal zwang, hatte es keine andere Wahl, als nach unten zu gleiten, aber es folgte nicht bereitwillig. Die Bewegung verursachte Risse und Erhebungen in der Oberfläche des Eises wie in einem vom Frost beschädigten Straßenpflaster, und das machte ihre Wegstrecke sehr beschwerlich. Eisspalten waren nicht das Schlimmste, mit dem sie fertigwerden mußten. Wo Lawinen von den Bergen abgegangen waren, lagen oft große Massen von weichem Schnee, durchsetzt mit dikken Eisbrocken. Um eine solche Stelle zu überwinden, brauchten sie einen ganzen Tag voller Mühsal. Nach dieser Erfahrung führte sie Elisena um solche Schneeberge herum, da sich der weitere Weg als der schnellere erwies. Am Ende eines Tages waren sie stets völlig erschöpft und litten unter Schmerzen, und ihre Kleider waren von innen naß von Schweiß, trotz der Kälte und Amberes gütiger magischer Hilfe.

Der Schnee bedeckte oft Risse und Spalten, oder etwas, das wie eine sichere Brücke aus Eis aussah, erwies sich als trügerisch. Polassar brach mit einer solchen ein und versank bis zu den Armhöhlen in weichem Zeug. Ein Hieb mit seinem Eispickel verschaffte ihm den Halt, an dem er sich beim Herausklettern hochziehen konnte, bevor Tristan ein Seil entrollt und ihm zugeworfen hatte; wenn die Senke jedoch noch tiefer gewesen wäre, hätte die Sache anders ausgesehen. Dieser Vorfall veranlaßte Polassar zu einem Entschluß. Von nun an, so erklärte er, würden sie sich auf jeden Fall mit einem Seil locker aneinanderbinden, sicherheitshalber.

Der Wert dieser Idee erwies sich gleich am nächsten Tag, als sie fast Reynaud verloren hätten, der in einen

Spalt stürzte, den keiner von ihnen gesehen hatte. Er brach mit einer Anhäufung von Schnee ein, die über seinen Rand ragte, und war im gleichen Augenblick nicht mehr zu sehen. Polassar stemmte sich mit seinem ganzen Gewicht gegen das Seil, sonst wäre Elisena womöglich auch noch mit in die Tiefe gezogen worden. Sie hieb ihren Pickel zwischen zwei große Eisblöcke und verhinderte so, daß sie weiter abrutschte, doch sie hätte Reynauds Gewicht niemals so aufhalten können, wie es Polassar tat.

Tristan, der bei der Rettungsaktion behilflich sein wollte, stellte sich zu dicht neben Polassar und wurde umgeworfen, als der größere Mann anfing, das Seil heranzuziehen. Er stand langsam auf, von dem Sturz mehr mitgenommen, als er sich anmerken lassen wollte, und sah gerade noch, wie Reynaud aus der Spalte gezogen wurde wie ein Fisch an der Angel.

Das Seil war fest um Reynauds Taille geschlungen, doch der Zauberer traute der Sache nicht. Seine Finger umklammerten das Seil so fest, daß Polassar sie fast mit Gewalt lösen mußte, und es dauerte einige Minuten, bis Reynaud wieder ausreichend Luft bekam um zu verkünden, daß er bereit sei, den Weg fortzusetzen.

Tristan mußte sich zwingen, die Augen offen zu halten. Er hatte sie geschlossen, in der Hoffnung, daß es ihm eine kurze Erleichterung verschaffen würde, wenn er eine Zeitlang kein Eis zu sehen brauchte, doch es half nicht viel. Jetzt sah er alles nur noch verschwommen, und die wenigen Farben, die es gab, waren alle irgendwie falsch. Er schüttelte mürrisch den Kopf und bereute es im selben Moment, denn die Bewegung löste ein beängstigendes Pochen hinter seinen Augen aus. Am Abend sprach er über einem der Kupferkessel die Feuerentfachungsformel, da er ihn irrtümlich für das Zauberholz hielt – irregeleitet von der Form und dem rötlichen Schimmer –, und war froh, daß niemand etwas davon gemerkt hatte. Vielleicht war die Sicht der anderen ebenso getrübt wie seine. Tristan sprach nicht darüber, im Vertrauen darauf, daß eine gut durchgeschlafene Nacht die Dinge wieder in Ordnung bringen würde.

Am nächsten Morgen kam ihm das Gehen weniger beschwerlich vor, doch als die Sonne höher stieg, setzten die Probleme mit der Sicht wieder ein. Tristan schloß wieder kurz die Augen und hatte anschließend große Schwierigkeiten, sie nicht einfach geschlossen zu lassen. Das wäre gefährlich gewesen, doch seine Augenlider ließen sich nur schwer von dieser Gefahr überzeugen. Sie fielen immer wieder zu, als ob sie ziemlich erfolglos gegen den Schlaf ankämpften. Nach jedem Dutzend Schritte oder so mußte er sie wieder gewaltsam öffnen. Zumindest hatte er den Eindruck, daß es ihm in diesen Abständen gelang. Vielleicht täuschte er sich aber auch.

Seine Kopfschmerzen setzten wieder ein, grausamer als zuvor. Bei jedem Schritt fühlte er eine Erschütterung, und als sie anhielten, um sich auszuruhen und etwas zu essen, wagte er nicht, mehr als ein paar Schluck Wasser zu sich zu nehmen. Feste Nahrung war eine Belastung, die er seinem empfindlichen Magen nicht zumuten konnte. Er war auch nicht ganz sicher, ob es klug war, das Wasser zu trinken. Es lag ihm eine Zeitlang kalt im Bauch und ließ ihn zittern. Und dabei schmerzte sein Kopf natürlich noch mehr.

Er war fest entschlossen, keiner Schwäche mehr nachzugeben, solange die anderen das grelle Licht offenbar noch ertragen konnten. Und solang Reynaud noch gehen konnte, konnte Tristan es auch. Er ließ sich keine andere Wahl.

Schlimmer als die blendende Helligkeit war die äußerste Anspannung, auf unsichtbare Gefahren zuzugehen, in dem ständigen Bewußtsein, daß jeder Schritt dazu führen könnte, daß einer von ihnen bis zum Bauch in Schnee versank oder etwas Schlimmeres passierte.

Überall gab es Löcher und Spalten, und Tristan war jedesmal wieder erstaunt, wenn der Schnee unter seinem Stiefel nicht nachgab und er nicht in der Leere versank, um mit einem Ruck im Seil hängenzubleiben und von dem Druck fast erstickt zu werden. Er rechnete bei jedem Schritt damit, und oft genug geschah es auch.

Ihm wurde schwindelig. Tristan hätte nicht zu sagen vermocht, ob er in die richtige Richtung wanderte oder ob er sich im Kreise drehte. Solang das Seil jedoch keine Spannung hatte, wußte er zumindest, daß er sich in die gleiche Richtung bewegte wie die anderen. Thomas hätte ihm in dieser Situation gut zureden können, doch zur Zeit stand ihm Thomas als Tröster oder mit seinen guten Augen nicht zur Verfügung. Thomas war vorn bei Elisena, als Tester von Eisbrücken, wenn sie an welche kamen. Er pflegte dann die Augen zu Schlitzen zu verengen, und mit seinen Extramembranen und den länglichen Pupillen konnte er das grelle Licht besser ertragen, so daß Elisena seinen Augen mehr traute als den ihren.

Tristan machte einen Schritt nach links, um etwas zu umgehen, das entweder ein Schatten am Boden oder eine Vertiefung darin war, und prallte heftig gegen etwas Hartes. Er hielt verdutzt inne und versuchte zu erkennen, was das Hindernis war, während sein Spielraum am Seil erschöpft war und er fast von den wackeligen Beinen gerissen wurde. Was immer es sein mochte, gegen das er geprallt war, jedenfalls war es etwas Dunkles, also mußte es Felsen und konnte nicht Eis sein. Sie hatten sich also wieder am Rand des Gletschers entlangbewegt. Risse im Eis hatten sie gezwungen, während des Vormittags in ziemlicher Entfernung vom Bergrücken zu wandern, doch sie müßten sich wieder in seine Richtung halten, sobald das möglich wäre, um den abendlichen Schatten, der dort zuerst hinfiel, so weit wie möglich auszunützen.

Tristan konnte nicht beurteilen, wie weit sie noch gegangen waren, nachdem sie zum Felsen gekommen waren – wahrscheinlich nur bis zur ersten geschützten Stelle. Doch es kam ihm vor, als ob er sein ganzes Leben lang nur gewandert wäre, so lang er sich erinnern konnte, mit wackeligen Knien und sich mit einer gefühllosen Hand am Felsen neben ihm festhaltend, kaum in der Lage, die geschwollenen Augen zu öffnen. Sie mußten sich jetzt im Schatten befinden, dachte er, denn sein Gesicht fühlte sich kalt an. Doch die Dunkelheit trug auch nicht entscheidend dazu bei, daß er besser sehen konnte.

Ständig rollten Tränen über Tristans Wangen und gefroren sofort im Wind. Manchmal stieg ihm Hitze ins Gesicht, doch die kalte Luft vertrieb sie sofort wieder, und im allgemeinen hatte er sowenig Gefühl darin wie in den Händen. Vom Magen her war ihm immer noch übel, und er war froh, daß er nichts gegessen hatte. Seine Kopfschmerzen verschlimmerten sich mit jeder Minute. Er konnte keinen klaren Gedanken fassen, und ihn schwindelte so sehr, daß er kaum stehen konnte, geschweige denn laufen. Er kippte immer wieder um, manchmal fiel er dabei gegen den Felsen und manchmal gegen Hände, die ihn auffingen und wieder aufrichteten. Doch irgendwie bewegte er sich immer weiter, vor allem deshalb, weil er zu verwirrt war, um auf die Idee zu kommen, daß er anhalten könnte.

Schließlich sackte er auf Hände und Knie zusammen, auf einem Untergrund, der sich entweder nach nacktem Fels oder nacktem Eis anfühlte. Niemand hob ihn auf oder drängte ihn unnachgiebig, selbst aufzustehen, also blieb Tristan, wo er war, mit geschlossenen Augen – oder vollkommen blind, sobald er sie öffnete. Er war in einem Zustand, in dem er das nicht mehr unterscheiden konnte.

Nach einer Weile wurde Tristan bewußt, daß in seinem Nacken etwas Kaltes war. Im ersten Moment dachte er, seine Kapuze sei zurückgerutscht, doch sein

Kopf wurde etwas klarer und tat nicht mehr ganz so schlimm weh. Tristan blinzelte, und einige Sekunden lang sah er ein Gesicht direkt vor sich ganz klar.

»Das wird dir bestimmt ein wenig helfen.« Elisena drückte ihm eine Handvoll Schnee in den Nacken. Mit der anderen Hand hielt sie ihm einen Becher vor den Mund, und Tristan gelang es, ein paar Schluck zu nehmen. Er spürte die Flüssigkeit nicht an den Lippen, doch er konnte sie sehr deutlich schmecken. Es war ein abscheuliches Zeug.

»Kannst du schon wieder ein bißchen sehen?«

»Ein bißchen.« Tristan legte selbst die Hand um den Becher, tolpatschig, aber in der Lage, ihn zu halten. »Es scheint dunkel zu sein. Oder liegt das nur an meinen Augen?«

»Auf dieser Seite des Berges ist es dunkel«, antwortete Elisena. »Ich habe mit den Adlern eine Botschaft an Ambere geschickt und gebeten, daß er uns Habichtskraut mitgibt. Dann kann ich dir eine Kompresse für die Augen machen; vor morgen früh werden die Vögel allerdings nicht zurück sein. Die Eulen können nicht so große Entfernungen zurücklegen. Wir werden also eine Weile hier bleiben – keiner von uns kann mehr so gut sehen, daß wir es wagen könnten weiterzugehen. Reynaud ist in einem schlechteren Zustand als du – Polassar mußte ihn die meiste Zeit des Nachmittags tragen. Das hat Polassar auch ganz schön mitgenommen, glaube ich.«

Sie führte Tristans Hand, die immer noch im Fäustling steckte, an seinen Nacken und legte sie über den Schneeklumpen. »Kannst du das selbst festhalten? Ich muß nachsehen, was ich für Reynaud tun kann.«

Tristan blieb eine Weile reglos sitzen. Geschmolzener Schnee tröpfelte ihm den Rücken hinunter. Er versuchte wieder einmal, die Augen zu öffnen. Für einen Moment klärte sich seine Sicht, und er sah, daß Thomas neben ihm lag. Der Kater biß sich auf den Pfoten herum und entfernte Eisklümpchen, die sich zwischen den Zehen festgesetzt hatten. Tristans Blick verschwamm wieder, bevor er ausmachen konnte, wohin Elisena gegangen war. Er rief hoffnungsvoll in die Richtung, von der er glaubte, daß sie sie eingeschlagen habe, fest davon überzeugt, daß sie sich nicht außer Hörweite entfernt hatte.

»Elisena? Ich glaube, ich habe etwas Habichtskraut in meinem Gepäck. Ich hatte es für die Pferde mitgenommen. Du mußt mir jedoch helfen, es zu finden – ich glaube, ich werde die Etiketten nicht lesen können.«

Elisena antwortete nicht. Ja, er konnte nicht einmal hören, daß sie sich irgendwo bewegte oder mit Reynaud sprach, wie sie es sicher getan hätte, wenn sie den Mann verarztete. »*Elisena?*«

Tristan streckte eine Hand aus und ließ den Schneeklumpen fallen. Er zog sich die Fausthandschuhe aus. Seine steifgefrorenen Finger kamen bei ihrem tastenden Suchen zunächst mit dem Feuer in Berührung. Seine Augen hatten ihn nicht gewarnt – sie waren wieder fast ganz geschlossen. Tristan gab es auf, sie mit Gewalt öffnen zu wollen, und verließ sich auf seine Hände.

Als nächstes berührte er den derben Tonbecher, den Elisena ihm hingehalten hatte, und glitt über eine erkaltete Pfütze verschütteten Tees darum herum. Neben der Nässe ertastete er Stoff, dann das Fell in Elisenas Kapuze und die Spitzen ihres lockigen Haars.

»*Elisena?* Thomas, wo bist du? Was ist mit ihr geschehen?«

Er spürte, daß der Kater neben ihm war, obwohl seine Hände immer noch mit Elisenas Gesicht und Hals beschäftigt waren und nach einem Anzeichen suchten, daß sie atmete. Thomas Fell strich an ihnen vorbei, als sich der Kater dicht an ihn drückte.

Sie ist in Ohnmacht gefallen, glaube ich. Kein Wunder. Sie hatte heute den ganzen Tag die Führung übernommen. Das war harte Arbeit.

Inzwischen spürte Tristans Elisenas warmen Atem an den Fingern. Das beruhigte ihn etwas, so sehr wie Thomas' unerschütterte Bestimmtheit.

»Also gut«, sagte Tristan – wie er hoffte, mit entschlossener Stimme. »Thomas, du mußt mir helfen. Es ist sonst niemand da. Suche erst mal den Beutel mit dem Habichtskraut. Ach, und hat sie diesen Tee in einem Topf aufgebrüht? Ist noch etwas davon übrig? Ich brauche es.« Er hatte den Becher inzwischen wiedergefunden und ihn vorsichtig aufgehoben. Nicht weniger vorsichtig und nach dem Gefühl arbeitend, hatte Tristan Elisena auf den Rücken gedreht und sie an sich gelehnt.

»Thomas?«

Ein bißchen Geduld, wenn ich bitten darf. Ich glaube, es ist ganz unten. Ein wütendes Rascheln kam aus dem Rucksack auf Tristans Rücken, und er spürte, wie er unter Thomas' Gewicht wackelte.

»Thomas, verflucht, ich kann nichts sehen. Welchen Eindruck macht sie auf dich? Wacht sie langsam auf?«

Noch nicht. Versuch, dich ein wenig zu entspannen. Du verschüttest sonst den ganzen Tee über dich, und er ist immer noch heiß.

Er konnte sich nicht erinnern, daß er den Becher in den Topf getaucht hatte. Zitternd legte Tristan einen Finger auf eins von Elisenas Augenlider. Ihre Wimpern zuckten leicht bei der Berührung. Er flüsterte eindringlich ihren Namen. Elisena antwortete nicht, doch ihr Kopf an seiner Brust bewegte sich.

Als sie sich noch etwas heftiger bewegte, hob Tristan ihren Kopf und hielt ihr den Becher an die Lippen, wie sie es bei ihm gemacht hatte. »Bleib nur ganz ruhig liegen und trink das, das wird dir helfen.«

Elisena schluckte gehorsam und zuckte zusammen. »Das ist ja abscheulich! Was, um alles in der Welt, ist das?«

»Das gleiche Zeug, das du mir gegeben hast.«

»Ich bitte um Verzeihung«, sagte Elisena schwach,

nachdem sie eine Weile geschwiegen hatte. »Ich wußte nicht, daß es so scheußlich schmeckt.«

Ich glaube, ich habe es gefunden. Thomas schob einen Beutel über Tristans Schulter. Er fiel ihm in die freie Hand, entweder zufällig, oder weil Thomas gut gezielt hatte. Tristan nahm den Beutel, drückte darauf, um einige der obersten Blätter zu zermalmen, und roch daran.

»Ja. Irgendwo unten drin in dem ganzen Durcheinander sind einige saubere Tücher. Hast du sie gesehen? Gib sie mir bitte auch.« Tristan zog den wollenen Schlafsack heraus, der ihm als erstes in die Hände kam, und wickelte Elisena behutsam darin ein. Sie versuchte, sich aufzurichten, doch er packte sie fest in den Stoff ein. »Bleib du ganz ruhig! Ich tue, was ich kann. Thomas hilft mir.«

Er brachte noch mehr Wasser zum Kochen und gab mehrere Handvoll des getrockneten Habichtskrauts hinein; dann fügte er noch Ringelblumenblätter und Gartenraute hinzu. Während das Gebräu etwas abkühlte, breitete Tristan Polassars und seinen Umhang über einen der Felsen hinter ihnen, um einen Schutz gegen den Schnee zu errichten, so gut es ging. Da er dabei blind arbeiten mußte, nahm diese Aufgabe ziemlich lange Zeit in Anspruch, und andauernd prallte er gegen etwas; doch unter Thomas' Anleitung hatte er schließlich eine Art Schutzdach über ihren Köpfen zustande gebracht. Er hätte es durch die Anwendung von Magie noch wirkungsvoller machen können, doch er hatte keine Kraft übrig, sich auf Zaubersprüche zu besinnen, und schon gar nicht, sie auszuführen.

Polassar schnarchte leise, obwohl er immer noch in leichter Ohnmacht zu liegen schien. Er war zu schwer, um angehoben zu werden, deshalb deckte in Tristan schließlich mit einem wollenen Schlafsack zu und legte ihm eine Kompresse auf die Augen. Ein lauterer Schnarcher erschreckte daraufhin seine Ohren, was andererseits beruhigend war. Tristan brauchte also nichts weiter für Polassar zu tun, außer den Mann schlafen zu lassen.

Elisena war inzwischen ebenfalls eingeschlafen, und sie wachte auch nicht auf, als Tristan die Kompresse auf ihren Augenlidern erneuerte. Schließlich gelang es Tristan noch mit einigem Geringe, Reynaud in einen Schlafsack zu packen, und er spürte, wie der Mann auf einmal starr wurde, als er zu sich kam und merkte, wie mit ihm umgegangen wurde.

Tristan versuchte erfolglos, seine Augen wieder klar zu bekommen, da er vor Reynaud nicht so hilflos erscheinen wollte, wie er war. Es funktionierte nicht. Blinzeln tat ihm nicht gut, und Reiben auch nicht. Was Tristan allenfalls in seiner Umgebung noch wahrnehmen konnte, war der Schimmer des Zauberholzes – aber auch das kaum.

Reynaud setzte sich auf und stieß mit dem Kopf gegen die aufgespannten Umhänge.

»Was ...«

Er hörte sich schrecklich krank an, so schlimm, daß sich Tristan wegen seines Mißtrauens schämte. Seine Sicht wurde etwas klarer. Er konnte sehen, daß sich Reynaud die Wange aufgeschnitten hatte, wahrscheinlich bei einem Sturz in eine Eisspalte. Als sich der Körper des Mannes ein wenig erwärmte, begann er wieder zu bluten. Tristan wischte ihm das Blut mit einem Tuch ab. Er hielt Reynaud einen Becher mit Tee an die Lippen und wartete, bis der Mann getrunken hatte, während er die Kompresse in der anderen Hand bereithielt.

Reynaud schnüffelte. »Habichtskraut?«

Tristan nickte, dann fiel ihm ein, daß er sprechen mußte. »Ja.«

»Ich kann nichts sehen«, erklärte ihm Reynaud matt.

Tristan half ihm dabei, sich wieder hinzulegen, und legte dann die Kompresse mit dem Habichtskrautbrei so sanft auf, wie er konnte. »Ich auch nicht«, gab er schließlich zu. »Es macht nichts, es ist jetzt ohnehin dunkel. Schlaft. Morgen früh geht es uns allen besser.«

»Ich dachte, ich wäre blind geworden.«

»Schlaft jetzt.« Das, was Tristan in diesem Moment am wenigsten gebrauchen konnte, war eine langatmige Diskussion über die medizinische Anwendung von Habichtskraut. Wahrscheinlich gab es jede Menge Möglichkeit, die Wirkung des Krauts noch zu verstärken, doch er konnte nicht gut genug sehen, um irgendwelche Raffinessen auszuprobieren.

Du solltest besser auch dir selbst welchen auflegen, bevor er kalt wird.

Thomas sprach von dem Habichtskrautbrei, vermutete Tristan. Er breitete seinen Schlafsack neben Elisena aus, nahm sich ein mit Brei bepacktes Tuch und legte sich nieder. Er hatte überall Schmerzen, selbst das Stillliegen tat weh, und er bezweifelte, daß er schlafen können würde, wenn er nicht das Glück hatte, wieder ohnmächtig zu werden.

Tristan legte sich das warme Tuch auf die Augen und zuckte zusammen, als ihm ein Wasserrinnsal ins linke Ohr lief. Das Pochen in seinem Kopf ließ gnädigerweise etwas nach. Der Kräuterbrei würde schnell kalt werden, aber das machte nichts. Im Moment linderte er jedenfalls seine Schmerzen. Er würde die Kompresse so lange liegenlassen, bis sie abgekühlt war, und dann wegnehmen. Polassar würde Hunger haben, wenn er aufwachte, und Tristan kam sich fast kräftig genug vor, daß er irgendeinen Eintopf zusammenkratzen könnte. Er würde zwar nur aus getrocknetem Gemüse und geschmolzenem Schnee bestehen, aber alles Heiße wäre eine Wohltat ...

Amberes Vögel weckten ihn bei Tagesanbruch – oder vielmehr Thomas war es, der sich durch die Aufgabe überfordert fühlte, ganz allein mit vier Adlern gleichzeitig fertigzuwerden. Auch Tristan fühlte sich dieser Begegnung noch nicht ganz gewachsen, doch irgendwie meisterte er die Situation, froh darüber, daß er alle vier Vögel sehen konnte. Seine Augen brannten immer noch, als ob er seit vielen Nächten nicht geschlafen hätte, doch seine Sicht war wieder einigermaßen klar.

Er ging vor dem vorwitzigsten der Adler in die Hocke, da es ihm nicht angemessen erschien, vor einem derart stolzen Vogel so hoch aufzuragen. Der Vogel schien keine Notiz von seinem rücksichtsvollen Verhalten zu nehmen, und sein mißbilligender Ausdruck änderte sich nie. Nachdem er ihn eine Weile betrachtet hatte, trat der Vogel zurück und ließ einen Beutel mit Habichtskraut liegen, der unter seinen Krallen verstaut gewesen war. Tristan streckte die Hand danach aus und dankte dem Geschöpf würdevoll.

Zwei der anderen Vögel hatten Fleisch mitgebracht – frisch geschlachtete Kaninchen, steif gefroren wie Holz durch den eisigen Transport. Der letzte Adler hatte einen weiteren Lederbeutel mitgebracht. Tristan vermutete, daß er noch mehr Habichtskraut enthielt, doch als er die Hand danach ausstreckte, ließ ihn der Vogel nicht los. Statt dessen stieß er einige schrille Schreie aus und schnappte mit dem Schnabel über dem Beutel zu. Tristan zog schnell die Hand zurück und mußte dem Drang widerstehen, seine Finger nachzuzählen.

Er konnte die Vogelsprache nicht verstehen, wie es Elisena vermochte, deshalb war Tristan völlig verdutzt, als der Adler nach einigen weiteren Schreien von dem Beutel zurückwich und sich in die Luft erhob. Seine Kameraden folgten ihm; ihr Flügelschlag war jetzt leicht und unbeschwert. Tristan hob mißtrauisch den Beutel auf, während er immer noch den vier davonfliegenden Adlern nachsah.

Der Beutel kam ihm leicht vor, obwohl er voll zu sein schien. Tristan zog das Band auf. Schwarzes Pulver, wahrscheinlich geriebene Holzkohle. Eine Medizin? Das war eigentlich keine spezielle Arznei zur Wiederherstellung des Sehvermögens noch für irgend etwas anderes, soweit Tristan wußte, höchstens die Grundsubstanz für manche Gifte.

Der, der dir fast die Hand abgebissen hätte, sagte etwas von Augen, klärte ihn Thomas auf. *Ich glaube, man muß es sich darunterreiben, um das Blenden zu mildern. Vielleicht hilft es.*

Vielleicht, aber bestimmt nicht gut genug, dachte Tristan. Der Himmel war immer noch klar, und er wußte – Habichtskraut oder nicht, Holzkohle oder nicht –, daß sie es nicht wagen durften, noch einmal eine Tagesreise wie die vorige zu unternehmen. Es wäre wahnsinnig, so weiterzumachen. Die Sonne war gerade erst aufgegangen, und schon jetzt tat ihm das Licht im Kopf und in den Augen weh. Genausogut könnten sie hier liegebleiben und an Ort und Stelle sterben, wo sie es in verhältnismäßiger Behaglichkeit tun konnten. Wenn es doch nur eine ganz leichte Bewölkung gäbe!

Nach so vielen Jahren, die du Blais' Wetterzauberei beobachtet hast, fällt dir nichts ein?

Anscheinend nicht, dachte Tristan beschämt. Er war einerseits ganz erleichtert, daß er sich nicht zur Magie in der Lage fühlte, doch andererseits ...

Tristan öffnete erneut den Beutel mit der Holzkohle und schüttete sich ein wenig von dem Zeug in die Hand. Es war so fein gemahlen, daß er beim Atmen kleine Wölkchen davon in die Luft blies. Vielleicht war ihre Lage doch nicht ganz so trostlos. Tristan blickte zurück zu ihrem selbstgebastelten Zelt.

Bis jetzt hatte sich von den anderen noch niemand gerührt. Er war also wenigstens unbeobachtet, und er sagte sich, daß ein Versuch nicht schaden könnte. Jedenfalls hoffte er das. Er hatte seit langer Zeit keine Magie mehr ausgeübt. Er hörte Reynauds Stimme förmlich im Ohr, die sagte: »Blockiert durch Hemmung ...«

Tristan kniete an der ersten flachen Stelle nieder, die er ungeachtet des Schnees fand, der noch über die Felsen geweht wurde. Er zog seinen Messingdolch und zeichnete damit Runen in die verharschte Schneedecke vor ihm – Worte, Bogen und Spiralen in zarten Linien. Er mußte mit dieser Formel sehr behutsam vorgehen, sonst würde er Nebel anstatt der ersehnten Wolken bekommen, ermahnte sich Tristan. Er war ein begabter Nebelmacher, und der Unterschied zwischen Nebel und Wolken bestand nur in der Höhe ihres Vorkommens, nicht in ihrer Beschaffenheit. Er mußte all sein Können und sein Selbstvertrauen aufwenden. Es wäre von Vorteil gewesen, wenn sein Kopf etwas klarer wäre.

Seine Knie waren schon eiskalt geworden – passend zum Rest seines Körpers. Tristan zwang sich mit Willenskraft, nicht zu zittern. Er wollte kein Risiko einer Verfälschung des Zaubers eingehen, sobald er damit angefangen hatte. Er erinnerte sich, daß er schon Schlimmeres ausgehalten hatte.

Tristan stellte den Beutel mit dem Holzkohlepulver auf eine unbedeckte Stelle, die er in der Mitte des Runenmusters frei gelassen hatte. Dann griff er in den Beutel, den er am Gürtel trug, und bekam sein Zauberkästchen zu fassen, dem er von ganz unten einen schweren grauen Kiesel entnahm. Er wog ihn in den kalten Händen. Er müßte sich eignen. Gewöhnlich benutzte er ihn zum Regenmachen, deshalb wußte er, daß er zuverlässig und vom vielen Gebruach wahrscheinlich mit Wolken vertraut war. Er strich ein paarmal über den Stein und gab ihm Anweisungen. Thomas beobachtete ihn mit wedelndem Schwanz und strahlenden Augen.

Tristan begann den Zauberspruch aufzusagen. Als er die Hälfte der Worte gesprochen hatte, fing er an, die Schnur oben an dem Holzkohlebeutel zu lösen. Er hielt jeweils mit einer Hand eine Seite der Öffnung und zog sie so weit auseinander, wie es ging. Dann hob er wieder den grauen Stein auf und bettete ihn in die Kuhle seiner beiden gewölbt aneinandergelegten Hände, als ob er für seine Größe ungeheuer schwer wäre. Tristan sprach den Rest der Worte und die Zusammenfassung.

Er öffnete die Hände, um den untragbar schweren Stein fallenzulassen.

Er fiel genau in die weite Öffnung des Holzkohlebeutels und wirbelte eine kleine Staubwolke auf. Tristan lehnte sich zurück auf die Absätze und achtete darauf, nichts von dem Pulver einzuatmen. Wie Rauch kräuselten sich kleine Wölkchen weiterhin aus dem Beutel. Die Wirkung der Rauchranken, die sich auf ihrem Weg himmelwärts miteinander vereinten, war fast hypnotisch. Tristan zwang sich dazu, den schlängelnden Rauch im Auge zu behalten und nicht zum Himmel zu blicken, während seine Worte weiter eintönig erklangen. Nach einigen Minuten streckte er die Hand aus und drückte die Öffnung des Beutels zu, da seiner Schätzung nach der Zauber für seine Zwecke ausreichte. Ein Hauch von dem Pulver rieselte ihm auf die Hand.

Tristan erhob sich und stand sehr wackelig auf den Beinen. Er hatte lange im Schnee gekniet – eine gute Methode, um Fieber zu bekommen. In den Füßen hatte er kaum noch Gefühl. Tristan machte sich auf den Rückweg zu ihrem Lager und der verheißungsvollen Wärme des Feuers – und stellte plötzlich fest, daß er keinen Schatten warf. Schließlich fiel ihm ein, daß er zum Himmel hinaufschauen könnte.

Auf der Seite des Sonnenaufgangs war er von einem blassen gelblichen Glühen erhellt. Tristan beobachtete, wie die Sonne weiter hochstieg und das Licht heller wurde; sie brannte jedoch nicht mehr grell durch die dünne Wolkenschicht.

Gut gemacht, sagte Thomas leichthin und setzte sich in Richtung Wärme in ihrem selbstgebastelten Zelt in Bewegung.

Elisena setzte sich sofort auf, als sie erwachte, trotz Tristans Einwände.

»Mir geht es wieder gut.« Sie betastete die Kompresse

mit dem Habichtskrautbrei. Sie war frisch, da Tristan soeben eine neue aufgelegt hatte. »Du hast also Habichtskraut gefunden?«

»Ja, und Amberes Vögel haben heute morgen noch mehr gebracht«, antwortete Tristan. »Möchtest du etwas Tee?«

»Ähm ... kommt darauf an. Was für eine Sorte Tee?«

Tristan grinste verständnisvoll. »Pfefferminz. Mit Honig. Und bald wird ein bescheidener Eintopf fertig sein. Er wäre längst fertig, aber ich brauchte eine Weile, um dahinterzukommen, wie man ein gefrorenes Kaninchen häutet.«

»Wo sind die anderen?« Elisena nahm den Becher, den er ihr hinhielt, entgegen und schnupperte zuerst mit verhohlenem Mißtrauen daran und dann mit deutlichem Wohlgefallen.

»Sie erkunden die weitere Wegstrecke. Ich hoffe, Polassar achtet gut auf Reynaud – er sah beinah so mitgenommen aus wie du, doch er bestand darauf, mitzukommen.«

»Das kommt von dem verdammten grellen Licht.« Elisena rieb sich vorsichtig die Augen. »Ich hätte versuchen sollen, einen Wolkenzauber zusammenzubringen, aber ich war einfach nicht dazu in der Lage. Ich hatte das Gefühl, als ob mir der Kopf platzen würde.«

»Hör auf zu reiben. Ich habe es auch damit versucht, es hilft nicht.«

»Ja. Weißt du, daß du einen Sonnenbrand auf der Nase hast?«

»Wirklich?« Tristan fuhr sich unklugerweise über die Stelle und zuckte zusammen. »Soviel Sonne hat sie noch nie abbekommen, glaube ich.« Er sagte nichts von den Wolken draußen. Sie sollten eine angenehme Überraschung sein.

»Ich werde eine Salbe zubereiten und sie damit einreiben.«

»Das wirst du nicht tun. Wir bewegen uns nicht von

hier fort, bevor Polassar und Reynaud zurückkommen, und in der Zwischenzeit wirst du dich ausruhen und etwas essen.«

»Habe ich dir einen Schrecken eingejagt, was?« Ihre Mundwinkel zuckten.

»Ja. Und es hat mir nicht besonders gut gefallen. Ist dir warm genug? Ich wollte, wir hätten etwas Wein. Ich glaube, die Vögel versuchen diesmal, einen Schlauch voll mitzubringen, aber er wird unterwegs bestimmt gefrieren. Bei den Kaninchen war es jedenfalls so.« Tristan schwieg einen Moment und dachte nach. »Ich möchte wissen, ob Reynaud eine Karaffe voll hat. Ich könnte sie ihm ja ersetzen ...«

»Laß nur. Der Tee war ausreichend – obwohl Polassar sicher anderer Meinung wäre.«

Tristan zuckte mit den Schultern und begann wieder im Eintopf herumzurühren.

»Meinst du, du könntest das auch von hier aus schaffen?«

Tristan sah Elisena an und erwiderte ihr Lächeln. Sie hatten seit ihrem Aufbruch aus Crogen so gut wie keine Zeit mehr allein miteinander verbracht, abgesehen von einigen flüchtigen Minuten. Polassar und Reynaud waren gerade erst weggegangen und würden bestimmt noch eine Weile wegbleiben.

Er setzte sich neben Elisena an den Felsen und legte den Kopf auf ihre Schulter. Tristan stellte fest, daß er aus dieser Position weder den Kessel noch den Löffel erreichen konnte, doch sein Fingerspiel war in diesem Fall geschickt genug, daß er mit dem Löffel hantieren konnte, ohne ihn tatsächlich zu berühren. So lang er sich nicht zu sehr ablenken ließe, würde der Eintopf nicht anbrennen.

Reynauds silbernes Messer huschte flink vor seinem Gesicht herum und verpaßte den Rändern seines Barts einen perfekten Schnitt. Das Licht des Feuers spiegelte sich flackernd in der Klinge, während sie sich in alle Richtungen drehte, doch Tristan versuchte, keine Notiz davon zu nehmen. Er versuchte außerdem, nicht den Eindruck von Neid zu erwecken, während er an den paar Härchen herumschnipselte, die in seinem Gesicht danach verlangten. Sein Bart wuchs zu spärlich, um ihm Schutz gegen die Kälte zu bieten, selbst wenn er willens gewesen wäre zu vergessen, wie fürchterlich ungepflegt er ausgesehen hatte, als er das letztemal versucht hatte, sich einen wachsen zu lassen. Zum Glück hatte seine Kapuze ein Fellfutter.

Polassar war so behaart wie der Bär, der seine Haut geopfert hatte, um seinen Umhang zu füttern. Normalerweise rasierte er sich alles bis auf den dichten Schnauzer ab, auf den er sehr stolz war, doch seit sie in die Berge gekommen waren, ließ er sich einen Vollbart stehen. Er knisterte in der trockenen Luft genau wie Thomas' Fell, und man hatte noch nie beobachtet, daß er ihn mit einem Messer oder einem Kamm bearbeitet hätte. Polassar sah Reynaud etwas verächtlich bei seiner sorgsamen Toilette zu, verzichtete jedoch großzügig auf einen Kommentar.

Vielleicht hat er immer noch Angst, er könnte in eine Kröte verwandelt werden. Thomas beendete seinerseits seine Toilette, der er sich mit noch mehr Inbrunst hingegeben hatte als Reynaud, und setzte sich geziert neben Tristans Stiefel.

Sie waren jetzt schon ziemlich tief ins Channadran-Gebirge eingedrungen. Bald würden sie den Punkt erreichen, ab dem Amberes Vögel sie nicht mehr würden begleiten können, und damit würden sie sowohl ihre Führer als auch die Versorgung mit Nachschub verlieren. Von diesem Moment an würde ihre Lage sehr ernst, denn bis jetzt hatte noch keiner von ihnen eine Vorstellung, wie sie danach weiter vorgehen sollten. Und sie hatten keine Ahnung, wie lange ihre Reise noch dauern würde.

Tristan spürte, wie ihre Antriebskraft und ihr Gefühl für ein gemeinsames Ziel schwanden. Er hatte den Eindruck, als hätte er sein ganzes Leben schon mit Wandern und Klettern verbracht, und hatte manchmal Mühe, sich ins Gedächtnis zu rufen, daß all diese Anstrengungen und Entbehrungen nur Mittel zu einem Zweck waren, von dem sie noch so weit wie am Anfang entfernt zu sein schienen. Es wäre leichter gewesen, wenn sie immer nur in der unmittelbaren Gegenwart gelebt hätten – wenn sie sich diesen Luxus hätten erlauben können.

Tristan hatte die Berge nun schon in all ihren Farbnuancen gesehen. Es kam ihm komisch vor, daß eine so tote Gegend andere Farben als Schwarz oder Grau aufwies, doch jedesmal, wenn das Licht wechselte, veränderten sich die Gipfel. Je nach Wetter und Tageszeit konnten sie indigoblau, rosafarben oder purpurrot sein, und der Himmel dahinter zeigte sich meist in dem gleichen, nur leicht abgewandelten Ton. Bei Sonnenuntergang waren die Täler in der Ferne schwarz und purpurn und die Gipfel über ihnen von einem Scharlachrot wie triefendes Blut. Manchmal war die ganze Welt in Mondscheinweiß getaucht – Gipfel, Gletscher, schneebedeckte Kämme, Nebel und Himmel.

In den Bergen trieb das Licht seinen Schabernack. In eben diesem Moment waren die Bergrücken alle dunkel; doch in der Ferne war ein Tal noch mit Licht erfüllt und schien überzuquellen wie eine goldene Schale mit Wein oder eine Üppigkeit zu verheißen wie ein gelobtes Land. Tristan, der an zu Hause dachte, mußte heftig blinzeln und redete sich ein, daß seine Augen immer noch rasch ermüdeten und daher leicht tränten.

Sein Schwert lag quer über seinen Knien, zusammen mit dem ölgetränkten Lappen, mit dem er es behandelt hatte. Die Klinge erschien Tristan stumpf und leblos und würde bei seiner Berührung bestimmt nicht singen. Auch das Schwert war sehr weit von seinem Zuhause entfernt. Vielleicht war es deswegen einer lebenswichtigen Sache beraubt. Wie sehr er sich nach dem Anblick einer Blume oder eines Baumes mit erntereifen Früchten sehnte! Er befürchtete, daß er diese Dinge niemals wieder zu Gesicht bekäme, und das machte ihn so zutiefst traurig, daß er sich selbst vor seinem geistigen Auge kaum noch vergegenwärtigen konnte, wie sie eigentlich aussahen.

Das Schwert mochte durchaus ein Spiegel für Calandras Zustand sein. Sie waren schon sehr lange von dort weg – wie lange genau, wußte Tristan nicht; es sei denn, er hätte sich so gedemütigt, Reynaud danach zu fragen, da dieser außer den Landkarten auch eine Art Tagebuch erstellte. Wenn Calandra während der ganzen Zeit den Angriffen Nímirs ausgesetzt gewesen war, dann konnte dort inzwischen nicht mehr allzuviel Leben übrig sein. Die Heimat, nach der er sich so sehr sehnte, existierte vielleicht gar nicht mehr.

Nímir hatte sie jetzt schon seit einigen Tagen nicht mehr belästigt, was ein echtes Rätsel war. Er würde sich doch sicher nicht ausschließlich auf diese Berge verlassen, da diese an sich nichts als Felsen und Eis waren – und theoretisch passierbar, wenn auch unter Schwierigkeiten. Wenn Nímir diese Berge nicht durch irgendeinen Zauber unzugänglich machte, würde das bedeuten, daß sich ihre Hoffnung, sie könnten ihn von Calandra selbst ablenken, nicht erfüllt hätte. Es konnte natürlich auch sein, wie Elisena vermutete, daß Nímir einfach neugierig geworden war. Er würde sie ganz nahe an ihr Ziel herankommen lassen und erst dann zum nächsten Schlag ausholen, um sie zu zermalmen. Sie hatten die Ernsthaftigkeit ihrer Absichten durch ihre Beharrlichkeit bewiesen. Das legte den Schluß nahe, daß sie, wenn sie sich als anregende Partner in diesem Spiel erwiesen, länger am Leben gelassen würden, damit das Spiel noch etwas länger dauern könnte. Tristan erschauderte. Er glaubte sich vorstellen zu können, wie sich eine Maus fühlte, wenn eine Katze sie auf ihre grausame Weise jagt.

Das kannst du nicht. Thomas schlug mit den Pfoten einen kleinen Beutel, den die Adler an diesem Tag fallengelassen hatten, von einer zur anderen Seite des Steins, auf dem er lag. *Sie denken nicht annähernd soviel dabei. Für sie ist es leichter.*

Tristan rettete den Beutel. Er hatte angenommen, daß er Mehl enthalten würde, doch als Thomas damit rumspielte, hatte er eigentlich nicht den Eindruck danach gemacht. Neugierig öffnete er das Zugband. Vielleicht hatte ihnen Ambere etwas Neues geschickt. Thomas hatte recht – er dachte zuviel, und das erzeugte Melancholie.

Das Zeug in dem Beutel hatte die Farbe von getrockneten Fleischstreifen, doch es war schwerer und nicht so faserig. Tristan schnupperte an einem Stück. Es war kein Fleisch. Irgendein Gewürz? Der Geruch war süßlich. Er hatte keine Ahnung, was es sein könnte, und genausowenig wußte es Elisena, als er sie nach ihrer Meinung fragte.

»Vielleicht irgendeine Medizin?« Das Zeug war weich, Tristan konnte es mit dem Fingernagel einritzen. Und es war klebrig geworden, wo es seine Finger erwärmt hatte, wie Harz.

»Nein, es ist eine Süßigkeit«, sagte Reynaud. Er griff in den Beutel, zog ein Stück heraus und nickte dazu. »Ja, ich habe davon gehört, allerdings habe ich es noch nie gesehen. Es ist eine Süßigkeit, die sich jedoch besser hält als die meisten. Sie ist teuer und rar, und sie hat ihren Ursprung in einer Gegend, die sogar von Kôvelir weit entfernt liegt. Doch vielleicht hat Royston Ambere eine andere Quelle.«

Tristan knabberte zaghaft an einem der dunklen Stücke. Es schmeckte bitter und gleichzeitig aromatisch und süß, wie seine Nase angekündigt hatte. Alles in allem war es kein unangenehmer Geschmack. Er hatte noch nie zuvor etwas Ähnliches genossen, doch er hatte Lust, es gleich noch einmal zu genießen. Er nahm ein zweites Stück und lächelte über Polassars verächtliche Miene über solches ›Naschwerk für Damen‹. Sicher, das Zeug sah nicht so aus, als ob es einen Mann nachhaltig sattmachen könnte, doch es schmeckte so, als ob es das sehr wohl könnte, und Ambere hätte sich bestimmt nicht die Mühe gemacht, ihnen irgendein überflüssiges Naschwerk zu schicken. Und die Aussicht, daß einen dieser Geschmack bei der nächsten Mahlzeit erwartete, würde sogar wahrscheinlich das Wandern erträglicher machen.

Sie wählten stets, wie es ihnen geraten worden war, die unfreundlichste Gegend, indem sie den Vögeln folgten. Wann immer sie konnten, benutzten sie Gletscher als Weg, trotz der Gefahren, denn dort war ein besseres Vorankommen mit weniger Kletterei. Es war schwer, dort Schlaf zu finden – des Nachts ächzte und rumpelte das Eis und war ständig in Bewegung. Wann immer es möglich war, errichteten sie ihr Lager auf Felsgestein, auch wenn es nur unter Mühen zu erreichen war, da es ihnen sicherer erschien.

Der Tag neigte sich fast dem Ende zu. Sie kletterten gerade über einen Bergkamm, auf dem die Sonne noch länger schien als auf dem Gletscher darunter, doch bald würden sie ihr Lager aufschlagen müssen. Sie waren alle erschöpft, und sie trotteten in einer Zickzacklinie hintereinander her. Tristan bildete das Schlußlicht – er war weit zurückgefallen, weil er Zeit verloren hatte, als er die Seile, die sie um sich zu wickeln pflegten einer Prüfung unterzog, in der vergeblichen Hoffnung, daß sein Schwert irgendwie auf sie reagieren und ihm einen Hinweis auf ihr endgültiges Ziel liefern würde. Es war nicht schlimm, wenn er etwas zurückblieb, dachte er – über den Weg, dem er zu folgen hatte, konnte es keinen Irrtum geben. An diesem Tag brauchten sie keine schwierigen Kletteraktionen zu bewerkstelligen, so daß sie aufs Anseilen verzichtet hatten und er nicht weitergezogen wurde.

Die Sonne versank und tauchte die Schneegipfel in Rosa und Gold, als sie sich von ihnen verabschiedete. Rote Streifen wie die Male von Klauen waren am Abendhimmel zu sehen. Alle Schatten waren tiefblau. Das plötzliche Aufflackern einer Bewegung zuckte durch Tristans Augenwinkel. Er sah genauer hin, entdeckte nichts und kam zu dem Schluß, daß es wahrscheinlich nur abrutschender Schnee gewesen war. Es gab sonst dort oben nichts, was sich hätte bewegen können. Doch das Gefühl, daß er *etwas* gesehen hatte, ließ ihn nicht los.

Konnte es einer von Amberes Vögel gewesen sein? Um diese Tageszeit müßte ein Vogel sehr schnell fliegen, wenn er sie mit einer Nachricht erreichen und noch nach Am Islin zurückkehren wollte. Dabei könnte sich ein Vogel leicht zuviel zumuten, dachte Tristan, und er beschloß, daß er sich besser darum kümmern sollte. Sich um Amberes Vögel zu kümmern, war bestimmt nicht verkehrt, und Ambere würde ihn dafür schätzen.

Die Bewegung schien in der Nähe eines Schneeüberhangs erfolgt zu sein, und dieser Überhang warf einen sehr dunklen Schatten. Er müßte sich näher dorthin begeben, von hier aus konnte er in der Dunkelheit nichts sehen. Kein Problem, der Hang war nicht allzu steil und der Schnee darauf höchstens knöcheltief. Er könnte mit Schlimmerem fertig werden und bewies das jeden Tag.

Tristan verließ kletternd ihren Pfad und hielt Ausschau und lauschte auf Flügelschlagen. Er mußte sehr behutsam zu Werke gehen, wenn er wirklich einen Vogel fände – ein Tier in der Größe von Amberes Adlern konnte erheblichen Schaden anrichten, wenn er verletzt oder erschreckt würde. Kein Wunder, daß der Schatten so dunkel war. Er erreichte felsigen Grund, und über ihm hing ebenfalls Felsen, ein Sims, der den Schneeüberhang stützte. Das Ganze machte einen festen Eindruck, und er wurde immer besser in der Beurteilung solcher Dinge.

Er hatte immer noch keinen Vogel entdeckt, und inzwischen hatte er sich weiter von den anderen entfernt, als ihm ratsam erschien. Er mußte sich wieder an den Abstieg machen. Der einzige Grund, warum ihn noch niemand ausgeschimpft hatte, war der, daß Thomas in seinem Rucksack fest eingeschlafen war und von denen dort unten noch keiner seine Extratour bemerkt hatte. Er sollte lieber zurückgehen, bevor sie ihn tatsächlich vermißten.

Tristan drehte sich um, um seinen Fußspuren zurück zu folgen. Das war nicht schwer; seine Abdrücke waren so deutlich, als ob sie in den Schnee geschnitzt worden wären. Er kam an die Stelle, wo er sich zum erstenmal umgesehen hatte. Von dort gingen eine Menge Fußspuren ab, mehr als er glaubte hinterlassen zu haben. Es war komisch, wieviel Schritte ein Mensch am Tag machte, ohne darüber nachzudenken, da sie normalerweise keine Spuren hinterließen.

Neben einem der Abdrücke entdeckte er einen dunklen Klumpen im Schnee, nicht viel größer als seine Faust. Tristan bückte sich, um den Gegenstand aufzuheben, und wußte nicht, ob er seine Fahrlässigkeit verfluchen oder sich über sein Glück freuen sollte. Die Riemen seines Gürtelbeutels mußten sich beim Klettern gelöst haben, und das Kästchen mit seinen magischen Steinen mußte herausgefallen sein. Das mußte passiert sein, als er sich das letzte steile Stück des Hangs hinaufgehangelt hatte, und es war ein Wunder, daß es nicht irgendwo anders während ihres Tagesmarschs geschehen war, wohin er nicht zurückgekehrt und es nicht bemerkt hätte. Er machte Anstalten, das Kästchen wieder an seinem Platz zu verstauen, diesmal mit mehr Sorgfalt.

Sein Lederbeutel war fest zugebunden und bis obenhin voll! Tristan starrte das Holzkästchen in seiner Hand an. Es war gar nicht seins, wie er jetzt erkannte, als er es genauer betrachtete – aber es war ihm auch nicht fremd. Es war die Vorlage, nach der er das Muster seines Kästchens gemacht hatte, gemäß der alten Sitte, daß Lehrlinge ihre Werkzeuge selbst anzufertigen hatten, unter Anleitung ihrer Meister. Doch wo Tristan sich für ein Muster aus blühenden Kräutern entschieden – und es etwas grob ausgeführt – hatte, war das Kästchen seines Meisters mit einem kunstvoll geschnitzten Vogel mit ausgebreiteten Flügeln verziert gewesen. Tristan hatte dieses Kästchen seit jenem Tag nicht mehr gesehen, an dem er nach Hause gekommen war und Blais tot aufgefunden hatte; all seine Werkzeuge waren damals verschwunden gewesen.

Und jetzt hatte er genau dieses Kästchen gefunden! Es konnte keinen Irrtum geben. Tristan kannte es genausogut, wie er Blais' faltiges Gesicht kannte, mit den Dreckschmierern, die sich der Magier wie ein kleiner Junge im Lauf seiner verschiedenen, oft gedankenverloren durchgeführten Experimente an beidem zugezogen hatte. Es war eben dieses Kästchen. Tristan wußte genau, welche Steine er vorfinden würde, wenn er es öffnete – den großen Feuerstein und die zierlichen Tropfen des getrübten Kristalls, das Blais benutzt hatte, um Regenbogen aufgehen zu lassen, als besondere Dienstleistung für frischverheiratete Paare.

Doch wie war es nach Channadran gelangt? Das Kästchen hatte Blais Seite niemals verlassen, genau wie sich Tristan niemals freiwillig von seinem Werkzeug getrennt hätte.

Ein Gedanke durchzuckte ihn mit solcher Wucht, daß es Tristan den Atem verschlug. Er hatte einfach angenommen, daß Blais tot war, denn sein Meister hatte ein Duell gegen das wie immer geartete Geschöpf verloren, das Nímir an jenem Tag ausgesandt hatte, um einen ehrgeizigen Zauberer, der es gewagt hatte, sich in höhere Angelegenheiten einzumischen, in seine Schranken zu verweisen. Jedoch angenommen, das war ein Irrtum, der auf einem voreilig gezogenen Schluß beruhte? Was Nímir anrührte, ließ er nicht sterben. Es gab genügend Beweise dafür. Elisena war am Leben und frei, und ebenso war es Allaire, trotz all der schlimmen Jahre ihrer Gefangenschaft in Finsterloch. Angenommen …

Der Sonnenuntergang bohrte mit Fingern aus Licht in den dunklen Raum unter dem Überhang aus Fels und Schnee. Er war tiefer, als Tristan zunächst vermutet hatte. Als Tristan jetzt hineinspähte, sah er die Asche eines Feuers, einen Kessel darin und ein zusammengerolltes Stoffbündel in der Größe einer Schlafrolle. Er trat näher heran.

Als er sich bewegte, machte es ihm ein Schatten innerhalb des Schattens nach, und was Tristan bis dahin für einen Felsbrocken gehalten hatte, entpuppte sich plötzlich als Mann mit einem alten, bekannten Gesicht. Ein Lichtstrahl fiel ihm in die Augen, und er blinzelte verwirrt; zuerst machte er ein erstauntes Gesicht und dann ein willkommen heißendes.

Tristan war nicht weniger erstaunt. Er machte einen weiteren Schritt nach vorn, dann hielt er inne. Sein Mund stand offen, ungeachtet des Schmerzes, den die Kälte an seinen Zähnen verursachte. Er mußte ihn gewaltsam schließen und sich daran erinnern zu atmen, bevor er etwas sagen konnte. Selbst dann brachte er nur ein Flüstern heraus und wäre an der Aufwallung von Gefühl, von der es begleitet war, beinahe erstickt.

»Blais?«

Auf dem Weg unterhalb drehte sich Elisena um und suchte den Hang nach Tristan ab. Er war schon den ganzen Nachmittag über hinterhergetrödelt. Sie hoffte, daß das nicht zu bedeuten hatte, daß ihm das Bein wieder Schwierigkeiten machte. Diese rauhe Wegstrecke beeinträchtigte den Heilungsprozeß erheblich, obwohl er nichts von Schmerzen erwähnt hatte. Elisena machte sich Sorgen und hatte die Absicht, ihn danach zu fragen.

Tristan war nirgends auf dem Weg hinter ihr zu sehen, und auch nicht irgendwo seitlich davon, wo er vielleicht im tiefen Schnee herumgezappelt hätte, in den er versehentlich gerutscht war. Trotzdem konnte Elisena einen kurzen Blick auf ihn erhaschen. Er hatte den Blick auf etwas Bestimmtes gerichtet, doch alles, was Elisena sehen konnte, war ein Schatten zwischen den Felsen, der einem zuschnappenden Maul glich. Reißzähne aus Eis hingen von seinen Lippen, und Tristan bewegte sich eifrig darauf zu.

Elisena riß die Augen weit auf. »*Tristan!* Polassar, *haltet ihn auf!*«

Polassar hatte sich beim ersten Schrei blitzschnell umgedreht, da ihm nichts Gutes schwante, und er rannte schneller und behender, als man es von einem so großen Mann in Felsgeröll und Schnee erwartet hätte. Er erreichte den Hang genau in dem Moment, als Tristan unter dem überhängenden Sims verschwand, und kämpfte sich hinauf, doch ihn behinderte ein größerer Rucksack, als Tristan einen trug, und auch das aufgerollte Seil über seiner Schulter ließ ihn langsamer herankommen. Schneeverwehungen, um die Tristan auf wundersame Weise herumgekommen war, verschlangen bösartig Polassars Stiefel. Polassar fluchte und schrie Tristan hinterher.

Endlich hatte er den Zauberer wieder im Blickfeld und brauchte nur noch wenige Meter zurückzulegen. Der Zauberer schenkte ihm keinerlei Beachtung, doch er war nicht so groß, daß er ihn nicht einfach dort herausziehen könnte, ob er wollte oder nicht. Polassar war fest dazu entschlossen. Dies war ein Ort des Bösen. Davon konnte er sich mit eigenen Augen überzeugen, wie er es auch aus Elisenas aufgeregten Rufen entnahm.

Etwas grollte über ihm. Polassar hatte die Absicht gehabt, keine Notiz davon zu nehmen doch der Lärm wurde lauter. Er kam gerade noch rechtzeitig zum Stehen, bevor sich der zu schwer belastete Überhang löste. Fels, Schnee und Eis donnerte mit Getöse vor ihm nieder. Tristan war verschwunden.

17. KAPITEL

In der Falle

Die Dunkelheit schien Tristan mit einem weitausgeholten Schlag zwischen den Schulterblättern erwischt zu haben. Er taumelte und fiel auf die Knie. Einen Augenblick lang hatte er das Gefühl, der Berg sei auf ihn herabgestürzt – nicht in Wirklichkeit, doch er war sich des zermalmenden Drucks seines Gewichts über sich bewußt. Und es war eiskalt, kälter als die Luft draußen gewesen war. Sein Geist trübte sich.

Tristan streckte die Hand aus, um nach seinem Kristall zu greifen, und fragte sich selbst in diesem Moment, ob er es wohl schaffen würde, ihn zum Leuchten zu bringen. Der diesbezügliche Spruch war ihm offenbar aus dem Gedächtnis entfallen, das im Augenblick ohnehin kein sicherer Hort für Zaubersprüche zu sein schien.

Streng ermahnte sich Tristan, daß er den Kristall sogar in Finsterloch hatte zum Leuchten bringen können, wo die Bedingungen zweifellos noch ungünstiger gewesen waren, doch sein Kopf blieb dumpf, hohl und leer. Die Dunkelheit um ihn herum schien voller Gestalten zu sein, Flecken schimmerten, und das Poltern von fallendem Fels und andere Geräusche wie von splitterndem Glas ertönten. Was die Geräusche betraf, war er sich nicht ganz sicher, doch die Gestalten und Flekken hielt er eindeutig für Sinnestäuschungen, Streiche, die ihm seine Augen spielten, weil sie des Lichts beraubt waren.

Tristan schloß schließlich die Augen und war äußerst überrascht, daß eine so einfache Strategie so wirkungsvoll war. Die vertraute Dunkelheit hinter seinen Lidern barg nichts von den Schrecknissen der Dunkelheit jenseits davon. Tristans Hände bewegten sich, ohne daß er sie sah, und er flüsterte magische Worte dazu. Langsam konnte er wieder leichter atmen. Die Innenseite seiner Lider nahmen einen schwachen orangeroten Ton an. Tristan öffnete die Augen.

Der Kristall schimmerte schwach zwischen seinem Daumen und Zeigefinger. Der Strahl konnte die Dunkelheit ringsum nicht weit durchdringen, doch was Tristan sah, war verwirrend genug. Rings um ihn lagen Eis- und Felsbrocken verstreut, und von Blais war nicht die Spur zu sehen – nicht einmal von dem Kessel. Tristan nahm den Anblick dumpf in sich auf. Dieser Überhang war wohl doch nicht so fest gewesen, wie er gedacht hatte, und seine Fehleinschätzung hätte sich fast als verhängnisvoll erwiesen.

»Blais? *Blais?* Thomas, er ist doch nicht unter dem Zeug *begraben,* oder?«

Hm? Was hast du denn jetzt wieder angestellt? Der Rucksack wackelte, als sich Thomas umdrehte und oben aus der Öffnung gesprungen kam.

»Vielleicht hat er sich erschreckt. Bei diesem Gepolter hätte jeder Angst bekommen können. Vielleicht ist er auf die andere Seite gesprungen.« Tristan stand auf und hätte sich fast den Kopf an dem Felsen dicht über ihm gestoßen. »Vielleicht hat er mich nicht erkannt – oder gedacht, ich sei eine Art von Falle. Wenn er sich vor Nímir versteckt hält, wäre das naheliegend. Wir müssen ihn finden!«

Wen finden?

»Er kann nur in diese Richtung gegangen sein.« Tristan hatte eine Lücke zwischen zwei Felsen gefunden, fast einen Durchgang. Zwar könnte selbst er sich nur mit Müh und Not hindurchzwängen, doch Blais war ebenfalls dünn und hätte bestimmt durch diese Lücke schlüpfen können. »Das muß es sein. Sonst ist überall nur Schnee. Und ich weiß, daß er nicht an mir vorbeigegangen ist. Komm!«

Dort hinunter? Bist du jetzt endgültig von den letzten aller guten Geister verlassen? Wo sind wir denn, um Himmels willen?

Tristan war schon durch den schmalen Durchgang, ohne den Kater zu beachten, und hatte alles Licht mitgenommen. Thomas war gezwungen, ihm nachzueilen.

»Wie lange kann ein Mensch überleben, wenn er unter solchen Massen begraben ist?«

Polassar und Reynaud hackten mit ihren Schwertern im Schnee herum, ohne daran zu denken, daß sie die Klingen am Fels abbrechen könnten. Ihre Arbeit brachte wenig Erfolg. Der Schnee war zu leicht und zu tief. Polassars kräftige Armschwünge waren so wirkungslos, als ob er sich einen Pfad durch eine Wolke von Federn hätte schneiden wollen.

»Soweit ich gehört habe, höchstens einen Tag lang, wenn der Schnee nicht zu fest ist«, antwortete Reynaud. »Aber wir haben nicht so lange Zeit. Die Temperatur fällt, sobald die Sonne untergeht. Er wird erfrieren, bevor er erstickt. Wir müssen uns beeilen.«

»*Zauberer!* Wenn Ihr mich hören könnt, antwortet!«

»Ich bezweifle, daß er das kann.«

Polassar ging mit einer schnarrenden Verwünschung auf Reynaud los, doch der Mann achtete gar nicht darauf, als ihm die Klinge waagerecht vor die Kehle gehalten wurde. Seine Stimme klang keineswegs verächtlich.

»Ich will damit nicht sagen, daß er tot ist, doch seht Euch diese Massen an! Wenn Tristan auch nicht direkt darunter begraben sein sollte, so trennt ihn doch zuviel von dem Zeug von uns, als daß er Euch hören könnte, Polassar.«

»Er hat immer noch sein Schwert«, sagte Elisena, die immer noch von dem Anblick der Fangzähne, die um Tristan zugeschnappt waren, ganz benommen war und hilflos dastand. »Bisher hat es ihn immer noch gerettet.«

»Lady, Magie oder nicht, keine Klinge ist gegen einen herunterstürzenden Berg gewappnet, und kaltes Eisen kann das Atmen nicht für ihn übernehmen. Wir müssen ihn *herausholen.*«

Bebend strich sich Elisena das Haar mit beiden Händen aus dem Gesicht. »Dieser Ort ... er wurde bewußt in eine Falle gelockt.« Sie hielt die Augen geschlossen, bis ihr Atem wieder einigermaßen regelmäßig ging, und als sie wieder sprach, klang es fast ruhig.

»Wir können ihn auf diese Weise nicht freischaufeln. Es gibt zuviel Schnee, zuviel Geröll. Reynaud, helft mir.«

Elisena beugte sich weit zu den Steinen hinunter und berührte bestimmte davon. Reynaud beugte sich ebenfalls hinunter und legte sein eisernes Schwert weit von sich weg. Er erkannte ein Muster, von dessen Vorhandensein Polassar nicht einmal eine Ahnung hatte, und durchschaute die Zeichen, die Elisenas flinke Finger zwischen den aufragenden Felsen in den Schnee schrieben.

»Lady, seid vorsichtig«, sagte er mit berufsmäßiger Besorgnis. »Hier ist bereits Magie im Spiel. Was geschehen ist, war kein Unfall.«

»Das spüre ich auch. Doch Gefahr oder nicht, wir müssen es versuchen.«

»Sagt mir, wenn Ihr soweit seid.« Reynaud streifte seine Angst ab, worin sie auch bestanden haben mochte, ohne darauf zu achten, daß Polassar über diese Unterhaltung, deren Sinn er nicht begriff, die Stirn runzelte. Reynaud wußte, was sie von ihm wollte. »Dies ist eine Arbeit für zwei. Soll ich die Inkantation sprechen?«

»Ja. Fangt langsam an. Ich werde mich Eurer Geschwindigkeit anpassen.«

Reynaud sah sich skeptisch um. »Polassar, geht ein paar Schritte zurück. Es könnte hier gleich etwas turbulent zugehen.«

Polassar warf einen Blick zu Elisena, um zu sehen,

wie sie das Kinn hielt, und tat, wie ihm geheißen, ohne ein Wort der Widerrede.

Elisena stand da und hielt sich die Hände mit den Ringen noch immer seitlich an den Kopf, während Reynaud mit seiner Inkantation begann, und zwar in einer Sprache, die vor magischer Kraft nur so strotzte. Etwa beim zehnten Wort begannen ihre Finger zu zucken und anschließend Muster zu zeichnen, als ob sie ein Fadenspiel machte. Doch Elisena hielt keinen Faden, obwohl sie *etwas* zwischen den Händen hielt. Der Zauber nahm langsam Form an.

Steine hoben sich von allein an und rollten zur Seite, um unbeachtet an Polassar vorbei den Berg hinunterzupoltern. Die größeren Brocken blieben auf ihrem Platz liegen, doch zwischen ihnen tat sich nach und nach ein Durchgang auf, wie eine Tür an Scharnieren aus Eis. Polassar beugte sich aufgeregt nach vorn, um irgendein Zeichen von Tristan zu entdecken, seine Waffe oder ein Stück Stoff seiner Kleidung.

Die Tür schlug direkt vor Elisenas Gesicht zu, ohne Vorwarnung. Reynaud wurde mitten im Wort jäh unterbrochen. Polassar begriff überhaupt nichts. Ein heftiger Windstoß hätte ihn fast umgeworfen; als er wieder sehen konnte, hatte sich der Schnee wieder gelegt; glatt und unberührt bedeckte er die Stelle, wo sie zuvor gegraben hatten. Keine Spuren deuteten mehr auf ihre Arbeit hin, außer daß Reynaud flach auf dem Rücken lag und Elisena neben ihm kniete.

»Reynaud, vergebt mir! Dabei habt Ihr mich gewarnt ...«

Reynaud richtete sich auf, die Hände an die Schläfen gedrückt. Sein Gesicht dazwischen war kalkweiß. Daß der Wind ihn umgeworfen hatte, war nicht sein größter Kummer. »Wir hatten es fast geschafft«, murmelte er. »Wir können es noch einmal versuchen. Ich könnte den zweiten Schritt etwas verstärken ...«

»Beim nächstenmal würde es Euch umbringen, und

zwar ganz schnell«, sagte Elisena. »Nein, Ihr hattet von Anfang an recht. Dieser Weg ist zu gut bewacht. Dahinter steckt eine Absicht.«

Bei diesen Worten fiel die Fessel der Angst und Sorge, die Polassar bis dahin gelähmt hatte, von ihm ab. Er stürmte mit einem wütenden Aufschrei vor und machte einen Satz auf die Stelle zu, die sie bearbeitet hatten. Sein Langschwert sauste wild auf und nieder, als ob er allein durch die Kraft seines Zorns etwas erreichen könnte, bei dem Elisena versagt hatte. Er kam ein ganz schönes Stück weit, doch nicht im entferntesten weit genug. Der Schnee und das Geröll rieselten immer wieder nach, um ihn in seiner Anstrengung zu zermürben; nach einer gewissen Zeit wurde das Loch einfach nicht mehr tiefer, so sehr er auch schaufelte.

Elisena ließ ihn sich eine Weile austoben, dann brachte sie ihn durch Zurufe zum Innehalten, bevor er sich völlig verausgabt hatte. Polassars Kraft würde ihnen mehr dienen, wenn sie sie in sinnvolle Bahnen lenken könnten, obwohl Polassar selbst in diesem Moment nur schwerlich davon zu überzeugen wäre. Sie durften keine Zeit mit Streiten und Lamentieren vergeuden.

Sie blieb so ruhig, wie sie konnte. Tristan war nicht tot. Wenn er es wäre, hätte die magische Bewachung des Hangs sich nicht die Mühe gemacht, sie von ihm fernzuhalten. Es wäre immer noch Zeit genug, zu ihm zu gelangen, doch nicht auf diesem Weg. Sie schluckte ihre Panik hinunter wie bittere Arznei.

Elisena streckte die Hände vor sich aus, und ihre Ringe glitzerten wieder, doch sanft, um keinen zweiten Bewachungszauber oder magischen Wind zu wecken. Sie fragte sie nicht viel, und deshalb bekam sie die Antwort, die sie suchte, während eine umfassendere Befragung sie womöglich kein Stück weitergebracht hätte.

Sie spürte eine Leere hinter dem Schleier aus Schnee und Eis, und hatte nicht das Gefühl des Eingesperrtseins, wie es der Fall gewesen wäre, wenn Tristan dort drin festsäße und langsam zugrunde ginge. Er war noch fähig, sich zu bewegen, wie sie daraus schließen konnte, und hatte das offenbar auch getan. Ein weiterer Trost erreichte sie – die Erinnerung an Amberes Schutzrunen, die gleichen, mit denen ihrer aller Kleidung bestickt war. Also würde Tristan auch nicht erfrieren – jedenfalls noch nicht so bald.

Polassars Klinge stieß auf Fels, und der Schlag fuhr ihm heftig durch Arm und Schulter. Automatisch nahm er daraufhin das Schwert, das ihm als Schaufel diente, in die linke Hand und machte unbeirrbar weiter. Er war immer noch weit von der Stelle entfernt, an der Tristan zum letztenmal gesehen worden war. Sie waren zuvor schon näher daran gewesen, als der Zauberbann den Schnee weggeräumt hatte. Wenn er noch ein Stück weiter vordränge und dann geradewegs nach unten stieße –

Endlich tauchte die Erkenntnis, die ihr ihre Ringe schon die ganze Zeit zu vermitteln versucht hatten, an die Oberfläche von Elisenas Geist – etwas, das ihr längst klar geworden wäre, wenn sie nicht so gebannt Polassar zugeschaut hätte, der blindwütig drauflos schaufelte, um sich zu der Stelle durchzugraben, an der er Tristan vermutete. Sie blickte über den Bergkamm und die aus dem Eis herausragenden Felsen hinweg in alle Richtungen. Einige der Felsen hatten die Größe von hohen Bäumen, und das Eis reichte bis fast an ihre Spitze – jedoch nur auf einer Seite. Als sie in den Kristall blickte, der an ihrem Daumen baumelte, wurde Elisena die Vermutung bestätigt, die langsam in ihr keimte: Es gab ein Labyrinth von Steinen unter dem Eis, und dazwischen immer wieder Hohlräume. Es war fast eine Höhle, doch mit einem Dach aus Eis anstatt aus Stein. Als ob ihre Augen die Schneemassen durchringen könnten, sah Elisena, daß es an anderen Stellen noch weitere Öffnungen zu dem Labyrinth gab.

Thomas bekam langsam eine Ahnung davon, was geschehen war. Jedes neue Mosaiksteinchen, das sein Verständnis weiter vervollständigte, bestärkte seinen Entschluß, nie wieder zu schlafen, solange Tristan wach war.

Sie wanderten durch einen Tunnel, der halb aus Eis und halb aus Fels bestand. Es gab kein Licht bis auf den Kristall, den Tristan in der linken Hand trug, und alle sechs Sinne meldeten Thomas Gefahr. Er hätte geglaubt, sie wären in Finsterloch, wenn er nicht verhältnismäßig sicher gewesen wäre, daß jener Ort weit entfernt war, so weit, daß es nicht einmal Tristan geschafft hatte, dort hineinzustolpern.

»Er muß doch irgendwo hier sein, Thomas! Kannst du hören, ob sich noch irgend jemand außer uns in der Nähe bewegt?«

Thomas war noch nicht ganz dahintergekommen, warum Tristan auf einmal nach Blais suchte. Ein solch idiotisches Verhalten hätte er vielleicht noch vor einigen Monaten erwartet, als er den Schock über Blais' Tod noch nicht überwunden hatte. Vielleicht war Tristan damals zu sehr beschäftigt gewesen, so daß er so lange gebraucht hatte, bis ihm schmerzlich klar geworden war, daß es keine Leiche gegeben hatte, die er hätte begraben können. Und solange es die nicht gab, konnte Tristan Blais' Tod vielleicht nicht als unumstößliche Tatsache anerkennen, sondern redete sich in seinem tiefsten Inneren ein, daß es sich nur um ein unerklärliches Verschwinden handelte, und nährte falsche, törichte Hoffnungen. Wenn es so war, dann waren diese Hoffnungen zu einem hirnverbrannt ungünstigen Zeitpunkt zum Ausbruch gekommen!

Doch Thomas hatte keine Zeit mehr für weitere psychologische Analysen. Er hätte genug damit zu tun, sie hier wieder herauszubringen. Es gab keinen Spalt zwischen den Felsen, der so schmal war, als daß Tristan nicht versucht hätte, sich hindurchzuzwängen. Thomas gab die Hoffnung nicht auf, daß er in einem davon stekkenbleiben würde. Das würde Tristan wenigstens so lange aufhalten, damit er ihn mit einigen vernünftigen Argumenten wieder einigermaßen zu Verstand bringen könnte.

»Thomas, ich wollte, du wärst wach gewesen und hättest ihn auch gesehen! Vielleicht wäre er dann nicht weggelaufen, obwohl man deswegen niemandem einen Vorwurf machen kann, wenn das ganze Dach auf diese Weise über einem zusammenstürzt! Ich war wirklich sehr überrascht, daß ich ihn nach dieser langen Zeit wiedergesehen und festgestellt habe, daß er nur gefangengenommen wurde! Thomas, komm, hilf mir! Du siehst im Dunkeln besser als ich; darauf bist du doch immer so stolz. Wir müssen dafür sorgen, daß Blais sich nicht noch weiter von uns entfernt, schließlich müssen wir ja wieder zurück und uns einen Weg nach draußen graben ...«

Tristan plapperte weiter, obwohl Thomas gehofft hatte, daß er endlich zu Verstand käme und erkennen würde, daß sie immer noch verschüttet waren, auch wenn sie sich frei bewegen konnten. Wie unerfreulich!

Dann stieß Tristan einen Freudenschrei aus, weil er Fußspuren entdeckt zu haben glaubte, wo Thomas nichts anderes sah als aufgeschürfte Stellen im Schnee. Sie waren zu einem freien Platz von beträchtlicher Größe gekommen – breit genug, daß ein Mann dort in Laufschritt verfallen konnte, was Tristan prompt tat. Offensichtlich, so verriet ein Blick in sein Gesicht, wollte er zu etwas auf der anderen Seite des Platzes gelangen.

Thomas sah dort nichts. Tristan rief in verbindlichem Ton Blais' Namen aus, um seiner Halluzination eine Identität zu geben.

Dann blinzelte Thomas. Dort drüben *war* jemand! Es sah nicht gerade nach Blais aus, aber das war nicht wichtig, denn Tristan würde sowieso nicht zu ihm hinkommen. Zwei Meter vor der Gestalt, im Schatten verborgen – jedoch nicht für Thomas scharfe Augen –, tat sich ein tiefer Spalt im Eis auf. Und Tristan rannte natürlich genau darauf zu!

Die Zeit reichte nicht für raffinierte Strategien. Thomas warf sich zwischen Tristans rennende Füße. Der rechte stieß ihm kräftig einen Zeh zwischen die Rippen, doch dem Kater gelang es, sich mit einer Kralle an dem Schnürsenkel des linken Stiefels festzuklammern, und mehr brauchte es nicht. Tristan stolperte, verlor den Halt auf dem rutschigen Boden und platschte der Länge nach aufs Eis. Seine gefütterte Jacke dämpfte den Aufprall etwas, doch sein Kopf schlug immer noch mit solcher Wucht auf, daß Thomas ein entsetztes Maunzen entfuhr. Tristan blieb reglos liegen, und der Kristall rollte ihm aus der schlaffen Hand. Er kam knapp vor der Spalte zum Stillstand, und sein Licht erlosch.

Thomas fuhr mit einer Pfote durch Tristans Gesicht, eher drängend als zart. Tristan stöhnte und unternahm einen eindrucksvollen Versuch, sich zu einer Kugel zusammenzurollen. Er hob einen Arm vor sein zerkratztes Gesicht und verhinderte so, daß es Thomas weiterhin erreichen konnte.

Komm! Es tut mir leid. Ich wollte dir nicht weh tun, aber es war der einzige Weg, um dich aufzuhalten. Jetzt hör mir mal zu!

Unter Tristans Arm erklang eine genuschelte Wiederholung von Blais' Namen.

Thomas fand den Kristall und brachte ihn vorsichtig zu Tristan zurück. Der Zauber wirkte noch nach – er glühte wieder schwach auf, als Thomas ihn in Verbindung mit Tristans Händen brachte. Das Licht trug ein wenig dazu bei, daß er langsam wieder zu sich kam. Sein Arm bewegte sich, und Thomas konnte einen Teil seines Gesichts sehen. Es war naß vor Tränen. Außer der Feuchtigkeit war in Tristans Augen ein Ausdruck tiefen Verletztseins und ernster Anklage.

Ich habe doch gesagt, daß es mir leid tut. Und du hättest

mir fast die Rippen eingetreten, damit du's weißt. Wach jetzt auf. Wir haben Gesellschaft, aber es ist nicht Blais.

Tristan richtete sich langsam auf, und der Kristall in seiner Hand wurde immer heller. Wenigstens, so dachte Thomas, brauchte er jetzt nicht mehr mühsam nach Argumenten zu suchen, um Tristan davon zu überzeugen, daß er hereingelegt worden war. Tristans Gesicht war das eines Schläfers, der unsanft aus einem schönen Traum gerissen worden war, mit einem Ausdruck von Trauer und Sehnsucht, der verriet, daß er den Traum als Täuschung erkannt hatte, obwohl sich die letzten Fäden davon noch um ihn schlangen. Tristan sah vollkommen wach aus, und vollkommen verloren. Thomas war froh zu sehen, daß sein Bewußtsein für die Realität zurückkam, obwohl der Schmerz grausam war und um so deutlicher hervortrat.

Der Kristall gab immer noch nicht übermäßig viel Licht ab, doch der Hohlraum war nicht so groß, daß der Schein nicht auf den Mann gefallen wäre, der sich lächelnd an der Stelle lümmelte, wo Tristan gerade eben noch Blais gesehen hatte; der alte Mann hatte ihn mit einem Ausdruck des Nichtglaubenkönnens und des Glücks angeblickt, das jede Hoffnung übertraf. Jetzt war keine Spur mehr da von Blais, und es war offenkundig, daß er nirgends hätte hingehen können, ohne eine zu hinterlassen. Nun war hier nur dieser Mann, der sich lässig an den Felsen lehnte und still vor sich hin lachte.

»Als Er mir Euch geschenkt hat, sagte Er, es wäre kinderleicht. Aber so leicht hatte ich es mir nun auch wieder nicht vorgestellt – wie eine Fliege ins Spinnennetz zu gehen! Dumm vor Kälte, nehme ich an.«

Der Mann hatte ein breites, grobes Gesicht, eines, das eher einer Totenmaske glich als einem aus Fleisch und Blut. Der Bildhauer war dabei mit der Nase nicht besonders sanft umgegangen, denn sie war breit und flach und bedeckte eine große Fläche in der Mitte des Gesichts. Sein Haar hatte eine undefinierbare Farbe und stand wirr wie Spinnweben um sein Gesicht; doch die Augen entschädigten für alle weniger eindrucksvollen Züge an ihm. Sie waren von einem strahlenden, feurigen Blick, wie die Zünglein an einer Flamme – Augen, in denen der Wahnsinn loderte.

Tristan verzichtete darauf, den Fremden zu fragen, wohin Blais gegangen war. Blais war niemals hier gewesen, außer in Tristans sehnsüchtiger Einbildung.

»Ihr erkennt mich nicht, wie ich annehme«, sagte der Mann. »Das hatte ich erwartet – wir sind uns niemals von Angesicht zu Angesicht begegnet.«

Er griff in die Tasche seines Umhangs und zog eine Scheibe aus Elfenbein etwa von der Länge einer Männerhand heraus. Auf der Rückseite zuckten krampfhaft rote und grüne Blitze auf, als ob sich die Farben seinen Händen entwinden wollten.

»Vielleicht wird das Eurer Erinnerung auf die Sprünge helfen.«

Er drehte Crewzels Karte um, um Tristan die Vorderseite zu zeigen. Die Karte war schwarz.

18. KAPITEL

Cheris

TRISTAN HATTE DAS GEFÜHL, als hätte sich die Welt unter seinen Stiefeln genau einmal zuviel gedreht. Flüchtig kam ihm der Gedanke, wie kalt sein Blut noch werden konnte, bevor es sein Herz vollends zum Stillstand brachte. Hinter ihm war Fels. Er rutschte nach hinten gegen ihn, bis er nicht mehr weiter kam, und blieb dann sitzen, in der Falle; sein Atem, der ihm in ruckartigen Stößen über die Lippen kam, verriet seine innere Panik. Thomas kauerte neben ihm, mit hochgebogenem Rükken, als hätte er die Absicht zu zischen und zu spucken, er gab jedoch keinen Laut von sich. Der Kater hatte die Karte ebenso schnell erkannt wie Tristan.

»Überrascht, mich zu sehen?« fragte Cheris. »Das solltet Ihr eigentlich nicht sein – es wäre äußerst ungehörig von mir, Euch nicht für die Gelegenheit zu danken, die Ihr mir verschafft habt. Euch verdanke ich es, daß ich heute kein kleiner Taschenspieler in Kôvelir mehr bin, mit einem unbefriedigten Ehrgeiz nach höherer Zauberkunst. Nie wäre ich sonst in die Dienste des Einen gekommen, der meine besonderen Talente erkannt hat – und so viel zu ihrer Förderung getan hat.«

»Oh, ich vermute, Ihr hättet auch ohne mich zueinander gefunden«, preßte Tristan zwischen steifen Lippen hervor. Er wagte nicht, sich noch mehr von seiner Angst anmerken zu lassen – Cheris würde sie hemmungslos ausnützen. Genausowenig konnte er sich eine Panik leisten, die seinen Verstand beeinträchtigte, den er jetzt bis zum äußersten mobilisieren mußte. Er wünschte sich – nebensächlicherweise – zu wissen, ob dieses Gesicht, das er jetzt vor sich sah, Cheris' wahres Gesicht war.

»Ihr habt viel Unbill auf Euch genommen, um so weit

zu kommen. Denkt nicht, Nímir brächte Euch keine Wertschätzung entgegen, nur weil Er Euch mir überlassen hat, anstatt sich persönlich um Euch zu kümmern. Es ist in der Tat eine große Ehre für mich – und eine Art Prüfung.« Cheris' Zunge schnellte heraus, und er leckte sich über die Lippen – ähnlich wie eine Eidechse. »Ihr *habt* doch begriffen, daß Er mir Euch sozusagen geschenkt hat? Es wäre nicht gut, wenn Ihr es nicht begriffen hättet. Der Geschmack der Verzweiflung ist ein Hochgenuß. Ich möchte ihn ganz auskosten.«

Thomas stöhnte aus tiefster Kehle, doch nicht so leise, daß es nicht zu hören gewesen wäre.

Cheris warf einen Blick in seine Richtung. »Von dir, mein Kleiner, hat er nichts gesagt. Aber keine Angst, für deine Artgenossen habe ich mich schon immer interessiert. Ich werde dich bestimmt nicht vernachlässigen.«

Tristan versuchte, diesen Moment, in dem er von ihm abgelenkt war, zum Abwägen seiner Chancen auszunutzen. Es war schwierig, von der Stelle aus, wo er kauerte, die Ausgänge zu sehen, obwohl er überzeugt davon war, daß es welche geben mußte. Jeder Schatten konnte eine Fluchtmöglichkeit bedeuten – oder eine Falle, die nur ein paar Zentimeter tief war. Er war auf seinem Weg herein schon in viele solcher Scheinöffnungen gerannt, und vom Ansehen allein konnte man nicht beurteilen, welche trügerisch waren – jedenfalls nicht aus einiger Entfernung. Wenn er mit Erfolg flüchten wollte, dann mußte er ganz genau wissen, wohin er rannte.

Falls es einen Weg hinaus gab, dann hatte sich Cheris wahrscheinlich direkt davor in ganzer Breite aufgepflanzt, um seinem Opfer jeden Fluchtweg abzuschneiden. Tristan müßte also irgendwie an dem Mann vorbeikommen. Aber wie?

Indem er den Kristall aufstrahlen ließ, Cheris blendete und dann das Licht vollkommen dämpfte? Keine gute Idee. Die Decke der Höhle senkte sich an verschiedenen Stellen ohne Vorwarnung, und wahrscheinlich lagen noch mehr heruntergefallene Felsbrocken herum wie die, über die er bereits geklettert war. Selbst bei einigermaßen guter Beleuchtung war es gefährlich gewesen, schnell zu laufen, obwohl sich Tristan erinnerte, daß er gerannt war wie ein Jagdhund, der eine Fährte verfolgte. Nein, wenn er Cheris blind machte, wäre er selbst blind, und dieses Risiko durfte er nicht eingehen.

Der Spalt im Boden? Sollte er versuchen zu erreichen, daß Cheris hineinstolperte? Es fiel ihm kein Weg ein, das zu schaffen, ohne selbst in die Nähe des Spalts zu geraten, und das war ebenfalls gefährlich. Außerdem war Cheris ein Meister der Illusion, der sofort jedes Trugbild eines Stolperdrahts durchschauen würde.

Tristans Muskeln wurden steif, und er rutschte weiter nach hinten, ohne sich etwas dabei zu denken. Metall klingelte leise, als der Griff seines Schwerts die Felswand streifte. Er hatte ganz vergessen, daß er bewaffnet war. Tristans Herz machte einen Satz und sank sofort wieder in sich zusammen, und Cheris bemerkte keine der beiden Regungen in seinem Gesichtsausdruck, da der Mann immer noch zu Thomas hinunterstarrte, als ob er hoffte, den Kater bis zum Wahnsinnigwerden erschrecken zu können.

Tristan unterdrückte einen Fluch. Er sah keine Möglichkeit, das Schwert aus der Scheide zu ziehen oder auch nur einen entsprechenden Ansatz zu machen, ohne daß es Cheris bemerkt hätte. Daß er es sich auf den Rücken gebunden hatte, wie es Polassar ihm empfohlen hatte, war bei der Kletterei vorteilhaft gewesen, weil es ihm nicht im Weg war, doch jetzt hätte er es sich umständlich über den Kopf ziehen müssen. In seiner jetzigen Situation war das unmöglich. Er konnte nicht einmal den Griff erreichen, ohne aufzustehen; und wenn er versucht hätte, den Griff mit beiden Händen zu packen und schnell zu ziehen, dann wäre er an die Decke gestoßen, bevor er die Klinge freibekommen hätte.

Cheris lachte, als er merkte, daß er Thomas mit seinem Blick nicht bezwingen konnte. »Bewahre dir deinen Stolz, mein Kleiner. Ich werde mit deinen Augen sehen, bevor alles erledigt ist – im Dunkeln, wie eine Katze. Um die Wahrheit zu sagen, es wird so sein, daß deine netten grünen Augen mir dazu verhelfen werden, denn du wirst keine Verwendung mehr für sie haben. Euer Vertrauter hat einen interessanten Charakter«, fuhr Cheris an Tristan gewandt fort. »Es ist leicht zu erkennen, wie Ihr diesen Paß erreichen konntet, wenn Euch solche Bedienstete zur Verfügung stehen.«

Tristan antwortete nicht. Sollte Cheris doch denken, daß er zu verängstigt sei.

Er hatte eine Hand in seinen Beutel und darin in das Zauberkästchen geschoben. Eine winzige Feder – die von Troubadour – schwebte heraus und glitt über den Boden, geleitet von Tristans Atem und seinem Willen. Bald lag sie in der Mitte des freien Platzes. Wenn sie jetzt weiterschweben würde, wüßte Tristan, wo sich die nächstgelegene Öffnung befand, denn wenn von irgendwoher ein Luftzug käme, dann konnte es nur von dort sein. Auf seinem engen Weg hierher hatte es keinen solchen Luftzug gegeben. Es war eine schwache Hoffnung, trotzdem dankte er Troubadour dafür, daß er sie ihm eingegeben hatte. Tristan wandte den Blick scheinbar desinteressiert von der Feder, als Cheris erneut das Wort an ihn richtete.

»Wie ich schon sagte, hat mein mächtiger und großzügiger Meister Euch mir geschenkt, Zauberling, und ich habe vor, noch eine Weile mit Euch zu spielen. Es ist nicht nötig, daß ich Euch durch übertriebene Eile beleidige, nicht wahr? Eure Freunde suchen Euch, aber sie werden lange damit beschäftigt sein. Und es gibt hier einige Geheimgänge, durch die ich sie schnell erreichen kann, wenn es erforderlich werden sollte, so daß ich also auch in dieser Hinsicht keinen Anlaß sehe, besonders eilig mit Euch zu verfahren. Ich habe Zeit, mich ausgiebig um Euch zu kümmern. Das wird Euch ein Trost sein, davon bin ich überzeugt.«

»O ja, durchaus.« Die Feder rührte sich nicht. Tristan betastete die Steine in seinem Kästchen, mehr mit dem Geist als mit den Händen, denn er wollte keine Aufmerksamkeit durch auffällige Bewegungen erregen. Es mußte doch noch etwas anderes geben, das er sich zunutze machen konnte, wenn er nur darauf käme! Improvisation war gefragt.

»Stellt Euch nur vor, wie sich Eure Freunde freuen werden, wenn sie Euch wiedersehen, wie erleichtert, daß ihr noch am Leben seid! So sehr erleichtert, daß sie sich keine Gedanken darüber machen werden, wie es Euch gelungen sein mochte, blindlings auf sie zuzustolpern. Meint Ihr nicht?«

Cheris lächelte geziert, doch Tristan spürte, wie sein Gesicht schlaff wurde, als er die Bedeutung der Worte des Mannes begriff. Wenn Cheris in der Lage war, eine Scheinpersonifizierung von Blais zu schaffen, auf die sogar Tristan hereinfiel, dann war er noch zu viel schlimmeren Dingen fähig. Tristan hatte nicht etwa nach Blais gesucht, als er ins Channadran-Gebirge kam, und noch nie war ihm der Gedanke gekommen, sein Meister könnte nicht tot sein. Er hätte demnach eigentlich nicht leicht zu täuschen sein können, und doch hatte es Cheris mühelos geschafft. Elisena und die anderen suchten bestimmt in diesem Moment nach ihm, dessen war Tristan sicher, und in dem Gemütszustand, in dem sie sich befänden, würden sie niemals darauf kommen ...

Cheris lächelte weiter, als er sah, daß Tristan begriffen hatte. »Vielleicht lasse ich mich von ihnen aus dem Schnee graben«, überlegte er laut.

Wahrscheinlich wurde von ihm nun erwartet, daß er mit irgend etwas Verzweifeltem, Törichtem reagierte, dachte Tristan. Wenn er es nicht tat, so lag das daran, daß ihm nichts einfiel, das auch nur die geringste Hoffnung auf Erfolg rechtfertigte im Vergleich mit der damit verbundenen Gefahr. Das Blut rauschte in seinen Ohren wie Meeresbrandung, doch Tristan blieb reglos sitzen.

Cheris sah enttäuscht aus. Er hatte seine gute Laune wieder aufgesetzt, wie eine Maske.

»Aber ich tue Unrecht, Dankbarkeit zu erwarten, wenn ich mich bis jetzt so wenig angestrengt habe, meine eigene zum Ausdruck zu bringen! Ich bin nachlässig, dabei versprach ich, es nicht zu sein. Ich sollte jetzt eine Weile für Eure Unterhaltung sorgen, bevor ich mich meinen Pflichten zuwende. Eure Reise war so entbehrungsreich, Euer Eifer, hierher zu gelangen, so groß, so bewundernswert ungestüm! Vielleicht etwas Wein?«

Eine Karaffe erschien in Cheris' Hand, frei aus der Luft gegriffen. Wahrscheinlich war es ein Trugbild, und das falsche Gefäß barg in Wirklichkeit einen Dolch, dachte Tristan, doch er konnte nicht leugnen, daß es eine gute Arbeit war, eine Illusion, die jedem Straßenzauberer Ehre gemacht hätte.

»Vielen Dank, nein.« Er hatte den Eindruck, daß Cheris erleichtert aussah, oder auf jeden Fall froh. Denn wenn er zu schnell zu Tode kommen würde, wäre das Spiel für ihn zu rasch beendet.

»Wahrscheinlich seid ihr auch nicht hungrig. Gibt es vielleicht jemanden, an den Ihr noch ein letztes Wort richten wollt? Vielleicht Euren Meister? Aber nein, Ihr habt ja gesehen, daß ich ihn geschaffen habe. Ihr sollt etwas Neues, Frisches bekommen. Wiederholungen können so ermüdend sein. Dann vielleicht jemand anderen – einen Helden oder einen der Großmagier? Mein Repertoire hat sich inzwischen erheblich erweitert, wie Ihr seht. Früher konnte ich mich nur in die Gestalten von Hasardeuren, die bei Messerstechereien um irgendwelche Huren ums Leben gekommen waren, verwandeln, oder in Diebe, die am Galgen geendet waren.

Was für armselige Verkleidungen!« Cheris' Zähne zeigten sich wie kleine Nadeln, als er lächelte.

»Jetzt gehöre ich zum Kreis der Großen und Mächtigen, und es ist nur angemessen, daß ich Euch eine Vorführung mit solchen Persönlichkeiten biete, da Ihr mir zu meinem jetzigen Rang verholfen habt. Ihr und diese Nutte Crewzel – obwohl sich mein Herz nicht überwinden kann, auch ihr dankbar zu sein, dieser Schlampe mit ihren Karten, von denen sie behauptete, nur sie könne sie lesen! Ich werde ihren Anteil Euch zugute kommen lassen.«

Wenn er sich bewegt, spring ihn an! schlug Thomas erbost vor. *Das ist besser, als ihm weiter zuzuhören.*

»Ihr seht so nervös aus, so angespannt.« Cheris seufzte. »Ihr scheint keine Lust zum Spielen zu haben. Ich glaube, Ihr habt nicht die geistige Größe, meine Kunst richtig zu schätzen, Zauberling. Und ich lege keinen Wert darauf, meine Perlen vor die Säue zu werfen! Ihr werdet also keine Vorführung geboten bekommen. Es wäre vergeudete Mühe!« Cheris kaute auf seinem Daumen herum wie ein Hund auf einem Knochen. »Das ist schade – für Euch. Ich habe andere Wege, mich mit Euch zu vergnügen.«

Ich werde jetzt ein Ablenkungsmanöver versuchen, sagte Thomas. *Nutz es aus.*

Tristan hielt den Kater schnell mit einer Hand fest. Die Feder hatte sich immer noch nicht bewegt. Entweder gab es keine Öffnung nach draußen, oder Cheris hatte sich tatsächlich direkt davor aufgebaut. Er hätte jetzt noch nicht gewußt, wohin er rennen sollte.

Tristan zog die Hand aus dem Beutel und vom Gürtel zurück. Das war nicht ganz einfach, denn jetzt war sie nicht mehr leer. Ein Schnipsen, und ein winziger grauer Kiesel prallte an der Wand gegenüber ab. Cheris wandte hastig den Kopf in die Richtung, aus der das Geräusch kam, als er zu Boden fiel.

In diesem unbemerkten Augenblick ließ Tristan den

Kristall in seine andere Hand hinüberwechseln. Jetzt würde der Schatten des kleinen Kiesels riesengroß erscheinen, und wenn Tristan den Kristall bewegte, hätte es den Anschein, als ob er sich aufbäumte. Er konnte sich darauf verlassen, das wußte Tristan, daß Thomas im richtigen Moment, wenn sich der Schatten bewegte, in ein gespenstisches Geheul ausbrechen und so dem Ungeheuer eine Stimme verleihen würde. Er bewegte die Finger.

Und nichts geschah. Keine Magie – absolut gar nichts!

Cheris drehte sich wieder zu ihm um und lächelte. »Das war sehr, sehr ungezogen von Euch. Und so sinnlos. *Schattenspiele!* Fällt Euch nichts Besseres ein? Wahrscheinlich nicht, sonst wärt Ihr nicht hier. Ich verstehe gar nicht, warum sich der Winterkönig überhaupt die Mühe machte, Euch aufzuhalten – Ihr steht Euch doch ständig selbst im Weg!« Cheris schien seine Bemerkung urkomisch zu finden, jedenfalls schmunzelte er vor sich hin.

»Da Ihr etwas für Spielzeug übrig habt, kann ich Euch noch eins bieten. *Dieses* wird sich jedoch nicht in Schatten auflösen, keine Angst. Es ist auf ergötzlichste Art körperhaft – wahrscheinlich das Körperhafteste, das es für einen Zauberer gibt.« Cheris löste einen Lederbeutel, der direkt neben dem Dolch an seinem Gürtel gehangen hatte. Es klimperte darin, als er ihn bewegte. Cheris öffnete den Beutel und zog ein Stück einer Eisenkette daraus hervor. An jedem Ende der Kette war eine Eisenmanschette mit Scharnierverschluß.

Etwas zischte. Tristan dachte, daß es Thomas gewesen sein müßte – denn sein eigener Mund fühlte sich an, als ob er mit Wolle ausgeschlagen wäre. Er hätte bestimmt keinen Ton herausgebracht, auch nicht beim Anblick von kaltem Eisen. Diese Handschellen verschlugen ihm die Sprache, und sie würden ihn jeder Möglichkeit zur Magie berauben.

»Stellt Euch vor, Schattenspieler – Ihr werdet hiergelassen, gefesselt mit diesen höchst eleganten Armreifen aus kaltem Eisen. Bestimmt werden sie Euch dazu bringen, den Mund aufzumachen. Habt Ihr etwa gedacht, ich hätte die Absicht, Euch umzubringen? Ihr habt mich falsch eingeschätzt, wie ich sehe. Ich werde Euch nichts zuleide tun. Ich brauche Euch gar nicht zu berühren, sobald Ihr diese hier tragt; und was Ihr danach tut, ist Eure eigene Angelegenheit. Ich werde sogar Eure Füße ohne Fesseln lassen.« Cheris Blick schweifte voller Vergnügen ab, doch die Pupillen seiner Augen blieben klein, winzig wie Stecknadelspitzen.

»Natürlich wird es hier drin ziemlich dunkel sein, da Ihr nicht in der Lage sein werdet, Euer kleines Kristalllichtchen zu benutzen, und ich befürchte, ich kann keine Nahrungsmittel oder Getränke für Euch erübrigen. Ich muß sogar leider Euren Rucksack an mich nehmen – als Teil meiner Verkleidung, wie Ihr verstehen werdet. Macht Euch jedoch keine Sorgen. Diese Dinger werden sich durch Eure Knochen beißen, bevor Ihr verhungert seid.«

»Das könnt Ihr nicht machen«, sagte Tristan in flehentlichem Ton; seine Angst war zu groß, als daß er sich dessen geschämt hätte.

»Hofft nicht, daß ich es nicht kann. Ich brauchte nicht einmal Magie dazu, um sie Euch anzulegen, glaubt mir!« Cheris ließ sich die Kette spielerisch durch die Hände gleiten. »Ihr seid wohl am Ende Eurer Weisheit, wie? Bemerkt, mit welcher Leichtigkeit ich Euch hier hereingelockt habe! Seit jenem Moment wart Ihr geschlagen, nur, daß Ihr es nicht wußtet.«

Die Worte kamen rhythmisch und mit bedeutungsvoller Betonung, was sich verdächtig nach dem Auftakt zu einem Zauberbann anhörte. Geschlagen war er also? Warum sollte er dann noch aufwendige Magie an ihn verschwenden? Tristan wußte, daß Cheris, der jetzt Eisen in beiden Händen hielt, nicht wagen würde, ein stärkeres Mittel als die Suggestion einzusetzen. Wenn sein Geist wirklich so vernebelt gewesen wäre, wie es Cheris offenbar annahm, dann hätte das vielleicht auch genügt. So war es jedoch nicht. Sein Gehirn war etwas verwirrt, das mochte sein, doch die Angst verlieh Tristans Denken Flügel.

Natürlich unterlag er den gleichen Beschränkungen wie Cheris. Solange ihn kaltes Eisen berührte, konnte er keine Magie ausüben. Es bestand eine enge Verbindung zwischen ihnen, ohne großen Spielraum. Es gab keinen Zauber, den Tristan hätte anwenden können, der ihn nicht selbst in die gleiche Gefahr gebracht hätte wie Cheris.

Tristan war inzwischen aufgestanden. Er versuchte, unauffällig zu der Stelle zu schlendern, wo Cheris herumgestanden hatte und wo er den Ausgang vermutete, doch der Spalt hinderte ihn daran. Cheris beugte sich mühelos herüber – an seinem Ende war er schmaler.

»Ich hoffe, es macht Euch nichts aus«, sagte er, um Entschuldigung heischend. »Dies ist genau die gleiche Art, wie ich Giffyd losgeworden bin. Ich hätte mir für Euch gern etwas Originelleres einfallen lassen, doch da diese Methode schon einmal so wunderbar funktioniert hat, ist eine Wiederholung vielleicht doch gerechtfertigt. Ich verspreche Euch, ich werde das Ganze mit einer individuellen Note verfeinern ...«

Tristans Hand wanderte zu dem verknoteten Riemen, mit dem die Schwertscheide an seinem Rucksack festgemacht war. Er würde sie insgesamt lösen, was schneller ginge, als wenn er die Klinge aus ihrer jetzigen Position gezogen hätte, und jede Sekunde war wertvoll. Er zog an dem Riemen, hantierte am Knoten.

Der Knoten ließ sich nicht lösen. Das Leder war vollkommen von Schnee durchnäßt gewesen. Jetzt, nachdem es getrocknet war, war der Knoten darin so straff, als ob es sich nicht um Leder, sondern um Eisen handelte, wie bei den Handschellen. Er würde sich nicht aufknüpfen lassen. Tristan streckte die Hand über die

Schulter und merkte zu seinem Schrecken, daß er nicht einmal den Griff des Schwertes erreichen konnte. Er hatte die Scheide zu tief unten angebunden, oder etwas ...

Cheris kicherte wieder. »Habt Ihr jetzt doch endlich beschlossen mitzuspielen? Eine anerkennenswert sportliche Haltung, das muß ich zugeben.«

Er *mußte* es schaffen, die Klinge in die Hand zu bekommen, dachte Tristan verzweifelt. Die vielen Jahre des Streckens und Drehens und Dehnens seiner Finger und Gelenke während seiner Lehrzeit – hatten sie ihm letztendlich nichts gebracht? Diese Geschicklichkeit war einer der Gründe, warum sich Zauberer so schwer fesseln ließen, außer mit kaltem Eisen – selbst ohne die Anwendung eigentlicher Magie konnten sich geübte Hände immer wieder befreien. Er könnte seine Reichweite bestimmt noch um eine Fingerbreite vergrößern!

Während er es versuchte, hatte Tristan nicht mal mehr eine Hand frei, mit der er sich hätte verteidigen können. Cheris versetzte ihm einen Schlag in den Bauch, und Tristan sackte zusammen; er gab den Versuch auf, an seine Waffe zu gelangen. Die Handschellen, die an der Kette baumelten, klingelten über seinem Kopf. Sie bestimmten die Entfernung im Kampf. Wenn er mit ihnen einen Schlag auf den Kopf oder ins Gesicht bekäme, würde er entschieden schlimmere Verletzungen davontragen, als wenn er mit der Faust geschlagen oder mit Füßen getreten würde. Cheris erkannte seinen Vorteil und wich aus, als Tristan versuchte, näher an ihn heranzukommen. Als Tristan an ihm vorbeisauste, streckte er einen Fuß aus, und Tristan wäre fast in den Spalt gestürzt, als er über ihn stolperte.

Thomas bewegte sich schnell und geduckt; sein Schwanz stand waagerecht ab. Er schlug so viele Zähne, wie er konnte, in Cheris' Wade, direkt über dem niedrigen schwarzen Stiefel des Mannes. Cheris heulte vor

Schmerz auf und holte mit der Kette nach ihm aus. Thomas duckte sich darunter durch.

Da hast du ihn, wenn du willst, sagte Thomas ungerührt.

Tristan ballte die Hände zu Fäusten und schlug auf Cheris' Rücken ein. Der Mann ging auf die Knie, doch Tristan hatte das Gefühl, auf Stein anstatt auf Fleisch zu schlagen. Er taumelte zurück; seine Hände hatten fast alle Kraft verlassen. Cheris stand auf – irgend etwas schien an der Art, wie er sich bewegte, nicht zu stimmen, als ob er gar nicht dort gewesen wäre, wo Tristan ihn vermutet hatte. Tristan sah, daß er die Sache mit den Handschellen aufgegeben hatte, und machte sich auf neue Illusionen gefaßt.

Cheris stürzte auf ihn zu. Tristan sprang zurück, um Raum für einen Klammergriff zu gewinnen, und prallte so heftig gegen Felsen, daß ihm alles vor Augen verschwamm. Er war auf die Knie gesunken und bemühte sich, aufzustehen, noch bevor er wieder sehen konnte. Wieder konnte er Cheris' Kichern hören.

»Ihr haut Euch selbst grün und blau, ohne mich ein einziges Mal zu berühren! Aber versucht es nur weiter, wenn es Euch Spaß macht!«

Thomas biß ihn noch einmal, mehr aus Trotz als aus sinnvollen Erwägungen, und wurde im Gegenzug mit dem Fuß quer durch die Höhle geschleudert. Der Kater prallte hart auf, und Tristan konnte nicht sehen, ob er wieder auf die Beine kam.

Er erinnerte sich daran, daß Cheris die Kette zu Boden geworfen hatte. Magie war also nicht gefährdet. Er hatte sich jedoch die Hände aufgeschlagen, als er gegen den Fels gefallen war. Sie waren halb gefühllos, und er beherrschte seine Finger nicht ganz. Sie fühlten sich zwar nicht direkt gebrochen an, doch die feinen Bewegungen, die nötig gewesen wären, konnte er nicht ausführen, wenigstens im Moment nicht. Tristan versuchte es trotzdem und schlug hart auf dem Boden auf, als Cheris ihm mit welchem Zauber auch immer dazwischenfunkte. Außerdem versetzte er ihm einen Fußtritt, und Tristan rollte blind von der scharfkantigen Stiefelspitze ab und fand sich in gefährlicher Nähe der Spalte wieder. Diesmal fragte er sich, was dort unten wohl lauern mochte. Er hätte es leicht herausfinden können.

Er stand auf und erhielt wieder einen Schlag. Tristan taumelte gegen die Wand, ohne das Gleichgewicht halten zu können. In seinen Ohren war ein Summen. Falls Cheris noch irgend etwas sagte, so konnte er es nicht hören. Seine Spottreden nicht mehr hören zu müssen, war eine Wohltat, die Tristan sich nicht zu erhoffen gewagt hatte. Tristans Finger fuhren über Stein, und er griff danach, um sich festzuhalten. Wenn er sich mit dem Rücken an den Fels hielt, dann könnte ihn Cheris wenigstens nur von einer Seite angreifen, von vorn. Wenn er ein Messer gehabt hätte, hätte er durchaus eine faire Chance gegen den Mann gehabt, doch seine Messingklinge befand sich irgendwo unten in seinem Rucksack, außerhalb seiner Reichweite.

Es hätte sowieso alles keinen Sinn mehr gehabt. Tristan wußte, daß er erledigt war, er war es von Anfang an gewesen, und jetzt war sein bißchen Glück vollends versiegt. Er hätte damit rechnen müssen, doch die Ungerechtigkeit, daß es gerade jetzt soweit sein mußte, quälte Tristan mehr als der Gedanke an den Tod – mehr als der Schmerz irgendeiner seiner Verletzungen.

Schließlich hatte er dem Tod im Laufe seiner Mission schon oft in die Augen gesehen – in Form des Ertrinkens, Erfrierens, zwischen Fels und Eis Zerquetschtwerdens, Abstürzens oder von einem Gletscher Zermalmtwerdens. Er kannte die Macht Nímirs. Es gab genügend Geschichten und Legenden, die darüber aufklärten, und seine eigenen Erfahrungen ergänzten dieses Wissen. Er hatte das Bewußtsein gehabt, daß ihm bei einem Ausrutscher alle Knochen gebrochen würden oder er in eine Spalte stürzen und an ihrem Grund von aufragenden Eiszähnen aufgespießt würde. Wind, Sturm und todbringenden Frost hatte er vorausgesehen und sich damit abgefunden. Die Reihe der Beschwernisse war lang gewesen, und er war mit allen irgendwie fertig geworden. Aber auf diese Art zu sterben! Das war einfach nicht *gerecht!*

Er hätte den Tod zu jedem anderen Zeitpunkt ertragen, niemals hätte er so schmerzlich sein können, wie von einem dumm daherschwatzenden Mondkalb, das, bevor es die Gunst Nímirs erlangt hatte, ein Nichts am Rande der Idiotie gewesen war, zu Tode ausgetrickst zu werden! Zorn loderte in ihm auf, eine wärmende, hartnäckige kleine Flamme. Wenigstens würde er sein Leben teuer verkaufen, so daß Cheris am Ende in einer Verfassung wäre, die es ihm nicht erlaubte, Elisena oder den anderen Schaden zuzufügen. Tristan kam der Gedanke, daß er genausogut gemeinsam mit Cheris in den Spalt stürzen könnte. Diese Genugtuung könnte er sich wenigstens verschaffen.

Wo war das Schicksal, von dem Crewzel immer gesagt hatte, daß es ihm bestimmt sei, jetzt, da er es brauchte? Tristan hatte sich lange Zeit mit allen lästigen Begleitumständen, die es mit sich brachte, abgefunden; er hatte sich in ein Königsamt gefügt, das ihm nicht sympathisch war, und Pflichten auf sich genommen, unter deren Last er zusammenbrechen zu müssen glaubte. Er war in Channadran, weil er sich nicht gegen sein Schicksal aufgelehnt hatte. Hatte er all diese Leiden durchgemacht, um auf diese Weise zu enden?

Tristan schalt sich einen Narren, weil er einen fairen Kampf erwartet hatte. Was sich hier abspielte, war niedrig und schmutzig, selbst für Nímir; eine Handlungsweise, die keine Achtung verdiente. War ein König von Calandra nicht mehr wert, als daß er mit einer Waffe wie Cheris vernichtet werden sollte?

Mehr Umstände braucht man sich mit ihm nicht zu machen, stimmte ihm eine Stimme zu. Bilder formten sich in Tristans Geist, wurden plötzlich enthüllt, als ob ein Vorhang zurückgezogen worden wäre. Er sah verwüstete Felder, von kaltem, fauligem Wasser überflutet; verödetes Heideland, wo verstreut stehende blattlose Bäume kaum Schutz boten für trostlose Hüttendörfer, in denen zerlumpte Kinder im Schmutz spielten. Das Bild wurde dunkel, doch einige Lichter brannten weiter. Ein sterbendes Pferd zog einen halbleeren Karren über einen matschigen Weg auf einen Markt in einer grauen Stadt. *Verglichen mit Kôvelir war es noch nie ein ausgesprochenes Schmuckstück.*

Tristans Geist reagierte auf die Bilder mit überraschender Schnelligkeit; er leugnete sie nicht, vielmehr besserte er sie aus oder ersetzte sie durch andere.

Crogens alberne, wichtigtuerische Türme erhoben sich, schmuckvoll wie im Märchen und von unvergleichlicher Pracht, und alle waren mit etwas verkleidet, das wie weißer Marmor aussah. Tristan segelte von ihnen weg wie eine Schwalbe und erinnerte sich an gelbe Butterblumen, die wie goldene Münzen über eine dunkelgrüne Wiese am Ufer eines Flusses verstreut waren. Er wußte, daß das Wasser kühl und süß schmecken würde und daß die Kiesel, über die es floß, in genau den gleichen Farbtönen gesprenkelt wären wie die Forellen, die darin schwammen. Halme von Minze waren so schwer vor Blüten, daß sich ihre Spitzen neigten, bis sie das Wasser berührten, und der Lufthauch, der sie bewegte, erzeugte ein endloses, ständig wechselndes Muster kleiner Wellen, die sich jeder Geometrie entzogen.

Calandras Schönheit war sehr zart, eine Schönheit, die leicht übersehen werden konnte von jemandem, der sich keine Zeit dafür nahm und in dem kein Funke Hoffnung steckte; andere konnten beobachten, wie ein Sonnenstrahl einen Tautropfen traf und ihn in ein Juwel verwandelte, wie ihn selbst ein Zauberer niemals zu erschaffen hoffen durfte. Es war eine Schönheit, die aus kleinen, flüchtigen Dingen bestand; Augenblicken, die kamen und gingen; Blumen, die während der Dauer eines Lidschlags erblühten und verwelkten; dem Ton des Liedes eines Vogels; einem Blütenblatt, das im Wind trieb; Sonnenstrahlen, die grüne Blätter sprenkelten; und Geißblatt, das sich um Zaunpfähle rankte – und um Tristans Herz.

Tristan brauchte nicht die Augen zu schließen, um Cheris auszuschließen. Das war längst geschehen, ohne daß er sich darum bemüht hätte. Sein Zorn und seine Angst waren verflogen. Das Wunder, das er bei seiner Krönung empfunden hatte, hatte beides abgelöst und war in jede Ritze seiner geschundenen Seele gedrungen. *Es lohnt sich,* dachte er erstaunt, obwohl er spürte, wie sein Herz vor Kummer auseinanderzubrechen drohte.

Etwas brach tatsächlich auseinander. Es gab ein Geräusch von etwas, das zerriß, und sein Schwert schlüpfte aus der aufklaffenden Scheide und fuhr blitzend, mit gesenkter Spitze, zu Boden. Wie ein Schlafwandler bewegte Tristan die verletzte rechte Hand und packte den Griff; dann spürte er, wie die Klinge seine Hand hob und sich in Abwehrstellung brachte.

Cheris, der immer noch über den Handschellen herumkicherte und mit ihnen sprach, wäre fast in die Schwertspitze gelaufen, bevor er es merkte.

»Oho!« rief er vergnügt aus. »Das Küken hat schließlich doch Zähne! Möchte es mich beißen, wie die räudige Katze da? Nur zu!« Er schob sich die Handschellen unter den Gürtel und machte einen Satz nach vorn.

Tristan vollführte einen abwehrenden Ausfallschritt, wobei sich sein Schwert schnell wie ein Blick bewegte. Plötzlich drehte Tristan die Klinge zur Seite und fiel auf die Knie; er versuchte, sich zu bremsen, doch die Schwertschneide trennte nur noch eine Handbreit von Blais' Kehle, als es ihm endlich gelang innezuhalten. Er konnte nicht ...

Blais blickte ihn traurig an und begann, mit enttäuschter Stimme zu sprechen – irgend etwas von wegen unartiger Lehrlinge –, und Tristan, das Gesicht vor Qual verzerrt, ließ zu, daß das Schwert seinen Arm nach vorn ausstreckte. Seine Spitze stach in Blais' Hals, bereit, ihn aufzuschlitzen.

Cheris schätzte die Lage falsch ein. Anstatt zurückzuweichen, verwandelte er sich in ein kleineres Wesen, um sich dem Schwert zu entziehen. Doch die blitzende Klinge sauste hinab, um die winzige Eisechse in zwei Teile zu zerschneiden, bevor ihre Reißzähne zupacken konnten. Der rote Giftbeutel an ihrem Hals platzte auf, während sie sich im Todeskrampf wand, Blut und Gift versprühend, und Tristan brach am Boden zusammen, als ihm eine Fontäne dieses Gemischs ins Gesicht spritzte.

19. KAPITEL

Echsenblut

TRISTAN LIESS DEN KRISTALL wieder fallen, und sein Licht erlosch. Er merkte es nicht. Seine Augen waren geschlossen. Ein Strom von Blut schien sich über ihn ergossen zu haben, nach dem Gefühl auf seiner Haut. Er hätte nicht gedacht, daß in einem so kleinen Geschöpf so viel Blut enthalten sein könnte. Es schien dampfend heiß oder auch brennend kalt – er wußte es nicht genau.

Das Blut war mit einem unglaublichen Gestank behaftet. Tristan schnappte nach Luft und konnte keine bekommen. Die Farben vor seinem geistigen Auge verwandelten sich von Violett in Rot und in Schwarz und wurden immer noch dunkler; sie strudelten weg wie das Wasser aus einer Badewanne und zogen ihn mit sich.

Es war nicht wie Ohnmächtigwerden – eher noch ähnlich wie Ertrinken, während die ineinander zerfließenden Farben Verwandlungen an ihm zu bewirken suchten, die alles übertrafen, was das Meer versucht haben könnte. Welche Verwandlungen das sein mochten – Tristan war zu verwirrt, um es zu vermuten. Er leistete verzweifelt Widerstand und verlor sich doch immer mehr in den Schlingen seiner Verwirrung. Er hatte das Gefühl, in Feuer gebadet worden zu sein – doch wie konnte es sein, daß das Feuer kein Licht abstrahlte? Wie konnte es Dunkelheit verbreiten anstatt Licht?

Schließlich waren selbst die dunkelsten Farben verschwunden, und Tristan fiel endlich in Ohnmacht.

Der Blutgestank ließ ein wenig nach und nahm etwas von der samtenen Dunkelheit mit sich. Luft fand endlich wieder ihren Weg in Tristans strapazierte Lungen. Seine Finger fuchtelten blind herum, bis sie endlich die facettierte Oberfläche des Kristalls berührten und sich darum klammerten. Er brachte ihn zum Leuchten, vor allem um zu testen, ob er noch sehen konnte, ohne daß ihm in den Sinn gekommen wäre, an seiner Magie zu zweifeln.

Die geschrumpfte leere Körperhülle der Echse lag nur wenige Handbreit von seinem Gesicht entfernt. Tristan betrachtete sie lange Zeit in der Erwartung irgendeines neuen Tricks, doch offenbar war die Verwandlung diesmal wirklich und endgültig vollzogen. Cheris hatte seine letzte Gestalt angenommen.

Tristan mußte ziemlich lange so auf dem Eis gelegen haben, wie ihm vorkam. Er war durchfroren bis auf die Knochen, oder vielmehr bis ins Mark der Knochen, und seine Muskeln verkrampften sich, als er versuchte, sich zu bewegen. Trotzdem gelang es ihm, sich auf die Knie zu erheben; und da er sich nicht ganz aufrichten konnte, fing er an zu kriechen. Er brauchte lange, bis er Thomas fand, denn der Kater war hinter einen Eisklotz gekrochen oder gefallen, der erheblich größer als er selbst war, und er blieb dahinter verborgen, bis Tristan nur noch wenige Zentimeter von ihm entfernt war.

Tristan hob ihn vorsichtig hoch. Der Kater gab keinen Laut von sich, weder vor Schmerz noch vor Erleichterung. In seinem Fell war kein Blut, mehr konnte Tristan auf den ersten Blick nicht feststellen. Er hatte den Eindruck, daß Thomas Knochen nirgends gebrochen waren. Der Kater blinzelte ihn einmal an, doch sein Extralid blieb dabei über das Auge, das Tristan am nächsten war, gezogen, so daß er ihn wahrscheinlich gar nicht gesehen hatte. Tristan verlagerte den Kristall in seine rechte Hand und machte dem Kater eine kuschelige Liegestatt in der Beuge des anderen Arms.

Damit blieben sein linker Daumen und Zeigefinger gerade noch frei, damit er Troubadours Feder festhalten konnte, die er auf seinem Handrücken klebend gefunden hatte, als er dabei war, das Blut von der Spitze seines Schwerts zu wischen. Tristan stand ganz still und beobachtete die Feder. Sie begann zu zittern, und die zarte Spitze neigte sich ganz leicht ihm zu.

Vorsichtig machte Tristan einen Schritt über den Spalt, ohne unter oder hinter sich zu blicken, und folgte der Führung der Feder.

Einen großen Teil des Weges mußte er kriechend zurücklegen. Manchmal verlangten es die Gegebenheiten der Höhle, wenn die Decke so niederig war, daß er nicht stehen und nicht einmal in der Hocke weitergehen konnte. Doch meistens war es seine eigene Schwäche, die ihn am Boden hielt. Tristan mußte feststellen, daß ihm schwindelig wurde, wenn er längere Zeit aufrecht stehen blieb, und er wollte keinen Sturz riskieren, um nicht womöglich Thomas dabei fallenzulassen. Er fuhr sich mit dem Rücken der rechten Hand übers Gesicht und merkte, daß es in eiskalten Schweiß gebadet war. Seine Brust schmerzte, und er konnte immer noch nicht richtig atmen. Er hätte am liebsten seinen Rucksack liegengelassen, denn er wurde ihm fast unerträglich schwer, doch er war nicht sicher, ob er ihn überhaupt abnehmen könnte.

Es war ein sehr beschwerliches Vorankommen. Tristan schlug häufig die falsche Richtung ein, da seine Sicht so getrübt war, daß er die Weisungen der Feder oft nicht richtig erkennen konnte. Einmal dachte er, sie wären für alle Zeiten festgeklemmt, denn es sah so aus, als könnte er sich in dem schmalen Gang, in den er versehentlich geraten war, nicht mehr umdrehen, und seinen Weg nach vorn versperrte massiver Felsen. In den nächsten paar Minuten hatte er keinerlei Sinn für Entfernungen mehr und prallte hilflos gegen jede Wand, der er sich näherte.

Seine geschwollene Zunge füllte seinen Mund, und er hatte kein Wasser, um diese Qual zu lindern. Sie hatten sich so sehr daran gewöhnt, Schnee zu Wasser zu schmelzen, daß schon seit längerem keiner von ihnen mehr eine Feldflasche dabei hatte. Tristan wagte jedoch nicht, an dem Eis, das ihn ringsum umgab, zu lecken – selbst wenn es nicht vergiftet wäre, würde seine Zunge bestimmt daran festfrieren. Nach einiger Zeit fiel ihm ein, daß er etwas von der Süßigkeit essen könnte, die ihnen Ambere am Schluß noch geschickt hatte, in der Hoffnung, daß sie ihn stärken würde, doch sein angegriffener Magen gab sie sofort zurück.

Er hätte nicht zu sagen vermocht, ob es Tag oder Nacht war – nicht, daß es im und unter dem Eis einen großen Unterschied gemacht hätte. Tristan machte sich jetzt noch keine Gedanken darüber, wie er Elisena finden sollte, wenn er je wieder an die Oberfläche gelangen sollte. Cheris hatte den Eindruck gemacht, als sähe er in dieser Hinsicht überhaupt keine Schwierigkeiten. Also konnte Tristan genauso hoffnungsvoll sein. Wie auch immer, diese Überlegung hatte noch Zeit. Er hatte keine Energie zum Nachdenken übrig, während er sich auf das größere Problem des Wanderns konzentrieren mußte.

Gedanken flossen zäh, doch Alpträume sprudelten nur so. Tristan träumte von dem Drachen, der einst Wächter von Finsterloch gewesen war, und seine Angst von damals war wieder gegenwärtig. Doch diesmal schaffte er es, ihm und dem schwerverletzten Polassar den Rücken zuzukehren. Er nahm die halberfrorene Allaire in die Arme und trug sie weg. In seinem Traum verschwanden sie beide in der Dunkelheit.

Tristan erwachte mit einem unangenehmen Geschmack im Mund, und eiskalter Schweiß rann ihm zwischen den Schulterblättern den Rücken hinunter. Er fühlte sich befleckt bis auf die Seele, und voller Schuldbewußtsein erinnerte er sich, wie nah die Wirklichkeit diesem Traum gekommen war. Es hätte sich leicht so abspielen können, und er wußte immer noch nicht genau, warum es nicht so gelaufen war oder was ihn bewogen hatte, durch eine Handlungsweise, die ihm heute noch wie Wahnsinn erschien, den richtigen Weg zu wählen. Er konnte sich keines kühnen Verhaltens rühmen und sich auch nicht am Feuer seiner Tapferkeit wärmen. Die Wogen eines vergifteten Traums schlugen über Tristans Kopf zusammen und verschlangen ihn.

Ein kalter Lufthauch berührte sein Gesicht. Es war so lange her, daß Tristan etwas Derartiges gespürt hatte, daß er es kaum erkannte. Eine Zeitlang begriff er gar nicht, was das bedeutete – daß er sich nämlich nah an der Oberfläche befinden mußte. Thomas miaute schwach in seinem Arm, weil er ebenfalls die frische Luft schnupperte.

Es muß also, sagte sich Tristan voller Erstaunen, Tag oder zumindest Tagesanbruch sein. Er dämpfte das Licht des Kristalls, und die Wand vor ihm glühte an einigen Stellen immer noch. Er streckte eine Hand aus und spürte glitschiges Eis und weichere Stellen, von denen das Glühen ausging. Ein Lufthauch berührte seine Finger. Er mußte fast im Freien sein!

Das Ende des Tunnels war durch große Eisbrocken blockiert, und weicherer Schnee hatte sie zugedeckt. Die Sperre war etwas unvollkommen, und deshalb konnte Luft hereinströmen, aber dennoch mußte er graben. Weit konnte es jedoch nicht sein, der Art nach zu urteilen, wie das Licht hereindrang. Sein zuverlässiges Schwert würde diese Aufgabe auf bewundernswerte Weise erledigen. Tristan setzte Thomas zu Boden und machte sich an die Arbeit.

Als er erst einmal das Tageslicht sah und reine Luft atmen konnte, hatte Tristan das Gefühl, daß er nicht mehr so oft Pause zu machen brauchte wie zuvor. Vielleicht half es ihm, daß er, wann immer die Ohnmacht zurückzukommen drohte, sich einfach nach vorn gegen das Eis lehnen konnte, ohne Angst haben zu müssen, daß er umfiel; im Gegenteil, sein schlaffes Gewicht trieb die Brocken eher noch weiter nach draußen. Als er es endlich geschafft hatte, sich an die Oberfläche zu buddeln, war die blasse Morgenröte, die er zunächst gesehen hatte, dem strahlenden Tag, oder zumindest dem Morgen gewichen.

Tristan packte seinen Kristall weg. Nun war es hell genug, und bald würde er draußen im vollen Licht stehen! Er verstaute Thomas sicher im vorderen Ausschnitt seiner Jacke – und auch unter seinem Pullover, damit er noch besser abgepolstert war –, und schlängelte sich wie ein Wurm durch die Öffnung, die er sich geschlagen hatte.

Sein Schwert wanderte vornweg und schlug alle Eisbuckel ab, die ihm sonst den Weg versperrt hätten. Die über seinem Kopf waren nicht so leicht zu erreichen, sein Rucksack hing häufig daran fest, und er hatte Schwierigkeiten, ihn loszubekommen. Tristan wußte nicht genau, ob er froh sein sollte oder nicht, daß die Riemen so gut hielten. Er würde den Rucksack nicht verlieren, aber er konnte sich auch nicht von ihm befreien, wenn er wollte, und er konnte nur hoffen, daß es nicht nötig werden würde.

Das Schwert blitzte und blinkte, sowohl vor Eifer als auch von dem einfallenden schwachen Tageslicht. Tristan blinzelte bei dieser unregelmäßigen Helligkeit und versuchte, das Unbehagen, das ihm das grelle Licht bereitete, zu verdrängen.

Schnee rieselte ihm in den Halsausschnitt. Er streifte scharfe Eiskanten, doch sie konnten ihm dank seiner dicken Kleidung nichts anhaben, und er zermalmte die abfallenden Stücke unter den Stiefeln zu Bröseln, die keinen Schaden mehr anrichten konnten. Trotz allem arbeitete sich Tristan stetig voran.

Er hatte bereits seinen Kopf und eine Schulter freigelegt und dachte jetzt darüber nach, wie er es am besten vermeiden könnte, Hals über Kopf einen Abhang hinunterzurollen, der vor ihm lag, als Tristan Reynauds Stimme hörte, die zu einem eindeutigen Schreckensschrei erhoben war. Offenbar hatten ihn die Suchenden entdeckt. Gut. Er konnte also mit Hilfe rechnen. Seine Kameraden zu finden, war nicht schwer gewesen – er hatte sich noch nicht einmal auf die Suche gemacht! Das war mehr Glück, als er verdiente, dachte Tristan dankbar.

Dann hörte er ein Rumoren wie von einem weit entfernten Donner, obwohl der morgendliche Himmel ganz klar war. Tristan drehte den Kopf, soweit er konnte, und fing an, wie ein Besessener zu strampeln, um sich aus dem Eis zu befreien. Über ihm, ganz oben am Hang, löste sich eine Schneelawine von dem Felsen, losgerüttelt durch das Echo von Reynauds Schrei. Das Eis unter Tristan begann zu beben.

Er kam gerade noch auf die Füße und unternahm einen taumelnden Schritt, als ihn die vordere Kante der Lawine auch schon erwischte, ihn umwarf und wieder unter sich begrub.

20. KAPITEL

Alraunentraum

TRISTANS AUGEN ÖFFNETEN SICH einem grellen Licht, bei dem ihm ein Strahl heftigen Schmerzes durch den Kopf zuckte. Seine Pein war so groß, daß er laut aufschrie. Er war von Krach umgeben, dessen kleinster Teil nur von ihm selbst stammte; seine gefühllosen Hände wurden grob aneinandergerieben, und jemand versuchte, ihn dazu zu bewegen, sich aufzusetzen. Die ihm aufgezwungene Bewegung quälte ihn noch mehr als die Schmerzen in seinem Kopf.

In dem ganzen Tumult hörte er, wie sein Name gerufen wurde. Tristan verdrehte die Augen in die Richtung, aus der dieser Ruf kam.

»Holder und Efeu! Heidekraut und Mistelzweig! Ich kann es nicht glauben, daß Ihr noch am Leben seid!«

Mit einemmal tauten seine eingefrorenen Erinnerungen wieder auf. Er entsann sich, nach einem langen Kampf endlich an die frische Luft gelangt zu sein; er entsann sich wie Reynaud ihn gerufen hatte, wie Eis krachend in die Tiefe gestürzt und Schneemassen aufgestoben waren. Er wand sich heftig hin und her, um sich aus Reynauds Griff zu befreien, aus Angst, er könnte letztendlich von Hand erwürgt werden als Vollendung des Werks, das der Schnee nicht geschafft hatte. Fast zufällig kam er auf die Füße zu stehen. Sein Stand in dem tiefen Schnee war äußerst unsicher, doch er wartete nicht ab, bis er vollends das Gleichgewicht erlangt hatte, sondern stürzte sich sofort kopfüber auf Reynaud.

Reynaud schrie auf und stieß damit seinen letzten Atem aus, bevor Tristans Gewicht auf seiner Brust ihm die Luft nahm. Er taumelte hastig zurück, gefolgt von

Tristan. Die beiden Männer landeten in der Schneeverwehung.

Der Geschmack der Rache war heiß und süß für Tristan; sie war das Licht, das er brauchte, um durch die Dunkelheit zu finden, die sich schnell um ihn herum herabsenkte. Seine Hände fanden Reynauds Kehle, und ein unerwartet angenehmes Prickeln durchfuhr sie bei der todbringenden Berührung. Tristan drückte verzückt zu, ohne sich von Reynauds Strampeln und Zappeln ablenken zu lassen; zusammen rollten sie durch den weichen Schnee und über harte Eisbrocken. Er schleuderte Reynaud brüllend Beschuldigungen entgegen, sobald er genügend Luft dafür bekam; ohne sich um Logik zu kümmern, unterstellte er ihm jeden Verrat und jede Niedertracht, an die er sich erinnern konnte. Auch das verschaffte ihm ein wundervolles Gefühl und bestärkte ihn in seiner Aufgabe.

Reynaud schlug wild um sich, einer Ohnmacht nahe, ging erneut auf dem Eis in die Knie und versuchte, wieder aufzustehen. Tristan spürte, wie er mit hochgehoben wurde. Er packte fester zu. Reynauds Beine gaben unter der doppelten Last nach, und sie stürzten beide wieder in den Schnee. Tristan hatte das Gefühl, in schwarze Federn zu fallen. Etwas Hartes ragte schroff aus ihrer Weichheit heraus, und er schlug so fest mit der Stirn dagegen, daß er in seiner Überraschung Reynaud losließ.

Und dann war es zu spät – Tristan versuchte seinen Griff zu erneuern, doch seine Hände wollten ihm nicht gehorchen, und er bekam Reynaud nicht mehr zu fassen, sondern stürzte trudelnd immer tiefer in die dunklen Federn.

»He Zauberer! Ihr braucht nicht mehr gegen Schnee zu kämpfen. Ihr seid unter Freunden, wir haben Euch gerettet ...«

Ein gutgelaunter Polassar ignorierte Reynaud vollkommen, der immer noch ausgestreckt im Schnee lag und sich den Hals rieb, während er nach Luft schnappte wie ein Halbertrunkener. Er hob Tristan sanft auf die Beine und redete auf ihn ein wie auf ein Kind, das einen Tobsuchtsanfall gehabt hatte. Es hatte einer gewissen Komik durchaus nicht entbehrt, wie Reynaud das Opfer von Tristans zappelnder Abwehr geworden war, als er sich aus Schnee- und Eismassen zu befreien suchte, denen er längst entronnen war.

Polassars gehobene Stimmung hielt noch eine Weile an. Tristan entzog seinen Arm seinem lockeren Griff und landete einen Faustschlag mit solcher Zielgenauigkeit, die bewundernswert war, falls sie seinen Absichten entsprach. Polassar heulte auf und hätte fast das Gleichgewicht verloren. Tristan versuchte, seinen Vorteil auszunutzen, und rollte sich frei.

»Verflucht, Zauberer! Könnt Ihr denn nicht Freund und Feind unterscheiden?« Polassar kniff die Augen zusammen. »Hört jetzt mit der Toberei auf ...«

Tristan schlug Polassars Nase blutig und versuchte, ihm ein zweites blaues Auge zu verpassen. Er brüllte etwas Unverständliches.

Er wollte sich gerade wieder auf Reynaud stürzen, als Polassar ihn zu fassen bekam und ihn mit einem Griff festhielt, von dem Elisena befürchtete, er könnte ihm beide Schultern ausrenken. Sie legte rennend die letzten paar Fuß bis zu ihnen zurück, so wie sie ebenfalls rennend die ganze Strecke zu der Eislawine hinter sich gebracht hatte – und warf sich dann zwischen die Kampfhähne. Fast wäre sie dabei über Reynaud gestolpert, dem es immer noch nicht gelungen war, wieder auf die Beine zu kommen.

Polassar kam Reynaud zur Hilfe, während Tristan dessen Beinen mit Tritten und durch Verdrehen zusetzte. Das war kein Spaß mehr. Mit einemmal schien es wichtiger, den Zauberer von weiteren Attacken abzuhalten, als jedes Risiko, ihn im Streit zu verletzen, zu vermeiden; doch Polassar war sich nicht ganz sicher, wie lange er es noch durchhalten würde. Der Mann tobte mit der Kraft eines vom Wahn Besessenen.

Wenn es tatsächlich ein Tobsuchtsanfall gewesen wäre, dann hätte er jetzt abgeklungen sein und Tristan ohnmächtig zusammensinken müssen, anstatt weiter um sich zu schlagen wie ein gestürztes Pferd. Polassar verlor den Halt im aufgewühlten Schnee, und die beiden Männer stürzten erneut in gegenseitiger Umklammerung zu Boden. Der Aufprall schien Tristan überhaupt nichts auszumachen. Er rollte sich frei und stand wieder auf.

»Haltet ihn!« schrie Elisena. Sie hielt ihren Beutel mit den Kräutern umklammert und warf alle möglichen Dinge daraus achtlos in den Schnee. Schließlich fand sie eine Flasche und einen Becher. Sie ließ abgezählte Tropfen mit in langjähriger Übung gewachsenen Geschicklichkeit vom einen Gefäß ins andere fallen.

Sie ließ sich neben Polassar im Schnee nieder, stellte einen Stiefel auf Tristans Fußknöchel und legte eine Hand auf seine linke Schulter. Gemeinsam mit Polassar zwang sie Tristan, flach liegenzubleiben, wenn auch nicht reglos.

Seine Augen blickten irre. Es war kaum etwas anderes als das Weiße darin zu sehen. Elisena zwängte gewaltsam das Mittel zwischen Tristans Lippen hindurch, froh über Polassars Kraft, dank derer es ihm gelang, Tristan einigermaßen unbeweglich zu halten, während sie das tat. Der Wirkstoff in dieser Droge erforderte genaueste Dosierung, um den gewünschten Effekt zu gewährleisten – und sie wollte sichergehen, daß Tristan jeden Tropfen schluckte und ihr nicht den Becher aus der Hand schlug, bevor er alles ausgetrunken hatte.

Der Becher wackelte gefährlich. Elisena versuchte, Tristan mit ihren Ringen zu beruhigen, jedoch ohne Erfolg. Ohne die Hilfe von Polassars körperlicher Kraft hätte sie noch viel weniger erreichen können, als es ohnehin der Fall war. Sie war bis jetzt noch nicht einmal in der Lage gewesen, ihn zu untersuchen. Automatisch versuchte Elisena, während sie das Beruhigungsmittel verabreichte, eine Diagnose zu stellen; eine Gewohnheit, die so tief in ihr verwurzelt war, daß sie nicht bedachte, daß dieser Versuch fehlschlagen mußte, solang Tristan so heftig zappelte.

Es war offensichtlich, daß er sich bei seinem Sturz auf Reynaud und in den Schnee angeschlagen hatte. Auf seiner Stirn zeigte sich eine blau angelaufene Prellung, wo er einen Schlag bekommen hatte, und wenn er nicht wenigstens für kurze Zeit bewußtlos gewesen wäre, hätte er Reynaud bestimmt zu Ende erwürgt, bevor ihn Polassar hätte wegziehen können.

Die offensichtliche Verletzung hatte Tristan nur leicht benommen gemacht. Er war sofort wieder auf Reynaud losgegangen, als ob er überhaupt nicht unterbrochen worden wäre. Diese Verletzung konnte also nicht die Ursache für sein Verhalten sein. Elisena war erleichtert, daß sie mit logischer Überlegung ihr intuitives Anwenden ungewöhnlich drastischer Mittel rechtfertigen konnte; auf diese Weise hatte sie Tristan ruhigstellen können, bevor er sich noch mehr Schaden zufügen konnte, als er es bereits getan hatte.

Schließlich war der Becher leer. Elisena ließ ihn fallen, um beide Hände frei zu haben, damit sie Polassar bei seiner Anstrengung helfen konnte. Nach kurzer Zeit setzte die Wirkung der Alraune ein. Tristan erschlaffte auf einer niedergetrampelten Stelle im Schnee. Polassar wartete noch einen Moment, bevor er seinen Griff lokkerte, selbst als Elisena ihm ein Zeichen gemacht hatte, daß er ruhig loslassen könne.

Sie rangen beide um Atem, ebenso entkräftet wie Tristan. Ihr Keuchen tönte laut in der kalten Luft. In einiger Entfernung bemühte sich Reynaud immer noch, so tief Luft zu holen, daß er die Pein in seiner mißhandelten Lunge etwas lindern könnte.

Selbst das Vergessen garantierte keine Sicherheit. Tristan fühlte sich von Reynauds Zauberei verfolgt, als er in die Tiefe fiel; der Mann schien entschlossen, mit seiner Macht das Werk zu vollenden, das der Schnee begonnen hatte – ihm das Leben zu nehmen. Er wurde von Panik ergriffen. Er war hilflos, sich auf magischer Ebene zu verteidigen – er besaß keine Werkzeuge, keine Steine, kein Zauberbuch. Reynaud hatte ihm alles zusammen mit seinem Rucksack abgenommen, während Tristan von den Schlägen der Eisbrocken, die auf ihn herabgestürzt waren, benommen war. Und irgendwie war ihm auch sein Schwert abhanden gekommen, wahrscheinlich auf die gleiche Weise.

Aller Waffen beraubt, wehrte sich Tristan so gut und so lang er konnte, bis der Wirkstoff der Alraune ihm sogar die Möglichkeit dieser jämmerlichen Abwehr nahm.

Elisena sah die Gegenstände durch, die gemeinsam mit Tristan aus dem Eis befreit worden waren – sein Rucksack, sein Schwert ohne Scheide, ein Stück Kristall. Diese Habseligkeiten gaben keinen Aufschluß. Sie hatte nicht erwartet, daß sie von ihnen viel erfahren würde, so daß sie jetzt nicht von ihnen enttäuscht war, nicht mehr als von Tristan selbst.

Sie war froh, daß es Polassar gelungen war, ihn in ihr selbstgebasteltes Zelt zurückzutragen, wo sie ihn wirkungsvoller behandeln konnte. Elisena merkte, daß sie selbst kaum noch die Kraft hatte, Tristan in einen wollenen Schlafsack und neben dem Feuer hinzubetten, nachdem sie weitere Kräuter zum Köcheln aufgesetzt hatte. Polassar sah sie an, als wollte er Fragen an sie richten, doch zum erstenmal war der Mann so feinfühlig, im Moment keine Antworten zu erwarten.

Mit Händen, die vor Entkräftung, nervlicher Überlastung und den Folgen einer durchwachten Nacht zitterten, suchte Elisena nach Anzeichen von Verletzungen oder magischen Einflüssen. Sie fand jede Menge Prellungen, die sie automatisch behandelte, doch darüber hinaus fand sie nichts – nichts, das Aufschluß über Tristans wahnsinniges Verhalten gegeben hätte.

Vielleicht *war* er wahnsinnig geworden. Es wäre kein Wunder, sagte sich Elisena. Lebendig begraben zu sein, konnte einen Menschen leicht um den Verstand bringen, auch ohne daß Nímir seine Macht ins Spiel brachte. Und wenn das wirklich der Fall war, dann konnte sie wenig gegen seinen Zustand tun. Die einzigen Heilmittel, von denen sie sich eine Wirkung versprochen hätte, standen ihr nicht zur Verfügung. Wärme, Ruhe, Sicherheit – nichts davon konnte sie Tristan versprechen, nicht in den Bergen von Channadran. Elisena schluckte ein Schluchzen hinunter, bevor Polassar es hören konnte, unsicher, ob sich darin Angst oder Kummer ausdrückte; keine dieser beiden Empfindungen wollte sie Macht über sich gewinnen lassen. Jedenfalls nicht in dieser Situation, das schwor sie sich.

Reynaud kam mit langsamen Schritten auf sie zu; nicht aus Vorsicht, wie sie zunächst vermutet hatte, sondern weil die Last, die er trug, ihn zu behutsamem Gehen zwang – ein letzter Gegenstand, der noch aus dem Eis geborgen worden war.

Er hielt ihr Thomas zur Untersuchung hin und leistete ihr, so gut er konnte, Hilfestellung, während sie die Rippen des Katers behandelte; zunächst nahm er keinerlei Notiz von Tristans regloser, deckenumhüllter Gestalt. Kein Wunder, dachte Elisena mit dem Teil ihres Geistes, der nicht von Thomas beansprucht war. Reynaud hatte den Kragen seines Umhangs hochgezogen, um seinen Hals zu verbergen, doch die blutunterlaufenen Stellen und Schwellungen waren deutlich zu sehen, und seine Stimme klang rauh, als er endlich sprach, was ihm offenbar Schmerzen bereitete.

Reynaud nickte schließlich in Tristans Richtung und versuchte Elisena zu beruhigen, nachdem er die Salbe, die sie ihm zur Behandlung seiner Verletzung angeboten hatte, abgelehnt hatte. »Er hat Anzeichen von Erfrierungen und einen Kälteschock, doch das sind Dinge, von denen er sich erholen wird. Ich vermute, wenn mir das gleiche widerfahren wäre, wäre ich auch in keiner besseren Gemütsverfassung gewesen.«

Er hielt Elisena eine seiner Hände mit den langen Fingern hin, damit sie sie untersuchte. »Der Kater hat mich auch gebissen.« Reynaud versuchte zu lachen, doch es klang eher nach einer bleiernen Glocke, und er versuchte es nicht ein zweitesmal.

Thomas' Rippen waren leicht wieder zu richten, doch der Schock, den die Katastrophe bei ihm ausgelöst hatte, war nicht so einfach zu beheben. Zwar hatte er Reynaud gebissen, doch das war entweder als Reflex geschehen, oder es war ein letzter verzweifelter Versuch gewesen, sich gegen das Unabwendbare zur Wehr zu setzen. Thomas machte keine Anstalten, nach Elisena zu schnappen, während sie ihn verarztete. Seine Lippen und seine Zunge hatten eine graue Färbung angenommen.

Sie hatte ihm bereits Wasserdost verabreicht sowie Ehrenpreissaft und Wegerichblätter. Hirtentäschel würde jede etwaige innere Blutung an den gebrochenen Rippen, wo sie weder hinsehen noch einen Verband legen konnte, zum Stillstand bringen. Doch die milden Kräuter waren nicht genug – Thomas brauchte stärkere Mittel, wie sein Herr. Elisenas Hände, an denen die Ringe zart schimmerten, fuhren über die Töpfchen und Tiegel, die sie vor langer Zeit mit Magie versiegelt hatte, damit nicht unkundigere Hände als ihre eigenen Unheil damit anrichten konnten.

Sie griff wieder zu Alraune und schwarzer Nieswurz gegen Besessenheit. Bilsenkraut, Mohn und Lattichsaft waren kräftige Beruhigungsmittel. Allerdings waren es auch Gifte, und sie ging sehr sorgfältig damit um, maß Tropfen für Tropfen davon für den Kater und ihren größeren Patienten ab. Tristan schlief tief, nur gelgentlich warf er unruhig den Kopf hin und her. Quälten ihn Träume, denen nicht einmal mit den Drogen beizukommen war? Elisena strich ihm über die Stirn und flüsterte Worte, von denen sie hoffte, daß sie ihn trösten mochten, falls er sie hörte.

Tristan wünschte sich fast, er wäre wieder unter den herunterstürzenden Eisbrocken begraben. Dort brachte sein Kampf wenigstens Ergebnisse, die er sehen konnte, so gering sie auch waren. Jetzt vermittelte ihm keiner seiner Sinne eine zuverlässige Wahrnehmung, und er konnte weder Hände noch Füße bewegen. Und die ganze Zeit über war er sich einer drohenden Gefahr bewußt, obwohl deren genaue Natur seinem vernebelten Geist unklar blieb.

Nach qualvollen Stunden schien sich die Luft um ihn herum zu erhellen, wie bei Tagesanbruch. Tristan öffnete die Augen. Obwohl er seinen Blick immer noch nicht scharfstellen konnte, konnte er doch gut genug sehen, um Elisenas Gesicht, das sich über ihn beugte, zu erkennen. Tristan lächelte erleichtert, wenn zwangsläufig auch nur innerlich. Er hatte recht gehabt. Elisena würde ihm helfen, die Dinge in Ordnung zu bringen.

Er fing an, ihr flüsternd von allem zu erzählen, was ihm widerfahren war; von Blais und Cheris und Nímirs Falle und von Reynauds fast erfolgreich verlaufener letzten Niedertracht. Ihre Auffassungsgabe war schon immer viel schneller als seine gewesen, und Tristan wußte, daß sie sofort begreifen würde, welche Bedeutung hinter den einzelnen Vorfällen steckte und welche Gefahren überall lauerten, die er nur zitternd spürte. Er konnte sich auf sie verlassen, obwohl er im Augenblick zu schwach war, um etwas anderes zu tun als zu sprechen.

Es war noch sehr früh am Tag, doch der erste Lichtschimmer am Himmel schien Tristan aufgeweckt zu haben. Die Wirkung der Droge ließ ebenfalls nach, und Elisena verabreichte ihm keine weitere Dosis, obwohl sie schon eine neben sich bereitgelegt hatte. Es wäre besser, ihn aufwachen zu lassen, da ihn selbst offenbar danach drängte. Es konnte bestimmt nicht schaden.

Tristans Lippen bewegten sich. Elisena beugte sich dicht zu ihm und verstand einige Wortfetzen, sehr schwach, doch weder einzeln noch im Zusammenhang ergaben sie einen Sinn. Es war noch zu früh, um vernünftiges Sprechen zu erwarten, mahnte sich Elisena. Tristans Geist und seine Zunge wurden noch durch eine gewisse Entfernung voneinander getrennt.

Obwohl Tristan selbst sich noch nicht klar äußern konnte, war er doch vielleicht aufnahmefähig für richtig gestellte Fragen. Elisena beugte die Finger langsam, um die Arbeit vorzubereiten. Ihre Ringe waren besser als jeder Traumdeuter, denn sie konnte hoffen, mit ihrer Hilfe nicht nur zu verstehen, sondern auch zu helfen. Alle zehn strahlten an ihren Fingern auf, als sie tief Luft holte und sich bereitmachte, ans Werk zu gehen.

Sanft wiegte sie Tristans Gesicht zwischen ihren Händen und tastete sich durch den Drogennebel, wobei sie seine Schwaden wegwischte wie Dunst von einem Spiegel.

Sie hätte besser daran getan, sie an ihrem Platz zu belassen – denn sie waren das letzte Ruhige, das sie spürte.

Elisenas unausgesprochenen Fragen enthüllten eine Angst von solcher Tiefe, daß man darin ertrinken konnte, und trafen auf einen glühenden Zorn, der sich um diese Angst rankte – eine Verbindung, die sie nur als Wahnsinn deuten konnte. Von Ruhe oder auch nur dem Keim einer gesunden Empfindung, die sie mit ihrer Heilkraft hätte fördern können, gab es keine Spur. Elisena suchte verzweifelt danach, da sie sich weigerte zu glauben, daß absolut gar nichts Derartiges da war. Die Wege, die sie einschlug, waren gewunden und verschlungen und führten immer tiefer nach unten, in die Dunkelheit.

Und die ganze Zeit über wehrte sich Tristan gegen sie. Er war stärker, als sie angenommen hatte, obwohl die Droge noch in seinem Blut war. Seine Wut streifte Elisenas Geist wie ein Aufschrei. In ihrem Kern war weder Vernunft noch Logik, nur ihr eigenes Toben. Elisena schrak zurück und griff zitternd nach dem Beruhigungsmittel, von dem sie gehofft hatte, daß sie es nicht mehr brauchen würde.

Immer noch bewußtlos, warf sich Tristan stöhnend von einer Seite auf die andere. Er streckte die Hände aus und verkrampfte sich klauenartig, als ob er sich mit physischer Gewalt aus dem Alraunenschlaf befreien wollte – oder als ob er etwas erwürgen wollte. Seine Augen öffneten sich und blickten blind. Er setzte sich auf.

Elisena schrie überrascht auf, unfähig, gleichzeitig ihn zu halten und die Medizin nicht fallenzulassen.

Von hinten eilte Polassar herbei; er hatte erstaunlich schnell reagiert für einen Mann, der gerade noch im Tiefschlaf gelegen war, wobei ihm sicher seine soldatische Erziehung zugute kam. Er warf Tristan wieder flach zu Boden und hielt ihn fest, während ihm Elisena zitternd die Flüssigkeit zwischen die Zähne träufelte. Als er schließlich zusammensackte, wäre sie ihm fast in die Ohnmacht gefolgt.

Sie erschrak, als Reynaud sie am Ärmel berührte; die Erinnerung an den Tobsuchtsanfall, mit dem Tristan auf ihn losgegangen war, wirkte noch lebhaft nach. Reynaud hatte ihr heißen Tee gebracht, und er nahm ihr den Becher wieder ab, nachdem sie ihn mit hastigen Schlucken getrunken hatte; er reinigte ihn mit einer Handvoll Schnee, bevor er ihn wieder in seinem Rucksack verstaute.

Die übertriebene Reinlichkeit sollte ihr Zeit geben, sich zu erholen und die Kräuter wirken zu lassen, damit sie wieder einen klaren Kopf bekäme. Als Reynaud dann seine unvermeidliche Frage stellte, war Elisena in der Lage, ihm zu antworten, obwohl sie es nicht allzu bereitwillig tat.

»Habt Ihr die Ursache gefunden?«

»Nein.« Verflucht, ihre Stimme zitterte immer noch. Elisena befahl ihrer Kehle, mit diesem Ungehorsam aufzuhören. »Ich konnte nicht tief genug eindringen. Ich hatte das Gefühl, die Störung erschreckte ihn – unter dem Einfluß der Drogen hat mich Tristan möglicherweise nicht erkannt.« Sie seufzte. »Bewußtseinsdeutung ist unangenehm, wenn sich dieses Bewußtsein dagegen wehrt. Und *daran* besteht kein Zweifel!«

»Er hat sich gegen Euch gewehrt?«

Elisena hatte gedacht, die Antwort darauf hätte sie bereits gegeben. »So gut er konnte. Doch es hätte auch nichts geändert, wenn er es nicht getan hätte – in Tristan steckt so viel Angst, daß man bei ihm in einen dichten Nebel hineinläuft. Ich konnte nicht viel sehen, nur das Nächstliegende, und die Antworten, die ich suche, befinden sich viel tiefer.« Tiefer, als ich graben kann, fügte Elisena hinzu, doch diese Bemerkung war nicht für Reynaud bestimmt, es sei denn, er würde sie erraten.

Polassar war zutiefst betrübt. Er hatte bis jetzt schweigend, mit fragendem Gesichtsausdruck, neben Reynaud gestanden, ohne auch nur einen einzigen verächtlichen Blick in dessen Richtung zu werfen.

»Lady? Ihr *könnt* ihn doch heilen? Ihn wieder richtig im Kopf machen?«

Elisena schluckte und versuchte, gleichzeitig mit dem bitteren Geschmack, der nicht weichen wollte, ihre wenig dienlichen Zweifel zu verdrängen. »Wenn die Wirkung dieser Dosis, die ich ihm soeben verabreicht habe, nachläßt, müßte Tristan eigentlich entschieden ruhiger sein. Dann kann ich Eure Frage vielleicht besser beantworten.«

Polassar dachte, sprach es aber nicht aus, daß der Zauberer schon beim letzten Erwachen ruhiger gewesen war. Jedenfalls hatte er nicht mehr gewütet und gegen Drachen im Eis gekämpft und überall Verrat gesehen, wo es keinen geben konnte. Sinnverwirrende Kräuter mochten an seinem irren Ausdruck und seinem leeren Blick schuld sein. Beides wäre sicher bald vorbeigegangen, wenn man ihn nicht gezwungen hätte, noch mehr von dem Zeug zu schlucken.

Doch die Lady mußte wissen, was sie tat. Und der Zauberer hatte sich tatsächlich gegen sie gewehrt, da er offenbar nicht erkannt hatte, daß er in Sicherheit und wieder im Kreis seiner Freunde war. Sofern er wirklich wieder bei ihnen war. Polassar kaute auf den Enden seines Schnauzbarts herum und dachte nach. Er hatte Freunde verloren, die den Tod gefunden hatten, und in tiefster Erschütterung um sie getrauert, doch das hier war etwas anderes, das ihn einerseits verwirrte und ihm andererseits das Herz brach.

Elisena verwarf die Vorstellung, daß die meisten Aufgaben einer Krankenschwester ihren Ursprung lediglich darin hatten, daß gegen die Hilflosigkeit mit gesteigerter Aktivität gekämpft werden mußte – jeder Art von Aktivität, die verhinderte, daß man in Wahnsinn abglitt. Sie bediente sich dieses Mittels, indem sie Tristans Schlafsack zurechtzog und glattstrich und sich vergewisserte, daß er nicht zu dicht am Feuer lag und auch nicht zu weit weg. Sie prüfte mit großem Aufhebens seine Kleidung, damit nicht etwa sein zu enger Kragen seine Atmung beeinträchtigt hätte. Er rührte sich jetzt nicht mehr, wenn sie ihn berührte – die Droge hatte ihn vollkommen im Griff. Sie brauchte nur eins seiner Augenlider anzuheben, um sich davon zu überzeugen, daß er nichts spürte. Da sich die zweite Dosis gleich an die erste angeschlossen hatte, würde die Wirkung noch für viele Stunden anhalten, wahrscheinlich bis zum kommenden Morgen.

Wieder einmal hatte sie sich gewaltig verrechnet. Die Nacht war gerade erst hereingebrochen, als sich Tristan plötzlich aufrichtete, aufstand und versuchte, vom Feuer wegzugehen. Es war nicht zu erraten, wo er glaubte zu sein oder wohin er die Absicht hatte zu gehen, in seinem Dämmerzustand zwischen Wahn und Alraunentraum. Seine Augen waren geöffnet, doch sein Blick war starr geradeaus gerichtet – Tristan war nicht wach. Er hatte den Schlafsack von sich geworfen und sich gereckt, wie man es bei einem Mann, der gerade aufwachte, erwarten konnte.

Jedenfalls schien er nicht mehr gewalttätig zu sein. Elisena gab Polassar ein Zeichen, sich in einiger Entfernung zu halten, und führte Tristan zurück an seinen Platz. Sie bettete ihn wieder auf sein Lager. Als sie ihn dort sicher untergebracht hatte, schien er in einen noch tieferen Schlaf zu versinken, doch sie konnte ihrer oberflächlichen Beobachtung bei der Beurteilung seines Zustands nicht trauen, und andererseits hatte sie Angst, tiefer in ihn einzudringen, wodurch sie ihn womöglich wieder provoziert hätte, wie sie es schon am Morgen getan hatte. Doch wie sollte sie mit ihm umgehen?

Die Verabreichung der Droge in verschiedenen Dosen schien als Kontrollmittel nicht geeignet. Es konnte passieren, daß Tristan jeden Moment wieder versuchen würde, herumzuwandern; er mußte also ständig bewacht werden. Es wäre zu kurz hintereinander gewesen, wenn sie ihm schon wieder eine Dosis gegeben hätte; die Gefahr, ihn mit Alraune zu vergiften oder ihn noch weiter in den Wahnsinn zu treiben, war zu groß.

Reynaud sah das ebenso klar wie Elisena, und sein Vorschlag, Tristan zu fesseln, war nicht unfreundlich gemeint, trotz des geschnaubten Kommentars, mit dem ihn Polassar bedachte. Sie waren alle erschöpft und hätten dringend eine Ruhepause nötig gehabt, und keiner von ihnen eignete sich als zuverlässige Bewachung für einen Mann, von dem keine von Vernunft bestimmten Handlungen erwartet werden durften. Mehr sagte Reynaud nicht.

Polassar machte ein Gesicht, als ob er gute Lust hätte, den Würgegriff, an dessen Fortsetzung Tristan gehindert worden war, wieder aufzunehmen. Seine Hände zuckten entsprechend als Begleitung seiner Worte.

»Legt ihm ein Seil an, Hexenmeister, und von Euch wird nicht mehr genug übrigbleiben, daß es sich für die Aasgeier lohnt, das schwöre ich Euch!«

»Wollt Ihr riskieren, daß er das nächstemal die steile Bergwand hinabstürzt?« fragte Reynaud höflich. »Ich möchte Tristan nicht weh tun, Polassar, aber ich lasse auch nicht zu, daß er mich umbringt – oder sich selbst, was das Wahrscheinlichere zu sein scheint.«

Polassar gab keine Antwort, doch seine Fingerknöchel wurden weiß, so angespannt beherrschte er sich.

»Seht ihn Euch doch an!« Reynaud machte eine auffordernde Geste in Tristans Richtung. »Wir können ihn doch nicht ständig unter Drogen setzen, damit er bewußtlos bleibt. Abgesehen von einigen Prellungen, hat Tristan körperlich keinen Schaden davongetragen. Er ist gesund genug, um sich gegen die Droge zu wehren. Eine höhere Dosis würde ihn nur vergiften. Wir sind hilflos, solange er in diesem Zustand ist. Wir können ihn nicht dort hinauftragen, und auf keinen Fall kann er selbst hinaufsteigen, nicht in dieser Verfassung.«

»Warum zaubert Ihr nicht Eure hübsche Stute hierher, Hexenmeister, wenn Euch ein ehrlicher Marsch zuviel wird? Ein Pferd könnte uns jetzt von Nutzen sein.«

Reynaud zuckte mit den Schultern. »Vielleicht. Obwohl ich das in Anbetracht der Gegebenheiten dort oben bezweifeln möchte. Doch diese Erörterung ist rein akademischer Natur. Es wäre gar nicht möglich – ein solcher Zauber würde den Rauch eines brennenden

Wacholderbusches erfordern, und wir haben keinerlei Holz hier. Amberes Zauberholz wärmt uns die Knochen, doch für meine Magie taugt es nicht. Ich bedaure.«

Polassar fluchte über diese Worte, die er für Spott hielt. Reynaud wandte sich von ihm ab wie von einem Streitgespräch, das zu seiner Zufriedenheit beendet worden war. »Elisena ...«

»Ihr werdet ihn nicht anrühren, das sage ich Euch!« Polassars gewaltige Rechte holte aus und schleuderte Reynaud in einem Wirbel von schwarzem Umhang durch die Luft. Der Aufprall erschütterte seine Schulter bis auf die Knochen. Reynaud jammerte kläglich.

»Ich habe nicht von einem Seil gesprochen, verdammt noch mal!« Wut loderte in ihm auf und gewann die Oberhand über seinen Schmerz. »Es gibt andere Mittel, um ihn ruhigzustellen ...«

»Nein«, sagte Elisena ausdruckslos.

Reynaud sah sie entgeistert an. Sie hatte in dem Streitgespräch nicht Polassars Partei ergriffen, und er hatte das als Zustimmung gedeutet.

»Reynaud, Ihr könnt ihn nicht mit einem Bann binden. Ganz besonders Ihr nicht! Angesichts der Verfassung, in der sich Tristan befindet, wage ich mir die Folgen nicht auszumalen, aber ganz sicher wären sie verheerend. Wenn Tristan sich sogar gegen mich wehrt, der er vertraut, welche Reaktion erwartet Ihr in bezug auf *Euch?*«

Reynaud hob eine Schulter und spreizte die Hände zum Zeichen seiner Resignation. Vielleicht verstand er Tristans Tobsuchtsanfall nicht, doch er konnte sich sehr gut daran erinnern. »Etwas müssen wir unternehmen, Lady.«

Elisenas Kristalle klingelten, als sie sich das Haar aus dem Gesicht strich; sie schloß die Augen vor Erschöpfung, während sie noch einmal über das nachdachte, was ihr schon die ganze Zeit im Kopf herumging.

»Ich weiß, Reynaud, aber ich glaube, er erholt sich gerade ein wenig. Vielleicht hat Tristan das Erlebte bereits überwunden und leidet jetzt nur noch unter der Wirkung der Droge. Ihr direkter Einfluß auf ihn mag nachgelassen haben, doch es könnte Nebenwirkungen gegeben haben, die wir nicht außer acht lassen dürfen. Das ist sehr wahrscheinlich.« Diese Möglichkeit war ebenso wahrscheinlich wie eine andere, auf die Elisena schwach zu hoffen wagte. Mehr gestattete sie sich nicht.

»Wir müssen Tristan jetzt in Ruhe lassen, wenn wir ihn nicht umbringen wollen – also keine Magie, keine Alraune mehr. Wir werden ihn beobachten, und das muß genügen.«

»Lady, Ihr habt Schlaf genauso dringend nötig wie wir alle ...«

»Dann werden wir uns beim Wachehalten abwechseln, Hexenmeister«, brummte Polassar mit einer Bestimmtheit, die keinen Widerspruch duldete. Wir legen ihn in unsere Mitte, wenn wir uns zum Schlafen betten, damit er uns nicht entwischen kann, falls wir doch alle drei einschlummern sollten.« Seine Stimme klang fest. »Und dann, morgen früh oder wann immer er einsichtig genug ist, in unserer Mitte zu wandern, werden wir unseren Weg fortsetzen. Das wird die Spinnweben aus seinem Hirn vertreiben, da gehe ich jede Wette ein!«

Elisena war früh aufgestanden, da sie noch einiges erledigen wollte, bevor sich die anderen rührten. Sie war nicht so töricht, von Reynaud zu erwarten, daß er sich ohne weiteres von seinem Standpunkt abbringen lassen würde, und sie könnte ihn nicht umstimmen, ohne ihm einige Antworten zu liefern. Die letzten Sterne standen noch hell am Himmel, als sie mit ihrer Arbeit begann. Als sie damit fertig war, waren sie wie Kerzen erloschen; doch die aufziehende Morgendämmerung reichte aus, um das Schwert an Tristans Seite deutlich zu erhellen, bis hin zu den groben Stichen, mit denen Polassar die Scheide genäht hatte.

Endlich lag die Klinge still. Sie hatte beabsichtigt, sie zu Tristans Heilung einzusetzen – und war zurückgestoßen worden. Bevor sie auch nur einen Versuch machen konnte, hatte das Schwert gezuckt und bei ihrer Berührung wie eine Schlange gezischt; dann war es von selbst in die Scheide gefahren und hatte dabei die Fäustlinge an ihren Händen aufgeschlitzt. Elisena nähte die Schlitze notdürftig wieder zu, während sie sowohl Tristan als auch sein Schwert im Auge behielt.

Elisena hatte keine Erklärung für das Verhalten des Schwerts, und sie war zu erschöpft, um nach einer zu suchen. Sie war nicht so unvernünftig gewesen, es ein zweitesmal zu berühren; und obwohl sie bedauerte, daß damit der Weg zu einer möglichen Heilung versperrt war, hatte sie kaum noch einen weiteren Gedanken daran verschwendet. Die letzte Kraft, die ihr noch geblieben war, mußte sie für eine schwierigere Aufgabe aufsparen – für den Fall nämlich, daß es Tristan immer noch nicht besser ging, wenn er das nächstemal aufwachte.

Die Reaktion des Schwerts hatte sie in Erstaunen versetzt, doch gleichzeitig mußte sie sich – wenn auch voller Bedauern – sagen, daß ihr Versagen wahrscheinlich auf ihrem Mangel an Schlaf beruhte. Sie war froh, daß keiner der anderen Zeuge dieses Vorfalls geworden war, sonst hätte es weitere Streitereien mit Reynaud gegeben – die zu nichts führten und völlig überflüssig waren, wie sich gezeigt hatte.

Genauso überflüssig wie ihr Verzicht auf Schlaf oder die Sorgen, die sie sich gemacht hatte. Bei Einbruch der nächsten Nacht wachte Tristan von allein auf.

Jedenfalls blinzelte er Elisena im Liegen an, als sie sich über ihn beugte, und langsam schien sein Blick die Dinge um ihn herum wahrzunehmen. Er brüllte nicht und machte keine Anstalten zu weiteren Selbstverstümmelungsaktionen. Elisena unterdrückte alle Fragen und verbarg auch ihre Erleichterung, um ihn nicht zu beunruhigen. Sie sprach lediglich einige zärtliche Worte, um ihm ein Wohlgefühl zu vermitteln, und stützte ihn, während sie ihn aus einer Schüssel mit warmer Brühe fütterte.

Als sie ihm die letzten Tropfen gegeben hatte, war wieder Farbe in sein Gesicht gekommen, außer dem Widerschein des Feuers, und die Wirkung der Droge war offensichtlich verflogen. Eine Spur davon war zwar noch in Tristans Augen zu erkennen, seine Stimme war jedoch ganz frei davon, als er endlich anfing zu sprechen.

»Also gut. Wo ist er?«

Verdutzt ließ Elisena den Hornlöffel in die hölzerne Schale fallen. Der dumpfe Knall, mit dem er aufschlug, war gleichbedeutend mit einer Frage, wenigstens für Tristan.

»Reynaud«, erklärte er voller Verbitterung und starrte auf Polassars Umhang, der über ihm ausgebreitet war. »Wo ist er?«

Elisena saß erstarrt da und überlegte, ob sie wohl geistesgegenwärtig genug wäre, Tristan zurückzuhalten, wenn er wieder gewalttätig würde; Traurigkeit überkam sie bei der Vorstellung, daß das wieder nötig werden könnte, und sie verfluchte sich, daß sie so voller Hoffnung und damit jetzt so verletzbar war.

Sie sprach in beiläufigem Tonfall weiter, um Tristan nicht aufzuregen, doch das kostete sie große Mühe. Sie konnte kaum sanft sprechen, während sie innerlich mit so starken Gefühlsaufwallungen fertigwerden mußte. Vielleicht wäre es das beste, alle Gefühle zu ignorieren.

»Reynaud ist bei Polassar, die beiden kochen das Abendessen. Möchtest du noch etwas Brühe?«

»Etwas Brühe?« Tristan sah sie entgeistert an. »Was hat das mit Reynaud zu tun?«

Seine Augen waren weit aufgerissen, und fast nur Weißes war darin zu sehen. Elisena legte ihm eine Hand auf die Schulter. »Es ist alles in Ordnung, Tristan.«

»*In Ordnung?* Wie meinst du das, in Ordnung?« Er hörte sich keineswegs besänftigt an.

Polassar hörte den Unterschied zwischen einer ehrlichen Auseinandersetzung und Tristans bisherigem delirösen Gebrüll. Er stieß einen Seufzer der Erleichterung aus und fuhr fort, umständlich getrocknetes Fleisch in den Eintopf zu schneiden. Der Zauberer hatte seine streitsüchtige Stimmung also überwunden. Es könnte sich nur noch um wenige Augenblicke handeln, dann wäre er wieder sanft wie ein Lämmchen und es wäre, als ob die Krankheit ihn niemals befallen gehabt hätte. Der Zauber der Lady mußte gerade zur rechten Zeit gewirkt haben. Polassar blieb, wo er war, felsenfest davon überzeugt, daß er nicht gebraucht würde, außer als Koch.

Reynaud blieb ebenfalls still sitzen, als hätte er nicht jedes Wort gehört – doch von der Unterhaltung keineswegs so angetan wie Polassar.

Der Ausdruck in Tristans Augen war das Ergebnis der flammenden Wut in seinem Herzen, doch Elisena vermochte ihn nicht richtig zu deuten. Der Druck ihrer Hand auf seine Wange verstärkte sich merklich.

Altbekannte Worte schienen sich in ihrer Bedeutung gewandelt zu haben, dachte Tristan. Er hörte sehr wohl, was Elisena zu ihm sagte, aber er hatte den Eindruck, daß sie seine Frage nicht begriffen hatte. Sie tat so, als ob sie nicht wüßte, was mit ihm geschehen war. Wie konnte das sein? Er hatte ihr doch alles erzählt, alles über Reynaud ... Ein kalter Schauder lief Tristan über den Rücken, als ob ihn Channadrans eisiger Felsen durch all die warmen Decken, auf denen er lag, frösteln ließ. Ihm schwante nichts Gutes.

»Sei still und hör mir zu«, sagte Elisena mit einer Ruhe, die einen zum Wahnsinn treiben konnte. »Ich möchte dir nicht noch einmal eine Dosis verabreichen ...«

Wieder hatte er das Gefühl, daß sie aneinander vorbeiredeten. Das ängstigte Tristan und machte ihn wütend. Die Angst konnte er zum Schweigen bringen, doch die Wut hatte eine hartnäckige Stimme. Und endlich war ihm klar geworden, was dieser Nachgeschmack, der so beharrlich in seinem Mund blieb, war – ein Geschmack, den selbst die Fleischbrühe nicht überdecken konnte.

»Warum? Hast du Angst, du könntest die Dosis zu hoch ansetzen? Wessen Idee war das mit der Alraune eigentlich? Reynauds?«

Reynaud zuckte zusammen, doch seine Kapuze warf einen so tiefen Schatten auf sein Gesicht, daß man seinen Ausdruck nicht erkennen konnte.

»Alraune?« wiederholte Elisena einfältig, als ob sie von zwei ganz verschiedenen Dingen sprächen. Tristan versuchte noch einmal, zu ihr durchzudringen. Er setzte sich auf.

»Hast du gedacht, ich würde es nicht schmecken?« Er stellte fest, daß er den Geschmack immer noch im Mund hatte, und wischte sich über die Lippen. »Giftwurz, das Zeug kann *tödlich* sein ...«

»Du kannst also davon ausgehen, daß ich es dir gewiß nicht ohne Grund gegeben habe«, erklärte Elisena mit Bestimmtheit. »Hör mir zu, Tristan. Ich weiß, daß du verwirrt bist. Das ist ganz normal nach allem, was dir passiert ist. Aber ...«

Tristan stellte ihre Selbstbeherrschung erneut auf die Probe, indem er einfach ignorierte, was sie sagte. »Das einzige, das mich verwirrt, ist Reynaud, der frei herumläuft, nachdem er versucht hat, mich umzubringen. Wie erklärst du das?«

Elisena spürte mehr, als daß sie es sah, wie sich Polassars Kopf beim Feuer hob. Gut! Er war also in Bereitschaft, wenn sie ihn brauchte, und würde ansonsten in angemessener Entfernung bleiben. Und es bestand keine Gefahr, daß Reynaud einschreiten würde, dachte sie. Elisena wandte ihre uneingeschränkte Aufmerksamkeit wieder Tristan zu.

Er beobachtete sie mißtrauisch, wie er es wahrscheinlich die ganze Zeit über getan hatte, solang sie nachdachte. Er sah traurig aus und war immer noch zutiefst erschüttert. Obwohl es ihm besser ging, war er noch lange nicht gesund. Er brauchte Ruhe und Frieden ... und er selbst widersetzte sich dieser Behandlungsmethode; er wollte die Dinge einfach nicht auf sich beruhen lassen. Sie hatte sich von ihm zu schnell in eine hitzige Auseinandersetzung locken lassen, die sie nicht beabsichtigt hatte und die sie niemals hätte zulassen dürfen.

Sie war erschreckend ruhig geworden. Mit ein wenig Glück wäre vielleicht noch etwas zu retten. Elisena ergriff Tristans Hand.

»Tristan, nach deinem Verschwinden haben wir die ganze Nacht lang nach dir gesucht. Die herabgestürzten Eismassen hatten den Weg abgeschnitten, auf dem wir dich weggehen gesehen hatten. Und außerdem mußte dort irgendeine Art von Magie wirken, das spürten wir. Wir durchkämmten also den ganzen Bergrücken, untersuchten jede Ritze und Spalte, denn nur so konnten wir hoffen, einen weiteren Eingang zu finden oder zur Stelle zu sein, wenn du zu uns herausfändest.« Elisena hatte die Fassung wiedergewonnen. Sie hatte wieder Selbstvertrauen und glaubte sicher, daß sie es schaffen würde, Tristan zu beruhigen und von der Wahrheit zu überzeugen.

»Reynaud fand dich im Morgengrauen und grub dich aus dem Schnee, schon halb erfroren. Er rief nach Polassar und mir, aber wir befanden uns in einiger Entfernung. Es dauerte eine Weile, bis wir zu ihm gelangten. In der Zwischenzeit hatte Reynaud dich bereits wiederbelebt.«

Tristan sah sie mit steinernem Gesicht an, hielt jedoch

den Mund, und sie konnte hoffen, daß er ihr zuhörte. »Es ist verständlich, daß du in dieser Situation verwirrt warst und immer noch weiter kämpftest, wie du es machen mußtest, um dich aus dem Eis zu befreien. Deshalb hast du dich so wild gegen Reynaud gewehrt. Du kannst nichts dafür, und er macht dir deswegen auch keine Vorwürfe. Aber jetzt mußt du deine Abwehr aufgeben. Du darfst dich nicht von deiner Abneigung und Eifersucht dazu verleiten lassen, die schlichte Wahrheit dessen, was geschehen ist, zu verdrehen. Das ist gar nicht deine Art.«

»Während es ganz Reynauds Art ist, eine Lawine auf mich fallen zu lassen«, sagte Tristan. »Besonders, wie du zugeben mußt, wenn niemand in der Nähe ist, um Zeuge dieses Vorfalls zu sein.«

Elisena sah ihn eindringlich an. »Du kannst wohl selbst am schlechtesten beurteilen, was geschehen ist, Tristan. Ich sage dir die Wahrheit. Du hast dich auch gegen Polassar gewehrt – und gegen mich. Du hast gegen uns gekämpft wie ein von Dämonen Besessener. Ich nehme an, *daran* kannst du dich nicht erinnern?«

Tristan blinzelte. »Gegen *dich* auch? Nein. Ich erinnere mich, daß ich irgendeinem Bann unterlag, aber er hatte sicher nichts mit dir zu tun. Reynaud war ...«

»Reynaud ist überhaupt nicht in deine Nähe gekommen. Auch daran kannst du dich offenbar nicht sehr gut erinnern. Nachdem dich Reynaud aus dem Eis gezogen hatte und nachdem du ihn fast erwürgt hattest, waren es Polassar und ich, die dich zurückhielten.«

»Glaubst du, ich durchschaue es nicht, wenn mir ein Bann auferlegt wird? Natürlich läßt er es so aussehen, als ob jemand anderer handelt ...« Tristan sprach fast automatisch; sein Geist war wie eingefroren in der Kälte, die sich über ihn gesenkt hatte. Warum erzählte ihm Elisena diese Dinge und log ihn an, um Reynauds Partei zu ergreifen? Er hatte ihr doch selbst berichtet, wie sich alles abgespielt hatte, gleich als er in der Lage war zu sprechen. Warum glaubte ihm Elisena nicht? Hatte Reynaud sie mit seinen schlauen Worten eingewickelt, mit Erklärungen, die er sich wohlweislich zurechtgelegt hatte für den Fall, daß man ihm auf die Schliche kommen würde? Tristan hatte das Gefühl, wieder begraben zu sein, doch diesmal konnte er kein Eis sehen, sondern lediglich seine schauderhafte Kälte spüren.

»Tristan, es gab keinen Bann! Meinst du nicht, ich wüßte sonst etwas davon? Es war reiner Zufall, daß Reynaud dich gefunden hat, und nicht Polassar. Doch es ist unbestritten, daß er dir das Leben gerettet hat. Wirklich!« Elisena legte Tristan die Hände auf die Schultern und sprach noch zärtlicher, als sie merkte, wie er zitterte.

»Du hast keine Schuld, und mich überrascht nichts von dem, was du getan hast. Du warst stundenlang unterm Eis begraben, allein in Kälte und Dunkelheit. Du warst dem Tod nahe. In einer solchen Situation würde jeder anfangen zu phantasieren. Doch du mußt jetzt damit aufhören. Reynaud, Drachen im Eis, Blais – das waren doch nur Alpträume, verstehst du?«

»Du meinst, ich habe Halluzinationen gehabt?« Angst und Schrecken zogen sich dichter um ihn zusammen, noch eisiger, und Tristan brachte nur noch ein Flüstern über die Lippen. Er hätte schreien mögen.

»Wahrscheinlich. Das ist ein häufiger Nebeneffekt bei der Alraune, weißt du das nicht? Es tut mir leid, daß ich dir diese Droge geben mußte, doch es war der einzige Weg, dich ruhigzustellen. Und ohne das hättest du in der Verfassung, in der du dich befandest, als wir dich entdeckten, nicht mehr lange durchgehalten.«

»Aber ich habe dir doch erzählt, wie ...« Tristans Stimme versagte mitten in diesem verzweifelten Aufschrei. Er hatte ihr alles erzählt, ja, doch sie erinnerte sich nicht daran oder zog es vor, das Ganze als Nebenwirkung der Alraune abzutun. »Ich habe Beweise für das, was ich dir gesagt habe. Ich ...«

Seine Hoffnung erlosch so schnell wieder, daß er am liebsten geweint hätte. Es *gab* einen Beweis, den Elisena nicht leugnen konnte. Weder ihre Drogen noch sein Schockzustand konnten seinen Wahrheitsgehalt beeinträchtigen. Tristan klammerte sich verzweifelt an diesen Strohhalm. Er würde beweisen, daß er nicht wahnsinnig war – dann müßte sie ihm glauben, was er ihr erzählt hatte, ungeachtet Reynauds Darstellung. Er öffnete den Beutel an seinem Gürtel, der neben ihm lag; dort mußten sein Zauberkästchen und das seines Meisters einträchtig beieinander sein.

Das zweite Kästchen war nicht in dem Beutel, wo er es hingesteckt hatte; es war auch nicht in seinem Rucksack, den man ihm auf seine Bitte hin gebracht hatte, und auch nicht in einer seiner Taschen – eine andere Möglichkeit, wo er noch hätte suchen können, gab es nicht. Ungläubig durchwühlte Tristan jeden Ort, an dem er es vermuten könnte, noch mindestens zweimal gründlich, wobei er die anderen Gegenstände, die ihm dabei in die Hände gerieten, wild durch die Gegend schleuderte. Er hörte auch dann noch nicht damit auf, als ihm klar wurde, daß Reynaud es ihm wieder weggenommen haben mußte. Nun zitterte er nicht mehr nur, sondern er wurde wie von Schüttelfrost gepackt und weinte vor Verzweiflung. Auch Elisenas Augen waren feucht, als sie sich abwandte, um Kräuter für einen Schlaftrunk aufzusetzen.

Sie hatte dem Tee im Becher einen Löffelvoll Honig zugefügt, doch falls es Tristan wahrnahm, ließ er es durch kein Anzeichen erkennen.

»Thomas kann dir alles erzählen«, bemerkte er tonlos und schlürfte seinen Tee, als ihm klar wurde, daß sie ihn sonst zum Trinken zwingen würde. »Selbst wenn Reynaud das Kästchen weggenommen hat, dann war doch immer noch Thomas Zeuge dessen, was geschehen ist. Er war dabei. Er weiß es.« Tristans Stimme wurde wieder etwas stärker, als er erkannte, daß er immer noch einen Trumpf gegen Elisenas Halluzinations-Theorie und einen Beweis für Reynauds Verrat hatte. Er hätte zuvor die Beherrschung nicht zu verlieren brauchen – es bestand kein Anlaß zu verzweifeln. Elisena würde Thomas glauben.

»Wo ist er?« Es war merkwürdig, daß sich der Kater noch nicht bei ihm hatte blicken lassen.

Der Ausdruck, der über Elisenas Gesicht huschte, war schwer zu deuten und zwang Tristan, sich einen eigenen Reim darauf zu machen. Warum war Elisena nicht willens, ihm zu antworten? Vielleicht, weil ... nein, ihr Schweigen konnte doch nicht das bedeuten, was er befürchtete! Kälte drückte Tristans Herz wieder zusammen, und erneut traten Tränen in seine brennenden Augen.

»*Nein* ...«, sagte er und ließ den Becher aus den schlaffen Händen fallen. Der Tee floß über den Schlafsack, bis er sich einen Weg zu Boden und in den Schnee gebahnt hatte, in dem er versickerte. Tristan flüsterte weiter unsinnige Neins vor sich hin und hörte deshalb die Worte nicht, die Elisena sprach, bis sie seine beiden Hände ergriff und sie ihm vom Gesicht zog.

Sein gramvoller Ausdruck erschütterte sie. Sie hätte doch wissen müssen, wie er ihr Schweigen deuten würde! Sie hatte nur verhindern wollen, daß sich ein weiterer Beweis als nichtig erwies, einer, der den bedauernswerten Thomas mit in die Sache hineinzog, nachdem sich der vorige zerschlagen hatte, was immer es gewesen sein mochte, das Tristan in seinen Taschen gesucht hatte. Aber anstatt daß sie ihnen beiden weiteren Kummer erspart hatte, hatte ihr Bemühen nur dazu geführt, daß Tristan noch trauriger wurde, was ihm in diesem Moment am wenigsten guttat.

Wenigstens brauchte er das, was er befürchtet hatte, nicht als weitere Wahrheit zu verkraften. Elisena drückte leicht auf Tristans Schulter, um seine Aufmerksamkeit zu erregen, und drehte ihn so, daß er an ihr vorbeisehen konnte und sein Blick auf das gut verpackte Bündel neben dem Feuer fallen mußte. Es dauerte lange, bis Tristan zu erkennen gab, daß er begriff, was er vor sich sah und was sie ihm mit schnellen Worten erklärt hatte. Seine Schultern entspannten sich etwas.

»Geht es ihm gut?«

»Ja.« Elisena rieb Tristans Hände, die sogar kälter waren als ihre eigenen, die sie ohne Handschuhe der eisigen Gebirgsluft ausgesetzt hatte.

»Ich möchte mich selbt überzeugen.« Tristan versuchte, aus dem wollenen Schlafsack zu krabbeln, doch Elisena konnte ihn mühelos daran hindern.

»Jetzt nicht. Laß ihn bis morgen in Ruhe. Es hat ihn ziemlich schlimm erwischt, fast so schlimm wie dich. Und jetzt schläft er. Er ist noch nicht richtig wach geworden, seit Reynaud euch beide ausgegraben hat. Warte bis morgen.«

Tristan, dessen Mund völlig ausgetrocknet war, erinnerte sich, wie Cheris' Stiefel Thomas getreten und durch die Luft geschleudert hatte. Er dachte, daß man wegen des dicken Fells des Katers ernsthafte Verletzungen vielleicht nicht bemerkt haben könnte. Über den Rand des frischgefüllten Bechers hinweg sah er Elisena in die Augen.

»Hast du seine Rippen untersucht?«

»Ja. Und ich habe ihm ein Mittel gegeben, das ihn ruhig hält, während sie heilen.« Sie hielt es für klüger, nichts davon zu erwähnen, daß Reynaud ihn schon vorher weitgehend verarztet hatte. »Er wird wieder gesund werden, Tristan.«

»Gut. Dann kann er dir erzählen, was geschehen ist«, sagte Tristan mit ernster Überzeugung.

Doch letzten Endes ließ sich Thomas doch nicht als Zeuge verwenden, und Tristan bat ihn auch gar nicht darum. Er hatte den Kater neben dem Frühstücksfeuer behutsam auf dem Schoß und untersuchte persönlich die geheilten Rippen, trotz Elisenas Mißbilligung.

Der Kater war in seine warmen Decken gewickelt und lag auf dem Bauch; die Pfoten hatte er ganz ins Fell zurückgezogen, so daß er beinlos wirkte. Seine Augen waren geschlossen und seine Ohren in Ruhestellung.

»Thomas?« fragte Tristan leise. Er hatte seine Frage vorbereitet. Trotz der Benommenheit, die Elisenas Schlafmittel bewirkt hatte, brannte die Empörung über Reynauds Lügen in ihm. Bald würde er Genugtuung erfahren, und sie wäre süß, und außerdem würden sie danach alle ein wenig mehr auf der Hut sein.

Er wußte nicht, was sie mit Reynaud anfangen würden. Es war ein wenig zu spät, um ihn aus der Gruppe zu verstoßen. Vielleicht wüßte Polassar eine Lösung. Tristan war es gleichgültig, wie er mit ihm verfahren würde, solange er nicht weiter frei herumlaufen dürfte, während ihm, Tristan, alle unterstellten, er habe rettungslos den Verstand verloren.

Thomas bewegte sich und stieß einen leisen Schrei aus. Tristan beugte sich weiter zu ihm hinunter. Er sah einen grünen Schlitz zwischen den einen Spaltbreit geöffneten Augenlidern, und die Spitze von Thomas' rosafarbener Zunge schob sich heraus, um mit einem Hauch von Feuchtigkeit über Tristans Finger zu fahren. Dann verfiel der Kater wieder in tiefen Schlaf.

Thomas hatte ein Mittel erhalten, mit dem er während des Heilungsprozesses ruhiggestellt werden sollte; wahrscheinlich unterschied sich das Mittel nicht wesentlich von der bewußtseinsverwirrenden Droge, die sie *ihm* verabreicht hatte, dachte Tristan – und sie hatte zugegeben, daß diese Mittel die Realität verfälschten und intensive Träume verursachten, die eindringlicher waren als die Realität und meist dazu im Widerspruch standen. Tristan unterdrückte ein Stöhnen. Warum hatte er angenommen, Elisena würde Thomas in seinem Zustand mehr glauben als ihm?

Tristan stellte seine Frage nie. Er war zu der Überzeugung gelangt, daß es sicherer wäre, es nicht zu tun. Er und der Kater hatten gemeinsam die Katastrophe im Eis erlebt – doch seine Erinnerungen und die des Katers, Realität und Traum –, Tristan konnte das nicht mehr auch nur mit annähernder Sicherheit unterscheiden. Sein klarster Gedanke war gegenwärtig tiefer Zweifel, und der richtete sich gegen ihn selbst.

21. KAPITEL

Winter des Herzens

TRISTAN FÜHLTE SICH INZWISCHEN eine Spur besser als beim Aufwachen. Er hatte überall Schmerzen, und ihm war vom Magen her übel – wahrscheinlich eine Beigabe zu dem heftigen Kopfweh, das ihn ebenfalls quälte. Aber es hatte ziemlich lange gedauert, bis ihn von all diesen Unbilden etwas wirklich behelligen konnte – genauso lang, wie die Wirkung einer starken Dosis Mohnsaft anhält. Als es dann soweit war, war er bereits seit einigen Stunden unterwegs und hatte – mit fremder Hilfe – verschiedene Kletterpartien hinter sich.

Er konnte sich dunkel erinnern, daß ihm Polassar bei ihrem Aufbruch im Morgengrauen eine Lektion erteilt hatte – in der etwas vorkam von ›so lange durchschütteln, bis sein Gehirn wie verschrumpelte Erbsen in der Schote klappert, wenn er noch einmal Unsinn macht‹. Tristan erinnerte sich auch, daß er sich sowohl schuldig als auch ungerecht behandelt fühlte, aber irgendwie hatte sein Gefühl nichts mit dem Rest von ihm zu tun, und er konnte nicht verstehen, warum er überhaupt eins hatte.

An die Zeit nach dem Vormittag hatte er nur noch verstreute Bruchstücke von Erinnerungen – an schroffe Felsen hier und da, grelles Sonnenlicht und die Berührung von Händen, die ihn auffingen, als er bei einer schwierigen Kletterstrecke strauchelte. Dann hatte man ihn nicht mehr weitergetrieben, und jemand hatte ihm etwas zu essen in die Hand gegeben. Tristan sah, daß er einige Bissen davon gegessen hatte, er konnte sich jedoch nicht erinnern, wie sie geschmeckt hatten.

Er legte seine angeknabberte Mahlzeit ab und benutzte die freie Hand, um sich über das Genick zu fahren. Dort war das Zentrum seines Kopfschmerzes, als ob er den Kopf unnatürlich verdreht gehalten und etwas überanstrengt hätte. Er hatte den Eindruck, daß er lange Zeit so dagesessen war, traurig und darüber grübelnd, was es war, an das er sich nicht erinnern wollte und das er nicht ganz vergessen konnte. Er hätte das Gefühl als Einsamkeit bezeichnet, doch wie konnte das sein, da all seine Freunde um ihn herum waren?

Dann erinnerte sich Tristan – an alles.

Er hatte den ganzen Vormittag in einem Nebel der Benommenheit verbracht, unfähig, allein zu klettern, doch das war nicht – oder nicht ausschließlich – der Grund, warum stets eine Hand an seinem Ellbogen war und ihn Augen aufmerksam beobachteten. Seine Kameraden lauerten auf ein Anzeichen von verdächtigem Verhalten bei ihm. Sobald er einen falschen Schritt machte, schreckten sie auf. Tristan blickte auf, und die Augen, denen er begegnete, wurden schnell gesenkt, peinlich berührt.

Danach war es keine Frage mehr, ob er seine Mahlzeit beenden wollte. Sein Magen war bis obenhin voll und krampfte sich fest um den Klumpen Brei zusammen, den er irgendwann verschluckt haben mußte, wodurch sich auch die Schmerzen in seinem Hals erklärten.

Die Situation war, nachdem er sie einmal durchschaut hatte, unerträglich, doch Tristan sagte nichts. In seiner Isolation, in die ihn das Mißtrauen seiner Begleiter getrieben hatte, wollte er die Dinge nicht verschlimmern. Dieses Sich-Fügen erweckte in ihm ein Gefühl der Niederlage, welches Hand in Hand ging mit seiner anhaltenden Verwirrung.

Wenigstens war er wieder Herr über seinen Geist – bis zum Nachtlager und seinem nächsten Schlaftrunk –, doch seine Gedanken waren solcherart, daß er sich wünschte, sie würden jemand anderem gehören und sein Abendessen möge eine gnädige Dosis Mohnsaft oder sogar Alraune enthalten.

Man hielt ihn für gesund genug, die Reise fortzusetzen. Das war immerhin etwas, wenn es auch nicht allzuviel bedeutete. Angesichts ihrer Versorgungslage konnten sie es sich nicht leisten, lange an einem Ort zu verweilen, und Amberes Vögel hatten sie wahrscheinlich gedrängt, den Zeitverlust, den Tristan ihnen vermutlich eingebrockt hatte, durch schnelleres Vorankommen wieder aufzuholen.

Etwas anderes als Vögel zerrte an Tristan, während sie dahinwanderten, und veranlaßte ihn, in seiner Erinnerung zu graben, bis sein Gehirn wund war. Er drehte sich darin immer wieder im Kreis und versuchte zu einem Schluß zu kommen, ob er ein vollkommener Narr war oder unverantwortlicherweise eine lebenswichtige Warnung in den Wind schlug, die zu erkennen nur er allein die Gabe hatte. Eine Frage quälte ihn mit besonderer Beharrlichkeit. War der ganze Vorfall unter dem Eis eine mit Bedacht ausgelegte Falle Nímirs? Wenn es so war, dann müßte er Elisena unbedingt noch einmal alles erzählen, an das er sich in diesem Zusammenhang erinnerte. Sie brauchte jeden Krümel an Information, damit sie ihre Abwehr so stark gestalten konnte, daß sie alle geschützt wären und ihre lebensentscheidende Mission nicht gefährdet würde. Aber Tristan hatte einfach keine Lust, mit ihr darüber zu reden. Wenn sie das Thema zur Sprache brachte und es ihm förmlich aufdrängte, weigerte er sich, darauf einzugehen.

Seine Unnahbarkeit kränkte sie. Tristan sah es, und es tat ihm weh, es zu sehen, doch der Schmerz konnte ihn nicht dazu bewegen, von seiner Haltung abzugehen. Ihre Zweifel an ihm kränkten ihn ebensosehr, obwohl er sich selbst über die Wahrheit nicht mehr ganz sicher war. Also behauptete er stur weiterhin, daß er an jenem Tag lediglich einen von Amberes Vögel unter dem Felsüberhang gesehen hatte und ihm nachgegangen war, um ihn zu retten.

Er weigerte sich, weitere Einzelheiten preiszugeben. Nach einiger Zeit blieb Elisena nichts anderes übrig, als ihn in Ruhe zu lassen. Das wollte er doch, oder nicht? Sollte die ganze Angelegenheit, so unerfreulich sie auch sein mochte, doch einfach in Vergessenheit geraten!

Aber irgend etwas daran störte Tristan immer noch. Denn wo eine Falle angelegt war, gab es oft noch weitere, so plaziert, daß das verwirrte Opfer, in welche Richtung es in seiner Panik rennen mochte, ihnen auf jeden Fall begegnete. Manchmal war beabsichtigt, daß die erste Falle entdeckt werden sollte, so daß das Opfer glaubte, der Gefahr entronnen zu sein, und unvorsichtig wurde.

Tristan vermutete, daß es sich um eine Falle gehandelt hatte, doch er hatte keine Beweise dafür und konnte auf keine Beweise hoffen, die sein erschüttertes Erinnerungsvermögen unterstützt hätten. Das, was er sich an Erinnerungen bewahrt hatte, war nächtelang unter Fels und Eis begraben gewesen und anschließend erneut durch hohe Dosen eines wirkungsvollen Gifts verschüttet worden. Tristan war sich nicht schlüssig, was ihm am meisten zu schaffen machte – Elisenas Unterstellung, daß er so sehr unter Halluzination litt, daß man seiner Erinnerung nicht trauen durfte –, oder seine eigene erschreckende Erkenntnis, daß nichts davon Halluzination war, daß die Alpträume Wirklichkeit waren.

»Er wird sich schon wieder erholen, Reynaud. Es ist doch erst ein paar Tage her ...«

Reynaud stellte ein rätselhaftes Lächeln von seiner besten Sorte zur Schau.

»Ich bin nicht so sehr besorgt über das, was Tristan von mir denkt. Ich kenne seine Meinung seit langem und habe sie vielleicht verdient. Die Geschehnisse haben lediglich dazu geführt, daß er aus seinen Gefühlen noch weniger einen Hehl macht.«

»Aber irgend etwas macht Euch doch Sorgen?« Es war genügend Zeit, daß Elisena ihre Fragen stellen konnte. Das Lager war ruhig. Tristan und Polassar schliefen beide tief. Und bei Tristan würde sich das bestimmt auch noch lange nicht ändern.

Reynaud spielte achtlos mit dem Ende eines Seils und rollte es in seinen eleganten Händen hin und her. »Ich bin müde, das ist alles. Es ist anstrengend, mit einem Mann zu klettern, der zumindest bis mittags irgendwo tausend Meilen entfernt ist, und sich danach auch kaum ändert.«

»Mir gefällt es auch nicht, Tristan dauernd unter Drogen setzen zu müssen, aber etwas Mohnsaft ist immer noch besser, als ihn die ganze Nacht bewachen zu müssen. Und außerdem wird es nicht mehr lange nötig sein, denke ich.«

»Hofft Ihr auf eine plötzliche Wunderheilung, oder habt Ihr endlich beschlossen, auf mich zu hören?«

»Das haben wir oft genug diskutiert, Reynaud«, sagte Elisena in scharfem Ton. Sie hatte keine Lust, sich vor ihm zu rechtfertigen.

»Ohne zu einem Schluß gekommen zu sein. Es liegt Tage zurück, daß wir das letztemal darüber gesprochen haben, und obwohl Tristan *jetzt* ruhig sein mag, hat sich doch sonst keine Veränderung ergeben, die das Thema uninteressant machen würde. Wir nähern uns unausweichlich dem Tag, an dem wir alle bis an die äußersten Grenzen unserer Kräfte gefordert sein werden. Ich glaube nicht, daß sich Tristan von selbst so schnell erholen wird – falls überhaupt.« Reynaud seufzte. »Wenn er unseren Fragen nicht ausgewichen wäre, hätte ich zu einer anderen Überzeugung kommen können. Aber er lügt nicht nur Euch an – er verschleiert mit noch viel größerem Eifer die Wahrheit vor sich selbst.«

»Mich überrascht das nicht. Er ist nicht in der Verfassung, sich der Wahrheit zu stellen. Ich werde ihn nicht bedrängen, Reynaud. Und bildet Euch nicht ein, daß er einer Behandlung durch Euch zustimmen würde. Laßt uns also nicht einen Rückfall riskieren, um eine Heilung eines Zustandes, der kaum lebensbedrohend ist, zu versuchen.«

»Doch, er ist lebensbedrohend.« Reynaud rutschte unruhig hin und her. »Elisena, das muß einmal gesagt werden. Ihr habt mir erzählt, daß Tristan in Kôvelir, als er einmal unter besonderer Anspannung stand, sehr verletzbar war ... Nímir hatte einen Weg in seinen Geist gefunden und ihn eine Zeitlang beherrscht. Wir müssen in Betracht ziehen, daß das wieder geschehen kann.«

»Das gleiche könnte jedem von uns passieren, Reynaud. Ich bin sicher, Tristan hat selbst von Zeit zu Zeit daran gedacht – ich werde ihn auch damit nicht quälen.« Ihr Gesichtsausdruck unterstrich die Bestimmtheit ihrer Worte.

»Darum bitte ich Euch nicht, Lady. Ich möchte nur, daß Ihr es nicht vergeßt.«

Elisena nickte zögernd. Sie hatte es keinen Augenblick lang vergessen, aber sie würde Reynaud nicht die Gunst erweisen, ihm das zu sagen. Allein der Gedanke daran erweckte in ihr heftige Schuldgefühle. Diese zu enthüllen, besonders Reynaud gegenüber, wäre verräterisch.

»Ich kann mich natürlich täuschen.« Reynaud hörte endlich auf, mit dem Seil herumzuspielen, und wickelte es ordentlich auf. »Es gibt eine viel einfachere Erklärung für Tristans Zögern, über die Geschehnisse zu sprechen, und mit dem Einfachen liegt man meistens richtig. Er kann einfach nicht zugeben, daß sich die Dinge auch anders abgespielt haben könnten, als er sie in Erinnerung hat. Er würde niemals eingestehen, daß er nicht *weiß*, was geschehen ist.« Eine Drehung der Hand sicherte das Seilende in der aufgewickelten Rolle. »Es würde mich nicht überraschen, wenn es wirklich so wäre. Ein guter Zauberer braucht einen starken Willen. Und Tristan ist ohne Zweifel ein solcher, auch wenn er aufgrund seiner Erziehung zur höflichen Selbstunterschätzung neigt. In Kôvelir wird zu Recht behauptet, daß Zauberer keine einfachen Patienten sind.« Er blickte Elisena wieder direkt in die Augen. »Euch steht noch allerlei Mühsal bevor, Lady.«

»Ich werde ihn wieder in Ordnung bringen, Reynaud, keine Angst. Er hat bisher immer auf mich gehört.«

Reynaud warf ihr einen düsteren Blick zu. »Ich bezweifle, daß Ihr ihn je um etwas gebeten habt, das er Euch nicht ohnehin geben wollte, ob er sich darüber klar war oder nicht. Ich warne Euch – da liegt der Unterschied.«

Tristan gab im Schlaf ein leises Geräusch von sich. Es war weder ein stimmhafter Ton noch ein leises Stöhnen, doch Elisena wurde sofort davon wach, da sie dicht neben ihm schlief.

Sie stützte sich auf einen Ellbogen und sah zu ihm hinunter. Obwohl sie fast Seite an Seite lagen, schien Tristans Schlafstellung ihn meilenweit von ihr zu entfernen; er hatte sich verschanzt hinter einer Wand, die er zu seinem Schutz errichtet hatte. Er hatte sich von ihr abgewandt, als ob er Angst hätte, sich ihr zuzuwenden – den gleichen Eindruck hatte Elisena jedesmal, wenn sie versuchte, ein Gespräch mit ihm zu beginnen. In diesem Fall drückte sich seine Einstellung mehr in der Körperhaltung als in den Augen aus.

Er lag mit dem Gesicht nach unten auf dem Wollsack, mit erhobenen Armen, um sich entweder darauf zu betten oder um seinen Kopf zu schützen. Tristan würde bei der leichtesten Berührung durch ihre Hände aufwachen, dachte Elisena, und dann würde sie wieder diesem Blick seiner Augen begegnen, diesem verlorenen Blick, den sie nicht durchdringen konnte, so sehr sie sich auch darum bemühte.

Da sie Angst hatte, diesem Blick zu begegnen, und sich ihre Feigheit nicht eingestehen wollte, redete sich Elisena ein, daß Tristan einen noch so unruhigen Schlaf nötiger hätte als jeden Trost, den er zur Zeit von ihr annehmen würde. Sie legte sich zurück und zog sich den Wollsack bis zum Hals hoch; sie fragte sich, wie sie hoffen konnte einzuschlafen, solang dieser Bleiklumpen in ihrer Brust saß. So heil- und kräuterkundig sie auch war, gegen solche Beschwerden kannte sie kein Mittel – weder bei sich selbst noch bei jemand anderem.

Eine Falte der Decke hatte Tristans Gesicht gestreift und drückte ihm jetzt leicht auf Nase und Mund. Das reichte bereits, damit Tristan schreiend aus dem Schlaf hochfuhr, in der Gewißheit, wieder unter Schneemassen begraben und kurz vor dem Ersticken zu sein.

Es dauerte eine ganze Weile, bis er sich so sehr beruhigte, daß er den Schnee als Traum erkannte, und da lastete bereits etwas Schwereres als die Erinnerung und Schlimmeres als ein Alptraum auf ihm.

Tristan blickte voller Entsetzen in den Ring von Augen, der ihn einkreiste; ihr jeweiliger Ausdruck war wie von einem aufzuckenden Blitz erhellt: neugierig, mitleidig oder spöttisch. Sie bewegten und vervielfältigten sich in seinem Geist auf unerträgliche Weise.

Es gab kein Entrinnen vor der Demütigung oder den Tränen, die er nicht aufhalten konnte, außer zurück in den Schlaf zu sinken, und das erschien ihm unmöglich. Tristan rang nach Luft – was schwierig war, da sein Mund und seine Nase von dem Wollsack zugedeckt waren.

Die Assoziation mit stickiger Luft war im Wachzustand genauso unangenehm wie im Schlaf, doch Tristan konnte nicht anders, als seinen Kopf zu vergraben, seine Tränen zu verbergen und sich den mitleidigen Blicken zu entziehen, denen er begegnete, wenn er die unbedeckten Augen aufschlug. Schließlich legte er den letzten Teil der Strecke ins Vergessen zurück, und die Erschöpfung half ihm dabei, während er die willkommene Schwärze um sich herumzog. Inzwischen hatte Tristan das Gefühl, als sei sein Herz verbrüht worden.

Seine Reise zurück in die Normalität war nicht weniger gefahrvoll als sein Weg in die Berge von Channadran, und sie schien ebenso endlos. Als sie am nächsten Tag ihre Kletterei wieder aufnahmen, hätte Tristan genausogut noch weiterhin schlafen können, und das wäre ihm im Gegensatz zu der vergangenen schrecklichen Nacht wie eine Wohltat vorgekommen. Doch es war nicht so. Zum erstenmal war sich Tristan voll und ganz seines Zustands bewußt, und er wünschte den ganzen Tag über, daß er wieder Herr über seine Gedanken sein könnte. Nach einigen Stunden hatte die kalte Luft für ihn eher einen süßen als einen abgestandenen Geschmack. Doch das Atmen tat ihm etwa so gut, wie wenn er Meerwasser gegen den Durst getrunken hätte.

Sie hatten eine Rast eingelegt, um etwas zu essen, als sein Kopf sich noch nicht geklärt hatte – die Zeit verging ungewöhnlich langsam. Tristans Gedanken, die immer wieder zu ihm zurückkehrten, schienen immer mehr zu versanden. Vielleicht *war* er nach seinem schrecklichen Traum gar nicht von allein eingeschlafen. Elisena hatte ihm etwas zu trinken gegeben, um seine Qual zu lindern oder zu verkürzen. Tristan konnte nicht sicher sein, daß er sich richtig erinnerte.

Als sein Kopf endlich klar war, fing er an weh zu tun. Tristan biß die Zähne gegen den Schmerz zusammen, in der Hoffnung, daß er schneller vergehen würde, wenn er ihm keine Beachtung schenkte. Er fütterte Thomas mit den Resten seines Essens, vor allem mit solchen ausgewählten Leckereien, die den verkümmerten Appetit des Katers seines Wissens nach anregen würden.

Er hielt an seinem Entschluß fest, Thomas nicht mit Fragen zu behelligen, von denen er wußte, daß es keine Antwort darauf gab; zum erstenmal war er sicher, daß seine Beweggründe auf reiner Rücksichtnahme beruhten und nichts Kompliziertes dahintersteckte. Thomas kitzelte eine Weile Tristans Hände mit zartem Blinzeln, dann schlief er, an Tristans Jacke gekuschelt, wieder ein.

Als sie ihren Marsch fortsetzten, weigerte sich Tristan, Thomas der Obhut Reynauds anzuvertrauen. Er ging dabei mit einer skrupellosen Höflichkeit vor, blieb jedoch hart. Er merkte es nicht, doch anschließend wurde er entschieden weniger eifrig bewacht – es bestand kaum Gefahr, daß er sich danebenbenehmen würde, solange er für Thomas' Wohlergehen verantwortlich war. Für so verrückt schien ihn nun doch niemand zu halten. Tristan wanderte brav weiter, mit trägen Gedanken im Kopf, und machte keine Scherereien.

Elisena sah zu, wie das Licht des Feuers auf Tristans schlafendem Gesicht spielte; sie fand tiefe Höhlen in seinen Wangen. Traurig verfolgte sie die Falten, die das angestrengte Schauen in Sonne und Wind in seine Augenwinkel gezeichnet hatte. Wenn er einen Bart trüge, würde er so alt wie Reynaud aussehen.

Und er war mager. Er nahm nie viel zu sich, egal von was. Früher hätte sie Tristan dazu überreden können, indem sie ihn mit Süßigkeiten lockte, oder sie hätte ihm einfach befehlen können zu essen, doch jetzt würde der feinfühligste Versuch einer Überredung das empfindliche Gleichgewicht gefährden, das Tristan so mühsam erlangt hatte. Sie bezweifelte, daß er ein weiteres In-ihn-Eindringen verzeihen oder daß sie den Ausdruck in seinen Augen ertragen könnte, wenn sie ihm einen Zwang auferlegen würde. Tristan trug seine Kapuze die meiste Zeit hochgeschlagen, und das, wie Elisena vermutete, nicht nur der Wärme wegen. Der Stoff diente auch dazu, sein ausgemergeltes Gesicht zu verbergen; er konnte sich dahinter verbergen und brauchte niemanden anzusehen.

Tristan aß kaum etwas. Sie schlief kaum. Keiner von ihnen beiden handelte sehr klug. Elisena war voller Schuld- und Schamgefühle, und ein Teil von ihr war perverserweise bestrebt, Tristan für diese Gefühle verantwortlich zu machen, als ob sie dadurch ihr Bewußtsein erlösen könnte. Sie beschuldigte ihn, ihr gegenüber genauso mißtrauisch zu sein, wie sie ihm gegenüber – und warf ihm mangelnden Glauben vor.

Doch wenn sie ehrlich war, konnte sie diese Vorwürfe nicht aufrechterhalten. Tristan hatte niemals eine einzige ihrer Entscheidungen in Frage gestellt, wie waghalsig sie auch gewesen sein mochten. Wahrscheinlich war es ihm nicht einmal in den Sinn gekommen, daß er das tun könnte.

Und als Dank für diese unerschütterliche Treue setzte sie ihn ohne sein Wissen und Einverständnis unter Drogen und beobachtete ihn strenger und mit weniger Vertrauen, als sie einem überführten Dieb entgegengebracht hätte. Sie hatte ihn alleingelassen, buchstäblich und im übertragenen Sinne, und der Kälte ausgesetzt. Doch er machte ihr keine Vorhaltungen und beschwerte sich nicht, sondern hatte sich ganz in sich zurückgezogen, als trüge er allein alle Schuld und hätte ihre Strenge nur zu wohl verdient. Tristan erwartete keine bessere Behandlung, als sie ihm angedeihen ließ.

Es war also kein Wunder, daß ihr Bewußtsein ihr zu schaffen machte. Elisena schloß die Augen, und Tränen brannten unter ihren Lidern. Trotz all ihrer guten Vorsätze behandelte sie Tristan jetzt wieder falsch, denn sie hätte zweifellos zärtlicher zu ihm sein können, selbst mit den notwendigen Kompromissen, die sie eingehen mußte, um sein Leben zu retten. Wenn sie es nur ein bißchen gut mit ihm gemeint hätte, würde er jetzt nicht so allein daliegen, voller tiefsitzender Angst, sich irgend jemand anderem als Thomas zuzuwenden.

Tristan selbst konnte bestimmt nichts für das, was mit ihm geschehen war. Wenigstens das könnte sie ihn wissen lassen.

Oh, er würde irgendwann gesund werden, wenn die Zeit reif wäre, mit Ausnahme der Traurigkeit in seinen Augen – die würde bleiben. Vielleicht wäre er schon bald fast wieder der alte. Er näherte sich diesem Zustand täglich mehr, jedenfalls oberflächlich betrachtet. Doch in Channadran gab es weder die Zeit noch die Wärme, die nötig gewesen wären, um eine tiefergehende Heilung, derer er dringend bedurfte, zu erreichen.

Sie hatte Tristan grausam fallengelassen, und alle ihre guten Absichten flatterten so großartig und so unnütz wie eine Fahne im Wind.

Die Liebe, dachte Elisena unglücklich, die Liebe, die diese Ringe entstehen lassen hatte, und die noch größere Liebe, die sie miteinander verband ... was war daraus geworden? Wieviel davon habe ich Tristan zu erkennen gegeben? Er bietet sein Herz dar, daß jeder Einblick darin hat oder darauf herumtrampeln kann. Er offenbart sich ganz und gibt sich rückhaltlos preis, während sie ihre Lektion, die Weisheit der Selbstbewahrung und des Zurückhaltens, nur allzugut gelernt hat.

Grausame Winde fegten durch das Channadran-Gebirge, doch ihre Kraft verpuffte; die Berge blieben ungerührt.

Tief in der watteartigen Dunkelheit, die Mohn und Bilsenkraut an Stelle von Schlaf erzeugten, träumte Tristan. Er träumte, obwohl er sich nicht daran erinnerte, nachdem sein dringendes Verlangen danach verflogen war, von weißen Vögeln, auf Lüften schwebend, die frisch, jedoch nicht kalt waren – Lüfte, die nach Salz und dem freien Meer schmeckten. Neben dem Rauschen des Windes hörte er das endlose, beruhigende Klatschen der Wellen auf den Strand.

Die ganze Anspannung wich von ihm. Seine verkrampften Kiefer lockerten sich, da sie sein Schreien nicht mehr zu unterdrücken brauchten.

Denk daran, mahnte ihn eine Stimme, die ihm fast vertraut vorkam, *es gibt Licht, um der Dunkelheit entgegenzutreten, und es gibt andere Mächte als die des Winterkönigs. Den Schlaf und die Gesundheit, und sie sind für dich erreich-*

bar. Du hast mir einen Dienst erwiesen, indem du mein Herz in deine Obhut genommen hast. Das Versprechen, das ich dir damals gab, werde ich nicht brechen. Ich werde dich nicht im Stich lassen.

Einen Moment lang, an der Grenze zum Aufwachen, durchfuhr Tristan der abwegige Gedanke, daß sein Leben nicht ohne Grund so verschlungenen Pfaden folgte. Es gab eine treibende Kraft, die er nicht mit den Händen berühren konnte und die bestimmte, daß er in diese oder in jene Richtung verweht wurde, wie eine Wollfluse im Wind, die irgendwann zu einem starken Faden versponnen und der Anspannung beim Weben standhalten würde. Die Wolle mußte viel aushalten, bis der Stoff entstand.

Tristan öffnete langsam die Augen und runzelte die Stirn, so sehr versuchte er sich zu konzentrieren. Es brachte nichts. Die Wahrnehmung, was immer es gewesen sein mochte, entglitt ihm, so wie er Regen nicht mit den Händen auffangen konnte, und nur eine Spur von salziger Feuchtigkeit blieb zurück, die ebenfalls vollends verschwunden war, als er im ersten Morgenlicht erwachte.

Ein undeutliches Gefühl des Wohlbehagens blieb jedoch, ein wehmütiger Geschmack, an den er sich irgendwie erinnerte und den er unmöglich bestimmen konnte. Tristan klammerte sich an das Wohlbehagen, fest entschlossen, seinem Ursprung nicht auf den Grund zu gehen. Es war schon so lange her, seit er so etwas wie Ruhe genossen hatte – er würde nicht absichtlich diesen empfindsamen Frieden stören, indem er ihn zu ergründen suchte.

Und Traumgold oder nicht, es hatte ihn zu einem Entschluß angeregt, der sich nicht verflüchtigte. Während Polassar ihre Ausrüstung zusammenpackte und die Last verteilte, griff sich Tristan sein Schwert und gürtete es sorgfältig.

Es gehörte ihm und niemandem sonst. Der einzige

Weg, wie Tristan beweisen konnte, daß er immer noch in der Lage war, es zu tragen, war, genau das zu tun. Außerdem würde er vielleicht eine Waffe brauchen. Wenn ihn seine Augen nicht getäuscht hatten, dann war es gut, wenn er auf die bevorstehenden Ereignisse vorbereitet war. Und wenn er sich irrte – nun, die Meinung seiner Freunde über seinen Geisteszustand konnte kaum noch schlechter werden.

Tristans Hände bewegten sich so sehr wie die eines hölzernen Hampelmanns am Ende seiner Arme, und sein Blick war so von Drogen vernebelt, daß man, wenn man ihn beobachtete, nicht erkennen konnte, was er vorhatte; trotzdem schaffte er es ohne Hilfe, sich das Schwert umzubinden. Als er nach Vollendung dieser Tat aufblickte, sah er Polassar, der ihn voller Anerkennung angrinste; schließlich ließ er es zu, daß ihm der Mann die Hand reichte, um ihm auf die immer noch wackeligen Beine zu helfen.

Als erster Schritt zurück zur Normalität war es kaum mehr als ein unbeholfenes Humpeln. Genaugenommen war es sogar weniger als eine wirkliche Geste, doch es hatte einen gewissen Symbolgehalt. An diesem Abend lehnte Tristan den Tee ab, den Elisena ihm brachte. Er erntete einen abschätzenden Blick, doch keinen weiteren Kommentar.

Er schlief schlecht und litt unter schauderhaften Träumen, die ein wirrer Verschnitt der Ereignisse des vergangenen Tages waren und ihn mehr ermüdeten als die Wirklichkeit, in der sie stattgefunden hatten. Am nächsten Morgen wußte Tristan nicht, wie er seinen Kopf klar bekommen oder wie er klettern sollte, da er eigentlich noch schlief. Das Gebirge erschien ihm steiler und schroffer als je zuvor. Die Tage und die Nächte zogen sich unerträglich in die Länge. Die Luft war kälter und vielleicht auch trockener – er hatte oft Nasenbluten. Doch Thomas ging es besser, und Tristan war froh, daß er immerhin so wach war, das zu bemerken.

Der Kater schlug irgendein Stück Süßigkeit, das ihm Tristan zugedacht hatte, verächtlich weg; seine Krallen waren so weit ausgefahren, daß sie jeden Finger, der ihnen in den Weg geraten wäre, zerkratzt hätten.

Genug jetzt! Katzen haben überhaupt kein Geschmacksempfinden für süße Sachen, du verschwendest sie also an mich. Es gibt eine Grenze, wieviel Verhätschelungseinheiten jemand vertragen kann, sogar für mich. Kannst du nicht mal etwas fröhlicher werden? Miesepeter sind nicht die angenehmste Gesellschaft, mußt du wissen.

22. KAPITEL

Warnender Wind

Es WAR SCHÖN, Thomas wiederzuhaben; doch trotz dieses Trostes blieb Tristans Laune bedrückt. Thomas, der ausgiebig gefuttert hatte, schlief jetzt. Tristan saß da und starrte ins Feuer, obwohl ihm die Flammen keine Bilder zeigten. Seine Hände kraulten träge Thomas' Fell.

Elisena kam und setzte sich neben ihn, doch die Stimmung war zu gespannt für eine Versöhnung. Jegliches Mitleid, das sie ihm entgegenbrachte, vertiefte Tristans Traurigkeit. Und er hatte den Verdacht, daß sie es nur so lange hinauszögerte, selbst einzuschlafen, bis sie ihn sicher auf seiner Lagerstatt wußte. Er spürte den anhaltenden Mangel an Vertrauen, auf den dieses Verhalten hinwies. Es war schlimmer als Polassars Benehmen, der so tat, als hätte sich zwischen ihnen nichts geändert. Tristan war Reynauds beibehaltene Reserviertheit von allen Lösungen die liebste. Auf jeden Fall erschien ihm diese Reaktion am wenigsten falsch.

Tristan hatte irgendwo direkt hinter seinen Augen eine Wand errichtet, dachte Elisena; wenn sie ihn ansprach, antwortete er zwar und unterhielt sich einigermaßen normal mit ihr, wenn auch stets irgendwie lauernd. Doch es konnte vorkommen, daß er sich von einer Sekunde zur nächsten hinter seine Verschanzung zurückzog. Er schien dankbar zu sein für ein paar freundliche Worte oder kleine Aufmerksamkeiten, doch er erwartete sie nie und traute ihnen auch nicht. Ihn in dieser Verfassung zu sehen, schnitt Elisena tief ins Herz. Es war ein Schmerz, gegen den sie hilflos war, trotz all ihrer Anstrengung, etwas dagegen zu tun.

Die Tage vergingen, Tage, geprägt von Kälte und beschwerlicher Kletterei – ständiger Kletterei. Tristan wurde weniger offensichtlich beobachtet, jedoch keineswegs weniger aufmerksam oder weniger ausdauernd. Ihm blieb nichts anderes übrig, als diese Tatsache schweigend hinzunehmen, als Folge seines törichten Benehmens. Manchmal dachte Tristan, daß er lieber sein anderes Bein auch noch gebrochen hätte, als sich das Mißtrauen aller zuzuziehen. Doch während der meisten Zeit versuchte er, seinen Geist so gefühllos zu halten, wie die Kälte seine Füße machte.

Seine Augen bereiteten ihm erneut Schwierigkeiten, obwohl diesmal die stark wolkenverhangene Sonne nicht die Ursache dafür war. Der Wind wirbelte turbulente Schneestrudel auf und trieb ihm das Zeug ins Gesicht; nachdem Tristan einen Tag lang angestrengt versucht hatte, durch dieses Gestöber etwas zu sehen, brannten seine überstrapazierten Augen, und seine Lider zuckten. Das war eine lästige Erscheinung, von der niemand etwas merkte, deshalb sprach er nicht darüber, sondern behandelte sich selbst unauffällig mit Habichtskraut.

Ihr Nachschub an Nahrung wurde reichhaltiger. Jetzt bekamen sie immer etwas mehr, als sie unbedingt für einen Tag brauchten. Meistens waren die Dinge, die über das Mindeste hinausgingen, Trockennahrung, die sich leicht tragen ließ und lange hielt. Ambere bereitete sich offensichtlich darauf vor, daß seine Vögel durch Unwetter am Fliegen gehindert werden könnten und sie einige Tage lang nicht erreichen würden. Obwohl die Trockennahrung so wenig wog, wie Nahrung überhaupt wiegen kann, wurde ihr Gepäck von Tag zu Tag schwerer; in der dünnen Luft war das Tragen der Rucksäcke eine große Anstrengung. Wie sich die Dinge entwickeln würden, wenn sie noch weiter in die Berge eingedrungen wären, wagte niemand vorauszusagen.

Es stand fest, daß sie sich der Grenze näherten, bis zu der sie die Vögel würden versorgen können. An manchen Tagen landeten ihre Begleiter schon jetzt nicht mehr, sondern ließen ihre Packen fallen, während sie

Zwischendurch: [redacted] Allmählich braucht sich die kleine Gruppe auf ihrem beschwerlichen Marsch durch Schnee und Kälte keine allzu großen Gedanken mehr um den Nachschub an Nahrung zu machen. Sie haben immer etwas mehr, als sie für einen Tag brauchen ... [redacted] Auch der Leser muß sich wahrscheinlich keine großen Gedanken machen, falls er das Bedürfnis verspürt, eine Pause bei der Lektüre einzulegen, um sich etwas für den kleinen Appetit zwischendurch zuzubereiten. Er benötigt dafür ja auch nur einen Löffel, fünf Minuten Geduld und ... [redacted]

über sie hinwegsegelten, und oft mußten sie umständliche Kletteraktionen unternehmen, um sie einzusammeln. Tristan betrachtete unablässig die Gegend, die sich vor ihnen auftat, und überlegte, welche Richtung die Gesellschaft wohl einschlagen würde, wenn sie nicht mehr von ihren geflügelten Führern angeleitet würde. Ganz bestimmt würden sie bei ihren Entscheidungen nicht auf *ihn* hören, davon war er überzeugt.

Die Tage wurden geringfügig länger, je höher sie hinaufstiegen, denn es blieben immer weniger Gipfel übrig, die so hoch waren, daß die Sonne dahinter verschwand. Und doch, die Schatten, die auf sie fielen, schienen sich in Tristans Knochen einzunisten. Er hatte das Gefühl, als hätte er in seinem ganzen Leben nur gefroren; inzwischen hatte er sich so daran gewöhnt, daß es schon einer sehr garstigen, eiskalten Windbö bedurfte, um ihn zum Zittern zu bringen.

Gegen Mittag wurde ihnen erneut Nahrung abgeworfen, so daß die Vögel noch genügend Zeit hatten, um im Hellen nach Am Islin zurückzufliegen. Gewöhnlich landeten die Tiere, die Nahrung lieferten, in der Nähe von Elisena, sofern sie überhaupt landeten, je nachdem, wie ihr Marschbefehl zum Zeitpunkt ihrer Ankunft lautete. Die Adler hatten Bedenken hinsichtlich Polassars Tolpatschigkeit, und hinsichtlich Reynaud hatten sie grundsätzliche Bedenken. Tristan glaubte, den Grund dafür erraten zu können, doch er ließ sich über seine Verdächtigungen nicht aus. An diesem Tag jedoch bremste einer der Adler mit kräftigem Flügelschlag ab und ging genau neben seinen Füßen im Schnee nieder. Er trug keinen Sack mit Nahrung auf den Schwingen, sondern hatte einen kleinen Beutel an einem kurzen Band um den Hals gebunden; es war die Art von Beutel, in dem eine Botschaft oder ein Zeichen übermittelt werden könnte. Tristan blickte von dem Beutel zu dem Adler und wieder zurück. Sie hatten während ihrer ganzen Reise keine ausdrückliche Nachricht von Ambere erhalten. Seine Vögel wiesen ihnen den Weg und versorgten sie mit Nahrung, aber das war auch alles. Wenn sich Ambere entschlossen haben sollte, mit ihnen darüber hinausgehend zu kommunizieren, so war es wohl kaum Tristan, der eine Botschaft erhalten sollte, dessen war er so ziemlich sicher. Er scharrte unschlüssig mit den Füßen im Schnee, da er keinen Fehler machen wollte.

Der Adler öffnete den Schnabel und stieß einen schwachen Laut aus, so melodisch wie das Knarren eines verrosteten Türscharniers, der unmißverständlich an ihn gerichtet war. Es gab keinen Zweifel, der Vogel war zu ihm gekommen.

Tristan zögerte immer noch. Die Bänder, mit denen der Beutel verknotet war, waren sehr kurz gebunden; offenbar sollte ausgeschlossen werden, daß sich der Vogel eigenmächtig von seiner Last befreite. Erwartete er also von ihm, daß er diese Aufgabe für ihn erledigte? Würde er zulassen, daß er ihn berührte? Tristan betrachtete den großen, gebogenen Schnabel und die glühenden gelben Augen darüber und versuchte, sich Sicherheit darüber zu verschaffen, daß er sich nicht täuschte. Der Adler ließ erneut den merkwürdigen Laut hören.

Tristan trat auf ihn zu, immer noch sehr zaghaft, doch der Vogel hielt vollkommen still, während er den Knoten löste. Er erhob sich auch nicht einmal dann gleich in die Lüfte, als Tristan den Beutel sicher in Händen hielt. Er machte jedoch einige Trippelschritte zurück, offenbar erleichtert, daß er diesen Akt hinter sich gebracht hatte.

Der Beutel in seiner Hand war leicht, so leicht, daß Tristan sich fragte, ob er vielleicht leer war. Als Last für einen von Amberes Adlern war es ein lächerlich geringes Gewicht – warum hatte dieser Vogel also nur das und sonst nichts getragen? Eine Mitteilung hätte ohne weiteres einer anderen Ladung beigegeben werden oder in einen hohlen Federkiel gerollt und an das Bein eines Adlers gebunden werden können.

Der obere Verschluß des Beutels war fest zugezogen. Tristan öffnete ihn mit ungeschickten Fingern, die durch das lange Tragen von Fausthandschuhen steif geworden waren. Die Öffnung klaffte auf. Ein wohlbekanntes Trillern begrüßte ihn.

Während Tristan fassungslos hineinstarrte, entwand sich Troubadour dem Beutel, ließ sich auf seinem Handgelenk nieder und plusterte sein leicht zerdrücktes Gefieder heftig auf; mit dem Schnabel zupfte er sich an den Flügeln und fuhr sich durch den weicheren Flausch an der Brust, und dann legte er den Kopf nach hinten über die Schulter, um sich dem Rücken zu widmen.

»Troubadour? Aber wie konntest du ...« Etwas Weißes ragte noch oben aus dem Beutel heraus – ein Zettelchen aus dünnstem Pergament, auf das hastig einige Worte gekritzelt waren; sie waren verwischt, als ob der Schreiber keine Zeit gehabt hätte, sie trocknen zu lassen, bevor er das Sendschreiben in den Beutel packte.

»Ich werde niemals zum Unglück irgendeines lebenden Geschöpfes beitragen«, las Tristan flüsternd. »Behandelt dieses Wesen mit Zartgefühl, denn es liebt Euch mehr, als Ihr verdient habt oder ahnen könnt.«

Troubadour gab ein ersticktes Zwitschern von sich, um dem zuzustimmen. Vor Entzücken schrill zirpend, hatte er eine Stelle entdeckt, wo Tristans Ärmel ein Stück hochgerutscht und zwischen ihm und dem Fausthandschuh etwas bloße Haut zu sehen war; sofort knabberte er zart daran. Tristan hatte nichts gegen das Kitzeln. Er betrachtete den kleinen Vogel, bis sich seine Augen vor Rührung mit Tränen füllten, dann wandte er seine Aufmerksamkeit schnell wieder dem Wollbeutel zu, in dem Troubadour angekommen war. Er würde dem Vogel auch weiterhin dienen müssen, dachte er. Troubadour brauchte mehr als seine Federn, um einigermaßen gegen die Kälte in Channadran geschützt zu sein.

Er war nicht der erste, der daran gedacht hatte. Der

Beutel war tatsächlich ein behaglicher Käfig, gefertigt aus dichtgewebtem Stoff, gefüttert mit wärmenden Daunen und versteift mit nachgiebigen Walfischknochen, damit er nicht zerdrückt werden konnte. Tristan tastete mit dem Zeigefinger darin herum und entdeckte auf der einen Seite eine tiefe Tasche, angefüllt mit Körnern, und eine zweite auf der anderen Seite, in der ein winziger feuchter Schwamm steckte. Troubadour machte eine stolze Miene, während seine Reisekabine untersucht wurde, doch dann zirpte er ungeduldig, um Tristans Aufmerksamkeit zu erregen.

Tristan zog den Finger aus dem Beutel und fing an, Troubadours graublaue Kopffedern zu streicheln. »Ich kann es nicht glauben, daß du das gemacht hast. Du warst doch *sicher*, Dummerchen.«

Troubadour hob und senkte die Flügel, eine Geste, die so vielsagend wie ein Schulterzucken war. Tristan wischte sich noch einmal über die Augen und hängte sich den Beutel um den Hals. Troubadour hüpfte auf Tristans Schulter, dann innen in die Kapuze, wo es wärmer war, und begann zu singen.

In gewisser Weise war dieser Gesang ein größerer Sieg als jeder andere, den sie seit ihrem Aufbruch zu erringen gehofft hatten. Seit Generationen Gedenken hatte in Channadran kein Vogel mehr gesungen. Eine Schneelawine ging von einem entfernten Gipfel ab, ein hilfloser Zornesausbruch aufgrund dieser Herausforderung. Troubadour sang jedoch nur um so lauter und zwickte anschließend Tristan ins Ohr.

Troubadours Ankunft hatte ihnen allen Mut gemacht, obwohl sich Polassar alle Mühe gab, keinen Spaß an dem Gesang des Vogels zu haben. Vielleicht war seine Ablehnung auch echt – immerhin neigte Troubadour dazu, den Tag im frühesten Morgengrauen zu begrüßen, und in der eisigen Luft gab es keine Möglichkeit, dem schrillen Klang zu entkommen, selbst wenn man sich einen Wollsack fest über die Ohren zog. Tristan wußte das nur zu gut, hatte jedoch nicht vor, sich darüber zu beklagen.

Sie hatten die Aufmunterung, die ihnen der Gesang eines Vogels bieten konnte, dringend nötig. Jeden Tag gab es mindestens ein heftiges Schneegestöber; und obwohl sie selten länger als ein paar Minuten dauerten, waren diese Minuten unerträglich. Sie kauerten sich hilflos an irgendwelche Felsen, wo sie so ein Unwetter gerade überraschte, atmeten den Schnee ein, von dem die Luft dicht angefüllt war, während der Wind ungestüm wie ein Rudel Wölfe an ihnen zerrte. Ambere hatte sie gewarnt, daß die Stürme schlimmer würden, je höher sie kämen, und es erwies sich, daß er recht hatte. Der Schnee war noch lange nicht das Schlimmste, mit dem sie die Unwetter quälten. Der peitschende Hagel zwischen den Felsen war noch schlimmer; die einzelnen Körner waren wie kleine Silberdolche.

Sie banden sich Stoffstreifen vor Nase und Mund, um die Luft zu filtern, die so eisig war, daß ihre Lungen zu erfrieren drohten. Doch der Atemhauch gefror fast sofort in dem Stoff und überzog ihn mit einer Eisschicht, die das Atmen in der dünnen Luft schwierig machte. Tristans Mund stand die meiste Zeit offen, während er nach dem bißchen Luft schnappte, die das Eis durchließ. Die Zähne taten ihm weh, und durch das Eis wurde die Kälte noch verstärkt. Es gab keinen Ausweg aus der verzweifelten Lage, und ein Verzicht auf den Stoff war ebenfalls nicht möglich.

Und am allergrausamsten waren die Schmerzen, die der Wind in Tristans Ohren verursachte; sie waren so schlimm, daß sie ihn schließlich zum Taumeln brachten und er hemmungslos deswegen weinte. Er hätte nichts anderes wollen als stillzuliegen und darauf zu warten, daß die Pein nachließ, doch diese Hoffnung war verhängnisvoll, ein Wahn, der ihn umgebracht hätte, wenn er ihm nachgegeben hätte. Tristan wanderte weiter, wenn auch sehr häufig ohne große Energie. Er zupfte

Wolle aus dem Futter seiner Stiefel und stopfte sich die Fasern in die Ohren. Damit konnte er die Kälte etwas mildern. Am Abend machte er sich mit Kamillentee schläfrig; wenn er wieder erwachte, hatte Wärme den Schmerz vorübergehend besiegt, zumindest bis irgendwann im Lauf des nächsten Tages.

Die Wollfasern, die er sich in die Ohren stopfte, konnten Kälte und Geräusche einigermaßen dämpfen, doch beides nicht vollständig. Es gab Stimmen in der Luft wie damals in Winteröd. Manchmal waren des Nachts auch Lichter zwischen den Felsen zu sehen, und heruntergestürzte Felsbrocken und der Schnee ergaben Trugbilder von Burgen als unwirkliche Horte der Sicherheit. Außer den verlorenen Stimmen, die um Hilfe riefen, gab es noch andere Fallen, die so raffiniert waren, daß selbst die Wachsamsten darauf hereinfallen mußten. Tristan vermutete, daß das daran lag, daß Licht, Wärme und menschliche Nähe genau die Dinge waren, nach denen er und seine Kameraden sich am meisten sehnten. Diese Sehnsucht verlieh den eisigen Trugbildern ihre schreckliche Macht. Es war zu leicht, an sie zu glauben. Ein eingefrorener Verstand ließ dem Herzen freien Lauf, das zu sehen, was es sehen wollte. Sogar Reynaud schien davon bis zu einem gewissen Grad ergriffen zu sein, wenn er voller Verlangen zu den Lichtern in der Ferne hinsah.

Es gab eine Möglichkeit, sich gegen derartige Visionen zu wehren, wenn es auch schwer war. Die diesbezügliche Anstrengung führte zu einer geistigen Erschlaffung, die sich nur allzu glatt mit der körperlichen Erschöpfung verband. Tristan lernte, die Augen nicht auf die weiten Flächen zu richten, die das Feuer des Zauberholzes nicht erhellte. Wenn er in der Nacht aufwachte, setzte er sich nicht auf, um sich umzusehen oder die Sterne zu betrachten.

Die Stimmen versuchte er dadurch zum Verstummen zu bringen, daß er sich selbst alle Lieder und Balladen vorsang, an die er sich erinnern konnte. Das war ein ganz gutes Mittel, um sich die einsamen Stunden zu vertreiben, doch ansonsten war der Erfolg dieser Methode eher bescheiden, und Tristan dachte, daß es bestimmt wieder eine ganze Weile dauern würde, bis er sich jemals mit Genuß wieder den Gesang eines Barden würde anhören können.

Idiot! Als ob du jemals wieder Gelegenheit dazu hättest. Thomas, der sich mit einer Willensanstrengung, die über jedes menschliche Maß hinausging, zwang, ruhig zu bleiben, schnurrte laut in Tristans Ohr. Der warme Ton erstickte die Geräusche, was die Balladen nicht geschafft hatten, und Tristan schlief dankbar ein. Er rührte sich erst wieder, als ihn das Geklapper beim Abbrechen des Lagers störte und er gähnend und zitternd einen neuen Tag begann.

Ihre Route war wegen des rauhen Wetters nicht mehr eindeutig; sie war schwerer zu finden und schlechter zu verfolgen in dem frischgefallenen Schnee. Die Vögel konnten sich allenfalls noch einige Minuten am Tag bei ihnen aufhalten. Manchmal, wenn sie ohne Anleitung weitermarschierten, verliefen sie sich und mußten am nächsten Tag erhebliche Strecken wieder zurückgehen, wenn ihr Irrtum bemerkt wurde. Die Seile vereisten, und eines riß ab, obwohl das zum Glück geschah, während Polassar es vor einer schwierigen Kletterpartie untersuchte, und so nur ihren strapazierten Nerven Schaden zufügen konnte. Eine doppelte Seilsicherung war hinderlich und zeitraubend, wurde jedoch bald zu einer von allen akzeptierten Notwendigkeit.

Am Abend klammerte Reynaud das gerissene Seil zusammen und unterzog alle anderen einer eingehenden Untersuchung, wobei er Zauberformeln über zweifelhaften Stellen sprach. Polassar machte ein Gesicht, als ob er den Klammern entschieden mehr vertraute als den Formeln, doch er nahm die Dienstleistung hin. Der ständige Umgang mit Zauberern bewirkte eine Veränderung im Bewußtsein des Mannes, wenn auch eine nicht sehr tiefgehende.

Ihre komplette Ausrüstung mußte überholt werden, da ihr die andauernde Kälte schwer zusetzte. Tristan hatte seine Schwertscheide zweimal reparieren müssen, denn der Faden, den er benutzt hatte, hielt die Teile nicht lange zusammen, da das Schwert ständig daran scheuerte, wenn er marschierte. Er mußte wohl, so überlegte er, das Ding am scharfen Eis aufgeritzt haben, als er versuchte, sich aus der Lawine zu befreien, und die Erinnerung an das gespaltene Leder war in seinen Alraunentraum übergegangen. Selbst eine ganz außergewöhnliche Klinge konnte sich ihren Weg aus ihrer unbeschädigten Hülle nicht freischneiden, so kampfesdurstig solch eine Klinge auch sein mochte, wenn sie gezogen wurde. Was für ein Glück er gehabt hatte!

Er war froh, daß es wieder Nacht war. Das Licht des Feuers ging gnädiger mit seinen Augen um als das Tageslicht, oder vielleicht lag es auch nur daran, daß er nicht so weit sehen mußte, um die Dinge zu sehen, die er notwendigerweise sehen mußte. Gegen Ende eines Tages mußte Tristan feststellen, daß seine Augen sehr ermüdet waren und ihm Streiche spielten, was ihn sehr beunruhigte. Es war nicht der erste Tag, an dem er solche Schwierigkeiten hatte. Von den anderen hatte sich keiner darüber beschwert, daß die Schneeblindheit wieder aufgetreten sei, und tatsächlich schien die Sonne auch recht selten. Doch gerade erst an diesem Nachmittag war es ihm passiert, daß er versucht hatte, einen Eiswall zu überwinden, der gar nicht da war; und es war auch nicht das erstemal, daß ihm so etwas widerfuhr. Wenn sich dieser Zustand nicht verschlimmerte, dann war er einfach lästig, doch er hätte sich wieder mit Habichtskraut behandelt, wenn ihm das möglich gewesen wäre, ohne daß er damit unbeantwortete Fragen aufgeworfen hätte.

Tristan schärfte mit einem kleinen Zauberspruch seine beinerne Nadel, damit er mühelos das Leder der Scheide durchstechen konnte, und begann, mit kleinen, ordentlichen Stichen zu nähen. Seine Augen waren zwar müde, doch sein Blick war nicht verschwommen, was ihn behindert hätte. Vielleicht war es lediglich die dünne Luft, die ihm zu schaffen machte, oder die zermürbenden Ohrenschmerzen. Beides machte ihn möglicherweise auch ungeschickter als normal. Vielleicht waren seine Augen ganz in Ordnung.

Tristan stellte diese tröstliche Theorie während des Marsches am nächsten Tag auf die Probe; manchmal war er überzeugt von ihrer Richtigkeit, manchmal betrübterweise wieder nicht. Er stellte fest, daß er Amberes Adler mit untrüglicher Sicherheit unterscheiden konnte; er wußte sogar, welches die Vogeldame und welches ihr Gemahl war, obwohl der Unterschied in der Zeichnung des Gefieders gering war. Er konnte die felsigen Hänge um ihn herum deutlich sehen, selbst im Licht der Sonne. Vielleicht hatte er sich das ganze Problem nur eingebildet. Ein großes Wunder wäre das nicht, da er sich immer noch furchtbar anstrengte, den anderen gegenüber so normal wie möglich zu erscheinen, wohl wissend, daß sie ihn immer noch beobachteten. Das war sehr mühsam. Er reagierte empfindlich auf Kleinigkeiten und war schrecklich gehemmt. Er sollte Tee aus Baldrian und Klee zur Beruhigung seiner Nerven trinken.

Nachdem das zu seiner Zufriedenheit geschehen war, hellte sich Tristans Laune merklich auf. Während des übrigen Marsches hielt er mühelos Schritt, hörte Troubadour zu und schwatzte fröhlich mit Thomas. Seine gelegentlichen Blicke in die Ferne und das ständige Prüfen seiner Sehkraft war reine Gewohnheit – er nahm die Dinge, die er sah, gar nicht richtig wahr, und seine Beurteilung seines Sehvermögens war auch nicht mehr besonders kritisch.

Dann, am hellichten Nachmittag, erwischte es ihn wieder. Es gab keine Warnung.

Die Luft war unbewegt, wie sie nur sein konnte. In der Kälte erzeugte ihre eigene Bewegung etwas, das sich wie ein Lufthauch bemerkbar machte. Doch darüber hinaus konnte Tristan *sehen*, daß ein Wind auf sie zuwehte. Zunächst nahm er den Anblick eines Wolkenwirbels wahr, doch noch nie hatte er einen von solcher Turbulenz gesehen. Diese Geschwindigkeit mußte trügerisch sein. Der Wind schlängelte sich in trägen Linien, leicht wie ein zerfaserter Tropfen Tinte, der in einen Eimer Wasser sinkt und sich beim Untertauchen auflöst. Die Bewegung wurde so schwach, daß Tristan glaubte, er hätte sie durch ein Blinzeln zunichte gemacht, als wäre sie eine vorübergehende Sinnestäuschung gewesen.

So war es nicht. Sie kam wieder, diesmal näher. Tristan rieb sich die Augen, verzweifelt und enttäuscht.

Die Luftbewegung war immer noch da, noch näher. Während er die Augen geschlossen hatte, war sie ein ganzes Stück näher gekommen. Jetzt schien sie weniger aufgelöst, sah absichtlicher aus. Sie sah etwa aus wie eine Schlange aus Dampf, die sich vor dem tödlichen Biß zusammenkringelte. Das war absurd, und Tristan versuchte mit aller Macht und Willensanstrengung, diese Halluzination zu vertreiben. Vielleicht, wenn er sich einfach weigerte, sie zur Kenntnis zu nehmen, darauf zu reagieren ...

Der Wind kam mit Wucht näher und packte ihn. Tristan mußte all seine Kraft aufwenden, um sich nicht flach aufs Gesicht zu werfen, um aus seiner Bahn zu flüchten. Dann sah er, daß sein Ziel zu hoch lag, über ihrer aller Köpfe, und er nahm die Hände von den Ohren, in der Hoffnung, daß niemand seine Reaktion bemerkt hatte, und erleichtert darüber, daß er sich nicht noch weiter hatte hinreißen lassen. Doch sein Blick war weiterhin gebannt auf die Bewegung gerichtet. Er blickte nach oben. Das konnte er tun, ohne Verdacht zu erregen.

Der Felsen über ihnen war mit Eiszapfen bewehrt, die Reißzähnen glichen. Die Sonne mußte also hin und wieder scheinen, und zwar lang genug, damit die Temperatur erheblich anstieg, sonst würden sich solche Formen aus Eis niemals bilden können. Der sonderbare Wind pfiff zwischen ihnen hindurch. Dieser Ton setzte genau in dem Moment ein, als Tristan glaubte, die ersten Fangarme zwischen den Eiszapfen ranken zu sehen. Die Gleichzeitigkeit war eindeutig. Während er immer noch hinsah, kringelte sich ein langer Finger aus Luft um den längsten Eiszapfen.

Tristan blieb reglos stehen; er konnte nicht glauben, was er sah. Der Eiszapfen stürzte bereits in die Tiefe, schneller, als er durch sein eigenes Gewicht gestürzt wäre, als ob er *geschleudert* worden wäre – bevor Tristan etwas anderes tun konnte, als die Augen weit aufzureißen. Wie ein Schwert aus Eis zischte der Eiszapfen auf den Rücken des ahnungslosen Reynaud zu, knapp an Tristan vorbei.

Tristan hatte den Eindruck, daß die Klinge schneller herabsauste, als er hätte reagieren können. Ihm war, als ob der Schnee um seine Stiefel herum geschmolzen und gleich wieder gefroren wäre, um zu verhindern, daß er sich von der Stelle bewegte, so langsam gehorchten sie seinem Willen. Jeder Ton, der aus seiner ausgetrockneten Kehle drang, klang gedämpft durch das Tuch, das er vor dem Mund trug. Er konnte keine Warnung ausrufen, und er hatte das Gefühl, sich unglaublich langsam zu bewegen, kaum wahrnehmbar, während das Eis lautlos in die Tiefe stürzte.

Er wußte, daß er es niemals rechtzeitig würde schaffen können, doch Tristan warf sich nach vorn. Seine Stiefel glitten im Schnee aus und verfälschten den größten Teil seiner nach vorn gerichteten Bewegung; seine Schulter prallte gegen Reynauds Kniekehle anstatt eine

Stelle weiter oben, nach der Tristan gezielt hatte. Thomas heulte überrascht auf. Reynaud taumelte zur Seite, ohne Zeit zum Ausstoßen eines Fluchs gefunden zu haben, und der Eiszapfen stach keinen Fingerbreit von seinem Gesicht entfernt in den Schnee. Der große Schlag war danebengegangen, aber nur um Haaresbreite.

Tristan richtete sich auf und sah, wie Reynauds Füße nach vorn abrutschten, als er sich – abgewandt von ihm – aus dem Schnee zu erheben versuchte. Er wußte nicht, ob er eine ärgerliche Frage oder einen Faustschlag erwarten mußte, und war auf keines von beidem vorbereitet. Er zitterte vor Schreck, und seine Knie waren so wackelig, daß er kaum stehen konnte, doch einen Hauch von Kraft hatte er sich immerhin noch bewahrt. Das war gewiß ein Fortschritt.

Endlich wagte er es, einen Blick auf Reynaud zu werfen, als er bei diesem keine Reaktion feststellte; im gleichen Moment drehte sich Polassar um und rannte auf sie zu. Reynauds Augen waren aufgerissen, und Blut bedeckte den linken Backenknochen des Mannes – das herabstürzende Eis war so dicht an ihm vorbeigefallen, daß es ihn dort gerade noch gestreift hatte. Der Schreck darüber, mehr als der Vorfall als solcher, war wahrscheinlich schuld daran, daß es ihm die Sprache verschlagen hatte.

Reynaud streckte die Hand aus und strich über ein Stück Eis, das oben auf dem Schnee liegengeblieben war. Es war dicker als sein Arm. Er sah nach oben; sein Blick wanderte langsam zu der Stelle, von wo der Eiszapfen heruntergefallen war. Die Lücke war deutlich erkennbar. Reynaud erschauderte.

»Noch ein gut ausgedachtes Gastgeschenk«, bemerkte er entschieden gefaßter, als er aussah. »Meinen Dank!«

Thomas sprang aus dem Rucksack, sein Fell und sein Gemüt waren gleichermaßen aufgewühlt. Er stakste durch den Schnee, bis er nah genug an Tristan herangekommen war, um ihm mit einer Pfote, die vor Erregung zitterte, einen kräftigen Stoß zu versetzen. *Ich dachte, wir wären übereingekommen, daß du solche Sachen nicht mehr machst. Ich wußte ja, daß ich nicht in Ruhe ein Nickerchen machen könnte.*

Troubadour streckte den Kopf aus seinem Beutel und überschüttete Thomas mit einer schrillen Schimpftirade.

Tristan schüttelte den Kopf. Er versuchte immer noch, sich klar darüber zu werden, was er eigentlich gesehen hatte – und es gelang ihm immer noch nicht. Wie dem auch sei, sie mußten sich mit dieser neuen Gefahrenquelle auseinandersetzen. Wie konnten sie sich am besten dagegen schützen? Er stand auf und wischte sich den Schnee von den Kleidern. Ihm kam der Gedanke, daß man ihn, wenn er in der Lage gewesen wäre, den Mund zu öffnen und eine Warnung abzugeben, nur wieder einmal für nicht ganz zurechnungsfähig gehalten hätte. Tristan fragte sich, ob er sich das hätte leisten können.

Es war eine durch die Lichtverhältnisse hervorgerufene optische Täuschung gewesen, bestimmt. Erstens das, und zweitens kam der Zufall dazu, daß genau in diesem Moment das Eis fiel. Vielleicht hatte er *gehört*, wie sich das Eis löste, ohne es bewußt zur Kenntnis zu nehmen. Tristan spürte das Aufkommen von Kopfschmerzen, derer er mit Willenskraft Herr zu werden versuchte – ohne Erfolg.

In der Zwischenzeit hörte er sich selbst Elisena und Polassar gegenüber so etwas wie eine Erklärung abgeben, irgendeine Lüge, wie er angeblich zufällig gesehen hatte, daß sich das Eis löste und stürzte. Er formte die Worte automatisch, ohne bei der Sache zu sein. Tristans Geist war mit etwas anderem beschäftigt. Es schloß sich ein längeres Gespräch an, in dem er offenbar einen vernünftigen Standpunkt vertrat, doch Tristan konnte sich fünf Minuten später an nichts mehr erinnern.

Es war einfach nicht möglich, daß er wirklich das gesehen hatte, was er glaubte, gesehen zu haben. Es war kein Staub in der Luft gewesen, und doch war das, was er gesehen hatte, dunkel und nicht etwa weiß, wie es vom Wind getriebener Schnee gewesen wäre. Das einzige, das er möglicherweise hätte gesehen haben können, war der Wind an sich – doch das war unrealistisch. Es *war* also eine Halluzination. Tristan sah sich weiterhin nervös nach allen Richtungen um, während sie ihren Weg fortsetzten, in der Erwartung, wieder eine Windbö und noch schlimmere Dinge zu sehen. Er war erleichtert, als sich die Nacht herabsenkte.

Als ob es gerade erst geschehen wäre, erinnerte sich Tristan an die Eisechse, die sein Schwert in zwei Teile gehauen hatte. Tristans Abendessen vor ihm wurde kalt. Er empfand erneut das Entsetzen, das ihn ergriffen hatte, als das Blut der Echse über sein Gesicht gespritzt war, während sein Körper durch und durch eiskalt wurde. Das Blut von Eisechsen war angeblich giftig, und es rankten sich noch andere Legenden darum, die in Zauberbüchern nachzulesen waren. Er hatte sie gelesen, zusammen mit vielen anderen Dingen. Solche Begebenheiten ereigneten sich für gewöhnlich nicht unter Umständen, unter denen normale Leute – und auch Zauberer – mit ihnen rechneten. Es wurde jedoch behauptet, daß ein Tropfen dieses Blutes auf der Zunge eines Menschen diesen dazu befähigen würde, die Sprache der Tiere und der Vögel zu verstehen – dabei mußte es sich natürlich um jemanden handeln, der nicht bereits Zauberer war.

So war das, wenn jemand Blut schluckte. Und was geschah, wenn ein Mensch dieses Blut ins Auge bekam? Tristan wußte, daß er das Zeug sofort weggewischt hatte, sonst hätte es ihn womöglich verätzt oder blind gemacht. Und doch, ein winziger Tropfen konnte hineingeraten sein. Konnte ein solcher Vorfall dazu führen, daß jemand etwas sehen konnte, das für andere unsichtbar war – zum Beispiel den Wind?

Das setzte voraus, daß sich die Sache mit der Echse tatsächlich ereignet hatte. Das eingebildete Blut einer eingebildeten Echse würde sicher nichts bewirken.

Dein Gehirn arbeitet heute abend wie ein Butterstampfer. Was ist denn los?

»Warum glaubst du, daß irgend etwas los ist, Thomas?«

Oh, einiges stimmt nicht. Zum Beispiel, daß wir hier sind, anstatt an einem anständigen warmen Ort im Flachland. Und ich brauche nicht mit der Fähigkeit des Gedankenlesens begnadet zu sein, um zu erkennen, daß dir etwas Sorgen macht. Du hast heute abend dein Zauberbuch mindestens schon ein dutzendmal herausgeholt und wieder weggepackt.

»Tut mir leid.« Tristan brachte Troubadour in seiner gefütterten Unterkunft zu Bett und schob anschließend das Zauberbuch zum letztenmal weg, wobei er die Bänder des Beutels fest zuzog. »So. Zufrieden?«

Oh, unbändig. Ich wünschte, du könntest von dir das gleiche sagen. Dann wärst du vielleicht endlich vernünftig und würdest dich schlafen legen, anstatt die ganze Nacht lang ins Feuer zu starren. Kein Wunder, daß dir die Augen weh tun.

Tristan erschrak. Er hatte nicht damit gerechnet, daß Thomas etwas davon ahnte. Er hatte sich doch der Katze gegenüber deshalb bestimmt nicht beschwert. Dazu war er viel zu vorsichtig gewesen.

Das sieht man doch deutlich, sagte Thomas selbstgefällig. *Katzenminze ist übrigens sehr gut gegen innere Unruhe. Ich könnte dir genügend abtreten, daß es für eine Tasse Tee reicht.*

Tristan konnte sich nicht vorstellen, daß ein einziges Kraut wirklich helfen könnte, doch zu seiner Überraschung tat es das doch, und er schlief den Rest der Nacht über. Es war auch gut so, daß er etwas zur Ruhe kam, denn der folgende Tag erwies sich als noch schlimmer als die vorherigen. An diesem Tag bekamen sie ihre letzte Lieferung an Nahrung. Die launischen Adler landeten nicht einmal mehr, sondern warfen ihre

Packen in einen ziemlich unzugänglichen Schneeberg und flogen wieder weg. Troubadour sang ihnen aus stolz geschwellter Brust ein Abschiedslied hinterher, doch einige Augenblicke später kroch er schleunigst zurück in seinen Beutel, um sich wieder aufzuwärmen, und dort blieb er für den Rest des Tages.

Tristan sah immer noch Bewegungen, wo keine sein konnten. Er ignorierte diese optischen Täuschungen fest entschlossen, wenn auch sehr nervös. Diese Beschwerden würden bestimmt irgendwann vorbeigehen. An diese magere Hoffnung klammerte er sich voller Verzweiflung.

Als deshalb eines Abends, als sie gerade dabei waren, ihr Nachtlager aufzuschlagen, ein plötzliches Flattern durch die Ränder seines Blickfelds huschte, war er sehr überrascht, daß sich auch Reynaud in diese Richtung umwandte und einen Schrei bei dem Anblick ausstieß. Tristan brauchte eine Weile, bis er seine Fassung wiedergewann und ihm klar wurde, daß sich dort tatsächlich etwas bewegt haben mußte.

Dieses Etwas war ein Vogel, stellte Tristan fest – eine Krähe, deren üblicherweise schwarzglänzende Federn bis auf einige spärliche Fetzen gerupft waren. Es war ein Wunder, daß dieses Geschöpf es überhaupt bis zu ihnen geschafft hatte – bestimmt hätte es keine hundert Fuß weit mehr fliegen können. Jetzt war es am Boden und konnte sich nicht einmal auf den Beinen halten, sondern kippte in den Schnee; seine zerrupften Flügel schlugen matt in dem vergeblichen Versuch, den Körper aufzurichten.

Die Krähe öffnete den Schnabel und gab einen Krächzton von sich. Ihre Zungenspitze war gespalten und bildete eine Art Gabel – das wurde manchmal gemacht, um zu erreichen, daß ein Vogel die menschliche Sprache nachahmen konnte, soweit Tristan wußte. Er streckte die Hand nach der Krähe aus, obwohl er bezweifelte, daß er viel für sie tun könnte. Sie war entweder verletzt oder fast bis zu Tode erschöpft; in jedem Fall schien es für jede Hilfe zu spät zu sein. Sie schloß die Augen und zog sich von der Welt zurück, so wie es todkranke Vögel zu tun pflegen, bevor sie die letzten Kräfte verließen.

Elisena, die neben ihm kauerte, griff in einen Beutel mit Kräutern. Tristan fragte sich, ob sie wirklich hoffte, noch etwas Gutes tun zu können, außer vielleicht dem geschundenen Geschöpf zu einem schmerzlosen Ende zu verhelfen. Kein Vogel würde sich jemals eine Krankheit anmerken lassen, bevor er tatsächlich starb. Dieser hier war in einem Zustand, bei dem Elisenas Heilkünste nichts mehr retten konnten.

Er berührte die verkrüppelten Federn und spürte das Herz darunter unregelmäßig schlagen. Oder waren das nur wieder die Flügel, die sich gegen seine Berührung wehrten? Die Krähe öffnete die Augen und den Schnabel. Diesmal gelang es ihr zu sprechen.

»Nehmt euch in acht!« krächzte sie; dann starb sie.

23. KAPITEL

Heldenpflicht

AMBERES BOTE HATTE NICHT lang genug gelebt, um zu sagen, vor was sie sich in acht nehmen sollten, doch es gab genügend Möglichkeiten, worüber sie sich Sorgen machen konnten. Die vier debattierten lange über ihr weiteres Vorgehen und einigten sich schließlich auf eine bestimmte Richtung, für die sie sich deshalb entschieden, weil diese Route am unwirtlichsten aussah. Da sie nun nicht mehr angeführt wurden, war das das Beste, was sie tun konnten, doch keiner von ihnen war über diese Entscheidung so richtig glücklich. Eine Verheißung und ein Preis, hatte Elisena vor langer Zeit gesagt. Der Preis, den die Channadran-Berge ständig von ihnen forderten, war zu hoch, dachte Tristan betrübt.

Nebel oder Wolken füllten das tiefe Tal, aus dem sie soeben hochgeklettert waren, und die Gipfel um sie herum ragten wie winzige Inseln aus einem Meer von Dunst. Tristan stand neben Polassar und versuchte, von diesem verhältnismäßig guten Aussichtspunkt aus sich über ihre Tagesstrecke klar zu werden; es machte ihm Mut, daß der Mann neben ihm angesichts so vieler Ungewißheiten, die vor ihnen lagen, soviel Festigkeit ausstrahlte. Polassar fehlte es vielleicht ein wenig an Phantasie, doch dieser Eigenschaft verdankte er, daß ihn weniger Sorgen quälten. Tristan beneidete Polassar darum.

»Ich denke, wir sollten über jenen Schneekamm dort gehen. Ich wette, wir kommen dort besser voran als auf diesem Felsen hier.« Polassar deutete in die entsprechende Richtung.

Tristan nickte. Die Felsen um sie herum bildeten schroffe Hänge und waren beängstigend glitschig, so daß ihre Stiefel kaum Halt darauf fanden. Der Schneekamm war bestimmt ein weniger gefährlicher Weg, obwohl sie sich bis jetzt an felsigen Untergrund gehalten hatten, wann immer es möglich war.

Polassar war nicht gekränkt wegen Tristans sehr zurückhaltender Zustimmung. Dieses Verhalten schien seiner Zustimmung sogar entgegenzukommen.

»Seht Ihr etwas, das Ihr benennen könntet, Zauberer?«

Tristan hatte lange und angestrengt um sich gesehen, doch die Antwort fiel ihm nicht leicht. »Nichts, das ich benennen könnte, nein ...« In diesem Moment wehte kein Wind.

»Doch es muß etwas geben, wie wir von dem Vogel mit seiner düsteren Botschaft wissen.« Vielleicht ermangelte es Polassar doch nicht so ganz an Phantasie. »Ihr spürt es genauso wie ich, Zauberer. Über uns schwebt ein Verhängnis, und das macht sich jetzt bemerkbar. Das ist alles.«

Tristan schüttelte den Kopf. Vielleicht hatte der Mann recht, aber was half es, wenn man seine Ängste in Worte kleidete? »Polassar ...«

»Jawohl, es stimmt. Wir sind schon zu lange unbehelligt geblieben, Zauberer. Wir haben unser Glück bis zum letzten Krümel verbraucht. Wir werden jetzt nicht mehr verschont, weil unser Glück anhält, sondern weil unser Feind abwartet, bis er unser ganz sicher sein kann, bis wir ihm fast von selbst in die Hände fallen und er uns grausam zermalmen kann.«

Polassar sprach Allaires Name nicht aus, doch ihr Bild spiegelte sich in seinen Augen und füllte sein Herz. Auch Polassar hatte viel zu verlieren. Tristan legte seinem Freund eine Hand auf den Arm. Er hätte, wenn er wirklich freundschaftlich gehandelt hätte, dem Mann befehlen sollen, zu Hause zu bleiben, anstatt nur allzu froh zu sein, als dieser darauf bestand mitzukommen. Crogen schien unendlich weit weg zu sein.

Sein Gesichtsausdruck mußte seine Gedanken verraten haben – oder etwas anderes.

»Ich möchte in diesem Moment an keinem Ort der Welt lieber sein als an diesem, Zauberer. Hier habe ich eine Pflicht zu erfüllen, und sonst nirgends.« Polassar kaute eine Weile auf seinem Bart herum, was ein Zeichen dafür war, daß er für einen Mann, der von Natur aus eher zum Handeln als zum Nachdenken neigte, ungewöhnlich tief in Gedanken versunken war. »Nein, es gibt keine andere Pflicht. Lassair ist schon einmal ohne mich ausgekommen, und wird es auch jetzt und in Zukunft, wenn es sein muß. Es handelt sich auch nicht um einen reinen Freundschaftsdienst, obwohl Freundschaft zwischen uns besteht. Doch das würde nicht genügen, um einen Mann hierher zu bringen – doch wie sonst kann ich verhindern, daß meiner Liebsten dieses Übel noch einmal widerfährt? Ich möchte, daß sie nachts ruhig schläft, Zauberer, und nicht bei jedem kalten Luftzug aufschreckt und dabei meint, sie müßte es vor mir hinter einem Lächeln verbergen.«

Tristan hätte ihm gern irgendwie Trost gespendet. Doch die Zunge blieb ihm am Gaumen kleben, als er ihr zumutete, die Lügen auszusprechen, die ihm dazu eingefallen wären. Ihm kam es vor, als sei Crogen sehr weit weg – er dachte daran als an einen sicheren, warmen und friedlichen Ort, als ob er ihn allein durch sein Denken zu einem solchen machen könnte, obwohl er keinen Zauberer – sei es mit angeborenen oder anerzogenen Talenten – kannte, der in der Lage gewesen wäre, allein durch die Kraft des Denkens so etwas zu bewirken. Calandra war ihr Zuhause, und es würde für immer und ewig genauso bleiben, wie es war, als sie es verließen. Etwas anderes zu denken, war Wahnsinn, und es gab genügend andere Gedanken, die sie in den Wahnsinn treiben konnten.

Eines Tages würden sie nach Hause zurückkehren. Sie alle hielten an dieser Fiktion fest; ja, ihr Optimismus gipfelte sogar darin, daß sie sich nur das Nötigste zu essen gönnten, um Nahrung für den Rückweg zu sparen, bis sie wieder in Reichweite von Amberes Vögel wären. Das war nicht so schwierig, wie man vielleicht annehmen könnte. Welchen geschmacklichen Reiz getrockneter Fisch und getrocknetes Wild auch einmal gehabt haben mochten, der war längst verflogen, und die kleinen Quadrate von Dauerbrot waren hart, mit wieviel Tee sie sie auch hinunterspülen mochten. Reynaud verzauberte seine Portionen in Scheinbilder von luftigem Gebäck und behauptete, wenn sich seine Augen täuschen ließen, so ließe sich auch sein Bauch täuschen; doch Tristan hielt nicht viel von solchen Tricks, und Reynaud änderte seine Meinung offenbar auch, denn schon bald gab er diese Methode auf.

Sie hielten wachsam die Augen auf nach Eiszapfen, wenn sie sich in der Nähe von Felsüberhängen befanden, und nach trügerischen Stellen, wenn sie über Schneekämme wanderten. Sie lernten, an schroffen Wänden entlangzugehen, indem sie Stufen hineinschlugen und jeder den Fuß genau in den Tritt des Vordermanns setzte; sie waren froh, daß sie den Gebrauch der Seile an tiefergelegenen, nicht so schwierigen Hängen geübt hatten.

Sie waren auf der Hut vor Eis und sprödem Gestein, das ihr Gewicht möglicherweise nicht aushielt, oder vor freiliegenden Hängen, die dem Wind ungeschützt ausgesetzt waren und von denen ein Mensch leicht von einer Bö in ein sehr tiefes Grab gerissen werden konnte. Doch nie kam ihnen der Gedanke, nicht einmal Tristan, daß sie sich nicht allein in den Bergen von Channadran befinden könnten.

Nachdem sie gerade eine beschwerliche Kletterpartie hinter sich gebracht hatten, machten sie eine Pause – ein Luxus, der in der dünnen Luft unumgänglich war. Sie befanden sich auf einem breiten Felsplateau, auf dem sie gegen den Wind geschützt waren, und sie nahmen ihre Rucksäcke ab, damit sie endlich einmal einigermaßen bequem ausruhen konnten. Tristan hatte sich gerade halb von seinem befreit, als der erste von vier bewaffneten Männern zwischen den Felsen hervorgeschossen kam. Der Rucksack hinderte ihn daran, so schnell auf die Beine zu kommen, wie er es gewollt hätte – fast wäre er sogar gestrauchelt. Troubadour flatterte aufgeregt herum; er hatte sich aus der Sicherheit von Tristans Kapuze gewagt und konnte nun nicht wieder hineingelangen.

Es war schon überraschend genug, überhaupt Fremde zu sehen, doch Tristans Augen nahmen ebenso erstaunt die Waffen wahr – drei von ihnen trugen Schwerter, der vierte eine Streitaxt. Schließlich kam er auf die Beine und griff seinerseits nach der Waffe.

Polassar hatte schneller reagiert, als ob er den ganzen Tag schon auf diesen Augenblick gewartet hätte – oder schon sein ganzes Leben lang. Er machte sich nicht die Mühe, sein Schwert zu ziehen, sondern schleuderte geschickt seinen Eispickel. Er verfehlte sein Ziel, doch der Mann machte einen Satz zurück und kam dabei dem Mann neben ihm in die Quere. Leider stürzte keiner der beiden zu Boden.

Vier zu drei war ein ungünstiges Verhältnis. Tristan zog sein Schwert aus der Scheide und machte einen weiten Sprung, um sich vor Elisena zu stellen, bevor einer der Männer dicht an sie herankommen konnte. Er stolperte über den Riemen seines Rucksacks und fiel der Länge nach aufs Gesicht – zum Glück, wie sich zeigte, denn Stahl zischte dicht über seinen Kopf, als er ausgestreckt dalag. Das war die Axt, dachte er. Tristan holte mit seiner Klinge aus, während er sich auf die Knie aufrichtete; der Schwung fiel notwendigerweise etwas schwach aus, doch trotzdem traf er etwas. Etwas zerrte an seinem Gürtel – er merkte, daß Elisena seinen Dolch herauszog, um ihn zur Unterstützung ihres eigenen zu nehmen.

Er erkannte ihre Absicht sofort, als auch schon eine grelle Flamme über seiner Schulter aufblitzte. Sein Messer bestand aus Messing, und Elisena konnte damit einen Zauber ausüben, was ihr mit einem Schwert aus Stahl nicht möglich gewesen wäre. Einer der Männer hatte das Unglück, durch den grellen Blitz so geblendet zu werden, daß er nicht sah, wie Reynauds schlankes Rapiermesser hervorschnellte und ihn durchbohrte. Damit waren noch drei übrig.

Der Kampf wurde brutal geführt, schlimmer als damals, als sie mit den Reitern aus Westif zusammengestoßen waren. Tristan stellte zu seinem Bedauern fest, daß der Mann mit der Axt es ganz besonders auf ihn abgesehen hatte. Er duckte sich unter einem weiteren Hieb, der so dicht an ihm vorbeiging, daß dabei ein Stück Fell von seiner Kapuze abgeschnitten wurde. Als er hastig zurückwich, prallte er auf Elisena.

Thomas rannte ihm zwischen die Füße, und er wäre fast über ihn gestolpert, doch er hatte keine Zeit, einen Fluch auszustoßen, denn im nächsten Moment durchschaute er die Strategie des Katers. Ein herzzerreißendes Aufheulen, das an das Ohr eines Mannes drang, konnte sich als entscheidende Ablenkung erweisen. Dadurch wurde Tristan ein Überraschungsangriff ermöglicht, und er hatte sein Schwert schnell genug in Position, um sich diesen Vorteil zunutze zu machen.

Flinkes Vorgehen war geboten. Denn selbst im Sterben, mit Calandras Schwert bis zum Griff im Bauch, wäre der Mann möglicherweise noch in der Lage, ein letztes Mal mit der Axt auszuholen. Tristan stürzte mit gesenktem Kopf auf ihn zu und rammte die Klinge in seinen Gegner, so fest er konnte. Der Aufprall war so stark, daß der Mann das Gleichgewicht verlor, doch das Schwert glitt in ihn hinein, ohne die Wirbelsäule oder die Rippen zu berühren; Tristan stieß auf keinerlei Widerstand, nichts hielt seinen Stoß auf. Die Axt zischte durch die Luft, und Tristan warf sich auf seinen ehemaligen Widersacher.

Als er sich wieder erhob, sah er, wie Reynaud gerade

einen Sturz vortäuschte und versuchte, seinen zweiten Gegner abzuschütteln, der sein eines Knie umklammert hielt. Sein Schwertstoß ging daneben, doch das schadete nichts und war vielleicht sogar Teil von Reynauds List. Reynauds Linke war bereits an seinem Dolch; mit einer schnellen Bewegung und einem Kampfschrei stieß er ihn pfeilschnell in das Herz seines Feindes; die Klinge drang so glatt ein, als ob sie in ihre eigene Scheide führe. Dort wurde also keine Hilfe gebraucht.

Polassars Axt war unbrauchbar geworden, da ihr Griff in zwei Teile zerbrochen war. Er schlug mit dem gesplitterten Stummel unablässig seinem Widersacher ins Gesicht, während er gleichzeitig über seine Schulter nach hinten griff. Er bekam den Griff seines Langschwerts zu fassen, und mit einer Bewegung zog er es und holte gleichzeitig zum Schlag aus. Der gewaltige Hieb spaltete den weißgekleideten Schwertkämpfer, als ob er aus steifgeschlagener Sahne bestünde.

Der Mann stürzte zu Boden, und die Schwertspitze prallte einen Schritt weit vor Polassar, der mit gespreizten Beinen dastand, gegen Felsen und erschütterte seine Arme. Etwas Schlimmeres erschütterte seine Sinne. Der Kämpfer in Weiß verschwand, und statt dessen lag ein verdächtig großer Schneehaufen an jeder Seite von Polassars Klinge. Braune Knochen ragten daraus hervor, ebenso wie der Schaft eines Schwerts, vergoldet und mit Juwelen besetzt. Polassar starrte gebannt darauf und vollführte seine Lieblingshandbewegung gegen das Böse.

»Zauberer, was sind das für Wesen?«

Troubadour ließ ein fragendes Zwitschern hören, fast wie ein Echo, und setzte sich auf Tristans Schulter.

Tristan wandte sich dem Mann zu, den Reynaud getötet hatte, um ihn näher zu untersuchen. Er stellte fest, daß der Stoß mitten ins Herz, den er ihm zugefügt hatte, nicht annähernd einen so starken Blutschwall hervorgerufen hatte, wie man hätte erwarten können; im gleichen Moment begann der Körper sich unter seinen Händen aufzulösen. Mit einem Aufschrei der Bestürzung machte er einen Satz zurück. Nach wenigen Augenblicken war von dem Körper nichts mehr übriggeblieben als ein paar Fetzen Stoff und ein Häufchen vermodernder Knochen. Selbst das Schwert des Mannes war zu Rost zerfallen.

»Nímir kann Tote aufstehen lassen«, sagte Reynaud ausdruckslos.

Tristan trat einen weiteren Schritt zurück und kämpfte gegen Übelkeit an; er war froh, daß er seit dem frühen Morgen nichts mehr gegessen hatte. Er hätte nicht ganz so *nah* hingehen sollen. Thomas, der sich vernünftigerweise in einiger Entfernung gehalten hatte, stimmte ihm zu. Selbst der kampfgewöhnte Polassar war blaß geworden. Reynaud jedoch trat näher heran, um besser sehen zu können; er schien nicht im mindesten erschüttert. Er rief auch Elisena näher heran, um ihre Meinung zu hören; sein Gesichtsausdruck war nüchtern und ernst, als ob er einer Vorlesung in Kôvelir beiwohnte und nicht gerade zwei Männer getötet hätte, deren Körper sich so gespenstisch verhielten. Tristan nutzte die Gelegenheit, um wieder Luft zu holen, und ihm fiel auf, daß keiner von ihnen, entgegen aller Wahrscheinlichkeit, auch nur den geringsten Kratzer abbekommen hatte. Mit einemmal wurde ihm klar, wie froh er darüber war. Die kleinste Verletzung durch eine dieser vergifteten Waffen – er wollte es sich gar nicht weiter ausmalen.

»Die sind nicht wie die anderen, damals in Westif«, sagte Reynaud. »Ich glaube, diese hier waren von Anfang an tot – und das offensichtlich schon recht lange.« Er stocherte mit der Spitze seines Schwerts in den Überbleibseln herum und hob den einen oder anderen Fetzen zur genaueren Betrachtung hoch. Tristan wandte den Blick ab. Diese kleine Feigheit war nicht so peinlich, wie wenn es ihm schlecht geworden wäre.

»Werden sie vielleicht wiederauferstehen?« fragte Polassar interessiert.

Reynaud antwortete ernst, ohne jeden Anflug von Spott, daß er das nicht glaube. »Jeder Macht sind irgendwo Grenzen gesetzt, so groß sie auch sein mag. Von dieser armseligen sterblichen Hülle ist nicht genug übrig, als daß man es wiederverwenden könnte; nicht einmal der Kalte könnte noch etwas damit anfangen. Nímir hatte bestimmt auch schon Schwierigkeiten, diese hier aufzutreiben – hier kommen nicht viele Leute vorbei, und er mußte nehmen, was er kriegen konnte. Wenn das der Maßstab dafür war, welcher Mittel er sich bestenfalls bedienen kann, dann brauchen wir diesen speziellen Trick wohl nicht mehr zu fürchten.« Reynaud ließ die Fetzen wieder zu Boden fallen, was fast an die Geste erinnerte, mit der man einem Toten die Augen schloß. »Ich möchte wissen, welche berühmten Helden das einmal gewesen sein mochten.«

Einer der Männer hatte an einer Hand einen dicken goldenen Ring getragen. Er lag immer noch zwischen den verstreuten Fingerknochen; der Rubin, der ihn zierte, leuchtete hell wie ein Tropfen frischvergossenen Bluts. Tristan sah zwischen den Lumpen und Fetzen glänzende Fäden, die einstmals wertvolle Stickereien gewesen sein mußten. Er dachte an Zauberer und Edle, die in Finsterloch verschwunden waren, und machte sich so seine Gedanken. Reynaud konnte durchaus recht haben.

Nicht alle Leichname bestanden nur noch aus fleischlosen Knochen. Der vierte sah fast so frisch aus, als hätte der Mann tatsächlich noch vor kurzer Zeit gelebt – nur sein zertrümmerter Schädel deutete darauf hin, daß das nicht sein konnte. Die Kälte hatte ihn erhalten, dachte Tristan, der sich an die gefrorenen Kaninchen, die die Adler gebracht hatten, erinnerte, und ebenso an den Mann, der in den Wänden von Finsterloch eingefroren war. Dieser Krieger mußte den Tod bei einem

Sturz in eine Gletscherspalte gefunden und tief unten gelegen haben, wo die Sonne und der Wind ihn nicht erreichten. Das Eis hatte ihn geschützt, obwohl ihm das in seinem toten Zustand nicht mehr viel nützte. Seine Kleidung, die ebenfalls noch gut erhalten war, war von antiquiertem Stil, und die Schriftzeichen auf seinem Schwert waren älter als alles, das Tristan jemals zu lesen versucht hatte. Wahrscheinlich hatte er *sehr* lange im Eis gelegen. Tristan spürte, daß Augen auf ihn gerichtet waren, und hielt sie für Thomas'; vielleicht war der Kater doch näher herangekommen, nachdem die Neugier seinen Ekel besiegt hatte. Tristan blickte auf, ein paar lockere Worte auf den Lippen. Um nicht den Verstand zu verlieren, war es angebracht, sich in eine heitere Stimmung zu versetzen.

Durch sein Herz floß kaum genug Blut, damit es schlagen konnte. In einem eiskalten Schaudern sackte es alles in seine Stiefel.

Keine drei Meter entfernt, zwischen den herabgestürzten Felsbrocken, die ihn bisher vor ihnen allen verborgen hatte, kauerte ein fünfter Mann über einem glänzenden Schwert. Sein Gesicht war schmaler, als Tristan es in Erinnerung hatte, gegerbt und gefurcht von Wind und Sonne, voller Kälte- und Kummerfalten, und außerdem mit Bart. Doch es war unverkennbar, so sehr es auch verwandelt und umgestaltet worden war. Das gleiche Erkennen, das in Tristans erstaunten Augen aufflackerte, war deutlich in Galans einem übrigen Auge zu sehen, auch wenn es gegen die grelle Sonne zusammengekniffen war.

Sie schienen in der Zeit zu schweben, gefangen in ihren gegenseitigen Blicken. Tristan spürte, wie sein Herz wild pochte – das war die einzige Bewegung zwischen ihnen. Nímir hatte seine beste Waffe also doch noch nicht eingesetzt, und der Winterkönig hätte kaum etwas Raffinierteres tun können, als seinen Trupp von Ex-Menschen in die Berge von Channadran zu entsenden, während er mit unerschöpflicher Geduld darauf wartete, den Becher der Rache zu leeren.

Rufe wurden laut, und zwar nicht aus so großer Entfernung, wie es Tristan erschien. Noch jemand anderes hatte Galan erspäht. Doch sowohl Polassar als auch Reynaud war zu weit weg – ein paar Schritte, die in wenigen Augenblicken zurückzulegen gewesen wären, doch Tristan vermutete zurecht, daß wenige Augenblicke bereits zu lang waren. Galan hob fauchend die Lippe hoch und entblößte Zähne, die so weiß waren wie die einer Katze auf der Jagd.

»Ich werde viel Spaß an Euch haben«, sagte er im Plauderton. »Spaß wurde mir auch versprochen, als ich in Dienst trat, doch hatte ich nicht damit gerechnet, daß ich ihn so bald bekommen und daß er von so erlesener Art sein würde.« Seine Klinge bewegte sich kampfgierig in seiner Hand.

Das verriet ihn. Galan schlug zu, bevor seine Lippen die Worte vollends ausgesprochen hatten, doch Tristan war durch diese Bewegung gewarnt. Er machte einen Satz nach hinten und zur rechten Seite. Der Stoß der Klinge, der ihr Ziel entwischt war, streifte nur noch Tristans linke Wange. In der Kälte konnte er den Schnitt nicht spüren, nur das warme Blut, das daraus hervorquoll. Er bewegte sich weiter reflexartig und machte einen weiteren großen Schritt zurück – und prallte gegen harten Fels. Er war in die falsche Richtung gegangen, obwohl es ihm vorgekommen war, als hätte er gar keine andere Wahl gehabt; und hatte er sich selbst, mit der Felswand im Rücken, in die Falle manövriert. Tristan fluchte verbittert über seine Unvorsichtigkeit. Doch immerhin hatte er wenigstens Zeit gewonnen, um sein Schwert in Position zu bringen.

Galans Schwert schnellte vor wie die gierig züngelnde Flamme eines Bestattungsfeuers. Tristan hielt seine Waffe still und wartete ab. Das erforderte mehr Nerven, als er sich selbst je zugetraut hätte, doch er war überzeugt davon, daß das die richtige Taktik war. Wenn er mit seinen Bewegungen auf Galans Klinge reagiert hätte, würde er zu leicht das Opfer einer Täuschung werden. Seine Welt verengte sich auf den engen Bereich eines Abwehrkampfes. Wo Polassar und Reynaud waren, was sie taten oder versuchten zu tun, wußte Tristan weder, noch kümmerte es ihn. Seine ganze Aufmerksamkeit war darauf gerichtet, am Leben zu bleiben, von einem Augenblick zum nächsten, und nur darauf durfte er sich konzentrieren.

Das Eis unter seinen Stiefeln war rutschig, mehrfach geschmolzen, wieder gefroren und vom Wind poliert. Er mußte sehr aufpassen, damit er nicht ausglitt, und er wagte nicht, einen Ausfall zu machen. Tristans Gehirn speicherte diese Erkenntnisse pflichtschuldigst. Seine Möglichkeit des Zurückweichens beschränkte sich auf wenige Handbreit und war strategisch unbedeutend. Wenn er sich ganz dicht an den Felsen drückte, würde er nicht einmal mehr den Arm heben können, ohne Gefahr zu laufen, sich das Schwert selbst aus der Hand zu hauen. Auch diese Überlegung wurde als Faktor in seine Kalkulation miteinbezogen.

Tristan erinnerte sich daran, wie ihn Blais einmal im Laufe einer Fechtstunde mit dem Rücken zur Wand aufgestellt hatte – damit er lernte, sich zu verteidigen, ohne auf eine Rückzugsmöglichkeit angewiesen zu sein – und ihn dann eine gute Viertelstunde lang mit Angriffen traktiert hatte. Es war eine lehrreiche Lektion gewesen – Angriff war etwas entschieden Leichteres als Verteidigung, und Rücksichtslosigkeit war die Voraussetzung dafür. Man mußte schneller und sicherer sein als der Gegner, wenn man sich wirkungsvoll verteidigen wollte. Galans Klinge zuckte wieder herausfordernd vor. Tristan wehrte sie diesmal mit seiner Waffe ab und tat so, als wolle er den Versuch machen, eine Klammer herzustellen, obwohl er wußte, daß er dafür gar nicht genug Platz hatte, damit Galan zurückweichen mußte, um sich ihm zu entziehen. Der Zweikampf wurde zu einem Geflecht der Klingen.

Dreimal traf Stahl auf Stahl, und bei jeder Begegnung konnte Tristan einen Schritt an Boden gewinnen. Nachdem er das erreicht hatte, konnte er sich etwas ungefährdeter bewegen, was er ausnutzte, indem er jeden Stoß nach seinem Gutdünken parierte. Unweigerlich verlagerte sich der Schwerpunkt des Duells. Tristan beschränkte sich nicht mehr auf reine Verteidigung. Er ging zu einer Strategie über, die aus mehr bestand als aus dem jeweiligen bloßen Abwehren von Galans nächstem Schlag.

Tristan griff Galans blinde Seite an – unerbittlich und unablässig. Jeder seiner Angriffe wurde zurückgeschlagen. Tristan hatte das erwartet. Das war Teil seines Plans. Galan durfte nicht leichtsinnigerweise Angriffe von dieser Seite für Scheinattacken halten. Er mußte sie ernst nehmen und daher richtig sehen, was für ihn sehr umständlich war, da er das Auge auf der Seite gegenüber seinem Schwertarm verloren hatte. Er mußte also jedesmal beim Parieren den Kopf leicht drehen.

Tristan sah diese Bewegung jedesmal voraus und konnte sich darauf verlassen, doch bis jetzt tat er noch nichts, um daraus Nutzen zu ziehen. Sollte Galan doch denken, daß er ein bißchen dumm sei, weil er ständig eine Stelle angriff, die eigentlich Galans schwacher Punkt hätte sein müssen, von der er aber längst bewiesen hatte, daß sie es nicht war. Wenn Tristan dann tatsächlich auf dieser Seite bluffen würde, um sich den Weg auf der anderen frei zu machen ...

Er wagte nicht, diese List zu früh anzuwenden. Galan sollte halb mit dieser Taktik rechnen. Tristan zwang sich, sich noch eine Weile zurückzuhalten, und variierte seine Angriffe immer wieder geringfügig, um selbst den stärksten Verdacht einschlummern zu lassen. Er mußte den Anschein erwecken, als seien die Variationen, die

Scheinattacken und die Vorstöße auf der blinden Seite die wahren Angriffe.

Die Luft war zu dünn, um das Spiel so lange fortzuführen, wie es nach Tristans Dafürhalten notwendig gewesen wäre. Tristans Atem rasselte in seiner rauhen Kehle während der endlosen Stöße und Paraden, doch nicht laut genug, um Galans aufkommendes Lachen zu übertönen. Er drosch immer noch in einer eintönigen Aufeinanderfolge von Hieben zu, als selbst der beharrlichste Einfaltspinsel längst damit aufgehört hätte, und überlegte sich, was wohl geschähe, wenn er nun wirklich zum Durchbruch ansetzte; er ermahnte sich, Galans Nachstöße nicht zu unterschätzen, die schnell und zielgenau waren. Tristan war ihnen fast ständig ausgesetzt, da er seine Angriffe so schnell hintereinander folgen ließ, und nur äußerste Wachsamkeit konnte ihn schützen.

So, jetzt aber! Seine wackeligen Knie erlaubten ihm kein weiteres Hinauszögern mehr. Tristan machte einen heftigen Scheinangriff auf Galans linke Seite – und dann, indem er mit der Schwertspitze unter der angebotenen Parade durchtauchte, setzte er zum ernsthaften Ausfall an.

Die Spitze seines Schwerts befand sich in Fingerbreite von Galans Brust entfernt, als Tristans rechter Stiefel abrutschte. Die Wucht hätte dennoch fast ausgereicht, damit die Klinge ihr Ziel erreicht hätte, doch genau in diesem Moment wurde Galan klar, daß diesmal seine Abwehr nichts gegen die feindliche Waffe würde ausrichten können. Schnell hielt er im Schwung inne und ließ statt dessen eine Faust und den harten Knauf des Schwerts seitlich gegen Tristans Kopf donnern. Der Schlag brachte Tristan noch mehr aus dem Gleichgewicht, als er ohnehin schon war, und er rutschte direkt auf Galan zu, da ihm gar nichts anderes übrigblieb. Der Sturz befreite ihn aus seiner Falle, jedoch nur, wenn er es schaffte, auf die Beine zu kommen, bevor Galan ihn erreicht hätte. Tristan rollte sich ab und richtete sich auf, gerade rechtzeitig, um wieder zu Boden zu gehen, als Polassar über ihn wegstürmte.

Der Stoß, der eigentlich dazu gedacht gewesen war, ihn aus der Gefahrenzone zu bringen, nahm ihm vollends das letzte bißchen Atem, und Tristan quetschte sich wieder einmal die Hand, als er sie zwischen dem Eis und dem Schwertgriff, den loszulassen er sich stur weigerte, einklemmte. Er verspürte das schmerzliche Verlangen, einfach liegen zu bleiben, während er benommen um Luft rang.

Und tatsächlich blieb er dann auch nicht lang aufrecht. Als Tristan wieder auf die Beine kam und einen Satz hinter Galan her machte, prallte er gegen die Wand aus fester Luft, die Elisena errichtet hatte, um die beiden Streithähne zu trennen. Sie war natürlich unsichtbar und erschien völlig unerwartet. Tristan federte daran zurück und landete hart am Boden; seine Sicht verschwamm und verzog sich an den Rändern. Es dauerte eine Weile, bis das Stöhnen und Schreien ihn wieder zu sich brachten, und er erneut aufstand, um zu helfen, so gut er konnte.

Elisena ließ einen Laut der Enttäuschung vernehmen und gab den Versuch auf, Galan mit einem Bann zu belegen; sie ließ auch die Wand fallen, bevor sie Tristan wieder in die Quere kommen konnte. Solange so viel Stahl in der Luft lag, war es zu gefährlich, mit Magie herumzuexperimentieren. Ihre Ringe waren heiß, glühend vor vergeblicher Anstrengung.

Polassar hatte Galan erreicht. Jetzt gab es keine kunstvolle Fechterei mehr, sondern nur noch ein kurzes und erbarmungsloses Handgemenge, das Tristans Kräfte bei weitem überstiegen hätte. Polassars erster Kinnhaken warf Galan zu Boden, und dann wälzten sich die beiden Kämpfer herum wie zwei Ringer; sie waren viel zu sehr ineinander verkeilt, um mit Schwertern etwas ausrichten zu können. Galan zog seinen Dolch, während er sich gleichzeitig aus der Umklammerung befreite.

Beide kamen mit schnellen Sätzen auf die Beine, und Polassar ließ sein Schwert niedersausen, um Galan die Klinge aus der Hand zu schlagen. Der Dolch fuhr irgendwo tief in den Schnee, und Galan ignorierte seine blutüberströmte Hand. Aufgrund der Schmerzen, die ihm seine Verletzung bereitete, wurden seine Hiebe kraftloser, doch er schien es selbst nicht zu bemerken. Das Lächeln wich die ganze Zeit nicht von seinen blassen Lippen.

Als sie bereits eine ganze Weile gekämpft hatten, hätte Galan eigentlich zu schwach sein müssen, um sich noch auf den Beinen zu halten. Auf jeden Fall hätte er nicht mehr fähig sein dürfen, noch so voller Elan zu fechten. Er war zweimal verwundet worden – ein Schnitt ins Bein hatte ihn gerade eben noch in die Knie gezwungen. Doch während Nímirs andere Werkzeuge bei ihrer Verteidigung zu nichts zerfallen waren, klammerte sich dieses hier immer noch krampfhaft an sein Leben, und zwar mit aller Kraft des Wahnsinns und eines Hasses, der so lange brennen würde, bis sein Körper ebenso verbraucht wäre wie die der anderen es waren. Wenn Galan tot wäre, dann bliebe er tot, doch solang er lebte, konnte er nichts anderes tun, als den Kampf fortzusetzen.

Wie wilde Tiere stürzten die beiden Männer aufeinander zu. Tristan überlegte vergebens, wie er eingreifen, welche Hilfe er leisten könnte; ihm fiel nichts ein. Er hätte keine Hemmungen gehabt, Galan wie ein Feigling anzugreifen – von hinten –, doch die Kämpfenden bewegten sich zu schnell, er konnte keinen gezielten Schlag plazieren. Und er hatte viel zu viel Angst, Polassar in die Quere zu kommen, wenn er dichter an das Kampfgeschehen heranginge, also hielt er sich in einiger Entfernung.

Und dann hätte er auch gar keine Zeit mehr zum Eingreifen gehabt. Das hautnahe Kräftemessen wurde abgebrochen. Die Klingen hoben sich wieder, drückten gegeneinander, trennten sich wieder und kamen wieder zusammen, während die beiden Fechter sich mehr und mehr der Felskante näherten. Immer noch einander in Schach haltend, stürzten sie über den Rand.

Sie fielen nur etwa zehn Fuß tief, weniger als die Hälfte von Polassars Größe. Tristan überwand den Höhenunterschied genauso achtlos wie die anderen beiden, nur daß er sprang, während sie gestürzt waren. Er prallte hart auf, landete auf Händen und Knien, doch in einem Stück. Thomas, der achtsamer und umsichtiger sprang, landete auf Tristans Rücken. Tristan stand taumelnd auf.

Es schien, als hätte er sich nicht so sehr zu beeilen brauchen. Polassar zog sein Schwert aus Galans Körper, und der Art, mit der er am Griff zerrte, nach zu urteilen, mußte die Klinge tief eingedrungen sein. Tristan lächelte erleichtert; er vergaß seine eigenen Verletzungen und die soeben noch neu dazugekommenen Schmerzen. Eins seiner Knie tat besonders weh, als er das Gewicht darauf verlagerte, doch es schien nichts Schlimmes zu sein.

Polassar war auch wieder aufgestanden und wischte das Blut von seiner Schwerthand ziemlich achtlos an der Vorderseite seiner daunengefütterten Jacke ab. Dann blickte er an sich hinab, als ob ihm jetzt erst bewußt würde, was er getan hatte. Tristan sah Bäusche von Daunen, einige davon blutgetränkt, durch die Luft schweben, und plötzlich wurde ihm klar, daß er viel mehr Blut sah, als von Polassars Hand stammen konnte, selbst wenn diese Hand verwundet und nicht nur mit Galans Blut bespritzt gewesen wäre. Er erkannte auch, was das bedeutete, doch er war nicht schnell genug, um Polassar aufzufangen, als dieser schwankte und zu Boden fiel.

Polassars Schwert, das mit der Spitze nach unten im

Schnee steckte, blieb noch einen Augenblick länger stehen als sein Meister. Es kippte unbemerkt neben Tristan um, als dieser sich neben Polassar auf die Knie warf.

Tristan rief verzweifelt Polassars Namen; sein Entsetzen wuchs, als er keine Antwort bekam. Mit den Händen versuchte er die Wunde an der Brust des Mannes fest zuzudrücken, um das herausschießende Blut zurückzuhalten. Ungläubig sah er, was diese Verletzung verursacht hatte – Galans weggeschleuderter Dolch steckte mit der Spitze nach oben im Schnee, und seine Klinge war rot gefärbt von Blut. Galan war um Haaresbreite beim Sturz seinem eigenen Messer entgangen. Polassar hatte nicht soviel Glück gehabt.

Tristan war froh darüber, daß Polassar, dem Ambere nicht hatte ausreden können, in einem Teil seiner Rüstung auf Reisen zu gehen, schließlich doch, den Zwängen des Bergsteigens gehorchend, sein Kettenhemd in einem ihrer Nachtlager zurückgelassen hatte. Wäre er immer noch in kaltes Eisen gekleidet gewesen, wären selbst die kleinen Heilungsbeschwörungen, die Tristan jetzt mit den Händen vollführte, zwecklos gewesen.

Wo waren seine Kräuter? Er brauchte Knöterich, getrockneten Wegerich und Hirtentäschel, um die Blutung zu stillen. Durch sein Zaubern allein konnte er keine Fortschritte erzielen. Tristan hatte keine Ahnung, wo er seinen Rucksack gelassen haben mochte, doch Thomas würde es bestimmt wissen. Er schickte den Kater los, um die Medizin zu holen, ohne von seiner erfolglosen Arbeit aufzusehen.

Er hatte nicht einmal irgend etwas zur Verfügung, mit dem er den Blutfluß hätte unterbinden können. Der Stoff seiner Jacke war zu dick und ließ sich nicht zerreißen. Tristan versuchte es trotzdem, lauthals fluchend, und erreichte nur, daß er sich die Fingernägel abbrach, so daß sich kleine Tropfen seines Blutes mit dem Polassars mischten. Es schien eine Ewigkeit her zu sein, seit Thomas weggegangen war.

Blut quoll weiterhin zwischen seinen Fingern hindurch, trotz all seiner Anstrengungen. Polassars Brust hob sich, als er tief durchatmete, wodurch die Situation noch schlimmer wurde. Das Blut war mit Luftbläschen durchsetzt – die Klinge mußte in einen Lungenflügel gedrungen sein. Das war verhängnisvoll, wie Tristan wußte.

Polassars Augen waren offen, und er beobachtete ihn. Wenn der Mann Schmerzen hatte, zeigte er nichts davon in seinem Gesicht – sein Ausdruck sprach lediglich von gelindem Staunen. Er versuchte zu sprechen. Bei dieser Anstrengung trat ihm rosafarbener Schaum vor den Mund, und er hustete, was das Schlimmste war, das der Wunde passieren konnte.

»Versucht nicht zu sprechen«, sagte Tristan äußerst besorgt. »Wartet auf Elisena. Sie wird bald hier sein.«

Sie war des Heilens besser kundig als er, bei weitem. Tristan erinnerte sich, wie achtlos und unüberlegt er selbst über den Rand des Felsens gesprungen war, und er hatte das Gefühl, als ob sich ihm das Herz in der Brust umdrehte. Elisena brauchte vielleicht eine Weile, um einen Weg zu Polassar zu finden, aber zweifellos bemühte sie sich bereits. Er rief nach ihr und griff nach den einzigen Dingen, die ihm noch für sein Werk zur Verfügung standen – seine magischen Steine.

Er wußte nicht recht, was er damit anfangen sollte. In seinem Geist herrschte erschreckende Leere.

Ein Windhauch strich über Polassars Brust, vorbei an Tristans Händen. Eis klirrte in der Stille, als es über die Felsklippe herunterfiel. Tristan hörte das finstere Lachen hinter diesem Geräusch, und in diesem einen Fall zweifelte er weder an seiner Sinneswahrnehmung noch an seinem Verstand. Seine Augen waren weit aufgerissen und tränenverhangen. Er wußte, was geschehen war, durchschaute Nímirs Hinterlist voll und ganz. Auch Polassar sah es, als es für diese Erkenntnis bereits zu spät war. Tristan neigte den Kopf. Das Gefühl der

Nutzlosigkeit und das Verlangen, einem Freund zu helfen – er hatte es selbst empfunden und hatte es bei Polassar erlebt. Warum war er nicht auf die Idee gekommen, daß es als Köder einer Falle benutzt werden konnte?

Polassars Finger verkrallten sich in seinem Arm, mit solcher Kraft, daß Tristan glaubte, sie grüben sich bis zum Knochen ein. Er blickte zu seinem Freund hinab. Der Mann sprach, doch es erklang nur ein schwaches Flüstern – Tristan mußte beim Zuhören seine Lippen genau beobachten.

»Meine geliebte Allaire ... werdet Ihr wissen, wie Ihr es ihr erklären sollt? Sie schätzt Euch sehr, das wird ihr helfen ...«

»So ernst ist es nicht«, log Tristan und konnte nicht einmal sich selbst etwas vormachen. »Versucht, ruhig zu bleiben.«

Polassar beachtete seine Worte nicht. »Das ist nicht der schlechteste Weg, dahinzugehen. Ich habe schon schlimmere Tode gesehen und hätte hier mit einem solchen gerechnet. Daß ich jenen Abschaum der Menschheit ins Jenseits befördert habe, sollte etwas wert sein ... eine erstklassige Gratisüberfahrt in die Unterwelt. Ich hätte gedacht, daß ich schwerer verletzt bin. Haben Eure Bemühungen etwas damit zu tun, Zauberer?« Er sah Tristans Hände an, die immer noch blindlings magische Bewegungen vollführten. »Ich bin Euch dafür sehr verbunden. Jetzt ist es eigentlich nur noch kalt.«

»Haltet durch! Es muß doch etwas geben, das ich tun kann!« Tristan war es einmal beinah gelungen, die Wunde zu schließen, doch seine Konzentration ließ nach, bevor er sie ganz dicht versiegeln konnte. Durch das viele Blut waren seine Hände glitschig, und er konnte die beiden Seiten nicht mehr richtig zusammenziehen. In Tristans Kopf jagte eine Zauberformel die andere, doch die meisten davon waren abwegig oder unsinnig, und seine bebenden Lippen verfälschten die Worte derer, die er zu sprechen versuchte.

»Wenn mein Sohn geboren wird«, sagte Polassar ruhig, »und wenn er das entsprechende Alter erreicht hat, werdet Ihr ihm beibringen, mit einem Schwert umzugehen. Keine Zaubertricks, ich bitte Euch, nur schlichte, ehrliche Fechterei. Ich wußte bis heute gar nicht, daß Ihr so gut darin seid.« Polassars Gesicht drückte Bedauern aus. »Ich habe ihn Euch kurz vor dem Todesstoß abgenommen, Zauberer. Das hätte ich nicht tun sollen. Ihr hattet ihn fast erledigt.«

»Ihr könnt Euren Sohn selbst unterrichten«, sagte Tristan mit geheuchelter Schroffheit. »Ich habe nicht die Absicht, Euch sterben zu lassen und Euren Platz als Fechtmeister einzunehmen. Euer Sohn wird wahrscheinlich noch kräftiger sein als Ihr selbst, und ich wäre bestimmt grün und blau vor lauter Hieben und Stößen, bevor er einigermaßen Selbstbeherrschung gewonnen hat.« Die Tränen, die ihm übers Gesicht rannen, standen im krassen Gegensatz zu dem Scherz. Tristan hatte nicht gemerkt, daß sie ihm in die Augen gestiegen waren, bis seine Kehle schmerzte und sich der salzige Geschmack in seinem Mund einstellte.

»Aber hütet Euch«, flüsterte Polassar, dessen Hand, ebenso blutüberströmt wie alles andere an ihm, in Tristans Hand ruhte. »Bringt ihm keine Hexereien bei. Verzeiht, aber das ist kein passender Beruf für einen ehrlichen Mann. Übergebt ihm mein Schwert, und haltet zu ihm. Dann hat er alles, was er braucht. Er wird glücklich sein.«

»Polassar ...«

Die breite Brust hob sich noch einmal unter Tristans Händen, dann senkte sie sich zum letztenmal. Polassars Atemzüge waren nicht tief gewesen – offenbar hatten sie ihn mehr gequält als der Mangel an Luft. Der letzte Atemzug hatte sich von den anderen kaum merklich unterschieden.

»Nein ...« Tristan flüsterte das Wort, das wie ein Protest anfing und wie ein Schluchzen endete. Er lehnte sich zurück, fassungslos über die jähe Endgültigkeit. Jetzt endlich stand Elisena neben ihm, atemlos keuchend, den Beutel mit ihrer Medizin in der Hand; ihre Hilfe kam zu spät, ihr Trost war unerwünscht.

24. KAPITEL

Absolution

ELISENA KNIETE SICH SCHNELL neben Polassar, ohne auf den gequälten Blick zu achten, den ihr Tristan zuwarf.

»Was machst du da?« fuhr er sie wütend an. Sein Gesicht war eine Maske aus Tränen und Blut von der vergessenen Verletzung an seiner Wange, obwohl das Bluten dort fast ganz aufgehört hatte. »Er ist *tot.* Jetzt kannst du nichts mehr tun.«

»Sei nicht albern. Niemand verblutet so schnell.« Elisena atmete fast wieder normal. »Er ist in Ohnmacht gefallen, mehr nicht.« Sie machte sich daran, Polassars Kleidung zu lockern.

»Laß ihn in Ruhe!« Tristan schob ihre Hände weg.

Elisena sah ihn an, sah, wie er zitterte, und versuchte, ihre Stimme sanfter klingen zu lassen, als es der Inhalt ihrer Worte notgedrungen war. »Tristan, ich habe keine Zeit, mich mit dir auseinanderzusetzen. Wenn Polassar am Leben bleiben soll, dann braucht er jetzt all meine Hilfe und meine ungeteilte Aufmerksamkeit. Geh dort hinunter und warte, sonst muß ich Reynaud bitten, sich um dich zu kümmern.«

Mit ihm in diesem Befehlston umzugehen, schmerzte sie mehr, als wenn sie ihn hätte schlagen müssen, und Elisena war nahe daran, Reynaud auf jeden Fall zu holen, obwohl er ihr wortlos gehorchte. Tristan taumelte blindlings an den Rand des Felsens, ohne sich um die Richtung oder eine mögliche Gefahr zu scheren, doch Troubadour flatterte ihm vor dem Gesicht herum, bis er endlich umdrehte, und danach verbannte ihn Elisena erbarmungslos aus ihrem Denken. Es gab keine andere Möglichkeit – wenn sie Polassar nicht würde retten können, würde Tristan nie wieder Vertrauen zu ihr fassen, das wußte Elisena genau. Abgelenktsein oder Mitleid würde ihr in diesem Kampf nicht helfen.

Nach einer Stunde hatte sie alles in ihrer Macht Stehende getan, so wenig das auch im Endeffekt zu sein schien, und sie konnte wieder an Tristan denken. Sie ging zu ihm.

Reynaud hatte ihn gesäubert und den Schnitt in seinem Gesicht mit einem Mulltuch behandelt, um das Blut vollends zu stillen. Tristan sah Elisena mit leerem Blick an, als sie sich neben ihn setzte. Vielleicht hatte ihm Renaud irgendein Mittel gegeben, das für seinen benommenen Gesichtsausdruck verantwortlich war. Elisena hoffte, daß es nicht so wäre. Das würde eine weitere Wunde aufreißen, und Tristan war schon geschlagen genug. Sie war sowieso einigermaßen erstaunt, daß Reynaud überhaupt in seine Nähe hatte kommen dürfen, ganz zu schweigen davon, daß er sich von ihm behandeln ließ.

»Es war so schlimm, wie Ihr vermutet habt«, sagte sie sanft und hoffte, daß Tristan sie hören könnte. »Die Verletzung war ziemlich schwer. Ich habe die Wunde geschlossen, doch Polassar hat eine Menge Blut verloren. Er kann die Reise nicht fortsetzen. Wir können nicht einmal wagen, ihn zu bewegen. Die stärkste Magie, die ich anzuwenden wagte, konnte ihn kaum am Leben halten.«

Tristan starrte weiterhin ins Leere. Als er sich zu ihr umwandte, waren seine Bewegungen mechanisch; falls er sich über die Nachricht freute, daß Polassar noch am Leben war, dann ließ er sich nichts davon anmerken. Vielleicht glaubte er den Worten nicht. Das war schwer zu sagen. Vielleicht schwebte er aber auch nur auf einem Meer aus Mohnsaft.

»Hört also. Folgendes habe ich getan: Ich habe um Polassar eine Hülle aus Luft und Magie errichtet, indem ich die Kraft der Ringe einsetzte. Dadurch können ihm

Schnee und Kälte nichts anhaben. Er kann darin überleben, auch wenn niemand für ihn sorgt. Wenn in einem Menschen nur so wenig Leben ist, kann dieser letzte Funke manchmal ganz schön widerstandsfähig sein. Wenn wir ihn mit uns nehmen, wird Polassar mit Sicherheit sterben – wie er es gleichfalls vielleicht würde, wenn wir hier bei ihm blieben. Auf diese Weise wird er bis zu unserer Rückkehr am Leben bleiben, und dann haben wir bessere Möglichkeiten. Das ist seine einzige Hoffnung – eine schwache Hoffnung, doch sie ist nicht geringer als das Maß an Hoffnung, das uns allen seit unserem Aufbruch zu dieser Reise gemein ist.«

Thomas sah sie von Tristans Seite her an. Tristan selbst sagte immer noch nichts. Elisena hoffte, daß es ungefährlich wäre, ihn noch einmal mit dem Kater als Aufpasser allein zu lassen. Sie folgte Reynaud.

Als sie zu ihm kam, war er gerade dabei, Polassars Sachen durchzusuchen und das herauszusortieren, was sie brauchen könnten und für das Polassar keine Verwendung haben würde. Reynaud verschnürte die übrigen Gegenstände zu einem Bündel, damit es bei Polassar bleiben könnte. Ein goldener Armreif blitzte zwischen Stoff auf.

»Ihr habt es gehört?« fragte ihn Elisena.

»Ich habe es eher gesehen. Wenn wir Polassar nicht mitnehmen können, dann ist es so sicher das Beste für ihn.« Reynaud zuckte mit den Schultern, dann fuhr er fort. »Vielleicht ist es ohnehin so das Beste. Dort, wo wir hingehen, gibt es sowieso nur Arbeit für ein einziges Schwert, und wir alle wußten von Anfang an, daß es nicht das Polassars sein würde. Er hat sich im Bereich der Magie noch nie wohl gefühlt. Es ist besser für ihn, wenn er nicht dabei zusehen muß und helfen möchte, ohne es zu können.«

Er verknotete die letzten Bänder übermäßig fest; dann überlegte er es sich anders und löste sie leicht, damit das Bündel auch von einem Verletzten geöffnet werden konnte. »Tristan gibt mir die Schuld an dem, was geschehen ist, weil ich Polassar nicht zur Hilfe gekommen bin. Vielleicht hat er recht. Doch ich hätte mit einem Zauber auch nicht mehr bewirkt als Ihr.«

»Er gibt sich selbst ebenfalls die Schuld«, sagte Elisena. »Er schlägt in alle Richtungen um sich, Reynaud. Sein Mißtrauen richtet sich gegen alles, das ihm in die Nähe kommt.«

»Ich weiß. Wie hätte mir das entgehen können?« Reynaud fügte weitere, vollkommen unnütze Dinge dem Bündel zu und bewegte sich nervös hin und her. »Ich habe mir Tristan gleich bei unserer ersten Begegnung zum Feind gemacht, erinnert Ihr Euch? Wer hätte damals die Entwicklung voraussehen können? Doch seither ist es mir jedesmal, wann immer wir miteinander gesprochen haben, gelungen, diese Feindschaft zu erneuern oder gar zu vertiefen. Es war eine unwiderstehliche Verlockung; er schnappte so herrlich nach jeder Art von Köder. Jetzt glaubt er, daß ich ihn mit jedem Wort verhöhne, und wer könnte es ihm verübeln? Ich nicht.« Er hob alle Rucksäcke bis auf Elisenas auf; er hatte keine Einwände dagegen, daß sie den ihren selbst trug. Die Last mußte schwer sein, doch Reynaud zeigte keine Andeutung von Unbehagen. Als Geißel zur Buße mochte es zwar nicht viel sein, aber möglicherweise hegte er keinerlei derartige Absichten.

Tristan war bei Polassar, sein Gesichtsausdruck verschlossen. Obwohl er jetzt dem Anschein nach ruhig war, gefiel Elisena sein Aussehen überhaupt nicht. Sie hatte vergessen, Reynaud zu fragen, ob er Tristan irgendein Beruhigungsmittel verabreicht hatte, doch wenn es eine Auseinandersetzung gegeben hatte – wozu es unweigerlich gekommen sein mußte –, dann hätte Tristan bestimmt nicht freiwillig etwas eingenommen, sondern mußte dazu gezwungen worden sein. Vielleicht war er weit weg von sich selbst, aber er war nicht drogensüchtig.

Polasar war in seinen Umhang eingehüllt und sein Schwert ihm in die Hand gelegt worden, so daß er wie für seine Beerdigung vorbereitet aussah, trotz Elisenas anderslautenden Beteuerungen. Von ihrer Magie war nichts zu sehen. Es fiel schwer zu glauben, daß er noch am Leben war. Tristan stand da und sah zu seinem Freund hinab, dann wandte er sich ab.

Sein Blick fiel auf Galans ebenso reglosen Körper, der immer noch an der Stelle lag, wo er zuerst hingefallen war. Ein kräftiger Stoß mit dem Stiefel brachte ihn ins Rollen, und er stürzte über den Rand des Felsenabsatzes in die Tiefe. Tristan machte den Eindruck, als ob er sich nach dieser Tat etwas besser fühlte, doch der Wandel war gering. Als Reynaud ihm seinen Rucksack reichte, nahm er ihn entgegen und setzte ihn sich vorsichtig auf. Troubadour, der still auf seinen Schultern saß, trippelte schnell den Riemen aus dem Weg.

»Ich möchte wissen, ob er uns den ganzen Weg bis hierher gefolgt ist«, sagte Reynaud und blickte zum Rand des Felsens. »Oder hat er uns auf der Strecke aufgelauert, die wir notwendigerweise kommen mußten? Eigentlich hätten ihn die Vögel doch sehen müssen.«

Unglaublicherweise war es Tristan, der ihm antwortete, ohne Reynaud zuvor anzusehen.

»Wir hätten *ihm* auflauern können«, sagte er verbittert. »Wir hätten es können, wenn nicht mein Stolz es verhindert hätte. Ich bitte Euch um Verzeihung, Reynaud, wegen all der Dinge, die ich Euch in der letzten Zeit vorgeworfen habe. Ihr hättet Polassar nicht mehr retten können, nachdem der Kampf einmal begonnen hatte; doch ich hätte es können, wenn ich nur rechtzeitig gesprochen hätte.«

Tristan fuhr stockend fort, bevor sie anfangen konnten, ihm Fragen zu stellen; er erzählte, wie er Cheris in der Eishöhle gefunden hatte, über den Kampf mit ihm und den Handel mit Nímir, den er und Cheris angeblich abgeschlossen hatten. Er sah weder Reynaud noch Elisena an, während er sich durch seine Erzählung quälte. Dadurch kamen ihm die Worte vielleicht ein wenig leichter über die Lippen – leichter, jedoch nicht weniger schmerzlich.

»Ich habe nicht darüber gesprochen. Ihr wart ohnehin der Meinung, daß ich Halluzinationen habe, und wenn ich auf meiner Geschichte bestanden hätte, wäre ich wahrscheinlich für vollkommen verrückt gehalten worden. Und nach einiger Zeit war ich selbst nicht mehr so ganz sicher, was eigentlich passiert war, also ließ ich es auf sich beruhen.«

Thomas stand da und starrte ihn erstaunt an, doch außer Troubadour merkte es niemand.

Tristan zwang sich endlich, Elisena ins Gesicht zu sehen und hob den Blick zu ihr. »Immerhin habe ich es versucht. Lange habe ich es nicht durchgestanden, was mich in der Auffassung bestärkte, daß das, was ich gesehen hatte, Wirklichkeit war, obwohl ich nicht glaubte, irgend jemanden davon überzeugen zu können. Ich wußte es. Ich hätte auf diese Ereignisse vorbereitet sein müssen. Wenn Cheris hierherkommen und auf uns warten konnte, warum nicht Galan? Er war so ziemlich auf die gleiche Weise verschwunden wie Cheris, davongetragen von Nímirs Stürmen. Ich habe mir damals keine weiteren Gedanken darüber gemacht – wir alle nahmen einfach an, daß er tot war, und waren froh darüber, obwohl wir seine Leiche nie gefunden haben. Was konnte einen solchen Sturm überleben? Welche blinde, dumme Selbstgefälligkeit! Und ich tappte genau in die Falle – weil ich *Angst* hatte, Angst davor, was man von mir denken würde, und mein Stolz verbot mir, dieses Risiko einzugehen. Wenn es nicht so gewesen wäre, wenn ich gesagt hätte, was ich wußte, anstatt mich zu verschließen und vornehm zu leiden, dann hätten wir Wache halten und auf der Hut sein können. Dann wäre dies hier nicht geschehen.«

Tristan wandte sich wieder mit leerem Blick ab, bevor Elisena sich bewegen oder seiner Selbstbeschuldigung widersprechen konnte. Reynauds Haltung ließ sie mitten in der Bewegung innehalten, als sie sich endlich regte. Er stand stocksteif da, sein Gesicht war so weiß, als ob alles Blut aus einer unsichtbaren tödlichen Wunde aus ihm gewichen wäre.

»Lady«, flüsterte Reynaud erschüttert. »Er hatte recht. Die ganze Zeit über. Er hat sich nichts von all dem nur eingebildet.«

»Was wollt Ihr damit sagen?« Elisena beachtete ihn kaum. Sie war nur bestrebt, an Reynaud vorbei zu Tristan zu gelangen. Sie wollte nicht durch Reynauds Worte schwankend werden oder sich zurückhalten lassen.

»An jenem Morgen betrachtete ich den Hang und entdeckte etwas, das wir in der Nacht nicht hatten sehen können, nämlich eine Stelle, wo unter dem Schnee gut eine Öffnung im Fels hätte sein können. Alle Untersuchungen, die ich dazu anstellte, bewiesen mir, daß ich recht hatte und daß sich dort wirklich eine Höhle befinden mußte, doch der ganze Hang war mit hohem Schnee bedeckt, und ich war des Grabens müde. Ich wollte nicht das Wagnis eingehen, an dieser Stelle zum zweitenmal Magie einzusetzen, sondern dachte, ich könnte sie auf andere Weise leichter freilegen.« Reynaud verhaspelte sich vor Erregung beim Sprechen. »Es war einfach – nur ein lauter Schrei, wirklich. Wenn man den richtigen Augenblick wählt, kann man hier überall eine Lawine auslösen, einfach indem man die Stimme hebt. Ich war jedoch nicht richtig darauf vorbereitet. Die rutschenden Massen hätten mich fast unter sich begraben, denn ich hatte die Beherrschung darüber verloren.«

»Ihr habt also die Öffnung freigelegt. Doch was hat das damit zu tun, daß Tristan dachte und sagte, Ihr hättet versucht, ihn umzubringen? Wenn Ihr die Lawine nicht ausgelöst hättet, hätten wir ihn vielleicht niemals gefunden ...«

Elisena beabsichtigte, so lange mit Reynaud herumzudiskutieren, bis sie ihn losgeworden wäre. Sie wollte unbedingt zu Tristan gelangen. Er bückte sich gerade, um Thomas hochzuheben; selbst als er sich wieder erhob, waren seine Schultern noch gebeugt. Sie brauchte sein Gesicht nicht zu sehen, um zu wissen, wie dringend er sie brauchte. Sie wagte nicht, wieder einmal zu weit weg von ihm zu sein. Tristan hatte sich schon zu sehr daran gewöhnen müssen.

Reynauds Finger gruben sich wie Klauen in ihren Arm und hielten sie zurück. »Versteht Ihr nicht? Er sagte, daß er fast die ganze Nacht dort drin gewesen sei und versucht habe, sich freizuschaufeln. Es gab eine Öffnung, ja wahrscheinlich Dutzende davon; die Oberfläche dieses Felsens war durchlöchert wie ein wurmstichiger Apfel. Er brauchte dafür die ganze Nacht, doch schließlich fand er eine Öffnung und arbeitete sich heraus. Und genau in dem Moment, als er sich endlich befreit hatte, kam ich daher und verschüttete ihn unter dem halben Berg.«

Reynaud ließ nun doch ihren Arm los; er stand da und starrte Tristans Rücken an. »Und als er sich dann beschwerte, wie es jeder andere auch getan hätte, redeten wir auf ihn ein, daß ich ihm das Leben gerettet hätte und daß er verrückt sein müßte, etwas anderes anzunehmen. Wir gaben ihm zu verstehen, daß jedes weitere Wort von ihm uns nur in unserer Ansicht bestärken würde. Wir stopften ihn mit Drogen voll und stellten ihm Fragen, deren Antworten wir nicht geglaubt hätten. Und Ihr wundert Euch, daß er sich so zurückgezogen hat, wie er es dann tat? Beim Rat der Neun, was wagte er denn noch zu sagen?«

Wieviel Tristan von der Unterhaltung gehört hatte, kann nur vermutet werden. Auf jeden Fall sah er sehr überrascht aus, als Reynaud plötzlich vor ihm auf die

Knie sank und der schwarze Umhang dabei wie ein Schatten achtlos durch den zertrampelten Schnee streifte.

»Mein Lord, ich darf nicht erwarten, daß Ihr mir glaubt, denn ich habe Euch bisher wenig Anlaß gegeben, meinen Worten zu trauen, doch ich schwöre, ich habe Euch an jenem Morgen nicht gesehen. Nicht bevor die Lawine abging, als ich nach der Öffnung suchte, die ich entdeckt zu haben glaubte. Ich schwöre das bei meinem Leben.«

Tristan stand eine Zeitlang verwirrt da und versuchte dahinterzukommen, wo die Falle war; er zitterte wie ein Reh, das umringt ist von Hunden und Jägern und im Begriff, zusammenzubrechen. Dann durchfuhr ihn ein längerer, langsamerer Schauder.

»Es war nicht Eure Schuld«, sagte er benommen und blickte über Reynauds gebeugtes Haupt hinweg zu Elisena; es war nicht zu erkennen, wen von den beiden er ansprach oder ob er sie beide in seine Absolution einschloß. »Ich habe das auch geglaubt. Ich dachte, daß alle recht hatten ...«

Die Erleichterung war so tiefempfunden, so unerwartet, daß Tristan glaubte, in Ohnmacht fallen zu müssen; doch er stellte fest, daß er nicht einmal ein Lächeln zustande brachte. Seine Empfindungen und das Gefühl der Verlorenheit waren zu stark gewesen. Er half Reynaud beim Aufstehen, dann taumelte er und mußte selbst gehalten werden. Er konnte nicht mehr tun, als Elisenas Hand zu ergreifen, doch es war nicht nötig, daß er die letzte Kraftreserve in sich dafür opferte, den Griff zu verlängern – oder das Gefühl hinauszuzögern, das ihn dabei durchströmte. Ihr Hand lag warm und lebendig in seiner und fühlte sich an, als ob sie nicht die Absicht hätte, ihn je wieder loszulassen.

Das Schneebrett kam in Bewegung, als sie immer noch in Sichtweite der Stelle waren, an der sie Polassar zurückgelassen hatten. Es mußte kommen, solang sie noch Zeuge der Katastrophe werden konnten, denn sonst wäre die grausame Ironie dieser Geste verschwendet gewesen. Es fing mit dem bekannten dumpfen Dröhnen an, um zunächst einmal ihre Aufmerksamkeit zu erwecken, und setzte sich dann als sichtbares Schauspiel fort, als die Massen langsam den Abhang hinabrutschten.

Die Katastrophe spielte sich fast wie in Zeitlupe ab, um ihre Hilflosigkeit noch deutlicher werden zu lassen. Eine Woge von Schnee schien sich bis in alle Ewigkeit über den Berghang hinter ihnen ergießen zu wollen. Als alles vorüber war und sich das letzte weiße Pulver, das als Wolke hochgewirbelt worden war, gesetzt hatte, waren sowohl der Felsvorsprung, wo der Kampf stattgefunden hatte, als auch der leuchtendblaue Fleck von Polassars Umhang verschwunden; verschüttet unter Riesengewichten von Schnee.

Gemessen an den gewaltigen Ausmaßen des Chanadran-Gebirges war das eher ein kleiner Seitenhieb als ein großangelegter Angriff gewesen. Tristan, der geglaubt hatte, jenseits aller Schmerzempfindung zu sein, mußte feststellen, daß er sich getäuscht hatte. Er stieß einen gequälten Schrei aus und schmeckte Blut, das ihm die Kehle hochstieg. Die Gebirgsluft war schneidend wie Schwertstahl. Und doch hatte sein Gesicht immer noch einen Ausdruck von Resignation. Er hatte nicht mit der Lawine gerechnet, doch sie hatte ihn auch nicht allzusehr überrascht.

Elisena sagte ruhig, daß sie keinen Grund zum Verzweifeln hätten. Polassar war jetzt nicht schlechter dran, als er es vor dem Abgang der Lawine gewesen war. Er mochte verschüttet sein, doch der Bann, den sie ihm auferlegt hatte, hielt immer noch an und schützte ihn. Und wenn sich durch den Schnee über ihm überhaupt etwas änderte, dann nur insofern, als er ihm zusätzlichen Schutz bot. Tristan wußte nicht, ob das wahr war. Es machte für ihn keinen Unterschied, er schien ihr nicht einmal richtig zuzuhören. Er betrachtete den Himmel mit hochgerecktem Kinn, und sah, was er erwartet und zu sehen gehofft hatte.

Er sah die schwarzen Zungen des Windes über ihnen kreisen, wahrscheinlich des gleichen Windes, der vor kurzem über den Schneefeldern getobt und die weißen Massen vom Berg losgezerrt hatte, worauf sie in die Tiefe donnerten. Tristan sah, woher der Wind kam – oder wußte es zumindest, wenn er den Weg zurückverfolgte, nachdem er seine Aufgabe erfüllt hatte und er sich entfernte. Und daher wußte er auch, welchen Weg er einschlagen mußte.

Sie brauchten keine Vögel als Anführer mehr. Sie waren durch puren Zufall nicht weit von ihrer Strecke abgewichen, selbst als sie sich blindlings voranbewegt hatten. Die drei standen an einem steilen Hang genau jenes Berges, dessen Gipfel in der brodelnden, wirbelnden Schwärze, der sich der Wind wieder zugesellt hatte, verborgen war.

Eine letzte große Tat

NIEMAND STELLTE TRISTANS FÄHIGKEIT, sie auf dem letzten Stück der Strecke anzuführen, in Frage. Es hätte auch nichts geändert, wenn es nicht so gewesen wäre – Tristan hätte seinen Weg allein fortgesetzt. Doch das brauchte er nicht. Er beschrieb, was er sah, und die drei folgten ihm, ohne einen Blick zurück. Da sie das Ziel ihrer Reise in Sicht hatten, fiel ihnen diese schicksalsergebene Entschlossenheit irgendwie leichter.

Pulvriger Schnee knirschte unter ihren Stiefeln. Troubadour beantwortete das Knirschen mit einem tapferen Trillern, doch es erklang so gedämpft durch sein gepolstertes Nest, daß nur Tristan es hören konnte.

Die Nacht senkte sich herab wie ein fallender Vorhang, und überraschte sie alle. Sie legten sich dort schlafen, wo die Dunkelheit sie überfallen hatte, mitten am Hang, ohne die Möglichkeit, ein Lager aufzuschlagen. Sie breiteten ihre Schlafsäcke auf den Felsen aus und wickelten sich, so gut es ging, hinein. Es gab kein ebenes Stück Boden und auch keine Stelle, wo sie alle nebeneinander hätten liegen können. Wenn sie sich erst flach hingelegt hätten, würden sie einander nicht mehr sehen können.

Die bisher kälteste und einsamste Nacht stand ihnen bevor. Sie alle trauerten zutiefst über den Verlust Polassars, und daß sie sich in der Nacht nicht aneinanderkuscheln konnten, verschlimmerte ihr Gefühl der Verlorenheit noch. Keinen von ihnen drängte es besonders danach, sich flach hinzulegen und in die kalten Flammen der Sterne hinaufzublicken, die sie von oben bedrückten. Tristan breitete seinen Schlafsack aus und kroch zögernd hinein, wobei er Platz für Thomas ließ –

und dann entdecken mußte, daß der Kater nirgends zu sehen war. Als er sich aufsetzte, sah er gerade noch, wie Thomas' Schwanz dem Rest von ihm folgend in einem anderen Schlafsack verschwand.

Tristan starrte ihm ungläubig nach. Thomas war zu Reynaud gegangen?

Tristan blieben nur einige Sekunden, die er für eine Aufwallung von Eifersucht, derer er sich gleich darauf schämte, verschwenden konnte. Er spürte eine Bewegung an seiner anderen Seite, und während er den Kopf danach umdrehte, schlüpfte Elisena auch schon geschmeidig neben ihn in den Schlafsack. Wortlos zog sie ihren eigenen als zusätzliche Decke über sie beide. So dicht aneinandergedrückt, wie sie lagen, war das kein ganz einfaches Unterfangen. Tristan half an seiner Seite nach. Ihre Hände berührten sich, und sie sahen sich in die Augen. Ihr sich kreuzender Blick war wie ein Streicheln.

Auf diese Weise brauchte also keiner von ihnen in dieser Nacht ganz allein zu sein. Als Elisena an der Stelle an seiner Schulter ruhte, die sonst Thomas vorbehalten war, brachte Tristan im stillen ein Hoch auf den Kater aus, obwohl er nicht genau wußte, ob wegen seines Taktgefühls oder seiner Güte. Er entschied sich für Güte, froh darüber, daß auch Reynaud in dieser Nacht nicht einsam zu sein brauchte, sondern wenigstens ein warmes Geschöpf neben sich hatte.

Als Tristan erwachte, erblickte er die Channadran-Berge in aller Pracht, mit der sie sich je zu schmücken hoffen konnten. Die Hänge, angestrahlt von der soeben aufgegangenen Sonne, breiteten sich buchstäblich zu seinen Füßen aus. Gerade erst aufgewacht und vom Schlaf noch halb benommen, war der Anblick für Tristan keineswegs schwindelerregend. Der Schnee und das Eis auf den Felsen glitzerten wie königliche Juwelen, und es gelang ihm, sie in seiner Phantasie für genau das zu halten und einen Augenblick lang ihre Kälte und ihre Gefährlichkeit zu vergessen.

Unter ihm beleuchtete die Morgenröte die Ränder der Wolken, vergoldete sie, während der Rest der Welt in einen rosabraunen Dunst gehüllt war, warm und strahlend, mit einer fast nußbraunen Tönung in den weit entfernten Tälern. Die Berge, deren Hänge mit Kämmen wie die Maserung von Holz geriffelt waren, erschienen fast wie huldvolle Wächter der Szene.

Elisena schlief noch, während ihr die wärmende Sonne ins Gesicht schien. Tristan sah zu seinem großen Staunen kleine grüne Blättchen aus einer Felsspalte direkt über ihrem Kopf sprießen und einen Stengel mit einer sich entfaltenden Blüte, der sich durch den Schnee geschoben hatte. Er erkannte die zusammengerollte Knospe und die dicken, runden Blätter. Er hatte gewußt, daß das Alpenveilchen eine Gebirgspflanze ist, doch er hatte noch nie eins mit weißen Blüten gesehen.

Elisena war inzwischen aufgewacht und beobachtete ihn, obwohl sie keinen Ton von sich gab. Eine Hand schob sich aus dem Schlafsack und berührte die Knospe, in deren Anblick Tristan so versunken war. Die Blüte, wie aus einem Bann befreit, öffnete sich sofort und verströmte einen kräftigen exotischen Duft.

In ihren vielen Leben, in denen sie an Nímir gebunden war, hatte sich Elisena draufgängerischen Mut erworben und diese Tugend gepflegt. Es war ein Mut, der sich nicht von gewaltigen Gefahren, Einsamkeit und Unsicherheit einschüchtern ließ – selbst bei einem lähmenden Mangel an Kenntnissen. Ihre Unkenntnis über die genaue Art der tödlichen Schlacht, die ihnen bevorstand, war genauso tief wie Tristans, doch ihre Hoffnung war ungebrochen. Sie schritt ihm stets voran auf dem schmalen Grat zwischen der Finsternis und dem hellen Licht der Voraussicht; und trotzdem konnte sie Tristan anlächeln, als ob sie miteinander unter einem blühenden Kirschbaum in Esdragon in der Sonne säßen.

Ergriffen von der plötzlichen Erkenntnis ihrer Treue, die er so lange gar nicht richtig wahrgenommen hatte, nahm Tristan ihre Hand, mit der sie nach ihm tastete, und versuchte, Kraft in sie einfließen zu lassen, nachdem er sie so oft daraus bezogen hatte. Die Ringe glitzerten zwischen ihren Fingern wie frische Tautropfen. Ein paar Augenblicke lang verflochten sich ihre Finger miteinander. Die Sonne stieg höher.

Sie alle spürten, wie dicht sie an ihr Ziel herangekommen waren, doch nur Tristan konnte seine Nähe tatsächlich sehen. Der ihnen bevorstehende Aufstieg sah schwierig aus, doch im Lauf des Tages müßten sie eigentlich oben ankommen, vielleicht am frühen Nachmittag. Nachdem sie ein dürftiges Mahl zu sich genommen hatten, packten sie alles zusammen und stellten die Rucksäcke aneinandergelehnt am Boden ab. Es war nicht erforderlich, daß sie sich bei ihrer letzten Kletteraktion noch mit einer solchen Bürde belasteten. Wenn ihnen das Glück beschieden sein sollte, daß sie die Sachen je wieder brauchten, dann wäre es kein Problem, die Rucksäcke wieder zu holen. Reynaud ließ auch sein Schwert zurück. Auch das würde er so nah am Gipfel nicht mehr brauchen.

Angst hatte jetzt keinen Platz mehr, Zweifel kämen zu spät, und pochenden Herzen konnten sie jetzt keine Aufmerksamkeit mehr widmen. Der Fels über ihnen war schroff und glatt, und sie mußten all ihr Geschick im Umgang mit den Seilen aufwenden, um ihn zu erklimmen. Polassars Kraft und Können fehlten ihnen allen sehr, obwohl Reynaud immerhin soviel gelernt hatte, daß er die Seile sicher um sie wickeln konnte.

Sie kamen sich an der Felswand klein wie Flöhe vor. Es gab keinen direkten Weg hinauf. Ein senkrechter Spalt erleichterte ihnen eine Weile lang das Klettern, da er guten Halt für die Füße bot, doch als er zu Ende war, mußten sie sich mindestens hundert Schritt weit hangelnd bewegen, bis sie zu einer weiteren Ritze kamen, die ihnen wieder eine Stütze bot. Troubadour wurde ausgeschickt, um den Weg zu erkunden. Sie folgten ihm, indem sie Pickel benutzten, die Seile mit Haken befestigten und dann Tritte in den Fels kerbten.

Während einer solchen Arbeit glitt Reynaud von der Kerbe, in der sein Fuß Halt gefunden hatte, ab und stürzte so weit ab, wie es das Seil zuließ. Das einzige, das ihn dann noch hielt, war Tristans Griff am Felsen, und Tristan bemühte sich angestrengt, nicht daran zu denken, daß das auch das einzige war, das ihn noch hielt. Er hatte das Gefühl, seine Hände würden im Felsen Wurzeln schlagen – und es wäre ihm sehr recht gewesen, wenn das geschehen wäre –, bis Reynaud endlich wieder einen festen Halt mit den Füßen gefunden hatte.

Sie bewegten sich wortlos, als ob sie ihre Fähigkeit zum Sprechen zusammen mit ihren Rucksäcken zurückgelassen hätten. Das Vertrauen zu dem Menschen am anderen Ende des Seils war zu bedeutend geworden, als daß man darüber noch Worte hätte verlieren müssen.

Endlich erreichten sie einen Absatz, einen Einschnitt, den der Spalt, der ihnen beim Aufstieg hilfreich gewesen war, verursacht hatte. Tristan krabbelte hinauf, dann verlor er das Gleichgewicht und wäre fast abgestürzt. Er hatte je einen Fuß zu beiden Seiten des Spalts stehen und beging den Fehler, zwischen seinen Beinen hinabzusehen. Er konnte ungehindert bis zum Talesgrund weit, weit unten blicken und die Wolken sehen, die darüber hinwegzogen. Reynauds Arm zog ihn hinüber in die relative Sicherheit des schmalen Absatzes. Elisena kam als nächste heraufgekrabbelt und beging den gleichen Fehler wie Tristan; beide Männer packten sie.

Japsend ließen sie sich nieder, um sich einen Moment auszuruhen.

Kann ich die Augen jetzt aufmachen? fragte Thomas.

Reynaud versicherte dem Kater ernst, daß er den besten Teil des Aufstiegs verpaßt hätte. Thomas ließ ein angewidertes Zischen vernehmen.

Dauerbrot und Süßigkeiten wurden herumgereicht. Das Dauerbrot war steinhart, aber sehr nahrhaft. Lange Zeit kauten sie schweigend vor sich hin. Troubadour pickte sich einige Krümel auf und verkroch sich gleich wieder in der Wärme seines Beutels. Reynaud raffte sich auf, die Seile einzuholen und sie ordentlich aufzuwickeln, damit sie sich mühelos entrollen ließen, wenn sie wieder gebraucht würden.

»Wieweit ist es Eurer Meinung nach noch?« fragte er.

Tristan legte den Kopf zurück und ließ den Blick an der Felswand über ihnen hinaufschweifen. Sie war nicht so überhängend wie die, die sie gerade überwunden hatten, sondern eher zur Bergseite hin geneigt, was das Klettern geringfügig leichter machen würde. Ob auch schneller, vermochte er nicht zu sagen. Er schickte Troubadour hinauf, damit er sich vergewissern sollte, daß sich ihnen nicht irgendwelche von ihrem Standort aus nicht sichtbaren Hindernisse in den Weg stellen würden. Vielleicht könnte er sogar Thomas zumindest ein Stück weit hinaufschicken, damit er eine Schnur hinauftrüge, an der sie ein Seil hochziehen könnten.

Denk dir was anderes aus! Thomas rollte sich auf den Rücken und mimte äußerste Erschöpfung.

Die Stelle, wo die Windböen am wildesten tobten, lag immer noch über ihnen. Noch zwei weitere Absätze hätten sie zu erklimmen, mindestens, dachte Tristan. Er wollte gerade eine entsprechende Äußerung als Antwort auf Reynauds Frage machen.

Wie bei Galans Angriff, so gab es auch diesmal keine Vorwarnung, und sie waren auch diesmal kein bißchen besser vorbereitet als damals. Tristan hörte ein lautes *Schnüff* neben seinem linken Ohr und sah gleichzeitig, wie sich Thomas' Fell senkrecht sträubte, obwohl der Kater immer noch auf dem Rücken lag. Tristan wandte den Kopf unwillkürlich um, um zu ergründen, was diesen Laut verursacht hatte, und auch Reynaud und Elisena spürten, daß etwas nicht stimmte, da sie einander und Tristan fragend anblickten.

Kein Wunder, daß sie alle verwirrt waren! Reynaud und Elisena sahen nichts, sondern spürten nur einen kalten Hauch vergifteter Luft. Thomas konnte ebenfalls nichts sehen. Es war bisher immer Valadan gewesen, der sie vor Nímirs Hunden gewarnt hatte, da er ihr Erscheinen wahrnahm, ohne sie zu sehen. Tristan hätte sich nicht gewundert, wenn er der erste Mensch mit dieser besonderen Gabe gewesen wäre – doch wenn das eine Auszeichnung sein sollte, dann legte er keinen Wert darauf.

Der Hund, der ihm über die Schulter sah, hatte die Augen einer Schnecke und ein Maul wie ein Raubfisch, mit nadelspitzen Zähnen, die ineinandergriffen, wenn er das Maul schloß. Er hatte das Maul nicht geschlossen. Er sabberte ekelerregend, und seine graue Zunge hing lechzend heraus.

Der Hund hatte statt Ohren nur Löcher, und die Anzahl seiner Beine stimmte nicht ganz. Sein Körper war mager, was auf große Schnelligkeit schließen ließ, und sein Fell sah aus, als ob es mit Schimmelpilz bedeckt sei, überwiegend grau mit einem grünen Schimmer. Tristan hatte Verständnis dafür, daß man die Hunde, wenn man sie nicht sehen konnte, für Wind halten mochte. Aufgewirbelte Blätter und Staub begleiteten ihr ansonsten unsichtbares Erscheinen, stoben vor ihnen her, als ob der Wind sie trieb. Nicht einmal abgestorbene Blätter konnten die Nähe einer solchen Bestie ertragen und flüchteten vor jeder drohenden Berührung.

Tristan konnte es ihnen nicht verübeln. Er selbst reagierte bei diesem Anblick auch nicht anders, als es jeder andere getan hätte – er gab das Dauerbrot, das er gerade erst hinuntergeschluckt hatte, und den Rest seines Frühstücks von sich. Er sah nicht Elisenas Hände mit den Ringen in der Luft, in dem Versuch, einen Schutzschild um sie zu errichten, und merkte nichts davon, als das Ding neben ihm im hohen Bogen aus ihrem Schutzkreis geschleudert wurde. In dem Moment, als er glaubte, nun hätte er seine Übelkeit überstanden, blickte er auf und sah noch mehr von diesen Ungeheuern sie umkreisen und versuchen, die Barriere zu durchbrechen; daraufhin hob sich sein entleerter Bauch noch einmal unter solchen Krämpfen, daß er beinah ohnmächtig geworden wäre.

Mehrere Herzschläge vergingen, bevor er wagte, die Augen wieder zu öffnen. Diesmal richtete Tristan den Blick ausschließlich auf Elisena und Reynaud, der dabei war, ihren Bann zu bekräftigen. Tristan hatte noch nie mit solcher Freude Reynaud bei der Arbeit gesehen. Wenn jemals ein Bann dauerhaft gemacht werden mußte, dann war es dieser!

Dank der Felsenwand hinter ihnen brauchte Elisena sich nicht zu bemühen, ihnen eine Rückendeckung zu erzaubern; sie hatte es geschafft, ihren Schutzschild hoch genug zu machen, daß sie alle aufrecht stehen konnten, und breit genug, daß sie arbeiten konnten, ohne sich mit fuchtelnden Armen in die Quere zu kommen. Tristand stand schwankend auf. Weder Elisena noch Reynaud würdigten ihn eines Blickes. Die Hunde warfen sich gegen die Barriere und unterzogen den Zauberbann einer Zerreißprobe, den Hexe und Hexenmeister deutlich spüren konnten, wenn schon nicht sehen.

Tristan hätte unmöglich sagen können, ob nur einer oder viele Hunde über sie herfielen. Manchmal schien es, als ob aus einem einzigen Körper zwei Köpfe gesprossen wären, doch andererseits besaß etwas, das wie zwei der Bestien aussah, nur soviel Beine, wie es sich für eine einzige gehört hätte. Nach einem weiteren Schwindelanfall hörte Tristan auf, die Gliedmaßen zu zählen. Es stand fest, daß die Hunde nicht den üblichen

Naturgesetzen gehorchten und demnach nicht mit normalen Maßstäben gemessen werden konnten.

»Es gibt keinen Grund zu der Annahme, daß sie getötet werden *können*, Reynaud«, sagte Elisena angespannt. »Nicht einmal mit Tristans Schwert. Nímir läßt zuviel von seiner Macht durch sie hindurchfließen.«

»Sie können uns hier festhalten, bis wir verhungert sind«, entgegnete Reynaud gereizt, während seine Hände immer noch in Ausübung von Zauberbannen in der Luft herumfuchtelten. »Er hat keinen Anlaß, sie von hier abzuziehen; wir stellen zur Zeit seine gefährlichste Bedrohung dar. Er wird sie nirgendwo so dringend benötigen wie hier.«

Tristan sah, wie dicker gelber Speichel aus den Lefzen des am nächsten lauernden Hundes troff. Er wandte den Kopf in die andere Richtung.

»Können wir versuchen, die Schilde ein wenig zu verschieben?« fragte Tristan. »Ich könnte beschreiben, wo die Ungeheuer sind.«

Elisena sah ihn an; zum erstenmal kam ihr zu bewußtsein, daß er die Hunde ja sehen konnte. Der Ausdruck, der in diesem Moment über ihr Gesicht huschte, hätte Tristan ausgesprochen gutgetan – zu jeder anderen Zeit.

»Das wird nicht leicht sein«, antwortete sie. »Und wie wollen wir unseren Aufstieg fortsetzen, wenn wir uns auf diese Art zu schützen versuchen? Sie werden uns bestimmt verfolgen.«

»Wenn es uns gelingt, Nímir zum Aufgeben zu bewegen, werden sie auch aufgeben«, vermutete Tristan. Das war kein besonders stabiler Nagel, an dem man Hoffnung aufhängen konnte, doch da sie nun schon so weit gekommen waren, hatte er nicht die Absicht, sich jetzt noch aufhalten zu lassen, da er ihr Ziel bereits vor Augen hatte. Und außerdem war es unwahrscheinlich, daß sich ihre Lage dadurch zum Besseren verändern würde. Weiter oben wehte der Wind etwas träger und schien sie genauso zu beobachten, wie sie ihn beobachteten.

»Das ist immer noch besser, als darauf zu warten, daß sie einen Weg zu uns herein finden«, sagte Reynaud.

Hunde können es einfach nicht lassen, Katzen zu jagen, warf Thomas ein. *Und wenn sich jemand einbildet, daß ich Hilfe holen gehe ...*

Tristan packte den Kater rauh am Halsfell und verkrallte die Finger fest in dem dicken Pelz. »*Versuch* das nur, und ich schwöre dir, ich werde von den Toten wiederauferstehen und dir den Rest deiner neun Leben ebenso vermiesen, wie ich dir dieses vermiest habe!«

Thomas blinzelte ihn grünäugig an. *Die Botschaft ist angekommen, glaube ich. Wenn ich dir jetzt sage, daß ich nur Spaß gemacht habe, würdest du dann meinen Hals loslassen?*

Statt dessen legte Tristan den linken Arm unter Thomas' Pfoten, so daß der Kater jetzt wie in einer Wiege lag, anstatt in der Luft zu baumeln. »Wir bleiben zusammen, du bescheuertes Vieh«, sagte er leidenschaftlich. »Keine edlen Opfer, wenn ich bitten darf. Ich ...«

Unwillkürlich sah er auch die anderen an, während er sprach, da seine Worte genauso ihnen galten. Elisena war immer noch mit ihrem Schutzbann beschäftigt und überlegte sich die Variationen, die sie ausarbeiten müßte, wenn sie die Ränder verschieben wollte, wie es nötig wäre, damit sie ihren Aufstieg fortsetzen könnten. Reynaud zeichnete etwas mit seinem silbernen Dolche in den Schnee; es waren tief eingeritzte Schnörkel, die bis auf den nackten Felsen hinuntergingen, durchsetzt mit zarten Strichen, ausgeführt mit der äußersten Messerspitze, die nur bis in die oberste dünne Schicht des Schnees reichten. Es mußte eine Art von Schutzbann sein, dachte Tristan, mit dem Reynaud Elisenas Zauber ergänzte und die beiden zu einem vereinte.

Reynaud mochte seine Magie mit der Elisenas verflechten, doch Tristan wußte, daß seine Rolle bei dem, was jetzt auf sie zukam, lediglich die eines Beobachters sein würde, denn eine Magie, die so feinfühlig abgestimmt und miteinander verbunden war, konnte nicht vertragen, daß noch eine dritte Macht mitmischte, genausowenig, wie Wasser eine homogene Verbindung mit Öl eingehen würde.

Er hatte mehrere Sekunden lang zugesehen, als er erkannte, was Reynaud eigentlich mit dem Schutzbann vorhatte – und bis es Tristan dann ganz in den Kopf ging, was er sah, blieb ihm nur noch der Bruchteil einer Sekunde um zu reagieren, eine Zeitspanne, die zu knapp war um etwas anderes zu tun, als laut aufzuschreien.

In voller Absicht, mit einer Anmut, die der von Kitri, der Tänzerin gleichkam, setzte Reynaud die Spitze eines Stiefels über die Grenzlinie des Schutzbereichs; er durchbrach die Barriere und öffnete den Hunden den Weg in ihren Kreis – in seine Falle.

Sie war raffiniert ausgeklügelt. Tristan sah, wie die Bestien – zu einem einzigen Wesen zusammengequetscht, um durch die enge Öffnung zu kommen – auf Reynaud zustürzten. Reynaud stand in Bereitschaft, sein silberner Dolch strahlte aufgrund irgendeines mächtigen Zaubers und stach nach der Kehle des Hundes, als ob er das Ungeheuer genauso gut sehen könnte wie Tristan.

Die Wucht des Aufpralls warf Reynaud nach hinten, doch selbst im Sturz lockerte sich sein Griff nicht. Ihr aller Leben hing davon ab, und das wußte er. Der Dolch drang tief ein, mit schnellen Drehungen, Flammen sprühend und schmelzend, während Reynauds Linke sich an dem Untier festklammerte und auch nicht losließ, als dessen wildes Gezappel ihn in gefährliche Nähe des Abgrunds brachte. Der schwarze Umhang bauschte sich vor dem Hund auf und täuschte Größe vor, und irgendwie gelang es ihm, den Hund daran zu hindern, daß er in die Tiefe stürzte und sich ihm damit entzog.

Der Hund heulte auf. Sein Schwanz und seine Pfoten

wanden sich um Reynaud wie Luftwirbel, versuchten ihn zu ersticken, damit er die Inkantation, die er die ganze Zeit über weitergesprochen hatte, nicht zu Ende bringen konnte. Diese Taktik war ihm zu spät eingefallen, wahrscheinlich weil er schon zu lange daran gewöhnt war, unbesiegbar zu sein – ein Fehler, den er mit seinem Meister gemein hatte.

Reynaud lachte vergnügt, angenehm überrascht, als ob er mit etwas sehr zufrieden wäre. Dann gab es ein gewaltiges Aufblitzen und grelles Aufleuchten von Macht, so heftig, wie sich Tristan niemals etwas hätte vorstellen können. Doch er hatte kaum Zeit, sich darüber zu wundern. Ein Stoß warf ihn von den Füßen. Sein Kopf schlug auf dem Eis auf, und eine Dunkelheit senkte sich mit Getöse auf Reynauds Lachen herab.

Er bemühte sich in dem Gefühl drohender Gefahr ins Bewußtsein zurück, obwohl der Schmerz in seinem Kopf ihn daran hinderte, sich genau zu erinnern, was er fürchtete. Tristan schob sich auf die Knie, wobei er an seinen Händen jeweils die doppelte Anzahl von Fingern sah. In seinen Ohren ertönte ein schrilles, störendes Klingeln. Er versuchte, es abzuschütteln, was sich als keine glückliche Idee erwies. Ihm war schlecht. Angst nagte immer noch an ihm, schlimmer als der Schmerz. Tristan öffnete wieder die Augen.

Schnee und Eis waren in einem kleinen Umkreis um Reynaud geschmolzen. An einigen Stellen sah sogar der Felsen aus, als ob er geschmolzen wäre. Von den Hunden war nichts mehr zu sehen, sofern nicht ein fettiger Aschefleck etwas bedeutete. Reynaud lag auf dem Rükken daneben, so schlaff, als ob jeder Knochen in seinem Körper zu Brei geschlagen worden wäre.

Tristan schaffte es nicht, auf den Beinen zu bleiben, deshalb kroch er zu Reynaud, wobei er merkte, daß der Fels unter seinen Händen immer wärmer wurde, je näher er ihm kam. Reynaud hatte die Augen geöffnet, als

Tristan bei ihm anlangte, obwohl der Mund des Mannes schmerzverzerrt war, bis er sprach.

»Es tut mir leid, daß ich Euch bei Eurer Lektion, die Ihr Thomas erteiltet, unterbrochen habe«, flüsterte Reynaud. Ein gespenstisches Lächeln huschte über seine Lippen. »Ich bin vielleicht der einzige in der Gruppe, der ihm das bieten konnte, weswegen er hergekommen ist. Das ist wenigstens ein Geschöpf Nímirs, das ihm nicht mehr dienen wird. Und ich brauche mir keine Sorgen mehr über ein enttäuschendes, verpfuschtes Leben zu machen. Blickt nicht so traurig auf mich herab, Tristan.«

Die magischen Zeichen auf Reynauds Kleidung schimmerten wie die geschmolzene Krone eines Königs, ein Wirrwarr von Gold und blinkenden Rubinen. Am Anfang blendete ihr Licht und tat Tristan in den Augen weh, doch es wurde schnell von den Rändern her immer schwächer. Rauchkringel stiegen von den Mustern auf, während sie verblaßten. Ein beißender Geruch nach Verbranntem hing in der Luft – doch er stammte nicht von Reynauds zerstörter Kleidung.

Tristan beugte sich über ihn, wie er sich über Polassar gebeugt hatte, mit dem schrecklichen Gefühl, daß sich die Ereignisse wiederholten; das Schicksal glich einem endlosen Hakenrad der Schmerzen, dem er nicht entrinnen konnte. Reynaulds Dolch war verschwunden, und die Hände, die ihn gehalten hatten, waren schwarze, verkohlte Stummel, nur noch von den Fingerknochen irgendwie zusammengehalten. Der Zauberbann war schwierig zu bewerkstelligen und aufrechtzuerhalten gewesen, mit äußerst diffizilem Fingerspiel, das er auch nicht unterbrechen durfte, während er den Dolch führte. Reynaud hatte den Zauber meisterhaft ausgeführt, aber es würde sein letzter bleiben.

Das Blut wich aus Tristans Kopf, und ihm wurde schwindelig, doch er blieb bei Sinnen, da er wußte, daß er, wenn Reynaud den Schmerz ertragen konnte, wenigstens den Anblick ertragen mußte. Er suchte in dem Beutel an seinem Gürtel nach Medizin, fand aber nur die Schmetterlingsdose, in der noch ein Klecks von seiner wertvollen Salbe übrig war. Es war ein einfaches Heilmittel, lediglich dafür gedacht, um damit Kratzer und Prellungen zu behandeln; und bei Reynaud würde es wahrscheinlich noch viel weniger bewirken, da es nicht für ihn zusammengestellt war. Doch Tristan hatte nichts anderes. Er mußte es damit versuchen.

Er zog den Deckel ab, doch Reynaud schüttelte den Kopf.

»Vergeudet es nicht! Ich habe kaum noch Gefühl, und es kann mir nicht helfen.«

Tristan fühlte, wie ihm Tränen über die Wangen rannen. Er erinnerte sich daran, wie er sich ebenfalls so erfolglos bemüht hatte, Polassar zu helfen, und wußte, daß dieser Fall irgendwie noch schlimmer war. Der Geschmack von Vergeblichkeit war so bitter wie der der Übelkeit, der nicht aus seinem Mund weichen wollte.

»Reynaud, *warum?*«

»Warum? Ihr seid der letzte, der mich das fragen sollte. Habt Ihr es nicht selbst gespürt, als Ihr den Wächter von Finsterloch unter Eurem Schwert hattet? Die Wollust des Zurückschlagens, nur ein einziges Mal, und zu wissen, den Feind verletzt zu haben? Vielleicht erinnert Ihr Euch nicht – Elisena hat mir erzählt, daß Ihr dabei fast zu Tode gekommen seid, und so etwas vernebelt die Erinnerung etwas.« Reynaud hielt inne und dachte nach. »Es war nicht so, wie Ihr denken mögt. Ich habe achtgegeben, mich nicht in die Falle locken zu lassen, genau wie Polassar. Vielleicht verführt Nímir gern zum Selbstmord, doch dies war meine eigene Entscheidung.« Er hielt erneut inne, um Luft oder neue Gedanken zu schöpfen.

»Wenn Ihr mir sagt, daß das eine der großen Taten war, die einem Zauberer noch zu tun bleiben, dann bin ich stolz. Ich wollte meinen Beitrag leisten, bevor es mit uns allen zu Ende geht. Das ist nicht die ganze Wahrheit – nichts ist jemals die ganze Wahrheit, habe ich festgestellt –, doch es muß reichen. In einer Heldenballade würde es sich jedoch nicht besonders gut machen. Unternehmt etwas dagegen, falls Ihr je eine entsprechende hören solltet.« Reynaud lächelte wieder, anscheinend über die absurde Vorstellung, wie sich ein Barde mit ihrer derzeitigen Situation abmühen müßte. Doch es war unwahrscheinlich, daß einem Barden diese Geschichte überhaupt jemals zu Ohren kommen würde.

Reynaud sah an seinen Kleidern hinab, wobei er nur die Augen bewegte. Die Zeichen waren fast alle verblaßt, geblieben war nur eine Staubschicht, die einen Ton grauer als sein Gesicht war. Reynaud konnte den Kopf nicht mehr neigen, die Kraft dafür fehlte ihm, doch er schloß die Augen zum Zeichen seines Einverständnisses.

Tristan bereitete sich für einen weiteren Heilungsversuch vor. Sein Kopf war jetzt klarer, obwohl er immer noch weh tat.

»Wagt es ja nicht zu sterben«, befahl er Reynaud und verhakte die Finger über dem Mann. »Ich schleppe genügend letzte Wünsche mit mir herum. Ich weigere mich, mir auch noch Eure aufzubürden!«

Reynaud öffnete die Augen wieder. Er grinste, oder vielmehr zuckte er mit den Mundwinkeln. »Also gut. Ich befreie Euch von der Sache mit der Heldenballade. Aber versucht nicht, mich aufzuhalten. Ich möchte so nicht weiterleben, selbst wenn es sich machen ließe, was ich bezweifle. Das Ergebnis wäre für uns beide unerfreulich – und, wie ich sagte, enttäuschend. Hier endet die Geschichte. Man kann den Schluß nicht endlos auswalzen.«

»Ihr dürft nicht sterben! Nicht gerade jetzt! Nicht jetzt, da es sich endlich abzeichnet, daß ich Euch verstehen könnte!«

»Wollt Ihr damit sagen, Ihr habt mich nie verstanden?« flüsterte Reynaud. »Habe ich mein Geheimnis so erfolgreich bewahrt? Das ist außerordentlich schmeichelhaft, doch es ist für mich noch lange kein Grund, am Leben zu bleiben – höchstens für Euch. Paßt auf, daß Ihr es wirklich bleibt.«

Reynaud lächelte ein letztes Mal, was mehr einem Aufflackern in seinem alt-jungen Gesicht glich. Seine Augen schlossen sich wieder, als seine Lippen erschlafften.

Die entscheidende Begegnung

»ER HAT MIR GESAGT, er sei der einzige von uns, der das hatte, was er wollte«, sagte Tristan. Er hielt Elisena am Ellbogen, um sie zu stützen, während sie dastanden und zu Reynaud hinabsahen. Elisena straffte sich und bewegte sich ein wenig von ihm weg; sie stand jetzt wieder so sicher auf den Beinen, daß sie seine Stütze nicht mehr brauchte, doch seine Hand ließ sie nicht los.

»Dann laß uns beweisen, daß er unrecht hatte.«

Tristan verankerte das Seil gleich beim ersten Wurf an einem sicheren Halt. Seine Gemütsverfassung war derart, daß es ihm unvorstellbar erschien, er könnte sein Ziel verfehlen und müßte ein zweitesmal werfen. Ja, es war ihm sogar gelungen, das Seil zu einer Schlaufe zu winden, so daß beide Enden herunterhingen, aus denen er mit einem Zauber eine Leiter knüpfte; das war ein kleines Meisterwerk seiner Kunst, zu dem er im Traum nicht gehofft hatte, fähig zu sein. Er wünschte, Reynaud hätte es sehen können.

Nachdem sie hinaufgeklettert waren, ließen sie die Leiter an ihrem Platz hängen. Höher brauchten sie nicht mehr zu steigen. Sie waren so gut wie auf dem Gipfel des Berges angekommen. Über ihnen gab es keinen Felsen mehr, nur noch einen Kamm aus aufgetürmtem Schnee, dessen Form sich andauernd änderte, je nachdem, wie der wirbelnde Wind damit spielte. Tristan atmete schwer nach der Anstrengung des Kletterns, doch in der Luft war wenig Substanz. Seine Lunge schmerzte vor Leere – ein Schmerz, der sich von dem in seinem Herzen unterschied.

Er setzte Thomas auf einem hüfthohen Felsen ab. Dann nahm er Troubadours Beutel, den er sich um den

Hals gebunden hatte, ab und verknotete die Bänder sorgfältig um Thomas' Hals.

»Wartet hier eine Weile; wenn wir nicht zurückkommen, versucht den Abstieg. Wenn ihr nicht weiter kommt, werden euch Amberes Vögel nach Hause holen.«

Nein.

»Du brauchst vor den Adlern keine Angst zu haben, Thomas. Sie tun dir nichts.«

Thomas wedelte mit dem Schwanz. *Ich habe keine Angst. Ich werde einfach nicht gehen.*

»Allaire wird Troubadour brauchen, glaube ich. Es wäre nicht gerecht, ihn zurückzuschicken, wenn wir dich weiter mitnehmen. Ich vertraue auf dich, daß du ihn sicher heimbringst. Tust du mir diesen Gefallen, Thomas?«

Das ist ein mieser Trick. Ich hätte Besseres von dir erwartet.

Tristan beugte sich tief über den Beutel, und seine Lippen bewegten sich fast lautlos, als er sich von Troubadour verabschiedete. Aus dem Innern des Beutels drang ein zorniges Flattern heraus – äußerst ungehalten, wie es Tristan vorkam. Er warf Thomas einen Blick zu und lächelte schwach.

Ich würde sagen ›viel Glück‹, aber wenn du welches gehabt hättest, dann wäre jetzt keiner von uns hier.

Tristan fuhr kurz mit einem Finger über den Kopf des Katers, dann drehte er sich um und ging. Thomas Schwanz zuckte unruhig. Er neigte den Kopf auf seine Brust hinunter und sah Troubadour forschend an. Er erblickte ein strahlendes, kühnes Auge und hörte ein tapferes Trillern. Das war eindeutig.

Verstohlen stand Thomas auf und schlich hinter Tristan her.

Sie befanden sich sehr hoch oben, aber auch nicht so hoch, daß sie nicht noch von Wolken eingehüllt sein konnten, wie Tristan feststellte – Wolken aus Eiskristallen, durch die sich er und Elisena kämpfen mußten. Wie abgebrochene Nadeln hingen die Stückchen um sie herum in der Luft und verhinderten die Sicht auf alles mit Ausnahme der allernächsten Dinge. Elisena sprach leise ein Wort und berührte einen ihrer Ringe mit einem anderen. Die Kristalle legten sich nicht mehr auf ihre Kleidung. Sie hielt die Hände locker ausgestreckt, ohne Handschuhe und in Bereitschaft. Tristan zog sein Schwert.

Die Sicht war immer noch gefährlich schlecht. Tristan nahm seinen Kristall in die linke Hand und ließ ihn leuchten; er richtete den Strahl nach unten, um die Düsternis vor ihren Füßen zu durchbohren, damit sie nicht blindlings in eine Spalte träten. Er öffnete den Mund, um Elisena zu fragen, wonach sie eigentlich suchten, doch dann überlegte er es sich anders. In den dichten Wolken klang schon das Geräusch ihrer Stiefel im knirschenden Schnee entsetzlich laut. Zu sprechen wäre ein zusätzliches Risiko gewesen. Tristan hatte das Gefühl, daß jeder Eiskristall ein Auge war, wie ein Pfeil auf sie gerichtet.

Elisena hatte den Kopf zurückgeworfen und die Kapuze abgestreift. Die Gehänge in ihrem Haar schwangen bei ihren Schritten sanft hin und her. Ihre Gedanken, womit immer sie sich beschäftigen mochten, waren jetzt außerhalb Tristans Reichweite, das wußte er. Auch aus diesem Grund versagte er es sich zu sprechen, um sie nicht womöglich in einem gefährlichen Augenblick aus ihrer Konzentration zu reißen. In diesem Stadium konnte er sonst wenig tun, um Elisena bei ihrer Aufgabe zu unterstützen. Für ihn war der richtige Augenblick, wann immer er sein mochte, noch nicht gekommen.

Willkommen, Kinder!

Die Lässigkeit dieser Anrede verblüffte sie beide, weit mehr als das unvermittelte Ertönen dieser Stimme. Schließlich waren sie mit der Erwartung gekommen, etwas – Entsetzliches, unbegreiflich Schauderhaftes anzutreffen. Eine normale Stimme, selbst wenn sie aus dem Nichts kam, entsprach so wenig ihren Erwartungen, daß sie wie erstarrt stehenblieben. Tristans Herzschlag beschleunigte sich sprunghaft.

Eure Beharrlichkeit ist wirklich erstaunlich, fuhr die Stimme sanft fort. *Ihr habt sehr viel auf euch genommen, um an einen Ort zu kommen, den andere Sterbliche um jeden Preis meiden würden. Ich bin ebenso überrascht wie beeindruckt.*

Tristan blickte aufgeregt um sich und suchte die trübe Düsternis von oben bis unten ab. Doch in welche Richtung er auch blickte, er sah nichts als Eiskristalle. Es gab nicht einmal mehr die undeutlichen, wuchtigen Formen, die sich bis vor kurzem beim Näherkommen als Felsbrocken entpuppt hatten. Und doch war die Stimme ganz in ihrer Nähe – sie klang fast so, als ob sie ihm direkt ins Ohr spräche.

Eure Mühen auf dem Weg zu mir haben mir ungeheures Vergnügen bereitet, Kinder. Das war eine unübertroffene Leistung. Ihr verdient das Schicksal, das ihr euch erworben habt – ich hätte euch schon längst aufgehalten, wenn ihr mich nicht so großartig unterhalten hättet. Zauberer sind selten geworden. Es ist lange her, seit ich einen zum Spielen hatte.

Für Tristan hätte die Bedeutung dieser Worte nicht klarer sein können, wenn Nímir Blais Namen ausdrücklich genannt hätte. Zorn flammte in ihm auf, und er fand die Sprache wieder.

»Wir sind nicht zum Spielen gekommen.«

Nachdem die Worte laut ausgesprochen waren, erschienen sie ihm voreilig und unbesonnen. Tristan merkte, wie Elisena an seiner Seite erstarrte.

Nein? hauchte die Stimme und trieb Tristan Eiskristalle ins Blut. *Dann tut doch das, wofür ihr hergekommen seid!*

Tristan spürte, wie sich die Spitze seines Schwerts hob und dann wieder senkte, als ob die emsige Waffe irgendwie verwirrt wäre. Offenbar wollte es zuschlagen, wie es seiner Bestimmung entsprach, doch es gab einfach kein sichtbares Ziel. Oder doch – war dort nicht eine etwas dunklere Stelle in den Eiskristallen? Eine Verdichtung, die kein Nebel war? Tristan hob die Klinge und machte einen Schritt nach vorn.

Die Kristalle teilten sich, schimmerten dunkel. Die Farben, die davon aufblitzten, waren gespenstisch und doch vertraut. Tristan schüttelte den Kopf, zweifellos hatte er Gelächter gehört.

Er stand reglos da und kämpfte gegen das Begehren des Schwerts an, wild in alle Richtungen loszuschlagen. Die Waffe war nicht weniger verwirrt als er selbst. Nímir mußte vielleicht zu handfesten Mitteln greifen, um sie auf anderer als auf geistiger Ebene zu beeinflussen – doch er bediente sich schlauerweise einer Form, die einen Kampf unmöglich machte. Wolken konnten kaum mit Stahl bedroht werden – sie würden nach einem Stoß oder Hieb anschließend einfach wieder zusammenfließen, unverändert und ohne Schaden genommen zu haben.

Nun?

Elisena vollführte Bewegungen, die offenbar zu einem Spähzauber gehören mußten. Tristan sah in den Winkeln seines Blickfeldes das Aufflackern ihrer Ringe, wie von Blitzen am Horizont. Doch obwohl sie die Formel fehlerlos sprach, bewirkte sie keine bessere Sicht.

Glaubst du vielleicht, nachdem du so weit gekommen bist – und da du, kleiner Zauberer, dir sogar das zweite Gesicht erworben hast –, daß ich dir mein Antlitz enthüllen würde? Daß dir irgendeine Art kosmischer Erkenntnis zuteil würde? Bist da darauf aus? Dann täuschst du dich über das, was dir zusteht – und bist anmaßend.

Elisena setzte ihren Zauber unbeirrt fort.

Ein solch anmaßendes Verhalten soll in der Weise belohnt werden, die es herausfordert. Seht nur!

Die Eiskristallwolke teilte sich wirbelnd, als ob sie von

einer riesigen Hand auseinandergeschoben worden wäre. Das war das letzte, das Tristan sah.

Er hat dich verlassen, meine Dame. Du hast dieses Werkzeug zu lange für einen Zweck eingesetzt, für den es nicht gedacht war und jetzt hast du es schließlich kaputtgemacht. Sein Geist hat es vorgezogen, in den Tod zu entfliehen, als sich erneut einem hoffnungslosen Kampf zu stellen.

Elisena kniete sich neben Tristans allzu ruhige Gestalt und wagte selbst kaum Luft zu holen, aus Solidarität ihrer Lunge mit seiner. Sie versuchte, die Hände auszustrecken und ihn zu berühren, um den Pulsschlag an seinem Hals zu fühlen, doch sie konnte sich nicht bewegen. Ein Kampf tobte in ihr – das Verlangen nach der Berührung im Widerstreit mit der Pflicht, sich zurückzuhalten und nichts zu tun. Eine Bewegung könnte womöglich einen empfindlichen Frieden zerstören und einen tödlichen Bann heraufbeschwören.

Ihre alten, nach Sicherheit trachtenden Gewohnheiten waren stark; sie hatte sie sich um einen hohen Preis erworben. Sie bestimmten ihre Reaktionen, und nicht umgekehrt. Sie mußte sich zurückziehen, bevor sie verletzt werden konnte – mußte sich in vorsichtiger Entfernung halten. Mit dieser Taktik war sie immer gut gefahren. Warum konnte sie sie nicht als falsch erkennen und darüber weinen, daß sie es anscheinend nicht über sich brachte, sie aufzugeben?

Sie blickte wieder in Tristans regloses Gesicht, unfähig zu entscheiden, ob das, was sie fühlte, Liebe war oder nur die Zuneigung zu einem Werkzeug, das sie lange und grausam mißbraucht hatte? Bestand überhaupt ein Unterschied zwischen beidem? Tristans hilfloses Ausgeliefertsein beschämte sie, während sie die Barrieren verstärkte, die sie beide schützen sollten. Tristan hätte ihre Waffe zurückgewiesen, ohne den geringsten Gedanken an sich selbst zu verschwenden.

Du zweifelst an seinem Tod, seiner endgültigen Fahnen-

flucht? Ist das also das erstemal, daß er versucht hat, deinen grausamen Machenschaften zu entkommen? Das erstemal, daß ihm der Tod als die bessere Wahl gegenüber dem Leben erschien? Denk darüber nach, mein Kind.

Elisena stand zitternd da, zerrüttet von der Wahrheit – und von Zweifeln. *Konnte* das, was so lange Zeit zerbrochen gewesen war, in dieser kurzen Zeit, die zur Verfügung gestanden hatte, haltbar gekittet werden? Auch Tristan hatte seine Gewohnheiten, in die er immer wieder verfiel, und sie waren so stark und so verhängnisvoll wie die ihren. Sein Weg war mühsam gewesen und vielleicht länger als sein Leben.

Er hatte nicht ein einzigesmal zurückgeschaut und gesagt: »Hexe, zu was hast du mich getrieben?« Seine Augen waren stets weit geöffnet nach vorn gerichtet; er sah alles, auch wenn er nicht hoffen konnte, es zu verstehen, und akzeptierte alles, ohne sein Vertrauen je zu hinterfragen. Und was für ein Leitbild war sie ihm gewesen? Elisena schluckte einen aufwallenden Schwall von Traurigkeit hinunter und empfand einen bitteren Geschmack im Mund.

Liebe bedeutet Verletzbarkeit, wie du schon vor langer Zeit gelernt hast. Was man liebt und verlieren kann, versetzt einen in eine Position der Schwäche. Er konnte dich nur auf die Art verlassen, wie er es getan hat.

Ein Ei ist etwas Geschlossenes, vollkommen und sicher, sprach Elisena zu sich selbst. Doch wenn es nicht Sprünge bekommt und aufbricht, kann der Vogel darin niemals ausschlüpfen, und das Ei wird eher zu einem Symbol des Todes als des Lebens. Nímirs Einflüsterungen waren allzu glatt. Sie erweckten ihr Mißtrauen.

Es steckte mehr dahinter, als ihr zu sehen gegeben war. Die oberflächliche Gefahr war vielleicht weniger tödlich als das, was sich dahinter verbarg. Elisena zwang sich zu einem Lächeln.

»Oh, Vater der Lügen, du vertrittst deinen Standpunkt allzu honigsüß! Bin ich vielleicht ein Kind, das glaubt, die Nacht sei hereingebrochen, weil es die Augen geschlossen hat? Dieser Mann hat mir einen Schwur geleistet. Mein Glaube, daß er ihn hält, ist unerschütterlich, auch wenn du mir den Blick trübst.«

Es erklang ein Geräusch, als ob ein Kristallkrug zerspränge, und die Wolke aus Eis senkte sich wieder herab und hüllte alles ein.

Tristan lag auf dem Rücken; es hätte aber auch sein können, daß er auf dem Bauch lag und etwas Festes auf ihm lag. Ihn fror am ganzen Körper, doch sein Hinterkopf, die Schultern und die Rückseite seiner Beine waren besonders kalt. Tristan öffnete die Augen, versuchte, sich zurechtzufinden, und setzte sich vorsichtig auf.

Ihm war beinah so übel wie damals, nachdem Reynaud die Hunde vernichtet hatte. Sein Schwert lag neben seiner Hand im Schnee. Tristan umfaßte seinen Griff und hatte das Gefühl, daß ein Teil seiner Kraft wieder in ihn hineinfloß, auch wenn er sich das nur einbildete. Er blickte um sich – plötzlich voller Sorge um Elisena –; was immer ihn niedergestreckt hatte, konnte ihr ebenfalls Schaden zugefügt haben.

Sie war nirgends zu sehen.

Tristan richtete sich vollends auf, ungeachtet irgendwelcher Verletzungen, die er erlitten haben mochte, und ohne daran zu denken, daß er nicht die geringste Ahnung hatte, was ihn zu Boden geworfen hatte, und daß er somit gegen einen weiteren Angriff genausowenig gewappnet war. *Wo war sie?*

Die Antwort erfolgte so prompt, als ob er seine Frage laut hinausgeschrien hätte.

Du bist jetzt allein, kleiner Zauberer. Sie hat dich verlassen. Sie floh, solange sie noch Gelegenheit dazu hatte. Sie ist ein wenig geschickter im Umgang mit ihren Waffen als du mit den deinen, verstehst du?

Tristan sah sich ungläubig um. »Nein«, sagte er fest. »Was hast du mit ihr gemacht?«

Du glaubst nicht, daß sie gegangen ist. Dann überzeuge dich selbst.

Die Wolke aus Kristallen wirbelte wieder auseinander, und Tristan schrak zurück, doch alles, was sich ihm darbot, war der Boden und die verwehten Spuren von einem einzigen Stiefelpaar, die einen Weg zurück führten, auf dem zwei Doppelspuren herangekommen waren. Zweifel keimten in ihm auf.

Elisena hätte ihn bestimmt nicht einfach so verlassen, das konnte nicht sein! Diesmal bekam er keine Antwort, es herrschte tiefstes Schweigen. Alles war so ruhig, daß Tristan den Eindruck hatte, eine zweite Person in einer Entfernung von etwa einer halben Meile atmen gehört zu haben.

Wie lange war er besinnungslos dagelegen? Er war so durchgefroren, daß es gut einige Stunden lang gewesen sein konnte. Diese Möglichkeit konnte er nicht von der Hand weisen, da er nicht die blasseste Ahnung hatte, was sich nach diesem Ausbruch der Macht ereignet hatte. Hatte Elisena möglicherweise angenommen, er sei tot?

Doch nein, selbst dann hätte sie ihn nicht einfach verlassen.

Denk doch an Allaire in Finsterloch. Waren das nur Stunden? Dein Geist ist voller Mondstrahlen, und du hast lange geschlafen, flüsterte ihm eine Stimme, die wie seine eigene klang, eindringlich ins Ohr. *Du liebst sie, deshalb paßt es dir gut in den Kram, all die weniger schönen Zeiten zu vergessen ebenso wie die Gefahren, in die sie dich gebracht hat. Was hat sie dabei riskiert? Diesmal hast du es ihr nicht recht gemacht, und sie hat dich fallengelassen, weggeworfen wie zerbrochenes Geschirr. Wenn du etwas nachdenkst, wird dir auffallen, daß das nichts so ganz Neues ist.*

Tristans Kehle schmerzte. Er zweifelte nicht daran, daß Elisena, wenn sie wirklich weggegangen war, triftige Gründe dafür gehabt hatte, doch es tat trotzdem weh. Hätte sie nicht auf ihn warten können? Er dachte an seinen Schwur, den er mitten im Channadran-Gebirge geleistet hatte, und wußte, daß er ihn niemals gebrochen hätte, unter keinen noch so widrigen Umständen.

Genausowenig, wie sie den ihren gebrochen hätte! In seinem tiefsten Innern regte sich etwas und bahnte sich einen Weg an die Oberfläche.

Warum fällt es dir so schwer, an ihr zu zweifeln, da es ihr doch so leichtgefallen ist, dir zu mißtrauen? erkundigte sich die Stimme.

Tristan wurde von Erinnerungen an die schrecklichen Tage nach dem Lawinenunglück überfallen – Erinnerungen, die er nur allzugern aus seinem Gedächtnis verbannt hätte, obwohl er das alles niemals würde vergessen können. Diese Erinnerungen ließen sich nur schwer verdrängen, wie entschlossen er sich auch bemühte.

Tristan verschloß die Augen vor ihnen, mußte jedoch feststellen, daß auch das vergebens war. Er sah nicht mit den Augen, und doch brannten die Tränen unter seinen Lidern wie Säure. Erneut wurde ihm klar, welche Schmach er erlitten hatte und wie ungerecht die Anschuldigungen gegen ihn gewesen waren. Der Schmerz war beißender, als wenn ihm die Verletzungen gerade erst zugefügt worden wären. Nímirs Frage war durchaus naheliegend. Man hatte ihn alles andere als fair behandelt. Und damals war es nicht zum erstenmal so gewesen. Und doch ...

Risiken? Was weiß ich von ihren Risiken? fragte sich Tristan. *Sie hat mir nie etwas davon gesagt. Welche Risiken ist Elisena eingegangen, von denen ich nichts weiß? Ich kann ihr Tun nicht beurteilen.* Er hielt die Augen weiterhin über den Tränen geschlossen, da er möglichst keine herauskullern lassen wollte, falls sie falsch verstanden würden. Er konnte sterben, doch nicht so voller Selbstmitleid wie in diesem Moment.

»Oh, Vater der Lügen«, sagte Elisena neben ihm.

»Meinst du immer noch, du könntest dieses alte Spiel spielen? Glaubst du, einer von uns könnte sich so leicht von dem Schwur abbringen lassen, den wir einander geleistet haben? Erwartest du, daß wir auf diese einfallslose Taktik hereinfallen? Mit ein paar Trugbildern und erfundenen Geschichten über Verrat und Betrug wirst du uns nicht los.«

Tristans Herz machte vor Staunen und Freude einen Satz. Niemals hätte er eine so umgehende Belohnung – oder überhaupt eine Belohnung für den winzigen Krümel Glauben, den er sich bewahrt hatte, erwartet. Seine Schreckensbilder aus der Zeit seiner Einsamkeit schmolzen dahin, obwohl eine Leere in ihm blieb und seine Knie zitterten, als ob sie ihn nicht mehr viel länger tragen könnten.

Irgendwo in der Ferne ertönte das Krachen von Eis, das zerbrach oder zersplitterte. Es war ein gereizter, zorniger Ton.

Thomas kauerte hinter einer Schneeverwehung und fragte sich, wieviel näher zu kommen er noch wagen könnte. Er hatte ebensoviel Angst, von Tristan entdeckt zu werden, wie von Nímir. Troubadour befahl ihm erbarmungslos, weiterzugehen.

Lasttier für einen Vogel! Ich bin froh, daß meine Mutter mich so nicht sehen kann!

Troubadours Antwort war kurz und voller Verachtung.

»Wie Tristan bereits sagt, Winterkönig, wir sind nicht hergekommen, um uns auf deine Spielchen einzulassen. Vergib uns, aber wir müssen dir den Spaß verderben.« Elisena hob die Hände. Ihre Ringe blitzten auf.

Sie begann, deren magische Formen in silbernem Feuer in die Luft zu zeichnen, und sie zeichnete sie groß, damit es keinen Irrtum geben konnte. Als erstes wählte sie einen Halbmond und einen Stern, und ihr Bann entwickelte sich. Mit einemmal streifte das Licht eines Vollmonds Tristan und tauchte ihn in Silber. Seine Schönheit erfüllte ihn und gab seinen zitternden Knien Halt. Aus sicherem, aufrechtem Stand beobachtete er, wie der Mond all ihre Zauberschritte begleitete, und er sah den kleinen Stern, der sich treu an ihrer Seite hielt wie ein Hundchen an der Leine. Er wußte, daß der Stern frei und nur durch seinen eigenen Willen angebunden war. Passenderweise war die erste Form das Zeichen für Partnerschaft. Er sah Elisena an.

Als ob der Tag der Tage gekommen sei, sah Tristan anmutige Wolkenwirbel in der Luft zwischen ihnen – wie große Haufen frischgeschorener Wolle, die würdevoll über den grünen Feldern unter ihnen schwebten, wobei ihre Schatten den Boden sprenkelten. Die sanften Schatten glitten ins Meer, und Tristan sah Blitze in allen Regenbogenfarben inmitten einer Weiße wie von Perlen, und er spürte den Frieden der Wellen, die endlos auf einen Strand mit goldenem Sand rollten. Dann folgten die silbernen Streifen von fallendem Regen und Flüssen, die ins Meer mündeten und die auf ihrem Weg die Gärten und das Land bewässerten, freudig und großzügig.

Auf diesem Land gediehen alle Arten von Pflanzen, und ihre zarten Wurzeln verbanden und vermischten sich, bis ganz Calandra eins geworden war, verbunden durch einen umfassenden Verflechtungsbann, der auch den Thron von Crogen einschloß, wo ein Stein in einem so tiefen Blau blinkte, daß es das Blau des Sommerhimmels übertraf.

Der Hauch eines bösartigen Kicherns wehte darüber. Über die warme Oberfläche des Landes zischte ein eisiger Dolch. Halb Calandra starb sofort. Alles, was es dort an Leben gegeben hatte, gefror und zerfiel zu Pulver, und Winteröd war geboren. Das Messer hielt inne und blieb über einer kleinen, strohbedeckten Kate in der Schwebe.

Sie könnte verschont werden, gab die Stimme zu bedenken. Tristan blickte auf sein Zuhause, das so viele goldene Erinnerungen barg.

Vater der Lügen, hatte Elisena Nímir genannt. Würde Nímir als nächstes anbieten, Blais zurückzugeben? Tristan redete sich ein, daß er sich schon vor langer Zeit von seinem Zuhause losgesagt hatte, und wußte, daß das wahr war. Wonach er sich sehnte, das war etwas, das nicht einmal Nímir mit seiner Macht ihm gewähren konnte. Aber ein diesbezügliches Versprechen konnte als erstes Anzeichen von Schwäche gewertet werden. Er hatte irgendwo gelesen, daß Nímirs größte Macht darin lag, daß er die geheimsten Sehnsüchte eines Menschen durchschaute. Diese Macht war vielleicht die Waffe, die er in letzter Verzweiflung ins Felde führte – oder beim ersten Aufzucken.

Wie auch immer, Nímir setzte diese Waffe zu spät ein. Tristan hatte längst begriffen, daß er niemals mehr in der Weise nach Hause gehen könnte, wie sie Nímir ihm anbot. Als Lüge war sie nicht im mindesten überzeugend, und als Bestechung war sie nutzlos.

Vor Tristans Augen erstrahlte eine Reihe von Herzen in der Luft. Eine angenehme Wärme hüllte ihn ein, ein Gefühl der Liebe und der Geborgenheit erfüllte ihn, das nichts mit der Vergangenheit zu tun hatte. Dann sah er ein silbernes Zucken, das sich zu einem Flammenkreis, ähnlich einem Kaminfeuer, formte. Tristan sah darin wie in einem Wahrsagekristall Bilder, und ebenso in seinem echten Kristall, der im Widerschein des Feuers funkelte. Es zeigte sich Hoffnung darin, und der Frieden, den die anderen Ringe verheißen hatten.

Gib doch zu, wie es in Wahrheit ist. Du bist hier aus dem einfachen Grund, weil es dir noch nie in den Sinn gekommen ist, daß du jederzeit nach Hause gehen könntest, wann immer es dir beliebt.

Tristan blickte auf das Schwert hinab, das er in der Hand hielt. Die Muster von Elisenas Ringen bedeckten die Klinge wie Runenzeichen über die ganze Länge. Es waren Symbole des Lebens, jedes einzelne ein Sinnbild dessen, was Nímir am meisten fürchtete – die Wahrheit des Seins, die trotz aller Angriffe darauf Bestand hatte. Er konnte sich drehen und wenden, wie er wollte, Nímir konnte diesen Zeichen nicht entgehen. Sie zuckten vor seinen Augen auf, silberweiß abgehoben gegen die Dunkelheit.

Wovor hast du denn hier so große Angst? Ist dir irgendein Leid geschehen, das du dir nicht selbst durch dein unbedachtes Handeln zugefügt hast? Niemand hat dich gezwungen, hierherzukommen.

Elisena zeichnete das Muster ihres zehnten Rings in die Luft. Tristan hatte den Eindruck von etwas Körperhaftem und Wirklichem, als es auf sein Schwert glitt, genauso, wie es damals war, als er vor so langer Zeit Elisena den Ring an den Finger gesteckt hatte, als er gerade wieder seine Form angenommen hatte. Während dieses Zeichen an denen der Ringe vorbeiglitt, durchkreuzte es deren Linien, gestaltete neu und ordnete anders an, bis zuletzt die ganze Oberfläche des Schwerts mit einem verflochtenen Muster des Lebens und der Magie bedeckt war, noch verzweigter und tiefgründiger als die Wurzeln in Calandras magiegetränkter Erde. Tristan erschütterte dieser Anblick zutiefst, da er erkannte, daß das Werk des vor langer Zeit gestorbenen Großmagiers zu guter Letzt vollendet war. Er hatte nie gewußt, was er zu erwarten hatte. Der Anblick übertraf alle Phantasiebilder.

Das Schwert strahlte wie damals bei Tristans Krönung, als es in der Vertiefung von Crogens Thron ruhte – und die Klinge summte auch wieder, ein Ton voller Tatendrang. Ihre Bestimmung hatte sich fast erfüllt.

Elisena schrieb die Zeichen, die Wahrheiten, die ihre Ringe ein Leben lang bewahrt hatten, in die Sterne am nächtlichen Himmel über ihnen. Und als Nímir eine eisige Brise schickte, um Tristans Augen zuzufrieren, damit sie ihre Magie nicht zu sehen bekämen, hob Troubadour sofort an, die Zeichen in kristallklare Noten umzusetzen und sie mit einer Kraft zu trillern, die man seiner kleinen Kehle niemals zugetraut hätte. Das kam also dabei heraus, wenn man ein Kanarienvogel in Thomas' Obhut gab, dachte Tristan, doch er hatte nicht die Muße, sich weiter über den Vogel Gedanken zu machen, außer daß er Dankbarkeit empfand.

Kälte senkte sich herab. In der eisigen Luft verklang jeder Ton, nichts mehr war zu hören. In der Stille schrieb Elisena die Zeichen erneut mit wissenschaftlicher Genauigkeit in Tristans Herz.

Es waren nur wenige, die sie ganz neu schreiben mußte. In den meisten Fällen brauchte sie nur den Linien nachzufahren, die dort schon vorhanden waren. Das Schwert erhob sich nun wieder. Diesmal kannte es sein Ziel, und sein Opfer befand sich gut in seiner Reichweite.

Elisena hatte ihre Waffe ebenfalls auf ihr Ziel gerichtet, und sie warf sie mitten ins Herz des Bösen. Doch als die Waffe ihre Hand verließ, endete damit auch der Schutz, den sie ihr geboten hatte. Sie stand allein da, verletzbar, zum erstenmal jedem Angriff schutzlos ausgesetzt. Und der Angriff erfolgte mit der Geschwindigkeit eines Gedankens.

Tristan drehte sich um, genau wie es Nímir beabsichtigt hatte, und sah, wie Elisena von einem Hagelwirbel niedergestreckt wurde – niedergestreckt wie alles andere, das er im Leben geliebt hatte. Es geschah so schnell, daß sie nicht einmal mehr Zeit hatte, einen Laut von sich zu geben.

»Nein!«

Tristan sah, wie Elisena schweigend stürzte, und er sah, wie das Licht ihrer Ringe erlosch. Tristan wußte, daß er jetzt wahrhaftig allein war in der Nacht.

Das überraschte und entsetzte ihn nicht übermäßig. Ein Teil von ihm war auf ein solches Ende vorbereitet gewesen, seit dem Tag, als er sah, wie die Lawine Polassar unter sich begrub, und dieser Teil hatte seither in ihm die Oberhand gehabt. Die anderen Teile von ihm, die besten Teile, die Teile, die in den kurzen, flackernden Abschnitten des Lichts, an die er sich kaum noch erinnern konnte, zum Ausbruch gekommen waren – diese Teile waren verbrannt. Tristan stand im Dunkeln und wartete.

Lauf weg, kleiner Zauberer! Beeil dich, und vielleicht werde ich gnädig mit dir sein und dich davonkommen lassen.

Tristan glaubte nicht, daß Gnade ein Wort war, dessen Bedeutung Nímir kannte. Das war bestimmt wieder eine Hinterlist. Es war gleichgültig.

Ich sollte dich schwer bestrafen, weil du meinen Wächter umgebracht hast. Das war eine böse Tat, die nicht so leicht zu sühnen ist. Doch deine Mühsal, zu mir zu gelangen, hat mich köstlich amüsiert. Das eine hebt das andere auf. Leg dein Schwert hin und geh!

Wohin sollte er gehen? An den Rand des nächsten Felsen, um sich hinabzustürzen? Es kam Tristan in den Sinn, daß Nímir seine Schuld sehr prompt bezahlte – mit wertlosen Münzen. Er wußte, daß ihm nichts daran lag, sein Leben auch nur einen Herzschlag lang fortzusetzen, und daß er kein Zuhause hatte, zu dem er zurückkehren konnte. Doch es würde Nímir viel mehr Spaß machen, ihn noch eine Weile lebend zappeln zu lassen, als ihm den tödlichen Schlag zu versetzen.

Eine Verheißung und ein Preis, hatte Elisena prophezeit. Also gut. Der Preis *war* jetzt die Verheißung, und er erschien Tristan keineswegs hoch. Es gab nur einen Weg. Nímir würde ihn niemals ohne Umschweife töten – höchstens dann, wenn Tristan den Anschein erweckte, immer noch eine Bedrohung zu sein. Das war der einzige Weg, auf dem sich Tristan sicher glaubte, nicht wieder in einen Hinterhalt gelockt zu werden. Doch er mußte es echt aussehen lassen ...

Die Zeit würde nur für einen einzigen Schlag reichen. Das Schwert war längst in Bereitschaft, also mußte das, was immer sein Ziel war, sehr nah sein. Tristan spähte angestrengt durch die Düsternis und die Tränen, die seine Sicht trübten; sein Schwert war gezückt, suchte jedoch vergeblich nach seinem Opfer. Als ob sie vor der Waffe geflohen wäre, war die Eiswolke verschwunden. Die Luft rührte sich nicht. Doch der Boden vor Tristan war mit Eis- und Schneekristallen bedeckt.

Einen knappen Schritt von ihm entfernt ragte ein Eiskristall in die Höhe und glitzerte heller als seine Artgenossen, in sonderbaren, dunklen Farben. Eine Kälte, die jede Vorstellung übertraf, ging davon aus – eine Kälte und eine schreckliche Angst, die alles Leben vertrieb und alles Lebende zerstörte, denn so schützte er sich selbst gegen das Leben, das das einzige war, das ihm Schaden zufügen könnte. Bei dieser Erkenntnis lächelte Tristan mit aufgeplatzten Lippen.

Der Kristall war winzig und scheinbar hilflos. Fast hätte er sich dazu hinreißen lassen, Mitleid mit ihm zu empfinden, doch der Haß, den er verbreitete, war so stark, daß solche Gedanken nicht aufkeimen konnten. Der Kristall wollte sein Mitleid nicht. Er wollte lediglich seinen Tod und seine Unschädlichkeit durch Erfrieren. Tristan war erschüttert und abgestoßen durch die Zielstrebigkeit des Dings. Einen Augenblick lang blieb er deshalb tatenlos – doch dann schlugen die Wogen der Erinnerung wieder über ihm zusammen. Auch er konnte hassen. Er hatte Gründe dafür – viele.

Er brauchte sein Schwert bei dem Hieb nicht zu führen. Die Klinge schnellte bereitwillig vor und zog seinen Arm mit. Tristan dachte keinen Moment lang darüber nach, ob er den Kristall treffen würde oder nicht, doch er wußte, daß Nímir weder riskieren würde, daß es ihm gelänge, noch damit rechnete, daß sein Versuch fehlschlug.

Er hatte recht. Als Tristan sich bereits bewegte, spielte Nímir seine letzte Karte aus. Er ließ Tristans Herz gefrieren, hielt es zwischen zwei Schlägen einfach an.

Tristan spürte, wie sich eine schmerzhafte Kälte in seiner Brust ausbreitete, als ob er von einem Spieß aus Eis durchbohrt worden wäre. Dann lähmte Gefühllosigkeit seine Glieder. Alle Kraft wich aus seinen Händen, und er ließ das Schwert fallen. Vor Tristans Augen wurde es dunkel, und er fiel nach vorn wie eine Marionette, deren Fäden durchgeschnitten wurden, und blieb neben Elisena liegen.

Tristans Herz schlug nicht mehr. Doch in einem Kästchen aus kunstvoll geschnitztem Holz, tief verborgen in einem Lederbeutel, der jetzt zusammengedrückt unter Tristans Hüfte lag, zuckte ein winziger rosafarbener Stein, und dann noch einmal. Er sprang in dem Kästchen auf und ab und stieß gegen die anderen Steine, als ob er um deren Hilfe bitten wollte.

Es wurde ihm keine zuteil, doch der Stein hörte nicht auf, sich zu bewegen. Im Gegenteil, er pulsierte immer kräftiger und regelmäßiger. Währenddessen drang ein schwacher Ton aus dem Kästchen, wie das Seufzen des Meeres – oder wie das des Windes jenseits der Mauern eines hohen Turms.

Tristan erwachte aus einem Traum von Am Islin, das sich über die grünen Wellen erhob, und stellte fest, daß das Seufzen, das er gehört hatte, von ihm selbst beim Atmen durch die leicht geöffneten Lippen verursacht wurde. Er konnte die Augen nur ein wenig öffnen. Dikker Frost verklebte seine Wimpern.

Giftwurz! Schaffte er es nicht einmal, zu sterben? Tristans Enttäuschung darüber war so groß, daß eine Flamme der Wut in seiner Brust aufloderte, so warm, als hätte er etwas Starkes getrunken. Er mußte es also noch einmal probieren – doch er war sich nicht sicher, ob er für einen zweiten Versuch lebendig genug wäre.

Er lag auf dem Gesicht und hatte die Arme vor sich ausgestreckt. Er war nur einige Handbreit von dem Kristall entfernt, obwohl er sich genausogut auf dem Mond hätte befinden können, so sicher war er vor seinem Zugriff. Tristan versuchte, sein Schwert zu heben, und merkte, daß ihm seine Hände nicht gehorchten. Frost überzog sie wie auch alles andere, das er sehen konnte, und während er hilflos zusah, wurde die Schicht immer dicker. In Tristan flackerte ein letzter Funken einer abwegigen Hoffnung auf. Vielleicht hatte er die Angelegenheit des Sterbens noch nicht ganz erledigt, aber er war auf dem besten Wege dazu.

Es stand geschrieben, daß Sterbende, wenn ihnen die Zeit dazu vergönnt war, manchmal noch einmal ihr ganzes Leben vor sich abspulen ließen. Tristan wußte nicht, ob das wahr war, doch anscheinend hatte er Zeit, es herauszufinden. Zumindest konnte er sich die Freude machen, einen besonderen Lichtblick herauszugreifen, den er sich mit hinüber in die Dunkelheit nehmen könnte. Elisena –

In seinem hängenden Nest an Thomas' Hals rührte sich Troubadour und raschelte mit dem Gefieder.

Jetzt, eine Stimme, an die er sich erinnerte, sprach dem Kanarienvogel sanft ins Gewissen. *Wie du noch nie gesungen hast ...*

Troubadours Kehlchen begann leicht zu vibrieren, als ob er diese Art des Schnurrens im langjährigen Umgang mit Thomas übernommen hätte. Dann brachen die hellen Klänge aus ihm heraus und zerrissen die Luft. Troubadour vergaß sich, vergaß grüne Augen und einen Hauch von Salz in der Luft. Sein Lied war eins, das er vor langer, langer Zeit einmal gesungen hatte, wie es ihm selbst schien, am Morgen der Welt ...

Irgendwie gelang es Tristan nicht, sich Elisenas Gesicht ins Gedächtnis zu rufen. Statt dessen, angeregt durch den Gesang des Vogels, entstand vor seinen Augen ein anderes Erinnerungsbild, so strahlend hell, wie seine ganze Kindheit gewesen sein mußte ...

Tristan sah die Kröte, diejenige, von der er angenommen hatte, Blais hätte sie gezaubert; sie kauerte auf den sonnenbeschienenen Steinen vor der Tür der Kate. Bei seinem Näherkommen hüpfte sie davon, und er folgte ihr eifrig. Er war der Ansicht, daß alle Kröten das Werk seines Meisters sein müßten, nachdem er einmal beobachtet hatte, wie Blais eine aus einem Stein und einem Zauberbann geschaffen hatte. Blais mußte ein vielbeschäftigter Mann gewesen sein, dachte Tristan, daß er so viel Kröten machen konnte und nebenher noch alles andere seiner umfangreichen Geschäfte erledigte. Bald würde er Hilfe bekommen, gelobte sich Zauberlehrling Tristan im stillen – zunächst einmal bei der Herstellung von Kröten.

Tristan erinnerte sich an die Zauberformel, die Blais dazu benutzt hatte. Damals konnte er sich noch alle Worte und Gesten mühelos merken, und Dingen, die ihn faszinierten, widmete er seine besondere Aufmerksamkeit. Das war eine Gabe, die Blais bis dahin bei ihm noch nicht vermutet hatte. Tristan kannte die Sprache nicht, in der die Formel verfaßt war, außer daß er erkannte, daß es nicht die gewöhnliche Umgangssprache war, in der er und Blais sich unterhielten. Doch er schätzte, daß es reichte, wenn er sich den Klang der Worte einprägte, ohne ihre Bedeutung zu verstehen. Er lernte sie und die dazugehörigen Bewegungen auswendig.

Tristan beherrschte diesen Zauber vollkommen, doch das wußte er mit seinen fünf Jahren noch nicht, genausowenig wie er wußte, was geschehen würde, wenn er eine echte, unmagische Kröte diesem Zauber aussetzte.

Die Kröte hätte die Transformation in einen Salamander beinahe gut überstanden, wenn sie nicht von dessen Flammen verzehrt worden wäre. Erschreckt versuchte es Tristan mit dem einzigen Feuerlöschbann, den er kannte – demjenigen, den Blais zum Löschen des Kaminfeuers vor dem Schlafengehen anwandte. Die beiden Zauberbanne mischten sich so gut wie Wasser und Öl. Der Rückstoß erwischte Tristan wie ein Blitzschlag. Er hatte ihn nicht einmal kommen sehen.

Stunden vergingen, bis Blais ihn im Schilf am Fluß entdeckte, und als Tristan anschließend unter hohem Fieber litt, überraschte ihn das nicht besonders. Kinder wurden häufig von seltsamen Krankheiten befallen. Der Junge sprach tagelang kein einziges Wort, aber auch darüber machte sich Blais keine allzugroßen Sorgen. Selbst in gesundem Zustand war Tristan ein schweigsames Kind.

Nach längerer Zeit erholte sich Tristan langsam, und er fing wieder an, sich für die Welt um ihn herum zu interessieren, auch für die Magie, in der ihn Blais unterrichtete. Der Junge war bei seinen Übungen tolpatschig, was Blais überraschte, denn er hatte am Anfang den Eindruck gehabt, bei Tristan mehr als gewöhnliches Talent zu spüren, und hatte sich vorgenommen, dieses zu fördern. Nun ja, der Junge war ein mittelmäßiger Schüler. Immerhin hatte Tristan viel Geduld, wenn schon kein zuverlässiges Geschick.

Tristan ließ die Luft in einem langgezogenen Seufzer aus, während die alte, uralte Schuld sich verflüchtigte wie getrocknetes Blut bei der Berührung mit Kräuterwasser. Daß er ausgerechnet *jetzt* hinter sein tiefstes Geheimnis kam, da es vollkommen unerheblich war ...

Er wünschte, Thomas wäre bei ihm gewesen, um es mit ihm zu teilen. Der Kater war der einzige, der vielleicht Verständnis gehabt hätte. Während all der Jahre hatte er sich vor seiner Schuld versteckt, aus lauter Angst vor der Bestrafung, wenn sein Verbrechen herauskäme – und das alles, weil er als Kind einen Fehler gemacht hatte! Wenn er nicht diese Bürde die ganze Zeit mit sich herumgeschleppt hätte, wäre aus ihm vielleicht wirklich ein guter Zauberer geworden und sein Leben hätte sich entscheidend anders entwickelt.

Tristan verzog den Mund über die Ironie, die darin

lag. Endlich war ihm klar geworden, was der Grund war für seine Hemmung, die ihn gequält und seine Karriere verhindert hatte – und jetzt war es so gleichgültig wie nur etwas! Am liebsten hätte er laut gelacht, doch das würde ihm, so vermutete er, wahrscheinlich Schmerzen bereiten. Sein Lächeln wurde breiter. Vor Schmerzen brauchte man sich nur zu fürchten, wenn man davon ausgehen mußte, daß sie lange anhalten würden. *Davor* brauchte er keine Angst zu haben, am allerwenigsten.

Tristan spürte, wie sich seine alte Sturheit noch einmal in ihm regte. Sein Schwert war ihm aus den Händen gefallen; es lag jetzt zwischen ihnen, und er wollte es wiederhaben. Vielleicht war er nie ein Zauberer gewesen, dachte Tristan, und vielleicht war er des Tötens nicht wert, aber immer noch war er König von Calandra, und er würde sterben, wie es sich für ihn schickte – mit dem Schwert in Händen, oder zumindest in einer Hand, wenn es sich nicht anders machen ließ. Trotz seines Versagens stand ihm das doch bestimmt zu!

Sein Ärmel war am Boden angefroren. Tristan konnte lediglich die einzelnen Finger etwas anheben, und zwar nur so weit, wie es die Ärmelöffnung zuließ. Er konnte mit den ausgestreckten Fingerspitzen die Klinge berühren, aber er konnte sie nicht mit der Hand umfassen.

Tristan seufzte, weil wieder einmal etwas schiefgegangen war. Er war nah genug, daß er jede Kerbe im Stahl sehen konnte, jede Vertiefung, wo sich Rost breitmachte, und die letzten schwachen Spuren von Silber, wo Elisenas Ringe die Runen gezeichnet hatten. Er konnte sehen, wie scharf die Schneiden der Klinge waren. Er erinnerte sich, wie stolz Dickon gewesen war, während das Schwert in seinem Besitz war. Die Hingabe, mit der der Junge die Waffe gepflegt hatte, hatte die uralte Klinge unglaublich geschärft. Tristan hatte sie seither nicht mehr zu schleifen brauchen. Doch in einem Kampf, der nun mal die Bestimmung eines

Schwerts ist, war niemals ein Schlag mit ihm geführt worden. Er war froh, daß Dickon nichts davon wußte.

Ein letztes Mal, mit dem letzten bißchen Kraft, das ihm noch geblieben war, strich Tristan über die Klinge; im Geiste sah er Calandra und all seine Freunde vor sich; seine Freunde, von denen die meisten tot waren oder bald sein würden. Tristans Hände waren so weiß vor Kälte, daß er gar nichts davon merkte, als er sich an der Klinge schnitt; immer tiefer biß sich die Schneide in seinen Zeigefinger, der weiterhin daran entlangfuhr. Es dauerte eine Weile, bis die klaffende Wunde anfing zu bluten, und auch der Blutstrom rief kein Empfinden hervor. Tristans Augen fielen unter dem Gewicht des Eises auf den Lidern langsam zu, und er sah nicht, wie das rote Blut floß.

Welslins Herz schlug immer noch unablässig, und das Blut quoll langsam, aber ungehindert aus der Schnittwunde. Ein winziges, gewundenes Rinnsal aus Blut bewegte sich unaufhaltsam auf den Kristall zu.

Etwas unterbrach Tristans friedliches Hinübergleiten in das Vergessen. Zunächst machte es sich nicht störender bemerkbar als ein Steinchen unter einer Schlafmatte, doch es erwies sich als genauso hartnäckig. Sich selbst aufzugeben und dem Tod darzubieten war Tristan als vernünftiger Plan erschienen – solange er funktionierte. Das tat er nun nicht mehr.

Tristan drückte die Augen noch fester zu in dem dumpfen Bewußtsein, daß der Todeskampf, dem er sich entziehen wollte, alles andere als physischer Natur war. Er konnte seine Erinnerungen einfach nicht verdrängen, weder die an erst kurz noch die an länger zurückliegenden Erlebnisse. Sie wichen nicht von ihm und wurden immer aufdringlicher, je schwächer sein Wille wurde. Er sah Elisena vor sich, die durch den Schnee stolperte, beobachtete noch einmal, wie die Lawine Polassar unter sich begrub, und hielt Reynauds verbrannte Hände in seinen. Er spürte wieder die schmerzende Leere, die bei Blais' Tod in seinem Herz entstanden war. Der Gedanke an seine zunichte gemachten Hoffnungen, einmal ein echter Zauberer zu werden, quälte ihn wie ein Stachel. Selbst die Erinnerung an eine erfrorene Rose in einem von Crogens Gärten ließ ihn nicht los, sie war sogar so deutlich, daß er die Beschaffenheit der schwarz gewordenen Blütenblätter förmlich spürte.

Er hatte nichts von all dem verhindern können, und er hatte keine Möglichkeit der Wiedergutmachung. Jede Hoffnung war vergeblich. Er hatte *versagt*, endgültig und vollständig – wenn auch nicht besonders großartig. Tristans Elend wurde so übermächtig, daß ein menschlicher Körper es kaum noch fassen konnte, und es mußte sich daraus befreien, auch wenn sein Herz dabei zerreißen würde. Wie würde Welslins Herz sich dabei verhalten, fragte sich Tristan. Wäre es ihm niemals vergönnt, an seinem Kummer zu sterben, sondern bliebe er für immer und ewig Gefangener in den Bergen von Channadran?

Seine Tränen bahnten sich als erstes einen Weg in die Freiheit; erstaunlicherweise waren sie immer noch warm genug, um seine gefrorenen Lider aufzutauen. Doch gemessen an dem, was sich in ihm angestaut hatte, waren sie nur ein winziger Akt der Befreiung. Tristan wandte den Blick in Richtung seines in den Schnee gefallenen Schwertes, dessen Spitze auf den hämischen Kristall deutete, der sich vor ihm aufgebaut hatte; es war unverändert außerhalb seiner Reichweite.

In Tristans Denken nahm ein plötzlicher Entschluß Gestalt an, schwoll an und schwappte über.

Es gab kein Fingerspiel und keine geflüsterten Zaubersprüche, sondern nur das Schwert, das dem Blutrinnsal nachfuhr, bis der Griff in seiner Hand lag. Der körperliche Kontakt war nur leicht, doch ausreichend. Bei der Berührung zuckte ein Blitz über die ganze Länge des Schwerts – und noch weiter, bis zu dem Eiskristall.

Der Blitz war so grell, daß Tristan den Kristall nicht mehr sehen konnte. Er war umschlossen gewesen von einem Sarg aus Feuer, einer Kiste, die sofort nach innen zusammenschrumpfte. Ein Schrei voller Pein schallte durch das Gerippe von Channadran.

Der Berg bebte, doch der Lichtstrahl blieb davon unbeeinflußt. Etwas noch viel Helleres schien sich mit dem Strahl zu verflechten – die Lebenssymbole, die Elisena auf die Klinge gezeichnet hatte; sie hoben sich von dem Schwert ab und strömten auf den Kristall zu.

Der Kristall fing an zu dampfen, doch selbst dieser Fluchtweg wurde ihm abgeschnitten, indem der Dampf von einer Wand aus Feuer aufgehalten und in sich zurückgedrängt wurde. Der Schrei ebbte ab, doch der Boden bebte jetzt noch heftiger.

Tristan weigerte sich, von dieser Ablenkung Notiz zu nehmen. Er ließ nicht ab von seinem ungeplanten, unausgesprochenen und nicht von den Händen begleiteten Zauber, sondern beobachtete, wie die Kiste aus Feuer immer mehr zusammenschrumpfte, bis nur noch ein glitzernder Punkt übrig war, so klein, daß er meilenweit entfernt zu sein schien. Er versenkte die letzten Reste seines Elends darin und verdichtete das Ganze noch mehr.

Der nadelspitzfeine Punkt aus blendendgrellem Licht explodierte und hinterließ nichts als Dunkelheit.

27. KAPITEL

Tagesanbruch

TRISTAN ERWACHTE durch das Geräusch von tropfendem Wasser.

Zunächst machte sich das gleichmäßige Plop-plop als angenehme Beruhigung in seinem Unterbewußtsein bemerkbar, doch nach einigen Augenblicken wurde es störend, und er öffnete die Augen in der Hoffnung, die Quelle des nervenzerreißenden Geräuschs zu entdekken. Er konnte die Lider mühelos heben, doch in diesem Moment war er noch nicht in der Lage, das gebührend zu schätzen oder sich auch nur darüber zu wundern. Das einzige, das er sah – und das nichts zur Erklärung des Tropfens beitrug – war Thomas, der so dicht vor ihm stand, daß er ihn nur verschwommen wahrnahm. Der Kater hatte sich hingekauert und schien an etwas zu lecken.

Tristan mußte einen leisen Ton von sich gegeben haben, denn Thomas hob den Kopf und sah ihn an.

Da hast du dir vielleicht einen häßlichen Schnitt beigebracht, sagte er. *Es wird eine ziemliche Weile dauern, bis dein Fingerspiel wieder selbst das bisherige abgrundtiefe Niveau erreicht hat.*

Dann merkte Tristan, daß seine Kleidung vollkommen durchnäßt war. Genaugesagt lag er mitten in einer Pfütze. Er machte eine schwache Bemerkung dazu und versuchte, sich aufzusetzen oder sich zumindest mit dem Gesicht aus der Nässe zu heben.

Vorsicht jetzt! Ich habe die Blutung fast zum Stillstand gebracht, aber jetzt muß die Wunde verbunden werden. Paß auf, daß du nicht damit an irgend etwas stößt.

Als er sich bewegte, fühlte sich seine rechte Hand plötzlich an, als ob sie in Flammen getaucht würde, und da brauchte Tristan nicht mehr zu fragen, wovon Thomas eigentlich sprach. Der Zeigefinger seiner rechten Hand blutete. Er hatte eine tiefe, klaffende Wunde, die aussah, als müßte sie genäht werden. Thomas sprang ihm auf den Schoß und fing wieder emsig an der Wunde zu lecken an.

Eine große Wirkung schien das nicht zu haben. Thomas hob unterm Lecken immer mal wieder den Kopf, und seine Schnurrhaare und das Fell an der Brust waren blutverschmiert.

Also hör mal, ich bin zwar praktisch veranlagt, aber ich bin nur eine Katze. Was ich tun kann, hat seine Grenzen. Du mußt irgend etwas auftreiben, mit dem man das hier verbinden kann.

Tristan rieb sich mit der freien Hand den Nasenrükken. Er hatte entsetzliche Kopfschmerzen. Als er seine Hand fallen ließ, schlug sie gegen sein Bein und rutschte davon ab, und seine Finger berührten platschend den Boden. Wieder spürte er die Nässe, doch diesmal war seine Aufmerksamkeit vollständig davon in Anspruch genommen.

»Thomas? Was ist passiert?« Tristan blickte sich um, und seine Sicht war so verschwommen, als ob er ganz neu lernen müßte, seine Augen zu gebrauchen. Er sah nichts klar, doch offenbar umgab ihn nicht das Weiß, das er erwartet hatte. Und das Wasser – hier dürfte es doch kein Wasser geben, im Channadran-Gebirge! Es müßte doch alles gefroren sein ...

Thomas hatte es endlich geschafft, einen Streifen aus Tristans Jackenfutter herauszureißen. Daunen stoben heraus, aber wenigstens hatte er ein Stück Stoff, das er als Verband benutzen konnte. *Hier. Versuch mal, ob du das darum herumbinden kannst. Wie soll ich wissen, was passiert ist. Ich werde mich nicht dazu versteigen zu erklären, wie es dir gelang, uns alle zu retten, indem du dir mit deinem eigenen Schwert in den Finger schnittst. Dieses Vergnügen überlasse ich dir. Das könnte der Stoff für eine großartige Ballade sein.*

»Wovon sprichst du?« Tristan konnte den Verband nicht verknoten, also wickelte er ihn nur um den Finger und hielt ihn mit der linken Hand fest. Der Finger tat weniger weh, wenn der den Verband sehr straff hielt, stellte er fest. Sein Denken floß zäh wie Melasse.

Ist irgendwas mit deinen Augen nicht in Ordnung – oder dein Verstand noch etwas zerrupft? Oh, ich vergaß – es ist ja noch dämmerig. In Kürze wirst du mehr sehen, wenn es etwas heller wird. Nur Geduld.

Die brauchte er wohl oder übel, dachte Tristan. Er nutzte die Zeit, um sein Gedächtnis nach den neuesten Ereignissen zu durchforschen. Das erschien ihm als sinnvolle Beschäftigung. Nichts von dem, das er zutage förderte, lieferte jedoch eine logische Erklärung dafür, daß er mitten in einer Pfütze ein Nickerchen gemacht hatte, auch wenn sein Finger verletzt war. Das Nachdenken ermüdete ihn. Tristan schlummerte in seiner Pfütze sitzend ein. Als er die Augen wieder öffnete, geschah es, weil die ersten Strahlen der Morgensonne ihn mit ihrer Wärme im Gesicht streichelten; sie waren verblüffend warm.

Zunächst blinzelte er nur und gähnte. Dann fiel die Benommenheit von ihm ab, und Tristan war kein bißchen schläfrig mehr.

Rings um ihn herum war Wasser, fließend, tropfend und überall Pfützen bildend. In jedem Tropfen ließ die Morgensonne einen Regenbogen entstehen. Nirgendwo war mehr auch nur die geringste Spur von Schnee und Eis. Über ihm, wo sich der schneebedeckte Gipfel des Berges erhoben hatte, war nur noch der blaßgrüne Himmel. Ringsum, wo die spitzen Eiszapfen wie Reißzähne an den Felsen gehangen hatten, tropfte Wasser. Sobald ein Tropfen prall und schwer war, fiel er herunter, und das war das Plop-plop, das Tristan am Anfang aufgeweckt hatte.

Mit aufgerissenem Mund starrte er Thomas an. Der Kater saß da und erwiderte seinen Blick ungerührt.

Nachdem das eine Weile so gegangen war, stand Thomas auf und machte einige Schritte zur Seite, damit Tristan an ihm vorbeisehen konnte.

Das Schwert lag immer noch auf dem Boden. Tristans erste Sorge galt der Wirkung des Wassers. Bestimmt rostete die Klinge bereits, und er müßte dringend einen Lappen und Öl holen – Sein Gedanke brach ab. Jenseits des Schwerts, in ganz geringer Entfernung, war die Stelle, wo er den merkwürdigen Eiskristall gesehen hatte.

Eine Erinnerungsflut brach über ihn herein, so heftig, daß Tristan aufschrie. Er zwang sich, die Augen zu öffnen, und sah, daß an der Stelle, wo der Kristall gewesen war, noch ein schwarzer Fleck geblieben war, als ob dort etwas abgebrannt wäre. Es war nichts zu sehen, was als Beweis für seine Ansicht hätte dienen können, doch Tristan wußte einfach, daß das Schmelzen von Eis und Schnee von hier seinen Ausgang genommen und sich immer weiter ausgebreitet hatte.

Wie das Flackern von Sonnenstrahlen zuckten weitere Erinnerungen durch die Ränder seines Bewußtseins. Tristan erinnerte sich, wie er sich hoffnungslos angestrengt hatte, sein Schwert zu erreichen – wieder das Aufzucken eines Bildes, bevor sein Geist vor Qual sozusagen die Tür zuschlug und sich dieser Erinnerung verweigerte. Doch dieses Aufzucken war mehr als ausreichend. Tristan durchfuhr ein Schauder, als ihm Reynauds angezweifelte Worte über seine Fähigkeiten wieder in den Sinn kamen.

Tatsächlich war es ihm gelungen, seine Hemmungen im entscheidenden Moment abzuwerfen. Worte und Fingerspiel schienen auf einmal überflüssig zu sein. Der Wille war es, auf den es ankam.

Darin lag irgendwo der Schlüssel zu einer großartigen Entdeckung verborgen. Tristan war sich nicht ganz sicher, welche Art von Entdeckung das sein würde, doch er spürte, daß sie nah war – ebenso nah wie die Stelle, wo sich der Kristall befunden hatte. Er beugte sich mit ausgestreckten Händen vor, bereit, der Sache auf den Grund zu gehen.

Ich täte es nicht, sagte Thomas. *Wirklich nicht. Ich sähe nicht einmal mehr hin. Dreh dich um!*

Hinter Tristan zwitscherte Troubadour aufgeregt.

Thomas neigte bei dem Klang den Kopf. *Was, schon? Aha. Also wirklich, ich würde mich umdrehen.*

Tristan tat, wie ihm geheißen, und fragte sich, was Troubadour wohl gemeint haben konnte, daß ihm Thomas die Gunst seiner Aufmerksamkeit gewährt hatte. In der Sonne glitzerten alle Flächen, und ein Vogel mit überwiegend weißem Gefieder war nicht leicht auszumachen. Troubadour zirpte hilfreich, um ihm die Richtung zu weisen.

Gleich darauf hatte sich Tristan auch schon auf dem Fleck gedreht, und er bewegte sich schnell. Troubadour verließ seinen Platz auf Elisenas Schulter, so daß es Tristan gelang, sie genau in dem Moment hochzuheben, als sie die Augen öffnete.

In der ersten Sekunde schien sie ihn nicht zu erkennen. Tristan untersuchte ihre Hände, da er Angst hatte, sie genauso geschwärzt zu finden wie die Reynauds, nichts als Asche und geschmolzenes, zerflossenes Silber. Doch ihre Hände waren unversehrt. Die Ringe schimmerten sanft.

Sie war allem Anschein nach vollkommen unverletzt, doch Tristan erinnerte sich daran, wie er sich beim ersten Erwachen gefühlt hatte – und es war ihm überaus angenehm, Elisena fest an sich gedrückt zu halten und ihr Herz kräftig und rechtschaffen gegen seins schlagen zu hören. Mit einemmal merkte Tristan, daß er Durst hatte, und er dachte, daß es Elisena bestimmt ebenso gehen müßte. Er benutzte seine unversehrte Hand, um Wasser für sie beide zu holen, indem er sie gewölbt unter ein Bächlein hielt, das fröhlich über einen Felsen in der Nähe plätscherte.

Das Wasser kam ihm wie Wein vor, klar, sauber und voller Freude. Tristan entdeckte zu seiner Verblüffung kleine glänzende Butterblümchen, die an den Rändern der Pfütze, in der er gesessen hatte, aus dem Boden sprossen. Zwischen den Felsen wuchs gelber Mohn und Anemonen. Die ganze von Felsen eingefaßte Welt sah frischgewaschen und neu aus.

Eine Hand mit silbernen Ringen streichelte sein Gesicht. Tristans Augen füllten sich mit Tränen, doch es waren Tränen des Glücks, die er bis dahin nicht gekannt hatte.

»Ich dachte, ich hätte dich verloren«, sagte er.

»Wenn du das erreichen willst, genügt es nicht, daß du mich in eine Pfütze setzt«, murmelte Elisena. »Ich bin nicht aus Zucker. Ich werde mich nicht auflösen.«

Der Geschmack ihrer Lippen auf seinen war süß genug, um sie Lügen zu strafen.

Sie machten sich an den Abstieg; ein grüner Teppich breitete sich vor ihnen an den Hängen aus. Nachdem das Eis verschwunden war, erwies sich der zuvor mühsame Weg als beinah leicht. Das Wasser, das so lange ein Gefangenendasein als Eis geführt hatte und glücklich über seine Befreiung war, hatte die Berghänge geglättet, damit sie gut begehbar waren. Was sie zuvor in tagelanger beschwerlicher Kletterei zurückgelegt hatten, war jetzt eine Wanderung von einigen Stunden, und es gab nur noch ganz wenige steile Abgründe, die ihnen ein Hangeln am Seil abverlangten.

Als sie schließlich die Höhe erreichten, wo der Gletscher gewesen war, fanden sie nur noch ein breites Tal vor, mit grünem Gras bewachsen und mit kleinen Teichen, an deren Rändern Iris wuchsen. Die wärmende Sonne ließ das Wasser in bauschigen Dunstwolken verdampfen, doch blieb im Boden ausreichend Feuchtigkeit zurück, damit die Pflanzen gedeihen konnten. Sie konnten keinen Schritt tun, ohne auf etwas Hübsches zu treten. Doch die Pflanzen standen hinter ihnen wieder unbeschädigt auf, und die Blüten waren dort am üppigsten, wo Elisena mit ihren Ringen hergegangen war. Troubadour flog kunstvolle Formationen mit Libellen.

Die Berge von Channadran, die so lange Zeit mit Nímirs widernatürlichem Bann belegt gewesen waren, erwachten zu neuer Kraft und errichteten eine Art eigenen Gegenzauber, indem sie Tage zu Minuten und Jahreszeiten zu Tagen verdichteten. Die Spuren von Nímirs langer Herrschaft waren fast gänzlich verschwunden.

Elisenas Magie strömte hier auf natürliche Weise, ohne daß sie sich bewußt angestrengt hätte – falls sie sich überhaupt klar darüber war und das alles ihr nicht ebenso wunderbar vorkam wie die Tatsache, daß ein Atemzug dem anderen folgte. Tristan zauberte überhaupt nicht mehr; nicht einmal zum kleinsten Feuerzauber ließ er sich hinreißen. Er brauchte keine Magie mehr, und als er darüber nachdachte, wußte er nicht: war er nun noch ein Zauberer oder nicht? Die geringe Begabung, die er besessen haben mochte, war vielleicht dort oben auf dem Gipfel des Berges ausgebrannt, trotz der Aufhebung der hemmenden Blockade, durch die seine Magie sich sein ganzes Leben lang seiner Beherrschung entzogen hatte. Vielleicht war all das verschwunden, und Tristan bedauerte den Verlust nicht. Er konnte mit Erleichterung darauf zurückblicken – als ob ihm eine Bürde abgenommen worden wäre, damit er endlich wieder aufrecht stehen konnte.

Plötzlich funkelte ein Flußlauf zwischen hohen Grashalmen. Sie blieben stehen, um ihn genauer zu betrachten; Elisenas Finger waren mit denen Tristans verflochten. Die Sonne hatte die Luft erwärmt, und Tristan hätte nichts dagegen gehabt, wenn seine Füße naß geworden wären. Doch im Wasser lagen dicke Steine, die eine Durchquerung trockenen Fußes versprachen, wenn man achtgab. Zumindest könnte er sie sich zunutze machen, wenn er Elisena durch den Fluß half. Thomas hatte bereits mit einem weiten Sprung übergesetzt.

Tristan trat auf den am nächsten liegenden Stein und spürte ein vollkommen unerwartetes, höchst vertrautes Stechen in der Magengrube. Mit seinem Gleichgewicht war es vorbei, und er fuchtelte heftig mit den Armen, während ihn Thomas und Elisena hemmungslos auslachten und Troubadour wild mit den Flügeln schlug und ihn umflatterte. Er rutschte von dem bemoosten Stein ab, landete bis zu den Knöcheln in dem kalten, fließenden Wasser und fiel in die allgemeine Fröhlichkeit mit ein.

Nein, er wäre nicht ausgesprochen froh gewesen, seine Magie zu verlieren, doch jetzt wußte er es mit Bestimmtheit, daß sie ihm geblieben war. Das anschließende Wandern war ein platschendes Unterfangen, bis seine Stiefel wieder einigermaßen getrocknet waren, und Tristans breites Grinsen bei ihrem Marsch gab Thomas ein schwer zu lösendes Rätsel auf. Wahrhaftig, die Menschen stellten das Verständnis von Katzen schon auf eine harte Probe!

Als Tristan am nächsten Morgen erwachte, fand er unter sich blaue Vergißmeinnichte, die ihm als Kopfkissen dienten, und über sich Heckenröschen, die ein Dach über ihm bildeten. Er scheute nicht die Dornen der Rosen, doch bevor er sich aufrichtete, befreite er sich von einigen vorwitzigen Ranken. Tautropfen hingen glitzernd in der Morgenluft. Elisena schlief umkränzt von Anemonen ungestört weiter.

Der Wind streichelte das hohe Gras, wie Tristan Thomas' Fell zu streicheln pflegte, und trocknete es. Doch nicht alles Gras gab sich dem Wind hin. Es gab eine lange Spur von niedergedrückten Halmen, die sich nur sehr zögernd erhoben. Die Bahn zog sich bis zum Horizont hin, im allgemeinen schnurgerade und nur dort geschlängelt, wo sie den Fluß kreuzte, der fast völlig versteckt zwischen dicht mit Flieder bewachsenen Ufern dahinfloß. Tristan verfolgte den Verlauf der Spur mit den Augen, träge, doch neugierig.

Das Gras war bis in eine Entfernung von einigen Schritten vor Tristan zertreten – und dort stand Valadan knietief in dem Irismeer. Seine Augen mit ihren tiefgründigen, funkelnden Farben betrachteten Tristan, während der Hengst genüßlich einen Mundvoll Blumen zermalmte, die er sich gerade fein säuberlich gepflückt hatte. Die purpurroten Blüten, die ihm an ihren Stengeln schwankend aus den Mundwinkeln hingen, verliehen ihm ein vergnügtes Aussehen.

Du hast einen gesunden Schlaf geschlafen, König von Calandra. Es ist gut, daß ich gekommen bin. Der Weg zurück nach Crogen ist beschwerlich, obwohl die Landschaft so hübsch geworden ist.

Es lag jedoch nicht an der Aussicht, sich einen mühsamen Fußmarsch ersparen zu können, daß sich Valadans Mähne mit Freudentränen vollsaugte, als Tristan seinen Hals umarmte.

Ich bitte um Vergebung wegen der Verzögerung, Lord. Ich hätte viel schneller hier sein können, doch die anderen erreichen nur die Geschwindigkeit von Sterblichen.

Aus einiger Entfernung war ein Wiehern zu hören. Im gleichen Moment tauchten Pferde am Horizont auf. Tristan erkannte sie – es waren Elisenas sanfte Stute und Polassars ungestüme Graubraune.

Dickon wird glücklich sein, wenn du wieder zu Hause bist, bemerkte Valadan und neigte den Kopf, um sich einen weiteren Mundvoll Blumen zu rupfen. *Als Sohn eines Kleinbauern kommt er mit einem Handwerker wie Jehan gut zurecht, doch Crewzels ständiges Meckern und Kitris Aufdringlichkeit machen ihm langsam etwas zu schaffen.*

Tristan sah den Hengst mit weit aufgerissenen Augen an. Jehan und die anderen waren eine lange Zeit seinem Denken sehr fern gewesen. »Ich wußte gar nicht mehr

... Ich habe nicht einmal eine Ahnung, wie lange wir schon weg sind.«

Lang genug, antwortete Valadan ernst, ohne sich um die Verwirrung seines Herrn oder mögliche Gefühle der Peinlichkeit zu scheren.

Es konnte Monate oder Jahre sein. Tristan fragte sich, ob der Unterschied wirklich von Bedeutung war, und kam zu dem Schluß, daß er es nicht war. Er wurde schnell seiner Verwirrung Herr. Von Channadran ging jetzt ein neuer Bann aus, und während sie auf dem Weg aus seinem Einflußbereich waren, konnten sie immer mehr Sorgen wegschieben – und viele konnten sie ein für allemal vergessen, etwas Neues, an das man sich sehr schnell würde gewöhnen können.

Valadan trug weder Zaumzeug noch Sattel, doch weder die Führung noch die Bequemlichkeit erforderten im Fall von Valadan solche Dinge. Tristan war auch der Ansicht, daß sie die übrige Ausrüstung nicht mehr brauchten, doch sparsam, wie er war, rollte er alles zu einem Bündel zusammen und band es mit Riemen zusammen, damit er es beim Reiten leicht mit einer Hand halten konnte. Sein verletzter Finger war sorgsam genäht und dick verbunden worden. Das machte ihn etwas ungeschickt, doch ansonsten behinderte es ihn nicht.

Elisena stand neben ihm, hellwach und schweigend Valadans Nase streichelnd. Der Hengst zupfte mit den Lippen an ihrem Haar und ließ die Kristalle wie ein Windspiel klingeln.

Die beiden Stuten kamen an, wieherten Valadan eine Begrüßung zu und stritten sich um das Vorrecht, neben Elisena zu stehen. Valadan legte die Ohren an, während er der Graubraunen eine Ermahnung zuschnaubte; sie hätte beinah mit der Flanke Tristan umgeworfen, als sie ungestüm herangaloppiert kam.

Tristan gewann sein Gleichgewicht zurück und paßte auf, daß seine Füße nicht im Gefahrenbereich trampelnder Pferdehufe waren, doch er konnte den Blick nicht von Polassars graubrauner Stute abwenden. Wenn Valadan sie mitgebracht hatte, dann hieße das ...

Sein Herz machte einen heftigen Freudensprung, da eine Hoffnung wieder aufkeimte, die er längst begraben hatte. Es bestand also durchaus die Möglichkeit, daß Elisena recht gehabt hatte und Polassar noch am Leben war und geheilt werden könnte.

Seiner Schätzung nach könnten sie die Stelle, wo sie den Freund zurückgelassen hatten, noch vor Einbruch der Dunkelheit erreichen. Er war sehr froh, daß diese Wegstrecke jetzt leichter geworden war – und sich ihr Vorankommen beschleunigen ließ. Tristan nahm sich nicht die Zeit, sich darüber zu wundern, daß Valadan sie so zielsicher gefunden hatte. Vielleicht hatte er endlich gelernt, keine derartigen Fragen mehr zu stellen, auf die es keine einfachen Antworten geben konnte.

Ha! warf Thomas ein. Tristan hob eine Augenbraue und fuhr fort, ihr Gepäck zu bündeln.

Winteröd ist jetzt eine Wiese, bemerkte Valadan zufrieden zu Elisena. *Finsterlochs Dächer sind zusammengebrochen*. Troubadour ließ sich zwischen Valadans Ohren nieder und stimmte eine Hymne der Freude über diese Neuigkeiten an.

Tristan hörte den Schrei genau in dem Moment, als er mit dem letzten Knoten beschäftigt war, mit dem er die Gepäckstücke zu befestigen beabsichtigt hatte – das Knotenbinden mit einer Hand war ihm zu lästig, als daß er sich auch noch darüber Gedanken machte, ob er seine Sache auch gut machte. Er blickte auf, als der Schrei wiederholt wurde. Seit Tagen hatten Elisena und er keine anderen Stimmen mehr gehört als jeweils die des anderen.

In Channadran lauerten keine Gefahren mehr. Tristan hatte sich so sehr an diesen Zustand gewöhnt, daß er sich auf nichts Schlimmes gefaßt machte, als er sich straffte und sich in die Richtung drehte, aus der der Ton kam. Erst als er den auffällig blauen Umhang erkannte, der prächtiger war als alle Blumen im Tal, ließ Tristan sein Bündel achtlos zu Boden fallen. Er bückte sich auch nicht, um es aufzuheben. Er blieb noch einen Augenblick lang reglos stehen, fast ohne zu atmen – und dann rannte er auf Polassar zu.

»Ich kann Euch sagen, Zauberer, ich dachte, ich wäre ertrunken! Es war, als ob ich auf den Grund des Meeres gesunken wäre. Ich bin immer noch nicht wieder richtig trocken ...«

Tristan schmunzelte, als er an den Sturzbach von Schmelzwasser dachte, der sich den Berghang hinunter ergoß und alles auf seinem Weg zum Leben erweckte. Er erinnerte sich, daß dieses Wasser ihm beim Trinken süß wie Sonnenschein auf der Zunge zergangen war. Polassar würde es natürlich niemals glauben, daß bloßes Wasser es schaffte, einen Mann, der unter Eis und Fels begraben ist, zu befreien, die Felsbrocken davonzutragen und einen geschundenen Körper mit neuem Leben zu erfüllen, ihn zu heilen. Im Wasser ertrank man, das war die einzige Wahrheit, die Polassar kannte. Da es sich um einen Irrtum ohne Auswirkungen handelte, konnte man ihn fürs erste auf sich beruhen lassen, und Tristan würde den Mann noch eine Weile unaufgeklärt lassen. Er wollte seine eigene Freude noch eine Weile genießen, und zu dieser Freude trug nicht unwesentlich bei, wenn er Polassar polternd schimpfen hörte, weil man ihn einsam und allein zurückgelassen hatte, ohne Nahrung und ohne Schutz, und zwar ausgerechnet am feuchtesten Fleck im ganzen Königreich.

Normalerweise hätte man erwarten können, daß die Rückkehr aus dem Reich des Todes – was es ja buchstäblich war – einen Mann in seinem tiefsten Innern verändern würde. Tristan freute sich zu hören, daß es seinen Freund offenbar nicht im geringsten verändert hatte. Polassar war für eine Weile ernüchtert, als er die

Sache mit Reynaud erfuhr, und er rätselte auch etwas über den Riß an der Vorderseite seiner Jacke, doch einen Augenblick später sprach er Allaires Namen wie eine Melodie aus, die ihm in den Sinn gekommen war, und er konnte es kaum erwarten, zu ihr nach Hause zurückzukehren, anstatt noch mehr Zeit mit der unnützen und ungesunden Beschäftigung des Nachdenkens zu vergeuden. Er befand sich bereits auf dem Heimritt nach Calandra zu der Dame seines Herzens, als sich Tristan auf Valadans breiten Rücken schwang.

Tristan diskutierte mit Polassar über eine Kursänderung, obwohl er es für unwahrscheinlich hielt, daß er mit seinem Vorschlag auf Gegenliebe stoßen würde. Doch vielleicht könnten sie in Betracht ziehen, einen kleinen Umweg über Am Islin zu machen? Tristan berührte den Beutel an seinem Gürtel, wo Welslins Herz schlummerte. Es könnte ja sein, daß sie erwartete, es zurückzubekommen.

Troubadour, der auf Valadans Stirnfransen thronte, drehte sich um und warf Tristan einen Blick aus einem dunklen Auge zu. Die Federchen an seinem Hals zitterten leicht, und der Kanarienvogel sang so leise, daß Tristan die Töne eher spürte als hörte. Eigentlich waren es gar keine Töne, sondern Bilder, die anstelle der Wiesen und fernen Berge vor seinen Augen entstanden.

Am Islin schwebte weiß durch leuchtenden Dunst, und silberne Möwen umkreisten es schreiend. Keine Fenster unterbrachen seine schlanke Form, und auch keine Türen. Es gab keinen Zugang; der Turm war für Tristan verschlossen und würde es wahrscheinlich für immer bleiben. Tristan nickte traurig; er fügte sich in sein Schicksal, obwohl er es nicht begriff.

Also, auf nach Calandra! Tristan machte es sich auf Valadans Rücken bequem, so gut es ging, und warf einen letzten Blick dorthin zurück, wo er gewesen war.

Am Fuße des Gebirges breiteten sich weite Flächen fruchtbaren Landes aus – nicht zu sprechen von dem früheren Winteröd, das sie erst noch zu sehen bekämen. Dieses Land verlangte nach Siedlern und Bauern, die es bewirtschafteten. Es war ein Land, in dem Calandras Leben neu aufblühen konnte. Früher waren mit diesem Gebiet Namen verbunden gewesen, dachte Tristan, vor der Zeit Nímirs. Elisena kannte sie bestimmt noch – er würde sie danach fragen. Namen wären wichtig. Eine der Aufgaben, die jetzt für den König von Calandra am dringendsten anstanden, war es, Menschen dafür zu gewinnen, sich hier anzusiedeln. Doch der König würde nicht zu diesen Menschen gehören. Tristan wußte, daß es noch lange dauern würde, bis er den Anblick des Channadran-Gebirges würde ertragen können, selbst nach der Veränderung. Vergnügt hob er die Hand zum Gruß, um sich von den Bergen zu verabschieden.

Doch mitten in dieser Bewegung hielt er wie angefroren inne, trotz des warmen Sonnenscheins. Der Gipfel, von dem sie vor noch gar nicht langer Zeit abgestiegen waren, war bereits mit einer Schneehaube bedeckt – genau wie all seine Nachbarn. Die blühende Wiese vor ihm flimmerte. Tristan befürchtete, in Ohnmacht zu fallen.

Polassar, der ihm um einige Pferdelängen vorausritt, hielt ebenfalls an und blickte zurück.

»Zauberer, Schluß jetzt mit Euren Faxen! Was ist denn nun wieder los?«

Tristan versuchte zu sprechen. Er meinte, daß es ihm nicht gelungen sei, doch ein Wort oder zwei mußten sich wohl doch seiner zugeschnürten Kehle entrungen haben. Langsam begriff Polassar.

»*Schnee?* Die Gipfel der Berge sind immer schneebedeckt! Es ist kalt dort oben!« Nachdem diese Angelegenheit aufgeklärt war, wendete Polassar seine Graubraune und nahm seinen Ritt wieder auf.

Tristan rieb sich die Augen und versuchte, die Erinnerung an blühende Blumen auf dem Gipfel zu vertreiben.

Das war keine Magie, die lange anhalten konnte, dachte er. Natürlich hatte Polassar recht. Und er war müde bis auf die Knochen, trotz des Wunders, das das Heilwasser an ihm bewirkt hatte, genauso wie an Polassar. Er war seit Wochen auf Wanderschaft und hatte die ganze Zeit, mit Ausnahme der letzten paar Tage, unzureichend gegessen und schlecht geschlafen. Er war am Ende seiner Kräfte, das war sicher die Erklärung ...

Tristan blickte noch einmal zurück, und die rauchähnlichen Schwaden waren immer noch dort, wo er sie gesehen hatte. Sie hoben sich schwach gegen das blendende Weiß des Schnees ab und schlängelten sich dicht um den Gipfel, bis Schneefall in der Ferne sie vor Tristans Sicht verbarg. Wolken zogen heran und verdichteten sich immer mehr.

Es würde auch in Zukunft im Winter schneien, stellte Elisena nüchtern fest. Damit mußten sie sich abfinden. Aber das wäre natürlich für die Jahreszeit der normale Kreislauf, der für das Land nötig war. Das hätte nichts mehr mit der Art von Winter zu tun, die Tristan gewöhnt war. Irgendwann würde er sogar den Wechsel der Jahreszeiten genießen!

Tristan hörte ihr kaum zu. Ein schrecklicher Verdacht keimte in ihm auf, und es gelang ihm nicht, sich ihm schnell genug zu entwinden. Er versuchte es mit aller Anstrengung, doch er schaffte es nicht. Er wußte es! Und Elisena wußte es auch, hatte es die ganze Zeit über gewußt. Tristan blickte ihr in die Augen. Er hatte die letzten Tage unbeschwert wie ein Kind durchlebt und gar nicht bemerkt, daß sie sich in einem Winkel ihres Selbst diesem Glück verschlossen hatte.

Trotzdem spürte Tristan das Verlangen zu sprechen, als ob Augen womöglich lügen könnten, während Lippen die Wahrheit aussprachen. Seine Stimme hatte einen unechten sorglosen Klang. »Nímir ist für alle Zeiten verschwunden. Wir können jetzt nach Hause gehen.«

Er kannte ihre Antwort, schon bevor er das letzte Wort zu Ende gesprochen hatte.

»Verschwunden? Das Böse wird immer wieder nachwachsen, solang es irgendwo fruchtbaren Boden findet. Eine Arznei mag die Symptome lindern, doch selten heilt sie die Krankheit an sich.«

Tristan hörte ihr still zu; er konnte es kaum glauben, daß er nicht weinte oder vergeblich versuchte, seine Ohren und seinen Geist vor Elisenas Worten und ihrer tiefen Bedeutung zu verschließen. Ihr Sieg war hohl und schal, wie er es wahrscheinlich die ganze Zeit über schon geahnt hatte. Er hatte einen Geschmack von Übelkeit im Mund.

Er erinnerte sich an jenes Ding, das wie ein Kristall aus schmutzigem Eis ausgesehen hatte, und empfand wieder die Angst und den Haß, den es verbreitet hatte. Es war ein Ding, das beinah ein Königreich zugrunde gerichtet hätte und das lieber ein ganzes Land verödete, als sich von etwas Warmem, Lebendigem berühren zu lassen. Seine Angst war stärker, als alles Böse sein konnte.

So etwas konnte niemals vernichtet werden, erkannte Tristan und spürte langsam dessen ganzes Ausmaß, obwohl sich sein Geist dagegen sträubte.

»Nicht vernichtet«, erklärte Elisena, »aber besiegt.«

»War dann alles umsonst?« fragte er. »All die Leben, der Schmerz und der Verlust? Alles für *nichts?* Ein Traum, der sich niemals erfüllen wird?«

Tristan hatte das Gefühl, in Bitterkeit zu versinken. Nímir würde zurückkehren, wahrscheinlich stärker denn je. Wer konnte sagen, wie oft noch? Und der Kampf müßte aufs neue geführt werden, ohne am Ende ein besseres Ergebnis zu bringen. Tristan ließ den Kopf auf die Brust sinken und wünschte sich von ganzem Herzen, daß er auf dem Gipfel des Berges gestorben wäre, als er noch unwissend war und geglaubt hatte, ein Sieg wäre möglich.

Etwas bewegte sich vor seinen Augen. Das Silber von Elisenas Ringen schimmerte und verkündete, wenn alte Welten fielen, müßten neue, strahlende erstehen. Tristan erblickte Türme, Wandteppiche, leuchtende Fakkeln, funkelnde Edelsteine und dicht mit Früchten vollhängende Obstbäume; er hörte Lieder, die so schön klangen wie das Meer und so traurig wie die Zeit – und das Lachen von Kindern.

Elisena standen Tränen in den Augen, doch ihre Stimme klang ruhig und fest. »Komm mit mir nach Hause, Tristan.«

Er blickte zurück zu den Bergen von Channadran, zitternd und sich bemühend, den messerscharfen Grat seiner Verzweiflung zu verlassen.

»Wir hätten nichts tun können, das ihn für alle Zeiten unschädlich macht«, sagte Elisena. »Selbst der Großmagier, der die Ringe hergestellt hat, mußte das gewußt haben. Nímir wird wieder Boden gewinnen, Stückchen für Stückchen, soweit es ihm die Menschen gestatten, doch es wird dann an anderen sein, Entscheidungen zu treffen, nicht mehr an uns. Wir haben die Saat gelegt und für einen warmen Ort gesorgt, damit sie aufgehen kann. Auf alles übrige will ich in Zufriedenheit warten. Die Entwicklung liegt nicht mehr in unserer Hand. Wirst du mit mir warten?«

Seine Augen suchten völlig verzweifelt Trost in ihren.

»Was getan worden ist, wurde gut getan«, versicherte sie ihm. »Und wenn es nur zehntausend Sommer überdauert, bist du dann bekümmert, weil es nicht für ewig ist?«

Tristan antwortete nicht, doch er sah Elisena noch lange Zeit an.

Polassar hatte wieder angehalten, auf halbem Wege zum Horizont. Wenn sie ihn einholen würden, dachte Tristan, würde er wegen dieser Trödelei wieder allerhand von ihm zu hören bekommen.

Tristan sprach zu Valadan und trieb ihn ins Tal – Richtung Heimat.

Und so endet es mit einem neuen Anfang, sagte Valadan.

Und so lebten sie glücklich bis ans Ende ihrer Tage – wenn das so einfach wäre, bemerkte Thomas, mehr zu sich selbst.

HEYNE SCIENCE FICTION

Romane und Erzählungen internationaler SF-Autoren im Heyne-Taschenbuch.

06/4444

06/4550

06/4544

06/4533

06/4496

06/4589

06/4528

06/4500